Zu diesem Buch

«Der preisgekrönte Autor historischer Werke schildert den spektakulärsten Kriminalfall des Mittelalters.» («Kölner Illustrierte»)

«Obermeier gelingt es wieder, Geschichte lebendig werden zu lassen. In einer Mischung aus Fiktion und Realität porträtiert er glaubwürdig die Figur des Schwarzen Ritters, fängt aber gleichzeitig viel Atmosphäre dieser geheimnisvollen Epoche am Vorabend zur Neuzeit ein.» («Westdeutsche Allgemeine Zeitung»)

Siegfried Obermeier, geboren 1936 in München, war Redakteur der Kunstzeitschrift «artis», arbeitete am neuen «Großen Meyer» mit, schrieb Erzählungen, Essays, Glossen, veröffentlichte mehrere Bücher und gab «Das geheime Tagebuch König Ludwigs II. von Bayern» heraus.

In der Reihe der rororo-Taschenbücher erschienen bereits seine historischen Romane «Mein Kaiser – Mein Herr» (Nr. 5978) über die Zeit Karls des Großen, «Kreuz und Adler. Das zweite Leben des Judas Ischariot» (Nr. 12809), «Walther von der Vogelweide. Der Spielmann des Reiches» (Nr. 13090), «Richard Löwenherz. König – Ritter – Abenteurer» (Nr. 13115), «Caligula. Der grausame Gott» (Nr. 13140), über den Großinquisitor «Torquemada» (Nr. 13382) und «Im Schatten des Feuerbergs. Der Roman Siziliens» (Nr. 13577). Siegfried Obermeier lebt in Oberschleißheim.

Siegfried Obermeier

Im Zeichen der Lilie

Der Roman über
Leben und Zeit des dämonischen
Ritters Gilles de Rais, Kampfgefährte
der Johanna von Orléans

rororo
Rowohlt

Veröffentlicht im Rowohlt Taschenbuch Verlag GmbH,
Reinbek bei Hamburg, September 1996

Umschlaggestaltung Büro Hamburg
(Farblithographie: «Zwei Ritter zum Turnier reitend»,
um 1880, nach einer Zeichnung von Hans Burgkmair d. J.
[um 1500–1559], Archiv für Kunst
und Geschichte, Berlin)
Druck und Bindung Clausen & Bosse, Leck
Printed in Germany
1690-ISBN 3 499 13676 7

Prolog

Perrinet fand das Leben schön. Er hätte die ganze Welt umarmen können, auch wenn ihm zur Zeit einiges zuwiderlief. Aber das würde sich finden, für alles gab es eine Lösung. Daran glaubte er fest – so fest wie an Gott, seine Heiligen und die Jungfrau Maria.

Er saß allein in der Werkstatt; der Meister war in Geschäften unterwegs, und der Gehilfe trug Ware aus. Die Arbeit ging ihm heute von der Hand wie nichts, und sein höllenscharfes Sattlermesser glitt durch das Leder, als schneide es Butter. Am Beginn seiner Lehrzeit war es ihm öfter ausgerutscht und hatte an seinen Händen tiefe Narben hinterlassen. Als Sohn von Maître Briand, dem Täschnermeister, hätte er dem Herkommen nach das Handwerk des Vaters erlernen müssen, aber dem stand einiges entgegen. Einmal war da noch der ältere Bruder, und wenn er am Leben blieb, so würde er der nächste Täschnermeister in Vaters Werkstatt sein. Ein Zweitgeborener ist immer übel dran, das weiß alle Welt. Doch Maître Briand stammte aus einer angesehenen altansässigen Familie, und so kam es, daß Perrinet – gerade sechzehn geworden – schon seit zwei Jahren verlobt war mit Marguerite, der Tochter von Maître Aubin, dem Sattlermeister. Keines ihrer Geschwister hatte die Kindheit überlebt, und so gab es keinen Sohn, der Maître Aubin hätte nachfolgen können. Aber da war die Tochter, und so mußte Perrinet bei ihm das Sattlerhandwerk erlernen, um später mit Marguerite als Ehefrau der Nachfolger seines Schwiegervaters zu werden. Die besten Aussichten, nicht wahr, die ganze Stadt beneidete diesen Burschen, der sich – obwohl Zweitgeborener – einfach ins gemachte Nest setzen durfte. Andernfalls wäre es sein Schicksal gewesen, als ewiger Handwerksbursche einem Meister zu dienen; und wenn dies der eigene Bruder war – um so schlimmer.

Um ein Haar hätte er das kostbare Rindsleder für das vom Marschall de Rais bestellte Zaumzeug verschnitten. Er beugte sich über den Werktisch. Das ging ja gerade noch! Maître Aubin hätte getobt und ihm – wie es nicht selten geschah – ein paar schallende Maulschellen verpaßt. Perrinet atmete ein paarmal tief aus und ein und nahm sich das Halfter vor.

Mit seinen Berufsaussichten konnte er also zufrieden sein, und daß er nicht Täschner, sondern Sattler geworden war, störte ihn wenig. Ob er nun Zaumzeug, Sättel und Lederkoller fertigte oder den Bezug für Stühle, Möbel und Türen zurechtschnitt und daneben Taschen, Beutel und Reisekoffer herstellte, blieb sich gleich.

Was stört dich daran, Perrinet Briand, du Glückskind? Er stellte sich selbst diese Frage, und die Antwort war einfach: Marguerite paßte nicht so ganz in sein Zukunftsbild von einem glücklichen Leben. Denn Perrinet liebte Isabelle, und nun war er mit der Sattlerstochter verlobt – vor Zeugen! Ein Notar hatte alles fein säuberlich aufgenommen; das lag nun in einer eisernen Truhe, und nur Gott allein besaß die Macht, es ungeschehen zu machen. Ein alter, entfernt verwandter Domherr von St. Pierre hatte sich gnädig als Zeuge zur Verfügung gestellt. So wie er irgendwann sterben mußte, so sicher stand die Ehe mit Marguerite in seinem Schicksalsbuch. Doch niemand konnte zur Ehe gezwungen werden, schließlich mußten beide Brautleute ihr Ja vor dem Altar sprechen. Und wenn er sich nun weigerte? Dann wäre es freilich aus gewesen mit der künftigen Meisterwürde, denn eines hing am anderen. Ohne Marguerite kein Sattlermeister. Marguerite, die Betschwester. Marguerite, das brave, etwas dickliche Mädchen mit den wasserblauen Augen, dem fahlen Blondhaar und der flachen Brust. Nun, sie war erst vierzehn, da konnte schon noch etwas hinwachsen.

Perrinet besaß einen munteren, lebhaften Geist, Phantasie, Witz und einen schnellen Verstand. Trotz alledem gelang es ihm nicht, sich vorzustellen, er ginge mit Marguerite ins Bett. In die Kirche – ja, auf die Loirewiesen vor der Stadtmauer am Abend nach der Arbeit – gewiß, oder zum Festabend bei der alljährlichen Zunftfeier –, das alles konnte er sich vorstellen, nicht aber mit Marguerite verheiratet zu sein. Das jedoch stand ihm bevor, und es war der dunkle Punkt in seinem Leben.

Mit Isabelle war es genau umgekehrt. Sie konnte er sich nicht an seiner Seite vorstellen bei der Zunftfeier oder beim Kirchgang, auch nicht beim Abendspaziergang auf den Loirewiesen. Ein Sattlergeselle ging nicht Seite an Seite mit der Tochter einer Wäscherin. Die Mutter war eine ehrliche Haut, gewiß, im Viertel als zuverlässige *laveuse* geschätzt, aber sie war nie verheiratet gewesen, und so nannte man Isabelle einen Bankert. Das war nicht böse gemeint – schließlich gab es in Nantes viele Dutzende davon –, aber es wies ihr den Platz im Leben zu. Wenn sich nicht irgendein geiler Witwer ihrer erbarmte, blieb nur lebenslange Fron, das Hurenhaus oder ein Kloster. Mit Isabelle war Perrinet ins Bett gestiegen, besser gesagt ins Heu, und das war so vergnüglich gewesen, daß er jedesmal einen Steifen bekam, wenn er nur daran dachte. Isabelle war schon siebzehn oder achtzehn, so genau wußte sie es nicht, und was sie an Erfahrung besaß, gab sie an Perrinet weiter. Und das war nicht wenig!

Perrinet preßte die Knie zusammen, weil allein die Vorstellung von einer nackten Isabelle ihm das Blut ins Gesicht und in die Lenden trieb. Das Leben war schön, gewiß, aber da lag ein häßlicher Stolperstein auf der breiten, sicheren Straße in die Zukunft, und er wußte nicht, was er tun sollte. Isabelle aufgeben? Nein – um Himmels willen, nein! Er brauchte sie wie Essen, Trinken und den Schlaf. Marguerite aufgeben? Gerne, aber wie? Das hieß, den Beruf aufgeben, und das lag außerhalb seiner Vorstellungskraft. Mit Marguerite konnte und wollte er nicht über dieses Problem reden, während Isabelle nur fröhlich in den Tag hineinlebte und sich um die Zukunft keinen Deut scherte. Da lachte sie nur und rief:

«*Mon Dieu* – du hast vielleicht Sorgen! Wir leben doch jetzt und nicht in einem Monat oder in einem Jahr. Nur Gott kennt die Zukunft, du kannst morgen tot sein und ich schon heute abend. Wir lieben uns, *chéri*, jetzt und heute, und nur das zählt.»

Perrinet lächelte, und Isabelles Gesicht stand ihm so deutlich vor Augen, als wäre sie gerade hier gewesen. Das zarte ovale Rund mit der braunen Samthaut, den schrägen dunklen Augen – und ihr Lachen erst – ihr Lachen! Wenn Isabelle lachte, dann lachte der ganze Körper, ihre Brüste hüpften, ihre Haare flogen, ihre Hände wirbelten wie kleine Vögel durch die Luft... Und was war das für ein Körper! Schlank wie eine Gerte mit kräftigen Schultern und Armen, die Brüste nicht zu groß und nicht zu klein, Schenkel wie aus Nußbaum gedrechselt mit einem samtigen Honigglanz – und, und... Er schüttelte kräftig seinen Kopf mit den kurzgeschnittenen, strohblonden Haaren. Wer eine Isabelle zur Geliebten hatte, der konnte nicht mit einer Marguerite ins Bett steigen. Wieder schüttelte er störrisch den Kopf. Und leise begann er zu singen, denn es mußte heraus aus ihm, weil er sonst zerbarst. Seit einem halben Jahr war der Stimmbruch überwunden, Perrinet gewann Freude am Gesang und konnte Dutzende der alten Troubadourweisen. Am besten gefielen ihm die Liebeslieder des Bernard de Ventadour.

Gar sanft mit lauter Süßigkeit
Wirkt diese Liebe auf mein Herz.
Tags sterb' ich hundertmal vor Schmerz
Und lebe auf vor Fröhlichkeit.
Mein Weh ist eine süße Pein,
Mit der kein fremdes Glück sich mißt;
Und wenn mein Weh so süß schon ist,
Wie süß muß dann mein Glück erst sein!

Dann hob er die Stimme und wiederholte die letzten Worte ganz laut. Sollten es nur alle hören!

Wie süß muß dann mein Glück erst sein!

Es war Mai, beide Fenster standen weit offen, und von dort kam jetzt ein gedämpftes Klatschen.

«Bravo junger Mann, bravo! Habe schon lange keinen so schönen Gesang mehr gehört!»

Gegen das helle Licht sah Perrinet nur einen dunklen Schatten am Fenster, doch er kannte die Stimme des Mannes.

«Tretet ein, Seigneur, Ihr kommt wegen des Zaumzeugs?»

Der Besucher kam herein.

«Habe nur vorbeigeschaut, wenn ich schon mal in Nantes bin.»

«Leider ist es noch nicht fertig, Seigneur, es sollte ja erst nächste Woche geliefert werden.»

Der eher schmächtige Mann mit dem fahlen Haar und den harten Augen winkte lässig ab.

«Richtig, Perrinet, richtig! Ich will keineswegs drängen. Deine schöne Stimme war es, die mich angelockt hat. Weißt du, daß mein Vetter Gilles in Machecoul einen Knabenchor gegründet hat? Später will er noch eine Abtei stiften.»

«Ein frommer Herr...», murmelte Perrinet.

«Du solltest deine Stimme dort hören lassen, junger Mann. In dieser muffigen Werkstatt verkommt eine solche Gottesgabe. Was meinst du?»

«Ich weiß nicht recht, Seigneur de Sillé... Mein Vater würde es nicht erlauben.»

Der Seigneur trat ganz nahe an ihn heran, und Perrinet sah nun deutlich die Farbe der kalten Augen, und ihn schauderte vor diesem schmutzigen Gelb, das aussah wie Erbrochenes. Er wich etwas zurück.

«Ich werde mit deinem Vater reden, oder Seigneur de Rais wird es tun, wenn er das nächste Mal in sein Haus kommt.»

Etwas wie Trotz regte sich in Perrinet Briand, denn er war ein freier Bürger von Nantes und kein höriger Bauer. Er deutete auf seine Arbeit.

«Ich habe noch viel zu tun, Seigneur, und wie Ihr seht, bin ich dabei, Sattler zu werden und nicht Sänger.»

Sillé lachte, und es klang, als zerbräche ein irdener Topf.

«Aber eines schließt doch das andere nicht aus! Du hast ja schon eine Männerstimme, könntest leicht Chorführer und Solist werden. Fast alle anderen sind Kinder zwischen sechs und zwölf, das taugt nur für den Chorgesang. Seigneur de Rais ist sehr generös, da sitzen die Goldstücke locker. Ich würde es mir an deiner Stelle gut überlegen...»

Mit einem freundlichen Lächeln verabschiedete sich der Seigneur, und Perrinet atmete auf, weil ihm die schmutzig-gelben Augen nicht mehr so nahe waren.

Was gab es da zu überlegen? Bei der Zunft sah man einen Berufswechsel oder gar einen Abbruch der Lehr- oder Gesellenzeit gar nicht gerne. Da würde er später kaum noch Anschluß finden, ganz abgesehen von Vater. Maître Jean Briand würde in gar keinem Fall seine Erlaubnis geben, auch nicht einem Seigneur de Rais, der Dutzende von Burgen und Dörfern besaß und zu den reichsten Edelleuten in und um Nantes zählte. Der König hatte ihn zum Marschall von Frankreich ernannt, weil er im Herbst 1428 an der Seite der Jeanne d'Arc in Orléans die Engländer geschlagen und dann besiegt hatte. Einem solchen Mann etwas abzuschlagen, wäre schon sehr unbedacht gewesen. Seigneur de Rais konnte seine Sattlerarbeiten einem anderen übertragen, konnte Gerüchte in die Welt setzen, konnte Druck auf die Zunft ausüben – konnte so allerlei. Perrinet seufzte und griff nach seinem Messer. Vor einer halben Stunde war ihm das Leben so schön erschienen ...

Isabelle, schoß es ihm durch den Kopf, ihr und mir kann es nur nützen. Wenn ich Sänger in Machecoul bin, dann kann ich Marguerite nicht heiraten. Seigneur de Rais wird es kaum zulassen, daß sein Chorleiter sich davonmacht wegen dieser dummen, bigotten und flachbrüstigen Gans. Perrinet, Perrinet, du malst dir eine Zukunft aus, die dir nicht bestimmt ist. Weiß Gott, was dieser Vetter des Herrn de Rais alles so daherredet.

Draußen war die strahlende Maisonne hinter den Häusern der Place du Puits-Salé verschwunden, und sanft breitete sich eine graue Dämmerung über die kleine Werkstatt mit ihren Geräten: dem Werktisch, den Hockern und den streng riechenden Lederstapeln.

Marguerite trat ein, kaum hörbar, wie es ihre Art war.

«Ist Vater noch nicht zurück?»

Perrinet blickte sich spöttisch um.

«Siehst du ihn irgendwo? Vielleicht ist er in die Truhe dort hinten gekrochen.»

«Warum mußt du nur immer spotten, Perrinet? Könntest deine Verlobte schon manierlicher behandeln.»

Sie sagte das nur so hin, ganz ohne Zorn oder Vorwurf, weil sie wußte, daß Perrinet ihr sicher war. Eine Verlobung vor dem Notar und mit einem Domherrn als Zeugen – das ist schon was! Das ist so gut wie verheiratet. Ihr gefiel dieser Perrinet, und seine Mucken würde sie ihm schon austreiben.

Bald erschien dann auch Maître Aubin, und er war sehr guter Laune.

«Jetzt haben wir endlich beim Herzog erreicht, daß Nantes keine neuen Lederhandwerker aufnehmen muß. Gibt sowieso schon genügend Pfuscher vor den Toren der Stadt, die für ein paar Groschen schlechtes Leder zusammennähen für Geizkragen, die glauben, damit etwas zu sparen. Und wenn das Halfter reißt oder die Trense bricht oder der Sattel nach einigen Monaten auseinanderfällt, dann heißt es, das Handwerk sei auch nicht mehr das, was es früher war. Und wer ist schuld daran? Na – wer schon? Schuld sind...»

So ging es den ganzen Abend fort, und Perrinet hörte gar nicht mehr hin, sondern verabschiedete sich bald. Er hätte üblicherweise bei seinem Lehrherrn wohnen müssen, aber das Haus seiner Eltern lag nur wenig entfernt, und so ging er von der Place du Puits-Salé über die Rue de la Juiverie in die Rue de la Baclerie, an deren Ende – schon fast bei der Place du Bouffay – das Elternhaus lag.

Er war so in Gedanken, daß er den Ruf *attention!* fast überhört hätte und noch einige Spritzer aus dem *pot de chambre* abbekam, den eine schnelle Hand aus einem der oberen Fenster geleert hatte. Der Stadtrat hatte zwar untersagt, die Nachtgeschirre auf die Straße zu entleeren, aber wer hielt sich schon daran? Vor allem die Bewohner der oberen Stockwerke scheuten den Gang zum Abtritt im Hinterhof, und für ältere Menschen mußte es sehr beschwerlich sein, mehrmals am Tag die steilen Treppen hinauf- und hinunterzusteigen.

«Hast du schon zu Abend gegessen?» fragte die Mutter.

«Ja, eine Suppe. Bin nicht hungrig, werde bald zu Bett gehen.»

Marie Briand betrachtete ihren Jüngsten zärtlich.

«Ißt du auch genug?»

«Falle ich vom Fleisch? Wo sind Vater und Etienne?»

«Noch immer in der Werkstatt, die beiden finden heute kein Ende.»

Etienne, der ältere Bruder, war fleißig, stets gehorsam, aber ein besonderes Talent für sein Handwerk besaß er nicht. Wie viele Lederstücke der verschnitten hatte, bis er endlich Geselle war! Aber

Vater hatte niemals die Geduld verloren, und was Etienne an Geschick nicht besaß, ersetzte er durch Fleiß und Ausdauer.

Nun, da er mit seiner Mutter allein war, drängte es Perrinet, vom Besuch des Herrn de Sillé zu erzählen, und mehrmals tat er den Mund schon auf, aber etwas hielt ihn schließlich davon ab. Sonst hatte er vor seiner Mutter kaum Geheimnisse – sie wußte sogar von Isabelle –, aber diesmal beschloß er, abzuwarten, ob der Seigneur tatsächlich beim Vater anfragen würde. Er, Perrinet, glaubte ohnehin nicht daran, weil die adeligen Herren viel daherredeten, wenn der Tag lang ist. Sie hatten in Nantes wenig zu sagen; die Gerichtsbarkeit lag beim Bischof, der zugleich Kanzler des Herzogs der Bretagne war. Das stärkte den Bürgerstolz, und so mancher scheute sich nicht, einen der adeligen Herren – viele von ihnen besaßen hier ein feudales Stadthaus – zu verklagen; und häufig bekam der Bürger recht. Das waren die stolzen Ritter nicht gewohnt, denn draußen auf dem Land, auf ihren festen Burgen spielten sie bei ihren hörigen Bauern die Herren über Leben und Tod.

Seine Gnaden, Jean de Malestroit, Bischof von Nantes, Kanzler und Vertrauter des Herzogs Johann V. der Bretagne, schätzte die adelsstolzen Landjunker nicht, und wenn einer von ihnen – was nicht selten geschah – Schulden bei Händlern und Handwerkern hinterließ, dann wurde ihm sein Stadthaus ohne langes Fackeln unter dem Hintern weggepfändet. Diese gewerbefleißigen Leute nämlich füllten zuverlässig die Kassen des Herzogs, und ihm wie seinem Kanzler waren sie allemal lieber als die aufsässigen Ritter, die keine Abgaben bezahlten und nur Scherereien verursachten.

Man mochte sie hier nicht, und Maître Jean, Perrinets Vater, machte da keine Ausnahme. Aber er behielt diese Meinung für sich, denn ohne die Kunden vom Landadel wäre seine Werkstatt um etliches bescheidener gewesen.

In den nächsten Wochen geschah nichts, das Leben ging weiter wie bisher. Es wurde Juni, man feierte das Fest der heiligen Apostel Petrus und Paulus, dann begann der Juli mit glühendheißen Tagen, an denen einem das Schneidemesser aus den schweißigen Händen glitt.

Die Tage waren lang, und für Perrinet wurde es schwierig, seine

Geliebte unbemerkt zu treffen. Ihr allein hatte er vom Besuch des Seigneur de Sillé erzählt, doch sie war wie Perrinet der Meinung, das sei nur so dahingesagt, und er könne es ruhig vergessen. Sie saßen am Ufer der Madelaine, einem Arm der Loire, außerhalb der Stadt, wo sie sich im dichten Ufergestrüpp ein geheimes Plätzchen geschaffen hatten. Sie hatten sich geliebt und wieder geliebt, und nun lag Perrinet da, seinen Kopf in Isabelles Schoß, und plauderte schläfrig vor sich hin. Wegen der Schnaken unterhielten sie ein kleines Feuer, und Isabelle legte von Zeit zu Zeit eines der gesammelten Holzstücke nach.

«Vielleicht gäbe es dann für uns doch noch so etwas wie eine gemeinsame Zukunft, an die du ja nicht glaubst», sagte Perrinet.

Zärtlich strich sie über sein kurzgeschnittenes Haar.

«Weil ich vernünftig denke und weiß, was möglich ist und was nicht.»

«Die Heirat müßte jedenfalls verschoben werden. Wenn ich dem Seigneur de Rais zusage, kann ich ihn ja bitten...»

Isabelle legte ihm ihre schmale kräftige Hand auf den Mund.

«Schluß jetzt mit dem Gefasel! Der Herr de Rais weiß vermutlich nicht einmal, daß es dich gibt.»

Perrinet richtete sich auf.

«Das weiß er wohl. Ich habe ihm schon Ware in sein Stadthaus *La Suze* geliefert und von ihm selbst das Geld bekommen. Er hat mich angelächelt, auf eine Weise – auf eine Weise...»

«Na, wie denn?»

«Wie man eben einen Jungen nicht anlächelt.»

«Hirngespinste!»

Sie lachte, und ihre Hand stahl sich unter sein kurzes Hemd – mehr hatte er nicht an – und huschte dort herum wie ein Wiesel. Er atmete schneller.

«Du bist eine Hexe!»

«Muß ich wohl sein, denn wie sonst würde es mir gelingen, eine tote Schlange zum Leben zu erwecken. Da! Sie regt sich schon, ich fühle es deutlich, richtet sich auf – bedroht mich!»

In gespieltem Schrecken fuhr sie zurück, Perrinet packte ihre beiden Arme, und ein süßer lustvoller Ringkampf begann, der damit endete, daß Isabelle mit gespreizten Schenkeln auf seinen Hüften saß, um, wie sie sagte, die Schlange zu zähmen.

Später kam sie auf den Seigneur de Rais zurück.

«Ich weiß, warum er dich angelächelt hat.»

Er schaute sie fragend an.

«Weil du ein hübscher Junge bist mit deinem Blondhaar, den grünen Augen und einem Mund wie eine frische Frucht.»

Er blinzelte. «Was?»

«Ja, dein Mund ist wie eine frische Frucht. Deine Geliebte darf das doch sagen, oder?»

«Du schon, aber nicht er – ein Mann!»

«Es gibt Männer, die haben ihren Spaß an jungen Burschen.»

«Davon will ich nichts wissen.»

Isabelle lachte hell auf, ihre Haare flogen, die Brüste wippten.

«Ich schon, weil ich den gleichen Geschmack habe.»

«Du bist eine Frau.»

Wieder lachte sie.

«Zum Glück! Ein Mann möchte ich nicht sein – nie und nimmer!»

«Was ist da so schlimm dran?»

«Ich möchte zum Beispiel kein Krieger sein, weil ich niemanden töten könnte; ich möchte kein Richter sein, weil ich keinen Menschen verurteilen könnte – ich möchte kein Henker sein, kein Metzger, kein Jäger ...»

Perrinet schaute sie zärtlich an. Er wollte nicht darüber diskutieren.

«Du bist Isabelle – meine Isabelle und das genügt.»

Ein paar Tage später kam Perrinet abends nach Haus, froh einen schweren Arbeitstag hinter sich zu haben. Maître Jean, sein Vater, empfing ihn mit einem grimmigen Gesicht.

«Komm mit in die Werkstatt!»

Das klang böse und schroff. Der Vater ging voraus, Perrinet schloß die Tür. Das Abendlicht lag warm und freundlich auf den von Kindheit an vertrauten Gegenständen, dem Schneidetisch, dem Holzbrett und den daran hängenden Messern, Ahlen, Zangen und Schleifsteinen, dem gestapelten Leder, dazu der vertraute Geruch. Er hätte sich hier blind zurechtgefunden. Maître Jean wandte sich um, und ehe Perrinet es sich versah, empfing er zwei schallende Maulschellen – eine links, eine rechts. Verwirrt rieb er sich die Wangen.

«Aber Vater... was habe ich... was ist...»

«Du weißt genau, was ist!» rief Maître Jean, «du hast mich hintergangen, mein Vertrauen mißbraucht. Solange du nicht erwachsen bist, verlange ich von dir Rechenschaft über alle wichtigen Dinge deines Lebens – hast du verstanden?»

Perrinet erschrak. Hatte der Vater etwas von Isabelle erfahren? Sollte er sich dummstellen oder alles zugeben? Doch da sprach der Vater schon weiter.

«Da erscheint heute früh Seigneur de Rais mit seinen Knechten, erteilt mir einen großen Auftrag und fragt so nebenbei nach deinen Sangeskünsten. Ich muß ihn ziemlich dumm angeschaut haben, denn er sagte, ob ich denn nichts davon wisse, daß sein Vetter Sillé dich besucht und die Möglichkeit erwogen habe, dich in seinen Chor zu holen. Das verschweigst du mir, und ich stehe da wie ein dummer Ochse, der von hü und hott nichts weiß.»

«Aber Herr Vater, ich hielt das nicht für so wichtig. Ich sang gerade ein Liedchen, als Seigneur de Sillé dazukam, meine Stimme lobte und meinte, sie sei durchaus für den Chor seines Vetters geeignet.»

Maître Jeans Zorn hatte sich abgekühlt, und er sagte jetzt mit ruhigerer Stimme:

«Du hättest es mir trotzdem sagen müssen. Ich wandte dann ein, daß dein Wunsch, Meister zu werden, größer sei, als den Gesang zum Beruf zu machen, doch Seigneur de Rais wischte den Einwand beiseite. Niemand hindere dich daran, in Machecoul als Sattlerlehrling weiterzuarbeiten, und du könntest dort in Ruhe an deinem Gesellenstück arbeiten, da habe die Zunft gewiß nichts dagegen. Im übrigen müsse er ja ohnehin erst deine Stimme hören, und dann könne man immer noch über das Weitere reden.»

«Was habt Ihr ihm darauf geantwortet, Herr Vater?»

«Daß ich einverstanden bin, wenn du selber es willst.»

Perrinet dachte an die drohende Hochzeit mit Marguerite und sagte ohne zu zögern:

«Warum nicht? Seigneur de Rais ist einer unserer besten Kunden, bei Euch wie bei Maître Aubin. Wir sollten ihn nicht verdrießen.»

Da lächelte Maître Jean und klopfte seinem Sohn auf die Schulter.

«Ich sehe, wir verstehen uns. Aber die Maulschellen hast du trotzdem verdient.»

Am Sonntag darauf erschien Perrinet im Stadtpalais des Seigneur de Rais, mit frisch geschnittenen Haaren und in seinen besten Kleidern. Trotz der Julihitze brannte im großen Saal ein Kaminfeuer, und ein seltsamer, schwer zu definierender Geruch hing im Raum. Perrinet erschrak. Etwas wie Unheil lag über dem düsteren Gemach, doch er schalt sich einen Hasenfuß und setzte ein erwartungsvolles Lächeln auf.

Seigneur Gilles de Rais erhob sich, als der Besucher eintrat. Mit seiner großen schlanken Gestalt und der einfachen, aber sehr feinen Kleidung füllte er den Raum auf eine Art, als gäbe es hier nur ihn. Sein schönes, etwas fahles Gesicht rahmte ein schwarzer kurzgeschnittener Bart, seine dunklen Augen schienen leicht zu flackern, als er Perrinet musterte – sehr eindringlich musterte.

«Bei unserem letzten Treffen warst du noch ein Kind, Perrinet – jetzt bist du ein junger Mann.»

Etwas wie Bedauern lag in dieser Feststellung.

«Ich habe ja gesagt, er könnte dir zu alt sein», warf Seigneur de Sillé ein.

Ach, den gibt es auch noch, dachte Perrinet.

«Spielst du ein Musikinstrument?»

«Nein, Herr.»

«Sillé, hol eine Laute.»

Der Vetter verschwand. Perrinet blickte verstohlen zum Kamin und rümpfte die Nase. Der Seigneur bemerkte es sofort.

«Stinkt hier ein wenig, nicht wahr? Mein alter Majordomus hat Rattengift verstreut, und wir haben die toten Viecher verbrannt. Ratten, Mäuse und eine Katze, die auch draufgegangen ist.»

Perrinet sah schwärzliche Klumpen im Feuer liegen, aber er schaute nicht genauer hin.

«Wie alt bist du, mein Junge?»

«Gerade sechzehn geworden.»

«Aha – da hast du sicher schon eine Freundin?»

Nichts von Isabelle, dachte Perrinet, nicht jetzt.

«Ich bin schon verlobt, Seigneur, mit Marguerite, der Tochter meines Lehrherrn.»

«Dann ist ja alles im Lot», sagte Seigneur Gilles und griff nach der Laute, die Sillé ihm reichte.

«Was spielen wir, was singen wir? Vielleicht etwas Religiöses, das dir aus der Kirche vertraut ist? Oder lieber den Schlachtgesang des ungestümen Bertrand de Born?»

«Den kenne ich!»

«Also gut.»

Gilles de Rais schlug die Laute an, und Perrinet sang.

Be m play lo douz temps de pascor,
Que fai fuelhas e flors venir...

Der holde Lenz gefällt mir schon,
Der Blüten treibt und Blätter;
Mich freut auch mit dem süßen Ton
Der Vögel froh Geschmetter.
Mehr aber freut es mich, zu sehn
Vom Anger die Standarte wehn,
Zum Kampfe wehn den Rittern...

Seigneur de Rais spielte noch einige Akkorde und stellte die Laute weg.

«Ein wildes Lied, nicht wahr, von Kampf und Sieg und Tod. Gefällt es dir?»

«Weniger der Inhalt als die schönen Reime.»

Er stand auf.

«Hast recht, Krieg ist nichts Schönes, auch wenn die Dichter ihn verherrlichen. Er ist nur manchmal notwendig. Deine Stimme gefällt mir, Perrinet, mein Vetter hat da nicht übertrieben. Wir könnten es mit dir versuchen – wenn du willst.»

«Ich will», sagte Perrinet fest, «ja, ich will!»

Maître Aubin legte sich zuerst quer, als sein Lehrling und künftiger Schwiegersohn so mir nichts dir nichts verschwinden sollte, doch auch er wurde mit Aufträgen und guten Worten beschwichtigt. Im übrigen könne er, der Meister, gelegentlich Perrinets Arbeiten überprüfen. Er sei auf Machecoul, das ja nur einen Tagesritt von Nantes entfernt läge, jederzeit als Gast willkommen, doch wenn er die Reise scheue, würden die Knechte des Marschalls ihm von Zeit zu Zeit Perrinets Arbeiten zur Besichtigung vorlegen. Maître Aubin wunderte sich über das Gewese um seinen Lehrjungen, nur weil der recht gefällig ein Liedchen zu trällern verstand. Marguerite sagte nichts dazu. Es fragte sie auch keiner.

Das prächtige hochaufragende Schloß lag am Rande der Ortschaft Machecoul auf flachem Land, von weiten Feldern umgeben, hinter dichten Busch- und Baumgruppen verborgen. Um die Burg verstreut, standen die niedrigen Hütten der Dienstleute, und wie Perrinet bald sah, waren es sehr viele Menschen, die für den Seigneur arbeiteten – Gärtner, Reitknechte, Handwerker, Wäscherinnen, während die im Rang Höherstehenden, die Kammerdiener, Küchenmeister und Mundschenken in den Seitenflügeln und Anbauten der Schloßburg lebten.

Perrinet Briand wurde dort einquartiert, sein Nachbar war ein junger Schulmeister, der viel von Musik verstand und mit den Knaben die lateinischen Choräle einübte. Die meisten der Jungen kamen aus Machecoul und wohnten bei ihren Eltern, ein paar von ihnen lebten als Pagen im Schloß.

Perrinets Stimme gefiel, wurde geschult, und bald durfte er – auf ausdrücklichen Wunsch des Marschalls – als Vorsänger und gelegentlicher Chorleiter auftreten. Der Schulmeister begegnete ihm mit Zurückhaltung, aber er brachte ihm bei, was er als Chorführer wissen mußte, vor allem die Notenschrift, und bald wußte Perrinet eine *Maxima* von einer *Longa*, eine *Fusa* von einer *Minima* zu unterscheiden und konnte die oft sehr ähnlichen Pausenzeichen auseinanderhalten.

Marschall de Rais war in diesem Frühjahr oft unterwegs, denn seine zahlreichen Besitzungen lagen zum Teil weit auseinander, und –

so munkelte man – der Seigneur müsse wegen seiner großen Ausgaben einen Teil davon verkaufen.

Im Juni kam er für länger zurück, und mit ihm setzte ein aufwendiges feudales Hofleben ein. Es wurde geschlachtet und gebacken, gebraten und gesoffen, gejagt und geritten, musiziert und getanzt. Ganze Scharen von Händlern, Gauklern und Bettlern belagerten Tag und Nacht das Tor zum Schloß – und sie taten es nicht umsonst. Die Gaukler durften auftreten, die Händler breiteten ihre Schätze an Juwelen, Prachtkleidern, Schnitzereien, illustrierten Büchern und Raritäten aus fernen Ländern vor dem Marschall aus, und er kaufte, kaufte, kaufte. Die Bettelkinder wurden mit den Resten der Festmähler gefüttert, und einige von ihnen – weißhäutige, blondgelockte, grün- oder blauäugige Buben zwischen acht und zehn Jahren – wurden ins Schloß geholt, gewaschen, gekämmt, gekleidet, getränkt und gefüttert, herausgeputzt wie kleine drollige Pagen. Irgendwie verschwanden sie dann wieder, und der kundige Seigneur de Sillé holte für seinen kinderlieben Vetter neue heran, häufig begleitet von Roger de Bricqueville, einem anderen Freund und Verwandten des Marschalls.

An der Tafel spielten die Musikanten lustige Weisen, und Perrinet sang Lieder von Machaut, Deschamps und Froissart. Da saß der Marschall dann im Kreise von Freunden, umsorgt von seinen Lieblingsdienern Poitou und Henriet, aß und trank, lauschte der Musik – trank vor allem, Becher um Becher, nötigte auch andere zum Trinken. Da durfte Perrinet sich eines trunkenen Abends neben ihn setzen, der Seigneur legte einen Arm um seine Schulter und lallte ihm ins Ohr: «Ge-gefällt's dir bei mir, Per-Perrinet? Ein lu-lustiges Leben – oder? Zieh – zieh dich aus – los! Ist do-doch warm genug...»

Seigneur de Sillé betrachtete Perrinet mit seinen schmutzig-gelben Augen wie die Schlange das Kaninchen, und als der Junge zögerte, zischte er ihn an:

«Hast du nicht gehört, was der Marschall gesagt hat?»

Was soll's, dachte Perrinet, auch schon etwas betrunken, was kann schon passieren? Er schlüpfte aus den Kleidern, behielt nur den Lendenschurz an. Der Seigneur lachte auf seine harte, freudlose Art.

«Schau – schau, Sillé, was für einen schönen Hintern unser Chorknabe hat.»

Er strich kurz mit der Hand darüber, seine Finger schlüpften unter den Lendenschurz, fanden das Glied, streichelten es, preßten und bogen es, daß Perrinet leise aufschrie. Gilles de Rais lachte.

«Der Kleine ist empfindlich? Los – troll dich, bi-bist mir zu – zu alt.»

Er sagte es nicht unfreundlich, und als sich Perrinet wieder angezogen hatte, küßte de Rais ihn auf den Mund.

«Ge-gehörst trotzdem zu meinen Lie-Lieblingen...»

Perrinet fürchtete, in dieser schwülen, von Wein und Schweiß geschwängerten Luft zu ersticken, und bat, sich entfernen zu dürfen.

«Aber freilich», rief der Marschall, «kannst gehen und kommen wie du – wie du willst.»

Seigneur de Sillé lächelte spöttisch dazu.

«Wir sind alle eine große Familie.»

Perrinet taumelte hinaus, atmete tief die klare kühle Frühsommerluft, ging über den Schloßhof zur Zugbrücke – die Wachen kannten ihn und rührten sich nicht –, lief auf die große Wiese und warf sich ins taufeuchte Gras. Er war nicht allein – ringsum nächtigten unter dürftigen Planen, Decken und Strohbündeln die Gaukler und Bettler. Etwas zupfte ihn am Arm, und er setzte sich auf. Da stand ein etwa zehnjähriges Mädchen, und das fahle Mondlicht schimmerte auf ihrem verfilzten Haar.

«Herr, Ihr seid doch einer von da drinnen?»

Er nickte.

«Ich habe einen Bruder, François, der ist vor drei Tagen ins Schloß geholt worden und nicht mehr wiedergekommen. Er ist kleiner als ich, blond, hat ein rundes Gesicht...»

«Ich glaube, ich habe ihn gesehen», sagte Perrinet leichthin. «Sicher geht es ihm gut, und er wird bald wiederkommen.»

Dann schlief er ein und wachte weit nach Mitternacht mit steifen Gliedern wieder auf. Er fühlte sich munter und ausgeruht, hatte keine Lust, ins Bett zu gehen. An den schlafenden Wachen vorbei ging er ins Schloß zurück, hatte plötzlich Lust auf frisches Obst, das in einem Keller unter dem Nordturm lagerte.

Da hörte er einen Schrei, schrill, grausig und nicht enden wollend. Perrinet fröstelte. Das klang wie von einem Kind. Was soll's, dachte er, ein Kind hat im Schlaf geschrien. Doch dann schüttelte er den Kopf. So schreit man nicht im Schlaf. Die Lust auf Obst war ihm vergangen, aber es ließ ihm keine Ruhe, er nahm eine brennende Kerze vom Sims, stieg eine steile Steintreppe hinab, und da öffnete sich ein schmaler Gang, der vor einer schweren Holztür endete. Sie war aus unregelmäßigen Bohlen gezimmert, durch deren Ritzen funkelte flackerndes Licht.

Wie im Traum ging Perrinet auf die Tür zu, löschte die Kerze, preßte sein Gesicht gegen das rauhe Holz und spähte durch eine der Ritzen. Da stand der Marschall mit dem Rücken zur Tür, ihm schräg gegenüber sein Vetter Sillé, während Poitou, der Leibdiener, gebückt etwas vom Boden aufwischte. Plötzlich drehte der Seigneur de Rais sich zur Seite, hob etwas hoch und ließ ein schreckliches, den Raum füllendes Lachen hören.

Als Perrinet sah, was der Seigneur in der Hand hielt, fuhr er zurück, als hätte ihn ein Schlag getroffen. Kalter Schweiß brach ihm aus den Poren, sein Magen krümmte sich, die halbverdauten Speisen und der Wein schossen in den Mund. Ächzend und würgend lief er die Treppe hinauf, das Erbrochene floß ihm über die Lippen, er stolperte, lief weiter, würgte, erbrach sich, lief, lief und sank neben dem Brunnen im Schloßhof zu Boden.

Das muß ein Alptraum gewesen sein, dachte Perrinet. Er zog den Eimer herauf und goß sich das eiskalte Wasser über den Kopf. Er träumte nicht, er war wach. Langsam schwand die Übelkeit, und seine Gedanken ordneten sich.

Dann fiel ihm plötzlich und scheinbar ohne Zusammenhang der seltsame Geruch im Stadthaus des Marschalls ein. Auch hier hatte er von Zeit zu Zeit diesen Geruch wahrgenommen, aus dem Garten hinter dem Schloß, wo Poitou und Henriet manchmal etwas verbrannten und dabei sehr geheimnisvoll taten. Einmal hatte Perrinet nachgesehen und einige verkohlte Knochen gefunden. Da atmete er auf. Sie verbrennen Küchenabfälle, weil man sich der Hunde nicht mehr erwehren konnte, ließ man die abgenagten Knochen einfach liegen.

Waren es tatsächlich Abfälle gewesen, damals in Nantes – Ratten, Mäuse und eine tote Katze?

Sein Verstand weigerte sich, Zusammenhänge herzustellen. Er schüttelte immer wieder seinen Kopf. Er war vor Schrecken wie betäubt und verkroch sich in sein Zimmer.

I

Jean de Malestroit, Schatzmeister, Generalsteuerpächter und Kanzler des Herzogs der Bretagne, dazu Bischof von Nantes, entstammte zwar einer Adelsfamilie, doch das änderte seine Einstellung nicht im geringsten. Er mochte sie nicht, diese kleinen und großen Feudalherren, die zu nichts nütze waren und deren endlose Streitereien sein fürstlicher Freund, Herzog Johann, zu schlichten hatte, wenn er diese Aufgabe auch meist seinem Kanzler übertrug. Sie waren Lehensmänner, diese Herren, und hätten im Konfliktfall Waffendienst leisten müssen, aber wenn man sie wirklich brauchte, hagelte es Ausreden. Von Abgaben jeglicher Art waren sie selbstredend befreit, und so saßen sie wie kleine Herrgötter auf ihren festen Burgen und lachten sich ins Fäustchen.

Er war mit den Jahren ein wenig dick und behäbig geworden, der Bischof von Nantes, auch sein schönes volles Haar hatte sich gelichtet – besser gesagt, es war so gut wie nicht mehr vorhanden, doch bei einem Würdenträger wie Malestroit fiel das kaum ins Gewicht, weil sein Rang es ihm erlaubte, das Haupt stets bedeckt zu halten. Sein fünfzigster Geburtstag lag schon eine Weile zurück, aber der Kanzler fühlte sich so jung und frisch wie ein Dreißigjähriger, und wenn er daran dachte, welche Aufgaben seiner harrten, so barst er vor Tatkraft.

Er hatte es sich zum Ziel gesetzt – und der Herzog gab ihm dazu freie Hand –, die Feudalherren in der Bretagne zu stutzen, ihren Besitz und ihre Macht zu schmälern, mit der Stimme des Volkes gesagt: sie kleinzukriegen. Beim Herzog mochten dabei staatspolitische Motive den Vorrang haben, beim Bischof aber war es ein ehrgeiziges Prinzip, wenn auch nicht ohne Selbstsucht, denn er achtete durchaus darauf, daß dabei für ihn etwas abfiel.

Nun arbeitete er daran, Seigneur Gilles de Rais, den Marschall von Frankreich, kleinzukriegen, und er ging dabei so geschickt zu Werke, daß der mit anderen Dingen befaßte Seigneur es nicht einmal merkte – noch nicht.

Jean de Malestroit nahm ein Blatt zur Hand und ließ – zum weiß Gott wievielten Mal – seine Augen über die Aufstellung des weithin verstreuten Besitzes von Seigneur de Rais gleiten. Schlösser, Burgen, Edelsitze, Güter, Dörfer, Märkte, Weinberge – das ganze Blatt war mit Namen beschrieben. Champtocé und Ingrandes an der Loire, durch Schiffszölle immens reiche Besitzungen, dann Machecoul, Pornic, Bourgneuf, Vue, Princé, Prigny, St. Etienne, Légé und La Bénate im Pays de Rais, der Gegend, die seinen Namen trug und die noch zur Bretagne gehörte. Seine Frau Catherine hatte dem Seigneur die reichen Herrschaften Tiffauges und Pouzauges eingebracht, doch die lagen in der Grafschaft Poitou, außerhalb des Gerichtsbereichs der Bretagne wie auch die Besitzungen in Maine und im Anjou.

Malestroit rieb sich die Hände. Einiges davon, nämlich Prigny, Vue und ein paar andere Ländereien hatte er schon an sich gebracht – für einen Pappenstiel! Der Seigneur war in ständiger Geldnot, sein vielköpfiger Hofstaat kostete ihn Unsummen, und er brauchte es immer schnell und sofort, dieses Geld, und so sandte der Bischof seine Agenten, die es bar auf den Tisch legten. Für Prigny etwa hatte er nur ein Fünftel des tatsächlichen Wertes bezahlt. Herzog Johann wußte davon und hieß es stillschweigend gut, denn sein Kanzler verpachtete die Güter an Nichtadelige, und die mußten reichlich Abgaben an die herzogliche Kasse zahlen. Außerdem hatte Seine Hoheit schon begehrliche Blicke auf Ingrandes und Champtocé geworfen und die Bemerkung fallenlassen, wenn es an der Zeit sei, wolle er vielleicht diese schönen Besitzungen für seinen Sohn erwerben.

Ich werde dich nicht mehr aus den Augen lassen, Gilles de Rais, und mir wird erst wohl sein, wenn man dich als Bettler aus dem Land jagt. Doch dazu wird es vielleicht gar nicht kommen.

Malestroit holte ein anderes Blatt aus seinem großen vieltürigen

Schreibschrank und ging damit zum Fenster. Sein Sekretär hatte vor kurzem die Klagen zusammengefaßt, die seit Monaten eintrafen aus Nantes, aus den Ortschaften der engeren und weiteren Umgebung. Und immer ging es darum, daß der Seigneur oder seine Vettern Sillé und Bricqueville, häufig auch seine Diener Henriet und Poitou, bei Eltern, Verwandten und Lehrherren Knaben angeworben hatten für den Kirchenchor, als Pagen oder Schloßdiener, und diese Leute waren stolz, daß die Kinder bei so einem großen Herrn lernen und arbeiten durften. So weit, so gut. Doch dann, als die wenigsten von ihnen zurückkehrten, keimten Argwohn und Mißtrauen auf. Anfragen in Machecoul, in Tiffauges oder Champtocé – in diesen drei Burgen hielt der Seigneur sich am häufigsten auf – wurden entweder gar nicht beantwortet oder nur mit Ausflüchten. War der Junge nach Machecoul gegangen, so hieß es, er befinde sich nun in Tiffauges; fragte man dort an, so verwies man auf Champtocé, und war er nicht da, so befand er sich auf der Reise von einem Ort zum anderen. Wer sich damit nicht abspeisen ließ, wie Perrine Loessart, die Mutter eines zehnjährigen Jungen, dem wurde trauervoll mitgeteilt, der kleine Page sei bei der Überquerung eines Flusses vom Pferd gestürzt, ertrunken und weggeschwemmt worden. Und das wiederholte sich, wieder und wieder: vom Pferd gestürzt, beim Apfelpflücken verunglückt, von einer Leiter gefallen, ertrunken, vom Pferd getreten, vom Jagdhund gebissen, von durchziehenden Gauklern geraubt – immer waren die Knaben tot oder verschwunden.

Malestroit schüttelte den Kopf. Er griff nach der Handglocke.

«Laß Maître Petit kommen!»

René Petit war ein junger, ehrgeiziger und talentvoller Jurist, Malestroits Privatsekretär und rechte Hand. Er stammte aus Tours, war der Sohn eines Notars, hatte in Paris die Rechte studiert und dort seine Magisterprüfung abgelegt. Als Malestroit einen tüchtigen Sekretär suchte, war ihm Petit von einem früheren Studienfreund, der jetzt in Paris Kirchenrecht lehrte, ausdrücklich empfohlen worden.

Der Magister trat ein, wie immer einfach, aber untadelig gekleidet, sein schmales gescheites Gesicht gesammelt und aufmerksam. Malestroit mochte diesen Menschen, weil er seine Arbeit ernst nahm, beherrscht, unbestechlich und loyal war.

«Monseigneur?»

«Setzt Euch zu mir, Petit, mir geht diese Sache da nicht aus dem Kopf.»

Er schob seinem Sekretär das Blatt über den Tisch. Der lächelte kurz.

«Das kenne ich, Monseigneur, ich habe es ja selber abgefaßt.»

«Ich kann's einfach nicht glauben! Vielleicht haben einige dieser Eltern ihre Kinder versteckt, um aus Seigneur de Rais Geld zu pressen. Wo sollen sie denn sein, Dutzende von Knaben zwischen sechs und sechzehn Jahren? Sie können sich doch nicht in Luft aufgelöst haben oder vom Seigneur zum Abendmahl verspeist worden sein? So etwas gibt es doch nicht! Was haltet Ihr davon, Magister?»

«Jedenfalls glaube ich nicht, daß so viele Eltern quasi zur gleichen Zeit auf den Gedanken kommen, Seigneur de Rais zu erpressen – ganz davon abgesehen, daß niemand es wagen würde. Ich halte aber etwas anderes für möglich: Der Marschall hat die Kinder verkauft.»

Malestroit riß die Augen auf und fuhr sich nervös über die Stirn.

«Verkauft? Wohin, an wen? Wer kauft schon Kinder?»

«So abwegig ist das nicht, Monseigneur. Frankreich ist durch den jahrzehntelangen Krieg mit England ausgeblutet, Pest und Hungersnöte haben ein übriges getan, um ganze Landstriche zu entvölkern. Nun geht es wieder aufwärts, aber wer etwas schaffen will, braucht dazu Menschen. Den Besitzern und Betreibern von Erzgruben, Salinen, Weinbergen und Obstgärten fehlen die Hände, um zu graben, zu schöpfen, zu schneiden und zu pflücken. Fällt Euch nicht auf, daß die meisten der Jungen im Alter zwischen zehn und vierzehn waren, gesund, kräftig? Keine schwachen und hungrigen Bettelkinder. Ich bin mir fast sicher, daß diese Burschen in einem anderen Teil von Frankreich als Arbeitssklaven und Leibeigene ein elendes Dasein führen. Wie ich Herrn de Rais einschätze, wird er alles tun, um sein aufwendiges Prasserleben so lange wie möglich weiterführen zu können. Er hat die Jungen verkauft, das halte ich für die wahrscheinlichste Möglichkeit.»

Malestroit nahm die Kappe ab und strich über seinen kahlen Schädel.

«So einleuchtend es auch klingt, Petit, mir will es nicht so recht in den Kopf. Aber ich gebe es gerne zu, daß mir auch nichts Besseres einfällt. Nur dürfen wir die Klagen dieser Eltern und Angehörigen nicht einfach in den Wind schlagen. Was Seigneur de Rais mit diesen Kindern auch immer getan hat – wir müssen es herausfinden. Und wenn es etwas Übles war, dann gnade ihm Gott!»

«Eines muß noch bedacht sein, Monseigneur. Die hier aufgeführten Klagen von Eltern, Verwandten und Lehrherren dürften nur ein Bruchteil dessen betreffen, was tatsächlich geschehen ist. Kein höriger Bauer aus Champtocé, Machecoul oder Tiffauges würde es wagen, seinen Feudalherrn zu verdächtigen oder ihn gar anzuklagen, ganz abgesehen von den zahlreichen Bettelkindern, die von Burg zu Burg, von Dorf zu Dorf ziehen. Selbst wenn die im Dutzend verschwinden, wird es keinen kümmern.»

Malestroit lächelte hintergründig.

«Jetzt habe ich Euch bei einem Denkfehler ertappt, Magister! Ihr selber habt vorhin gesagt, daß für einen Verkauf nur gesunde und kräftige Kinder in Frage kommen. Was also soll er mit schwachen, grindigen, nicht selten sogar verkrüppelten Bettlern?»

Petit sah den Bischof ruhig an.

«Ich bin ein wenig auf Spurensuche gegangen. Es sind sowohl Bauern- wie Bettelkinder verschwunden, dafür gibt es Zeugen und Beweise.»

Malestroit drohte mit dem Finger.

«Schau, schau, der Herr geht eigene Wege. Aber im Ernst: Ihr habt gut daran getan, Euch umzusehen, und ich möchte unsere Untersuchung erweitern und auf eine solide Basis stellen. Das denke ich mir so: Ich gebe Euch Geld und die nötigen Papiere – sie werden Euch zum Kommissar ernennen und das Siegel seiner Hoheit des Herzogs tragen – mit dem Auftrag, geheime Untersuchungen anzustellen, natürlich nur auf dem Hoheitsgebiet der Bretagne. Für die Besitzungen im Poitou und im Anjou werde ich eine andere Lösung finden. Aber achtet mir darauf, daß zunächst niemand erfährt, wonach Ihr forscht und in wessen Namen! Ihr sollt Euch umhören, unauffällig, mit Bedacht, quasi nebenbei, als ginge es um eine Bagatelle, etwa eine Steuersache. Sprecht mit den Leuten, deren Namen wir bis jetzt kennen, vielleicht trefft ihr auf Fälle, wo die Kinder wiedergefunden wurden – wer weiß? Seid freundlich, und wo es sein muß» – der Bischof rieb Daumen und Zeigefinger aneinander – «seid auch großzügig, aber denkt daran: nur kleine Münze. Ein höriger Bauer käme sofort in Verdacht, wenn er ein Goldstück wechseln ließe. Und, Magister, hört Euch alle an! Ganz gleich, ob es ein altes geschwätziges Weib ist, ein lallender Betrunkener oder die paar Worte eines verstockten Kindes. Versucht vor allem auch jene zum Sprechen zu bringen, die aus Angst vor dem Grundherrn sprachlos sind: die Bauern, Taglöhner, Schäfer, Winzer, Landarbeiter. Und bleibt um Gottes willen innerhalb der Grenzen des Herzogtums, aber das brauche ich Euch als Jurist ja nicht zu sagen. Dabei haben wir Glück, denn die meisten Klagen kommen aus dem Dreieck Nantes, Bourgneuf und Machecoul. Wir lassen uns Zeit, Magister, und die Zeit arbeitet für uns.»

Petit verneigte sich leicht, sein schmales gescheites Gesicht blieb unbewegt.

«Ich werde tun, was Ihr befehlt. Es wird etwas hinderlich sein, daß wir unsere Ermittlungen nicht auf Champtocé im Herzogtum Anjou und auf Tiffauges in der Grafschaft Poitou ausdehnen können, da einige Spuren auch dorthin führen. Aber ich sehe dennoch eine Möglichkeit.»

Malestroit beugte sich neugierig vor.

«Und die wäre?»

«Der Marschall hat sich vor kurzem einen Alchimisten aus Italien kommen lassen. Es geht das Gerücht, er wolle Gold machen und habe den Teufel beschworen.»

Malestroit schlug mit der Faust auf den Tisch, daß die Handglocke umfiel.

«Petit, ich könnte Euch umarmen! Wenn das stimmt, müßte die Inquisition zugezogen werden.»

Petit nickte.

«Und die ist an keinerlei Grenzen gebunden, eingesetzt vom Papst, allein der Kirche verantwortlich und nicht dem Landesfürsten, der sich ihr unterwerfen und sie unterstützen muß.»

«Der Landesfürst darf dann das Urteil verkünden und die weltliche Strafe vollstrecken.»

Malestroit sagte es her wie einen Gesetzestext.

«Ja, so steht es im ‹Manuel des Inquisiteurs› von dreizehnhundertsechsundsiebzig. Wir müßten uns also an Jean Blouyn, den Inquisitor für die Diözese Nantes wenden.»

«Das weiß ich selber», sagte der Bischof unwillig, doch er schien an etwas anderes zu denken. «Habt Ihr Euch schon Gedanken darüber gemacht, daß der Marschall de Rais allein durch seine weltlichen Vergehen – was immer er mit den Kindern gemacht haben mag – kaum zu fassen sein wird? Seine Kumpane werden beschwören, daß die kleinen Pagen beim Dienst verunglückt sind, und ihre Eltern werden ein paar *écus* Abfindung bekommen und sich daranmachen, neue Kinder zu zeugen. Das Delikt Sodomie wäre schon besser, aber die kleinen Zeugen sind verschwunden, und seine Diener werden schweigen. Auf diese Weise ist der Seigneur schwerlich zu fassen und kann bestenfalls zu einer Geldbuße verurteilt werden. Die zahlt er dann – wenn er sie überhaupt bezahlt – mit der linken Hand. Aber Teufelsbeschwörung...»

Der Bischof sah sehr zufrieden aus und fuhr fort:

«Übrigens, Petit, da seht Ihr wieder, was Ihr als Priester erreichen könnt. Als weltlicher Jurist habt ihr es schwerer, so tüchtig Ihr auch seid. Laßt Euch wenigstens zum Diakon weihen, tragt in der Öffentlichkeit ein geistliches Gewand und lebt weiter wie bisher. Ich meine es nur gut mit Euch. Schaut doch mich an! Glaubt Ihr, ich hätte es als sechster Sohn eines kleinen Landedelmannes zu mehr gebracht als zum Hauptmann der herzoglichen Truppe? Aber das geistliche Gewand öffnet alle Türen.»

«Monseigneur, da muß ich Euch mit allem Respekt vorwerfen, daß Ihr untertreibt. Nicht das geistliche Gewand hat Euch im Leben vorwärts gebracht, sondern ein scharfer Verstand, Loyalität, politisches Talent und ein kühler Kopf. Ihr hättet auch ohne die Tonsur Karriere gemacht.»

Malestroit lachte schallend, und Petit sah, daß es ihm schmeichelte.

«Von der Tonsur sieht man inzwischen nicht mehr viel. Aber in einem habt Ihr unrecht: Bischof von Nantes wäre ich nicht geworden. Ich sehe schon, Ihr hört auf diesem Ohr schlecht. Was stört Euch denn am geistlichen Stand?»

«Ich möchte später eine Familie gründen.»

«Das könnt Ihr auch so. Die meisten geistlichen Herren haben Frauen und Kinder – zur linken Hand. Läßliche Sünden, die man beichten kann.»

«Mir liegt so etwas nicht, Monseigneur, ich möchte lieber gerade Wege gehen.»

«Wie Ihr wollt, Magister.» Das klang ziemlich kühl.

Noch am selben Tag sandte der Bischof einen Boten in das Dominikanerkloster, wo der Inquisitor Jean Blouyn lebte und wirkte. Der ernannte den jungen Pater Robert Lesné zum Kommissar im Fall des Seigneurs de Rais und sandte ihn nach Nantes. Wenig später machte Bischof Malestroit die beiden Kommissare miteinander bekannt.

«Ihr, Magister Petit, seid der weltliche Arm der Gerechtigkeit und Ihr, Bruder Robert, der geistliche. Ihr sollt Hand in Hand zusammenarbeiten, euch von Zeit zu Zeit absprechen, die Ermittlungen koordinieren, mir gemeinsam Bericht erstatten, aber niemals gemeinsam auftreten.»

Die blauen Augen des jungen Paters strahlten vor Eifer. Sein sommersprossiges Gesicht rötete sich leicht.

«An mir soll es nicht liegen! Ich fürchte weder Tod noch Teufel und habe Gott gelobt, das Böse auszurotten, und als gehorsames Werkzeug der Heiligen Inquisition werde ich mich nicht schonen.»

Malestroit verkniff sich ein Lächeln und zwinkerte seinem Sekretär unauffällig zu.

«Nun, Magister Petit, was habt Ihr dem entgegenzusetzen?»

«Nichts, Monseigneur, als meinen weltlichen Eifer, die Verbrechen des Seigneur de Rais – falls er welche begangen hat – nach besten Kräften aufzudecken, um ihn seiner Strafe zuzuführen.»

«Gut, meine Herren. Ihr, Pater Lesné, seid hiermit entlassen. Geht zur Kasse und laßt Euch zwanzig *écus d'or* auszahlen. Das dürfte für die ersten Monate genügen.»

Als Lesné verschwunden war, sagte Jean Petit:

«Mir habt Ihr dreißig geben lassen; warum wird der Pater benachteiligt?»

«Ihr seid ein rechter Quälgeist, Petit, und wollt immer alles genau wissen. Pater Robert kann bei seinen Ermittlungen in Klöstern übernachten und wird dort auch verpflegt, während Ihr auf Herbergen und Gasthäuser angewiesen seid.»

«Dann ist es gerecht.»

«Eben. Ehe Ihr Euch auf den Weg macht, wünsche ich ein *curriculum vitae* unseres Verdächtigen, so ausführlich wie möglich. Was Ihr nicht wißt, könnt Ihr später im Laufe der Ermittlungen ergänzen. Wir müssen diesen Herrn von Grund auf kennenlernen – er muß für uns im Sinne des Wortes ‹faßbar› sein. Verstehen wir uns, Magister?»

«Absolut, Monseigneur, Ihr könnt Euch auf mich verlassen. Aber eines muß ich noch wissen. Wo soll mein Bericht beginnen? Bei den Eltern? Bei den Großeltern?»

«Gilles' Eltern starben früh, er wurde vom Großvater erzogen. Ich kannte diesen Jean de Craon – ein finsterer, habgieriger und gewalttätiger Mann. Alle Welt fürchtete ihn, und er genoß es. Er war ein Verbrecher, schlau, tückisch und zu allem bereit. Vielleicht hat er sein böses Blut an den Enkel weitervererbt? Nun, Magister, macht Euch an die Arbeit.»

Der Bischof mußte nicht lange auf den Bericht warten, und dieser begann vor etwa dreißig Jahren mit Gilles' Großvater, dem finsteren und habgierigen Seigneur de Craon.

2

Jean de Craon galt – nächst dem Herzog – als der reichste Lehensmann im Anjou. Meist residierte er in seiner festen Burg Champtocé, die auf einem Höhenrücken über der Loire thronte und von deren hochragendem schlanken Südturm ein Wächter Tag und Nacht den Fluß kontrollierte. Craon erhob Zölle von den Schiffen, doch er tat dies in der Art eines Freibeuters – gewalttätig, wucherisch, die Landesgesetze mißachtend.

Aus der Grafschaft Anjou war 1380 ein Herzogtum geworden, und in der Residenz des Herzogs Ludwig in Angers häuften sich die Klagen über den räuberischen Lehensmann. Doch es geschah nicht viel, weil der Herzog sich schon seit Jahren bemühte, die Königskrone von Neapel an sich zu bringen und sich nur selten in seinem Stammland aufhielt.

In dieser windigen, von Regenschauern durchpeitschten Herbstnacht des Jahres 1404 hatte Jean de Craon andere Sorgen, als auf die Loireschiffer zu achten. Seine Tochter Marie lag seit Stunden in den Wehen, und Seigneur Jean tat, was er lange nicht mehr getan hatte: Er kniete in der Burgkapelle vor einer Statue der Schmerzhaften Gottesmutter und versuchte zu beten, aber ihm fiel nur das Vaterunser ein. Und so murmelte er die alten heiligen Worte, ohne ihren Sinn zu erfassen, ohne seine Seele Gott zu öffnen.

Alles, was von ihm bisher geplant und in die Wege geleitet worden war, hatte sich in seinem Sinn weiterentwickelt. Als er im Februar seine einzige Tochter mit Guy de Laval verheiratete, war dieser Hochzeit ein Meisterstück an Lug und Betrug vorausgegangen. Der Bräutigam hatte nach langem Hin und Her seine Verwandte, die kinderlose Jeanne de Chabot beerbt, deren umfangreicher Besitz im Pays de Rais südlich von Nantes lag und deren Bedingung es war, daß der Erbe Siegel und Titel der Herren von Rais führte. Kurz vor ihrem Tod überlegte es sich die Edeldame anders und hinterließ ihren Besitz der Familie de Craon. Guy de Laval drohte mit Prozessen. Schließlich einigte man sich auf die einfachste Lösung: Ein Laval heiratet eine Craon, und das Ehepaar wird Namen, Titel und Siegel der Herren von Rais führen.

Und du, mein ungeborener Enkel, wirst dies alles erben, und ich werde, solange ich lebe, dafür sorgen, daß es mehr wird – mehr – mehr – mehr! Das klang nun nicht mehr nach einem Gebet. Jean de Craon erhob sich, schlug ein Kreuz und neigte seinen kantigen Schädel mit der arrogant vorspringenden Nase. Er ging hinüber zum Palast, hörte die Schreie der Gebärenden und nickte zufrieden. Der künftige Herr von Rais will ans Licht! Daß es ein Mädchen sein könnte, kam ihm nicht in den Sinn. Er blickte zum Himmel. Die Sonne hatte sich hinter Wolkenbergen verkrochen, aber ein heller Schein verriet ihren ungefähren Stand. Das war wichtig, weil Jean de Craon einen Astrologen konsultieren wollte, wie es unter den besseren Leuten allgemein üblich war. Taufe und Horoskop, das gehörte zusammen, und niemand fand etwas dabei. Er beschleunigte seinen Schritt, nahm zwei Stufen auf einmal und traf vor der Tür des Gebärzimmers seinen Schwiegersohn. «Nun?»

«Es muß jeden Augenblick dasein.»

«Wenn du ihr keinen Sohn gemacht hast, drehe ich dir den Hals um!»

Guy de Rais ging nicht darauf ein, weil er wußte, daß der Alte nur darauf aus war, einen Streit vom Zaun zu brechen – auch hier vor der Tür seiner gebärenden Tochter. Guy war in allem der Gegensatz zu seinem Schwiegervater: großzügig, nicht nachtragend, belesen und von einer stillen Frömmigkeit, die sich nicht aufdrängte.

«Du bist ein Schlappschwanz!» hatte er oft von dem Alten zu hören bekommen. Doch da zuckte er nur die Achseln und sagte: «Dafür haben wir dich in der Familie, einen Ritter ohne Furcht und Tadel.» Craon entging die Ironie, und er nahm eine solche Bemerkung als bare Münze, so schlau er sonst auch war.

Hinter der Tür der Wochenstube war es still geworden. Dann setzte ein schrilles dünnes Greinen ein, und die beiden Männer traten zurück. Eine Ewigkeit verging, bis die Tür sich öffnete.

«Ihr habt einen Sohn, Seigneur de Rais!»

Die Amme trat zurück und öffnete weit die Tür. Trotz der Mittagsstunde war der Raum nur schwach erleuchtet, denn draußen jagten schwere Regenwolken über das Tal der Loire, und aus dem Süden klang schwaches Donnergrollen.

Die Dame de Rais lag bleich und erschöpft in ihren Kissen, das schweißverklebte Haar hatte die Zofe notdürftig gekämmt, und es umgab ihr schmales Gesicht wie einen dunklen Rahmen. In ihrem rechten Arm ruhte der Sohn.

Seigneur Guy beugte sich über seine Gemahlin und küßte sie sanft auf die Stirn – eine zarte, fast schüchterne Geste, die Jean de Craon abstieß wie alles, was mit Güte, Rücksichtsnahme und Zärtlichkeit zu tun hatte. Schroff wandte er sich ab und sagte zur Amme, die bei der Tür stand:

«Auswickeln! Ich möchte sehen, ob es seine Richtigkeit hat.»

Guy de Rais wollte etwas sagen, doch seine Frau legte schnell einen Finger über ihren Mund.

«Kommt nur, Vater, seht Euch den Enkel an.»

Die Amme wickelte das Kind behutsam aus, und da lag es nun, nackt und bloß wie eine geschälte Frucht, und der Alte ergriff mit zwei Fingern den Penis. Er lachte laut und grob.

«Schon ganz schön was dran! Wenn der so weitermacht, vergewaltigt er mit fünf Jahren seine Amme.» Stolz blickte er sich um, aber da niemand etwas sagte, stapfte er wortlos hinaus. Dabei murmelte er grimmig: «Ich werde schon dafür sorgen, daß mein Enkel nicht so ein frömmelnder Jammerlappen wird wie sein Vater...»

Marie de Rais liebte ihren Vater trotz alledem, verzieh ihm vieles, war ihm ähnlicher, als sie selber wußte. Für sie war er ein strenger mächtiger Patriarch, der schützend seine starke Hand über die ganze Familie hielt. In die Zweckehe mit Guy de Laval hatte sie sich gehorsam gefügt, und sie dankte Gott, daß ihr Gemahl rücksichtsvoll, ritterlich und zärtlich war. Es bedeutete für sie ein neues Erlebnis, da sie ihr Bild vom Mann nur nach dem Vater ausgerichtet hatte.

Jean de Craon ließ den Schreiber kommen und diktierte ihm eine lange Liste von Verwandten und Nachbarn, die er zur Taufe laden wollte. Sein eigener Sohn Amaury diente am Herzoghof in Nantes als Page, aber seit der Geburt seines Enkels stolzierte der Alte herum, als habe er das Kind gezeugt, als vertrete er Vaterstelle an dem kleinen Gilles.

Zur Taufe in der Dorfkirche von Champtocé kamen sie alle, von nah und fern, die Träger der Namen Laval, La Suze, Montmorency, Craon, Sillé, Hunaudaye, Thouars und andere. Fast alle waren sie mit Gilles de Rais – aber auch untereinander – verwandt, und nicht wenige waren verfeindet, manche schon seit Generationen. Immer ging es dabei um Besitz, um Erbschaftsansprüche, um einen Kuchen, der nicht größer wurde, von dem aber jede Familie sich die größten Stücke absäbeln wollte und dabei keine Tücke, keine Gewalttat scheute.

Jetzt zogen sie ganz manierlich hinter- und nebeneinander in die niedrig hingeduckte Dorfkirche und stellten sich dort, jeder mit einer brennenden Kerze in der Hand, um den Altar auf.

«Von dem, was der einmal erben wird, möchte ich nur ein kleines Stück», flüsterte ein junger Edelmann seinem Vater zu. Der zuckte die Schultern.

«Von drei Kindern erleben zwei ihr drittes Jahr nicht. Schon so mancher stolze Erbe ist in die Grube gefallen, noch ehe er der Ammenbrust entwöhnt war.»

Doch der kleine Gilles wuchs gesund heran, war ein eher stilles, folgsames Kind, das keinem in der Familie Sorgen bereitete, ausgenommen dem Großvater, dem ein rauher, störrischer und weniger gehorsamer Junge lieber gewesen wäre. Er hatte einen Boten an Magister Bernardus gesandt, einen angesehenen Astrologen in Nantes, der insgeheim sogar den Herzog beriet. Freilich, die Kirche stellte sich seit Jahrhunderten gegen die Astrologie, denn Gottes Wille und nicht der Lauf der Sterne bestimmte das Schicksal des Menschen. Dem begegnete Bernardus mit dem Einwand, Gott sei es, der die Gestirne bewege und sie als eines seiner Instrumente benutze, um auf die Menschen einzuwirken, wie er dies auch durch Blitz, Sturm, Erdbeben und Wasserfluten tue, die ihm als Strafmittel dienten. Dem war kaum etwas entgegenzusetzen, um so mehr, als Magister Bernardus ein streng christliches Leben führte, keinen Kirchgang, keine Osterbeichte versäumte, die Fastenzeiten einhielt und seiner Pfarrei namhafte Beträge zur Armenpflege spendete.

Bernardus also stellte seine Berechnungen an, um die Nativität des am 22. November 1404 geborenen Gilles de Rais zu berechnen. Er beschäftigte einen jungen Eleven, der die Routine-Arbeiten erledigte – die langwierigen Berechnungen der Häuser und Planetenstände –, während der Meister selber das Horoskop zeichnete und alle Daten eintrug. Jedenfalls verstand der Eleve genug vom Metier, um eine bedenkliche Miene aufzusetzen.

«Der arme Bursche ist aber schlecht dran. Um diese Nativität braucht ihn keiner zu beneiden.»

Magister Bernardus, der die Namen seiner Kunden auch vor dem Eleven geheimhielt, sah mit einem Blick, daß es sich da in der Tat um etwas Außergewöhnliches handelte.

«Du darfst heimgehen, es wird ohnehin schon bald dunkel. Ich mache alleine weiter.»

Kopfschüttelnd zeichnete er die Himmelshäuser ein und setzte die fünf Planeten auf ihre Positionen. Er dachte streng wissenschaftlich, und alles in ihm sträubte sich, die Horoskope in gute, schlechte und ausgeglichene aufzuteilen, aber in diesem Fall lief es ihm kalt über den Rücken. Mars im achten Haus – im Todeshaus, im Haus des Skorpions! Die Sonne an der Schwelle des zehnten Hauses, dem Haus von Beruf, Rang und Stellung. Wäre gar nicht schlecht, gäbe es da nicht zu Mars ein Semisextil, dazu eine Konjunktion mit Merkur und Venus. Eine Konjunktion wäre an sich nichts Negatives, noch dazu unterstützt durch ein Trigon mit dem Mond, der alleine im zweiten Haus saß, dem Haus der inneren Empfindungen, aber auch von Geld und Besitz. Jeder andere Planet wäre im zweiten Haus besser gewesen als Luna, die Launische. Das brachte alles ins Schwanken und Wanken, wies eher auf eine Vergeudung des Vermögens hin als auf Erhalt und Zugewinn, obwohl auch dieser durch das Merkur-Trigon sich kundtat. Nicht weniger fatal als der Mars im dritten Haus – das wies auf einen gewaltsamen Tod – erschien Bernardus die Jupiter-Saturn-Konjunktion im ersten Haus, das zur Hälfte im Zeichen des Wassermanns stand. Mein Gott – stünde Jupiter nur alleine dort, so ergäbe es trotz allem ein hoffnungsvolles Horoskop. Nun stand aber im ersten Haus, das vor allem Lebenskraft und Charakter repräsentierte, noch der unselige Saturn im Zeichen des Wassermanns, den er ohnehin beherrschte. Und noch dazu am Aszendenten! Da mengte sich alles durcheinander: ein großes Vermögen, das aber vertan wird, ein glanzvolles Leben – Sonne im Sextil mit Jupiter –, das durch Mars und Saturn zunichte gemacht wird, bedingt durch einen unsteten Charakter – Mond im zweiten Haus...

Aber was ist das? Bernardus fuhr mit dem Finger zur Venus. Sie stand im Sextil mit Saturn, Jupiter und dem Aszendenten, also würde die Liebe eine bedeutsame Rolle im Leben des Gilles de Rais spielen, aber Genaueres konnte erst eine gründliche Analyse ergeben. Mein Gott, so tragisch ist es nun auch wieder nicht! Bernardus atmete tief durch. Es würde auf und ab gehen im Leben des Gilles de Rais, und der Mars im achten Haus verwies bei einem Edelmann ganz gewiß auf einen Tod im Kampf – ruhmreich und ehrenvoll! Ein willkommener Tod vielleicht, denn die Jupiter-Saturn-Konjunktion im ersten Haus zeigte Schwermut und Melancholie an.

Bernardus gähnte. Was geht es mich an? dachte er. Seit vielen Jahren zeige ich Schicksale auf, ich müßte längst daran gewöhnt sein. Und schon legte er sich in Gedanken zurecht, wie er die Ausdeutung formulieren würde, um den Kunden zufriedenzustellen, ohne die Wahrheit zu verletzen. Er lächelte. Schließlich mache ich so etwas nicht zum ersten Mal.

Als dann drei Wochen später Jean de Craon bei Magister Bernardus erschien, tat dieser sehr feierlich und geheimnisvoll.

«Eine hochinteressante, außergewöhnliche Nativität! Euer Enkel wird in Glanz und Reichtum leben, ein nachdenklicher Mensch, manchmal leicht zu beeinflussen, aber die durch Venus und Merkur verstärkte Sonne gibt ihm Kraft zu klarem Denken, zu leidenschaftlicher Liebe und zum Mut im ritterlichen Kampf. Dabei könnte er ruhmvoll fallen, aber das ist nun einmal Risiko und Schicksal des Ritterstandes.»

Jean de Craon runzelte die Stirn.

«Aber es muß nicht sein?»

Bernardus hob beide Hände.

«Die Sterne zwingen nicht, sie machen nur geneigt. Über ihnen schwebt ein Größerer, Mächtigerer, dessen Ratschlüsse im allgemeinen unerforschlich sind, wäre da nicht die Astrologie, die manchmal einen Blick auf Gottes Absichten erlaubt.»

Mit einer Verbeugung nahm der Astrologe den Beutel entgegen und sagte, er sei jederzeit gerne zu Diensten.

Im Hause de Craon ging Zwietracht um, vor allem, weil Vater und Großvater über die Erziehung des kleinen Gilles völlig unterschiedlicher Ansicht waren. Guy de Rais hielt es für sinnlos, den jetzt Dreijährigen mit Dingen zu quälen, die er nicht verstand, die ihn ängstigten und überforderten. So schenkte der Großvater ihm ein hölzernes Schwert, drückte es dem Kleinen in die widerstrebende Hand und forderte ihn auf:

«Wehr dich damit, Gilles! Das Schwert ist zum Hauen und Stechen da, schlag damit zu, wenn dir etwas nicht paßt!»

Seigneur Guy zerbrach die Waffe und warf sie aus dem Fenster.

Der Großvater setzte den Enkel auf ein Pferd, wickelte dem vor Angst schreienden Kind die Zügel um die Hand und gab dem Tier einen Klaps auf die Kruppe. Der schon recht alte Gaul galoppierte davon, Gilles klammerte sich an seine Mähne und blieb oben, weil die Stute bald wieder in gemächlichen Trab fiel.

«Er hätte stürzen und sich das Genick brechen können.»

Seigneur de Craon grinste seinen Schwiegersohn höhnisch an.

«Hätte – hätte – wäre – wäre, das ist alles, was dir einfällt, wenn ich aus dem Buben einen Mann machen will. Lege ihn doch auf Daunen und fächle ihm die Fliegen weg! Soll ein Klosterbruder aus ihm werden oder ein wehrhafter Ritter?»

Gilles' Mutter hielt sich aus diesem Männerstreit heraus, auch wenn sie versuchte, die gröbsten Erziehungsmaßnahmen ihres Vaters abzuschwächen. Nun war sie wieder schwanger geworden, und Guy plante, von Champtocé wegzuziehen, weil er – so sagte er zu seiner Frau – seine Familie von diesem starrsinnigen Eisenfresser nicht zerstören lassen wollte. Dies bedeutete nun nicht, daß Guy seinen Schwiegervater verachtete oder gar haßte. Er schätzte seine Gerissenheit und Umsicht, mit denen der Alte das Familienvermögen zusammenhielt und mehrte – ja, er beneidete ihn sogar um diese Fähigkeiten. Aber die Art, wie er versuchte, seinen Enkel zu erziehen, verabscheute Guy de Rais zutiefst. Er mußte weg von hier, so schnell wie möglich.

Zwei Ereignisse beschleunigten dieses Vorhaben. Eines Tages ging Jean de Craon über den Burghof, sah in einer grasbewachsenen Ecke eine Henne mit acht frischgeschlüpften Küken picken und scharren. Er war in wütender Stimmung, weil sein Schwiegersohn davon gesprochen hatte wegzuziehen, falls er, der Seigneur de Craon, sein Verhalten nicht ändere.

«Einfach weglaufen», brummte er vor sich hin, «das täte ihm so passen! Der würde binnen kurzem aus Gilles ein Zuckerpüppchen machen...»

Beim Anblick der Küken kam ihm ein Gedanke. Er ließ sich drei davon fangen und ging zu seinem Enkel, der gerade dabei war, aus einem Haufen Unkraut ein paar Blütenstengel herauszupflücken.

«Was machst du denn damit?»

«Die stecke ich ins Wasser, damit sie nicht sterben müssen.»

Da schoß in dem Alten die Zornesflamme hoch.

«Wir müssen alle sterben, aber um lange leben zu können, murksen wir Tiere ab – Schweine, Kälber, Hühner. Da – schau her!»

Er nahm eines der Küken und riß ihm das Köpfchen ab. Gilles erstarrte.

«Das ist ganz leicht», sagte der Großvater, tötete das zweite Küken und drückte seinem Enkel das dritte in die Hand.

«Jetzt greif dir seinen Kopf – und ruck-zuck!»

Gilles starrte fasziniert auf die kleinen flaumgelben Vögel, die blutverschmiert am Boden lagen und noch leise zuckten.

«Darf ich das?»

«Wer sollte es dir verbieten?»

«Vielleicht mein Papa...»

«Einem Edelmann ist fast alles erlaubt, und du bist Sohn und Enkel von adligen Rittern.»

«Ich darf es also tun und Robert nicht?»

Der vierjährige Robert war der Sohn des Burghauptmanns und sein einziger gleichaltriger Spielgefährte.

«Der darf es auch, aber er muß um Erlaubnis fragen.»

«Und ich kann es tun – einfach so?»

«Ja, mein Junge, und nun greif zu, reiß ihm den Kopf ab.»

Gilles mühte sich, doch seine Kraft reichte nicht aus, das jämmerlich piepsende Küken umzubringen. Er ließ es fallen.

«Ich glaube, das tut ihm weh.»

«Kümmere dich nicht drum. Beim nächsten Mal wird es schon gehen, du mußt nur üben.»

Mit einem kräftigen Tritt zermalmte Jean de Craon das halbtote Vögelchen. Sein Schwiegersohn hatte den letzten Akt des kleinen Dramas von einem Fenster des Palas angesehen und kam nun aus der Pforte des «Schwarzen Turms».

«Das sind keine Kinderspiele, Seigneur Jean, sondern barbarische Metzeleien, die einem Dreijährigen das falsche Bild von der Welt vermitteln.»

«Und du hast das richtige?» kam es höhnisch zurück. Guy ging nicht darauf ein.

«Ich werde meinen Sohn von nun an allein erziehen und verbitte mir jede Einmischung!»

«Solange du hier bist, mische ich mich ein!»

«Dann gehen wir eben weg!»

Der Alte lachte schallend.

«Wohin, wenn ich fragen darf? Noch lebt Jeanne de Chabot, und dir gehört nichts – nichts, höchstens der Dreck unter deinen Nägeln.»

«Da irrt Ihr aber, Seigneur! Die Dame de Chabot hat mir angeboten, mit meiner Familie nach Machecoul zu ziehen, und genau das werde ich tun!»

Das mit dem Angebot stimmte nicht ganz, sie hatten nur einmal vage darüber gesprochen, aber Guy brauchte etwas, um es dem Alten ins Gesicht zu schleudern. Der lachte verächtlich, aber die Betroffenheit war doch herauszuhören.

Noch ehe Guy de Rais bei Jeanne de Chabot anfragen konnte,

kam die Nachricht von ihrem Tod. Drei Wochen später hatten sie sich in Machecoul eingerichtet, wo kurz darauf René zur Welt kam, Gilles' Bruder.

Mit dem Umzug hatte Guy de Rais den ersten Schritt getan, nun wollte er den zweiten tun und seinen Erben ein für allemal dem Zugriff des Großvaters entziehen. Der Tod, dachte Guy, ist nicht wählerisch, und manchmal fahren die Jungen vor den alten in die Grube. Er setzte ein Testament auf, in dem er für den Fall seines Ablebens den Seigneur Jean de la Hunaudaye zum Vormund und Erzieher bestimmte. Diesen Vetter kannte er gut und vertraute ihm. Seine Frau Marie zögerte, das Dokument mit zu unterschreiben, nicht weil sie die Partei ihres Vaters ergreifen wollte, sondern aus abergläubischer Furcht.

«Wer früh sein Testament macht, wird früh sterben, sagen die Leute. Wir sind jung, das hat noch Zeit...»

Guy schüttelte den Kopf und drückte ihr den Federkiel in die Hand.

«Ich will nicht, daß der Alte – daß dein Vater den Jungen noch einmal in die Hände bekommt. Verstehe das bitte, Marie, auch weil es besser ist für unseren Sohn.»

Marie de Rais unterschrieb.

Gilles wuchs heran und als er fünf war, erinnerte er sich an seinen vergeblichen Versuch, einem Küken den Kopf abzureißen, und mit wohligem Schauern dachte er an das Zucken der kleinen, blutbeschmierten Körper. Er schlich sich in den Hühnerstall, wo sich gegen Abend die piepsende Brut um die Hennen drängte, und, siehe da, jetzt war er kräftig genug. Eine Dienstmagd überraschte ihn, wie er das vierte Küken köpfte, und lief schreiend zur Herrschaft.

«Nun siehst du, was dein Vater angerichtet hat!» rief Guy wutentbrannt.

Gilles wurde hereingebracht, der Vater legte ihn übers Knie und zählte ihm mit der Haselrute zwanzig Hiebe auf – er, der seinen Sohn nur ganz selten züchtigte. Dann mußte der Fünfjährige ohne Abendessen auf sein Zimmer gehen.

«In dem Jungen wächst ein böser Samen auf», sagte Guy nachdenklich. «Ich werde ihm gute Lehrer besorgen, die ihn unterrichten und von morgens bis abends nicht aus den Augen lassen.»

So kamen die beiden gelehrten Geistlichen Père Georges und Père Michel ins Schloß und wechselten sich in Unterricht und Aufsicht ab. Lesen und Schreiben lernte der aufgeweckte Junge schnell, gegen den Lateinunterricht sperrte er sich anfangs, aber dann ging es auch damit zügig voran. Eine besondere Vorliebe zeigte er für Chor- und Kirchengesang, und die beiden Patres hegten schon die leise Hoffnung, ihr Zögling werde einmal die geistliche Laufbahn einschlagen. Schließlich konnte auch René das Erbe übernehmen, und so machte Père Michel Guy de Rais gegenüber in scherzhafter Form eine Andeutung.

«Auch für Edelleute kann es sehr vorteilhaft sein, einen Priester in der Familie zu haben. Schaut nur Jean de Malestroit an, den Bischof von Nantes. Als Kanzler, Schatzmeister und Generalsteuerpächter kann er viel für seine Verwandten tun.»

Guy runzelte die Stirn.

«Worauf wollt Ihr hinaus, Père Michel? Ich hoffe, Ihr denkt dabei nicht an meinen Sohn Gilles?»

«Aber nein, Seigneur, das war nur allgemein gesprochen und könnte auch für René gelten.»

«Wir werden sehen», sagte Guy versöhnlich, «wir werden sehen.»

3

Jean de Malestroit, Bischof von Nantes und Kanzler der Bretagne, schob den Papierstapel beiseite.

Es ist erstaunlich, dachte er, wieviel ein kluger Kopf ausforschen kann, wenn er sich bei Bauern, Dienstleuten und Pfarrern umhorcht. Ja, er hatte mit Jean Petit und dem Dominikanermönch Robert Lesné eine gute Wahl getroffen. Die beiden Kommissare durchforschten mit Eifer und Geschick die Umwelt des Seigneur de Rais, und der tüchtige Pater Robert hatte sogar einen der ehemaligen Lehrer in Angers entdeckt und gründlich ausgeholt. Da er sich als Beauftragter der Inquisition ausweisen konnte und feierlich Verschwiegenheit gelobte, war Michel de Fontenay sehr gesprächig geworden. Die Unterredung zog sich über mehrere Tage hin, und Lesné hatte sie in allen Einzelheiten aufgezeichnet. Der Hinweis aber kam von Magister Petit, der seinen «Mitarbeiter» nur nachts an geheimen Treffpunkten sprechen konnte, denn der Bischof hatte ihnen eingeschärft, daß sie niemals und von niemandem in Verbindung gebracht werden durften.

Magister Petit hatte eine einfache Methode gefunden, um dem Seigneur de Rais aus dem Weg zu gehen. Er beobachtete ihn und sein zahlreiches Gefolge von ferne, und wenn der Marschall nach Champtocé reiste, recherchierte Petit im Pays de Rais, hauptsächlich in und um Machecoul, Bourgneuf und Légé. Vor einigen Monaten hatte ihn der Bischof gefragt:

«Magister, da wäre noch Catherine, die Gemahlin unseres Verdächtigten. Man hört und sieht nichts von ihr. Lebt sie überhaupt noch?»

Petit nickte.

«Ja, sie lebt auf ihrer Besitzung Pouzauges mit einer etwa achtjährigen Tochter. Man munkelt, der Marschall habe sie dorthin verbannt und seit Jahren schon keinen Kontakt mehr zu ihr.»

Malestroit nahm, wie es beim Nachdenken seine Gewohnheit war, die Kappe vom Kopf und strich sich mehrmals über den kahlen Schädel.

«Immerhin hat er ein Kind gezeugt...»

«Ja, das schon, aber das tun andere Edelleute auch und huren dann ihr Leben lang herum. Bei Seigneur Gilles gibt es keine Weibergeschichten – nichts! Ich habe mich in Champtocé, in Machecoul und Tiffauges umgehört, habe den Besitzer des Hurenhauses in der Rue de l'Enfer mit viel Geld bestochen...»

Malestroit blickte ihn fragend an.

«Ihr kennt das Haus nicht? Oh, ich bitte um Verzeihung, wie solltet Ihr auch! Also, dort verkehren die Landjunker, wenn sie sich in Nantes aufhalten, es ist, kurz gesagt, das Bordell für die besseren Stände. Der Marschall ist niemals dort gewesen, hat sich niemals eine Magd oder ein Bauernmädchen aus einem seiner Dörfer ins Bett geholt. So etwas spricht sich herum, weil jedes Mädchen, das vom Herrn ein Kind trägt oder hat, damit angibt. Im Fall de Rais gibt es nichts davon, außer daß man – wo immer er sich länger oder kürzer aufhielt – über das Verschwinden von Knaben klagt. Dabei bin ich einem interessanten Faktum auf die Spur gekommen, das meine These vom Kinderverkauf unterstützt. In Machecoul soll Seigneur de Sillé, enger Freund und Vetter des Verdächtigten, in einer Schenke zugegeben haben, daß kleine Pagen, deren Verschwinden die Eltern beklagten, als Geiseln für seinen von den Engländern gefangenen Bruder Michel de Sillé ausgetauscht wurden. Für möglich halte ich es schon.»

Malestroit setzte seine Kappe auf und erhob sich.

«Ich bin mit Euch zufrieden, Magister Petit. Ihr solltet nun einmal versuchen zu Catherine de Rais, geborene de Thouars, vorzudringen. Vielleicht haßt sie ihren Gatten und ist bereit, uns zu helfen.»

«Falls sie etwas weiß!»

«Eben das sollt Ihr herausfinden.»

«Das könnte aber Schwierigkeiten geben...», wandte Petit ruhig ein.

«Warum?» fragte der Bischof nicht eben höflich.

«Pouzauges untersteht der Krone von Frankreich und nicht dem Herzog der Bretagne.»

Malestroit schlug sich an die Stirn.

«Daran hätte ich denken müssen! Dann schicken wir unseren eifrigen Inquisitor hin. Sagt Pater Robert beim nächsten Treffen Bescheid.»

In diesen Tagen hielt sich Robert Lesné, Dominikanermönch und Kommissar des Inquisitors, in Angers auf, weil er dem Hinweis nachging, daß Michel de Fontenay, einer von Gilles' früheren Lehrern, dort als angesehener Domherr lebte und gelegentlich an der Universität theologische Vorlesungen hielt.

Robert Lesné, der ein vorbildliches Priesterleben führte, hielt Lügen im Dienste der Heiligen Inquisition nicht nur für erlaubt, sondern als Mittel zur Wahrheitsfindung für absolut notwendig. So führte er sich bei dem Domherrn als Beauftragter der Inquisition ein, der ausgesandt war, Mißstände aller Art im Herzogtum Anjou aufzudecken. Sein Vorgesetzter, der Inquisitor Jean Blouyn, werde mit Klagen überhäuft, die sich auf Astrologie, Dämonenbeschwörung, Teufelsanbetung und ähnliches bezogen. Das meiste davon sei wohl haltlos, aber man müsse die treuen und wahrhaftigen Christen vor derlei Unbill beschützen. Unmerklich lenkte Lesné das Gespräch auf Gilles de Rais und lächelte dabei, als handle es sich um etwas Nebensächliches.

«Dem Seigneur de Rais werden auch solche Vorwürfe gemacht, aber er ist reich und hat viele Neider. Ich jedenfalls halte es vorläufig für nicht zweckmäßig, dem nachzugehen.»

Fontenay blickte auf. Sein kluges, vom Grübeln zerfurchtes Gelehrtengesicht war nachdenklich geworden. Er schwieg eine Weile und blickte aus dem Fenster, von wo aus über dem Dachgiebel des Nachbarhauses einer der drei Türme von St. Maurice, der Kathedrale von Angers, zu sehen war.

«Ich war der Lehrer von Gilles de Rais – wußtet Ihr das nicht?»

Lesné heuchelte Erstaunen.

«Aber nein! Ich weiß nichts aus seinem Leben, außer daß er Mitstreiter der Jeanne d' Arc war und der König ihn zum Marschall ernannte.»

«Ja, ich unterrichtete den Knaben Gilles vom fünften bis zum elften Lebensjahr in Latein, Geschichte und Musik.»

«Ich gestehe, daß ich etwas neugierig bin. Wollt Ihr mir von dieser Zeit erzählen?»

Fontenay räusperte sich.

«Warum nicht? Da gibt es keine Geheimnisse, auch wenn mir manches sehr merkwürdig schien. Oberflächlich gesehen, war Gilles ein normales Kind und ein durchschnittlicher Schüler. Schreiben und Lesen lernte er ziemlich schnell, für Musik hatte er eine Begabung, mit Latein, Geschichte und Geographie ging es etwas zäh, doch Religion interessierte ihn sehr, er konnte von den biblischen Geschichten gar nicht genug bekommen, allerdings auf eine Art, die mich manchmal nachdenklich stimmte. Seine Neigung galt den blutrünstigen Geschichten, etwa der Hinrichtung Johannes des Täufers oder dem Kindermord von Bethlehem. Ob die Soldaten des Herodes die Kinder nur erstochen oder ihnen gar die Köpfe abgeschnitten hätten, wollte er einmal wissen. Nun, Kinder sind neugierig und fragen viel; ich hätte dem auch keine große Bedeutung beigemessen, wäre Gilles nicht nahezu süchtig nach diesen Geschichten gewesen. An Respekt gegenüber seinen Lehrern ließ er es während der ganzen Jahre, die ich ihn kannte und unterrichtete, nicht fehlen. Von Zeit zu Zeit aber – als sei er von Dämonen angestachelt – begehrte er gewaltig auf, kehrte den Erben und künftigen Feudalherrn heraus und ließ uns – Père Georgess und mich – wissen, daß nur das Priesterkleid uns davor schütze, einmal richtig durchgeprügelt zu werden. Später entschuldigte er sich dafür. Wenn sein Vater davon erfuhr, ließ er ihm den Hintern derart versohlen, daß er tagelang kaum sitzen konnte. Ein paarmal erwähnte er seinen Großvater Jean de Craon, der mit den Pfaffen anders umspringe als sein gutmütiger Vater. Diese Bemerkungen fielen erst, als Gilles neun, zehn und elf Jahre alt war. Was dann kam, wißt Ihr ja. Seine Eltern starben anno vierzehnhundertfünfzehn kurz hintereinander, und Jean de Craon mißachtete das

Testament seines Schwiegersohns in allen Punkten. Er übernahm selbst die Vormundschaft, entließ Père Georges und mich, obwohl uns Guy de Rais testamentarisch weiterhin zu Gilles' Erziehern bestimmt hatte.»

«Habt Ihr die Gerichte angerufen?»

Fontenay lachte, aber es klang bitter.

«Gegen Seigneur Jean de Craon, den Intimus des Herzogs von Anjou? Aber ich bitte Euch, Pater Robert, das wäre so sinnlos gewesen, wie die Loire mit einem Löffel ausschöpfen zu wollen. Ich bin hier ein angesehener Mann, die Universität schätzt meine Dienste – mir ist das genug.»

«Und was haltet Ihr von dem Gerücht, Gilles de Rais befasse sich mit Teufelsbeschwörung?»

Fontenay zuckte die Schultern.

«Dazu kann ich nichts sagen – möglich ist vieles. Da fällt mir noch etwas ein: Einmal fragte mich Gilles, warum Gott dem Teufel so viel Macht verleihe, da es ihn doch nur ein Wort koste, und Satan wäre ausgetilgt für immer und ewig. Ich erwiderte darauf, einer müsse ja die Hölle regieren, den Strafort für die schweren Sünder, und wem käme dies besser zu als Luzifer, dem gestürzten Engel. Ob er mit neun oder zehn Jahren diese Zusammenhänge verstanden hat, weiß ich nicht. Er hat mich dann nur noch ein paarmal gefragt, wie Satan denn aussehe, und ich habe ihm geantwortet, daß er – falls er sich auf Erden zeige – die unterschiedlichsten Gestalten annehmen könne. Doch halte ich solche Kinderfragen weder für ungewöhnlich noch für krankhaft. Solche Fragen wurden mir auch schon von anderen Kindern gestellt – übrigens auch von Erwachsenen.»

Robert Lesné bedankte sich herzlich und suchte, um keinen Verdacht zu erregen, in Angers den Bürgermeister und verschiedene Pfarrer auf, um, wie er sagte, Astrologen und Teufelsbeschwörern auf die Spur zu kommen. Man begegnete ihm reserviert und abweisend, doch das störte ihn nicht weiter.

Von Angers ritt er gemächlich die Loire abwärts, er wollte die Gegend zwischen Champtocé und Ingrandes erkunden, weil, wie er von Petit erfahren hatte, Gilles de Rais zur Zeit an der Küste in Pornic weilte, wo er hoch über dem Fischerhafen eine feste Burg besaß.

In Champtocé nahm Pater Robert beim Pfarrer Quartier, sprach von Inspektionen auf Befehl des Bischofs, der auf diese Weise erfahren wolle, ob es Klagen oder Probleme irgendwelcher Art gebe. Der mißtrauische Dorfpfarrer schüttelte nur störrisch seinen kantigen Bauernschädel. Davon wisse er nichts, und im übrigen würde der Seigneur sich selber um die Probleme kümmern, falls es sie gäbe. Pater Robert lächelte, nickte.

«Natürlich, natürlich. Man hört jetzt mehrfach von herumziehenden Landstreicherbanden, die da und dort Kinder entführen, vermutlich um ihre Verluste auszugleichen, denn von Zeit zu Zeit wird ja einer gehängt oder kommt auf andere Weise um.»

«Davon weiß ich nichts. Unsere Burgbesatzung sorgt schon für Ruhe und Ordnung.»

Am nächsten Morgen hörte Pater Robert in der Dorfkirche die Frühmesse, um dann nach Nantes weiterzureiten. Grade als er sein Pferd besteigen wollte, flüsterte ihm einer der Kirchgänger im Vorbeigehen zu:

«Reitet hinunter zur Loire, Pater, ich muß Euch etwas sagen.»

Lesné drehte sich nicht um, sondern ritt ans Dorfende, von wo er gemächlich den schmalen Weg durch dichte Uferauen hinab zur Loire nahm. Plötzlich hörte er hinter sich das schnelle Atmen eines laufenden Menschen; er zog die Zügel an und wandte sich um. Ein schmächtiger Mann mittleren Alters näherte sich, nahm die Kappe vom Kopf und japste:

«Laßt – laßt mich erst zu Atem kommen.»

Dann nahm er das Pferd des Paters am Zügel und führte es etwas tiefer ins Dickicht.

«Sicher ist sicher... Ich weiß, warum Ihr hier seid, Pater, die Haushälterin beim Pfarrer ist meine Tante und hat das Gespräch mitgehört, zum Teil wenigstens.»

Lesné hielt es für klüger abzuwarten.

«So? Und was weiter?»

Der Mann druckste herum, über sein biederes Allerweltsgesicht wetterte ein Sturm von Gefühlen; offenbar wollte er reden, hatte aber Angst. Der Pater spürte das und sagte:

«Wenn dich etwas drückt, dann heraus damit! Du kannst es mir unter dem Siegel des Beichtgeheimnisses anvertrauen, und ich werde davon nur Gebrauch machen, wenn du es ausdrücklich erlaubst. Nenne mir zuerst deinen Namen.»

«Nein, Pater, nein, besser nicht – hat ja auch nichts mit mir zu tun.»

Und dann sprudelte es heraus, in halben Sätzen, manchmal schwer zu verstehen, aber es reichte, um sich ein Bild zu machen.

La Meffraye, die alte Vettel, sei nun zum zweiten Mal hier aufgetaucht, im Reisewagen, von zwei Berittenen begleitet, um, wie sie sagte, für den Schloßhaushalt des Seigneur de Rais Dienstboten zu werben – und zwar Knaben zwischen acht und zwölf, denen noch etwas beizubringen sei. Den Eltern bot sie ein Handgeld, und ein kleiner Lohn für die Buben sei auch ausgesetzt. Nun kam der Mann ins Flüstern. «Aber niemand wollte so recht, denn die Alte hatte vor gut einem halben Jahr schon einmal drei Jungen angeworben, von denen man seither nichts mehr hörte. Auf Befragen erklärte sie, die Kinder seien irgendwo auf den verstreuten Besitzungen des Seigneur in Arbeit, und es gehe ihnen gewiß gut. Sie werde sich persönlich um die Sache kümmern. Aber keiner glaubte ihr – keiner! Und dann zog sie ab, und mit ihr verschwanden zwei Kinder: der achtjährige Charles kam von einem Botengang zu seinem Vater, der am Fluß fischte, nicht zurück, und der zehnjährige Pierre, ein Schafhirte, verschwand von der Weide. Charles ist entfernt mit mir verwandt, Pierre war ein Findelkind, das ganze Dorf hat ihn wegen seiner Tüchtigkeit geschätzt. Wir haben gewartet, wir haben gesucht, wir haben in den Dörfern ringsum nachgefragt, und das ist nun schon acht oder neun Wochen her. Die Meffraye hat die Kinder geraubt! Niemand hier bezweifelt das – niemand!»

«Aber keiner sagt was, keiner beschwert sich!»

«Wo und bei wem? Sollen wir zum Seigneur gehen und riskieren, daß wir ausgepeitscht und davongejagt werden? Oder zu unserem Pfarrer, der ganz auf der Seite des Herrn de Rais steht und gleich jeden verpetzt, der sich nicht duckt und schweigt?»

Darauf mochte Pater Robert nicht eingehen.

«Warum nennt ihr die Alte ‹La Meffraye›? Wie heißt sie wirklich?»

«Weil sie wie eine alte Eule auf Mäusefang geht, nur sind in diesem Fall die Mäuse unsere Kinder. Keiner kennt ihren wirklichen Namen.»

Pater Robert Lesné kannte ihn sehr wohl: Die alte Hexe hieß Perrine Martin, und daß sie im Zusammenhang mit dem Verschwinden der Kinder stand, war inzwischen aktenkundig.

Der Pater schlug über dem Haupt seines «Beichtkindes» ein Kreuz und sagte:

«Wir werden uns der Sache annehmen, das verspreche ich dir. Geh mit Gott!»

Pater Robert war zufrieden, Stück um Stück ging es voran, aber in Zukunft mußte er als Kommissar der Inquisition sein Augenmerk ausschließlich auf den anderen Punkt lenken: den Verdacht der Zauberei und Teufelsbeschwörung.

Der junge Pater wischte sich den Schweiß von seiner sommersprossigen Stirn. Die Augustsonne begann in den späten Morgenstunden herabzubrennen wie ein Stück glühender Kohle. Das Pferd suchte von selber die schattigsten Wege, mußte aber von Zeit zu Zeit mit einem Gertenhieb aus seiner Hitzeträgheit aufgeschreckt werden. Gegen Abend erreichte er Nantes – müde, verschwitzt, durstig, aber nicht unzufrieden über den Verlauf der Ermittlungen.

Jean de Malestroit, der Bischof und Kanzler, residierte im weiten Komplex der Herzogsburg und hatte hier seinem geistlichen Kommissar ein geräumiges Zimmer einrichten lassen. Jean Blouyn, der Inquisitor für Stadt und Diözese von Nantes, hatte es so gewünscht, denn die Ermittlungen sollten vorerst im Verborgenen angestellt werden, und offiziell fungierte Robert Lesné als einer der Kapläne des herzoglichen Hofes.

Pater Robert hatte sich ein Schaff Wasser über den Kopf gegossen, einen Krug Most geleert und war gerade eingeschlafen, als es an die Zimmertür klopfte. Er wachte nicht auf, und so öffnete Magister Petit leise die Tür, lächelte, nickte und murmelte: «Er schläft...»

Zwei Stunden später saßen sie einander gegenüber, der schlanke, große Magister, dessen klare graue Augen den anderen fixierten und dessen freundliche Stimme stets ruhig und leise blieb, während Pater

Lesnés sanftes Jünglingsgesicht seine wechselnden Stimmungen durch Erröten oder Erbleichen wiedergab. Seine kurzen Kommentare konnten sehr laut und zornig sein, worauf Petit nur lächelnd den Zeigefinger auf die Lippen legte und vielsagend zur Tür blickte.

«Zum Glück ist Seigneur de Rais noch in Pornic, wo er im Sommer öfters einige Wochen verbringt, so daß ich mich in Machecoul unbehelligt umsehen konnte. Sehr redefreudig waren die Leute auch dort nicht, aber ein wenig kam ich doch voran.»

Magister Petit wollte nichts riskieren und war zuerst an die Küste in Richtung Pornic geritten, das war eine Tagesreise von Nantes entfernt. Als er schon im Nachbarort Arthon erfuhr, daß der Seigneur noch immer auf seiner Burg in Pornic weilte, bog er gleich nach Süden ab und ritt die paar Meilen über Bourgneuf nach Machecoul.

Fast alle Burgen des Seigneur de Rais thronten auf einer Anhöhe über dem jeweiligen Ort, nur Machecoul lag in einer Ebene, etwa eine Meile vom Städtchen entfernt, versteckt hinter einem dichten Vorhang von Büschen und Bäumen, aus dem nur der hohe Nordturm herausragte.

René Petit hörte sich um, so behutsam wie möglich, stellte nur beiläufige und keine bohrenden Fragen, sprach bewußt in seinem Juristenkauderwelsch von strittigen Steuer- und Landvermessungsangelegenheiten, die er als herzoglicher Kommissar aufzuklären habe. Das interessierte die Leute nicht weiter, aber sie wußten nun, wie sie ihn ungefähr einzuordnen hatten. So ganz nebenher erwähnte er die Landstreicherbanden, die an der Loire östlich von Nantes ihr Unwesen trieben und sich seit einiger Zeit mit Kindsentführungen befaßten. Da horchten manche auf, und ohne weiterzufragen, erfuhr der Magister, daß es so etwas auch hier gegeben habe, er möge sich nur bei der Familie Jeudon erkundigen.

Petit tat es und traf in Jean Jeudon einen empörten Vater, der sich lauthals darüber beklagte, daß niemand im Schloß auf seine dringenden Fragen antwortete.

«Seht, Magister Petit, der Fall ist sonnenklar. Mein Sohn Clement ist zwölf Jahre alt und war im ersten Lehrjahr beim Kürschner Hilairet. Als dort der Vetter unseres Herrn, Seigneur de Sillé, vor drei Wochen eine Bestellung aufgab, schickte er seinen Sohn mit einer Nachricht ins Schloß. Maître Hilairet wird es Euch Wort für Wort bestätigen. Der Bub ist seitdem nicht zurückgekehrt! Die Herrschaften sind inzwischen an die Küste gereist, und uns wurde nur gesagt, Clement hätte sich dazu entschlossen, bei Seigneur de Rais Page zu werden, und halte sich jetzt in Tiffauges auf. Daß er dort nicht ist, habe ich inzwischen herausgefunden. Wo ist er dann, Magister Petit? Wo ist mein Sohn?!»

Der Vater schrie diese Frage heraus, und seine stumm danebenstehende Frau begann zu weinen, fast lautlos, und die Tränen zeichneten feuchte Bahnen in ihr verhärmtes Gesicht. Am Ende sprach sie doch und sagte mit leiser, vom Schluchzen unterbrochenen Stimme, wenn er mehr wissen wolle, so solle er sich beim Bauern Jeannot Roussin erkundigen, dessen Felder am östlichen Stadtrand lägen. Petit tat es und erfuhr, daß der neunjährige Jules einen Tag nach Clement verschwunden war.

«Er hütete unsere vier Kühe draußen auf den Feldern, und es gibt Zeugen, die ihn zwei Tage vorher mit Seigneur de Sillé haben sprechen sehen.»

«Hat dein Sohn etwas davon erwähnt?»

Der Bauer nickte.

«Es kam ihm seltsam vor, daß der Seigneur einen Schleier vor dem Gesicht trug und trotz der Hitze einen langen Mantel.»

«Aber er hat ihn trotzdem erkannt?»

«Jeder kennt hier den Herrn de Sillé, ob mit oder ohne Schleier.»

«Hast du nach dem Verbleib deines Sohnes gefragt?»

Der Bauer lachte, und es klang sehr bitter.

«Wen? Glaubt Ihr, der Seigneur de Sillé ist für unsereinen zu sprechen? Oder gar sein Vetter, unser hochgeborener Herr Gilles de Rais? Da kriegt man einen Tritt in den Arsch und den guten Rat, die eigene Brut besser zu hüten.»

Magister Petit schloß seinen Bericht und trank einen Schluck von dem Most.

«Seht Ihr, Pater Robert, so sind wir beide ein gutes Stück vorangekommen und werden unsere beiden Verdächtigen – die Meffraye und den Seigneur de Sillé – gut im Auge behalten. Und noch etwas habe ich erfahren...», er machte eine wirkungsvolle Pause und schaute Pater Robert bedeutsam an.

Der glühte vor Ungeduld.

«Nun? Redet schon!»

«In Machecoul geht das Gerücht um, Seigneur de Rais habe sich aus Italien einen ‹Teufelspriester› kommen lassen, einen Hexenmeister und Geisterbeschwörer, mit dessen Hilfe er Gold machen wolle.»

Pater Roberts Gesicht errötete vor unbändiger Freude.

«Das bestätigt nur unseren Verdacht! Wie heißt dieser Mensch, und wo hält er sich jetzt auf?»

René Petit hob bedauernd beide Hände.

«Das wußte niemand, aber wir werden der Sache nachgehen. Morgen gehen wir gemeinsam zum Kanzler und erstatten ihm Bericht. Er will, daß Ihr als nächstes nach Pouzauges geht, um Gilles' Gemahlin auf den Zahn zu fühlen. Wie Ihr wißt, leben die beiden getrennt, aber es kann nicht schaden, sich auch dort umzuhören. Mir ist das verwehrt, da der Besitz im Poitou liegt, aber für euch Herren der Inquisition gibt es bekanntlich keine Grenzen.»

Petit sagte dies mit ganz ernstem Gesicht, doch aus seiner Stimme war ein leiser spöttischer Ton herauszuhören. Pater Robert merkte nichts davon, seine großen, etwas abstehenden Ohren glühten vor Jagd- und Glaubenseifer.

«Wir werden diesen Menschen zur Strecke bringen – *ad maiorem Dei gloriam!* Vielleicht findet das mit den Kindern eine harmlose Aufklärung, aber wer sich mit dem Teufel einläßt, muß ausgetilgt werden wie schädliches Unkraut!»

«Gewiß, Pater Robert, gewiß!»

So sprach der Magister, aber er glaubte weder an Gott noch an den Teufel, noch an ein Leben nach dem Tod. Doch er glaubte an das Recht und sah seine Aufgabe darin, es hier auf Erden zu verwirklichen und nicht auf die imaginäre Gerechtigkeit eines Gottes zu warten, der nach ihrem Tod die Seelen der Bösen und Guten voneinander schied. Wenn Gilles de Rais mit dem Teufel herumexperimentierte, so fand Magister Petit das eher lächerlich, aber was er möglicherweise den Kindern antat, mußte herausgefunden und bestraft werden. Natürlich gab er seine häretischen Ansichten nicht preis, beichtete zu Ostern, schluckte den angeblichen Leib Christi und besuchte am Sonntag die Messe. Daß es ohne Kompromisse im Leben nicht ging, wußte der kluge Magister schon lange, und weder dachte er daran, für seine Überzeugungen den Märtyrer zu spielen, noch sie so weit zu verleugnen, um das Priestergewand anzuziehen, wie der Bischof es ihm geraten hatte. Magister René Petit war ein Mensch der Mitte, der Mäßigung, und er sehnte den Tag herbei, wo gleiches Recht für alle galt, vom Bettler bis zum Fürsten. Daß er diese Zeit nicht mehr erleben würde, wußte er, doch das tat seinem Eifer, auf diesen Tag hinzuarbeiten, keinen Abbruch.

Jean de Malestroit, der Kanzler und Bischof, zeigte sich sehr zufrieden, riet aber seinen beiden Kommissaren, nichts zu überstürzen.

«Laßt euch Zeit, meine Herren, übt euch in Geduld und verderbt nicht durch blinden Eifer unser angestrebtes Ziel, und dieses ist erst erreicht, wenn...» der Bischof deutete durch das Fenster auf die wuchtige Tour Neuve: «...Seigneur de Rais und seine Helfer dort drüben im Kerker sitzen und auf ihren Prozeß warten.»

Drei Tage später machte Pater Robert Lesné sich auf den Weg nach Pouzauges, zwei Tagesritte südwestlich von Nantes gelegen und dem Poitou, also der Krone von Frankreich, zugehörig. Dort lebte seit einigen Jahren Catherine de Rais, geborene de Thouars, die diesen Besitz zusammen mit anderem in die Ehe gebracht hatte. Zwischen den Ehegatten bestand keine Verbindung mehr; Gilles de Rais hatte weder das Bedürfnis seine Frau noch seine kleine Tochter zu sehen.

Nach langem Nachdenken hatte Pater Robert beschlossen, hier in seiner wahren Eigenschaft als Kommissar der Inquisition aufzutreten und genau auf die Reaktion von Madame de Rais zu achten.

Pouzauges lag am Rand einer sanften Hügelkette, und der Pater rechnete damit, einen stillen traurigen Ort der Verbannung vorzufinden, doch er entdeckte einen lebhaften Gutsbetrieb rund um den Burgkomplex, der wuchtig und vieltürmig einen flachen Hügel bedeckte, umringt von den kleinen bescheidenen Häusern der Dorfbewohner. Wie eine fette gemästete Glucke inmitten ihrer winzigen Küken, dachte Pater Robert.

Die Felder ringsum waren zum Teil schon gemäht, und zerlumpte Kinder krochen gebückt auf dem Boden herum und hielten Nachlese.

Pater Robert ließ sich melden, wurde in eine weiträumige Halle geführt, die behaglich mit Teppichen, Tierfellen, schön geschnitzten Truhen und Schränken ausgestattet war. Ein Diener brachte Brot, Käse, Wein und Wasser, murmelte: «Madame kommt sofort...» und verschwand.

Pater Robert war zwar sehr fromm, doch keineswegs ein Asket, und so ließ er sich das Angebotene schmecken, trank auch zwei Becher mit Wasser vermischten Weines. Ermüdet von der langen Reise und vom Essen nickte Lesné ein, bis eine sanfte Stimme ihn weckte.

«Gut geschlafen, Pater Robert?»

«Oh, entschuldigt...»

Er stand auf, und Catherine de Rais ging auf ihn zu, knickste leicht und küßte ihm die Hand.

Er errötete.

«Aber Madame...»

Sie lächelte.

«Ihr seid zwar jung, aber doch ein Mann Gottes, und so verdient Ihr allen Respekt.»

Sie sah keineswegs unglücklich aus, die verstoßene Frau des Marschalls von Frankreich, sondern gab sich lebhaft, selbstbewußt und ganz ohne Scheu. Mochte man sie auch nicht schön nennen, so war sie mit ihrer hohen schlanken Gestalt und den kecken dunklen Augen in ihrem klugen offenen Gesicht doch eine anmutige Erscheinung. Sie trug ein elegantes lindgrünes Seidenkleid, ihr kräftiges rotbraunes Haar war hochgesteckt und von einem breiten Goldband zusammengehalten.

«Ich komme im Auftrag der Inquisition, Madame, aber das betrifft nicht Euch, sondern Euren Gemahl Gilles de Rais.»

«Das kann ich mir denken, aber ich habe diesen Herrn seit über vier Jahren nicht gesehen und werde Euch schwerlich eine Hilfe sein.»

Pater Robert blickte Madame Catherine fest an, und es fiel ihm nicht ganz leicht, die kecken dunklen Augen seines Gegenübers festzuhalten.

«Über Euren Gemahl geht das Gerücht, er habe einen Hexenmeister angestellt, treibe Teufelsbeschwörung, um Gold zu machen. Wißt Ihr etwas davon?»

Anstatt zu erschrecken, lachte Catherine laut auf.

«Zuzutrauen wäre es ihm schon, da ihm ja – wie man hört – das Wasser bis zum Hals steht. Er verschleudert sein Vermögen mit beiden Händen, verkauft und verpfändet am laufenden Band. Von Tiffauges und Pouzauges muß er die Finger lassen, weil sie mein persönlicher Besitz von den Eltern her sind. Einen Teil meiner Einkünfte muß ich leider an ihn abführen, aber eine Anklage wegen Verschwendung ist an den König unterwegs – unterschrieben von mir, meinem Schwager René und anderen Familienmitgliedern. Ich besitze eine Kopie. Wollt Ihr sie sehen?»

Der Pater nickte.

«Es könnte mein Bild von Eurem Gemahl abrunden.»

Sie holte ein Pergament aus der Truhe und legte es auf den Tisch. Pater Robert überflog das Schriftstück, und es wurde ihm ganz wirr im Kopf. Da war von einer zweihundertköpfigen Leibgarde die Rede, von maßlosen Einkäufen kostbarster Bücher, Juwelen und immer wieder von der reichen Ausstattung der Stiftskirche.

Gilles führte, wohin er auch ging, eine Sängerkapelle mit sich, die aus fünfundzwanzig bis dreißig Personen, aus Kindern, Kaplänen, jungen Klerikern und anderen bestand, diese begleitete ihn auf seinen Reisen, so daß er, besagter Kapelle wegen, zu der ihre Diener hinzukommen, mehr als fünfzig Personen und ebensoviel Pferde auf seine Kosten unterhielt. Auch gab er dieser Kapelle große Mengen von Gold- und Seidenstoffen zur Zierde, Kerzenleuchter, Weihrauchfässer, Kreuze, Schüsseln etc. von großer Prächtigkeit, die dreimal mehr kosteten, als sie wert waren, nebst mehreren Orgeln; eine davon ließ er sich von sechs Männern nachtragen. Weiterhin hatte er in dieser Kapelle einen Dechanten, Sänger, Erzdechanten, Vikare, einen Schulmeister etc., wie dies in den Kathedralen üblich ist, und einer von ihnen wurde Bischof genannt; er zahlte den einen vier Taler, den anderen dreihundert Taler, und beglich ihre Ausgaben; er kleidete sie in schwere schar-

lachrote Gewänder, die mit feinem Pelz besetzt waren, etc.; sie hatten Hüte aus hellem Filz, mit feinem Fell gefüttert, etc., und in ihrem Dienst war nur Eitelkeit, keine Frömmigkeit oder Gesittung. Und wenn er Lust bekam, einen davon auszuwählen, gab er ihm außer seinem Lohn ein Erbe, sogar seinen Eltern.

Robert Lesné schob das Schriftstück von sich.

«Mit Frömmigkeit hat das nichts mehr zu tun.»

«Dieser Ansicht sind wir auch, und deshalb haben wir außerdem noch an Papst Eugen appelliert, er möge die Einweihung dieser Stiftskirche untersagen.»

«Das ist, als wolle er mit dieser reichen Stiftung eine schwere Verfehlung sühnen. Ihr wißt also nichts von irgendwelchen Teufelspraktiken Eures Gemahls?»

«Nein, Pater, aber Gott gebe, daß man ihn, sollte er schuldig sein, bald überführt. Hätte ich nicht eine Tochter von diesem Herrn, ich würde noch heute den Heiligen Vater um Annullierung meiner Ehe bitten.»

«So sehr haßt Ihr ihn?»

«Ich wurde als Vierzehnjährige in die Ehe mit diesem Sechzehnjährigen getrieben wie ein verängstigter Hase, weil mein Vater gerade gestorben war und meine Mutter auf die Tücke eines Jean de Craon hereingefallen ist.»

«Der Großvater Eures Gemahls...?»

«Ja, und ein Übeltäter der schlimmsten Art. Er hat Gilles erzogen und seine Seele verdorben. Er scheute nicht davor zurück, meine verwitwete Mutter von ihrem Besitz zu jagen, weil er habgierig und gefräßig war wie ein Geier. Aber warum soll ich Euch mit Familiengeschichten behelligen. Ob Gilles nun Gold macht oder nicht, er ist ein Mensch, der nicht umkehrt, und so wird sein Weg wohl ins Verderben führen.»

«Habt Ihr etwas davon gehört, daß immer wieder Kinder im Pays de Rais verschwinden?»

«Nein, davon weiß ich nichts.»

«Auch in Tiffauges, das ja zu Eurem Besitz gehört, sollen Knaben verschwunden sein.»

Pater Robert äußerte damit nur einen vagen Verdacht, etwas Konkretes lag bis jetzt nicht vor.

Catherine de Rais zuckte die Schultern.

«Ich habe Tiffauges seit Jahren nicht mehr betreten. Ihr ermittelt am falschen Ort, Pater Robert.»

Der Pater erhob sich. «Seid trotzdem bedankt, Madame. Darf ich mich bei Euch noch etwas umhören?»

«Solange Ihr wollt, und während dieser Zeit seid Ihr mein Gast.»

«Ja, für ein Nachtlager wäre ich dankbar. Morgen früh reise ich nach Nantes zurück.»

Der Burghauptmann wurde instruiert, und Pater Robert konnte sich im Herrschaftsbereich von Pouzauges ungehindert bewegen. Den alten Pförtner fragte er:

«Euer Herr kommt wohl nicht sehr oft hierher? Wann hast du ihn zum letzten Mal gesehen?»

Der alte Mann erhob sich ächzend von seinem Stuhl im Pförtnerhäuschen neben dem Portal. Ein Schwall von saurem Weindunst schlug dem Pater entgegen.

«Unser Herr ist kein Herr, sondern eine Dame, verehrter Pater. Die Familie Thouars sitzt schon seit Jahrhunderten in dieser Gegend, und auch wenn Seigneur de Rais mit unserer Herrin verheiratet ist, so ist und bleibt es ihr Land.»

Der Pater lächelte geduldig; er kannte solche alten, treuen, störrischen Seelen, denen man nicht widersprechen durfte.

«Trotzdem hätte ich gerne gewußt, wann der Seigneur zuletzt hier war.»

«Vor drei Jahren – oder sind es schon vier? Die Mandelernte war damals besonders schlecht, es werden wohl schon vier Jahre sein.»

Diese Aussage fand Pater Robert auch von anderen bestätigt, und überall begegnete man dem Herrn de Rais mit versteckter, manchmal auch unverhohlener Abneigung.

Zum Nachtmahl fand sich etwa ein Dutzend Gäste ein, von denen einer den Pater besonders interessierte. Die Madame legte ihre Hand auf seinen Arm und sagte:

«Und das ist mein Schwager, Capitaine René de la Suze, der nun schon länger mein Gast ist.»

Der Hauptmann verneigte sich.

«Hier jedenfalls bin ich willkommen...», sagte er.

Der mittelgroße stämmige Mann trug kurzgeschnittene dunkle Haare, hatte ein Gesicht, das man gleich wieder vergaß, und verriet mit seinen knappen eckigen Bewegungen und einer lauten, befehlsgewohnten Stimme den alten Soldaten.

«Ihr seid der jüngere Bruder von Gilles de Rais? Verzeiht, wenn ich frage, warum Ihr hier seid und nicht an seiner Seite?»

«Ich war es, doch das ist vorbei.»

«Ihr lebt im Streit mit ihm?»

«Wir haben nicht mehr die gleichen Ziele.»

Dem muß man jedes Wort aus dem Leib pressen, dachte Pater Robert.

«Ihr mißbilligt seine Lebensart?»

«So kann man es nennen.»

Die Familie hat sich also von ihm abgewandt, das kann uns nur nützen, dachte der Pater und stellte seine letzte Frage:

«Habt Ihr davon gehört, daß Euer Bruder den Teufel beschwört, vielleicht um Gold zu machen?»

«Gehört schon, aber er wird nicht Gold gewinnen, sondern weiteres Geld an seine Scharlatane verlieren.»

Pater Robert beugte sich vor.

«Ihr glaubt also nicht an Teufelswerk?»

«O doch, aber noch keinem ist es gelungen, Gold zu machen. Das hätte sich herumgesprochen.»

«Wißt Ihr etwas von einem Hexenmeister, den er aus Italien hat kommen lassen?»

«Ich weiß sogar seinen Namen.»

«Ihr wißt... Ihr wißt...» Pater Robert war sprachlos.

«So etwas spricht sich herum. Der Mann ist ein Priester wie Ihr, kommt aus Florenz und heißt Francesco Prelati. Zuletzt lebte er in Machecoul.»

«Ein Priester als Alchimist und Geisterbeschwörer?»

Ein, wie Pater Robert meinte, respektloses Grinsen huschte über das Gesicht des Hauptmanns.

«Warum nicht? Auch Priester können sündigen. Übrigens hat

Eustache Blanchet, der Hauskaplan meines Bruders, diesen Geisterbeschwörer in Florenz angeworben und hierhergebracht.»

«Woher wißt Ihr das alles?»

«Weil ich gezwungen bin, meinen Bruder zu beobachten, denn was er Tag für Tag vertut und vergeudet, ist unser aller Erbe.» Dabei machte er eine unbestimmte Geste über den Tisch hin, wo neben Madame Catherine ihre etwa achtjährige Tochter Marie und noch Verwandte verschiedenen Grades saßen.

«Ich danke Euch für Eure Offenheit, Capitaine.»

«Warum sollt Ihr nicht wissen, was bald alle Welt weiß?»

Ein zustimmendes Murmeln der anderen unterstützte seine Meinung.

Als die Tischgesellschaft sich auflöste, zog Pater Robert den Hauptmann beiseite.

«Ein Wort noch, Capitaine, unter vier Augen.» Sie traten in eine Fensternische. «Da Ihr so gut über alles Euren Bruder Betreffende informiert seid, wißt Ihr vielleicht auch, was mit den Kindern geschieht, die überall auf seinen Besitzungen spurlos verschwinden?»

Das Gesicht des Hauptmanns blieb unbewegt.

«Die Leute reden viel. Kinder sind zu allen Zeiten verschwunden – ertrunken, abgestürzt, von Diebesbanden entführt. Mal mehr, mal weniger. Wen interessiert schon, wo die Bälger stecken?»

«Die Eltern vielleicht, die Lehrherren, die Freunde und Verwandten – vielleicht auch die Justiz...»

«Dann mögen diese sich darum kümmern.»

«Besten Dank, Capitaine de la Suze, Ihr habt mir sehr geholfen.»

Der Hauptmann nickte gleichmütig.

«Einen Rat noch: Seht Euch in Machecoul um, dort müßte etwas von Prelatis Wirken zu finden sein – vielleicht. Aber ich glaube, die beiden sind zu schlau, um Spuren zu hinterlassen.»

Das werde ich tun, dachte Pater Robert, aber dafür ist die Zeit noch nicht reif.

Bischof Jean de Malestroit zeigte sich sehr zufrieden. Er nahm sein Käppchen ab und strich sich nachdenklich über den fast kahlen Schädel. Auch daß Gilles de Rais weiterhin sein Vermögen vergeudete, hörte der Bischof nicht ungern. Seine Spitzel würden ihn rechtzeitig unterrichten, und dann hieß es zugreifen, ehe andere es taten. Damit meinte er nicht die Person des Verdächtigten, sondern seinen Besitz – die Burgen, Dörfer, Felder, Wein- und Obstgärten.

4

Der Chorleiter im Knabenchor von Machecoul und Sattlerlehrling Perrinet Briand erlebte den seltsamsten Sommer seines bisherigen Daseins.

Sein schreckliches Erlebnis in den Kellergewölben von Machecoul ließ ihn nicht mehr los, verdüsterte seine Tage, verdunkelte seinen Sinn. Er ging dem Seigneur aus dem Weg, doch das war nicht so leicht, weil Gilles de Rais zu dieser Zeit nichts lieber tat, als seinem Knabenchor zuzuhören. Wessen Stimme oder Aussehen ihm gefiel, der wurde reich beschenkt, oft ganz spontan. Dann zog der Seigneur einen kostbaren Ring vom Finger und steckte ihn dem Knaben an, oder er fragte einfach nach den Wünschen des Betreffenden. Meist aber holte er aus seinem Beutel die goldenen *écus* und streute sie den Jungen hin wie Körner vor die Hühner.

Da Perrinet zu seinen Lieblingen gehörte, spürte Gilles schnell, daß etwas nicht stimmte, und befahl ihn zu sich.

«Dich bedrückt etwas, Perrinet, ich sehe es dir an. Gibt es zu Hause Schwierigkeiten, oder hat Maître Aubin, dein Lehrherr, Ansprüche geltend gemacht? Das kann ich mir nicht denken, denn du arbeitest ja nebenher in deinem Beruf, und ich lasse dem Meister von Zeit zu Zeit deine Arbeiten vorlegen. Oder hast du Kummer mit deiner Verlobten?»

Perrinet schüttelte nur seinen blonden Kopf und blickte zu Boden.

«Sieh mich an…, komm Perrinet, *mon amour*, sieh mich an!»

Sanft faßte ihn Gilles am Kinn und hob seinen Kopf. Die grünen Augen des jungen Burschen schwammen in Tränen, aber Perrinet hätte sich lieber töten lassen, als ein Wort über sein Erlebnis zu verraten.

Die harten dunklen Augen des Seigneur waren seltsam weich geworden, und mit einer zärtlichen Geste strich er über den Kopf des Jungen.

«Wenn du eine Sünde begangen hast, die du mir nicht bekennen willst, so gehe doch zu Père Blanchet, unserem Hauskaplan. Der nimmt dir die Beichte ab, und dein Herz ist wieder leicht.»

Fast hätte Perrinet hinausgeschrien: nicht ich habe gesündigt, sondern Ihr, und was ich gesehen habe, kann ich nicht vergessen! Oder war es doch ein Traum? Ein Alptraum, hervorgerufen vom Wein, vom schweren Essen, von der nächtlichen Schwüle?

Perrinet ging dann doch zu Eustache Blanchet, dem Hauskaplan, beichtete ein paar belanglose Sünden und stellte danach die Frage, auf die allein es ihm ankam.

«Hochwürden, wie ist das, wenn man Zeuge eines Verbrechens oder einer schlimmen Tat wird – ich meine, heimlicher Zeuge. Der Täter weiß nicht, daß man ihn beobachtet hat, und der Zeuge steht allein mit seinem Wissen da. Muß er das Geschehene melden oder beichten, oder darf er es einfach vergessen?»

Blanchet, einen Mann um die Dreißig, hatten nicht seelsorgerische Gründe an den Hof des Seigneur geführt, sondern Habgier und Trägheit, das heißt, er wollte mit möglichst wenig Aufwand möglichst viel verdienen und dabei gut und sorglos leben. Dazu war er ein kluger Kopf und merkte bald, daß der Seigneur nach Wissen über Magie und Dämonenbeschwörung gierte. Davon verstand er ein wenig, und es gelang ihm, dieses eher bescheidene Wissen als Kompetenz hinzustellen. Er ahnte, was von Zeit zu Zeit auf den Burgen des Seigneur Gilles vor sich ging, doch davor verschloß er die Augen. Er hatte sich vorgenommen, nicht auf Sünden, Untaten und Verbrechen zu schielen, sondern auf die Geldtruhe des Seigneur. Es fiel ihm nicht schwer, ein mildes priesterliches Lächeln auf sein hartes glattes Gesicht zu zaubern. Seine kleinen gierigen Augen, die sonst gerne hin- und herhuschten, damit ihnen ja nichts entging, blickten jetzt sanft und wohlwollend auf das Beichtkind.

«Das kommt nun ganz darauf an, wo du dieses Verbrechen gesehen hast. War es in Nantes, dann mußt du es der Stadtmiliz melden, war es auf einer der Besitzungen unseres Herrn, dann mußt du dich natürlich an ihn wenden.»

«Aber wenn er doch selber...» erschrocken hielt Perrinet inne.

Blanchet blickte ihn ruhig an.

«Erzähle es mir, und wir werden gemeinsam einen Weg finden, dir zu helfen.»

Perrinet schilderte den Abend der Reihe nach, ließ nichts aus, fügte nichts hinzu.

Lächelnd schüttelte Blanchet seinen Kopf.

«Traust du unserem Herrn so etwas zu? Der Seigneur hat im Vorjahr eine Kirche gestiftet, die jetzt in Machecoul gebaut wird. Dieser Stiftung wird ein Collegium mit Priestern, Domherren, einem Schatzmeister und einem Vikar angegliedert. Und weißt du, wer zum Patron der Kirche erkoren wird? Die unschuldig ermordeten Kinder von Bethlehem! Unser Seigneur ist ein frommer Mann, der vor nicht allzu langer Zeit mit einer heiligmäßigen Jungfrau unsere Erbfeinde aus dem Land gejagt hat. Ein Held, den der König aus Dankbarkeit zum Marschall von Frankreich ernannt hat. Paßt das zu dem, was du angeblich gesehen hast?»

«Nein – nein!»

«Siehst du, mein Junge, und so gibt es dafür nur eine Erklärung: Es war ein Traum – oder besser noch: eine Vision.»

«Was ist das – eine Vision?»

Jetzt war Blanchet in seinem Element.

«Eine Vision kann man von der Zukunft haben, das fällt dann in den Bereich der Prophezeiung, aber auch – und so war es wohl in deinem Fall – von der Vergangenheit. Das heißt, du hast etwas gesehen, das vor langer Zeit geschah und vielleicht unaufgeklärt blieb. Damit will Gott uns daran erinnern, daß es etwas gutzumachen gilt, daß etwas Ungesühntes gesühnt werden muß. Ich mache dir einen Vorschlag. Am kommenden Sonntag zeigst du mir den Ort, den du gesehen zu haben glaubst. Ich werde dort eine Sühnemesse lesen, und wir werden gemeinsam ein Gebet sprechen, um Gottes Verzeihung für die dort früher geschehenen Taten zu erbitten.»

Perrinet fiel eine Last von der Seele. Es war doch richtig gewesen, den Hauskaplan um Rat zu fragen, und seine Erklärung schien ihm einleuchtend und überzeugend.

Eustache Blanchet aber hatte am selben Abend ein langes Gespräch mit Gilles de Rais.

Am darauffolgenden Sonntag führte Perrinet den Priester in das Gewölbe und deutete auf die Tür.

«Hier – hier muß es gewesen sein.»

Blanchet blickte ihn zweifelnd an, öffnete die dicke Holztür –, aber was war das? Der Raum war vollgestellt mit alten Weinfässern, defekten Acker- und Gartengeräten, an der Wand hingen rostige und zerbrochene Spieße, Hellebarden und Schwerter.

«Eine Rumpelkammer, wie es scheint, seit Jahren nur als Abstellraum benützt. War es ganz sicher diese Tür?»

Perrinet ging nach draußen und suchte nach dem Spalt, durch den er damals geblickt hatte. Er fand ihn nicht.

«Es muß wohl doch ein Traum gewesen sein», sagte er leise.

«Eine Vision war es, mein Junge, eine Vision aus alten Tagen. Vor fünfzig oder hundert Jahren mag dieser Raum anders ausgesehen, anderen Zwecken gedient haben, schrecklichen Zwecken, wie es scheint. Doch wir werden unser Versprechen einlösen.»

Blanchet baute vor den staubigen Weinfässern seinen Feldaltar auf und las, mit Perrinet als Ministranten, eine stille Messe. Danach sprachen sie zusammen dreimal das Exorzistengebet:

«Wir beschwören dich im Namen des Vaters, des Sohnes und des Heiligen Geistes: Fahre aus, du unreiner Geist und gib Raum dem Heiligen Geist!»

Danach bedankte sich Perrinet und fragte:

«Der Seigneur weiß davon nichts?»

«Unser Herr hat andere Sorgen, das geht nur uns beide an.»

Am Ende war Perrinet noch stolz auf seine Vision, die Gott ihm hatte zuteil werden lassen. Mit dieser Sühnemesse war vielleicht einer armen Seele der Weg in den Himmel geöffnet worden.

Dann kam der Juli, und Seigneur de Rais bot Perrinet an, mit ihm zusammen ein paar Wochen in Pornic am Meer zu verbringen.

«Die Burg dort ist nicht sehr groß, und ich nehme nur meine besten Freunde mit: meinen Vetter Sillé, natürlich Henriet und Poitou, den

Hauskaplan, meinen alten Freund Roger de Bricqueville und noch ein paar andere.»

Perrinet kannte sie längst, die vier engsten Begleiter seines Herrn: den undurchsichtigen Sillé mit seinen gelben Augen, den rüpelhaften Bricqueville mit seiner großen muskulösen Gestalt und dem kurzen borstigen Haar, der wie ein Schwein fraß und wie ein Landsknecht aussah, obwohl auch er von Adel war. Von den Leibdienern mochte er Poitou, der eigentlich Etienne Corrilaut hieß, wegen seiner heiteren und liebenswürdigen Art ganz gern, während er den mit ihm etwa gleichaltrigen und recht schweigsamen Henriet nicht ganz durchschaute. Er war ein tüchtiger und immer gefälliger Diener und brüstete sich nicht mit der Zuneigung seines Herrn, was der einige Jahre ältere Poitou nicht ungern tat. Dabei hatte er allen Grund, Henriet dankbar zu sein. Als dieser mit einem Auftrag nach Nantes geschickt wurde, ging er auf Perrinets Bitte zu Isabelle und richtete ihr aus, daß er sich wohl befinde, oft an sie denke und sie bald besuchen werde.

Daraus wurde nun vorerst nichts, denn er mußte den Seigneur nach Pornic begleiten, tat es nicht ungern und war stolz, zu den wenigen Auserwählten zu gehören.

Francesco Prelati, der erst vor einigen Monaten aus Italien gekommen war, sollte, wie es hieß, in Machecoul bleiben, um inzwischen gewisse Forschungen weiterzuführen. Mit ihm hatte sich der Seigneur gerne eingeschlossen, um, wie er zu sagen pflegte, gelehrte Gespräche zu führen. Daß es den beiden Herren nicht nur darum ging, wurde deutlich, als ein Apotheker aus Nantes mit einem Ochsenwagen erschien, von dem Säcke, Beutel, Glaskolben, Mörser und anderes abgeladen und in den ersten Stock des mächtigen Nordturmes gebracht wurden. In der Folge knallte, stank, zischte und rauchte es aus den Turmfenstern, so daß sich bald das Gerücht verbreitete, der florentinische Priester sei in Wirklichkeit ein Hexenmeister und Goldmacher. Perrinet aber mochte es nicht glauben. Prelati war ein noch junger Mann um die zwanzig, schlank, hochgewachsen, mit einem hübschen bartlosen Gesicht, auf das er schnell ein heiteres Lächeln zauberte. Zu schnell und zu oft lächelte er, fand Perrinet, doch der junge Pater legte es darauf an, mit jedermann gut auszukommen.

Da immer wieder etwas dazwischen kam, wurde es Ende Juli, bis der kleine Hofstaat nach Pornic aufbrach. Gilles de Rais, der sonst eine Leibgarde von zweihundert Berittenen unterhielt, wählte nur ein Dutzend davon zur Begleitung aus. Die knapp sechs Meilen von Machecoul nach Pornic wären ein bequemer Vormittagsritt gewesen, hätte nicht der Seigneur in Bourgneuf einen Halt befohlen, um dort nach dem Rechten zu sehen. Der Burghauptmann, ein umständlicher alter Mann, kam vom Hundertsten ins Tausendste, und Seigneur Gilles meinte, als sie nach zwei Tagen wieder abreisten, er sei nun so gescheit wie zuvor.

Pornic empfing seinen Herrn mit Glanz und Gloria. Die Fischer standen in ihren Sonntagskleidern auf der Straße Spalier, der Bürgermeister hielt im Kreis der Ratsherren eine schwungvolle Rede, und die Burgbesatzung jubelte ihrem Herrn mit gezogenen Schwertern und erhobenen Hellebarden zu.

Es war alles sehr erhebend und feierlich, aber Perrinet wußte schon vom ersten Tag an nicht mehr, womit er sich beschäftigen sollte. Sein Sattlerwerkzeug hatte er in Machecoul zurückgelassen, seine Sängerknaben auch, und so kletterte er in den Felsen am tosenden Meer herum, beobachtete, wie die Ebbe nach und nach Sandbänke, Riffe und braungrüne Algenteppiche freigab, als ziehe man langsam eine Decke weg.

Seigneur Gilles ließ sich die ersten Tage selten blicken, bis er etwa nach einer Woche für seine Freunde ein abendliches Bankett veranstaltete. Die Köche hatten sich an diesem Abend selber übertroffen. Sie servierten die köstlichsten Meeresfische in hunderterlei Zubereitungsarten: gekocht, gebraten, gebacken, gedämpft, über Holzkohle geschmort, mit Pilzen und Trockenobst gefüllt, in vielerlei Saucen schwimmend; danach Wachteln, Rebhühner und Fasane am Spieß, ganze Spanferkel, gefüllt mit Lerchen und Drosseln, dazu flaumleichtes knuspriges Weißbrot und zum Abschluß Mandelcremesuppe, süßes Gebäck, Nüsse in Honig und in Branntwein eingelegte Pflaumen. Dazu floß der Wein in Strömen, und er floß nach der Mahlzeit weiter, und die ersten wankten schon hinaus, um sich zu übergeben und Platz für neuen Wein zu schaffen.

Gilles de Rais wurde immer trunkener, aber keineswegs fröhlicher.

Sein bleiches Gesicht rötete sich mehr und mehr, in den dunklen Augen glomm ein kaltes gefährliches Licht, eine mörderische Lüsternheit, die Perrinet angst machte, auch wenn er sie nicht zu deuten wußte. Ihm schien es, als sehe der Seigneur seine Freunde einen nach dem anderen an, als wolle er eine Auswahl treffen. Der hünenhafte Roger de Bricqueville hatte wie ein Wolf gefressen, und jetzt soff er wie ein durstiger Eber, lallte Unverständliches, fuchtelte mit seinen muskulösen Armen, wollte sich erheben und konnte es nicht. So schoß ihm ein Strahl Wein, vermischt mit halbverdauten Speisen aus dem Maul, worauf der Seigneur in lautes Lachen ausbrach, sich schwankend erhob und halblaut, aber jedem verständlich murmelte: «Mir reicht's!»

Seine treuen Paladine Henriet und Poitou wollten ihn stützen, aber er schüttelte sie ab wie lästige Fliegen, deutete auf Perrinet und sagte laut: «Du gehst mit!» Dabei lächelte er auf eine wundersam zarte Weise, wie man einem kleinen Kind zulächelt. Perrinet erschrak, zögerte. Sillé richtete seine schmutziggelben Augen auf ihn und sagte:

«Der Dummkopf weiß die Ehre nicht zu schätzen, man muß ihm Beine machen.»

Er als einziger trank niemals viel, war immer wach, aufmerksam, sprungbereit, mißtrauisch.

Perrinet stand auf, spürte den Wein in seinen Ohren sausen, stolperte, fing sich und ging auf Gilles zu. Der legte einen Arm um ihn.

«Bring mich zu Bett, mein Kleiner, dann kannst du weiterfeiern.»

Eng umschlungen stiegen sie schwankend eine steile Treppe hinauf und betraten das von zwei Gardisten bewachte Schlafzimmer.

«Darfst mich auskleiden», sagte der Seigneur und ließ sich auf das mit Fellen bedeckte Bett sinken.

«Ich weiß nicht, ob – ob ich das richtig mache...», stotterte Perrinet.

Gilles lachte trunken.

«Dann ziehen wir uns gegenseitig aus. Ich dich und du mich – Stück für Stück. Wie im Feld bei den alten Kriegern. Die helfen sich gegenseitig, weißt du.»

War das jetzt wieder ein Traum? Dieses Rauschen – woher kam es?

Vom Meer, aus dem Kopf? Es muß wohl ein Traum sein, daß der kleine Sattlerlehrling Perrinet Briand dem großen Gilles de Rais, Marschall von Frankreich und Herrn auf Machecoul, Pornic, Bourgneuf, Legé, Champtocé, Ingrandes und einem weiteren Dutzend Burgen und Dörfern, Stiefel, Leibrock, Hemd und Hosen auszieht, und der tut das gleiche mit ihm, dem Lehrling, wie ein Diener, nein, wie ein Vater, der den kleinen Sohn auskleidet.

«Stell dich hierher!»

Gilles de Rais hob die Kerze und ließ das leise flackernde Licht über Perrinets nackten Körper geistern. Dabei nickte er mehrmals.

«Es ist alles da: die blonden Haare, das hübsche Gesicht, die grauen Augen, der frische kecke Mund und die weiße samtweiche Haut...»

Perrinet schloß die Augen, fühlte, wie eine Hand ihm sanft über Brust, Bauch, Glied und Schenkel strich, wie sie seine Hinterbacken koste, streichelnd den Rundungen folgte.

Als wäre ich ein Mädchen, dachte Perrinet und hatte plötzlich keine Angst mehr vor diesen streichelnden Händen, sträubte sich auch nicht, als der Seigneur ihn zu sich ins Bett zog und zugleich die Kerze ausblies.

«Du bist mein süßer Kleiner, mein *mignon*, mein *amant*, mein *petit veau*...»

Gilles küßte ihn auf den Mund, und Perrinet spürte das Kratzen des Bartes, drehte instinktiv den Kopf beiseite.

«Ah, das Kälbchen will woanders geküßt werden – ich verstehe...»

«Warum tut Ihr das, Seigneur? Ihr seid verheiratet, habt ein Kind...»

Ein leises Lachen ertönte.

«Ich liebe beide, Mann und Frau, Mädchen und Knaben, wünsche mir ein androgynes Wesen, eine vollkommene Mischung aus beiden Geschlechtern, etwas das es gibt, das aber Gott nur ganz selten erschafft. Eines dieser Wesen habe ich gekannt und geliebt.»

Perrinet richtete sich im Bett auf und fragte ins Dunkle:

«Gibt es das überhaupt? Wer war es?»

«Jeanne d'Arc, die Jungfrau von Orléans, die Befreierin Frankreichs – die Heilige. In ihr war Männliches und Weibliches zur

Vollkommenheit ausgebildet. Sie war mutig und kämpfte wie ein Mann, aber unter den Männerkleidern verbarg sich der süßeste Mädchenkörper. Ich habe sie geliebt, Perrinet, auf eine Weise – nie könnte ich jemand wieder auf solche Weise lieben, weder Frau noch Mann. Gewiß, sie starb vor fünf Jahren auf dem Scheiterhaufen, und wer daran Schuld trägt, dem wünsche ich das ewige Höllenfeuer. Aber für mich lebt sie, und solange ich lebe, bin ich auf der Suche nach ihr.»

Gilles rückte etwas von Perrinet ab, nahm die Hand von seinem Körper. «Für eine Liebesstunde sind wir beide nicht mehr in Stimmung, aber ich habe dich gern, kleiner Perrinet, und darum will ich dir erzählen, wie es war, als ich der Jungfrau begegnete. Ich habe es auch schon anderen erzählt, muß immer wieder davon sprechen. Vielleicht werde ich es eines Tages aufschreiben, aber ich fürchte, daß Worte nicht reichen, um meine Gefühle für Johanna auszudrücken, sie anderen verständlich zu machen. Bis zum Tod meiner Eltern lebte ich auf Machecoul, das mir auch heute wieder der liebste Aufenthalt ist. Es ist schlimm, Perrinet, wenn die Eltern früh sterben. Danke Gott, daß du sie noch hast.»

5

Guy de Rais und seine Gemahlin Marie führten mit ihren beiden Söhnen ein ruhiges Leben auf Machecoul. Der elfjährige Gilles und sein drei Jahre jüngerer Bruder René wurden von zwei geistlichen Lehrern unterrichtet. Die beiden lernten mal recht, mal schlecht, wie das bei den meisten Kindern der Fall ist. Gilles' Lieblingsfächer waren Musik und Gesang, seinen etwas gröber geschnitzten Bruder zog es mehr zu den Leibesübungen, für die ein Waffenmeister zuständig war. Er ritt wie der Teufel, schoß treffsicher mit dem Bogen und war schon als Achtjähriger ein geschickter Fechter.

Eines Morgens hieß es, die Mutter könne nicht mehr aufstehen, sie habe in der Nacht einen Blutsturz erlitten. Zwei Ärzte wurden geholt, der Apotheker von Machecoul zugezogen, doch die durch eine Fehlgeburt ausgelöste Blutung ließ sich nicht stillen, und am Abend mußte der verstörte Seigneur Guy seine Gemahlin in der Schloßkapelle aufbahren lassen, während betende Nonnen um Fürsprache für die abgeschiedene Seele baten.

Die beiden Buben standen weinend an der Bahre und konnten einfach nicht glauben, daß die geliebte Mama sie so schnell verlassen hatte. Sie sei jetzt da oben, sagten die geistlichen Lehrer und deuteten auf den sanftblauen Frühlingshimmel, aber sie war ja noch da, lag bleich und mit einem leisen Lächeln auf Blumen gebettet, von brennenden Kerzen umgeben.

Man wartete das Eintreffen des Großvaters ab, der mit einer martialischen Eskorte aus Champtocé kam und grimmigen Gesichts hinter dem Sarg seiner Tochter herritt, als man sie in die nahe gelegene Abtei von Buzay ins Familiengrab überführte.

Jean de Craon blieb einige Tage auf Machecoul und nützte diese Zeit zu endlosen Streitereien mit seinem Schwiegersohn. Der vom Tod seiner Gemahlin niedergedrückte Guy konnte sich kaum gegen die Anwürfe wehren. Es ging ums Erbe, um die Erziehung der Jungen und um tausend andere Dinge, die den Witwer jetzt kaum berührten. Schließlich packte auch Guy der Zorn, und er brüllte zurück:

«Gilles – Gilles – Gilles! Vergiß nicht, daß du einen zweiten Enkel hast, der außerdem mit seiner Vorliebe für Waffen deinem Geschmack weit näher kommt.»

«Na, endlich zeigst du mal die Krallen», sagte Jean de Craon ganz ruhig, «aber für mich zählt nur der Erstgeborene, für René werden wir schon etwas finden, das hat noch Zeit.»

Als sein finsterer und jähzorniger Schwiegervater endlich abgereist war, ließ Guy de Rais noch am gleichen Tag den Notar kommen. Was er im bisherigen Testament schon angedeutet hatte, wurde nun verschärft und präzisiert: Nach seinem Tod sollte Gilles keinesfalls in die Obhut des Großvaters kommen, sondern ein Verwandter wurde als Vormund und Erzieher bestimmt; seine Lehrer sollten die beiden Priester bleiben.

Fünf Monate später wurde das Testament eröffnet, denn Guy de Rais war bei einem Jagdausflug vom Pferde gestürzt und zwei Tage später gestorben. Mit grimmiger Miene hörte sich der jetzt sechzigjährige Jean de Craon die Verfügungen seines Schwiegersohnes an. Er äußerte sich nicht dazu, aber er handelte sofort. Niemand wagte es, ihn zu hindern, als er seinen fast zwölfjährigen Enkel Gilles auf ein Pferd setzte und ihn nach Champtocé entführte, wo der Herzog der Bretagne keine Gewalt mehr besaß.

«Und jetzt, mein lieber Gilles, werde ich tun, was dein memmenhafter Vater versäumte – ich werde aus dir einen Mann und einen Krieger machen! Mein Sohn Amaury ist gerade dabei, einer zu werden, er kämpft mit unserem Dauphin gegen die Engländer.»

Doch wie sich wenig später erwies, hatte der junge Amaury de Craon keine Gelegenheit mehr, seine Entwicklung fortzusetzen, denn er fiel am 25. Oktober 1415 in der mörderischen Schlacht bei Azincourt, wo die Engländer einen glänzenden Sieg errangen. Für

Jean de Craon war dies ein Grund mehr, in Gilles endgültig seinen Sohn, Erben und Nachfolger zu sehen.

«Nach dem Tod deines Onkels bist du einer der reichsten Erben in der Bretagne, aber – und merke dir das gut – ein großer Besitz verlangt eine harte Hand, weil sonst die Ratten kommen und ihn von allen Seiten annagen.»

«Und wer sind diese Ratten?»

«Verwandte, falsche Freunde, habgierige Pfaffen, unter Umständen auch deine Lehnsherrn, der König von Frankreich und die Herzöge der Bretagne und des Anjou.»

«Könnte nicht mein Bruder René einen Teil davon...»

Der Großvater unterbrach ihn barsch.

«Um deinen Bruder kümmern sich Verwandte, jetzt geht es zunächst einmal um dich.»

Wie wörtlich dies zu nehmen war, spürte Gilles schon vom ersten Tag an. Auf Machecoul war er nichts weiter als der Sohn des Burgherrn gewesen, und niemand hatte ihn daran gehindert, mit den Kindern der Diener und Pächter zu spielen. Hier aber schaute der Zwölfjährige auf lauter gebeugte Rücken, wurde mit Seigneur angesprochen, und jeder – ob jung oder alt, ob hoch oder niedrig in der Bedientenhierarchie – gehorchte ihm aufs Wort. Er lernte schamlose Schmeichelei kennen, tückische Denunziation, Kriecherei, hinter Servilität versteckte Habgier –, und er lernte die Frauen kennen.

Die Vorstellungen des rüpelhaften, jähzornigen und habgierigen Jean de Craon waren bei der «Erziehung» seines Enkels denen des verstorbenen Vaters entgegengesetzt. Die geistige Ausbildung hielt der Großvater für abgeschlossen, denn der Bursche könne ja jetzt schreiben und lesen, doch ihm fehlten die praktischen Erfahrungen.

Jean de Craon war ein gefürchteter Feudalherr, und wenn er mit seiner schwerbewaffneten Garde irgendwo erschien, dann flüchteten manche seiner Untertanen in die Wälder, weil sie wegen versäumter Pachtzahlungen oder anderer Vergehen eine Strafe fürchteten.

So hatte Craon es sich angewöhnt, nachts loszureiten, um bei Morgengrauen wie ein finsterer Racheengel über ein schlafendes Dorf herzufallen. Gilles war gerade vierzehn geworden, als der Großvater ihn zu einem solchen Strafgericht mitnahm. Es ging um das Dorf Grez nördlich von Angers, wo es, so wurde berichtet, eine Mißernte gegeben hatte, verursacht durch einen schweren Hagelschlag.

«Du darfst niemals glauben, was sie dir erzählen, sondern mußt den Fall selber nachprüfen.»

«Und wenn es nun doch gehagelt hat?»

Jean de Craon runzelte die Stirn und blickte seinen Enkel mürrisch an.

«Dann holen wir uns unseren Anteil aus der Obst-, Mandel- und Weinernte, treiben ihnen ein paar Kühe oder Schweine davon und halten uns anderwärts schadlos. Wenn du diesem Gesindel jemals nachgibst, hast du schon verloren. Zeige ihnen immer wieder, daß du schlauer bist als sie, dann werden sie dich respektieren. Und noch eines: Auch wenn sich ihre Unschuld herausstellt, verlasse nie einen Ort, ohne irgend jemand bestraft zu haben. Es gibt kein Dorf, wo es nicht mindestens ein Dutzend Manns- oder Weibsleute verdient, verprügelt zu werden, und halte dich dabei nach Möglichkeit an die Wohlhabenderen. Die werden von den anderen beneidet, ihnen gönnt man die Strafe, und du verläßt den Ort mit dem Ruf, Gerechtigkeit geübt zu haben.»

Mit solchen Ratschlägen ging die Zeit während der Reise hin. Kurz vor dem Ziel schickte Jean de Craon einige seiner Leute in die Nachbardörfer, um wegen des Hagels Erkundigungen einzuziehen. In Grez wurden sie von den Dorfältesten und vom Pfarrer mit tief gebeugten Rücken empfangen. Craon gab sich leutselig, stellte Fragen, die nichts mit den Problemen zu tun hatten, stellte sie sehr schnell und ohne sichtbaren Zusammenhang.

«Morgen werden wir uns mit euren Problemen befassen.»

Mit diesen Worten entließ sie der Seigneur und blickte danach seinen Enkel vielsagend an.

«Aus ihren Antworten habe ich mehr erfahren, als diese Dummköpfe ahnen.»

Mit dem Hagelschlag hatte es seine Richtigkeit, das stellte sich am nächsten Morgen heraus.

«Das wird eine Strafe des Himmels für eure Sünden gewesen sein», brummte Jean de Craon mißmutig, gestattete aber gnädig, daß sie den

Rest des geretteten Getreides als Saatgut fürs nächste Jahr verwendeten. Die Dorfältesten und Familienvorstände atmeten auf. Sie standen auf dem Dorfplatz unter einer mächtigen Eiche, um den Seigneur herum, der herrscherlich und richterlich auf einem geschnitzten Sessel thronte.

«Da ist aber noch etwas ...», sagte er lauernd, und alles duckte sich, als setze es gleich Schläge. «Ich habe gehört, daß zwei eurer jungen Männer sich als Söldner bei Herzog Ludwig haben anwerben lassen. Recht löblich, da unser Landesherr für seinen Krieg um Neapel immer Soldaten braucht – aber», dieses «aber» kam donnernd, und der Seigneur erhob sich vom Sessel, «aber ihr hättet mich zuvor fragen müssen! Wer wird die zwei Arbeitskräfte nun ersetzen? Wer hat das Handgeld für die beiden kassiert? Ich höre!»

Nach einigem Hin und Her stellte sich heraus, daß die beiden arme Burschen waren, die sich beim größten Pächter des Dorfes als Knechte verdingt hatten. Als der sie nicht mehr benötigte, weil seine Söhne heranwuchsen, hatte er sie quasi den Werbern als Söldner verkauft.

«Haben die Eltern der beiden etwas davon bekommen?»

«Nein, Seigneur, die waren bei mir verschuldet ...»

So mußte der wohlhabende Pächter eine saftige Geldbuße zahlen, wurde vor versammeltem Dorf an einen Pfahl gebunden und mit dreißig Rutenhieben bestraft. Nicht wenige nickten dazu wohlgefällig und murmelten Beifall.

Danach inspizierte der Seigneur das Dorf, fand zwei der Getreidespeicher in einem ruinösen Zustand, mit undichtem Dach und schiefen Wänden. Gleich brüllte er los:

«Wenn die nächste Ernte wieder besser wird, so nützt es wenig, weil das Korn hier feucht wird und verfault! Abreißen!»

Es dauerte kaum eine Stunde, dann waren von den beiden Scheunen nur Bretterhaufen übriggeblieben, die der Seigneur als Brennholz für alle freigab.

«Wenn die zwei Scheunen nicht binnen Monatsfrist in einwandfreiem Zustand wiedererrichtet sind, lasse ich das ganze Dorf auspeitschen – jung und alt, Mann und Frau!»

Zu Gilles sagte er:

«Die sind jetzt für eine Weile zahm, aber man darf sie nie länger aus den Augen lassen. Wir ziehen zur Zeit jährlich rund achtundvierzigtausend *écus d'or* aus unseren Besitzungen, und du würdest dich wundern, wie schnell sich das ändern kann, wenn du nicht ständig aufpaßt wie ein Turmwächter.»

Kurz darauf verlobte Craon seinen vierzehnjährigen Enkel mit der elfjährigen Jeanne Peynel, einer reichen normannischen Erbin. Doch ein Teil ihrer Verwandten war dagegen und klagte beim König. Die Verbindung wurde wegen Minderjährigkeit der Braut aufgelöst.

Jean de Craon zuckte die Schultern und sagte spöttisch:

«Da geht uns viel Geld durch die Lappen, aber ich finde schon ein neues Goldhühnchen für dich.»

Gilles feierte seinen fünfzehnten Geburtstag, und sein Großvater legte ihm als Geschenk eine junge Magd ins Bett. Es war ihm nicht entgangen, daß sein Enkel für die ihn umgebende Weiblichkeit kaum einen Blick hatte.

«Ich war zwölf, als ich mein erstes Mädchen besprang. Was ist denn los mit dir? Regt sich nichts zwischen deinen Schenkeln? Das ist doch nicht normal! Du wirst dich doch nicht zum Schwulen entwikkeln? Das werde ich dir aus dem Leib prügeln, darauf kannst du dich verlassen!»

So lag also das Mädchen in Gilles' Bett, und ihren kundigen Händen gelang es, in dem jungen Seigneur die Männlichkeit zu entfachen und so etwas wie ein Beilager zustande zu bringen.

Der Großvater befragte das Mädchen und zeigte sich zufrieden.

«Das wird schon werden. Beim ersten Mal war ich auch nicht der Geschickteste. Probier es nur immer wieder. Weiberfleisch ist ja im Überfluß vorhanden.»

Doch der junge Gilles machte nur selten Gebrauch davon, weil ihm zum Beispiel ein zwölfjähriger Stalljunge besser gefiel als eine sechzehnjährige Magd. Doch das behielt er für sich, um seinen Großvater nicht zu verärgern.

In dieser Zeit fielen die Engländer immer häufiger in die Normandie und die nördliche Bretagne ein, und die mit den Craons verwandte Familie de Sillé wurde durch diese Raubzüge völlig ruiniert. So kam Gilles de Sillé nach Champtocé und wurde mit seinem etwa gleichaltrigen Vetter erzogen. Bald waren die beiden Gilles unzertrennlich, das heißt, Sillé unterwarf sich in allen Dingen seinem reichen Verwandten, ohne dabei seine Vorteile aus den Augen zu lassen. Sie schliefen in einem Zimmer, und Jean de Craon fand nichts dabei, daß sich die Vettern enger befreundeten. Wie intensiv sich die beiden fast jede Nacht miteinander beschäftigten, konnte Craon nicht ahnen. Der junge Sillé folgte dabei nicht seinen Neigungen, sondern wollte sich den Vetter hörig machen, was ihm auch recht gut gelang.

Der Seigneur suchte weiter nach einer reichen Braut für seinen Enkel und fand diese schließlich in Catherine de Thouars, deren Vater gerade gestorben war und ihr, als einzigem Kind, riesige Ländereien hinterlassen hatte.

Jean de Craon rieb sich die Hände.

«Jetzt heißt es schnell handeln, Gilles. Du wirst nicht der einzige Bewerber um die Hand des Goldhühnchens sein; da wird sich, fürchte ich, eine lange Schlange bilden. So ist mein Vorschlag: Du reitest mit ein paar Dutzend Bewaffneten nach Tiffauges und entführst die Braut. In allen Ehren natürlich...» Er lachte dröhnend. Gilles war etwas verdattert.

«Ich – ich soll ein Mädchen entführen?»

«Verdammt noch mal – ja! Mit ihrer Mutter ist alles abgesprochen, aber die Familie Thouars ist groß, und andere könnten etwas dagegen haben.»

Gilles besprach es mit seinem Vetter, und der junge Sillé war sofort Feuer und Flamme, weil er an die großen Besitzungen dachte, und seine Rechnung hieß: Je reicher mein Vetter Gilles wird, desto besser für mich.

«Das ist doch nur eine Formalität. Du heiratest die steinreiche Pute, machst ihr ein paar Kinder, und wir werden weiterhin unseren Spaß im Bett haben.»

Das gab dann den Ausschlag, und die Pro-forma-Entführung verlief ohne Schwierigkeiten. Am 30. November fand eine stille Hochzeit statt, doch sie war nicht still genug, um nicht den Widerstand einiger Verwandter zu erregen, die daran erinnerten, daß Gilles und Catherine Blutsverwandte vierten Grades waren.

Jean de Craon tobte, ließ sofort seine Beziehungen zum Hof spielen, von wo dann aus Rom ein schneller Dispens eingeholt wurde.

«Jetzt wird öffentlich Hochzeit gefeiert, vor aller Welt, und wer etwas dagegen hat, dem haue ich eine aufs Maul!»

In der schönen Pfarrkirche von Chalonnes-sur-Loire wurde eine prächtige Hochzeit zelebriert, und Beatrice de Montjean, die Mutter der Braut, bekam schnell einen Geschmack vom Charakter ihrer neuen Verwandtschaft. Ihr waren Tiffauges und Pouzauges als Witwenerbe zugesprochen worden, aber sie hatte inzwischen wieder geheiratet, und so vertrat Jean de Craon die Ansicht, daß die beiden Besitzungen seinem Enkel und dessen Frau zufallen müßten. Catherine wurde nicht gefragt, als man ihre Mutter aufforderte, ihr Wittum zu verlassen. Sie sträubte sich dagegen, und so schickte Jean de Craon einen Trupp Soldaten hin, die sie festnahmen und nach Champtocé brachten, während ihr Gatte zum Glück fliehen konnte.

«Nun Madame, Ihr habt jetzt die Wahl: Entweder Ihr gebt Tiffauges und Pouzauges vor Zeugen frei, oder ihr verschwindet im Kerker einer meiner Burgen.»

«Meine Tochter würde das niemals zulassen!»

Craon lächelte.

«Ich habe das junge Ehepaar nach Nantes geschickt, und dort werden sie bleiben, so lange ich es will.»

Nach zähen Verhandlungen kam es durch Vermittlung des Königs zu einem Kompromiß: Die beiden Besitzungen sollten geteilt werden, und Gilles de Rais durfte wählen. Er nahm das seinen Ländereien näher liegende Tiffauges, während sein Großvater Pouzauges besetzen ließ, denn der hatte inzwischen entschieden: «Wir nehmen beide!»

Beatrice klagte beim König, und der schickte einen Beamten nach Pouzauges, um den Fall zu regeln. Jean de Craon ließ den Mann verprügeln und davonjagen. Die daraufhin vom König verhängte Geldstrafe wurde niemals bezahlt.

«Warum auch?» fragte Craon höhnisch seinen Enkel. «Der König ist fern, der König ist machtlos. Um sich Respekt zu verschaffen, müßte er erst einmal die Engländer aus dem Land jagen.»

Das wäre die Aufgabe Seiner Majestät, König Karl VII. von Frankreich, gewesen, aber der junge Herrscher war träge, unentschlossen und feierte lieber auf seinem prächtigen Schloß Chinon rauschende Feste, als die Mühen eines Feldzuges auf sich zu nehmen. Das Erbe seines im Schwachsinn verstorbenen Vaters machte sich bemerkbar, und Marie d'Anjou, seine frisch angetraute Gemahlin, war eher noch ein Kind und hatte kaum Einfluß auf den König. Ihre Mutter Yolande allerdings haßte die Briten glühend und tat alles, um Frankreich und die Bretagne zu einigen und zu gemeinsamem Handeln zu veranlassen. Jean de Craon unterstützte sie dabei, erstens weil er fürchtete, daß die Engländer eines Tages auch in seine Ländereien einfallen könnten, zum anderen, weil er dann die verarmte Familie de Sillé nicht mehr unterstützen mußte, falls diese ihren Besitz zurückerhielt. Welche Überlegungen Jean de Craon immer anstellte, sie dienten einzig und allein seiner oder seines Enkels Bereicherung. Hätte die Anwesenheit der Engländer ihm Vorteile gebracht, so wäre er mit fliegenden Fahnen zu ihnen übergelaufen.

Dem jetzt Siebzigjährigen machte das Alter zu schaffen, und wenn es darum ging, auf einer seiner entfernten Besitzungen die Feudalrechte auszuüben, so sandte er seinen Enkel dorthin. Gilles hörte nicht mehr in allem auf den Großvater, entschied vieles selbständig oder von seinem Schatten Sillé beraten, manchmal auch gedrängt.

Der stachelte ihn auf. «In wenigen Wochen wirst du zwanzig und damit volljährig sein. Poche auf deine Rechte, nimm, was dir gehört und laß dich vom Alten nicht länger gängeln.»

Gilles de Rais folgte dem Rat, und Jean de Craon übertrug ihm zähneknirschend die Verwaltung seines ererbten und erheirateten Besitzes. Aber er hatte sich etwas ausgedacht, um wieder mehr Bewegungsfreiheit zu bekommen.

«Gilles, es wäre an der Zeit, daß du dich am Königshof vorstellst, um so mehr als unser Herzog noch immer schwankt, ob er den König unterstützen soll oder nicht. Du bist in der Bretagne der reichste Feudalherr und könntest mit gutem Beispiel vorangehen.»

Gilles zuckte die Schultern.

«Herzog Johann wartet ab, wie erfolgreich die Engländer bei ihren Vorstößen sein werden. Notfalls wird er die Fahnen wechseln.»

«Mag sein, aber ich halte es für besser, den König zu unterstützen. Eines Tages werden die Engländer abziehen müssen, und dann möchte ich zu den Siegern gehören.»

Bis dahin wirst du längst im Grab liegen, dachte Gilles, aber er tat, was der Großvater verlangte, und fand sich in zahlreicher Begleitung am königlichen Hof in Bourges ein. Gilles war überrascht von der bescheidenen, ja armseligen Hofhaltung. Dieser Karl war ja ein rechter Bettelkönig, dessen Leibgarde halb so groß war wie seine eigene.

Dann standen sie einander gegenüber, der junge König von Frankreich, bleich, zerfahren, unkonzentriert, und wie es schien, in Eile, als habe er anderes, wichtigeres vor. Gilles de Rais, fast einen Kopf größer, erlesen gekleidet, wurde dem König von Georges de la Trémoille vorgestellt. Dieser Günstling und Vertraute Karls VII. war entfernt mit Gilles verwandt und richtete ein freundliches Augenmerk auf den steinreichen Vetter. Nach der Audienz erhielt Gilles de Rais ein pompös gesiegeltes Dokument überreicht, das seinen Großvater zum Generalleutnant der königlichen Truppen ernannte.

«Aber dazu ist mein Großvater viel zu alt!» rief Gilles erstaunt aus.

La Trémoille lächelte.

«Das ist nur der Form halber. Nach seinem Tod geht das Amt an Euch über. Ausüben könnt Ihr es schon jetzt.»

Das war die indirekte Aufforderung, Truppen für den König auszurüsten, und Gilles de Rais widmete sich dieser Aufgabe mit großem Eifer, dabei mürrisch von seinem Großvater unterstützt. Ihn schmerzten solch hohe Ausgaben, aber in diesen Zeiten mußte man Partei ergreifen, sonst blieb man auf der Strecke und hatte am Ende das Nachsehen. Wie sich die Lage jetzt entwickelte, kamen Jean de Craon einige Bedenken, vor allem als der französische Heerführer Arthur de Richemond im März 1426 von den Engländern vernichtend geschlagen wurde.

Jean de Malestroit, der Bischof von Nantes und Kanzler der Bretagne, hatte die Engländer dabei mit Truppen unterstützt, und der Herzog hatte im stillen den Ausgang abgewartet. Nach der französischen Niederlage verbündete sich Herzog Johann V. ganz offen mit den Briten und erkannte den erst fünfjährigen Heinrich von England als König von Frankreich an.

«Das erleichtert unsere Lage nicht gerade», meinte Jean de Craon, «nachdem mit dem Herzog fast der gesamte bretonische Adel zu den Briten übergelaufen ist. Wir sollten uns sehr genau überlegen, ob wir nicht doch auf der falschen Seite stehen.»

«Der Herzog ist Wachs in den Händen dieses erzschlauen Bischofs und folgt, wie sich bisher gezeigt hat, in allem dessen Rat. Der wird sich morgen auch wieder mit Frankreich verbünden, wenn es die Lage erfordert. Die Engländer werden auf die Dauer den kürzeren ziehen, davon bin ich fest überzeugt.»

«Mein Enkel Gilles – ein Prophet!» höhnte Craon, aber er tat schließlich doch mit, und so konnte Gilles de Rais dem König von Frankreich eine stattliche Zahl wohlausgerüsteter Soldaten stellen. An ihrer Spitze wollte er Anfang März nach Chinon ziehen, um bei der Befreiung der von den Engländern belagerten Stadt Orléans mitzukämpfen.

Noch nie hatte er sich so wohl, so nützlich, so stark gefühlt wie in diesen Wochen, als er sich darauf vorbereitete, seinem König beizustehen. Sein Großvater, alt und gebrechlich geworden, bemerkte es mit mürrischem Erstaunen. Sollte der Junge seine angeborene Trägheit abgestreift haben? Als er ihn unter vier Augen erwischte, sagte er, wozu er sich, bevor der Enkel in den Kampf zog, verpflichtet fühlte, und er zwang sich dazu, es freundlich zu sagen.

«Du bist jetzt sieben Jahre verheiratet, mein Junge, und noch immer kündigt sich kein Nachwuchs an. Woran mag das liegen? Ist Catherine unfruchtbar? Bist du es? Oder vernachlässigst du euer Ehebett? Du denkst jetzt an den bevorstehenden Kampf, das ist gut und richtig, aber ich denke weiter und frage mich, was sein wird, wenn du nicht zurückkehrst. Unsere Verwandten – an der Spitze dein Bruder René – werden wie Aasgeier über deinen und Catherines Besitz herfallen. Ich bin alt und krank und werde kaum noch die Kraft finden, mich dagegen zu wehren. Es wäre besser, du würdest deiner Frau ein Kind machen.»

Gilles schwieg dazu, aber er nickte. Ob der Großvater ahnte, daß er lieber mit seinem Vetter Sillé oder glatthäutigen zwölfjährigen Pagen ins Bett ging als mit seiner Frau? Ein paar Mal im Jahr zwang er sich dazu, seine Ehepflichten zu erfüllen, verdunkelte das Zimmer, und Catherine mußte sich auf den Bauch legen, damit er nicht mit ihren Brüsten in Berührung kam. Dann dachte er ganz fest an einen hübschen Jungen. Dieses Eintauchen in feuchtes klebriges Weiberfleisch, dazu die seltsamen Gerüche trieben ihn gleich danach aus der Schlafkammer. Und gerade jetzt mußte ihn der Alte wieder an seine sogenannten Pflichten erinnern, die er, wenn überhaupt, nur noch erfüllen konnte, wenn er dabei an Poitou dachte.

Gilles hatte den zehnjährigen Etienne Corrilaut vor zwei Jahren in Pouzauges entdeckt und den wunderhübschen Knaben mit Erlaubnis seiner Eltern nach Champtocé geholt. Mit seinen großen blauen Augen im anmutigen Oval des Gesichtes, das die blonden halblangen Haare einrahmte wie ein goldener Heiligenschein, sah er schier überirdisch aus. Der Junge war damals noch so natürlich, so kindlich–unschuldig, daß Gilles ihn sich hielt wie einen kostbaren Gegenstand, den man nicht zu berühren wagt, um seine Schönheit zu bewahren. Monatelang hatte er ihn heimlich bei der Morgenwäsche am Brunnentrog beobachtet, seinen geraden Wuchs, das süße kleine Glied und die herrliche Rundung der Hinterbacken bewundert, sich in den frischen Mund verliebt, den Etienne wie zu einem Schrei halb öffnete, wenn sein Körper mit dem kalten Wasser in Berührung kam. Bald nannte ihn alle Welt nur noch Poitou, weil Etienne jedem sofort eifrig klarmachte, er sei weder Bretone, noch stamme er aus dem Anjou – nein, sagte er stolz, «ich komme aus dem Poitou».

Fast zwei Jahre hatte Gilles den Anblick des Jungen genossen – und ausgehalten, ohne etwas von ihm zu fordern als leichte Pagendienste. Doch dann kam jener Abend, wo er wußte, daß jeder weitere Schluck Wein ihn geiler, gieriger und rücksichtsloser werden ließ, als er ohnehin schon war. Seit Gilles unter der Obhut des Großvaters stand, hatte er immer seinen Gelüsten nachgehen können, weil keiner ihn mahnte oder hinderte – am wenigsten Jean de Craon, der es geradezu für ein adliges Vorrecht hielt, maßlos zu sein, so lange dabei der Besitz nicht draufging.

In jener Nacht spürte Gilles, wie alles in ihm vor ungestillter Lust kochte, angeregt durch scharfgewürzte Speisen, gesteigert durch den von ihm bevorzugten schweren süßen Wein. An den Haaren hatte er Poitou in seine Schlafkammer geschleift, ihm die Kleider vom Körper gefetzt und den leise wimmernden Jungen grausam vergewaltigt – zweimal, dreimal, bis Gilles trunken vom Bett fiel und am Boden einschlief.

Gilles gehörte nicht zu jenen Menschen, bei denen der Rausch die Erinnerung auslöscht, und so war ihm alles gegenwärtig, als er im grauen Morgenlicht erwachte – mit Kopfschmerzen und einem Geschmack auf der Zunge, als habe er faules Fleisch zerkaut. Sein erster Gedanke war, Poitou heimlich umzubringen, um mit dem Geliebten auch die Tat aus der Welt zu schaffen. Nicht, daß Gilles sich der Vergewaltigung schämte – nein, er bedauerte nur, daß gerade sein kostbarer Liebling das Opfer war. Sollte er ihn mit einem Beutel Gold den Eltern zurückschicken?

Doch der blonde, blauäugige Engel besaß eine harte Natur, und als Gilles ihn kommen ließ, grinste er nur schüchtern und senkte den Kopf.

«Es tut mir leid, Poitou! Nicht ich, sondern der verfluchte Wein hat dir das angetan. Ich verspreche dir, daß es nicht wieder vorkommt – es sei denn...», Gilles faßte den Jungen am Kinn und hob sein Gesicht, «es sei denn, du willst es freiwillig.»

Poitou, ehrgeizig genug, den Status des gehätschelten, mit Geschenken verwöhnten Lieblings nicht zu verlieren, wurde zum Geliebten und Leibdiener des Seigneur de Rais, und beide Aufgaben erfüllte er mit Umsicht, Geschick und Klugkeit. Er war schon etwas eitel und ließ die anderen gerne spüren, welchen Einfluß er auf den Seigneur hatte, doch er mißbrauchte ihn nicht und war so bei jedermann beliebt.

Mit dem Gedanken an Poitou, seinen gehätschelten Bettschatz, gelang es Gilles, sich zu überwinden, und er vollzog innerhalb einer Woche zweimal den Beischlaf mit seiner Gemahlin Catherine.

Seigneur de Rais sah, daß Perrinet Briand mit dem Schlaf kämpfte. Der Junge hatte ihm die ganze Nacht zugehört, während Gilles aus seiner Trunkenheit emportauchte, um wach und nüchtern in seiner Vergangenheit unterzutauchen.

«Seitdem habe ich keine Frau mehr angerührt, und nicht einmal eine Todesdrohung könnte mich dazu zwingen.»

Perrinet gähnte und sagte schläfrig:
«Habe nicht gewußt, daß es so etwas gibt. Also mir sind die Frauen lieber und wenn ich an ein gewisses Mädchen nur denke, dann ...»
Gilles lachte leise und ergänzte:
«Dann richtet sich dein schlappes Schwänzchen auf, kampfbereit und angriffslustig, nicht wahr?»
Doch Perrinet war schon eingeschlafen, während draußen im Morgengrauen die Möwen auf den Felsen hockten, um geduldig auf die reich gedeckte Tafel zu warten, die der von Krebsen, kleinen Fischen, Wasserschnecken und anderen Köstlichkeiten wimmelnde Meeresgrund ihnen bescheren würde.
Am Abend dieses Tages richtete Perrinet eine Bitte an den Seigneur.
«Wenn wir nach Machecoul zurückkehren, könnte ich dann einen Umweg über Nantes machen und meine Familie besuchen?»
Da flog ein Schatten über Gilles' Gesicht, doch er nickte.
«Wenn du wiederkommst – warum nicht?»
Perrinet lachte.
«Natürlich komme ich wieder! Solange ich bei Euch bin, brauche ich meine Verlobte nicht zu heiraten.»
«Du magst sie nicht?»
«Nein», sagte Perrinet, «nicht besonders.»
Diese Bemerkung schien den Seigneur sehr gnädig zu stimmen.

6

Der Bischof und Kanzler Jean de Malestroit trug alles zusammen, was Leben und Wirken des Seigneur Gilles de Rais betraf, und die entsprechende Akte war schon recht gewichtig. Malestroit hob sie hoch und lächelte zufrieden. Das wog schon gut drei bis vier *livres*, und es würde noch schwerer werden.

Als der Kanzler von Pater Robert erfahren hatte, daß Gilles' Gemahlin Catherine und sein besitzloser Bruder René de la Suze sich gegen ihn stellten und alles taten, um den Verschwender zu Fall zu bringen, nahm er Verbindung zu ihnen auf. Allerdings nicht, um ihnen etwas von dem Erbe zukommen zu lassen – o nein, da gingen seine und die Interessen des Herzogs vor. Nun wollte auch der Landesherr sich von dem fetten Kuchen ein Stück abschneiden und hatte sich schon eine Option auf das einträgliche Champtocé gesichert. Die im Pays de Rais gelegenen Besitzungen Vue, Princé und Prigny hatte der Kanzler bereits durch Strohmänner an sich gebracht. Erst wenn Gilles de Rais da drüben in der Tour Neuve saß, würde er den Besitz durch seinen Namen legalisieren.

Aber noch war es nicht soweit – noch lange nicht. Das Prestige eines Marschalls von Frankreich, der an der Seite von Jeanne d'Arc siegreich gefochten hatte, ließ sich nicht so leicht erschüttern. Nicht einmal der König konnte so ohne weiteres etwas tun, denn er wäre ja selber blamiert, wenn sich herausstellen sollte, daß er den Marschalltitel einem Unwürdigen verliehen hatte. Das ging nur, wenn zwingende Beweise vorlagen, daß der Seigneur mit dem Teufel verkehrte oder es zumindest ernsthaft versuchte. Dieser Beweis stand noch aus, es sei denn, man würde an Francesco Prelati herankommen und ihn umdrehen, also zum Spitzel der Justiz machen. Daß es diesem Gauner nur ums Geld ging, hatten die bisherigen, sehr behutsamen Ermittlungen zwar nicht sicher erwiesen, doch wahrscheinlich gemacht.

Aber es gab auch Rückschläge, das mußte sich der Kanzler offen eingestehen. Von den bis jetzt vorliegenden und bezeugten Fällen verschwundener Kinder – es waren elf – mußten inzwischen drei wieder gestrichen werden. Ein vierzehnjähriger Bub war zu den Soldaten durchgebrannt, weil ihn sein Lehrer zu oft verprügelt hatte, ein Siebenjähriger hatte sich in den Sümpfen bei St. Lumin verirrt und war halbverhungert aufgefunden worden. Nur der dritte Fall, der des achtjährigen Maurice konnte noch ein Ergebnis bringen.

Der aus Nantes stammende Knabe war tatsächlich von der Meffraye, der alten Vettel, nach Champtocé gelockt worden, konnte sich aber dort bald wieder davonmachen und traf nach dreitägiger Wanderung wieder bei seinen Eltern ein. Er war heute zur Vernehmung bestellt und müßte bald hier erscheinen. Wenig später klopfte es – vielleicht war er das schon. Nein, Magister Petit trat ein und trug unter dem linken Arm einen Packen Papiere.

«Kommt Ihr wegen der Vernehmung des kleinen Maurice?»

«Auch, Monseigneur, aber zuvor noch etwas anderes.»

Stumm breitete er seine Papiere auf dem Tisch aus, und Malestroit sah an seinem konzentrierten Gesicht, daß es etwas Wichtiges sein mußte.

«Ich bin da auf etwas ganz Erstaunliches gestoßen, was vielleicht auch Licht in unsere Fälle der Kindesentführungen bringen könnte.» Er deutete auf die Papiere. «Eure Zeit ist knapp, ich werde mich zusammenfassend äußern.»

Malestroit schmunzelte in sich hinein und dachte, der Magister kennt meine Ungeduld und hat sich gut vorbereitet. Wirklich brauchbar, der Kerl, nur schade, daß er den Priesterrock verschmäht.

«Sagt Euch das Stichwort ‹Kinderkreuzzug› etwas?»

Malestroit nickte.

«Vor rund zweihundert Jahren muß es so etwas gegeben haben. Gut gemeint, aber im Grunde ein Unfug.»

«Da gebe ich Euch gerne recht, Monseigneur. Damals herrschte

König Philipp II., und an seinem Hof tauchte im Mai zwölfhundertzwölf ein Hirtenjunge namens Etienne auf, der behauptete, von unserem Herrn Jesus persönlich einen Brief erhalten zu haben. Wie wir wissen, läßt der Hirtenberuf viel Zeit zum Nachdenken und fördert die Phantasie. Der König wußte das und schickte das Kind wieder nach Cloyes zurück, woher es stammte. Das Städtchen liegt ein paar Meilen westlich von Orléans. Doch Etienne zeigte sich keineswegs entmutigt, zog predigend durch Frankreich, und es dauerte nicht lange, dann folgten ihm Tausende von Kindern, getäuscht durch das Versprechen, Gott werde sie trockenen Fußes über das Mittelmeer ins Heilige Land führen. Über die Hälfte kam auf dem Weg an die Küste um, der Rest erreichte Marseille und wartete nun tagelang darauf, daß das Meer sich teilte.»

Ungeduldig unterbrach ihn Malestroit.

«Es teilte sich natürlich nicht, so schlau bin ich auch, aber was hat das mit unseren Fällen zu tun?»

«Nur noch einen Augenblick Geduld, Monseigneur. Da erschienen zwei sich fromm gebende Kaufleute und erklärten sich bereit, kostenlos sieben Schiffe für die Überfahrt auszurüsten. Hier stehen sogar ihre Namen: *Guillaume le cochon* und *Hugo de fer*, also Wilhelm das Schwein und der eiserne Hugo. Was diese beiden Halunken wirklich ausheckten, stellte sich erst Jahrzehnte später heraus: Die Kinder waren von ihnen nach Algerien verkauft worden, um bei den Muslimen als Sklaven zu arbeiten. Nur wenige kamen später frei, als Kaiser Friedrich II. zwölfhundertneunundzwanzig mit dem Sultan ein Friedensabkommen schloß. Ich habe mich nun umgehört und mußte leider erfahren, daß insgeheim noch immer Christen in die muslimische Sklaverei verkauft werden. Mir scheint es durchaus möglich, daß Seigneur Gilles seine Geldnöte auf diese Weise beheben will.»

Malestroit wiegte seinen Kopf, nahm die Kappe ab und strich langsam über seine Glatze.

«Eine Erklärung wäre das schon – ja, und zutrauen könnte man es ihm auch. Gut gemacht, Magister, ich sehe, Ihr laßt nicht locker. Vielleicht werden wir mehr erfahren, wenn Maurice mit seinen Eltern erscheint. Seid so gut, Magister, und macht Euch von unserem Gespräch Notizen. Für diesen Fall möchte ich keinen Gerichtsschreiber zuziehen, die Sache ist mir zu heikel.»

Der Magister nickte, holte Tinte und Federn und nahm zur Linken des Bischofs Platz.

Robert Lesné hatte die Aufgabe übernommen, den Jungen zur Vernehmung zu führen, und als er mit seinem Vater eintrat, schien er eher verschüchtert als aufgeregt. Pater Robert nahm den hübschen und kräftigen Jungen bei der Hand.

«Das ist Monseigneur Jean, unser hochwürdiger Herr Bischof, und hier steht Magister René Petit, der sich um Rechtsfragen kümmert, das heißt, es ist seine Aufgabe, alle Bösewichte zu überführen, damit sie bestraft werden.»

Nun meldete sich der Vater zu Wort, der verschreckt und verlegen dreinsah und den offenbar etwas drückte.

«Hochwürdige Herren, ehe ihr meinen Jungen befragt, möchte ich – muß ich sicher sein, daß Seine Gnaden, der Seigneur de Rais, nichts von alledem erfährt.»

Malestroit beruhigte ihn.

«Keine Sorge, gerade wir sind um äußerste Geheimhaltung bemüht. Aber auch Ihr müßt Euch vorsehen. Sollte einer von Gilles' Leuten bei Euch in Nantes auftauchen und wissen wollen, warum der Junge geflohen ist, so sagt nur, er hatte Heimweh und konnte es bei fremden Leuten nicht aushalten. Trotzdem habe ihm der Dienst sehr gefallen, und er würde später gerne wiederkommen. Könnt Ihr Euch das merken? Wiederholt es!»

«Also – Maurice hatte schlimmes Heimweh, deshalb ist er dort abgehauen. Ich glaube aber nicht, daß er später wieder...»

Magister Petit unterbrach ihn.

«Gerade das sollt Ihr nicht sagen, um kein Mißtrauen zu erwecken. Daß Ihr Euren Jungen nicht mehr dorthin laßt, versteht sich von selbst. Also, Maurice, nun erzähle einmal von Anfang an. Auf welche Weise bist du in die Dienste des Seigneurs gekommen?»

Der Bub blickte seinen Vater an. Der puffte ihn kräftig in die Seite.

«Los, red schon! Du hörst ja, daß uns nichts passieren kann.»

Mit leiser, manchmal stockender Stimme begann Maurice zu erzählen.

«Damals schickte mich Mama auf die Baustelle unten an der Madeleine, wo mein Vater gerade arbeitete. Ich sollte ihm ein frisches Brot und einen Krug Most bringen. Das tat ich und bummelte dann langsam nach Hause – also, nicht so direkt, auf Umwegen. Dann hatte ich Lust, ein Gebet zu sprechen und ging in die Kirche St. Jacques, und da war dann eine alte Frau, die mich recht freundlich ausfragte. Woher ich komme, wohin ich gehe, wer meine Eltern seien, ob ich noch Geschwister hätte. Ich sagte, daheim gebe es noch sechs Geschwister, und mein Vater sei Taglöhner und manchmal – und manchmal, habe ich gesagt, manchmal wird das Brot knapp. ‹Aber dann mußt du deinen Eltern helfen›, sagte die Frau, und ich fragte, was sie damit meine. ‹Du kannst Geld dazu verdienen›, sagte sie, ‹bist ein hübscher kräftiger Junge. Du könntest bei einer guten Herrschaft Page werden.› Ich fragte, was das sei, ein Page, und sie sagte, so etwas wie ein kleiner freundlicher Diener, der immer zur Hand ist, wenn man ihn braucht. Dann holte sie ein Goldstück aus ihrem Mantel und sagte: ‹Schau, soviel Handgeld könnte ich dir gleich bezahlen, dir oder deinen Eltern. Du könntest sofort mitkommen ...›. Ich sagte, da müsse ich vorher der Mutter Bescheid geben, und die Alte ging mit mir hinaus, und da standen drei Männer mit ihren Pferden. ‹Wo wohnt deine Mutter?› fragte sie, und ich sagte es ihr. Sie deutete auf einen der Männer und sagte: ‹Der wird deiner Mutter Bescheid sagen und ihr gleich das Geld bringen. Und du schaust dir inzwischen die Herrschaft an.› Ich habe gar nichts mehr sagen können, weil mich einer der Männer hochhob und aufs Pferd setzte, und dann ging's sofort los. Vor Schreck habe ich geschrien, aber der Mann hielt mir den Mund zu, bis wir draußen vor der Stadt waren. Er redete auf mich ein, sagte, ich solle froh sein, dorthin zu kommen, weil es da immer zu essen und zu trinken gäbe und es allen gutgehe, besonders den Kindern.»

Malestroit wandte sich an den Vater.

«Hat Eure Frau das Geld bekommen?»

«Ja, Monseigneur, der Berittene brachte es ihr und erzählte eine recht seltsame Geschichte, aber auf unserem Tisch lag das Goldstück. Er sagte, Maurice sei einem reichen kinderlosen Mann aufgefallen, und der wolle ihn nun als Diener für leichte Arbeiten beschäftigen.»

«Nannte der Berittene einen Namen?»

«Ja, aber so, daß ihn meine Alte – meine Frau nicht verstanden hat. Clairemont oder Clement oder Clamont...»

«Auf jeden Fall einen falschen. Maurice, berichte nun weiter, du machst das sehr gut.»

Diese Bemerkung gefiel besonders dem Vater, der rot wurde und zu strahlen begann wie ein frischgescheuerter Kupferkessel.

«Irgendwann bin ich dann eingeschlafen und erst wieder aufgewacht, als der Reiter mich im Burghof vom Pferd nahm.»

«Weißt du, wie diese Burg geheißen hat?»

«Ja, aber das habe ich erst später erfahren, es war Champtocé, eine wunderschöne Burg mit vielen Türmen, und beim Eingang steht sie ganz im Wasser!»

Pater Robert nickte.

«Stimmt genau, die Burg hat fünf Türme, und im Norden gibt es einen Wassergraben, und da ist das Hauptportal mit der Zugbrücke. Nach Süden, also in Richtung auf die Loire, schützt sie ein felsiger Steilhang. Und dann brachte der Mann dich in die Burg?»

«Und alles stimmte, was die Frau mir erzählt hatte. Sie gaben mir gleich die schönsten Kleider, vorher wurde ich gebadet, sie schnitten mir die Haare, auch die Finger- und Zehennägel, zu essen gab es, soviel ich nur wollte, auch Fleisch, Fisch und süße Nachspeisen, zum Beispiel einen Brei aus Mehl und Früchten, mit Nüssen und Honig und auch noch...»

«Maurice!» Malestroit hob die Hand. «Das mag alles sehr schön gewesen sein, aber uns interessiert nicht, woraus dein Brei bestand, sondern was du dort gesehen hast, was man von dir wollte und warum du trotz dieser schönen Dinge nicht geblieben bist.»

Maurice senkte den Kopf.

«Jawohl, Hochwürden. Arbeiten mußte ich nicht viel, nur manchmal den Herrn beim Essen bedienen, ihm Wein einschenken, und der Seigneur war dann recht lustig, nahm mich und andere auf den Schoß, streichelte und kitzelte uns und stellte komische Fragen...»

«Wo hat er dich gestreichelt und gekitzelt?» fragte Magister Petit.

Der Junge kicherte und tat verlegen.

«Am Bauch, und – und am Popo.»

«Wo genau am Bauch?»

«Unten...» sagte Maurice leise, «einmal hat er auch meinen Piephahn herausgeholt und gefragt, ob der nur zum Pissen tauge. Wozu denn sonst, habe ich gefragt, und das fand er sehr lustig.»

«Ein Päderast», stellte der Magister fest.

Malestroit winkte ab.

«Das wissen wir doch längst!»

Petit beugte sich hinüber und sagte leise:

«Aber einen Bürger würde man dafür hängen oder zumindest kastrieren, wie es die *Livres di Jostice et di Plet* vorschreiben. Im Wiederholungsfall wird sogar der Tod auf dem Scheiterhaufen angedroht. Aber unser werter Seigneur braucht sich um so etwas nicht zu kümmern. Ein adliger und ein bürgerlicher Sodomit sind eben zwei ganz verschiedene Dinge.»

«Warum sagt Ihr das mir? Weder habe ich die Gesetze gemacht, noch heiße ich diese Praxis gut. Ihr dürft mir aber glauben, daß dieser Herr nicht ungestraft davonkommt, sollte er zweifelsfrei überführt werden.» Er wandte sich an den Jungen und fragte: «Maurice, was ist dir dort sonst noch aufgefallen?»

«Zuerst fand ich alles ganz lustig. Alle waren fröhlich, man hatte keine Sorgen, lebte in den Tag hinein... Aber dann ist mir aufgefallen, daß es – wie soll ich das nur erklären? Es war keine echte Fröhlichkeit, dahinter steckte etwas anderes – etwas Böses, glaube ich. Die Leute haben einander genau beobachtet, auch die Kinder, und es gab viel seltsames Gerede. Immer wieder hörte ich Bemerkungen wie: Jetzt hat es den Jules erwischt, oder Pierrot ist auch verschwunden. Ich habe dann den lustigen Poitou – das ist einer von den Leibdienern des Seigneur – danach gefragt, aber der hat nur gelacht und gesagt, wo so viele Menschen beieinander sind, wird eben viel geredet. Wenn sie sagen, einer ist verschwunden, dann heißt das nur, er wurde auf eine andere Burg versetzt, weil ihn der Herr aus irgendeinem Grund nicht mehr dahaben wollte.»

«Moment, Maurice, das möchte ich schon genauer wissen.» Magister Petit legte die Feder weg und beugte sich vor. «Was genau hast du an seltsamen Dingen noch gehört?»

«Ich war zuerst beruhigt, weil ich Poitou glaubte. Aber da gab es auch andere, die von Dingen redeten, die ich nicht verstand. So hat mir einer gesagt, nun werde ich wohl auch bald drankommen, und ich fragte zurück, wie er das meine. Er lachte und sagte, man werde mir den Kopf abschneiden, oder noch schlimmer, mich an die Heiden verkaufen. Dann sagte er noch: ‹Du wirst da beschnitten und mußt Allah anbeten!› Ich wußte nicht, was er meinte, und er erklärte es mir. ‹Sie schneiden deinen Pimmel ab, dann bist du ein Heide, und Allah, das ist ein grauslicher Götze mit drei Hörnern auf dem Kopf und einem langen schuppigen Schwanz.› Das klang zwar spaßig, aber gefürchtet habe ich mich doch.»

«Habt Ihr das gehört!» rief Malestroit und blickte die beiden Kommissare an. «An die Heiden verkaufen! Allah anbeten! Mein Gott, Petit, vielleicht habt Ihr doch recht!»

Pater Robert schaute verwirrt von einem zum anderen. Malestroit lachte.

«Aber natürlich, unser Pater kennt ja die neue Theorie noch nicht. Wir reden nachher darüber. Also, Maurice, du hast dich gefürchtet. Warum wurde die Furcht so stark, daß du am Ende geflohen bist?»

«Es ist mir nicht leichtgefallen, das gute Leben dort aufzugeben, Hochwürden. Aber dann geschahen Dinge...»

Maurice schwieg und blickte zu Boden.

Zuerst erschien ihm dieses Leben am Hof eines reichen Feudalherren wie ein irdisches Paradies. Er, der damit aufgewachsen war, daß die Mutter das Brot in eine Truhe sperren mußte, weil eine stets hungrige Kinderschar es aufgespürt und vertilgt hätte, er sah nun, daß es eine Welt ohne äußere Not gab. Das Brot stapelte sich in den Vorratsräumen; Milch, Käse, Eier, Butter, Obst und Honig waren im Überfluß vorhanden. Fleisch gab es täglich, denn was die Pächter an Geflügel, Schafen, Schweinen, Ziegen und Rindern abliefern mußten, hätte dreimal so viel Menschen ernähren können, wie hier auf der Burg lebten.

Maurice, bisher nur an spärliche, unzählige Male geflickte Kleidung gewohnt, durfte nun eine ihm zuvor unbekannte Unterkleidung tragen mit Hose und Hemd aus schneeweißem Linnen, darüber eine blaue Strumpfhose aus Seide und ein fein gesticktes samtenes Wams. Im Haus trug er weiche bequeme Damastschuhe, für draußen gab es maßgeschusterte lederne Halbstiefel.

Und doch fühlte er sich nicht ganz wohl in seiner Haut. Einmal, weil ein Kind seiner Herkunft sich sagen mußte: Auf der Welt ist nichts umsonst, eines Tages werde ich für das gute Leben hier bezahlen müssen. Aber womit? Meine geringen Handlangerdienste am Hof von Champtocé werden dafür nicht ausreichen. Als der Seigneur ihn immer häufiger bei und nach den Mahlzeiten oder Gelagen streichelte, in den Hintern zwickte oder ganz ungeniert seinen Pimmel herausholte, ahnte der in diesen Dingen völlig unwissende Maurice, daß der Seigneur etwas wollte, doch er konnte sich nichts Genaues darunter vorstellen.

Dann kam jener Tag, als draußen eine Horde Bettelkinder aufzog und mit schrillen ungeübten Stimmen religiöse Lieder sang. Vielleicht hatte man sie im Dorf wissen lassen, daß der Weg zur Börse des Seigneur de Rais über seine Vorliebe für Musik und Gesang führte. Jedenfalls hörten sie nicht eher auf, bis Gilles selber hinausging, während seine Leibdiener Poitou und Henriet aus Körben Brot, Sesamkringel, Käse und Nüsse verteilten.

Maurice, der gerade von einer seiner Reitstunden kam, die er auf Geheiß des Seigneur nehmen durfte, blieb vor den Stallungen stehen und sah, wie der Herr auf einige der Buben deutete. Langsam ging er näher und hörte ihn sagen:

«Ihr drei könnt vorerst hierbleiben, wenn ihr wollt. Ich lasse euch als Diener in Küche oder Stall ausbilden – mehr kann ich für euch nicht tun.»

Einer der Jungen überlegte es sich doch anders, und der Seigneur ging mit den zwei übrigen ins Haus. Am selben Abend sah Maurice sie wieder: Gekämmt, gewaschen und in schönen Kleidern saßen sie verschüchtert an der Abendtafel und wußten nicht, wo sie bei der Fülle des Gebotenen zulangen sollten.

Da heute niemand etwas von ihm wollte, ging Maurice nach Einbruch der Dunkelheit – es war Anfang Oktober – in seine Schlafkammer, die er mit dem elfjährigen Jules teilte. Dessen Bett war noch leer, und Maurice freute sich darüber, denn Jules war ein Schwätzer und hatte ein Mundwerk wie ein Mühlrad.

Wie lange hatte er schon geschlafen – eine Stunde, zwei oder drei, als ihn das Bellen der zwei riesigen Wachhunde weckte. Dann hörte er Stimmen, das Bellen erstarb, und etwas anderes war zu vernehmen, ganz kurz nur und gedämpft, als käme es aus der Tiefe – ein Schrei, hoch und schrill, wie aus tiefster Angst oder in höchstem Schmerz ausgestoßen, ein Kinderschrei. Wenigstens hielt ihn Maurice für den Schrei eines Kindes. Da kam aus dem Dunkel des Zimmers Jules' ungewohnt leise und verschreckte Stimme:

«Hast du das gehört, Maurice?»

«Das Bellen?»

«Nein, die Schreie...»

«Es war nur einer.»

«Dann hast du noch geschlafen. Zuerst kamen die Schreie, dann bellten die Hunde, und jetzt schrie es noch einmal.»

«Es? Was heißt das?»

«Weißt du, was es war?»

«Ein Kind vielleicht. Im Schlaf... Du hast auch schon öfters im Schlaf geschrien.»

«Aber nicht so laut.»

«Irgendwie war es ein schlimmer Schrei.»

«Du redest Blödsinn, Maurice.»

«Dann rede ich eben Blödsinn, aber es war ein schlimmer Schrei.»

Maurice drehte sich zur Wand und zog die Decke über seine Ohren. Er hörte Jules noch etwas entgegnen, schlief aber schnell wieder ein.

Der nächste Tag war wie immer, doch der Seigneur hatte die Burg schon früh verlassen, weil er in den Uferauen jagen wollte. Von seinen Leibdienern war nur der schweigsame Henriet geblieben, der sich beim Baden in der Loire – man schrieb ja immerhin schon Anfang Oktober – schwer erkältet hatte, aber jetzt schon im Hausmantel und mit einem dicken Schal um den Hals herumgeisterte. Ihn fragte Maurice nach dem Mittagsmahl:

«Hast du heute nacht den Schrei gehört? Einen schlimmen Schrei...»

«Fast alle haben es gehört. Das kommt nur von der Gutmütigkeit unseres Seigneur, der immer wieder Bettelkinder aufnimmt. Die zwei sind sich heute nacht in die Haare geraten, und es gab eine schwere Prügelei. Unser Herr hat sie sofort davonjagen lassen, und ich finde das richtig.»

«Ich auch», sagte Maurice, aber er spürte die Unwahrheit.

Henriet hatte das so schnell und wie eingelernt vorgebracht, als warte er nur auf solche Fragen. Ungewöhnlich war auch, daß Henriet von sich aus munter weiterredete, obwohl seine Stimme ganz rauh war und ihm ständig die Nase lief.

«Wie oft haben wir ihm schon gesagt: ‹Gnädiger Herr, befaßt Euch nicht mit solchem Gesindel, davon hat man nur Ärger.› Aber der Seigneur in seiner Gutmütigkeit fällt immer wieder auf dieses Bettelvolk herein. Heute nacht haben wir ja wieder gesehen, wohin das führt.»

«Der Schrei klang, als hätte man einen umgebracht.»

«Na und? Um dieses Gesindel ist es nicht schade, das wächst in rauhen Mengen schnell wieder nach. Weißt du schon, daß wir noch vor Weihnachten nach Machecoul umziehen? Der Seigneur will einige der Pagen vorausschicken; dort ist es fast noch schöner als hier. Vielleicht darfst du in seinem Knabenchor singen?»

«Ich werde – ich soll – vorausgeschickt werden?»

«Vielleicht du, vielleicht andere, das entscheidet allein der Seigneur.»

Maurice hatte Angst, wußte aber nicht genau, warum und wovor. Hier ging es ihm doch gut, und keiner tat ihm was. Zu Hause hätte er von seinen Eltern während dieser Wochen längst ein paar Dutzend Maulschellen, Püffe und Kniffe erhalten, hier lebte er wie ein Prinz, und niemand erhob die Hand gegen ihn. Seltsamerweise brachte er den vielleicht bevorstehenden Ortswechsel mit dem nächtlichen Schrei in Verbindung. Das ist doch glatter Blödsinn, versuchte er sich einzureden, die Bettelkinder haben sich geprügelt, und so flogen sie raus. Was hast du damit zu tun? Ja – was? Nichts natürlich, aber es brannte sich ihm ein, und er kam nicht los davon.

War der Seigneur tagsüber auf der Jagd gewesen, ging er gerne früh zu Bett, und die abendlichen Besäufnisse – als Bankette oder Symposien bezeichnet – fielen aus.

«Heute holen wir das kräftig nach», sagte Gilles am nächsten Tag zu seinen Pagen. «Mit einem ellenlangen Spießbraten, mit Wein, Musik und Gesang.»

Richtig fröhlich war er heute, der Seigneur, und während er dies sagte, ruhten seine kohlschwarzen Augen besonders lange auf Maurice. Den fröstelte unter diesem Blick, und er spürte auf seinem Rücken eine Gänsehaut. Poitou stand dabei neben seinem Herrn und lächelte ihn an, doch Maurice erschien dieses Lächeln schmerzlich, voll Mitleid. Doch ist ein achtjähriger Junge kein hilfloses Kleinkind mehr und kann, wenn er sich bedroht fühlt, durchaus eine Strategie entwickeln.

«Für den Spießbraten brauchen wir noch einige Vögel. Ich werde heute vormittag ein paar Fasane schießen, wenn ich Glück habe.»

Gilles de Rais lachte und wandte sich zum Gehen, da bat ihn Maurice:

«Seigneur, ich hätte so große Lust, Euch dabei zuzusehen! Ich habe gehört, Ihr seid der beste Bogenschütze weit und breit, ich möchte so gerne dabeisein!»

Das freute den Seigneur sichtlich.

«Aber natürlich. Gut genug reiten wirst du jetzt ja können, oder? Laß dir lieber ein frommes Pferd geben, sonst brichst du dir noch den Hals.»

Wieder lachte der Seigneur, aber es klang hart und bedrohlich, war kein fröhliches Lachen.

Für die hiesigen Verhältnisse war es eine kleine Jagdgesellschaft, die nach dem Frühstück aufbrach: Der Seigneur, sein Vetter Bricqueville, Poitou, fünf Treiber und zehn Bewaffnete als Begleitung. Zwischen Champtocé und Ingrandes gab es gerodete, zur Loire flach abfallende Felder mit viel Buschwerk dazwischen – für Fasane der ideale Lebensraum. Die Berittenen blieben oben auf der Straße, Maurice und Poitou stiegen von ihren Pferden und schlossen sich den Treibern zu Fuß an. Bald scheuchten sie die ersten Fasane auf, die mit knatternden Flügelschlägen zu entkommen suchten. Der Seigneur schoß ausgezeichnet, und schon bald brachten die Hunde einige der angeschossenen, matt mit den Flügeln schlagenden Vögel herbei.

Dann ritt der Seigneur ein Stück weiter, Maurice rief den Treibern zu: «Ich gehe mal pinkeln» und lief hinab zu der hier etwa eine

Achtelmeile entfernten Loire. Er schlug sich in das Uferdickicht und achtete darauf, immer abseits der Trampelpfade zu bleiben, so daß ihm kein Berittener folgen konnte. Dann sah er zwischen den dicht stehenden Bäumen das träge graublaue Wasser der Loire schimmern und lief flußabwärts, so schnell es hier ging. Es würde eine Zeit dauern, ehe ihn der Seigneur vermißte. Die Treiber würden sagen, er sei pinkeln gegangen, und man würde vielleicht eine halbe Stunde warten, um ihn, den man verirrt glaubte, suchen zu gehen.

Diese Gedanken zogen Maurice durch den Kopf, während er durch die verfilzten Uferauen rannte wie ein gehetztes Wild. Dornensträucher zerschrammten ihm Gesicht und Hände, rissen nach und nach die feinen Kleider in Fetzen, aber er achtete nicht darauf. Wenn er von Zeit zu Zeit stehenblieb, um Atem zu schöpfen, lauschte er angestrengt nach Geräuschen etwaiger Verfolger, aber er hörte einzig das Pfeifen, Piepsen, Rascheln und Plätschern der hier lebenden Tiere, doch als Stadtkind konnte er diese Laute nicht einordnen.

Er wußte, solange er den Fluß im Auge behielt, konnte er sich nicht verirren und mußte morgen oder übermorgen nach Nantes kommen. Das war aber gar nicht so einfach, weil ihn immer wieder Nebenarme, tote Gewässer oder sumpfige, unpassierbare Stellen zu Umwegen zwangen.

Am späten Nachmittag verließ ihn alle Kraft. Er stolperte nur noch dahin, stürzte immer häufiger zu Boden, von seiner blauen seidenen Strumpfhose und dem braunen goldbestickten Wams waren nur noch schweißgetränkte Fetzen geblieben. Gesicht, Arme und Beine waren so zerkratzt und zerschunden, als hätte er sich in einem Dornenbusch gewälzt, und nun kamen noch Hunger und ein brennender Durst dazu.

Er suchte sich eine flache Uferstelle, tauchte seinen erhitzten Kopf ins Wasser und trank, bis ihm fast der Bauch platzte. Da verging auch der Hunger, und plötzlich fühlte er sich rundum wohl und voll Zuversicht. Lieber das Gezänk einer überarbeiteten Mutter und die Maulschellen eines von ständiger Not bedrängten Vaters aushalten, als in feinen Kleidern darauf zu warten, daß – Maurice schüttelte den Kopf, weil er für seine Furcht noch immer keinen einleuchtenden

Grund zu nennen wußte. Aber grundlos war sie nicht, an dieser Überzeugung hielt er fest.

Dann kam die Dämmerung mit grauen Nebelfetzen, die aus dem feuchten Grund aufstiegen wie Geister von Ertrunkenen, die Tierstimmen verstummten, nur dann und wann war noch ein schläfriges Zwitschern zu hören. Doch seltsam, hier fühlte Maurice sich geborgen, sicherer jedenfalls als in Champtocé, wo er trotz des guten Lebens immer den Hauch eines Unheils gespürt hatte.

Er suchte sich einen höher gelegenen trockenen Platz unter einer alten breitschirmigen Buche, polsterte die Stelle mit Laub und trokkenem Gras und schlief, obwohl er vor Kälte zitterte, aus Erschöpfung sofort ein. Noch vor Morgengrauen erwachte er, steifgefroren und heißhungrig, lief auf und ab, um warm zu werden, und ging dann auf die Suche nach eßbaren Dingen. Er fand einen großen, aber ziemlich madigen Steinpilz, später noch ein paar köstliche Champignons. Mit Pilzen kannte er sich aus, weil im Herbst die ganze Familie in die umliegenden Wälder zog, um einige kostenlose Mahlzeiten zu ergattern. Als die herbstlichen Morgennebel sich verzogen hatten, erschien zum Glück eine wärmende Sonne, und Maurice legte sich nackt auf eine kleine Lichtung, daneben breitete er seine feuchten zerrissenen Kleider. Mit Behagen fühlte er die Sonnenstrahlen in seinen Körper dringen und wäre am liebsten noch stundenlang hier gelegen, aber die Furcht, doch noch aufgespürt zu werden, trieb ihn weiter.

Nun lichteten sich die Uferauen, immer häufiger traf er auf Bauern oder Fischer, denen er auswich, so gut es ging. Doch als er sich Ancenis näherte, war das nicht mehr möglich, denn das Städtchen lag unmittelbar am Fluß, etwa auf halber Strecke zwischen Nantes und Angers. Es ging hier sehr lebhaft zu, auf der Straße ratterten Ochsenkarren, trabten Reiter, liefen Fußgänger nach beiden Richtungen. Maurice fiel da nicht weiter auf, denn Kinder in zerrissenen Kleidern waren keine Seltenheit.

Gegen Mittag hatte sich der Himmel verdüstert, und es war plötzlich sehr kalt geworden. Um nicht zu frieren, ging Maurice sehr schnell, aber er kam bald außer Atem und fühlte eine Schwäche in den Beinen. Die Pilze hielten nicht lange vor, und wenn er jetzt an die braunen knusprigen Brotwecken dachte, die es in Champtocé zu jeder Mahlzeit in beliebiger Menge gab, dann wäre er am liebsten umgekehrt.

Es ging schon auf Mittag, als ihn ein Pferdewagen überholte und er durch den Lärm der ratternden Räder seinen Namen hörte. Der Kutscher hielt an und stieg herab.

«Maurice! Beinahe hätte ich dich nicht erkannt. Was machst du denn hier, mitten auf der Straße? Dein Vater erwähnte, daß du bei irgendeiner Herrschaft im Dienst stehst...»

Das war Bertrand, einer der Wagenführer eines Fuhrunternehmens, bei dem sein Vater von Zeit zu Zeit arbeitete.

Maurice hätte dem Mann um den Hals fallen können. Er kannte ihn nur flüchtig, aber dieses Treffen machte ihn zum Freund und Helfer.

«Ach Bertrand, dich schickt der Himmel! Ich – ich wollte sowieso nach Hause. Meine Herrschaft hat mir zwei Wochen Urlaub gewährt, aber der Mann, der mich hätte nach Nantes mitnehmen sollen, stürzte hinter Ingrandes vom Pferd und brach sich ein Bein. Ich dachte nicht, daß es noch so weit ist, bin einfach losmarschiert...»

«Wenn ich deine Kleider so ansehe, scheint das Pferd auf dir herumgetrampelt zu sein, aber was soll's! Wir werden Nantes nicht vor Anbruch der Nacht erreichen, und bis dahin erzählst du mir, wie es dir ergangen ist bei den fremden Leuten.»

Malestroit, Petit und Lesné hatten den Jungen bei seinem langen Bericht kaum unterbrochen. Jetzt aber fragte der Magister:

«Du hast Bertrand doch nicht die Wahrheit erzählt?»

«Nein, Monsieur, ich kenne sie ja selber nicht. Ich habe ihm irgend etwas vorgeschwätzt, vom guten lustigen Leben bei Seigneur Gilles, und er hat immer dazu genickt und gesagt, alle Welt wisse, wie großzügig, ja verschwenderisch dieser Herr sei.»

Der Bischof erhob sich, und sofort standen auch die beiden Kommissare auf.

«Du hast das sehr gut gemacht, Maurice, vielleicht werden wir dich und deine Eltern später nochmals als Zeugen benötigen. Rede zu niemandem ein Wort, und wenn es gar nicht anders geht, sagst du, der

Dienst bei Gilles de Rais habe dir sehr gefallen, aber die Sehnsucht nach Eltern und Geschwistern war größer.»

Maurice versprach es, und nun stellte Pater Robert eine Frage.

«Maurice, hast du während deines Dienstes bei Seigneur Gilles etwas davon bemerkt, daß er alchimistische Versuche anstellte, also mit Töpfen, Feuer, Blasebalg und anderen Dingen Gestank oder Krach erzeugte?»

«Nein, Pater, aber die Burg dort ist sehr groß...»

«Gut, gut. Hast du den Namen Francesco oder François Prelati schon gehört?»

Maurice nickte.

«Ein- oder zweimal war die Rede davon, daß er in Machecoul geblieben ist, aber ich habe keine Ahnung, was er ist und was er macht.»

«Für heute reicht es», sagte Malestroit, holte einen Beutel aus dem Schreibschrank und legte zwei Silbergroschen auf den Tisch.

«Hier Monsieur, Euer Zeugengeld, Ihr habt ja heute nichts verdienen können. Falls wir Euch wieder brauchen, gibt es noch mehr davon.»

Mit einer tiefen Verbeugung nahm der Taglöhner die Münzen vom Tisch. Malestroit hatte sich wieder hingesetzt und wartete, bis die beiden draußen waren. Dann informierte er Pater Robert über die Möglichkeit von Kinderverkäufen an die Muslime, die nun durch den Bericht des kleinen Maurice nicht mehr ganz von der Hand zu weisen seien. Doch Lesné blickte skeptisch.

«Ich stamme aus der Gegend von Bordeaux, und dort ist es eine beliebte Strafandrohung von Eltern an ihre ungehorsamen Kinder: Wir verkaufen dich nach Spanien an die Muslime. Verzeiht, Magister Petit, ich würde das nicht überbewerten. So, wie es in Spanien – Granada ausgenommen – keine Muslime mehr gibt, so wenig wird es neue Kinderkreuzzüge geben oder Kaufleute von der Art eines Wilhelm oder Hugo. Ich streite nicht ab, daß heute noch Christen den Muslimen als Sklaven dienen müssen, aber nur als Folge von Kriegen, Überfällen und Seeräuberei. Würde man einen Sklavenhandel von hier aus betreiben, so hieße es, ganze Kinderscharen wochenlang in den Süden marschieren zu lassen, noch dazu unter strenger

Bewachung. Also, ich halte das zwar nicht für unmöglich, aber doch für wenig wahrscheinlich.»

Malestroit schüttelte störrisch seinen Kopf.

«Ihr kennt mich als nüchternen Menschen, der eher versucht, das Mögliche zu verwirklichen, als das Unmögliche anzustreben. Manchmal aber tauchen Menschen auf, die von Not, Angst oder inneren Stimmen getrieben, schier Undenkbares erreichen. Wer hätte vor zehn Jahren gedacht, daß ein einfaches Bauernmädchen aus Lothringen das Schwert ergreift und eine von einem mächtigen Feind seit sechs Monaten belagerte Stadt innerhalb von wenigen Tagen befreit? Auch Gilles de Rais befindet sich in einer Notlage und versucht verzweifelt, zu Geld zu kommen. Wir müssen annehmen, daß er durch Alchimie wie auch mit Satansbeschwörung sein Ziel zu erreichen sucht. Ehe ich meine Seele dem Teufel verkaufe, versuche ich vielleicht noch anderes, und so läßt Gilles Kinder zusammenfangen und verkauft sie über dunkle Wege – wer weiß, wohin? Vielleicht ist sein Plan mißlungen, und er mußte sich der Kinder entledigen? Auch bei Satansmessen sollen kleine Kinder eine Rolle spielen, aber davon werdet Ihr mehr verstehen, Pater Robert.»

«Ja, leider sind der Inquisition davon nicht wenige Fälle bekannt. Herz, Augen, Blut und andere Teile von gemordeten Kindern wurden und werden bei diesen abscheulichen Versuchen verwendet, um dem Teufel Gold oder vergrabene Schätze abzutrotzen. Ob dies einem der Beschwörer jemals gelungen ist, kann ich nicht sagen, aber am Ende gibt es nur einen Gewinner – den Satan.»

Magister Petit lächelte fein.

«Falls die Inquisition nicht vorher eingreift und den Sünder auf Gottes Wege zurückführt.»

«Manche sind verstockt, wollen nicht bereuen, sterben im Sold des Teufels...»

Malestroit, den solche Diskussionen langweilten, drehte die gerade abgelaufene Sanduhr um.

«Meine Herren, höchste Zeit für unsere Mittagsruhe. Ich finde, es wäre nun angebracht, daß einer von Euch diesen Seigneur persönlich in Augenschein nimmt. Ihr, Pater Robert, solltet es vielleicht nicht tun, ehe wir uns Francesco Prelati vorgeknöpft haben. Ich hoffe, er wird zu kaufen und nützlich zu verwenden sein. Aber Ihr, Magister Petit, werdet Gilles de Rais mit einem legitimen Auftrag von seiner Durchlaucht, unserem gnädigen Herzog, in Machecoul – oder wo immer er sich aufhalten mag – aufsuchen und ihm dabei auf Eure bewährte und geschickte Art auf den Zahn fühlen. Seigneur Gilles hat sich vor kurzem um Hilfe in Geldnöten an den Herzog gewandt, und dieser wird ihm durch Euch einige Vorschläge unterbreiten, zum Beispiel die Beleihung oder Verpfändung von Champtocé oder Ingrandes.»

«Die beiden liegen aber im Herzogtum Anjou», gab Petit zu bedenken.

Malestroit lachte behaglich.

«Herzog René ist natürlich informiert. Der ist selber knapp bei Kasse, weil er dem Burgunder noch einen Teil seines Lösegeldes schuldig ist. Der kann während der nächsten Jahre keinen *gros* entbehren. Nein, nein, das ist völlig legal. Ihr könnt morgen oder übermorgen reisen, Magister Petit.»

Freilich hätte Malestroit die schönen Besitzungen gerne für sich gehabt, doch seit der Herzog sich dafür interessierte, ließ sein Kanzler die Hand davon. Es gab noch genügend anderes, das er sich, wenn er geschickt vorging, schnappen konnte. Der Bischof war ganz dem Irdischen zugewandt und seit Jahren bestrebt, seinen Besitz zu vergrößern. Er unterhielt eine Geliebte, die ihm bis jetzt zwei Kinder geboren hatte. So lautete auch sein Wahlspruch: *«Non male stridet domus quae numerat nummos»* (Wo man Geld anhäuft, ist man gegen Unglück gefeit).

Ihm erschien Gilles de Rais jetzt wie ein Tier, das in eine verborgene Falle geraten ist. Je mehr er versucht, sich daraus zu befreien, desto enger schließen sich die Fesseln um das Opfer.

Nach einer ausgiebigen Mittagsruhe nahm der Bischof sich den Akt des Seigneur de Rais vor. Kopfschüttelnd blätterte er in den Schilderungen und Berichten aus der Zeit des Kampfes gegen die Engländer. Wie konnte ein so mutiger und strahlender Ritter wie Gilles de Rais zu einem üblen Sodomiten, maßlosen Verschwender und Teufelsbeschwörer verkommen? Ein Marschall von Frankreich, der bei der Krönung des Königs ganz vorne am Altar gestanden hatte?

Wieder schüttelte Malestroit seinen kahlen Schädel. Da konnte es nur eine Erklärung geben: Diesem adligen Herren fehlte es am Verstand, vielleicht heirateten sie zu oft im Verwandtenkreis und wurden mit der Zeit geistesschwach.

Malestroit schlug die Akte auf und las sich fest.

7

Anfang März des Jahres 1429 erreichte den Ritter Gilles de Rais ein Ruf des noch immer ungekrönten Königs Karl von Frankreich, nach Chinon zu kommen, um dort seinem obersten Lehnsherrn beim bevorstehenden Feldzug mit Rat und Tat, Gut und Blut auf Leben und Tod beizustehen. Schon die zwei letzten Jahre hatte Gilles in kleinen Scharmützeln mehr oder minder auf eigene Faust die Engländer bekriegt und dadurch militärische Erfahrungen gesammelt. Manchmal hatte er sich auch mit normannischen Edelleuten zusammengetan, die, von den Engländern vertrieben und um ihren Besitz gebracht, zusammen mit verarmten Bauern, Söldnern und Gesindel aller Art auf Rache und Beute auszogen.

Die Beute war meist kärglich, da die kleinen englischen Garnisonen keine Reichtümer besaßen, dafür aber fiel die Rache um so grausamer aus. Sobald sich erwies, daß die Bauern eines «befreiten» Dorfes die Engländer – meist auch unter Zwang – unterstützt hatten, schlachtete man gnadenlos alle Männer zwischen vierzehn und fünfzig als «Verschwörer» ab, ohne sich dabei streng an die Altersgrenzen zu halten.

Einmal verfolgte Gilles einen davonlaufenden Mann, der sich umdrehte, als der Verfolger nahte und flehend einen etwa dreijährigen Knaben hochhielt.

«Gnade, Herr, Gnade, um meines kleinen Sohnes willen! Die Engländer haben uns gezwungen ...»

Doch Gilles hörte sich das Gewinsel nicht an, sondern erstach den Mann und mußte dabei das wie einen Schutzschild gehaltene Kind durchbohren. Was machte das schon? Im Krieg durfte man nicht zimperlich sein, es galt, das große Ganze im Auge zu behalten. So säumte die Spur der tapferen Freischärler aus der Bretagne und dem Anjou eine lange Reihe geschändeter, gefolterter und erschlagener Kinder, Frauen und Männer, und nur jeder zehnte davon war ein Engländer – ein Feind. Doch konnte Gilles auch in dieser Hinsicht Ruhm erwerben, als er bei der Eroberung des Städtchens La Lude im ritterlichen Zweikampf den englischen Befehlshaber tötete. Das war nicht schwer, denn der Brite erwies sich als ein schon dicklicher älterer Herr, der ziemlich kraftlos mit dem Schwert herumfuchtelte und dabei mehr fluchte als kämpfte. Als Gilles schließlich sein Schwert durch den von einem dünnen Kettenhemd schlecht geschützten Hals stieß, und der Engländer mit beiden Händen versuchte, die Waffe herauszuziehen, mußte Gilles laut auflachen, weil sein Gegner dabei die Augen so komisch aufriß und wie ein fetter Karpfen nach Luft schnappte. Für diese Tat wurde Gilles ehrenvoll vom König empfangen und mit dem bedeutungslosen Titel «Kammerherr» ausgezeichnet.

Nun aber, in Chinon, wurde es ernst, und die Zeit der kleinen Scharmützel schien vorbei.

Sein Vetter Georges de la Trémoille, Freund und Vertrauter des Königs, empfing ihn als ersten.

«Auf ein Wort, *mon cousin*, ehe der König Euch empfängt.»

Sie ritten hinab ans Ufer der Vienne, stiegen vom Pferd, und Trémoille schaute sich prüfend nach allen Seiten um.

«Die Luft scheint rein zu sein. Hier am Hof haben nicht nur die Wände Ohren, auch Bäume, Sträucher, Blumen und Gräser scheinen hören und sehen zu können. Ich muß Euch davon unterrichten, was uns in den nächsten Tagen – vielleicht morgen schon – bevorsteht, damit ihr gewappnet und dementsprechend behutsam seid. Der König wird in unserem Beisein ein junges Mädchen empfangen, eine Jungfrau von siebzehn Jahren, die ihm vor einigen Wochen mitteilen ließ, Gott habe sie beauftragt, Frankreich von den Engländern zu befreien und ihn zur Krönung nach Reims zu geleiten. Ein Bauernmädchen aus Lothringen! Kann weder schreiben noch lesen, hat aber jeden, der ihr begegnete, von ihrer göttlichen Sendung überzeugt.» Trémoille beugte sich zu Gilles und flüsterte. «Wenn Ihr mich fragt, sie ist entweder eine Hexe und versucht ihre Teufelskünste auf solche Weise, oder die Engländer haben sie geschickt, um uns zu verderben. Ich würde diese angebliche Jungfrau anstatt zum König in die nächste Folterkammer führen und würde mich nicht wundern, fände ich meinen Verdacht bestätigt.»

Gilles blieb stehen.

«Aber irgendwer muß sie doch dem König empfohlen, sie bei ihm eingeführt haben. Ich kann mir nicht vorstellen, daß es einem einfachen Bauernmädchen gelingt – nein, da muß wohl, wie Ihr sagt, mehr im Spiel sein. Weiß man, wie sie es anstellen will, die Engländer davonzujagen?»

Trémoille hob beide Hände, um seine Unwissenheit auszudrükken.

«Es ist zunächst nur die Rede davon, daß sie das belagerte Orléans befreien will. Warten wir es ab, Herr Vetter, wir werden die seltsame Jungfrau bald kennenlernen, sie soll schon vor einigen Tagen hier angekommen sein und auf die Gewährung einer Audienz beim König warten.»

Am Abend des 6. März 1429 war es dann soweit. Der König versammelte im großen Empfangssaal des Schlosses Chinon alles, was an seinem Hof Rang und Namen besaß, dazu die eigens geladenen Gäste wie Seigneur Gilles de Rais.

Es war ein trüber diesiger Tag gewesen, der sich weder zu schönem noch zu schlechtem Wetter hatte entschließen können. Am Nachmittag war ein leichter Regen gefallen, doch gegen Abend zeigte sich kurz die Sonne, ehe sie im Westen hinter dem matt schimmernden Fluß verschwand.

Um die kühle feuchte Luft aus dem großen Saal zu vertreiben, hatten die Diener schon gegen Mittag im Kamin ein gewaltiges Feuer entfacht, das ein ganzer Baumstamm, nach und nach hineingeschoben, unterhielt und nährte.

Etwas dreihundert Frauen und Männer hatten ihre besten Roben angelegt, nur der König war eher nachlässig gekleidet, weil er auf äußeren Prunk keinen Wert legte und auch die prächtigsten Hosen, Wämser und Mäntel an seiner schmächtigen Gestalt herumhingen wie an einem hölzernen Kleiderständer. Vielleicht war es auch eine gewisse Eitelkeit, sich in all der zur Schau gestellten Pracht aus Pelzen, Seide, Damast und Samt, den prunkenden Juwelen, den prachtvollen Schwertern in den goldenen, kunstvoll ziselierten Scheiden unauffällig zu präsentieren, aber dennoch als ranghöchste Person den Mittelpunkt zu bilden.

König Karl stand am Kamin und hielt seine schmalen Hände über das munter lodernde Feuer. Sein blasses melancholisches Gesicht mit den kleinen trüben Augen und der fleischig herabhängenden Nase wandte sich von seinem Gesprächspartner, dem Grafen Clermont, ab, hin zum Empfang, wo eine schlanke jugendliche Gestalt erschien – ein Jüngling, nein, ein Mädchen in schlichten dunklen Männerkleidern. Ihre Brust wölbte ganz zart das dunkelbraune Wams, ihr Schritt war fest und entschlossen. Noch ehe jemand ein Wort sagte, ging sie aufrecht und zielstrebig auf den Kamin zu. Trémoille, der sich solch einen Scherz erlauben durfte, wies auf den prachtvoll gekleideten Grafen Clermont und sagte:

«Also, Jungfer Johanna, begrüßt Euren König!»

Doch sie streifte den Grafen nur mit einem flüchtigen Blick ihrer großen graugrünen Augen und sank vor dem König in die Knie. Mit klarer, weithin vernehmbarer Stimme sagte sie:

«Man nennt mich Johanna, die Jungfrau. Ich bin von Gott gesandt, Euch nach Reims zu führen, damit Ihr gesalbt werdet. Gebt mir Soldaten, und ich werde das belagerte Orléans befreien, denn es ist Gottes Wille, daß die Engländer Frankreich verlassen.»

Der König schwieg lange, als müsse er nachdenken, forderte aber Johanna mit einer Geste auf, sich zu erheben.

Gilles de Rais stand neben seinem Vetter Georges de la Trémoille und erlebte diese Szene aus nächster Nähe mit. Beim ersten Blick in ihr ernstes, gesammeltes, fast andächtiges Gesicht ergriff ihn eine seltsame Rührung, wie er sie in seinem lauten, oberflächlichen, lustbetonten Leben noch niemals empfunden hatte. Eine spontane Regung überkam ihn, sich schützend vor dieses Mädchen zu stellen, das gerade noch kühn und selbstbewußt vom König Soldaten gefordert hatte wie ein adliger Heerführer, und dabei wirkte sie so klein, so zart... Aber war dieses Wesen tatsächlich weiblicher Natur? Ihre kurzgeschnittenen Haare, die Kleidung und der feste männliche

Schritt sprachen dagegen, aber welchen Grund hätte ein Jüngling, sich als Jungfrau auszugeben? Gilles' Gedanken verwirrten sich. Da gab es noch eine dritte Lösung, die auch seine seltsame Ergriffenheit erklären würde: Dieses Wesen war ein Engel, androgyn, oder besser noch geschlechtslos, ein fleischgewordener Gedanke Gottes. Zu Frankreichs Rettung auf die Erde gesandt.

Im Geiste kniete der Seigneur Gilles de Rais vor Johanna nieder und flüsterte ihr zu: Ich will dir dienen, Jungfrau, Engel, dir folgen als dein treuer Vasall...

Gilles war so tief in Gedanken versunken, daß er nicht wahrnahm, wie der König von Johanna einen Beweis für ihre Behauptungen wollte und sie sagte, den könne sie gerne liefern, aber nur ohne Zeugen. Sie verschwanden durch eine Tür neben dem Kamin, und als Gilles aus der Tiefe seiner Gedanken wieder emportauchte, fand er die Stelle leer, wo vorhin noch Johanna und der König gestanden hatten. Er faßte Trémoille am Arm.

«Wo sind sie hin? Ich sehe sie nicht mehr!»

«Ihr habt wohl geschlafen, Herr Vetter», kam es spöttisch zurück. «Johanna wollte mit unserem König allein sein, und sie haben sich zurückgezogen. Hoffentlich kann sie sich danach noch eine Jungfrau nennen...»

«Schämt Euch, Seigneur, Ihr seid frivol und schamlos! Könnt Ihr nicht...»

«Leiser, Gilles!» zischte Trémoille und sah sich mißtrauisch um.

«Dieses Mädchen ist von Gott gesandt! Ich weiß es!»

«Gut, gut, Herr Vetter, warten wir ab, was der König entscheidet. Was immer geschehen wird, ich sorge dafür, daß Euch dabei keine allzu bescheidene Rolle zufällt.»

Das war nicht verwandtschaftliches Wohlwollen, sondern kluge Taktik, denn Georges de la Trémoille wollte über alle Geschehnisse auch außerhalb des Hofes genau unterrichtet sein. Als Freund und Günstling des Königs konnte er viel erreichen, aber es würde nicht leicht sein, diese Vertrauensstellung zu bewahren. Karl war wankelmütig und fiel leicht irgendwelchen Einflüsterungen zum Opfer. Man mußte sich vorsehen.

Es kam niemals ans Licht, was Johanna an jenem Abend dem

König unter vier Augen mitgeteilt hatte. Doch Karl zeigte sich danach tief bewegt, auf seinem melancholischen Gesicht erschien nun öfters ein Lächeln, und in seine trüben Augen kam etwas Glanz. Der König hatte sich verändert, und allen fiel es auf, aber am Hof zog man daraus unterschiedliche Schlüsse. Die kriegerisch Gesinnten waren begeistert, denn sie hofften nun auf schnelle und entschlossene Befehle, aber es gab auch welche, die ihre Stirnen runzelten, von Teufelswerk und Verhexung sprachen und Johanna – ehe man ihren Wünschen folgte – von einer strengen Kommission untersucht und geprüft wissen wollten.

Wie so oft, setzten sich die Mißtrauischen, die Zauderer durch, und Johanna mußte sich den Fragen von Geistlichen und gelehrten Doktoren stellen.

Gilles zeigte sich empört.

«Mit Pfaffengeschwätz und Professorengeschwafel läßt sich Frankreich nicht retten! Da ist Gott uns einmal gnädig, schickt einen Engel mit Schwert, und nun wird alles zerredet und vertan.»

Trémoille drohte seinem Vetter scherzhaft mit dem Finger.

«Ihr seht es ja an Euch selbst, auch Euch hat sie verhext. Oder haltet Ihr es für vernünftig zu glauben, ein Bauernmädchen könne das französische Heer zum Sieg führen?»

«Sie hat Gottes Auftrag vernommen! Glaube hat über Vernunft zu stehen!»

Die gelehrte Kommission mußte nach einiger Zeit vor Johannas bestimmten und furchtlosen Antworten kapitulieren. Als sie immer wieder gefragt wurde, sie möge ein Zeichen geben, sagte sie ungeduldig: «Schickt mich nach Orléans, und Ihr werdet dieses Zeichen erhalten – nämlich unseren Sieg über die Engländer.»

So zog König Karl ein Heer zusammen, während Johanna eine eigene Leibwache, einen Pagen, einen Stallmeister und einen Kaplan erhielt. Außerdem ließ der König ihr einen Harnisch schmieden, der nach ihrem Wunsch keinerlei Zeichen oder Schmuck tragen durfte.

«Ich bin nur eine Dienerin Gottes, trage statt eines Wappens Seinen Auftrag im Herzen.»

Sie wünschte sich nur eine Standarte mit dem Bild Christi, der auf einem Regenbogen thronte.

Dann kam jener für Gilles de Rais so entscheidende Tag, als König Karl VII. die Generäle dieses Feldzugs bestimmte, denn die Jungfrau Johanna sei zwar von Gott dazu auserwählt, dieses Heer zu führen, aber ohne den Rat kriegserfahrener Hauptleute könnten Tausende von Soldaten nicht ordentlich und diszipliniert zusammengehalten werden.

Als Gilles der Befehl erreichte, vor dem König zu erscheinen, grinste Vetter Trémoille nur vielwissend.

«Ich habe Euch ja gesagt, Ihr werdet eine Rolle dabei spielen.»

Was dann geschah, erlebte Gilles wie im Traum. Im Burghof stand der König, und Johanna saß hoch zu Roß. Die Jungfrau trug ihren frischgefertigten Harnisch und hielt in der Hand die Jesusstandarte. Georges de la Trémoille, der Erste Minister des Königs, hielt eine kurze Ansprache und bestimmte dann die Hauptleute des Feldzuges. Gilles hörte, wie sein Name fiel, und blickte sich unwillkürlich um, aber einen Augenblick später traf ihn die Erkenntnis: Du bist es, du und kein anderer! Johanna lächelte ihm zu, und ihre graugrünen Augen waren der Spiegel, in dem er einen anderen Gilles erblickte, einen aufrechten Streiter für die Sache Frankreichs, aufgerufen dazu, unter Johannas Führung Ehre und Ruhm zu erwerben und sein bisheriges gottloses und lasterhaftes Leben abzuschließen wie ein mißlungenes Kapitel. Er nahm sich vor, gleich nach seiner Rückkehr alle Kumpane seines früheren sündigen Lebens davonzujagen, an der Spitze seinen Vetter Sillé.

Gilles de Rais wurde beauftragt, sich in Blois mit seinen persönlichen Truppen einem Konvoi von rund zehntausend Mann anzuschließen und diesen, zusammen mit Johanna und dem Herzog von Alençon, nach Orléans zu führen. Die Generäle und Hauptleute, die Unterführer mit ihren Bogenschützen, Lanzenreitern, die stolzen Barone in ihren glänzenden Rüstungen, umgeben von Leibgarden – sie alle, vom ersten bis zum letzten Mann, spürten die stille Überlegenheit der gottgesandten Jungfrau. Und wenn sie befehlen ließ, daß es streng verboten sei, zu fluchen, zu huren und Zweikämpfe zu veranstalten, solange sie den Feldzug führten, wurde zwar gemurrt, doch fast alle hielten sich daran.

In ihrer schmucklosen, hellglänzenden Rüstung ritt sie meist dem

Heer voran, die Jesusstandarte ruhte in ihrer linken Hand, mit dem Schwertarm führte sie die Zügel. Die Hauptleute, darunter auch Gilles, hielten sich immer in ihrer Nähe. Manchmal wechselte Jean d'Alençon mit ihr einige Worte. Sie schien diesen Menschen besonders zu schätzen, wies ihn öfter scherzhaft zurecht und nannte den erst Dreiundzwanzigjährigen «mein schöner Herzog». Der hatte trotz seiner Jugend ein bewegtes Leben hinter sich. Seit der Schlacht von Verneuil war er vermißt, und seine Familie hielt ihn bereits für tot, als sich herausstellte, daß er schwerverwundet in Gefangenschaft geraten war. Die Engländer feilschten fünf Jahre lang um ein hohes Lösegeld, das seine Familie nur zum Teil bezahlen konnte. Er war gewissermaßen nur auf Ehrenwort frei, machte aber kein Hehl daraus, daß er sich diesem Feind gegenüber nicht an sein Versprechen gebunden fühlte.

Den stets dunkel gekleideten Gilles de Rais nannte die Jungfrau «meinen tapferen Schwarzen Ritter», was seinen Respekt und seine Anhänglichkeit nur noch verstärkte. Bei einem kurzen Gespräch mit ihr sagte er einmal: «Johanna, Ihr habt mich aus einem schlimmen Leben heraus an Eure Seite geholt; ich bin Euch zu großem Dank verpflichtet – solange ich lebe.»

«Ach, mein Schwarzer Ritter, über unsere Lebensjahre verfügt allein Gott. Denken wir lieber an die nächsten Tage, und wenn Ihr Euch dankbar erweisen wollt, dann kämpft wie ein Löwe, und der Sieg ist uns gewiß.»

Gilles überwand seinen heißen Wunsch, ihr die Hand zu küssen, statt dessen drückte er seine Lippen auf Johannas Jesusstandarte.

In Blois kam es dann zu Meinungsverschiedenheiten mit den Hauptleuten. Die waren mit Gilles der Ansicht, das Heer solle bereits hier die Loire überqueren, weil es sicherer sei, auf der noch von Frankreich beherrschten Seite des Flusses bis etwa zwei Meilen vor die Stadt Orléans zu ziehen, um dann auf Schiffen bis zu dem am schwächsten bewachten Osttor zu gelangen.

So wurde Johanna aus vernünftigen taktischen Gründen überstimmt, und sie rief zornig:

«In Gottes Namen denn! Aber merkt euch, der Rat Gottes ist klüger und unfehlbarer als der eure.»

«Da würde uns Lord Talbot nur auslachen, aber wahrscheinlich wären wir schon vorher in zahlreiche Scharmützel mit dem Feind verwickelt.»

Beim Dorf Chécy hielten sie an; die schweren, hier zusammengezogenen Segelschiffe aber mußten wegen des anhaltenden heftigen Ostwindes vor Anker bleiben. Nun standen sie am falschen Ufer und mußten stündlich damit rechnen, von den Engländern entdeckt zu werden. Es wurde schon von Rückzug geredet, doch davon wollte Johanna nichts hören. Sie sagte immer nur: «Wartet ruhig ab, Gott ist auf unserer Seite.»

Am Abend schlug der Wind ganz plötzlich um. Die Jungfrau nickte nur und sagte: «Das Zeichen!»

Gilles de Rais, der Herzog und die anderen Hauptleute blickten sich stumm an. Ohne zu zögern, bestieg Johanna eines der Schiffe und segelte bis vor die Mauern von Orléans. Unbehelligt zog sie durch das anscheinend unbewachte Osttor mit ihren Soldaten und dem dringend erwarteten Nachschub an Proviant in die Stadt. Die Engländer verfügten nicht über genügend Truppen, um Orléans ganz einzuschließen, sondern hielten nur die Türme und Schanzen besetzt. Gilles wich nicht von Johannas Seite, ja er glaubte nur noch in ihrer strahlenden Nähe handeln und existieren zu können.

«Ich fühle mich als Euer Leibwächter, Johanna, haltet mich bitte nicht für zudringlich.»

Sie lächelte, und ihre unergründlichen graugrünen Augen strahlten ihn an.

«Seid bedankt, Schwarzer Ritter, aber meine Leibwächter sind die Engel des Herrn, die mich unsichtbar begleiten.»

«Vielleicht sind sie einmal nachlässig, diese Engel, dann springe ich ein.»

Das sagte Gilles de Rais in vollem Ernst, und Johanna schien es auch so aufzufassen.

Mit der Truppenverstärkung und dem Proviant kehrten Freude und Zuversicht in die schon ziemlich mutlose und ausgehungerte Stadt zurück. Johannas Ruf war ihr vorausgeeilt, die Menschen knieten vor ihr nieder, küßten ihre Kleider, ihre Standarte, ihre Hände. Niemand zweifelte mehr daran, daß den Belagerern bald die letzte

Stunde geschlagen hatte. Zu Tausenden fanden sich bewaffnete Bürger vor Johannas Quartier ein und riefen in Sprechchören:

«Führe uns gegen die Engländer!»

«Wir schlagen die Briten aufs Haupt!»

Die Verehrung für Johanna wie auch die Kampfeslust der Bürger steigerten sich von Tag zu Tag, doch die Jungfrau wollte abwarten, bis das Gros der französischen Truppen vom Land her aufmarschiert war, um so die Engländer in die Zange zu nehmen. Zuvor aber wollte sie es mit friedlichen Mitteln versuchen und sandte an die Belagerer eine Aufforderung, das Land sofort zu verlassen. Der Bote kehrte zurück, schwer mißhandelt und mit dem höhnischen Auftrag, der französischen Hexe zu sagen, daß sich Engländer niemals einem Weib ergeben würden.

«Von wem kommt diese Botschaft?» fragte Gilles de Rais bebend vor Zorn.

«Von William Glasdale...»

Das war einer der Hauptleute von Lord Talbot, beauftragt, die Festung Les Tourelles zu halten. Inzwischen war durchgesickert, daß die Engländer in Bälde Verstärkung erhalten sollten.

Am nächsten Tag zog sich Johanna zu einer kurzen Mittagsruhe zurück, sprang aber nach wenigen Minuten wieder auf.

«Ich habe meine Stimmen gehört! Sie befahlen mir anzugreifen! Sofort!»

Nichts und niemand konnte sie mehr halten, keiner wollte es auch, alle ließen sich mitreißen, und vor Begeisterung brüllend, stürmten sie auf die nächstgelegene Schanze los, hieben wie Berserker auf die überraschten Briten ein und jagten sie davon. Die Überlebenden flüchteten in eine nahe gelegene Klosterkapelle und legten in ihrer Verzweiflung die dort lagernden Priester- und Mönchskleider an. Als sie sich hervorwagten, sagte die Jungfrau lächelnd: «Priester und Mönche soll man schonen» – und rettete so vierzig Engländern das Leben.

Am nächsten Tag feierte man Christi Himmelfahrt und stellte auf Johannas Wunsch für diesen Tag den Kampf ein.

Lord Talbot, der englische Kommandeur, hatte inzwischen die Hiobsbotschaft erhalten und rückte mit Verstärkungen an, doch das dauerte eine Weile. Nun ging es darum, die Festung Les Tourelles zu erobern, und Johanna stürmte am nächsten Morgen los – gegen den Widerstand einiger ihrer Hauptleute. Zuvor hatte ihr Kaplan eine stille kurze Messe gelesen.

Sie schwang ihre Standarte und rief:

«Wer mich liebt, folge mir nach!»

Die kleine, aber wuchtige Festung Les Tourelles war äußerst schwer zugänglich, denn der Feind hatte an der Südseite einen tiefen Graben angelegt, den noch zusätzliche Barrikaden schützten. Die Engländer wußten, um was es ging, und kämpften wie die Wilden mit Lanzen, Streitäxten, Keulen und einem Hagel von Pfeilen. Mit ihren fünfhundert Mann waren sie den Franzosen mehrfach unterlegen, aber innerhalb einer wohlgeschützten Festung erwies es sich als Vorteil.

Gilles hielt sich in Johannas Nähe, spürte – ohne darauf zu achten – mehrmals den harten Aufprall von Pfeilen, Lanzen und Schleuderkugeln auf Schild und Harnisch. Er fühlte fast überirdische Kräfte, ließ sein schweres Langschwert wirbeln wie ein Mühlrad, wehrte eine Hellebarde ab, die auf seinen Hals zielte, hieb sie entzwei und traf mit dem nächsten Schlag seinen Gegner am Hals, daß eine Blutfontäne aufsprang, als habe er einen Weinschlauch angestochen. Plötzlich hörte er Johannas Stimme:

«Eine Leiter! Eine Leiter!»

Gilles kämpfte sich zu ihr durch.

«Ihr werdet doch nicht...», aber da erschienen schon die Männer mit der Leiter und legten sie ans Mauerwerk. Kaum hatte Johanna die erste Sprosse erstiegen, traf sie ein Pfeil an der ungeschützten Stelle zwischen Hals und Schulter. Mit einem leisen Schrei sank sie zurück, fiel zu Boden. Die Engländer auf der Festung jubelten, als hätten sie schon den Sieg errungen. Sofort bildete sich ein schützender Kreis um die Jungfrau. Gilles half ihr auf, doch ihre Beine versagten, und so trug man sie beiseite und bettete sie ins Gras.

Mit zitternden Fingern löste Gilles ihren Brustharnisch. Johanna weinte, mehr aus Verzweiflung als wegen der Schmerzen.

«Brecht den Kampf nicht ab – macht weiter!»

Die Hauptleute standen ratlos um sie herum, doch keiner wagte, den Pfeil aus der Wunde zu ziehen. Gilles sah sich um.

«Gibt es hier keinen Wundarzt?»

«Man müßte einen holen...»

Da schüttelte die Jungfrau entschlossen den Kopf, kam mühsam auf die Beine.

«Nein, meine Herren, dazu ist jetzt keine Zeit!»

Sie faßte den Pfeil und drehte ihn langsam aus der Wunde. Inzwischen war ein Heilkundiger erschienen, dem nichts mehr zu tun blieb, als die Verletzung zu säubern und zu verbinden.

«Ein Wunder...», raunte es ringsum, doch Johanna widersprach.

«Kein Wunder – nur Gottes Wille. Meinen Harnisch!»

So legte man ihr die Rüstung wieder an, und sie stürmte – als sei nichts geschehen – voll Ungeduld zur Kampfstätte zurück. Dort war der Graf Dunois eben dabei, sich mit den von einem über zehnstündigen Kampf erschöpften Franzosen zurückzuziehen.

«Weicht nicht zurück!» rief Johanna schon von weitem, während Gilles seine Leute um sich sammelte und von neuem in den Kampf eingriff. Hatte er zuvor noch eine von siegesgewisser Sicherheit geschürte Kampfeslust verspürt, so ließ ihn jetzt ein maßloser Zorn über Johannas Verwundung um sich schlagen, wie den sagenhaften Herzog der Bretagne im *Chanson de Roland*. Johanna hatte ein kurzes Gebet gesprochen, während ein übereifriger Krieger ihre Fahne an sich riß, um die erschöpften Männer neu zu begeistern. Johanna versuchte sie ihm zu entwinden, doch der kräftige Soldat ließ sie nicht los. Er kletterte eine der angelegten Leitern hinauf, und ehe die zu Tode erschöpften Engländer auf den neuen, unerwarteten Angriff reagieren konnten, war die Festung erstürmt.

Inzwischen nahte eine französische Verstärkung auf der hölzernen Brücke und griff in den Kampf ein. Die hart bedrängten Briten versuchten, von Hauptmann Glasdale angeführt, über die Brücke zu entkommen, doch die Bürgerwehr hatte daneben einige mit Öl und Pech beladene Boote postiert, die sie nun ansteckte.

«Glasdale, Glasdale!» rief Johanna. «Ergib dich dem König des Himmels!»

Doch der Engländer hörte nicht, wurde kämpfend mit etwa zwanzig seiner Männer auf die Brücke gedrängt, die kurz darauf in einem prasselnden Flammenmeer auseinanderbarst. In einem Wirbel aus brennenden Balken stürzte der Hauptmann mit seinen Leuten in die Loire, wo sie, von ihren schweren Rüstungen in die Tiefe gezogen, allesamt hilflos ertranken. Wer von den Engländern noch lebte, ergab sich.

«Sieg!» rief Gilles und schlug mit dem Schwert auf seinen Schild. «Sieg! Sieg!» fielen die anderen in den Jubel ein.

Johanna aber hatte den Kopf gesenkt und weinte.

«Sie hätten nicht sterben müssen...», flüsterte sie.

Malestroit schob seufzend die Papiere zusammen. Der Bericht über die Befreiung von Orléans und die glänzende Rolle des Seigneur Gilles de Rais bei diesem Kampf hatten in ihm reuevolle Gefühle erweckt, oder besser gesagt, er schämte sich ein wenig, daß er dabei war, diesen Helden als Verbrecher zu überführen und zu vernichten.

Draußen fegte ein herbstlicher Sturm die letzten Blätter von den großen alten Bäumen im Burghof, trieb sie über Türme, Mauern und Brücken hinweg in die nächtlich dunkle Loire.

Der Kanzler und Bischof gähnte verhalten. Die fast ausgelaufene Sanduhr wies auf die erste Stunde nach Mitternacht, aber er war so sehr in seine Gedanken verstrickt, daß er reglos sitzenblieb, um – was sehr selten geschah – sein Gewissen gründlich zu erforschen.

Freilich, was er tat, hatte das *placet* Seiner Hoheit, des Herzogs, und eigentlich war es ja Gilles de Rais selbst, der sich zugrunde richtete als maßloser Verschwender, Teufelsbeschwörer, Sodomit und – nun, die Sache mit den verschwundenen Kindern blieb noch offen. Wessen aber konnte er bis jetzt zweifelsfrei überführt werden durch Zeugenaussagen und schlüssige Beweise? Verschwendung war kein Vergehen, das unter unmittelbarer Strafandrohung stand, da konnte nur auf Betreiben der übrigen Familie etwas unternommen werden, und das hatten sowohl Gilles' Gattin Catherine wie sein Bruder René bereits getan. Sonst aber hatte man nichts in der Hand, was hinreichen würde, einen französischen Ritter und Marschall von Frankreich, einen weithin bekannten ruhmreichen Helden, vor Gericht zu zerren. Die Sache einfach fallenlassen? Nein! Das wäre jetzt nicht mehr möglich, die Ermittlungen waren zu weit fortgeschritten, und – Malestroit war ehrlich und nüchtern genug, es einzugestehen –

seine eigenen Interessen waren in diesem Fall so verflochten, daß er viel, sehr viel Geld verlieren würde, ließe man den Dingen jetzt einfach ihren Lauf.

Er gähnte wieder, diesmal laut, herzhaft und ungeniert. Zeit, daß er ins Bett kam! Halt! René de la Suze, dieser etwas farblose Bruder von Gilles de Rais – welche Rolle spielte er dabei? Freilich stellte er sich jetzt gegen seinen Bruder, um etwas aus dem Familienbesitz zu retten, aber war er völlig unbeteiligt an den Verbrechen des Seigneur? Malestroit blickte auf den Aktenstapel. Dort war kaum von ihm die Rede, nur manchmal tauchte er als eine Art hilfreicher Geist am Rande auf. So hatte ihn Gilles beauftragt, während seiner Abwesenheit wegen des Feldzuges gegen die Briten im *Pays de Rais* nach dem Rechten zu sehen und von Zeit zu Zeit die dort verbliebenen Truppen zu inspizieren. Ein guter Soldat, gewiß, aber ein Habenichts, abhängig von seinem Bruder und deshalb vermutlich voll Neid, vielleicht sogar Haß. Warum hatte der alte Jean de Craon Gilles alles und René nichts zugestanden? Wäre Gilles im Krieg umgekommen, säße heute René auf den noch immer gewaltigen Besitztümern. Sein Name La Suze stammte von einem völlig besitzlosen Zweig der Familie und bewies nur, daß er ritterbürtig war. Ein Ritter ohne Geld und Tadel. Auch mit Catherine de Thouars war zu rechnen, die auf allen Schriftstücken wieder ihren Mädchennamen gebrauchte. Sie aber wollte ihr Erbteil bewahren und mußte zudem die Interessen der Tochter Marie vertreten. Verständlich, aber für die Ermittlungen nutzlos. Man mußte aus dem inneren Freundeskreis des Seigneur einen Spitzel gewinnen. Dafür würde sich am besten Francesco Prelati eignen, denn nur mit dessen Hilfe konnte man Gilles der Teufelsbeschwörung überführen. Und das brachte auch einen Marschall von Frankreich auf den Scheiterhaufen.

Malestroit ging hinaus und trat dem vor der Tür schlafenden Diener sanft in die Seite.

«Lösche im Kamin das Feuer und mache die Fensterläden fest! Der Sturm könnte sonst Unheil anrichten.»

In derselben Nacht, als hätten sie Malestroits Gedanken gespürt, saßen Catherine de Thouars und René de la Suze in Pouzauges vor dem Kaminfeuer. Dort wehte der Wind nicht so stark, aber von Zeit zu Zeit fauchte eine Sturmböe von Westen über das Land und blies glühende Funken aus dem Kamin in den Raum, wo sie verglühten wie fallende Sternschnuppen. Sie hatten die Dienerschaft ins Bett geschickt, weil sie ein unbelauschtes Gespräch führen wollten, und so mußte René eigenhändig die Teppiche und Felle aus dem Bereich des Funkenfluges entfernen.

Catherine sah im warmen Licht des Kaminfeuers sehr reizvoll aus. Die nußbraunen Haare fielen offen auf die Schultern und waren an der Stirn von einem schmalen goldenen Band zusammengehalten. Sie trug ein enggeschnittenes blausamtenes Hauskleid, das ihre weiblichen Formen betonte und bei jeder Bewegung Schenkel, Hüften oder Brüste hervortreten ließ. Der Capitaine achtete nicht darauf, weil ihn andere Gedanken beschäftigten.

Catherine deutete auf die aus dem Kamin stiebenden Funken.

«Das sieht aus wie Sternenstaub...», sagte sie versonnen, doch René wandelte den Vergleich ab.

«Mich erinnert es eher an unseren Familienbesitz, der verpufft wie die Ladung einer fehlgezündeten Bombarde.»

«Euch fallen immer nur kriegerische Vergleiche ein!» sagte sie vorwurfsvoll.

Er zuckte die Schulter.

«Mein Beruf ist es, Krieg zu führen. Was blieb mir anderes übrig? Ich habe sonst nichts gelernt, hatte kein Erbe zu erwarten.»

«Ihr hättet heiraten können.»

«Heiraten? Wen? Oder anders gesagt: Welches Mädchen nimmt einen Habenichts?»

«Ihr seid ein ansehnlicher Mann mit einem guten Namen, Ihr hättet auch eine Witwe nehmen können.»

«Mein Leben war zu unstet – einmal da, einmal dort, immer im Dienst meines großen Bruders. Ja! Schaut mich nicht so mitleidig an! Solange er lebt, wird er der große Bruder bleiben – in jeder Beziehung. Groß an Besitz, groß an Gestalt, groß an Ruhm.»

«Und noch größer an sinnloser Verschwendung.»

René lachte.

«Damit wären wir gleich beim Thema. Übrigens – ich wäre durchaus geneigt, eine Familie zu gründen, und habe den ersten Schritt dazu getan, als ich Gilles den Dienst aufkündigte. Ich habe keine Lust, von ihm mit in den Abgrund gerissen zu werden. Auch in bezug auf die Liebe haben wir nicht denselben Geschmack. Ich jedenfalls bevorzuge die Frauen.»

Catherine sah das Verlangen in seinen Augen aufglimmen und überlegte ganz nüchtern, ob sie ihrem Schwager dabei nicht entgegenkommen sollte. Seit er auf Pouzauges wohnte, hatte er mehrmals Andeutungen gemacht, doch dabei blieb es. Er war ein vorsichtiger Mann und hatte sich wohl Zeit gelassen, um zu prüfen, ob sie beide am gleichen Strang zogen, ob Catherine noch auf irgendeine Weise mit Gilles verbunden war.

Sie sprach ihre Gedanken aus.

«Ihr wißt jetzt, daß mich nichts mehr mit Gilles de Rais verbindet, als daß er der Vater meiner Tochter ist. Er ist immer voll Widerwillen in mein Bett gestiegen, und was er einzig an mir geliebt hat, war mein Besitz. Ich bin, mit Verlaub gesagt, wieder zur Jungfrau geworden.»

René lachte polternd, als hätte er einen guten Witz gehört.

«Das habt Ihr schön gesagt. Dieser Zustand ließe sich leicht wieder ändern.»

Das klang wie eine Frage, doch Catherine überhörte sie. Ihr ging es einzig und allein darum, ihren ererbten Besitz für sich und die Tochter zu bewahren, und dabei wäre es ungeschickt gewesen, sich René de la Suze zum Gegner zu machen. Aber zuvor sollten die Grenzen abgesteckt werden.

«Mir geht es nur um Tiffauges, Pouzauges und die paar anderen Besitzungen im Poitou. Aus dem *Pays de Rais* will ich nichts haben.»

Der Capitaine verkniff sich eine spöttische Erwiderung, denn Catherine mußte doch wissen, daß sie darauf gar keinen Erbanspruch besaß. Sie sah ihm an, was er dachte.

«Ich spreche natürlich im Namen meiner Tochter.»

«Ah so, ja dann...» Er schmunzelte, und sie lächelte zurück.

«Ihr dürft mich vor meine Schlafkammer geleiten, Herr Schwager.»

René de la Suze sprang auf, verneigte sich ritterlich und bot seinen Arm.

Im kleinen Vorzimmer schlief Catherines bejahrte Zofe und schnarchte wie ein altes Roß.

«Ich sagte: vor meine Schlafkammer», flüsterte Catherine, als René ihr nachkommen wollte.

«Als Soldat bin ich es gewöhnt, nicht vor einer Festung abzuwarten, sondern einzudringen.»

Als das Schnarchen plötzlich verstummte, zog Catherine ihren Schwager hastig ins Zimmer.

«Das fehlte mir noch, daß sie Euch sieht. Die Alte ist so dumm und geschwätzig, daß sie ihren Mund gewiß nicht halten könnte.»

«Aber ich bin ja ganz mit Eurem Handeln einverstanden», sagte der Hauptmann sanft und zog die kaum Widerstrebende in seine Arme. Er wußte, daß er sich jetzt zusammennehmen und alles vergessen mußte, was sein Soldatenleben ihm in den letzten Jahren an Liebeserlebnissen beschert hatte. Weiberfleisch – junges und nicht mehr so junges, anonym, weil die Namen keine Rolle spielten, und wenn einer fiel, war er sogleich wieder vergessen. Vergewaltigungen in Häusern, aus denen schon die Flammen schlugen, halbe Kinder, stumm vor Schreck, denen man brutal die Schenkel auseinanderzwängte, geile Mägde, denen es nichts ausmachte, sich im Laufe einer Stunde von einem Dutzend schmutziger, schwitzender und nach Wein stinkender Söldner bespringen zu lassen, wobei er als Hauptmann freilich den Vortritt hatte. Da war weder Zeit noch Gelegenheit gewesen, sich ritterlich einer Dame zu nähern. Aber jetzt mußte es sein – jetzt schon.

Sie sträubte sich gerade so viel, daß auch der Hauptmann die Zustimmung dahinter spürte, und er sagte nichts, als sie ihn bat, die Kerze zu löschen, gerade als sie nackt in seinen Armen lag und sein Begehren beim Anblick des festen schlanken Körpers erwachte.

«Nun Madame, so müssen meine Hände die Augen ersetzen», sagte er, küßte ihre Brüste und ließ seine Finger über Bauch und Schenkel wandern, erkundete den wieder jungfräulich gewordenen Schoß, der so schnell feucht wurde, daß René mutmaßte, die Schwägerin habe inzwischen nicht gar so keusch gelebt, wie es den Anschein hatte. Catherine schrie auf, als er in sie eindrang, und es klang wie Staunen oder Überraschung, und dann fiel jede Zurückhaltung von ihr ab, sie kam ihm entgegen, bäumte sich auf, krallte sich in seine Hüften, keuchte, stammelte seinen Namen. Auf dem Gipfel der Lust wimmerte sie wie ein Kind, und René spürte ihr tränenfeuchtes Gesicht, als er sie küßte.

«Warum weinst du, Catherine?» fragte er sie, noch ganz außer Atem.

«Habe ich geweint?» fragte sie, und es klang recht fröhlich. «Tatsächlich, mein Gesicht ist ganz naß – das müssen Eure Küsse gewesen sein.»

«Willst du mich jetzt nicht duzen?»

«Nein, René, und auch Ihr sollt es nicht tun. Wenn es zur Gewohnheit wird, könnten wir uns leicht einmal verraten.»

«Gut, Madame, wie Ihr es wünscht. Der Capitaine de la Suze steht Euch trotzdem gerne weiter zur Verfügung.»

«Gut, *mon Capitaine*. Da Ihr nun die Festung schon erobert habt, sollt Ihr sie vielleicht noch genauer erkunden.»

Er lachte leise, nahm ihre Hand und legte sie auf sein Geschlecht.

«Da müßt Ihr aber zuvor meinen Kampfgeist anfeuern.»

Ja, dachte Catherine, das werde ich tun, und nicht nur im Bett, mein Lieber. Ich werde dich als Waffe gegen deinen Bruder benützen, bis dieser geile Knabenschänder, dieser maßlose Prasser und Verschwender zur Hölle gefahren ist, wohin er längst gehört.

8

Gilles de Rais hielt Perrinet Briand gegenüber sein Wort. Der Chorführer und angehende Sattlergeselle durfte, wie ein Junker von einigen Bewaffneten begleitet, nach Nantes reiten, um seine Eltern und seinen Lehrherrn zu besuchen. In seinem Stolz kam der Sechzehnjährige gar nicht auf den Gedanken, daß diese Männer nicht nur seinem Schutz dienten, sondern auch seine Rückkehr zu überwachen hatten.

So ganz wohl fühlte sich Perrinet nicht in seiner Haut, als sie durch das Stadttor ritten. Richtig freuen konnte er sich nur auf das Wiedersehen mit Isabelle, aber sonst... Allein wenn er an Maître Aubin, seinen mürrischen und strengen Lehrherrn dachte, der es ihm niemals verzeihen konnte, daß er weggegangen war; dann an die bigotte und schnippische Marguerite, seine Verlobte – noch immer! Dabei waren ihm diese Dinge so ferne gerückt: Maître Aubins Werkstatt, seine eigene Rolle als künftiger Schwiegersohn, mit der sicheren Aussicht, der nächste *maître sellier* zu sein, mit Marguerite im ehelichen Schlafgemach... Perrinet schüttelte so heftig seinen Kopf, daß der neben ihm reitende Bewaffnete fragte:

«Was habt Ihr, Sieur Briand? Wollt Ihr anderswohin?»

Ja, in Machecoul galt er etwas, da war er nicht Perrinet, der Lehrbub, der stets sein Maul zu halten und zu gehorchen hatte, da war er Sieur Briand, der geschätzte *premier choriste* mit der schönen kraftvollen Stimme, zugleich der Liebling des Seigneur, der regelmäßig an der Hoftafel saß und im Monat mehr an Geld und Geschenken erhielt als bisher in seinem ganzen Leben.

Wie eng kam ihm jetzt das Viertel um die Place du Puits-Salé vor, mit den altersschiefen niedrigen Häusern, den winzigen Gärten daneben oder dahinter und dem unaustilgbaren Gestank nach Kot, Urin, saurem Wein, scharf gebratenem Fleisch und über allem der ätzend scharfe Geruch von Essig, den die Hausfrauen reichlich zum Putzen verwendeten, weil das seit altersher als gesundheitsfördernd galt.

Und da hielten sie schon vor seinem Elternhaus am Beginn der Rue de la Baclerie, gleich hinter der Place du Bouffay. Die Eltern traten vors Haus, der Vater zuerst, denn es war natürlich ein weltbewegendes Ereignis, wenn ein Bursche von sechzehn Jahren angeritten kam wie ein Landjunker. Als er das besorgte und zugleich erleichterte Gesicht seiner Mutter sah, verging ihm der Spott, und er sprang vom Pferd direkt in ihre Arme. Seinem Vater drückte er zögernd die Hand und ließ sie schnell wieder los, als Maître Briand raunzte:

«Höchste Zeit, daß sich mein Herr Sohn einmal wieder blicken läßt – nach fast einem Jahr!»

«Es sind nur sieben Monate, Herr Vater...»

Wütend hob Briand seine Hand, aber einer der Berittenen warnte ihn.

«Mäßigt Euch, Maître Briand! Sieur Perrinet steht im Dienst unseres Herrn!»

«Na, wennschon!» brauste der Maître auf. «Ein Vater darf seinen Sohn züchtigen, wann und wo es ihm gefällt. Das könnt Ihr auch in der Bibel nachlesen.»

Doch der andere ging nicht darauf ein und fragte Perrinet:

«Habt Ihr noch einen Auftrag für uns, Sieur?»

Der schüttelte nur stumm den Kopf.

«Ihr findet uns im Hôtel de la Suze, wo wir bis zu Eurer Rückkehr warten werden.»

«Ist gut, ich melde mich dann dort.»

Sie gingen ins Haus.

«Bist ja ein großer Herr geworden, wie mir scheint. Aber eine Rückkehr zu Seigneur de Rais schlage dir besser aus dem Kopf. Dein Lehrherr ist drauf und dran, den Kontakt mit dir abzubrechen und einen neuen Lehrling einzustellen. Wir werden ihn noch heute gemeinsam besuchen.»

Perrinet hielt es jetzt für besser, nicht zu widersprechen. Er dachte nicht daran, in dieser engen und stickigen Stadt zu bleiben, wo eine vom Alten verfügte und notariell beglaubigte Braut ihn erwartete. Was er früher hingenommen und als sein gottgewolltes Schicksal akzeptiert hatte, das schien ihm jetzt ein Unglück, dem er durchaus entgehen konnte – mit Hilfe des Seigneur de Rais, dessen Wort ein größeres Gewicht besaß als der Wille von Vater und Lehrherrn samt einer ihm aufgezwungenen Verlobung, auch wenn sie von Notar und Domherrn bezeugt worden war.

Doch Perrinet gab nichts davon preis, spielte den gehorsamen Sohn, sagte tausendmal «Jawohl, Herr Vater» und wälzte dabei im Kopf die abenteuerlichsten Pläne.

Maître Aubin sah die Sache etwas nüchterner als Perrinets Vater, denn er war ein Mensch, der sich eher vom Verstand als von Gefühlen leiten ließ. Zu Maître Briand sagte er:

«Ihr solltet immer bedenken, daß Seigneur de Rais einer unserer besten Kunden ist. Seit Perrinet an seinem Hof lebt, läßt er sämtliche Täschner- und Sattlerarbeiten bei Euch und bei mir erledigen. Bei mir macht das heute schon ein gutes Viertel meiner Einkünfte aus! Nein, mein Lieber, ich bin bereit, Perrinets Arbeit weiterhin aus der Ferne mitzuverfolgen, und bestehe nur darauf, daß er im nächsten Jahr sein Gesellenstück hier in meiner Werkstatt anfertigt.»

«Ich finde es schon seltsam, daß Ihr den Jungen in seinen Flausen noch unterstützt», murrte Maître Briand, aber man sah ihm an, daß er einlenken und nachgeben wollte.

Aubin zog die Augenbrauen hoch.

«Flausen? Darf ich Euch daran erinnern, daß viele unserer Landadligen ihre Lederarbeiten in Angers, Tours, Poitiers, ja sogar in Orléans fertigen lassen? Nicht, weil man dort besser, sondern weil man häufig auch billiger arbeitet. Darauf muß Seigneur Gilles zum Glück keine Rücksicht nehmen, denn er ist reicher als alle anderen.»

«Da hört man in Nantes auch schon Gegenteiliges.»

«Und wennschon! Was macht es aus, wenn so einer zwei oder drei Besitzungen verkaufen muß, da er noch Dutzende anderer besitzt? Bisher hat er meine Arbeiten noch immer bezahlt und Eure auch, soviel ich weiß.»

Maître Briand schwieg und schluckte es hinunter. Damit gab er dem anderen schweigend recht. Doch sein Zorn war noch nicht verraucht.

«Und wie lange gedenkt der Herr Sohn in Nantes zu bleiben?»

«Seigneur Gilles meinte, er könne mich nicht länger als höchstens drei Wochen entbehren.»

Briand lief rot an.

«Das ist doch ...»

Maître Aubin hob gebieterisch seine Hand.

«Mäßigt Euch, mein Lieber!» Er wandte sich an Perrinet: «Du könntest ja während dieser Zeit bei mir arbeiten», schlug er ihm vor.

Der überlegte blitzschnell. Er mußte unter allen Umständen einige Tage für Isabelle herausschinden. So zwang er sich zu einem erfreuten Lächeln.

«Gerne, Maître. Eine Woche aber brauche ich für Aufträge des Seigneur Gilles. Ich muß einige Musikinstrumente besorgen, dann soll ich in der Kirche *Nôtre Dame du Carmel* nach bestimmten Chorliedern suchen, notfalls auch in anderen Kirchen, außerdem habe ich Briefe für ...»

«Ist gut, ist gut! Dann kommst du eben nur zehn oder zwölf Tage in die Werkstatt, schon damit unsere Zunft keine lästigen Fragen stellt.»

Nachdem dies geregelt war, mußte er eine peinliche Stunde mit Marguerite verbringen, die ihn dauernd fragte, welche Kleider die Damen auf den Schlössern des Seigneur trugen, ob der Hofkaplan täglich eine Messe lese, was man dort zu Mittag und zu Abend esse ... Perrinet gab geschönte Auskunft, denn er konnte nicht gut zugeben, daß es – von einigen Mägden abgesehen – so gut wie keine Frauen auf Gilles' Burgen gebe.

«Du könntest mich einmal dorthin einladen», schlug sie allen Ernstes vor.

Perrinet vernahm es mit offenem Mund, und es fiel ihm nichts weiter ein, als zu sagen:

«Ich werde deinen Wunsch dem Seigneur vortragen.»

Dann war auch das überstanden, und er machte sich an seine zum größten Teil erfundenen «Aufträge».

Im Schutz der Dämmerung ging er zu dem kleinen schiefen Haus an der westlichen Stadtmauer, mußte aber erfahren, daß Isabelle und ihre Mutter nicht mehr hier wohnten.

«Die sind schon im Sommer weggegangen, weil Isabelle jetzt als Aushilfe im Herzogschloß arbeitet. Ihre Mutter ist gestorben, glaube ich...»

Die Tür ging wieder zu, und Perrinet stand im Dunkeln – ratlos und bedrückt. Nun begann es auch noch zu regnen! Er zog sich sein Wams über den Kopf und lief nach Hause.

Am nächsten Morgen ging er zur Burg und fragte nach Isabelle, der Wäscherin. Sein Vater schulde ihr noch etwas Geld, und da er ohnehin hier zu tun habe... Der Pförtner nickte gleichmütig. Man werde es der Wäscherin ausrichten, er solle inzwischen hier warten.

Perrinet setzte sich auf die oberste Stufe einer schmalen Steintreppe, die neben der Zugbrücke in den wassergefüllten Burggraben führte.

Wie sollte das überhaupt mit Isabelle werden? Ob sie ihm treu geblieben war während seiner Abwesenheit? Immerhin ein halbes Jahr, das sind sechs Monate oder rund fünfundzwanzig Wochen, und jede davon hatte sieben Tage. Sie ist so hübsch, so fröhlich...

Er seufzte und blickte in das trübe, mit Algen und herbstlichen Blättern bedeckte Wasser. So trübe war nun auch seine und Isabelles Zukunft. Sollte er den Seigneur bitten, Isabelle in Machecoul als Wäscherin anzustellen? Warum nicht? Gestern war er noch so hoffnungsfroh gewesen, die Zukunft erschien ihm wie eine breite glänzende Straße, die man nur entlangspazieren brauchte, und jetzt...

«Perrinet Briand! Perry! Ja, wo kommst denn du her?»

Er sprang auf, und da stand sie vor ihm – Isabelle mit den schrägen dunklen Augen, schlank und fest wie eine junge Birke, aber sie lachte nicht. Warum lachte sie nicht?

«Freust du dich nicht?»

Jetzt lachte sie, aber nicht wie früher mit dem ganzen Körper, es lachte nur ihr Mund, und in den Augen stand etwas wie Staunen, Verblüffung – Ärger?

«Natürlich freue ich mich, aber wenn jemand ein halbes Jahr weg ist und dann plötzlich auftaucht – so mir nichts, dir nichts. Ich habe jetzt nur wenig Zeit, weil wir gerade die Wäsche bleichen, aber heute abend, eine halbe Stunde nach Sonnenuntergang, darfst du mich hier abholen. Wirst mir ja viel zu erzählen haben.»

Perrinet nickte.

«Du aber auch! Deine Mutter soll gestorben sein?»

«Ja, vor sieben Wochen. Sie fiel einfach tot um. So hat sie es sich immer gewünscht.»

Isabelle sagte das so hin, als berühre sie der Tod ihrer Mutter nicht mehr als der eines beliebigen Menschen.

«Gott sei ihrer Seele gnädig!»

«Na, wenn *sie* nicht in den Himmel kommt – wer dann? Das ganze Leben nur harte Arbeit, damit es reichte für uns beide.»

Abrupt drehte sie sich um, winkte kurz und lief zurück in den Burghof.

Perrinet schüttelte seinen Kopf. Isabelle hatte sich verändert – irgendwie. Vielleicht hatte es mit dem Tod ihrer Mutter zu tun, vielleicht war es auch die neue Stellung. Ich werde es herausfinden, nahm er sich vor.

Zu Hause hatte er es nicht leicht. Sein Bruder Etienne begegnete ihm mit einer Mischung aus Neid und Verachtung, der Vater mit anzüglichem Spott, und nun versuchte sogar seine Mutter bei Gesprächen unter vier Augen, ihn von seinen Plänen abzubringen.

«Schau, Perry, alles in allem genommen hast du es hier doch besser. Freilich, der Seigneur bezahlt dich gut, und deine Stellung als Chorführer mag dort angesehen sein. Aber das kann sich morgen schon ändern, und sie jagen dich davon, wirst zum Spott der ganzen Stadt. Wenn du Pech hast, nimmt Maître Aubin dich nicht mehr auf, löst die Verlobung mit Marguerite ...»

Täte er's doch, dachte Perrinet, der nur noch halb hinhörte, wenn seine Mutter ihre Schreckensbilder von der Zukunft malte. Er zählte die Stunden bis zum Wiedersehen mit Isabelle und drückte sich schon lange vor Sonnenuntergang im Burgviertel herum. Sie ließ ihn dann noch ziemlich warten, bis sie – es war schon fast dunkel geworden – an der Brücke erschien.

«Ich verdiene jetzt mehr, aber die Arbeit ist auch schwerer. Als Gehilfin meiner Mutter hatte ich mehr Zeit.»

«Für mich?»

Sie sah ihn von der Seite an und lächelte kurz.

«Ja, damals auch für dich.»

«Damals?»

«Es ist über ein halbes Jahr vergangen. Damals ist nicht heute.»

«Das mußt du mir näher erklären. Wo gehen wir hin?»

«Ich wohne gleich da vorne.»

Sie betraten eines der kleinen geduckten Häuser, die schon unter Herzog Johann IV. für das niedere Burggesinde errichtet worden waren. Aus dem Nachbarraum drang lautes Schnarchen.

«Das ist die alte Marie, eine Küchenhilfe. Sie putzt schon seit dreißig Jahren das Gemüse für die hohen Herrschaften.»

«Das klingt aber gehässig. So kenne ich dich gar nicht, Isabelle.»

Sie ließ sich auf ihr schmales Bett fallen, streckte sich aus, gähnte lange und schloß die Augen.

«Ein Mensch kann sich von heute auf morgen verändern, ich hatte dazu ein halbes Jahr Zeit. Während du deinen Chorknaben den richtigen Ton beibrachtest, ist hier einiges geschehen. Du siehst ja selber, wie sich mein Leben verändert hat. Früher hatte ich mehr Zeit, kam beim Wäscheaustragen in der Stadt herum, während meine Mutter die schwere Arbeit tat. Wie schwer sie ist, habe ich inzwischen erfahren, aber ich brauchte eine feste Stellung.»

«Wie bist du überhaupt in die Burg gekommen?»

«Ein Kunde hat mich empfohlen. Er hat gelegentlich beim Kanzler zu tun.»

«Empfohlen – nur so?»

Isabelle richtete sich auf, ihre Augen blitzten.

«Was heißt ‹nur so›? Du meinst, ob ich mit ihm ins Bett gegangen bin?»

«Vielleicht meine ich das.»

«Nein, Perry, bis jetzt noch nicht, aber wenn du wieder für ein halbes Jahr verschwindest, dann könnte es schon sein. Dieser Kunde ist jung, sieht gut aus, hat einen angesehenen Beruf – und er mag mich.»

Perrinet setzte sich zu Isabelle aufs Bett und legte beide Arme um sie.

«Du bist mir also treu geblieben?»

Sie machte sich los und stand auf.
«Das sagte ich doch schon.»
«Darf ich bei dir übernachten?»
«Ein andermal. Heute bin ich so müde und muß morgen wieder früh raus. Wenn du willst, treffen wir uns am Sonntag, und du erzählst mir, was du in Machecoul erlebt hast.»
Wo ist meine alte Isabelle geblieben, dachte Perrinet traurig, mit der ich mich im Uferdickicht gewälzt habe und die nicht genug kriegen konnte von meinen Umarmungen? Er hatte sich so auf diese erste Begegnung gefreut, und nun wurde er hinauskomplimentiert und auf den Sonntag vertröstet.
«Vielleicht sollte ich Marguerite doch bald heiraten...», sagte er leise.
«Das wird dir ohnehin nicht erspart bleiben. Eure Zunft sorgt schon dafür, daß aus unehelichen Bälgern keine Meisterfrauen werden.»
Er senkte den Kopf und griff nach Isabelles Hand.
«Was soll nur aus uns werden?»
Sie lachte, und es klang so heiter und sorglos wie früher.
«Alter Miesepeter! Im Leben geht's immer irgendwie weiter. Jetzt laß nicht gleich den Kopf hängen, bloß weil ich heute zu müde bin, um es mit dir zu treiben!»
«Früher warst du nie zu müde!»
«Früher – früher! Ich habe dir heute schon einmal gesagt, daß Menschen und Dinge sich ändern können – manchmal von heute auf morgen.»
«Aber du magst mich doch noch?»
Sie legte ihre kräftigen Arme um ihn, preßte seinen Körper an sich und küßte ihn, daß ihm Hören und Sehen verging. Ihre Zunge liebkoste die seine, ihre Hand schlüpfte in seinen Penisbeutel und preßte seine Hoden, daß es schmerzte und wohltat zugleich. Als Isabelle sein steinhartes Glied fühlte, machte sie sich los.
«Nicht heute. Das war nur ein Vorgeschmack auf Sonntag und zugleich die Antwort auf deine Frage.»
Perrinet wußte aus Erfahrung, daß Isabelle zu den Frauen gehörte, die nein meinten, wenn sie nein sagten. Er küßte sie zum Abschied.

«Drei Tage bis Sonntag, das ist sehr lange. Viel Zeit haben wir nämlich nicht, Isabelle.»

Dann war er draußen, und Isabelle setzte sich auf ihr Bett und spürte Scham und Bedauern wie eine heiße Woge in sich aufsteigen. Zum erstenmal hatte sie Perrinet belogen, und zwar nicht nur mit Worten. Dieser ganze Abend war eine einzige Lüge gewesen, begonnen beim Treffen im Dunkeln, das nicht notwendig gewesen wäre, weil ihre Arbeit in der Regel schon am späten Nachmittag endete. Sie war auch nicht müde, aber sie hatte es nicht übers Herz gebracht, mit ihm zu schlafen und so zu tun, als sei alles beim alten. Sie hatte ihn auf Sonntag vertröstet, und auch das war eine Lüge. Und sie hatte ihn tatsächlich betrogen, und nicht nur einmal, und es hatte ihr großen Spaß gemacht. Nun sah sie, daß Perrinet Briand gegen ihren jetzigen Liebhaber nur ein kleiner dummer Bub war, aber ein wenig liebte sie ihn noch immer, und er tat ihr jetzt schrecklich leid. Bis zum Sonntag mußte sie sich klar darüber werden, wie es weitergehen sollte. Perrinet würde bald wieder nach Machecoul zurückkehren, während der andere hier blieb, sehr in sie verliebt war, und es sah ganz so aus, als würde es ein Verhältnis auf Dauer werden – trotz des Standesunterschiedes.

René war nicht wie die anderen. Er redete mir ihr von gleich zu gleich und hatte kürzlich gesagt, für ihn sei die Arbeit – gleich welche – ein Wert an sich. Die Arbeit eines Juristen, eines Handwerkers und einer Wäscherin sei zwar nicht gleichrangig, aber gleichwertig. Sie hatte nichts davon verstanden, doch René war geduldig geblieben und stellte einen Vergleich an. Die Menschen, so sagte er, hätten sich im Laufe ihrer Geschichte aus vielerlei Gründen eine Rangordnung geschaffen, doch nach ihrem Tod seien sie vor Gott alle gleich und würden nach ihren Verdiensten gerichtet. Da könne es durchaus sein, daß ein Papst in die Hölle und ein armer Landstreicher in den Himmel käme. «Du siehst also, Liebste, wie die Seele ist auch die Arbeit ein Wert in sich, unabhängig davon, welchen Rang man ihr in der jeweiligen Kultur zuerkennt.» Das hatte sie nun wieder nicht ganz verstanden, aber René lachte nur und meinte, zwar besäßen die Menschen auf der ganzen Welt ungefähr die gleiche Grundausstattung mit Armen, Beinen, Kopf und einem Geschlecht, aber was in

Indien heilig sei, könne in Europa teuflisch sein. «Verstehst du, was ich meine? Ein Mann, der hierzulande zwei Frauen heiratet, und es kommt auf, riskiert seinen Kopf oder andere schwere Strafen. Ein Moslem aber ist je angesehener, desto mehr Frauen er hat, und vier davon darf er zu rechtmäßigen Gattinnen machen.»

Isabelle dachte zurück, und es machte ihr Spaß, alles von Anfang an nochmals an sich vorbeiziehen zu lassen; außerdem lenkte es sie ab von Perrinet, aus dem ein Problem geworden war und der besser daran getan hätte, in Machecoul zu bleiben.

In diesem Sommer war es der Mutter von Tag zu Tag schwerer gefallen, ihre Arbeit zu verrichten. Sie klagte über Luftmangel und Herzstechen, mußte sich immer wieder hinsetzen und sagte schließlich ganz ohne Selbstmitleid:

«Mit mir geht's heuer noch zu Ende, Isabelle. Den Winter werde ich nicht mehr erleben, ich fühle das. Mir tät's nicht leid, und wenn es stimmt, was die Pfarrer sagen, dann kann auch unsereins im Himmel ausruhen, weil die Kleider der Seligen ewig himmlisch rein sind und keine Wäsche brauchen. Um dich tut's mir leid, weil du in manchem noch ein Kind bist. Du solltest heiraten, Isabelle, oder zumindest ein festes Verhältnis eingehen. Ob dein Sattlerbursch jemals zurückkommt, weiß nur Gott allein, aber er würde dir auch keine große Stütze bedeuten, weil er kaum aus den Windeln raus ist.»

«Du hast es auch allein geschafft, Mama», meinte Isabelle kleinlaut. Sie, die sonst nie um ein Wort verlegen war, wußte nicht, was sie jetzt sagen sollte. «Überlasse eine Woche die Arbeit mir und ruhe dich richtig aus. Oder sollen wir einen Arzt kommen lassen?»

«Der kann mir auch nicht helfen und kostet zu viel Geld. Niemand lebt ewig, auch wenn ihr jungen Leute das manchmal glauben mögt.»

«Der Armenarzt kostet nichts.»

«Und taugt auch nichts! Aber ich werde deinem Rat folgen und lege mich ein paar Tage ins Bett.»

Sie tat es, und als sie es am vierten Tag nicht mehr aushielt und wieder aufstehen wollte, wurde sie bleich, preßte ihre Hand aufs Herz, stammelte etwas Unverständliches und fiel auf ihr Lager zurück.

Isabelle holte sofort den Pfarrer.

«Deine Mutter war eine brave Frau, Isabelle. Ihre Seele ist stracks in den Himmel gefahren, auch wenn sie vor ihrem Tod nicht mehr hat beichten können. Ich mache dir einen Vorschlag: Meine alte Haushälterin will nicht mehr recht und spricht immer wieder davon, zu ihrer verwitweten Schwester aufs Land zu ziehen. Du könntest ihre Stelle haben...»

Isabelle blickte dem feisten Pfarrer in das rosige selbstzufriedene Gesicht. Er hatte keinen besonders guten Ruf, und man munkelte von unsauberen Verhältnissen zu einigen Mädchen aus seiner Pfarrei. Einer sollte er sogar das Geld für die Engelmacherin gegeben haben. Jetzt tätschelte er mit seinen Wurstfingern ihren schlanken Oberarm.

«Kraft genug zu arbeiten hast du ja, das fühlt man recht deutlich.»

Er sah sie lüstern an, und seine Hand glitt wie zufällig vom Arm auf die Brust. Isabelle trat zwei Schritte zurück. Sie hätte ihm am liebsten eine Maulschelle verabreicht, aber so ein geistlicher Herr konnte sich auf mancherlei Art rächen. So sagte sie nur:

«Ich werde es mir gerne überlegen, Hochwürden.»

Sie blickte auf das entspannte, sanft und zufrieden wirkende Gesicht ihrer toten Mutter, und es war, als höre sie ihre vertraute Stimme. «Vergib dir nichts, Mädchen! Komplimentiere den geilen Pfaffen hinaus. Der soll sich eine Dümmere suchen!»

Isabelle übernahm die meisten Kunden ihrer Mutter, vor allem jene, die in ihrer Nähe wohnten. Darunter war auch Magister René Petit, der in bezug auf Frauen kein Kostverächter war, aber aus Zeit- und Geldmangel weder heiraten noch eine feste Geliebte unterhalten konnte. Vor den billigen Huren grauste ihm, und so leistete er sich dann und wann das vornehme *bordel* in der Rue de l'Enfer, aber hinterher tat ihm jedesmal das Geld leid.

Seit er in Nantes lebte, hatte Petit mehrmals die Wohnung gewechselt, aber als er in die Dienste des Kanzlers der Bretagne trat, bezog er ein bequemes und fast nobel zu nennendes Domizil in einem von Malestroits Häusern. Hier wurde er Kunde bei Isabelles Mutter und hatte sich schon bei ihrem ersten Anblick ein wenig in das fröhliche, hübsche und zungenfertige Mädchen verliebt. Er war es dann auch gewesen, der ihr nach dem Tod der Mutter die Stellung am Herzoghof verschaffte. Als Isabelle es erfuhr, fragte sie geradeheraus:

«Und was muß ich dafür tun, Magister René? Auf der Welt ist ja bekanntlich nichts umsonst.»

«Aber Isabelle, wofür hältst du mich?! Es ist ja tatsächlich nicht umsonst: Du hast dir diese Stellung durch Fleiß, Pünktlichkeit und ordentliche Arbeit verdient. Glaubst du, ich hätte sie einer Schlampe-rin verschafft?»

Alles, was er sagte, klang so klar und überzeugend, daß Isabelle, obwohl sie weder besonders pünktlich, noch besonders fleißig war, es ihm aufs Wort glaubte. Und sie, die auch schon vor ihrer Freundschaft mit Perrinet alles andere als unschuldig gewesen war und glaubte, die Art der Männer zu kennen, sie wurde von Magister René auf eine Weise in sein Bett gelockt, daß es ihr ganz natürlich und selbstverständlich schien, nicht die Geliebte tausend anderer junger Männer in Nantes zu werden, auch nicht Perrinet die Treue zu halten, sondern geradewegs in René Petits Armen zu landen. Das geschah etwa sechs Wochen nach dem Tod ihrer Mutter und kurz nachdem sie die neue Stellung angetreten hatte, wobei es ausgemacht war, daß sie Magister Petits Wäsche weiter betreute.

«Wie kommst du in der Burg zurecht?» hatte er sie damals gefragt. Schlank und groß stand er vor ihr, seine klaren grauen Augen blickten sie mit freundlicher Teilnahme an.

«Leicht ist die Arbeit nicht, aber ich habe mein Zimmer, ein geregeltes Einkommen...»

«Hast du ein wenig Zeit? Setz dich doch, Isabelle. Also gibt es nichts, das dir fehlt?»

«Meine Mutter – ja, sie fehlt mir, auch hätte ich manchmal gerne meinen Freund Perrinet hiergehabt, das ist der Sohn von Maître Briand, dem Täschner. Perry aber lernt das Sattlerhandwerk bei Maître Aubin und soll – und soll...»

Verwirrt hielt sie inne. Warum erzählte sie diesem Menschen ihre privatesten Geschichten? Doch der Magister zeigte lebhaftes Interesse und fragte:

«Und wo ist dein Freund jetzt, warum siehst du ihn so selten?»

«Ach, Sieur René, das ist eine seltsame Geschichte. Wollt Ihr sie wirklich hören?»

Petit, der nichts anderes wollte, als Isabelle in sein Bett kriegen, heuchelte lebhaftes Interesse und bezeichnete es später im stillen als eine der Sternstunden seines Lebens, daß er ihr teilnehmende Neugier vorgespielt hatte.

«Und ob ich sie hören will! Weißt du, mein Beruf als Sekretär und Jurist ist ein wenig trocken. Da raschelt viel Papier, aber es fehlt das Menschliche. Ich will dich aber nicht drängen, Isabelle! Erzähle es mir nur, wenn du gerne darüber redest.»

«Mit wem soll ich sonst reden, seit Mutter tot ist? Mit den Frauen in der Hofwäscherei? Die meisten sind älter als ich...»

«Und gewiß nicht so hübsch!» warf Petit ein.

«... die würden sich nur das Maul zerreißen und sagen, es geschieht der dummen Pute ganz recht, wenn sie sich einen Geliebten über ihrem Stand hält. Als wenn ein Sattlerlehrling schon was Besonderes wäre! Also, im Frühjahr wurde Perrinets schöne Stimme entdeckt, und jetzt ist er Chorführer in der Kirche dieses reichen Seigneur de Rais.»

Der sonst immer eisern beherrschte Magister Petit sprang auf.

«Was sagst du da! Dein Freund ist *premier choriste* bei Gilles de Rais? In Machecoul?»

«Aber, Sieur René, was habt Ihr? Warum seid Ihr so erregt, kennt Ihr meinen Freund?»

Dummkopf! schalt Petit sich selber und schämte sich seiner Erregung.

«Ich bin erregt, weil ich Musik liebe und Chorgesang überaus schätze. Aber du hast doch gesagt, er ist Sattlerlehrling.»

«Ja, sein Lehrherr hat ihm erlaubt, bis zur Gesellenprüfung in Machecoul weiterzuarbeiten.»

«Kommt er dann und wann zu Besuch?»

«Nein, er ist seit dem Frühjahr dort, hat mir schon mehrmals Nachricht zukommen lassen, aber ich weiß nicht, ob und wann er weg kann. Der Seigneur muß sehr reich sein, besitzt eine ganze Menge von Burgen und Dörfern.»

«Ja, ich weiß, in meiner Position ist mir das natürlich bekannt. Ich werde den Seigneur sogar demnächst aufsuchen müssen, im Auftrag unseres Herzogs. Geldgeschäfte... Und du hast jetzt keinen Freund mehr? Mußt dir halt einen neuen suchen.»

«Das wäre nicht schwer. Für eine Liebesstunde könnte ich an jedem Finger zehn haben. Nein, da lasse ich die Finger davon und warte lieber auf Perrinet. Meine Mutter hat mich immer vor kurzen schnellen Liebschaften gewarnt. Da leidet nur dein Ruf, und am Ende wirst du schwanger, ohne zu wissen, wer der Vater ist. Das hat sie gesagt, mehr als einmal. Mein eigener Vater ist verschwunden, als Mutter schwanger wurde und sich weigerte, zur Engelmacherin zu gehen.»

«Hoffentlich stehle ich dir mit meiner unziemlichen Neugier nicht die Zeit?»

Sie schüttelte den Kopf.

«Das Brennholz ist ausgegangen, und wir erhalten erst morgen früh eine neue Lieferung.»

«Dann haben wir beide ja Zeit, denn ich mußte die halbe Nacht durcharbeiten und erhalte erst morgen von Seigneur de Malestroit neue Weisungen. Möchtest du ein Glas Wein?»

«Jetzt, mitten am Tag?» fragte sie erschrocken.

Petit trat ans Fenster.

«Der Tag geht bald zu Ende, und wenn ich die schwarzen Wolken im Westen sehe, dann fürchte ich, daß Petrus uns noch heute ein Gewitter beschert. Weißt du was, ich mische den Wein zur Hälfte mit frischem Wasser.»

Er ging in sein Nordzimmer und nahm den unglasierten Keramikkrug vom Gestell. Jeden zweiten Tag brachte eine Magd aus der Burg seine Wohnung in Ordnung, und diesmal hatte sie zum Glück nicht vergessen, das Wasser nachzufüllen.

Während René die Mischung in zwei Zinnbecher goß, suchte er in Gedanken nach einem Weg, an Perrinet Briand heranzukommen, falls dieser hier auftauchte. Doch wie sollte er sein Interesse begründen? Die Musik! Natürlich die Musik! Er hatte – und das stimmte sogar – während seiner Schulzeit im Knabenchor des Domes von Tours gesungen, war aber bald als ungeeignet wieder entlassen worden. Doch heute kein Wort mehr davon! Schließlich hatte er ja auch noch so etwas wie ein Privatleben, und da interessierte ihn die hübsche Isabelle weit mehr als ein Chorsänger.

Sie tranken, und Isabelle wischte sich mit dem Handrücken den Mund ab.

Solche Unsitten werde ich dir noch abgewöhnen, mein schönes Kind, dachte Petit.

«Hat's geschmeckt? Sage mir, wenn ich nachgießen soll; das ist ja fast nur Wasser mit ein paar Tropfen Wein. Ein Mädchen, denke ich, sollte einen festen Freund haben. Das gibt Schutz und Halt, schreckt lästige Verehrer ab.»

Isabelle hob die Schultern.

«Was soll ich tun? Perrinet den Laufpaß geben?»

«Jede Liebe stirbt, wenn die Zweisamkeit fehlt. Eine Nachricht dann und wann kann dir den Freund nicht ersetzen. Du solltest ihn zu einer Entscheidung zwingen.

Isabelle lachte spöttisch.

«Der Bursche hat's nicht leicht. Er wurde schon vor Jahren mit Marguerite Aubin, der Tochter seines Lehrherrn verlobt. Später soll er die Werkstatt übernehmen. Er mag Marguerite nicht besonders.»

«Und was wird dann aus dir?»

«Über die Zukunft habe ich mir nie Gedanken gemacht. Wir armen Leute haben keine Zukunft.»

«Jeder hat eine Zukunft!» sagte der Magister ernst und mit Nachdruck, «aber für dich müssen wir einen neuen Freund suchen, einen zuverlässigen, der da ist, wenn du ihn brauchst, der nicht verheiratet oder verlobt ist.»

Isabelle hörte seine Worte, und dabei hielten sie seine klaren grauen Augen fest, und sie fühlte, wie sie ein tiefes Vertrauen zu diesem Menschen – diesem Mann faßte. Ja – ein Mann! An ihr fanden immer nur unreife Bürschchen oder ältere Lüstlinge Gefallen, wie dieser feiste unverschämte Pfaffe. Perrinet war ein schmucker Bursche, gewiß, mit ihm konnte man sich sehen lassen. Aber manchmal war er ihr eher wie ein Spielkamerad erschienen, wenn sie sich drunten an der Loire balgten wie junge Katzen. Dieser René Petit jedoch...

«Also ein Mann wie Ihr, Magister René», knüpfte sie an seine letzte Bemerkung an.

«Das gefällt mir so an dir, daß du deine Gedanken immer ungeniert aussprichst.»

«Nicht immer, Magister René.»

«René genügt. Den Magister höre ich hundertmal am Tag. Und wenn du mich jetzt noch küßt, darfst du mich duzen.»

«Warum nicht? Kommt her und holt Euch den Kuß.»

René Petit, immer ehrlich gegen sich selber, prüfte in diesem Augenblick sein Gewissen. Erscheint Isabelle mir jetzt besonders reizvoll, seit ich weiß, daß ihr Freund bei Gilles arbeitet? Ist es ihr gegenüber nicht unredlich, das Berufliche mit dem Privaten zu verbinden?

Isabelle bemerkte sein Zögern, deutete es aber falsch.

«Verläßt Euch der Mut, René?» fragte sie anzüglich.

«Nein, ich habe mich nur gefragt, ob ich deinem Freund gegenüber recht handle.»

Da rötete sich ihr Gesicht, die dunklen Augen blitzten angriffslustig.

«Das geht nur mich etwas an! Wenn ich ihm Hörner aufsetzen will, dann tue ich es!»

«Ah! Und ich glaubte, ich kriege nur einen Kuß. Heute ist wohl mein Glückstag!»

Das sagte er so frisch heraus, daß Isabelles Zorn sofort verflog. Sie lachte, lachte mit ihrem ganzen Körper, streckte ihm ihre Arme einladend entgegen.

«Beim Singen in Machecoul wird ihn das Gehörn kaum stören.»

Sie küßten sich lange, dann machte Isabelle sich sanft los und zog an den Fenstern die Vorhänge zu.

«Vielleicht hat unser frommer Bischof scharfe Augen und ist entsetzt, wenn er seinen tüchtigen Sekretär bei einer so unkeuschen Beschäftigung sieht.»

René lachte herzhaft.

«Du bist die einzige in Nantes, die nichts von Malestroits Geliebten weiß, die er auf einem seiner Landgüter versteckt hält.»

Isabelle war aus ihrem Kleid geschlüpft, stand nackt in der weichen Dämmerung des Zimmers, ein greller schmaler Lichtstrahl drang durch den schlecht geschlossenen Vorhang und lief schräg über ihren Körper von der linken Brust über den Bauch zum rechten Oberschenkel.

«Sogar die Sonne bewundert und streichelt dich.»

Isabelle blickte an sich herab, lachte leise und setzte sich aufs Bett.

«Komm her, René, und zeige, daß du auch in der Liebe ein Magister bist.»

Er war kein besonders erfahrener Liebhaber, aber wo sein Vorgänger sich bubenhaft ungeduldig zeigte und immer darauf aus war, schnell ans Ziel zu kommen, da handelte Petit wie ein Jurist, der eine neue wichtige Akte erfassen und prüfen soll. Mit Bedacht erkundete er Isabelles Körper, ließ kein Stück der warmen samtigen Haut ungeküßt, seine Hand prüfte und streichelte jeden Zoll davon, seine Finger umkreisten werbend ihren Schoß, er küßte die Innenseiten ihrer Schenkel, rieb zart den Venushügel, und als er spürte, wie sie ungeduldig wurde, schneller zu atmen begann und ihre Hände sich auf sein Gesäß preßten, drehte er sich mit einem schnellen Ruck um. Er deutete auf seinen steil emporragenden Phallus.

«Wenn es Euch beliebt, so nehmt doch Platz, Madame.»

Isabelle kicherte leise und flüsterte: «Wenn es erlaubt ist, Monsieur», und nahm René in sich auf. Der fühlte sich gespannt bis zum Bersten, hielt den Atem an, stöhnte leise, und dann lockerte Isabelle ihren Körper, gab Raum für den uralten Rhythmus, der mit Atem, Herzschlag und Zeugung das Leben der Menschen bestimmt.

Danach tranken sie von dem Wein, diesmal unvermischt.

«Das gibt mir neue Kraft», meinte René zuversichtlich.

«Ich hoffe es», sagte Isabelle, «vor uns liegt noch eine lange Nacht.»

So wurde Isabelle die Geliebte des Magisters René Petit, und jeder der beiden war auf seine Weise stolz. René freute sich über seine hübsche, fröhliche und gar nicht zimperliche Geliebte, die ihm – und auch das vergaß er nicht – quasi als Mitgift diesen Perrinet Briand beschert hatte. Isabelle wiederum war stolz auf Rang und Erscheinung ihres Freundes, stolz auch darauf, daß er sie nicht vor der Welt versteckte. Als einer seiner Kollegen anzüglich fragte, ob es wirklich klug sei, seine Wäscherin zur Geliebten zu machen – «Habt Ihr da nicht ein wenig zu weit nach unten gegriffen?» –, da sagte Petit nur kühl:

«Aber Herr Kollege, wir als Akademiker sollten doch auch ästhetische Maßstäbe anlegen. Oder wißt Ihr mir ein schöneres Mädchen in Nantes? Ich fürchte fast, aus Euch spricht der Neid.»

Da hatte der andere nur die Schultern gezuckt und gesagt:

«Man muß eben wissen, was man seinem Stand schuldig ist.»

Für Isabelle schrumpfte der ferne Perrinet mehr und mehr zu einem Schatten, und sie hatte sogar Mühe, sich an sein Aussehen zu erinnern. Blonde Haare und grüne Augen – ja, aber was sonst? Dann kam dieser seltsame Traum.

Sie fand sich mit Perrinet in ihrem Versteck an der Loire, die Sonne schien, die Vögel sangen, sie fühlte sich wohl und leicht und erwartete, von ihrem Geliebten geküßt und umarmt zu werden. Aber wo war Perrinet? Eben hatte er noch neben ihr gelegen und über irgend etwas gelacht. Sie schaute in alle Richtungen, blickte schließlich zu Boden, und da lag eine Puppe, nur spannenlang, mit strohblondem Haar und grünen Glasaugen. Aber die Puppe lebte, sie bewegte sich und sagte mit feiner dünner Stimme: «Hier bin ich doch, Isabelle, hier! Komm her und küß mich!» Da hatte es ihr plötzlich vor diesem kleinen Ding gegraust, und sie sagte: «Ich spiele nicht mehr mit Puppen!»

Als sie ihren Traum René erzählte, nickte er.

«Ja, dein Traum vollendet, was dein Herz noch nicht ganz verkraftet hat. Du hast dich von Perrinet gelöst, er verliert für dich an Gewicht, wird zu einer Puppe, die dir als erwachsener Frau nichts mehr bedeutet. Für mich ist das so etwas wie ein Kompliment, und dir bleibt nur die Trennung de facto zu vollziehen, wenn Perrinet hier erscheint und euer Verhältnis fortsetzen will.»

Dieser Augenblick war nun gekommen, und sie wußte nicht, wie sie es am nächsten Sonntag anstellen sollte. Eigentlich war es Renés Sache, ihr da beizustehen. Hatte er nicht gesagt, er wolle den Burschen kennenlernen?

Magister Petit versuchte, seine Erregung zu verleugnen, als er von Perrinets Anwesenheit erfuhr. Jetzt drängte sich wieder der Beruf zwischen ihn und Isabelle. Er war nicht gesonnen, eines von beiden zu vernachlässigen, und suchte in seinem Juristenhirn nach einer Lösung, die keinen der drei Beteiligten verärgerte, verstörte oder unberechenbar werden ließ. Bei Perrinet wäre es ihm gleich gewesen, aber der Bursche konnte zu einem wichtigen Glied in der Beweiskette gegen Gilles de Rais werden und damit auch wichtig für ihn und sein berufliches Weiterkommen.

«Zuerst eine Frage, Isabelle, die du mir ehrlich beantworten mußt. Bedeutet dir Perrinet Briand noch etwas?»

«Nein», sagte sie sofort, «ich denke an ihn nur noch wie an einen guten Freund. Meine Gefühle für ihn sind eher – schwesterlich. Mit einem Bruder geht man nicht ins Bett.»

René lächelte.

«Das hast du treffend gesagt. In diesem Fall finde ich es redlicher, wenn wir ihn gemeinsam treffen, um ihm in aller Ruhe die neue Lage zu erklären. Einverstanden?»

Sie nickte, aber ihr Gesicht war traurig und in ihren Augen standen Tränen.

9

Obwohl es schon gegen Mittag ging, lagen noch schwere Nebel auf den flachen sumpfigen Feldern, die struppigen, vom Wind zerzausten Bäume und Sträucher stachen wie schwarze Gerippe aus den dichten grauen Schwaden. Alles wirkte seltsam leblos und erstorben, nur dann und wann verrieten ein leises Plätschern, ein Rascheln oder ein ferner Vogelruf, daß es auch hier Leben gab. Zwar zeigte die Sonne hinter dem lichteren Höhennebel ihr bleiches Gesicht, doch sie glich heute eher einer verlöschenden Ampel, spendete keine Wärme und kaum Licht.

Durch diesen stillen grauen Novembertag bewegte sich ein Zug von Reitern über Prigny, Bourgneuf und Fresnay nach Machecoul. In ihrer Mitte ritt, auf seinem kohlschwarzen Rappen, alle überragend, der Seigneur Gilles de Rais, ihm zur Rechten Roger de Bricqueville, dessen laute polternde Stimme die der anderen übertönte. Seigneur de Sillé, Gilles' Vetter und enger Vertrauter, hielt sich zur Linken. Seine schmächtige Gestalt war zusammengesunken, sein gesenkter Kopf pendelte im Halbschlaf hin und her. Vor und hinter ihnen bewegten sich die Menschen von Gilles' kleinem Hofstaat: die Pagen Poitou und Henriet, der Kaplan Eustache Blanchet, dazu Diener, Roßknechte und ein paar Dutzend prächtig gekleideter Bogenschützen und Lanzenreiter.

Als Gilles de Rais auf die rauhen Späße und Fragen seines Freundes Bricqueville immer einsilbiger und schließlich gar nicht mehr antwortete, gab auch er es auf, und da es nicht seine Art war, ganz still zu sein, summte er ein Soldatenlied vor sich hin.

Gilles de Rais fühlte sich wie taub und ausgebrannt: Er kämpfte noch mit dem schweren Kater vom Saufgelage der vergangenen Nacht. Er hatte viel und schwer gegessen, um danach viel trinken zu können, aber sein maßloses prasserisches Leben begann allmählich seinem Körper zuzusetzen, und es dauerte immer länger, bis er die Folgen einer durchsoffenen Nacht überwand – das heißt, er bekämpfte schon am Morgen seinen Kater mit ein paar Becher leichten Weines. Dann wurde ihm wohler, aber es hielt nicht lange vor.

«Wann halten wir Mittagsrast?» fragte Sillé, den ein Straucheln seines Pferdes aus dem Dösen aufgeschreckt hatte. Da Gilles nicht antwortete, sagte Bricqueville in seinem rüden Ton:

«Das lohnt sich nicht mehr – in etwa zwei Stunden sind wir in Machecoul. Wirst es bis dahin schon noch aushalten, du windiger Krieger!»

Sillé hatte es sich längst abgewöhnt, auf die Sticheleien Bricquevilles einzugehen. Er hielt es für besser, seine überlegene Klugheit und seinen scharfen Verstand nicht an diesen Menschen zu verschwenden. Wenn Bricqueville ihn für weich, nachgiebig und etwas einfältig hielt – um so besser! Gilles de Rais wußte seinen Rat zu schätzen, unternahm nichts Wichtiges ohne Sillés Einverständnis, und es war ihm nicht bewußt, daß dieser kleine unscheinbare Vetter ihn für seine Zwecke benutzte und ausbeutete.

Seigneur Gilles hatte die letzten Tage vor der Rückreise ständig an Francesco Prelati denken müssen, der ihm damals im Sommer versprach, alles daranzusetzen, um endlich Ergebnisse zu erzielen. Es war unausgesprochen geblieben, wie diese aussehen sollten, aber Gilles dachte an Gold, Erbschaften, vergrabene Schätze – eben an Dinge, die seinen fortschreitenden Ruin aufhalten konnten.

Gilles winkte nach hinten und rief:

«Blanchet!»

Der Priester ritt an seine Seite.

«Ich möchte Euch etwas fragen – unter vier Augen!» Er wartete, bis Sillé und Bricqueville zurückblieben. «Ich werde aus diesem Prelati nicht ganz klug und möchte Eure Meinung hören, ehe wir Machecoul erreichen. Ihr habt ihn ja damals aus der Toskana herbeigeholt und gesagt, er habe sich in seiner Heimat schon einen guten Ruf als Magier und Alchimist erworben. Der Kerl ist noch so jung und hat bisher so wenig erreicht, daß ich an ihm zu zweifeln beginne. Ich möchte Euch keinen Vorwurf machen, Blanchet, aber glaubt Ihr nicht, daß wir einem Schwindler aufgesessen sind?»

«Er ist noch sehr jung, das stimmt, vielleicht etwas über Zwanzig, obwohl er behauptet, schon fünfundzwanzig zu sein – aber ich habe sein Wissen geprüft, mir seine Bücher angesehen, und ich kann Euch versichern, daß er für uns der geeignete Mann ist.» Blanchet ritt nahe an Gilles heran und fuhr mit gedämpfter Stimme fort: «Ich habe das unbestimmte Gefühl, daß sich wegen Prelatis Anwesenheit etwas zusammenbraut. Seine alchimistischen Versuche waren manchmal nicht zu überhören, und einigemale ist der Gestank bis in die Stadt hinein gezogen. Mir wurde zugetragen, daß man die Leute mit Fragen behelligt, die diese Ereignisse betreffen, und...»

«Wer ist ‹man›?» unterbrach ihn Gilles.

«Wer schon? Eure Neider, vielleicht arme Verwandte, vielleicht Euer Bruder – sie alle könnten der Inquisition einen Wink gegeben haben. Vielleicht sollte Prelati seine Versuche woanders fortsetzen...»

«Ich werde es mir überlegen. Wäre nicht Tiffauges geeignet? Das liegt im Poitou und untersteht der französischen Krone.»

Blanchet lachte.

«Nicht schlecht. Seine Majestät wird sich kaum um ein entlegenes Landschloß kümmern, während der Herzog in Nantes schon fast Euer lästiger Nachbar ist.»

«Ich werde es noch mit Sillé besprechen.»

Blanchet unterdrückte den aufsteigenden Zorn. An allem mußte er teilhaben, dieser Sillé, überall seine Nase hineinstecken, und wenn er es nicht tat, forderte ihn der Seigneur dazu auf.

«Tut das!» sagte er freundlich, «der Seigneur de Sillé wird Euch gewiß beipflichten.»

Prelati begrüßte den Seigneur überschwenglich, tat sehr wichtig und geheimnisvoll.

«Ich bin den Dingen ganz nahe gekommen, Seigneur, wollte aber ohne Euer Beisein nicht den letzten Schritt tun.»

Doch dazu kam es zunächst nicht, weil tags darauf ein Bote des Herzogs erschien, der sich als Magister René Petit, Sekretär des

Bischofs und Kanzlers, vorstellte. Gilles de Rais, von Kaplan Blanchet vorgewarnt, dachte, der Besuch gelte Prelati, und sorgte dafür, daß dieser Hals über Kopf nach Tiffauges verschwand.

Bei Petit entschuldigte er sich:

«Tut mir leid, daß ich Euch warten ließ, Magister, aber ein Landbaron hat manchmal dringende Dinge zu erledigen, muß sich um jede Kleinigkeit selber kümmern.»

Petit ahnte, daß die Verzögerung mit seinem Besuch zusammenhing und der Seigneur etwas zu regeln, vielleicht beiseite zu schaffen hatte, ehe er ihn empfing. Manchmal wünschte er sich, er käme in offizieller Funktion als Kommissar des Kanzlers mit Brief und Siegel und einem Haufen Bewaffneter. Dieser Augenblick würde kommen, das wußte er, aber die Zeit war noch nicht reif dafür. Jetzt war er hier, stand vor dem Menschen, dessen Lebenslauf er so gut kannte wie kaum ein anderer.

Als Gilles de Rais aus einer Seitentür in die Halle trat, war Petit von seinem – nun, etwas fremdartigen Aussehen überrascht. Männer von Rang und Stand, ob Handwerksmeister, Kaufmann, Ritter oder Herzog trugen heutzutage keinen Bart, auch nicht einen schmalen auf der Oberlippe. Gilles' bleiches gutgeschnittenes, wenn auch etwas schlaffes Gesicht zierte ein sorgsam gestutzter kohlschwarzer Bart, der an den Schläfen begann und Kinn wie Oberlippe einrahmte. Wenn er lächelte – das fiel René sofort auf –, so tat er es nur mit dem Mund. Die harten dunklen Augen blieben davon unberührt. Sein Blick war unstet, versuchte nicht, den Gesprächspartner festzuhalten, irrte dahin und dorthin, als suche er ständig nach einem Fluchtweg. Der Seigneur war höflich und hochmütig zugleich, ohne je herablassend oder gar beleidigend zu werden. Von Kopf bis Fuß ein Feudalherr, in einer goldenen Wiege geboren, zu einem sorglosen Leben bestimmt – aber auch, nicht zu vergessen, einer der großen Helden des Landes, ein Marschall von Frankreich. Der Kanzler hatte Petit geraten, die Verhandlungen möglichst lange hinauszuziehen, damit er sich auf Machecoul umsehen konnte.

«Ihr habt in einem persönlichen Gespräch mit dem Herzog etwa vor einem Jahr geäußert, Seiner Hoheit könne im Bedarfsfall ein Vorkaufsrecht auf die Güter Champtocé und Ingrandes eingeräumt werden. Seine Hoheit wäre jetzt durch glückliche Umstände durchaus in der Lage, den Kauf zu tätigen, und auch bereit, sofort eine Anzahlung bis zu zehntausend *écus d'or* zu leisten– vorausgesetzt, Ihr seid noch immer am Verkauf interessiert.»

«Zehntausend *écus* Anzahlung? Das klingt nicht schlecht, aber man müßte sich zuerst auf einen Kaufpreis einigen.»

«Ihr wollt also verkaufen, Seigneur? Beide Besitzungen?»

Die dunklen Augen irrten von der Tür zum Fenster, verharrten kurz auf Renés Brust, schauten an ihm vorbei, über ihn hinweg, vermieden es aber, seinem Blick zu begegnen.

«Ja, ich gebe zu, daß eine momentane Notlage mich zwingen könnte, beide Besitzungen zu veräußern. Ich möchte mir aber ein Rückkaufsrecht vorbehalten, denn mein finanzieller Engpaß könnte möglicherweise bald behoben sein. Es müßte also eher in der Form einer Verpfändung geschehen.»

Er hofft also, wieder zu Geld zu kommen, dachte René – aber wodurch? Kinderverkauf? Goldmacherei? Teufelsbeschwörung?

«Das freut mich für Euch», sagte René Petit höflich, «aber wie ich sehe, wollt Ihr dennoch die Verhandlungen einleiten. Der Herzog will Euch keineswegs drängen, aber er fühlt sich verpflichtet, einem in Not geratenen Vasallen beizustehen.»

Ein kaltes zynisches Lächeln flog über das bleiche Gesicht.

«Weiß unser Herr Herzog auch, daß er nach bretonischem Recht als Landesherr keinen Besitz von einem seiner Vasallen aufkaufen darf?»

René hatte die Frage erwartet.

«Dieses Problem tauchte bereits im Vorjahr auf, als er Euch die Herrschaft La Bénate abkaufte. Ich war damals noch nicht im Hofdienst, weiß aber aus den Akten, daß der Kauf im Namen eines Sohnes Seiner Hoheit geschah. Und das ist Rechtens.»

«Ja, Magister, das ist Rechtens. Und so können wir es auch diesmal halten – unser Herzog besitzt ja zum Glück eine große Familie. Trotzdem dürfte ich nichts von meinem Besitz verkaufen, weil mein lieber Bruder René inzwischen beim König einen Interdiktsbrief erwirkt hat. Das heißt, daß ich jetzt ganz offiziell und landesweit zum Verschwender erklärt und quasi entmündigt bin. Was sagt Ihr dazu?»

Es macht ihm Spaß, dachte René, mir all diese Dinge aufzutischen.

«Davon weiß der Herzog natürlich, aber er heißt es nicht gut. Die Bretagne hat ihre eigenen Gesetze...»

«... an die wir uns auch nicht halten. Nun, wir werden einen Weg finden; vielleicht wäre eine Verpfändung juristisch weniger anfechtbar. Das Gesetz ist keine undurchlässige Mauer, da gibt es Lücken, Schwachstellen... Ich werde aus der Stadt meinen Notar kommen lassen, und der soll mit Euch die Bedingungen aushandeln. Für diese juristischen Federfuchsereien habe ich keine Geduld, damit braucht ein Marschall von Frankreich sich nicht zu befassen.»

«Natürlich nicht, Seigneur! Ich wollte Euch damit auch nicht über Gebühr belästigen. Wenn ich hier auf Euren Notar warten darf?»

«Ihr seid mein Gast. Vor morgen könnt Ihr ohnehin nicht zurückreiten, die Tage sind jetzt kurz, und schon so mancher ist aus den Sumpfgebieten im Pays de Rais nicht mehr zurückgekehrt.»

Da galt es jetzt einzuhaken.

«Ihr sollt ja schon einige Pagen dadurch verloren haben. Junge Leute sind leichtsinnig und halten den Tod für eine Erfindung der Erwachsenen. Dafür bezahlen sie manchmal mit dem Leben.»

Im fahlen Gesicht des Seigneur zuckte ein Muskel, oben an der Schläfe, immer wieder, als säße ein kleines Tier dort gefangen. Seine Stimme blieb gleichmütig, als er fragte:

«Hat sich das schon bis Nantes herumgesprochen? Das Geschwätz der Leute läßt mich gleichgültig; vermutlich brauchen sie das, weil sie sonst an Langeweile und Überdruß eingehen müßten.»

«Reiche Leute wie Ihr werden eben beneidet, und der Neid gebiert Lügen und Verleumdungen. Kürzlich ist in Nantes sogar ein Inquisitor aufgetaucht, der beim Herzog anfragte, ob Ihr schwarze Magie treibt, weil sich seit einigen Monaten – nun, ein italienischer Dämonenbeschwörer bei Euch aufhalten soll. Unser Kanzler Jean de Malestroit hat das Mönchlein hinausgeworfen und gesagt, daß sich der bretonische Adel nicht mit derartigem Hokuspokus befaßt.»

Gilles de Rais lachte laut und hieb mit der Faust auf den Tisch.

«Da seht Ihr einmal, wie man das Lamm zum Wolf macht. Mein Gast heißt Francesco Prelati, kommt aus Pistoia, ist ein frommer und gottesfürchtiger Priester, daneben ein Wissenschaftler von Rang, der meine Bibliothek nutzen will.»

«Von der wegen ihrer Reichhaltigkeit ganz Frankreich spricht», sagte René mit tiefem Respekt und fragte: «Darf man Sieur Prelati kennenlernen? Ich bin begierig auf ein Gespräch mit einem Mann der Wissenschaften, bin im Grunde immer noch ein ewiger Student.»

Gilles hob bedauernd beide Hände.

«Prelati ist zur Zeit in Tiffauges. Vielleicht ergibt sich später eine Gelegenheit. Ihr habt meine Bibliothek gerühmt. Nicht zuletzt, um sie zu erhalten, muß ich jetzt ein wenig Geld aufnehmen.»

Ein wenig Geld, dachte René, wo sich ein Handwerker in Nantes glücklich preisen kann, wenn er im Jahr hundert *écus d'or* verdient.

«Auch Euer Knabenchor und die Stiftung der ‹Kirche von den Unschuldigen Kindern› hat weithin Aufsehen erregt. Wenn sie Euch – zu Unrecht freilich – einen Verschwender nennen, dann muß ich mich doch fragen, ob man solches Gotteswerk Verschwendung nennen darf.»

Gilles de Rais erhob sich.

«Undank ist der Welt Lohn. Meine Diener werden Euch das Zimmer zeigen. Den Notar erwarte ich ohnehin nicht vor morgen früh.»

Der schmale, behaglich eingerichtete Raum schaute nach Osten auf ein freies, von kleinen Hütten gesäumtes Feld. Dies mußte der erweiterte Burghof sein, denn der ganze Komplex war von einer niedrigen Mauer umgeben.

Magister René Petit legte sich auf das Bett und sah durchs Fenster, wie draußen der graue Novembertag verdämmerte und im Zimmer sich die Konturen von Bett, Schrank, Tisch und Stuhl in der Dunkelheit auflösten. Er genoß seine im Grunde recht heikle Situation, denn hätte Gilles de Rais gewußt, was ihn tatsächlich herführte, so würde er kaum lebend hier herauskommen. Irgendwo unter ihm gab es ein Kellergewölbe, wo etwas Ungeheueres geschehen war, denn René Petit glaubte nicht, daß es ein Traum gewesen war, was der junge Perrinet Briand gesehen hatte.

Seine Gedanken wanderten zurück zu jenem Sonntag, als Isabelle und er mit Perrinet zusammengetroffen waren. Perrinet, in der Hoffnung, alles klären und Isabelle wieder für sich gewinnen zu können, machte ein langes Gesicht, als er an ihrer Seite René Petit sah, der sich ihm sofort vorstellte. In der Wohnung des Magisters versuchten nun Isabelle und René dem verstörten Jungen beizubringen, daß sie nun ein Paar waren.

«Sei doch vernünftig, Perry, und überlege einmal, wie es mit uns hätte weitergehen sollen. Du verschwindest wieder nach Machecoul, und ich darf geduldig ein weiteres halbes Jahr oder sogar länger warten, bis der Seigneur dich reisen läßt. Und wie geht's dann weiter? Du machst dein Gesellenstück, übernimmst die Werkstatt des Maître Aubin, heiratest Marguerite – und stellst mich als Wäscherin und heimliche Geliebte an. Oder wie hast du dir das gedacht?»

Da saß er nun verkrampft und unglücklich auf seinem Stuhl, senkte seinen Blondkopf und wußte nicht, was er sagen sollte. Er tat ihnen leid, aber mit diesem Problem mußte er selber fertig werden. Um ihn abzulenken und zugleich auf das gewünschte Thema zu bringen, fragte René:

«Gefällt es dir bei Seigneur de Rais so sehr, daß du weiterhin dort bleiben willst? In Machecoul einen Knabenchor zu leiten, das ist doch keine Lebensaufgabe, mag diese Tätigkeit noch so gut bezahlt werden.»

«Das weiß ich selber, auch mein Vater hat es mir schon tausendmal gesagt. Ich will ja nicht ewig dortbleiben, und mit dem Seigneur ist ausgemacht, daß ich im nächsten Jahr mein Gesellenstück hier in Nantes anfertigen darf.»

«Und dann?» fragte Isabelle, «dann will er dich zurückhaben?»

«Ich weiß es nicht. Darüber wurde noch nicht gesprochen.»

René wandte sich an Isabelle.

«Läßt du uns jetzt allein? Du weißt ja, um was es geht.»

Sie stand auf und küßte Perrinet schnell auf beide Wangen.

«Mit deinem Aussehen findest du schnell eine neue Freundin. Mach's gut!»

Perrinet erhob sich halb vom Stuhl.

«Warum geht sie?»

René drückte den Jungen sanft auf seinen Sitz zurück.

«Perrinet, ich muß dir jetzt reinen Wein einschenken. Was ich von nun an frage oder sage, geschieht im Einverständnis mit meinem Vorgesetzten, dem Kanzler und Bischof Jean de Malestroit.»

Perrinet erschrak.

«Um Gottes willen – worum geht es denn?»

«Welchen Eindruck hast du von Seigneur de Rais? Denke nicht lange nach, sage einfach, was dir dazu einfällt.»

«Er liebt den Prunk, die Musik, festliche Bankette, trinkt recht gerne...»

«Sonst nichts? Wie ist es mit den Frauen?»

Da wurde Perrinet etwas verlegen.

«Frauen? Davon gibt es an seinem Hof nicht viele.»

«Was ist mit seiner eigenen?»

«Die habe ich nie gesehen, niemand spricht von ihr. Gibt es sie überhaupt?»

«Ja, es gibt sie. Gilles de Rais schätzt also keine Frauen. Man sagt, er sei ein Mann, der Knaben liebt. Komm, tue nicht so verlegen, rede frei heraus!»

«Also – ja, das mag schon stimmen, ich fand es zuerst auch recht seltsam.»

«Weißt du, daß inzwischen rund zwanzig Klagen oder Anzeigen vorliegen von Eltern und Verwandten kleiner Jungen zwischen sechs und vierzehn Jahren, die in Champtocé, Ingrandes, Machecoul oder Tiffauges verschwunden sind? Kennst du eine ältere Frau namens Perrine Martin, allgemein *La Meffraye* genannt?»

Perrinet war von diesen Fragen so verwirrt, daß er stammelte:

«Ver – verschwundene Kinder... Davon weiß ich nichts... Die Meffraye habe ich ein paarmal gesehen... schrecklich, wie eine Hexe...»

Da überfiel ihn mit Macht die Erinnerung an seinen Traum, und er vergaß, was er Kaplan Blanchet versprochen hatte, er mußte davon reden, auch weil der Bischof es so wollte, und der stand doch über einem Kaplan.

«Wolltest du noch etwas sagen?»

Die klaren grauen Augen blickten ihn ruhig und freundlich an.

«Ja, Magister, da ist noch etwas ... Ein Traum, den ich hatte, ein paar Tage nach meiner Ankunft in Machecoul, eine Vision, wie es der Kaplan nannte, bei dem ich später beichtete.»

So erzählte Perrinet Briand sein Erlebnis ein zweites Mal, und wieder kamen ihm Zweifel, ob es wirklich ein Traum oder eine Vision gewesen war. René hörte sich den Bericht schweigend an, und erst als Perrinet damit fertig war, stellte er einige Fragen.

«Du sagst, dieses Kellergewölbe sei völlig verändert gewesen, als Kaplan Blanchet mit dir dort eintrat? Bist du sicher, daß es der gleiche Raum war?»

«Ganz sicher, weil ich sofort die feste hölzerne Tür wiedererkannte.»

«Aber der Spalt war verschwunden.»

Perrinet schüttelte störrisch den Kopf.

«Es war dieselbe Tür, mit drei dicken Bohlen über fünf oder sechs senkrechten Brettern. Zwischen diesen Brettern war der Spalt, durch den ich schaute.»

«Aber am nächsten Tag war der Spalt weg. Könnte er ausgebessert worden sein?»

«Darauf habe ich nicht geachtet, aber es wäre schon möglich.»

«Und was du gesehen hast, unterliegt keinem Zweifel? Du könntest es jederzeit beschwören?»

«Muß ich das?»

René lächelte.

«Jetzt nicht, Perrinet, aber eines Tages könnte man es von dir verlangen.»

«Einen solch schrecklichen Anblick vergißt man nicht, und das grausige Lachen habe ich noch heute im Ohr.»

Dann kam der Teil, den René sich am schwierigsten vorstellte, weil er nicht erwarten durfte, daß Perrinet dem Geliebten seiner Freundin einen Gefallen tun würde.

«Perrinet, ich muß dich jetzt um etwas bitten, was dir vermutlich widerstrebt, aber es geschieht nicht für mich, letztlich auch nicht für den Kanzler oder den Herzog, sondern für die Gerechtigkeit, deren Diener wir alle sind – durch den Willen Gottes sein müssen. Dazu tragen deine Aussagen und deine künftige Hilfe genauso bei wie meine Ermittlungen im Auftrag des Kanzlers, der im Namen unseres Landesherrn handelt. Nicht zu vergessen die Betroffenen, die trauernden Eltern, die manchmal ihr einziges Kind verloren haben, ohne zu wissen, wie und warum. Mein Vorschlag lautet: Du gehst nach deinem Urlaub zurück nach Machecoul und nimmst dort deine Tätigkeit als Chorführer wieder auf. Halte Augen und Ohren offen, achte auf die Gespräche der anderen, merke dir die Namen der Jungen, die dort auftauchen und vielleicht wieder verschwinden. Stelle aber um Himmels willen keine direkten Fragen! Wenn du welche stellst, müssen sie harmlos und wie nebenbei klingen. Ein Beispiel: Da sitzt an der Abendtafel ein Junge – nennen wir ihn Pierre – zwei Tage, zwei Wochen, und dann plötzlich nicht mehr. Merke dir auffällige Eigenschaften und frage dann: Ißt der stille Pierre oder der brave Pierre oder der vorlaute Pierre nicht mehr mit uns? Dann wird es heißen, er sei da oder dorthin gegangen, vielleicht zu seinen Eltern zurückgekehrt. Das mußt du dir dann merken, etwa so: Der stille Pierre war zehn Tage in Machecoul und ist dann nach Ingrandes oder Tiffauges gegangen. Solche einfachen Daten lassen sich nachprüfen, denn wir haben überall unsere Leute.»

Damit übertrieb René ein bißchen, aber es war ihm tatsächlich gelungen, während der letzten Monate da und dort Spitzel einzuschleusen.

«Und wenn ich aufkomme, bringen sie mich um! Was kriege ich überhaupt für meine Hilfe?»

René hatte mit dieser Frage gerechnet.

«Niemand erwartet, daß du es umsonst tust. Aber bedenke eines: Du stehst im Dienst eines mutmaßlichen Schwerverbrechers, der – früher oder später – als Sodomit, Teufelsbeschwörer und vielleicht Kindermörder an den Galgen oder auf den Scheiterhaufen kommt. Du hast selber gesagt, daß der Seigneur dich gerne mag und als Chorführer schätzt. Was liegt da näher, als anzunehmen, du hättest von seinen Verbrechen gewußt, sie gutgeheißen, vielleicht sogar daran teilgehabt. Ich aber werde bezeugen, daß dem nicht so ist, weil du dich bereitwillig in den Dienst der Gerechtigkeit gestellt hast. Du kennst ja den alten Spruch: Mitgefangen – mitgehangen. Wird Seigneur Gilles eines Tages überführt, dann sieht es für seine Kumpane Sillé, Bricqueville, Blanchet, Prelati, für seine Diener Henriet und Poitou schlecht aus. So gesehen, geht es auch um deinen Kopf, Perrinet Briand!»

«Aber – aber ich habe doch nichts damit zu tun!»

«Wer wird dir das glauben? Weißt du, was in einer Folterkammer vor sich geht?»

«Nur vom Hörensagen...»

«Eine solche wirst du dann von innen kennenlernen. Da hilft kein Leugnen, sie werden dir die Daumen zerquetschen, die Beine zerbrechen, die Glieder ausrenken und deinen Rücken mit Peitschenhieben traktieren, bis du sagst, was sie wollen. Das alles läßt sich vermeiden, wenn du uns den kleinen Gefallen tust.»

Perrinet war jetzt soweit, René sah es ihm an. In seinen grünen Augen stand die Angst, sein Gesicht war blaß geworden und glänzte schweißfeucht.

«Gut, gut, ich werde es tun. Aber welche Garantie habe ich, daß man mich am Ende nicht doch vor Gericht stellt? Von unserem Gespräch gibt es keine Zeugen, Ihr könntet während der Ermittlungen auf irgendeine Weise – wovor Gott Euch bewahren möge – zu Tode kommen. Wer glaubt mir dann?»

«Ich sehe schon, du bist ein kluger Junge. Es geht auf Mittag zu, wir werden erwartet.»

«Erwartet? Von wem?»

«Das wirst du gleich sehen.»

Sie gingen hinüber zum Burgtor; der Pförtner grüßte den Magister respektvoll, und René führte Perrinet geradewegs in den Herzogspalast. Dort empfingen zwei Diener sie in prachtvollen, mit dem Wappen der Bretagne geschmückten Kleidern. Man geleitete sie in das kleine Audienzzimmer, wo Malestroit mit Pater Robert Lesné, dem Untersuchungsrichter Touscheronde und dem Inquisitor Jean Blouyn um einen runden Tisch saß, in ein lebhaftes Gespräch vertieft. Der Kanzler blickte zur Tür.

«Petit! – Herein mit euch! Und du bist Perrinet, der Sohn von Maître Jean Briand? Gut, setzt euch zu uns. Nun, Magister Petit?»

«Wie nicht anders zu erwarten, hat Perrinet Briand sich freudig in den Dienst der Gerechtigkeit gestellt.»

«Bravo, mein Junge! Es wird nicht zu deinem Nachteil sein. Ich werde persönlich an die Sattlerzunft appellieren, damit du später keine Schwierigkeiten mit der Gesellen- oder Meisterprüfung hast. Wir alle hier wissen, was von dir verlangt wird. Glaubt Ihr, daß der Junge es schafft, Magister Petit?»

«Nach unserem langen Gespräch bin ich fest davon überzeugt.»

Ja, sie mußten es schaffen, um jeden Preis. Bei einem kürzlichen Gespräch hatte der Herzog zu ihm gesagt: «Malestroit, Euch kann ich es sagen, weil wir die gleichen Absichten hegen. Es darf niemals dazu kommen, daß sich die Unschuld des Gilles de Rais erweist. Was immer auch geschieht, er muß schuldig gesprochen werden – versteht Ihr? Wir haben schon zu viele Schritte in diese Richtung getan, wir können nicht mehr zurück.» Malestroit verstand recht wohl, schließlich hatten der Herzog und sein Kanzler – neben der Gerechtigkeit – noch andere gemeinsame Interessen. Er gab das Gespräch folglich in veränderter Form an René Petit weiter.

«An diesem Ritter muß ein Exempel statuiert werden, Magister – um der Gerechtigkeit willen, und weil unser Herzog darauf besteht.»

«Aber Monseigneur, daran arbeiten wir ja mit aller Kraft – Pater Robert, Ihr, ich, unsere Helfer...»

René Petit gähnte und steckte eine neue Kerze an. Nun mußte es sich zeigen, ob Perrinet seinen Aufgaben gewachsen war. Er war schon vor etwa zwei Wochen nach Machecoul zurückgekehrt, und René mußte einen Weg finden, ihn ohne Zeugen zu sprechen. Prelati war offenbar nach Tiffauges entwischt, und dort konnte ein Kommissar des Kanzlers der Bretagne keine Ermittlungen aufnehmen. Das war ohnehin ein Fall für Pater Robert Lesné, der vermutlich in Nantes schon ungeduldig auf seinen Einsatz wartete.

Da klopfte es an die Tür, René stand auf und öffnete sie einen Spalt.

«Der Seigneur bittet den Magister Petit zu Tisch.»

Nun sah René mit eigenen Augen, warum man Gilles de Rais als Verschwender anklagte. Der große Bankettsaal war mit Kerzen, Fackeln und bronzenen Öllampen festlich erleuchtet. Man hatte mehrere Tische zu einer langen Tafel zusammengefügt und mit blütenweißen Damasttüchern gedeckt. Teller, Schüsseln, Platten und

Krüge glänzten golden oder silbern, in großen Glaskaraffen funkelte weißer und roter Wein. Vor jedem Platz stand ein edelsteingeschmückter Prunkpokal, jeder auf andere Weise gearbeitet und verziert. Da stützte der Schwanz eines goldenen Delphins mit Rubinaugen die Trinkschale, hier trug sie ein gehörnter und spaltfüßiger Satyr oder die kniende Gestalt eines nackten muskulösen Atlanten. Der Pokal an Petits Platz konnte als Anspielung verstanden werden, denn er stellte Justitia mit verbundenen Augen dar, deren Attribute, Waage und Schwert, waren in die Trinkschale eingraviert, die sie mit beiden Händen stützte.

Magister Petit hob den goldenen Pokal, um ihn genau zu betrachten.

«Eine ungewöhnliche Darstellung! Justitia gibt Schwert und Waage aus den Händen, um eine Trinkschale zu halten.»

Die dunklen Augen des Seigneur irrten unruhig über die goldstrotzende Tafel, blieben schließlich an dem Pokal hängen, dann streifte sein Blick René.

«Ungewöhnlich? Keineswegs! Gerade Ihr als Jurist werdet Euch vorstellen können, daß Justitia die Werkzeuge von Recht und Gerechtigkeit aus der Hand legt – oder sogar fallen läßt, weil sie einer Menschheit überdrüssig ist, die immer wieder sündigt, das Recht mißachtet, beugt oder verdreht.»

«Vorstellen – ja, aber gutheißen – nein!»

Gilles wandte sich an seine Gäste.

«Das hier ist Magister René Petit, Sekretär unseres hochedlen Herrn Bischofs und Kanzlers.»

Dann stellte er die anderen vor, von denen René einige aus den Akten schon kannte, während er andere Namen noch nie gehört hatte.

«Das ist Perrinet Briand, unser begabter Sänger und Chorführer.»

René sah, wie sich der Junge bemühte, unbeteiligt auszusehen. Warum sollte er ihm seine Rolle nicht erleichtern?

«Sänger? Chorführer? Habt Ihr einen Zwillingsbruder, Sieur Briand? Als ich im vorigen Jahr bei Maître Aubin meinen Dokumentenkoffer neu mit Leder beziehen ließ, nahmt Ihr – oder Euer Bruder – den Auftrag entgegen.»

Der Seigneur lachte.

«Ja, Magister, die Welt, oder sagen wir besser: Nantes ist klein. Unser Perrinet erlernt tatsächlich das *metier de boursier*, aber da Gott ihm zudem eine begnadete Stimme geschenkt hat, wuchert er eben, wie die Heilige Schrift es uns anempfiehlt, mit seinen Pfunden.»

«Lukas im neunzehnten Kapitel», warf Kaplan Blanchet beflissen ein.

«Vielleicht darf ich morgen eine Probe Eures Chorgesangs hören?»

Perrinet blickte fragend auf den Seigneur.

«Gerne, Magister, gerne.»

Dann wurden die Speisen aufgetragen: Suppe, Wild, Geflügel, Fisch in Schüsseln, auf Platten und an Spießen, dazu als Beiwerk köstliche Saucen, milde, scharfe, süßsauere, in vergoldeten Körben schwarzes und weißes Brot, in Wein eingelegte Früchte, Nüsse in Honig und süßes Gebäck in lustigen Formen als Mensch, Tier oder Blume.

Der Kaplan sprach ein kurzes Tischgebet, und dann klapperten die Löffel und Messer, während die allgegenwärtigen Pagen Henriet und Poitou den Wein aus den Karaffen in die Pokale gossen. Sogar die neumodischen zweizinkigen *fourchettes* lagen bei jedem Gedeck, aber kaum einer benutzte sie. Nun setzte leise Tafelmusik ein, gespielt von einer dreiköpfigen Gruppe mit Laute, Flöte und Rassel.

René blickte auf die reiche Tafel mit den schmausenden Menschen und glaubte für einen Augenblick, am falschen Ort zu sein. Was hatte dieses harmlose und fröhliche Festmahl mit verschwundenen Kindern, mit finsterem Teufelsspuk zu tun? Der kleine Hof eines reichen Feudalherrn, wie es sie in Frankreich zu Hunderten gab, freilich auch Symbol für die Ungleichheit der Menschen, von denen einige sorglos praßten, während tausend andere hungernd und bettelnd von Stadt zu Stadt, von Dorf zu Dorf zogen. Aber doch kein Fall für die Justiz! Freilich, da gab es Perrinets Traum, der gewiß keiner war, da streifte die Meffraye durchs Land und entführte Kinder, wie es der kleine Maurice bestätigt hatte, und da waren die verzweifelten und ratlosen Eltern, die trauernden Verwandten, die empörten Freunde und Lehrherrn. Ehe René aus Nantes abreiste, wurde der neunjährige Sohn eines Webers – Zeugen bestätigten es – von einem Reitersmann in

Nantes nach dem Hôtel la Suze, Gilles' Stadtpalast, gefragt. Der Knabe hatte den Fremden dort hingeführt und war seither nicht mehr aufgetaucht. Ein Zeuge gab an, den Berittenen schon öfter im Gefolge des Seigneur gesehen zu haben.

René richtete seinen Blick auf Gilles de Rais, der das Fleisch in sich hineinstopfte, als sei er am Verhungern, und in sehr kurzen Abständen seinen Pokal zum Füllen hinstreckte. Zu seiner Rechten saß Seigneur de Sillé, der langsam und mit Bedacht speiste und öfter seine schmutzig-gelben Augen mit einem nachdenklichen Blick auf René richtete. Darin stand die Frage: Wer bist du, und was willst du? Der rauhe Bricqueville jedoch ließ sich nicht stören, suchte sich sorgsam die besten Bratenstücke aus und grunzte dabei vor Behagen. Da kam aus heiterem Himmel die Frage, mit der René an diesem Abend nicht gerechnet hatte.

Perrinet Briand räusperte sich, legte den abgenagten Fasanenflügel beiseite und fragte den gerade mit einer Weinkaraffe vorbeieilenden Poitou:

«Kommt André heute nicht zum Essen?»

Für ihn antwortete der Seigneur, und zwar so schnell, als fürchtete er, jemand könnte ihm zuvorkommen.

«Den habe ich heute früh mit einer Botschaft nach Tiffauges geschickt, das weißt du doch. Bist ein vergeßlicher Tölpel, Poitou!»

Der schlug sich an die Stirn und rief: «Natürlich, ich habe ihm ja selber das Pferd gebracht.»

René aß mit scheinbarer Hingabe, und jeder von den anderen mußte glauben, daß ihn dieses Gespräch kaum interessierte. Doch der Magister hörte genau zu und fand Poitous Reaktion gekünstelt und sichtlich für Gilles inszeniert.

Schnell wandten sich die Gespräche anderen Themen zu. Poitou und Henriet trugen, als keiner mehr zulangte, die Schüsseln und Platten hinaus und sorgten für steten Nachschub an weißem und rotem Wein. Als erster verabschiedete sich Bricqueville, der schon eine ganze Weile heftig und ungeniert gegähnt hatte. Sillé, der wenig trank und seinem Vetter nicht von der Seite wich, bekam einen deutlichen Wink, den René sofort bemerkte. Er zögerte zuerst, verschwand aber dann mit einem gemurmelten Gutenachtwunsch.

Poitou und Henriet scheuchte eine Handbewegung in eine entfernte Ecke des großen Saales. Um nicht ganz dumm dazustehen, meinte René:

«Es scheint, Ihr wollt mit mir unter vier Augen reden, Seigneur de Rais?»

Die dunklen Augen flackerten, auf dem bleichen, etwas schlaffen Gesicht stand Schweiß. Trotz seiner offensichtlichen Trunkenheit sprach Gilles deutlich und klar, wenn auch etwas schwerfällig.

«Wer seid Ihr wirklich, Magister? Ich war schon oft im Herzogspalast, habe Euch aber nie dort gesehen.»

«Ich stehe erst seit Frühjahr im Dienst des Kanzlers, bin häufig unterwegs ...»

«Ah, so. Was haltet Ihr von Malestroit?»

«Ein gescheiter und tüchtiger Mann, der versucht zusammenzuhalten, was dem Herzog in der Fülle seiner Pflichten nicht immer gelingt. Genau das sind ja die Aufgaben eines Kanzlers: den Landesherrn klug und selbstlos zu unterstützen.»

Ein häßliches Lachen entstellte Gilles' fahles Gesicht.

«Ohne dabei selber zu kurz zu kommen, nicht wahr? Wißt Ihr, wem heute meine früheren Besitzungen Vue, Princé und Boiseaux-Tréaux gehören? Diesem ehrenwerten Kanzler und wenig frommen Bischof!»

«Das war vor meiner Zeit, davon weiß ich nichts.»

«Natürlich, ich kann kaum erwarten, daß Ihr gegen Euren Herrn redet. Wes Brot ich eß – des Lied ich sing, nicht wahr?»

«Aber Seigneur! Ich bitte Euch, auch mir zuzugestehen, was Ihr – mit Recht! – von Euren eigenen Dienern erwartet: Treue!»

Gilles tätschelte freundlich den Arm seines Gastes.

«Natürlich, und Ihr tatet gut daran, mich zurechtzuweisen.»

«Keine Zurechtweisung, nur Bitte um Verständnis. Da mir nun mein Schicksal das Geschenk gemacht hat, zu Gast bei einem Waffengefährten von Jeanne d'Arc zu sein, bei einem Marschall von Frankreich, einem Helden unserer jüngsten Geschichte, möchte ich Euch um einen Gefallen bitten: Erzählt mir von jenen großen Tagen, als Ihr den König und die Jungfrau zur Krönung nach Reims begleitet habt.»

Gilles hob seinen Pokal, leerte ihn auf einen Zug und streckte ihn aus. Poitou lief aus seinem Winkel herbei, um nachzufüllen.

«Ich kann es manchmal kaum glauben, daß es nur ein halbes Jahrzehnt zurückliegt, als die Jungfrau den Scheiterhaufen besteigen mußte. Ich hab's gesehen – war dabei.»

«Ihr wart tatsächlich bei ihrer Hinrichtung zugegen?»

«Ja, ich stand in der Menge, einfach gekleidet, und sah, was niemals hätte geschehen dürfen – niemals! Versteht Ihr – niemals!»

10

Die Legende von der Unbesiegbarkeit der Engländer stand ehedem festgefügt wie ein steinerner Turm, doch die Befreiung von Orléans versetzte ihr einen harten Stoß, und während des darauffolgenden Loirefeldzuges begann sie zu zerbröckeln.

Nach Johannas Rat hätte er nicht stattfinden müssen, denn sie drängte auf Karls sofortige Krönung in Reims, wurde aber – wie schon vor Orléans – von den Militärstrategen überstimmt, die der Ansicht waren, man müsse zuvor die Engländer aus den noch immer behaupteten Stellungen entlang der Loire vertreiben.

Gilles de Rais nahm an den Beratungen teil, doch es störte ihn, daß man die Jungfrau davon ausschloß.

«Ohne sie stünden die Engländer noch immer vor Orléans, hätten es am Ende auch endgültig erobert und besetzt. Sie hat uns alle aufgerüttelt, hat ein Zeichen gesetzt, ist mit dem Schwert in der Hand vorangestürmt. Zum Dank stellt man sie jetzt als ein dummes Bauernmädchen hin! Schön ist das nicht, meine Herren!»

«Aber vernünftig», rief Trémoille, des Königs Vertrauter und erster Berater. Er neidete dem Mädchen den Erfolg und hoffte im stillen, sie würde eine ihrer kühnen Attacken mit dem Leben bezahlen.

«Ich glaube, Ihr seid verliebt in die Jungfrau, Seigneur Gilles», sagte der Herzog von Alençon, doch es klang versöhnlich.

Gilles schlug auf den Tisch.

«Alle Franzosen sollten sie lieben! Jeder hier weiß, was wir ihr zu verdanken haben, und gerade Ihr, Alençon, liebt sie wie die eigene Schwester.»

«Das leugne ich nicht. Eben weil ich sie liebe, will ich ihr Bestes, und jetzt nach Reims zur Krönung ziehen, das hieße, den Erfolg von Orléans aufs Spiel setzen. Die Parole muß heißen: zuerst die Briten raus und dann die Krone rauf!»

Der Spruch gefiel den rauhen Kriegern und lachend wiederholten sie: «Briten raus – Krone rauf!»

Johanna fügte sich dieser Entscheidung, und Anfang Juni zog sie an der Spitze einer Armee von achttausend Mann – der Herzog von Alençon führte sie – nach Jargeau, einer kleinen, von etwa zweitausend Engländern besetzten Stadt. Der englische Befehlshaber William Graf Suffolk setzte alles auf eine Karte und zog den überraschten Franzosen entgegen. Als diese im ersten Ansturm zurückwichen, ritt Johanna an die Spitze und rief:

«Auf sie! Auf sie!»

Wie immer folgten ihr die Soldaten in blinder Begeisterung und trieben die Engländer in die Stadt zurück. Den von Suffolk tags darauf angebotenen Waffenstillstand lehnte die Jungfrau ab.

«Er will nur Zeit gewinnen, weil er auf Verstärkung hofft. Wir gewähren ihnen freien Abzug, andernfalls erstürmen wir noch heute die Stadt!»

Alençon zögerte, doch Johanna rief:

«Gott selbst wird uns führen!»

So ließ der Herzog zum Angriff blasen und zog mit seinen Truppen vor die Mauern der Stadt. Als seine Männer die Sturmleitern herbeitrugen, rief Johanna plötzlich:

«Geht zur Seite!» und riß ihn zu Boden.

Sie spürten noch den Luftzug der über sie hinwegsausenden Kanonenkugel, die den hinter ihnen stehenden Soldaten tötete. Johanna war unter den ersten auf den Sturmleitern, als sie ein Stein am Helm traf. Gilles de Rais konnte sie gerade noch auffangen, deckte sie mit seinem Schild und nahm ihr den Helm ab.

«Seid Ihr verletzt?» fragte er besorgt, da schlug sie schon ihre herrlichen graugrünen Augen auf.

«Nein, mein Schwarzer Ritter, ich war nur betäubt.»

Gilles erschauerte unter diesem Blick, der ihn schwach und hilflos machte und den stolzen, hochmütigen und anmaßenden Seigneur in einen willfährigen Sklaven verwandelte. Ihre Augen hatten die Farbe des Meeres, wie er es in Pornic gesehen hatte, am Morgen ehe die Sonne aufging. Er half ihr auf die Beine, stülpte den verbeulten Helm über ihr knabenhaft kurzes Haar, schnallte ihn fest und trat zurück. Sie lächelte.

«Danke, mein Schwarzer Ritter.»

Als sie wieder vor den Leitern standen, riefen die Soldaten von oben:

«Die Engländer haben sich ergeben! Die Stadt ist unser!»

Einige Tage später setzten die siegestrunkenen Franzosen ihren Feldzug fort, besetzten Beaugency, das sich kampflos ergab, während das englische Ersatzheer heranzog. Die französischen Heerführer standen auf der Stadtmauer und konnten beobachten, wie die Engländer eine Verteidigungsstellung mit Palisaden und Schanzen errichteten, bis die einfallende Nacht sie ihrem Blick entzog.

«Was sollen wir tun?» fragte Alençon.

«Wir warten bis morgen!» sagte Johanna, und wer sie kannte, wußte, daß sie jetzt keinen Widerspruch duldete.

Am Morgen waren die Engländer abgezogen. Eine entflohene Geisel wünschte die Jungfrau zu sprechen. Der verstörte und abgemagerte Mann kniete vor ihr nieder und stammelte:

«Ihr seid eine Heilige... Unsere Retterin... Die Engländer fürchten Euch wie die Pest. Sie sind noch vor Morgengrauen nach Paris aufgebrochen, um sich dort mit ihren Verbündeten zu beraten.»

«Woher wißt Ihr das alles?» fragte Gilles.

«Ich hielt Augen und Ohren offen. Sie haben mich behandelt wie ein Stück Dreck, nicht wie einen Menschen. Als sie im Morgengrauen überstürzt aufbrachen, konnte ich fliehen. Es ging ganz leicht...»

Der Mann humpelte davon, und Johanna sagte:

«Die Briten sind nicht nach Paris gezogen. Philipp von Burgund wartet ab und schlägt sich dann auf die Seite des Siegers.»

Der Herzog von Alençon nickte.

«Jetzt, wo sie am Verlieren sind, würden die Burgunder nicht einen einzigen Engländer in die Stadt lassen. Ich schlage vor, wir folgen ihnen und behalten sie gut im Auge.»

Wie sich später herausstellte, unternahmen die Briten einen letzten, verzweifelten Versuch, das Kriegsglück noch zu wenden. Sir Talbot hatte sich mit seinen Truppen in der Nähe der Stadt Patay in einen Hinterhalt gelegt. In einem dichtbewaldeten Tal lauerten fünfhundert der gefürchteten Langbogenschützen und eine Reihe geladener Kanonen auf die heranziehenden Franzosen, die Kundschafter vorausgeschickt hatten. Diese scheuchten einen Hirsch aus seinem Versteck, und einige der Bogenschützen verloren die Beherrschung, schossen auf das Wild und verrieten so ihr Versteck. Sie wurden umzingelt und niedergemacht, noch ehe sie wußten, wie ihnen geschah. Die Heerführer Falstaff und Talbot verloren den Kopf und ergriffen mit der übrigen Truppe die Flucht.

Als Johanna das Schlachtfeld betrat, war alles schon entschieden. Sie sank in die Knie und dankte Gott. Dann erhob sie sich und blickte lächelnd auf ihre Begleiter.

«Die Briten raus – die Krone rauf!»

Alles lachte, klatschte, jubelte ihr zu.

«Wollt Ihr noch mehr hören? Langweile ich Euch?»

«Nein, Seigneur, um Gottes willen! Ich habe mir immer gewünscht, diese großen Ereignisse von einem Augenzeugen zu erfahren. Der Schlaf läßt sich leicht nachholen.»

Gilles hatte seit etwa einer Stunde nicht mehr getrunken, doch nun klopfte er mit seinem Siegelring an den Pokal. Am anderen Ende des Saales, wo eine Steintreppe in die oberen Räume führte, regte sich etwas. Henriet erschien mit der Karaffe, er gähnte und blinzelte mit den Augen.

«Wo ist Poitou?»

«Schlafen gegangen.»

«Geh du jetzt auch – wir bedienen uns selber.»

Der Magister nahm nur einen kleinen Schluck, sein Gastgeber trank durstig den Pokal leer und schenkte sich sofort nach.

Warum erzählt er mir, dem Fremden, dies alles so ausführlich? Er hätte mein Bitte ablehnen oder es bei einer kurzen Schilderung belassen können. Will er mich für sich einnehmen, mir das Bild eines untadeligen Helden zeichnen, das ich Malestroit übermitteln soll? Sei auf der Hut, René Petit, und vergiß niemals, daß sich hinter der

Maske des Marschalls von Frankreich schreckliche Ereignisse verbergen. Um sie herauszufinden, bist du hier! Der Seigneur hatte wieder zu erzählen begonnen, mit halblauter, etwas heiser klingender Stimme.

Nach dem siegreichen Loirefeldzug hatte sich das französische Heer wieder in Orléans versammelt. König Karl zögerte noch immer, sich jetzt krönen zu lassen, weil Johannas Gegner ihm aus eigensüchtigen Gründen davon abrieten, aber er folgte dem Rat des Herzogs von Alençon, mit dem er verschwägert war.

«Für das Volk seid Ihr nur der Dauphin, der Thronfolger, den erst das heilige Salböl zum von Gott erwählten König macht. Im übrigen können wir dann den Engländern entgegensetzen, daß sich seit den Tagen des heiligen Chlodwig nur der König von Frankreich nennen darf, der in Reims gekrönt und gesalbt worden ist. Dann wird ihr gekrönter Hosenscheißer vollends zum Popanz.»

Ein Lächeln flog über das blasse melancholische Gesicht des Königs.

«Der Hosenscheißer ist immerhin schon acht Jahre alt, und dazu mein legitimer Cousin.»

«Und wennschon! Daß er der Sohn Eurer Tante ist, macht ihn noch lange nicht zum Thronprätendenten. Sein Vater war König von England und der Eure König von Frankreich – da scheint mir klar, wer wen zu beerben hat. Im übrigen ist er eine willenlose Puppe in den Händen seiner sogenannten Berater. Er wird den Boden Frankreichs niemals betreten, weil es hier schon einen König gibt.»

«Schon gut, Alençon, Ihr habt recht, und wir werden tun, was Gott, Johanna, Ihr und Unser Volk wollen.»

Der Weg nach Reims wurde zum Feldzug, weil fast die gesamte Champagne noch in den Händen der Engländer war. Die Bürger von Troyes hätten wohl gern ihre Tore geöffnet, doch sie hatten damals Englands Heinrich VI. als König von Frankreich anerkannt und fürchteten eine grausame Rache. Wie immer zögerte der Dauphin. Die einen rieten zur Vernichtung der untreuen Stadt, andere hielten sie für zu unbedeutend, um sich lange damit aufzuhalten.

«Ich werde den Bürgern von Troyes einen Brief schreiben, wenn Ihr, Herr Dauphin, es gestattet.»

Johanna redete den ungekrönten König fast immer mit Dauphin an. Der hob nur langsam die Schultern und blickte auf seine Ratgeber. Alle – sogar der grimmige Trémoille – nickten, einige lachten spöttisch. Sie deutete auf Gilles.

«Euch werde ich ihn diktieren, mein Schwarzer Ritter.»

Sofort brauste Trémoille auf.

«Ein bretonischer Edelmann ist kein Schreiberling! Wie könnt Ihr es wagen.»

Gilles unterbrach seinen jähzornigen Verwandten mit ruhiger Stimme.

«Haltet den Mund, Herr Vetter! Es ist keine Schande, der Retterin Frankreichs einen Dienst zu erweisen.»

Ein Feldtisch wurde aufgestellt, Papier, Tinte und Federn gebracht. Gilles blickte zu Johanna auf, die neben ihm stand, und sie erwiderte seinen Blick, und seine Hand begann zu zittern, und er stieß das Tintenfaß um. Die schwarzblaue Flüssigkeit floß über den Tisch auf den Boden und ähnelte dort einer Blutlache, die langsam versickerte. Johanna strahlte.

«Ein Zeichen des Himmels! Gott will damit sagen, daß besser Tinte fließe als Blut. Nun aber schreibt, mein Schwarzer Ritter!»

Gilles tauchte die Feder in ein neues Faß.

Sehr liebe und teure Freunde, es hängt nur von Euch ab, Ihr Herren, Bürger und Einwohner der Stadt Troyes, das zu tun, was Johanna die Jungfrau Euch gebietet im Namen der Himmelskönigin: nämlich dem edlen König von Frankreich, der bald in Reims und Paris sein wird, wahren Gehorsam und Anerkennung zu zollen.

Weiter war die Rede davon, daß der König Leib, Leben und Gut der Bürger nicht antasten wolle. Die Antwort der Stadtältesten war ausweichend, sie erbaten sich Bedenkzeit. Nach drei Tagen gab der König Johanna die Erlaubnis, Troyes zu erstürmen. Während die Soldaten mit Reisigbündeln den Graben um die Stadtmauer auffüllten, kam der Bote mit der Kapitulation.

Auf dem Weg nach Reims gab es nur noch Chalons-sur-Marne, doch dort erwartete sie schon der Bischof mit dem Stadtschlüssel. Die

Bürger des von einer englisch-burgundischen Besatzung beherrschten Reims waren – wie man später erfuhr – nicht gesonnen, ihre Stadt gegen den Dauphin zu verteidigen, sondern bereiteten sich darauf vor, ihn feierlich zu empfangen. Der verzweifelte burgundische Hauptmann versuchte, mit dem heiligen Salböl zu entkommen, aber man nahm ihm das kostbare Gefäß ab, und er floh mit seinen Leuten aus der Stadt.

Am 16. Juli 1429 formte sich die feierliche Prozession, auf der Karl VII., umringt von seinen Getreuen, durch die Stadt zur Kathedrale zog.

Gilles de Rais war nicht unter dem Gefolge, denn er hatte den ehrenvollen Auftrag erhalten, das heilige Salböl aus dem vor der Stadt gelegenen Kloster Saint Remy zu holen und es in den Dom zu bringen.

Gilles hielt das Goldgefäß mit der gläsernen Phiole in beiden Händen. Er fühlte sich der Welt entrückt, in seinen Händen lag das Schicksal Frankreichs: Er war ein Werkzeug Gottes, und es galt nun zu vollenden, was die Jungfrau mit Seinem Willen begonnen und vollbracht hatte. Am Domtor übergab er das Gefäß dem Erzbischof, der es – begleitet von vier Rittern zu Pferde – zum Altar trug. Kurz davor, so wollte es ein alter Brauch, stiegen die Ritter von ihren Rössern, und das metallische Klirren ihrer Waffen und Harnische war für kurze Zeit der letzte laute Ton in dem gewaltigen Gotteshaus. Da Karl noch nicht zum Ritter geschlagen war, überreichte ihm sein Vetter, der Herzog von Alençon, Gürtel und Sporen, berührte seine Schulter mit dem Schwert. Nun legte Karl seine rechte Hand auf das Evangelium und gelobte feierlich, die Kirche zu verteidigen, die Ketzer zu verfolgen, das Volk zu schützen und es gerecht und milde zu regieren.

«Dies sage ich und beschwöre es!»

Seine sonst etwas schwächliche Stimme hallte laut durch das Kirchengewölbe. Das Licht des späten Vormittags fiel durch die bunt verglasten Südfenster auf die still und feierlich ablaufende Krönungszeremonie. Gilles de Rais kniete mit einigen anderen nur wenige Schritte vom König entfernt, in ihrer Mitte Johanna, die mit beiden Händen den Schaft ihres Christusbanners umfaßte. Karls fahles Gesicht wirkte wie geschminkt, wenn die farbigen Lichtstrahlen es trafen, er schien sehr bewegt und folgte gehorsam den Anweisungen des geistlichen Zeremonienmeisters, den zwölf Pairs – sechs weltliche und sechs geistliche – dabei unterstützten.

Der Erzbischof segnete nun die Kroninsignien, wozu ein machtvolles, von Pauken und Trompeten untermaltes Te Deum erklang. Dann kehrte erwartungsvolle Stille ein, denn jetzt nahte der feierliche Akt, die Salbung des Königs. Die Pairs kleideten ihn bis auf ein leinenes, vorne und hinten geschlitztes Hemd aus, und er warf sich vor dem Altar zu Boden. Der Erzbischof beugte sich über ihn und bestrich Kopf, Schultern, Brust, Armgelenke und Handflächen mit dem heiligen Öl, von dem gesagt wurde, daß es sich danach auf wunderbare Weise erneuerte.

Dann legten ihm die Pairs seine Unterkleider wieder an, er schlüpfte in das weißseidene Übergewand und in die damastenen Handschuhe. Zuletzt kam der schwere, blausamtene, mit goldenen Lilien bestickte Krönungsmantel. Ein Pair streifte den Ring der Vereinigung zwischen König und Volk über den behandschuhten Zeigefinger des Königs und reichte ihm das goldene Szepter. Unterdessen hatte der Erzbischof die Krone vom Altar geholt, die er nun langsam und feierlich auf Karls Haupt niedersenkte. Da barst die weihevolle Stille im machtvollen Klang der Fanfaren, der bald übertönt wurde vom brausenden Jubel der Menschen.

König Karl VII. von Frankreich schritt zu seinem, neben dem Altar aufgebauten Thron und nahm unter dem blauen, mit Lilien bestickten Damastbaldachin Platz.

Seigneur Gilles schwieg, nachdem er die Krönung ausführlich beschrieben hatte. Er trank wieder ohne Unterbrechung, sprach langsam und mit schwerer Zunge.

«Diese Tage», fuhr er fort, «standen im Zeichen der Lilie. Der König hatte mir noch vor seiner Krönung den Rang eines Marschalls von Frankreich verliehen und mir erlaubt, die Bourbonenlilie im Wappen zu führen. Zugleich wurde Johanna mit ihrer gesamten Familie in den Adelsstand erhoben: Ihr Wappen zierte ein erhobenes Schwert, auf dessen Spitze die Krone ruht, flankiert von zwei Lilien.»

Der Seigneur beugte sich vor, und René spürte seinen warmen, säuerlichen Weinatem. Er flüsterte bedeutsam:

«Sie war die Lilie von Frankreich, die Retterin, die Märtyrerin – die Heilige. Ich kann sie nicht vergessen, will es nicht, will es nicht...»

Sein Kopf sank nach vorne, und wenig später begann er zu schnarchen. Da tauchte Henriet wie ein Schatten aus dem Dämmer des nur noch von einer Fackel schwach erhellten Saales.

«Ich geleite Euch in Eure Kammer, Magister.»

Als der Page zurückkehrte, war der Seigneur schon wieder erwacht.

«Ich kann heute nicht schlafen, es ist eine solche Unruhe in mir – eine Vorahnung...»

«Soll ich Euch den Neuen vorführen? Die Meffraye hat Jeannot gestern abend mitgebracht, er ist neun oder zehn Jahre alt, blond, noch etwas verängstigt.»

Gilles' Interesse erwachte.

«Habt ihr ihn gewaschen und neu eingekleidet?»

Henriet nickte. Mühsam und schwankend erhob sich Gilles und ging, von Henriet gestützt, auf die kleine Tür neben dem Kamin zu. Von dort führte eine schmale enge Treppe in das Untergeschoß, wo es einige kleine, kerkerähnliche Räume mit festen Türen gab.

«Er hütete gerade die drei Kühe seines Vaters und ging freiwillig mit», erläuterte Henriet, als er die schwere Eichentür öffnete. Er hielt die Fackel über das schmale Lager, auf dem zusammengekrümmt ein schlafender Junge lag, das Gesicht in die Armbeuge vergraben, so daß nur ein wirrer blonder Haarschopf zu sehen war.

«Soll ich ihn wecken?»

Gilles gähnte.

«Nein, vielleicht kann ich jetzt schlafen. Wenn er mir gefällt, kriegt er ein besseres Zimmer, aber solange Magister René im Haus ist...»

Henriet schloß die Türe und sperrte ab.

«Ich verstehe, Seigneur, und hoffe, Ihr habt eine gute Nacht.»

Gilles kniff Henriet in die Wange und gab ihm einen Klaps auf den Hintern.

«Hat er grüne Augen?» fragte er noch.

«Ja, ich glaube schon, graugrün oder blaugrün...»

Vielleicht sollte ich mit all dem Schluß machen, überlegte Gilles, während er hinter Henriet die Treppen hinaufstieg. Sie ist tot, ich finde sie nicht wieder, nicht hier auf Erden. Etwas zwingt mich, immer wieder auf die Suche nach ihr zu gehen, und so schwanke ich zwischen dem Paradies des vermeintlichen Wiedererkennens, ziehe sie in meine tödliche Umarmung, um einmal – nur einmal noch einen Blick in ihre herrlichen Augen zu tun, und dann erwache ich, und es ist die Hölle. Immer wieder tauche ich hinab, wälze mich schlaflos auf dem Folterbett der Reue, klopfe mir vor dem Gekreuzigten stundenlang an die Brust, mache mich wieder auf die Suche und bin in der schrecklichen Lage, daß sie, die Heilige, mich immer von neuem zur Sünde zwingt.

Gilles ließ sich ankleiden und wartete, bis Henriet gegangen war. Dann kniete er vor dem kleinen Hausaltar nieder und schlug die Stirn gegen die Lehne der Bank – wieder und wieder. Und wie so oft, suchte er nach dem Grund, den Anfängen.

Jean de Craon, sein schrecklicher Großvater, hielt ihn im Zaum, solange er lebte, war sein Lehrmeister in vielen üblen Dingen, aber als er ahnte – oder wußte? – wonach der Sinn des Enkels stand, traf es den alten Mann wie einen Schlag. Er wurde sterbenskrank, fühlte sich schwach und hilflos, mußte zudem erkennen, daß er gescheitert war. Sein Ziel war es gewesen, den Enkel reicher und reicher, mächtiger und mächtiger zu machen – zum größten Herrn in der Bretagne nach dem Herzog. Und nachdem er viele Jahre ergaunert und gestohlen, getäuscht und betrogen und seine Hörigen erbarmungslos ausgepreßt hatte, mußte er mit ansehen, wie Gilles, sein Enkel, mit leichter Hand alles zu verprassen begann, was er so mühevoll zusammengerafft hatte. In seiner Not und Bedrängnis wurde der alte Mann fromm, setzte in sein Testament wohltätige Stiftungen, wollte ohne Aufwand begraben werden, und, zu mehr konnte er sich nicht aufraffen, er vermachte sein Schwert und seinen Harnisch dem zweiten Enkel René de la Suze.

Als Jean de Craon fast achtzigjährig starb, fiel dem Enkel eine Last von der Seele. Wenig später verbannte er seine Frau Catherine nach Pouzauges, und dann begann ein Leben, das geradewegs in die Hölle führte – zuerst in die irdische, dann in die ewige. Nichts aber fürchtete Gilles de Rais mehr als die ewige Verdammnis. Er beichtete von Zeit zu Zeit, bereute, versprach Gott und allen Heiligen, endlich emporzutauchen aus dem Sumpf, und geriet doch immer tiefer hinein.

Auch jetzt überkam ihn die unbändige Lust, wieder hinunterzugehen in die kleine Kammer, um diesen Jeannot zu wecken, in seine grünen Augen zu schauen, den knabenhaften Körper zu liebkosen, bis ihn jener Zustand überfiel, da die Lust groß und übermächtig wurde, seinen Verstand abtötete, sich zur Herrscherin aufschwang und ihre geilen Klauen in sein Fleisch schlug, bis die Knabenaugen sich angstvoll weiteten, vor Schmerz verdunkelten und schließlich erloschen. Noch aber beherrschte ihn der Verstand und warnte ihn, etwas zu unternehmen, solange dieser Magister im Haus war.

Er rückte das Öllämpchen näher ans Bett und griff nach dem schmalen Band, der unter zwei anderen Büchern auf dem kleinen Tisch lag. Es war die schreckliche und zugleich erbauliche Geschichte von *Robert le diable*, dem Normannenherzog. Auch er ein großer Sünder, der seine jungen Jahre mit grausigen Schandtaten hingebracht hatte.

Er legte sich an die Straßen und lauerte auf reiche Kaufleute, so daß bald im ganzen Land das Geschrei über seine Schandtaten erscholl. Robert, hieß es, kann nicht anders als ein wildes Tier. Keiner war vor ihm sicher. Er raubte die Reichen aus, schlug und tötete die Armen. Er schändete die Frauen, mordete die Priester und beraubte Kirchen und Klöster.

Gilles ließ das Buch sinken. Nichts von alledem habe ich getan – weder Frauen geschändet, noch Reiche beraubt, noch Arme erschlagen oder gar Priester getötet und Kirchen bestohlen. Im Gegenteil, ich gebe mein Geld mit vollen Händen aus, stifte eine Kirche, stelle Priester an und verteile Pfründen. Meine Kirche steht unter dem Patronat der in Bethlehem gemordeten unschuldigen Kinder.

«Ja», flüsterte ihm eine Stimme ins Ohr, «das ist, weil du sühnen willst für die unschuldigen Kinder von Nantes, Ingrandes, Champtocé, Machecoul und Tiffauges, deren Herodes du bist.»

Gilles ließ das Buch fallen und hielt sich die Ohren zu, aber das half nichts, weil die Stimme aus seinem Inneren kam.

«Schweig!» rief er laut «schweig, schweig, schweig!»

Er nahm das Buch wieder auf, verfolgte die Geschichte von Robert dem Teufel weiter bis zu der Stelle, da den Bösewicht machtvoll die Reue überfiel und er sich zur Sühnefahrt nach Rom aufmachte.

Unterdes wanderte Robert mit großer Demut und Andacht gen Rom, und nach vielen mühseligen Tagereisen über Flüsse und Berge kam er dort am Grünen Donnerstage an, als es noch früh am Tage war. An diesem Tage hält der Papst, der von der ganzen Christenheit als Statthalter Christi auf Erden verehrt wird, selbst das Hochamt in der Kirche des heiligen Petrus.

In diese Kirche kam auch Robert, und mit Ungestüm und Gewalt drängte er sich durch die dichte Volksmenge nach dem Papste. Die Leute wiesen ihn zurück, er hörte nicht darauf, und als sie ihn festhalten wollten, riß er sich los. Da stießen und schlugen sie auf ihn ein, er aber litt geduldig Stoß und Schlag und drängte immer näher auf den Altar zu, an dem der Heilige Vater stand. Endlich hatte er sich durch den Volkshaufen durchgedrängt, bis an die Priester, die den Altar umgaben. Da warf er sich nieder auf sein Angesicht und schrie mit kläglicher Stimme einmal über das anderemal: Heiliger Vater, erbarmet Euch mein! Auf das Geschrei kamen die von der Kirchenwache und wollten ihn aufheben und mit Gewalt hinaustragen. Aber den Papst hatte sein inbrünstiges und heißes Flehen gerührt, und er sagte zu den Priestern, die bei ihm waren: Lasset den Menschen zu mir kommen, denn ich sehe, es ist eine große Not und Frömmigkeit in ihm.

Da traten die Priester auseinander, die von der Wache ließen Robert los, und es ward eine große Stille ringsum, weil jedermann sehen und hören wollte, was nun kommen würde. Robert warf sich vor dem Papste auf die Knie nieder und rief: Heiliger Vater! Ich bin der größte Sünder auf Erden! Da neigte der Papst sich zu ihm und sagte: Mein Freund, was hast du mir zu sagen, und warum schreist du so? Robert antwortete: Ach, Heiliger Vater, bei den heiligen Wundenmalen Christi, höret meine Beichte an und seid mir gnädig! Denn wenn Ihr mich von meinen großen Sünden nicht könnt lossprechen, dann muß ich ewiglich verloren sein. Mein Leben war so gottlos und meine Übeltaten sind so viele, daß ich dem Teufel nicht aus den Krallen komme, wenn der barmherzige Gott kein Wunder an mir tut. Darum ist mein Herz so voll Angst und Zittern. Heiliger Vater, wenn Ihr auf Erden Gottes Reich vertretet und von Gott die Macht empfangen habet, dem Sünder Trost und Buße zu verleihen, dann bitte ich Euch, um der bitteren Leiden unseres lieben Herrn und Heilandes: Reinigt mich von meinen Sünden! Denn die Reue zerfrißt mein Herz, daß ich jetzt schon schlimmer brenne als ein Teufel in der Hölle.

Der Papst hörte Roberts Beichte an und wurde dabei schreckensbleich. Er fühlte sich außerstande, ihm eine Buße aufzugeben, sondern sandte ihn zu einem heiligmäßigen Eremiten, und der ließ sich von Robert sein Leben erzählen, und Gott sandte ihm in der darauffolgenden Nacht einen Engel, der ihm auftrug, welche Buße über Robert zu verhängen sei.

Gott verbietet dir durch mich, daß der Sünder Robert allen Übermut und Dünkel seines stolzen Herzens völlig in sich ersticken muß, wenn er Vergebung seiner Sünden erhalten will. Darum soll er sich selber zu einem Spott und Schimpf machen vor den Menschen und ohne Ungeduld und Murren alles tragen, was der Übermut der Menschen ihm antun wird. Als ein Narr und Stummer soll er sich anstellen und gebärden, nichts soll er genießen, um sein Leben zu fristen, als was den Hunden vorgeworfen wird und was er ihnen entreißen kann. Und er soll in diesem kläglichen Zustande mit stillem Gebet in seinem Herzen, ohne Trost von einem Menschen so lange ausharren, bis daß es Gott dem Herrn gefallen wird, ihn durch seinen Diener und Boten aus der Niedrigkeit zu erheben. Denn der Herr allein weiß, wann die rechte Stunde gekommen und Robert seine Schuld durch zeitliches Ungemach genugsam wird gebüßt haben. – Dann verschwand der Engel, und der Eremit wachte vom Schlafe auf.

Wie schon so oft warf Gilles an dieser Stelle das Buch beiseite, als habe es Feuer gefangen.

«Ich kann das nicht – kann es nicht – will es nicht – ich, der Marschall von Frankreich! Es muß eine andere Art der Buße geben, so weit wie Robert bin ich noch nicht – noch nicht...»

Dann fiel Gilles in einen unruhigen Schlaf, der bis zur Morgendämmerung anhielt.

Als der Notar an diesem Vormittag erschien, ging alles sehr schnell. Seigneur Gilles hatte als Berater seinen Vetter Sillé zugezogen, und sie beharrten auf einer Forderung von einhundertzwanzigtausend *écus d'or* für die beiden Besitzungen.

Magister René hatte vom Kanzler die Anweisung erhalten, achtzigtausend zu bieten und bis hunderttausend hinaufzugehen – im alleräußersten Fall noch fünftausend darüber. Da klaffte also noch eine gewaltige Lücke.

René verzichtete zunächst auf eine Preisdiskussion und las sorgfältig den vom Notar entworfenen Vertrag durch. Eine Meisterleistung, dachte er, das Ding ist so geschickt verklausuliert, daß dem Käufer kaum noch Rechte bleiben. Er legte die Rolle hin und schüttelte den Kopf.

«Tut mir leid, meine Herren, wenn ich diesen Vertrag gutheiße, setzt mich der Kanzler auf die Straße.»

Dann nannte er der Reihe nach sämtliche Punkte, die weggelassen oder modifiziert werden mußten, und setzte als Schlußpunkt ein Angebot von achtzigtausend *écus*.

Sie verhandelten verbissen und zäh bis in die Mittagsstunden und einigten sich auf einen Kaufpreis von einhunderttausend *écus d'or* für die Herrschaften Champtocé und Ingrandes.

Magister René wußte, daß diese höchst ertragreichen Besitzungen gut die Hälfte mehr wert waren, aber für den Verkäufer ist es immer von Nachteil, wenn er unter finanziellem Druck steht, und das war bei Seigneur Gilles de Rais offenbar der Fall. Der hatte nur bei einer strittigen Frage in die Verhandlungen eingegriffen und sonst alles Sillé und dem Notar überlassen. Bei diesem einen Punkt handelte es sich darum, ab wann der Käufer den Besitz übernehmen dürfe, weil das bedeutete, daß dort der Burghauptmann und seine Besatzung ausgewechselt wurden. Der Seigneur wollte seine Leute erst abziehen, wenn die volle Summe bezahlt sei, während René darauf bestand, daß dies schon nach Entrichtung des halben Kaufpreises, also voraussichtlich in etwa zwei Wochen, zu geschehen habe. Sie einigten sich schließlich darauf, daß der Käufer, vorausgesetzt er habe mindestens fünfzigtausend *écus* entrichtet, vom heutigen Tag an gerechnet in frühestens vier Wochen seine eigenen Leute dort stationieren dürfe. Aus rechtlichen Gründen tarnte man den Verkauf mit dem Begriff Verpfändung.

Nun wirkte Gilles erleichtert, lachte, sprang auf und schlug vor:

«Wenn Ihr wollt, Magister René, so könnten wir einer Probe meines Kirchenchors beiwohnen.»

Und wie René das wollte! Er mußte unbedingt mit Perrinet Briand reden, sonst hatte er hier nur die Hälfte seines Auftrages erfüllt. Ob der Seigneur schon wußte, daß Papst Eugen seine Zustimmung zur Gründung einer Stiftskirche verweigert hatte?

Die etwa zwanzig Knaben sangen einen komplizierten gregorianischen Choral, und Briand, ihr Vorsänger und Chorleiter, strahlte vor Stolz. René erzählte etwas aus seiner Schulzeit, stellte sich als begeisterter Sänger hin und fragte Perrinet, ob er ein wenig in den Texten und Noten blättern dürfe. Zum Glück hatte er den Seigneur richtig eingeschätzt. Der wurde unruhig und ungeduldig, streifte seine Handschuhe über und sagte:

«Wir sehen uns dann beim Mittagsmahl, Magister.»

Sie gingen in die Sakristei, und Perrinet sperrte sorgfältig die Türe ab. Er wollte zehn Dinge auf einmal sagen, aber René legte ihm beruhigend die Hand auf den Arm.

«Eines nach dem anderen, mein Lieber. Was ist mit dem kleinen André, den du gestern – ich vermute mit Absicht – erwähnt hast?»

Perrinet beugte sich zu René und flüsterte:

«Der wurde natürlich nicht nach Tiffauges geschickt! Seit zwei Tagen ist er nicht mehr zum Essen erschienen, und niemand hat es gewagt, ein Wort darüber zu verlieren.»

«Hast du noch mal diesen Raum im Keller aufgesucht?»

«Ja, aber die sonst immer offene Haupttüre zu den Gewölben hat ein neues Schloß bekommen und ist ständig versperrt. Außerdem habe ich Poitou und Henriet beobachtet, wie sie in der Nähe des Nordturms etwas vergruben.»

«Du hast sie graben gesehen?»

«Nein, das nicht. Ich sah sie mit einer Schaufel um die Ecke verschwinden.»

«Trugen sie etwas?»

«Vielleicht. Es dämmerte schon, und der Nebel stieg auf.»

«Was ist mit Prelati?»

Perrinet machte erstaunte Augen.

«Habt Ihr ihn nicht gesehen?»

«Nein, der Seigneur sagte, er sei in Tiffauges.»

«Vorgestern war er noch hier.»

«Dann habe ich richtig vermutet: Er muß in aller Eile aufgebrochen sein, als ich ankam. Um ihn wird sich Pater Robert, der Inquisitor, kümmern müssen.»

«Wie – wie geht es Isabelle?»

René hatte die Frage erwartet.

«Es geht ihr gut. Tut es noch immer weh?»

Perrinet nickte, versuchte die Tränen zu verbeißen, aber es half nichts, sie liefen über seine runden, noch kindlichen Wangen. Er ging zum Fenster, holte sein Tuch aus dem Wams und schneuzte sich. Als er sich gefangen hatte, sagte er mit männlichem Ernst:

«Ihr behandelt sie doch gut, Magister? Sollte ich jemals Klagen von ihr hören...»

René unterdrückte ein Lächeln, denn das hätte den Burschen verletzt.

«Ich behandle sie wie eine Dame, das darfst du mir glauben.»

Perrinet nickte und sagte mit etwas kläglicher Stimme:

«Ach, René, wenn ich nur das schon hinter mir hätte! Kürzlich kam bei Tisch die Rede auf das Thema Verrat, und der Seigneur fragte uns – einen nach dem anderen –, welche Strafe wir verhängen würden, wenn ein gutbezahlter und gutbehandelter Diener seinen Herrn verrät. Langsam erwürgen, schlug Sillé vor, lebendig verbrennen, meinten Henriet und Poitou. Der Seigneur aber sagte, er würde den Verräter nicht anfassen, sondern ihn im tiefsten Kerker einfach verhungern und verdursten lassen. Da gebe es dann manche, die fräßen sich selber auf und tränken vor Verzweiflung ihr eigenes Blut. Daran muß ich jetzt immer denken.»

«Nur ruhig, Perrinet! Sollte es dahin kommen, dann erfahren wir es und befreien dich. Paß weiterhin gut auf, und dir wird nichts geschehen. Kennst du übrigens den Familiennamen des kleinen André?»

«Ich weiß nur, daß er der Sohn eines Winzers aus La Bénate ist.»

«Auf dem Rückweg werde ich versuchen, die Eltern ausfindig zu machen.»

«Ihr werdet wenig herausfinden. Die Leute im Pays de Rais haben Angst vor dem Seigneur.»

«La Bénate gehört ihm nicht mehr, das hat der Herzog für seinen Sohn Pierre gekauft. Aber davon weißt du nichts, also halte den Mund.»

Perrinet nickte, dann schüttelte er mehrmals den Kopf.

«Ich verstehe manchmal selber nicht, wie ich auf Euren Vorschlag eingehen konnte. Ihr habt mir Isabelle genommen, und ich Tölpel mache Euch hier noch umsonst den Spitzel, riskiere mein Leben...»

René legte ihm den Arm um die Schultern.

«Nicht ich habe dir Isabelle genommen; ich wußte nicht einmal etwas von dir, als sie und ich uns kennenlernten. Daran waren die Umstände schuld, und nun hat das Mädchen sich entschieden. Wir sollten es respektieren. Was nun das andere betrifft: Ich verspreche dir hier an heiliger Stätte, daß der Kanzler sich angemessen revanchieren wird. Vielleicht kann ich für dich eine Belohnung herausholen, wenn unser Kunde in der *Tour Neuve* sitzt.»

«Ich habe Angst vor ihm, und ich glaube nicht, daß André noch lebt. Und immer Neue werden kommen, und manchmal hört man nachts einen Schrei und dann...» Er wandte seinen Kopf ab und schluchzte.

«Perrinet, ich verstehe deine Angst. Wenn sie zu groß wird oder wenn du es nicht mehr schaffst, dich zu verstellen, auch wenn du Gefahr witterst, dann verschwinde sofort! Wir werden es dir nicht nachtragen und dich in Nantes nach Kräften beschützen. Doch niemand kann dir garantieren, daß sie dich nicht irgendwo aufspüren. Sicher bist du erst, wenn Gilles in der Falle sitzt, und seine Kumpane mit ihm. Leute wie Sillé und Bricqueville haben nichts zu verlieren, aber viel zu gewinnen, solange sie zu ihm halten.»

Perrinet machte eine hilflose Geste.

«Ich weiß, daß ich in der Falle sitze. Was ich auch tue, ist gefahrvoll und riskant. So werde ich eben hier durchhalten müssen, bis der Seigneur überführt ist. Hoffentlich dauert es nicht mehr lange.»

«Das hoffe ich auch. Mach's gut, Perrinet!»

Kaum hatte Magister René sich verabschiedet, ließ Gilles seinen Vetter Sillé kommen.

«Schließ die Tür!»

Sillés schmutzig-gelbe Augen brannten vor Neugier. Während der Kaufverhandlungen hatte er geahnt, warum Vetter Gilles so unbedingt darauf bestand, in Champtocé noch vier Wochen ungestört schalten und walten zu können. Vielleicht hatte Gilles die anderen in eine Falle gelockt. Wenn die beiden – was selten geschah – unter vier Augen miteinander sprachen, gebrauchten sie das verwandtschaftliche Du.

«Jetzt ist es soweit, *mon cousin*. Nimm dir ein paar zuverlässige Leute und schaffe aus Champtocé fort, was uns belasten könnte. Du kennst ja die betreffenden Stellen.»

Ah, das war es also. Die schmutzige Arbeit überließ man dem Vetter Sillé. Aber ich werde es nicht umsonst tun, mein Lieber.

«Da brauche ich mindestens fünfhundert *écus*, um eine Reihe von Mäulern zu stopfen. Ich kann die Knochen schließlich nicht allein ausgraben und verbrennen.»

Gilles de Rais' dunkle Augen flackerten, als spiegle sich in ihnen ein Höllenfeuer.

«Laß dir das Geld geben, wir haben jetzt wieder genug.»

II

Auf einen ungewöhnlich rauhen Herbst, der fast in jeder Woche Stürme und tagelangen Regen gebracht hatte, war ein milder Winter gefolgt, mit langen sonnigen Perioden, so daß die Bauern heuer während der Monate Januar und Februar Salat und Gemüse ernten konnten. An manchen geschützt gelegenen Orten blühten sogar die Apfel- und Feigenbäume; aber das sahen die abergläubischen Landleute eher als schlechtes Vorzeichen, weil es deutlich wider die Natur war.

Gilles de Rais hatte während des ganzen Winters zusammen mit Francesco Prelati experimentiert, ohne daß es zu greifbaren Ergebnissen gekommen wäre. Allmählich wurde der Seigneur ungeduldig und machte dem Schwarzkünstler immer häufiger Vorwürfe. Prelati, dem es nur darauf ankam, möglichst lange dem freigebigen Seigneur Gilles auf der Tasche zu liegen, pflegte dann an einen Punkt zu rühren, den der Marschall scheute, wie man es vom Teufel beim Weihwasser sagt –, er machte Ausflüchte und zog sich schnell zurück. Der kluge Italiener war froh und dankbar, daß dieses Mittel noch immer wirkte, zerbrach sich aber manchmal den Kopf, wie es weitergehen würde, wenn der Seigneur sich eines Tages doch einverstanden erklärte.

Es ging um nichts weniger als den Verkauf seiner Seele an den Teufel, mit Siegel und Unterschrift. Diese Unterschrift, so sagte Prelati, müsse mit Herzblut erfolgen, und er sei gerne bereit, unterhalb der linken Brustwarze etwas davon abzuzapfen. Den Kontrakt habe er schon lange vorbereitet. Doch vor diesem Schritt graute es dem Seigneur, wie er sich auch bisher geweigert hatte, in den magischen Kreis einzutreten.

Im Unterschied zu seinen Gegenspielern, dem listigen und skrupellosen Kanzler Malestroit – für ihn war Religion nur das Mittel zum Zweck – und dem heimlichen Atheisten René Petit, war Gilles de Rais ein tiefgläubiger Mensch. Als großer Sünder fühlte er sich zwischen Gott und Teufel hin- und hergerissen, beichtete und kommunizierte regelmäßig, um die Gnade des einen nicht zu verlieren, tat aber alles, um sich die Gunst des anderen zu verschaffen, alles, bis auf die Hingabe seiner Seele, denn nichts fürchtete er mehr als die ewige Verdammnis.

«So kommen wir nicht weiter, Seigneur Gilles. Ihr müßt die magischen Praktiken akzeptieren, und zwar ganz. Auf Halbheiten lassen sich die Dämonen nicht ein. Die jetzige Zeit wäre übrigens sehr günstig, denn das Sternzeichen Aquarius steht unter der Herrschaft des Saturn – ein böses, kaltes Gestirn, das die Dämonen lieben. Später wird es wieder schwieriger.

Prelati wußte selber, daß er Unsinn redete, aber irgendwie mußte man die Zeit hinbringen, und jeder gewonnene Tag bedeutete bares Geld. Der Seigneur war sehr freigiebig, wenn es galt, für die Beschwörungen gewisse Dinge zu besorgen, und prüfte weder nach, was sie kosteten, noch ob sie tatsächlich angeschafft wurden.

So füllte sich Prelatis Beutel, und als sich Gilles dann plötzlich bereit erklärte, in den magischen Kreis zu treten, erschrak er richtig.

«Seigneur – Ihr – Ihr wollt...»

«Ich will und ich muß!»

Prelati heuchelte Begeisterung.

«Endlich nehmt Ihr Vernunft an, und Ihr werdet sehen, daß Maître Aliboron bald vor Euch steht.»

So nannte Prelati den von ihm seit Monaten vergeblich beschworenen Dämon. Von Satan in eigener Person war niemals die Rede, sondern nur von seinen erlauchten Helfern, die jedem Schwarzmagier bekannten Dämonen Baal, Forcas, Marcocias, Astaroth, Behemot und eben jener Aliboron, um dessen Erscheinung Francesco Prelati sich nun bemühen mußte.

«Zuerst soll Sillé in den Kreis treten, ich möchte vorher sehen, was geschieht.»

Seigneur de Sillé erschrak. Sein Vetter erteilte ihm nur selten einen

Befehl, es war eher umgekehrt: Gilles ließ sich häufig von den Ratschlägen Sillés leiten.

«Wenn Ihr es wünscht, Herr Vetter...»

Prelati wählte ein kleines, düsteres Nordzimmer und hielt sich im übrigen streng an die in dem Buch *Sanctum Regnum* vorgeschriebenen magischen Riten.

Zwei Tage vor der Beschwörung gingen sie hinaus auf die Felder, um mit einem neuen Messer von einem wilden Haselstrauch einen Zweig abzuschneiden, und zwar genau im Augenblick des Sonnenaufgangs.

Prelati setzte eine würdige Miene auf, er wirkte gesammelt und konzentriert, als zelebriere er eine Messe. Glaubte der junge italienische Priester an die Wirksamkeit seiner Praktiken? Prelati hätte darauf mit einem Schulterzucken geantwortet. Im Grunde seiner Seele glaubte er daran, aber er zweifelte, daß der Seigneur jemals den Mut aufbrachte, die letzten entscheidenden Schritte zu tun.

Als die Sonne wie ein roter Lampion hinter den sanften bewaldeten Hügeln auftauchte, packte Prelati den Haselzweig und trennte ihn ab. Sie gingen zurück ins Schloß, wo in der kleinen Kammer auf einem Tisch die weiteren Utensilien vorbereitet waren: zwei Kerzen und ein Blutstein.

Prelati legte einen Finger auf die Lippen.

«Von nun an bitte ich um absolutes Schweigen!»

Sillé, so klug und berechnend er sein konnte, so feig und furchtsam war er, wenn es um die eigene Haut ging. Um ganz sicher zu gehen, hatte er sich ein kleines Madonnenbild unter das Wams geschoben und hielt es mit der linken Hand krampfhaft fest. So geschützt, würde kein Dämon es wagen, die Hand an ihn zu legen.

Seigneur Gilles blickte finster und entschlossen drein. Prelati übersah es nicht und dachte, solange es um die Haut eines anderen geht, kann man leicht mutig sein.

Er entzündete beide Kerzen und zeichnete mit dem Blutstein ein großes Dreieck auf den steinernen Boden. Darunter schrieb er das Christusmonogramm JHS, flankiert von zwei Kreuzen. Dies alles umgab er mit einer dreifachen Kreislinie, entzündete die Kerzen und stellte sie in den magischen Zirkel zu beiden Seiten des Dreiecks.

Mit einer kurzen Verbeugung drückte er dem vor Angst schlotternden Sillé den Haselzweig in die Hand, deutete auf den Kreis und legte, als dieser etwas sagen wollte, sofort einen Finger auf die Lippen. Sillé schüttelte verbissen den Kopf, preßte das Marienbild an seine Brust und wich zum Fenster zurück.

Man sah Gilles de Rais die Wut an, die ihn jetzt ergriff. Sein Zorn machte ihn kühn. Er riß Sillé den Zweig aus der Hand und trat entschlossen in den magischen Zirkel. Prelati reichte ihm ein Stück Papier und nickte. Mit leiser, etwas schwankender Stimme begann Gilles den Beschwörungstext abzulesen.

Kaiser Luzifer, Herr der rebellischen Geister, sei mir günstig, wenn ich jetzt deinen Diener rufe, den großen Maître Aliboron, denn ich möchte einen Vertrag mit ihm schließen. Ich bitte dich darum, daß Fürst Beelzebub mein Unternehmen schütze. O Astaroth, großer Fürst, sei auch du mir günstig und hilf dem großen Aliboron, mir in menschlicher Gestalt zu erscheinen, ohne Gestank, und mir durch den Vertrag, den ich mit ihm abschließen will, alle Reichtümer zu gewähren, die ich brauche. O großer Aliboron, ich bitte dich, deine Wohnung, wo sie auch sein mag, zu verlassen, hierher zu kommen und mit mir zu sprechen. Wenn du nicht kommen willst, werde ich dich dazu zwingen durch die Macht des großen lebendigen Gottes, des Sohnes und des Heiligen Geistes. Komme sofort, sonst quäle ich dich ewig mit der Gewalt meiner mächtigen Worte und mit dem großen Schlüssel Salomonis, den Salomo benutzte, wenn er die rebellischen Geister zwang, einen Vertrag anzunehmen. Darum erscheine so schnell wie möglich, sonst quäle ich dich unablässig mit den mächtigen Worten des Schlüssels: Aglon Tetragram Vaycheon Stimulamathon Erohares Retragsammathon Clyoran Icion Esition Existien Eryona Onera Erasyn Moyn Meffias Soter Emmanuel Sabaoth Adomai, ich rufe dich. Amen.

Nach diesem kaum hörbar geflüsterten Amen verließ Gilles der Mut. Der Marschall von Frankreich und Held von Orléans bekreuzigte sich hastig und lief hinaus, gefolgt von seinem Vetter Sillé. Draußen blieben sie stehen.

«Man darf sich während der Beschwörung nicht bekreuzigen», flüsterte Sillé, noch ganz außer Atem.

«Das weiß ich selber!» gab Gilles zurück.

Prelati hatte die Tür zugezogen, und was nun zu hören war, ließ den beiden die Haare zu Berge stehen. Es war, als finde da drinnen ein Kampf statt, man hörte dumpfe Schläge, Schreie und Poltern, dazwischen Prelatis erregte Stimme, wie er lateinische Beschwörungsformeln ausstieß. Sillé grinste, seine gelben Augen funkelten boshaft.

«Jetzt muß er selber ausbaden, was er uns eingebrockt hat.»

«Du bist ein verdammter Feigling, Vetter Sillé», sagte Gilles verächtlich. Als Sillé etwas erwidern wollte, fuhr der Seigneur ihn an: «Geh mir aus den Augen – verschwinde!»

Sillé wagte keine Widerrede, weil er wußte, daß es nicht lange dauern würde, und er hatte wieder das Heft in der Hand. So machte er sich schnell davon.

Als kein Laut mehr zu vernehmen war, klopfte Gilles an die Tür. Er liebte den schönen jungen Priester und war in Sorge um sein Wohl. Prelati öffnete selbst. Das Zimmer bot ein Bild wahrhaft teuflischer Verwüstung. Der Tisch lag umgestürzt am Boden, die Kerzen waren in mehrere Teile zerbrochen, der Haselzweig lag zerfetzt im magischen Zirkel. Der rechte Ärmel von Prelatis dunklem Gewand hing nur noch an einigen Fäden und er selber betastete mit schmerzverzerrtem Gesicht eine Beule auf seinem Kopf.

«Sie haben mir den Tisch auf den Schädel geschlagen – mehrmals glaube ich. Dies alles hat Euer Kreuzeszeichen ausgelöst! Das schlimmste, was man den Dämonen antun kann, ist ein Kreuz zu schlagen.»

«Sind mehrere erschienen?»

«Gesehen habe ich nur Maître Aliboron, aber es waren auch unsichtbare Kräfte am Werk. Die Beschwörung ist geglückt, aber Ihr selbst habt ihren Ablauf gestört und damit unterbrochen.»

Gilles senkte den Kopf, im stillen gab er Prelati recht. Der redete weiter.

«Eines aber ist mir jetzt deutlich geworden: Die Dämonen verlangen ein Opfer, wollen Blut sehen. Habt Ihr's draußen nicht gehört, wie Aliboron rief: Blut! Beim nächsten Mal Blut!»

«Ist das – ist das so üblich?»

«Ja, viele magische Riten sind mit Blutopfern verbunden. Es werden Hähne oder Tauben geopfert, auch Ziegen, es sei denn, der Beschwörer verlangt etwas ganz Besonderes von Luzifer: Gold, vergrabene Schätze, Tod oder Krankheit eines Menschen – eben große Dinge.»

«Was verlangt Luzifer denn?»

«Ein Menschenopfer.»

So weit wird er nicht gehen, dachte Prelati, dafür ist er zu feig.

Gilles' dunkle, immer unruhig umherirrende Augen richteten sich auf Prelati, fixierten ihn lange und genau.

«Und Ihr meint, das könne uns voranbringen?»

«Ich glaube schon, Seigneur.»

Während Gilles de Rais daran ging, den Wünschen seines Magiers nachzukommen, war der einsame Jakobspilger nur noch eine Tagesreise von Tiffauges entfernt. Mit seinem schon etwas bejahrten Esel kam er nur langsam voran, und was für einen Pferdebesitzer höchstens einen Tagesritt bedeutete, kostete ihn gut das Dreifache an Zeit.

Trotz der winterlichen Kühle stand der Schweiß auf dem blassen sommersprossigen Gesicht, und die lange Gestalt des noch jungen Mannes kauerte zusammengesunken auf dem Rücken des Grautieres, kam manchmal bedrohlich ins Schwanken und fing sich dann im letzten Augenblick.

Der Pilger trug das übliche lange, mit einem Strick gegürtete Gewand, darüber einen schweren wollenen Mantel und den breitkrempigen Hut mit der vorne befestigten Jakobsmuschel – unverzichtbares Zeichen aller Wallfahrer nach Santiago de Compostela im nördlichsten Spanien.

Zuletzt hatte er in Clisson im Pfarrhof übernachtet – in einem zugigen Heuschober – und dabei erfahren, daß er die weiter westlich gelegene Straße über Montaigu hätte nehmen sollen, die geradewegs über Luçon und Saintes nach Bordeaux führte. Dann hätte er noch nicht einmal die Hälfte des Weges nach Santiago zurückgelegt gehabt.

Aber der Pilger hielt sich nicht an den Rat des Pfarrers, blieb auf der Straße in Richtung Poitiers und erreichte am späten Nachmittag das von seiner mächtigen, achtzehntürmigen Burg überragte Tiffauges. Mühsam stieg er von seinem Esel, humpelte über die herabgelassene Zugbrücke und bewegte mit letzter Kraft den eisernen Türklopfer, der wie eine Löwenpranke geformt war. Es dauerte lange, bis sich drinnen etwas rührte, dann öffnete sich eine Sichtklappe in der schweren Eichenholztür.

«Was willst du? – Oh, verzeiht, ich sehe, Ihr seid ein Pilger.»

Knarrend öffnete sich die schwere Tür, und der offenbar entkräftete und kranke Wallfahrer fiel dem Pförtner in die Arme. Mühsam stammelte er:

«Kann – kann ich hier ein Nachtquartier bekommen? Euer – euer Herr wird überall als fromm und mildtätig geschildert...»

Sofort und ohne lange zu überlegen, nahm Gilles den kranken Pilger auf, gab ihm eines der besseren Zimmer nach Westen hin und schickte nach einem Arzt. Das verschaffte ihm für Augenblicke ein Gefühl, als könne er mit dieser guten Tat ein paar Körnchen seines gewaltigen Sündenberges abtragen.

Als sich herausstellte, daß der Heilkundige selber mit schwerem Rheuma im Bett lag, übernahm Francesco Prelati die Behandlung.

«Von Medizin verstehe ich mindestens so viel wie von Alchimie», bemerkte er so nebenher, und während er den Pilger gründlich untersuchte, fragte er ihn behutsam aus. Der Kranke bat Prelati, ihn einfach Bruder Jacques zu nennen.

«Ich bin der Sohn eines Kaufmannes aus Rennes und habe schwere Schuld auf mich geladen. Verzeiht mir, wenn ich davon nicht sprechen will, aber das geht nur mich etwas an. Mein Beichtvater hat mir dringend eine Pilgerfahrt nach Santiago angeraten, aber seit ich in der Gegend von Nantes in einen schweren Regensturm kam, nehmen meine Beschwerden von Tag zu Tag zu. Husten, Halsweh, abwechselnd Fieber und Schüttelfrost...»

Prelati nickte.

«Ihr habt Euch schwer erkältet und die Krankheit leider schon etwas verschleppt. Ich werde Euch mit fiebersenkenden Tränken sowie heißen Brust- und Halswickeln behandeln, und es müßte mit dem Teu –, also ich wollte sagen, daß Ihr nach einer Woche oder spätestens zehn Tagen Eure Pilgerfahrt fortsetzen könnt.»

Auf diese recht geschickte Weise hatte sich Pater Robert Lesné Eintritt in Tiffauges verschafft. Er hatte mit einer Überdosis von Syringa künstliches Fieber erzeugt, und der inzwischen dreiwöchige Vollbart veränderte sein Gesicht völlig und ließ ihn etwa zehn Jahre älter erscheinen.

Zusammen mit Magister René Petit, dem Kanzler Malestroit und dem Inquisitor Jean Blouyn hatten sie lange hin und her überlegt, auf welche Weise man sich Prelati nähern könnte. Dort als offizieller Kommissar der Inquisition aufzutauchen, war schnell verworfen worden. Man mußte alles tun, um Seigneur Gilles nicht mißtrauisch zu machen, und so war man auf die Maskierung als Jakobspilger verfallen. Auf dem Weg die Küste entlang nach Bordeaux waren diese Leute ein gewohnter Anblick, wenn auch viele Türen sich bei ihrem Anblick schlossen. Die erzwungene Mildtätigkeit – ein Pilger hatte Anspruch auf kostenloses Nachtquartier und freie Mahlzeiten – war nicht jedermanns Sache, um so mehr, als im Pilgergewand nicht selten lichtscheues Gesindel steckte, das sich auf solch fromme Weise durch das Land schnorrte und nicht im Traum daran dachte, die Stätte des heiligen Jakob aufzusuchen.

Daß Bruder Jacques nicht zu diesen Betrügern gehörte, war offensichtlich, denn Prelati erkannte in ihm einen klugen, verständigen und vielfach gebildeten Menschen.

Schon am zweiten Tag ging das Fieber zurück, doch der Kranke sagte, er fühle sich sterbensmatt und müsse noch einige Tage ausruhen.

Prelati nickte eifrig. Ihm gefiel es, zur Abwechslung einmal den Arzt spielen zu dürfen.

«Natürlich müßt Ihr noch liegenbleiben! Aber als Euer Arzt würde ich dringend raten, täglich eine, später zwei oder drei Stunden auf den Beinen zu verbringen. Ihr bleibt im Haus, wandert ein wenig herum, vielleicht besteigt Ihr den *Runden Turm*; die Sicht ins Land ist wunderbar, glaubt mir!»

Pater Robert fand wider Willen Gefallen an Francesco Prelati. Sie waren ungefähr gleich alt, aber an Erfahrung und – wenn auch nur weltlichem – Wissen war ihm der Italiener weit voraus. Sein Französisch klang etwas holprig, war mit italienischen Brocken durchsetzt, aber seine Gestik, sein anmutiges, ausdrucksvolles Gesicht, seine warme, wohltönende Stimme nahmen für ihn ein.

War dies der Augenblick, die Maske fallen zu lassen? überlegte der Pater blitzschnell, aber eine Aussprache würde viel Zeit kosten, und er konnte nicht riskieren, daß unversehens der Seigneur hereinplatzte. Da mußte ein anderer, gefahrloserer Weg gefunden werden.

«Seigneur Gilles befindet sich wohl? Ich bin ihm zu großem Dank verpflichtet und finde bestätigt, was alle Welt von ihm erzählt.»

Prelatis Gesicht blieb unbewegt.

«Was erzählt denn alle Welt?»

«Daß Seigneur de Rais einen großen Teil seines Vermögens für kirchliche Zwecke aufwendet und auch sonst eine offene Hand haben soll.»

«Ja, das stimmt schon, aber er ist auch anderweitig interessiert.»

Pater Robert richtete sich auf.

«Woran, wenn ich fragen darf? Astronomie? Astrologie? Geschichte? Es tut so gut, umfassend gebildete Menschen kennenzulernen. Ich werde zwar später das Geschäft meines Vaters übernehmen müssen, aber glaubt mir, lieber wäre ich nach Paris gegangen, um dort an der Universität die genannten Wissenszweige zu studieren.»

Prelati zog einen Hocker heran und setzte sich.

«Legt Euch wieder zurück, Bruder Jacques. Ihr solltet Euch nicht erregen, das könnte einen Rückfall bewirken. Also – unsere Experimente gehen in eine andere Richtung. Ich weiß, daß es abgeschmackt klingt, wenn ich sage, daß wir sozusagen dem Stein des Weisen auf der Spur sind, der auch als Großes Elixier, Quintessenz und mit anderen Namen bezeichnet wird. Habt Ihr Euch damit auch schon befaßt?»

«Nur am Rande. Natürlich kenne ich von der Lateinschule her die dem *lapis philosophorum* zugeschriebenen Eigenschaften. Er fungiert als *agens* und soll flüssige unedle Metalle in Gold verwandeln und auch sonst allerlei bewirken können.»

«Bravo, Signore, una buona risposta!» rief Prelati spontan.

Der Pilger hob die Hand.

«Ich bin mir aber nicht sicher, ob dieser *lapis* jemals geschaffen wurde, oder ob er bloß ein Wunschtraum der Alchimisten ist.»

Prelati legte sich nicht fest.

«Nun ja, wir werden sehen. Die einschlägige Literatur tappt da auch etwas im dunkeln. Einmal wird die Quintessenz als gelb, einmal als rot beschrieben, der arabische Alchimist Chalid sagt, dieser Stein vereinige in sich alle Farben, sei zugleich weiß, rot, gelb, blau und grün. Die Araber haben da schon viel Vorarbeit geleistet, und die heutige Alchimie folgt ihnen in fast allen Fragen. Zum Beispiel hat bis heute niemand die These widerlegt, daß sämtliche Metalle aus verschiedenen Stoffen bestehen, aber alle enthalten sie Schwefel oder Quecksilber, und wenn man die richtigen Mischungsverhältnisse kennt, lassen sich Kupfer, Zinn, Silber und auch Gold herstellen. Niemand zweifelt daran, daß Gold zum größten Teil aus Quecksilber und einer kleinen Menge Schwefel besteht. Das Hauptproblem ist, das richtige Mischungsverhältnis herauszufinden und den besten Weg, die beiden Stoffe zu vereinigen.»

«Die chymische Hochzeit...», sagte der Pater.

«Ja, auch so wird sie genannt.»

«Ob sie jemals stattgefunden hat?»

«Da bin ich sicher, aber kein Alchimist gibt das Geheimnis preis.»

Den Pater beschlich ein seltsames Gefühl. Ihm war, als hätte er sich dem anderen ein gutes Stück genähert und es brauche nur noch einen kleinen – den letzten Schritt, um ihn auf die richtige Seite zu ziehen. Sofort meldete sich sein in langen Klosterjahren geformtes Gewissen. Du bist ein Inquisitor, Robert Lesné, laß dich also nicht vom schönen Schein täuschen. Und bedenke: Alchimie ist a priori noch nichts Verbotenes, weil die Kraft der Natur, also der Geist Gottes, in ihr wirkt. Erst wenn der Alchimist, um voranzukommen, zu magischen Hilfsmitteln greift, den Teufel beschwört oder...

Der Pater führte seinen Gedankengang gleich laut fort:

«Es soll ja Alchimisten geben, die bei ihren Versuchen nicht nur mit Metallen, Salzen und Laugen arbeiten, sondern ihren Erfolg mit Mitteln erzwingen wollen, die sündhaft und ketzerisch sind. Ich war ein Schüler von acht oder neun Jahren, da wurde in meiner Heimatstadt ein Alchimist lebendig verbrannt, der den Hebammen neugeborene Kinder abkaufte und ihr Blut zu magischen Versuchen verwendete. Den Teufel soll er dabei auch angerufen haben.»

Pater Robert sah, wie Prelatis Augen sich weiteten, schreckhaft vielleicht, aber es gelang ihm schnell, daraus einen erstaunten Blick zu machen.

«Tatsächlich? Ich habe gehört, daß es so etwas gibt, aber ein wirklicher Fall ist mir nie bekanntgeworden. Wie hieß der Alchimist?»

Der Pater wußte, daß der erst kürzlich aus Italien Zugewanderte kaum mit der französischen Rechtsgeschichte vertraut war, und er hätte einen Namen erfinden können, doch es bestand eine winzige Möglichkeit, daß Prelati sich erkundigen könnte.

Er runzelte die Stirn.

«Das ist schon lange her – doch wartet, ja, Jean Dubois hieß der Mann. Es gehört zu den schlimmsten Erinnerungen meines Lebens, als ich aus dem *Palais de Justice* seine Schreie hörte. Er wurde tagelang gefoltert, obwohl ihn allein die Funde in seinem Haus schon überführt hätten. In einem Glas fand man das Herz des ermordeten Säuglings, in einer Flasche Reste von seinem Blut. Zur Hinrichtung nahm mein Vater mich mit, daß mir der schreckliche Tod des Magiers eine Lehre sei. So etwas vergißt man nicht, das dürft Ihr mir glauben.»

Prelatis schöne dunkle Augen verloren ihren warmen freundlichen Glanz, wurden kalt und mißtrauisch. Ahnte er etwas? Pater Robert entschloß sich, die Maske fallen zu lassen. Er war sich jetzt sicher, daß der direkte Weg der erfolgversprechendste sein würde: Er mußte Prelati in die Zange nehmen und ihm angst machen.

«Hat – hat Eure Pilgerschaft etwas mit solchen Dingen zu tun?» fragte Prelati.

«Nein, Sieur Prelati. Ihr seid doch ein geweihter Priester, tragt die Tonsur, wenn auch – was ich bedauere – ein weltliches Gewand. Warum übt Ihr Euren Beruf nicht aus und befaßt Euch statt dessen mit gottlosen Dingen?»

Das Gesicht des Italieners verschloß sich, und er stand auf.

«Ihr stellt Fragen, die Euch nicht zukommen, Bruder Jacques. Gott schenke Euch eine schnelle Genesung, damit...»

«... ich bald wieder verschwinde, nicht wahr? Sieur Prelati, ich glaube, die Stunde der Wahrheit ist gekommen. Wißt Ihr, wo Seigneur de Rais sich jetzt befindet?»

«Er ist ausgeritten, soviel ich weiß.»

Der Pater nickte.

«Es wäre fatal, würde er jetzt hereinplatzen. Setzt Euch wieder hin, Prelati, und hört mir gut zu.»

Im Gesicht des Italieners stritten verschiedene Empfindungen: Unsicherheit, Angst, Trotz, Neugier. Doch er folgte der Aufforderung und ließ sich langsam auf den Stuhl nieder, als fürchte er, ihn zu zerbrechen. Der Pater stieg aus dem Bett, ging zur Tür und riß sie plötzlich auf.

«Nur zu unserer Sicherheit. Also: Weder bin ich krank, noch heiße ich Bruder Jacques. Mein Name ist Robert Lesné, ich gehöre dem Orden der Dominikaner an und wurde vor etwa einem Jahr von Monseigneur Jean Blouyn zum Kommissar der Inquisition für diesen Fall ernannt. Euer Brotgeber steht in dem dringenden Verdacht, den Teufel zu beschwören, um seine immer desolater werdenden Vermögensverhältnisse aufzubessern. Zudem – zwar fällt das nicht in mein Fach – gibt es bis jetzt eine Reihe von Fällen verschwundener Kinder, deren Spuren sich in Burgen des Seigneur de Rais verlieren. Euer Name, Francesco Prelati, ist längst aktenkundig, und Ihr werdet – wie auch der Seigneur – seit Monaten beobachtet. Es ist nur noch eine Frage der Zeit, bis Gilles de Rais überführt werden wird, und dann gnade Gott seinen Helfern! Die Inquisition, Sieur Prelati, macht stets reinen Tisch, und wer immer zu Seigneur Gilles' Verbrechen beitrug, wird die Strafe mittragen müssen. Ihr kennt doch die Stelle im fünfzehnten Kapitel des Evangelisten Johannes, wo Christus spricht: Wer nicht in mir bleibt, der wird weggeworfen wie eine Rebe und verdorrt, und man sammelt sie, wirft sie ins Feuer, und sie müssen brennen.»

«Mit den verschwundenen Kindern habe ich nichts zu tun!» sagte Prelati schnell, «und was Ihr Teufelsbeschwörung nennt, ist im Grunde harmlos. Ein Spielchen mit magischen Kreisen, magischen Sprüchen, magischen Riten – etwas für Einfältige, unter uns gesagt.»

Pater Robert schüttelte den Kopf.

«Ihr nennt das Spiel mit Satan und seinen Dämonen harmlos und Gilles de Rais einfältig? Betrachtet in Italien die Inquisition teuflische Magie mit anderen Augen? Meines Wissens sind Teufelsbeschwörer wie Cecco d'Ascoli, Pietro d'Abano und viele andere dieser Art auf dem Scheiterhaufen gestorben, oder irre ich mich? Hier verfährt man nicht anders, das kann ich Euch versichern.»

«Woher weiß ich, daß Ihr tatsächlich von der Inquisition kommt? Seigneur Gilles hat viele Feinde...»

«Ich müßte mich vor Euch nicht ausweisen, Prelati, tue es aber dennoch, weil Ihr mir wie ein vernünftiger Mann erscheint.»

Pater Robert zog seinen schäbigen Pilgersack heran, öffnete die verbeulte zinnerne Wasserflasche und schraubte den Verschluß auseinander. Ein Papierröllchen kam zum Vorschein, er strich es glatt und hielt es Prelati hin.

«Es trägt die Unterschrift von Monseigneur Blouyn, und ich kann Euch zudem versichern, daß der Herzog und sein Kanzler informiert sind und unsere Nachforschungen unterstützen.»

Prelati lächelte seltsam.

«Ihr wißt, daß wir in Tiffauges der Krone von Frankreich unterstehen und der Herzog samt seinem Kanzler hier nichts zu sagen hat.»

Pater Robert lächelte zurück. Es war nicht nur kollegiale Rücksicht von Priester zu Priester, daß er so schonend verfuhr, ihm gefiel dieser beherrschte, kluge und gewinnende Mensch.

«Die Inquisition ist an keine Grenzen gebunden; ich könnte Euch notfalls bis nach Italien verfolgen.»

«Und ich könnte den Seigneur von unserem Gespräch unterrichten, und er würde Euch in einem seiner Kerker auf Nimmerwiedersehen verschwinden lassen. Die Nachforschungen würden im Sand verlaufen, da Ihr ja als der Jakobspilger Bruder Jacques unterwegs seid. Einen Pater Robert Lesné hat hier niemand gesehen.»

Prelati sagte das ohne jeden Unterton von Drohung oder Wut, als stelle er nur eine von vielen Möglichkeiten zur Debatte.

So nahm Pater Robert es auch nicht persönlich.

«Gewiß, das wäre ein Weg, aber Eure Haut, fürchte ich, könntet Ihr damit nicht retten. Meine Vorgesetzten wissen über jeden meiner Schritte Bescheid, und wenn sich der Weg eines Bruder Jacques von Nantes bis hierher durch viele Zeugen belegen läßt, so gibt es andererseits wieder gewichtige Zeugen dafür, daß dieser mit mir identisch ist, nämlich – nur um die wichtigsten zu nennen – den Kanzler Malestroit, den Inquisitor Blouyn, den Untersuchungsrichter Touscheronde und einige an dem Fall arbeitende Kommissare. Die Sache ließe sich in wenigen Tagen aufklären.»

Prelati lächelte schwach und hob beide Hände mit einer leichten anmutigen Geste der Ergebung.

«Gut, Ihr habt mich überzeugt, und was erwartet Ihr nun? Daß ich nach Nantes zum Inquisitor gehe, alles zugebe und mich hängen lasse?»

Der Pater schüttelte seinen Kopf.

«Ich sehe schon, daß Ihr mit den Methoden der Inquisition wenig vertraut seid. Über uns gibt es die wildesten Gerüchte, aber eines kann ich Euch versichern: Wer uns unterstützt, wird belohnt.»

«Und wie soll diese Unterstützung in meinem Fall aussehen?»

«Daß Ihr weiterlebt und weiterarbeitet, wie bisher. Es darf sich zwischen Euch und dem Seigneur nicht das geringste ändern. Wenn er eine Teufelsbeschwörung verlangt, so setzt sie in Szene. Ihr seid ein kluger, geschickter Mann und werdet leicht einen Weg finden, daß dabei nichts Ernsthaftes geschieht.»

«Ich kann Euch bei meinem Leben versichern, daß auch bisher nichts Ernsthaftes geschehen ist.»

Pater Robert wiegte seinen Kopf.

«Da gibt es Feinheiten, mit denen Ihr vielleicht nicht vertraut seid. Luzifer ist ein erzgescheiter Bursche.»

«Und was weiter? Ich soll also leben und wirken wie bisher...»

«Und über jedes Geschehnis, auch wenn es Euch noch so harmlos erscheint, an uns Bericht erstatten.»

«Wie soll das geschehen?»

«Wir werden Leute zu Euch schicken, verkleidet als Handwerker, fahrende Kaufleute, reisende Mönche und so fort. Ihr werdet versuchen, mit diesen Leuten ungestört zu sprechen. Wie ich Euch kenne, Prelati, werdet Ihr einen Weg finden...»

«Davon bin ich überzeugt!» sagte der Italiener mit Nachdruck. Er schien sich mit seiner neuen Rolle bereits angefreundet zu haben. Dann fiel ihm noch etwas ein. «Ihr seht, daß ich zur Kooperation bereit bin, denn das Wirken der Inquisition gilt der höheren Ehre

Gottes. Wie aber sieht meine Rolle aus, wenn der Seigneur überführt und festgenommen ist? Gibt es für mich eine Gelegenheit, vorher zu verschwinden?»

«Nein, Prelati, die gibt es nicht. Ihr werdet mit dem Seigneur vor Gericht stehen als Zeuge wie auch als Angeklagter – leider gibt es da keinen anderen Weg. Aber Ihr habt mein Wort, daß Ihr nach der Urteilsverkündung frei seid, auch wenn man Euch – pro forma – in sie miteinbezieht.»

Prelati sprang auf.

«So sieht das also aus!» rief er.

«Leiser!» befahl Pater René.

«Ich stehe als Mittäter vor Gericht, muß bezeugen und gestehen und komme dazu vielleicht noch auf die Folterbank, damit mir gewiß alles einfällt. Nein, mein Lieber, da ziehe ich es vor zu verschwinden, und zwar so schnell wie möglich.»

Pater René blieb geduldig.

«Ihr werdet nicht weit kommen, die Grenze nach Italien ist Hunderte von Meilen entfernt. Eines müßt Ihr wissen, Prelati: Erwischt man Euch auf der Flucht, dann gibt es kein Pardon! Nur als zuverlässigen Informanten der Inquisition kann ich Euch schützen, nicht jedoch als flüchtigen Verbrecher.»

Prelati setzte sich wieder.

«Und welche Garantie bietet Ihr mir?»

«Nur mein Wort.»

«Wissen Eure Vorgesetzten davon?»

«Wir haben alles vorher abgesprochen. Das Schlimmste, was Euch passieren kann, ist ein Gefängnisurteil, doch Ihr müßt nur wenige Tage davon absitzen, immer vorausgesetzt, Euer Geständnis ist offen und umfassend. Und noch etwas: Das im Dienst des Seigneur erworbene Vermögen wird weder eingezogen noch angetastet. Es steht Euch frei, damit in Eure Heimat zurückzukehren.»

Prelati dachte nach, doch es dauerte nicht lange, dann streckte er René die Hand hin. Noch ehe dieser einschlagen konnte, klopfte es draußen, und gleichzeitig öffnete sich die Tür.

«Hier finde ich unseren Kranken zusammen mit seinem Arzt. Geht es Euch besser, Bruder Jacques?»

Prelati hatte schnell reagiert und faßte die ihm entgegenkommende Hand am Puls.

Gilles de Rais fragte mißtrauisch:

«Was macht Ihr mit der Hand, Prelati?»

«Ich zähle den Pulsschlag und blicke dabei auf die Uhr. Ein italienischer Arzt hat vor wenigen Jahren diese Methode entwickelt. Der Pulsschlag entspricht dem Herzschlag und erhöht sich bei fiebrigen Erkrankungen. Jetzt ist er auf achtzig zurückgegangen, das ist fast schon normal. In zwei Tagen könnt Ihr aufstehen, Bruder Jacques.»

«Ihr seid ein rechter *sorcier*, Prelati, ein Tausendkünstler. Mit Euch erspart man sich Priester, Leibarzt, Alchimist, Astronom und Astrologe...»

Prelati grinste frech, wandelte es aber schnell in ein geschmeicheltes Lächeln.

«Das spart Euch viel Geld, Seigneur. Müßtet Ihr jeden einzeln bezahlen, ergäbe es eine hübsche Summe.»

«Ihr kommt auch so nicht zu kurz, glaube ich.»

«Habe ich mich beklagt?»

Drei Tage später ergriff Bruder Jacques seinen Pilgerstab und wanderte zu einem nahe liegenden kleinen Kloster. Dort übernachtete er und verließ es als Pater Robert Lesné, glattrasiert und mit dem Habit eines Dominikaners unter dem weiten, grauen Reisemantel. Sein Grautier hatte er mit einem schnellen Pferd vertauscht, und bei Einbruch der Dämmerung durchquerte er das südliche Stadttor von Nantes.

12

Perrinet Briand langweilte sich. Seit sich der Seigneur in Tiffauges aufhielt, gab es für ihn kaum noch etwas zu tun. Der ganze riesige Hofstaat war mitgereist, so daß auch keine Sattlerarbeiten anfielen. Zweimal in der Woche probte er mit seinem Chor, aber niemand las eine Messe in der halbfertigen Kirche, deren Weiterbau schleppend voranging, seit bekannt war, daß der Papst seine Zustimmung verweigerte. Warum hatte ihn der Seigneur nicht mitgenommen?

«Du mußt mir meinen Chor hüten, bis ich wiederkomme. Bald kommt viel Geld ins Haus, dann vollenden wir die Kirche und bauen noch ein kleines Stift dazu.»

Das lag nun schon einige Zeit zurück, und Perrinet erwog allen Ernstes, ob er nicht in Nantes seine Lehrzeit beenden sollte. Vielleicht hatte Isabelle es sich doch anders überlegt und erhoffte seine Rückkehr? Aber er mußte hier ausharren, denn der Magister – und hinter ihm stand der Herzog! – wartete auf seinen Bericht. Doch seit der Seigneur fort war, gab es nichts zu berichten. Der zwölfjährige André blieb verschwunden, und seinen Nachfolger, den kleinen Jeannot, hatte Seigneur Gilles mit nach Tiffauges genommen. Das hatte er dem als Kesselflicker verkleideten Boten mitgeteilt, und nun herrschte in Machecoul Grabesruhe – bis gestern. Da war Seigneur de Sillé eingetroffen mit einem Dutzend Kriegern, laut und anmaßend, als sei er der Herr im Haus. Im Grunde war er es auch, wenn der Seigneur sich woanders aufhielt. Alle duckten sich und folgten seinen Befehlen. Auch Perrinet mußte Bericht erstatten, wurde über Belangloses ausgefragt und erhielt den Auftrag, sich um das schadhafte Sattelzeug der Krieger zu kümmern.

«Und am Abend möchte ich dich bei Tisch sehen, Perrinet! Auch wenn unser gnädiger Herr nicht hier ist, soll es etwas wie eine Hofhaltung geben, das Gesinde wird sonst nur faul und aufsässig.» Seine gelben tückischen Augen beobachteten Perrinet genau. «Damit bist natürlich du nicht gemeint», fügte er spöttisch hinzu.

«Ich habe es auch nicht so verstanden», sagte Perrinet steif.

Seigneur de Sillé scheute nicht davor zurück, bei Tisch den Platz seines Vetters einzunehmen, aber gegen Gilles' imposante düstere Erscheinung wirkte er wie eine kleine giftige Kröte, die auf dem wappengeschmückten Sessel hockte und tat, als gehöre sie dorthin. Da auch der burgundische Koch mit nach Tiffauges gegangen war, gab es nur lieblos zubereitete Speisen, entweder nicht oder zu stark gesalzen, das Gemüse verkocht, das Fleisch außen verkohlt und innen blutig roh. Sillé schien es nicht zu merken, er aß nur wenig, trank aber – ganz gegen seine Gewohnheit – Becher um Becher. Vielleicht gestattete er sich das nur, weil er in Gilles' Anwesenheit nicht ständig wach und aufmerksam sein mußte, damit ihm nichts entging.

Heute hatte er es auf Perrinet abgesehen, an den er mehrmals spöttische Fragen richtete, deren Antwort er dann ins Lächerliche zog.

«Was machst du eigentlich, wenn einige deiner Chorknaben in den Stimmwechsel kommen? Nimmst du dann ein Messerchen und schneidest ihnen schnipp-schnapp die kleinen Eier ab? Schnipp-schnapp!» Sillé lachte schallend und blickte dann Perrinet an. «Also?»

«Sie werden mit einem Geldgeschenk entlassen, Seigneur de Sillé.»

«Schade! Ich hätte so gerne einmal zugesehen, wie man so ein Bübchen festhält, ihm die Beine spreizt und dann ratsch!» Mit einer übertriebenen Geste faßte er sich zwischen die Schenkel. «Ah – wenn ich nur daran denke, dann spüre ich, wie meine Eier vor Angst zu hüpfen beginnen.» Alles lachte, nur Perrinets Gesicht blieb unbewegt. «Das gefällt dir nicht, wie ich sehe. Bist eben ein Glückskind – der Liebling unseres Herrn, mit einer schönen Stimme begnadet, und wunderbarerweise noch immer am Leben.»

«Wie meint Ihr das, Seigneur de Sillé?»

Perrinet stellte die Frage mit ruhiger Stimme, fühlte aber, wie ihn ein eisiger Schauer anwehte.

«Na, du weißt doch selber, wie schnell so einem Buben etwas passieren kann. Sie sind ja so ungeschickt! Der eine fällt von der Leiter, der andere vom Pferd, und ein dritter ertrinkt. Bist eben ein Glückskind.»

Niemand von der kleinen Tischrunde ging auf Sillés seltsames Gerede ein, und als das Geschirr abgetragen war, verschwanden sie – einer nach dem anderen. Sillé deutete mit dem Finger auf Perrinet.

«Du bleibst!»

Seine trunkene Stimme war undeutlich geworden, doch die schmutzig-gelben Augen funkelten in gefährlicher Wachheit. Perrinet setzte sich neben ihn.

«Was wollt Ihr von mir, Seigneur?»

«Wollen? Nichts – da trink zuerst einmal.» Er schob ihm einen vollen Becher hin. Perrinet nippte. «Trinken, habe ich gesagt!»

Er nahm einen kleinen Schluck, hielt den Becher lange an den Lippen und täuschte so einen großen vor.

«Weißt du, von wo ich jetzt komme?» Perrinet schüttelte seinen Kopf. «Aus Champtocé, das mein Vetter an den Herzog verhökert hat. Ich habe die Herrschaft ordnungsgemäß übergeben, aber ich fürchte, es wird trotzdem nichts draus, weil sich René de la Suze, der Bruder unseres Herrn, an den Herzog von Anjou gewandt hat, wozu ja Champtocé und Ingrandes gehören. Aber warum erzähle ich dir das? Das geht nur uns etwas an ... Du warst noch nie in Champtocé, nicht wahr? Ein schöner Besitz, kein Wunder, daß den Herzog danach gelüstet. Aber so, wie es war, konnten wir es ihm nicht übergeben – und weißt du warum?» Sillé schenkte sich nach, der Becher lief über, und ein tiefroter Fleck färbte das damastene Tischtuch. Er achtete nicht darauf.

«Da gibt es in der Nähe des unteren Saales einen Turm, den man heute wegen seiner Baufälligkeit nicht mehr nutzt. Der untere Teil ist mit schweren Brettern vernagelt, weil der Seigneur nicht will, daß sich wer in Gefahr begibt. Ich habe mit meinen Leuten die Bretter entfernt, denn der Turm war bewohnt, und ich mußte auf Befehl unseres Herrn diese Bewohner ausquartieren. Es werden so um die vierzig gewesen sein – arme Kerle, hatten kaum noch Fleisch auf den Knochen.»

Sillé trank und blickte seinen Zuhörer dabei lauernd an.

«Ich verstehe nicht...», stammelte Perrinet, «waren es Gefangene? Und wie wurden sie versorgt, wenn alles mit Brettern vernagelt war?»

Sillé lachte, aber es hörte sich an wie ein Stöhnen.

«Die brauchten keine Versorgung mehr, denn sie waren tot. Um die vierzig Skelette lagen da, auf- und übereinander, ganz kleine und auch größere, wie es bei Menschen zwischen fünf und fünfzehn eben der Fall ist. Die Haare, fast immer blond, waren noch dran, aber die Ratten hatten dort inzwischen Freßorgien gefeiert, du kannst dir also denken, wie es da aussah. Und erst der Gestank! Wir mußten den Raum stundenlang durchlüften, ehe wir ihn betreten konnten. Nicht wenigen fehlte übrigens der Kopf, was aber nicht heißen soll, daß sie keinen hatten. Der lag eben nur irgendwo anders.»

Perrinet traf es wie ein Schlag. Der Traum, die Vision, sein nächtliches Erlebnis. Eines fügte sich ins andere, und der Schatten des als Mensch auftretenden Dämons Gilles de Rais lag dunkel und bedrohlich über Machecoul, Tiffauges und Champtocé.

«Warum – warum erzählt Ihr mir das, Seigneur de Sillé?»

Die gelben Augen blickten tückisch-schlau.

«Weil auch du es wissen sollst! Du mästest dich hier für wenig Arbeit, und wenn es einmal ans Licht kommt, dann spazierst du nach Nantes zurück und hast von nichts etwas gewußt. Du sollst verstehen lernen, daß alles seinen Preis hat und daß dein gutes Leben hier nicht ganz umsonst sein kann. Ich will, daß du es mitträgst, daß man dich – sollte es schiefgehen – später vor Gericht fragen wird: Perrinet Briand, du hast von den Verbrechen gewußt, aber geschwiegen – warum?»

Eine ungeheuere Erleichterung stieg in Perrinet auf, eine Freude, der Triumph, daß Sillé ihm nichts anhaben konnte. Im Gegenteil: Mit jedem Detail, das er hier erfuhr, wurde seine künftige Zeugenaussage umfassender, beweiskräftiger, erdrückender. Da Sillé nun schon einmal redete, mußte er möglichst viel herausfinden.

«Aber Seigneur de Sillé, ich weiß ja nicht einmal, ob Ihr die Wahrheit sprecht oder Euch nur einen grausamen Scherz erlaubt. Wie sollen denn die vierzig Skelette in den Turm gekommen sein? Da hätte doch irgendwer etwas merken müssen.»

«Aber ja!» rief Sillé, und es klang fast fröhlich, «viele haben es gewußt, einige gesehen, die meisten etwas geahnt. Und außerdem ist der Beweis jetzt hier in der Burg», er deutete aufs Fenster, «gleich da drüben, schön verpackt in drei Kisten. Willst du es sehen?»

Stumm schüttelte Perrinet seinen Kopf.

«Schade, denn viel Zeit ist dafür nicht mehr, weil wir das Zeug so schnell wie möglich verbrennen müssen.»

«Und wie – wie sind diese Kinder zu Tode gekommen?»

Sillé lachte.

«Da mußt du ihn schon selber fragen, meinen kinderlieben Vetter. Ich war nicht dabei, ich bin nur gut genug, um den Dreck wegzuschaffen. Aber einer muß es ja tun, nicht wahr? Wes Brot ich eß, des Lied ich sing! So ist es doch, Perrinet? Wärst du damals, als wir dich hierher holten, ein paar Jährchen jünger gewesen, dann lägst du wohl auch irgendwo verscharrt, oder man hätte deine Reste im großen Kamin des Stadtpalastes verbrannt. Ich war einmal Zeuge und kann dir nur sagen, es dauert eine Ewigkeit, bis so ein Körper – auch wenn es nur ein kleiner ist – sich in Asche aufgelöst hat.»

Blitzschnell ging Perrinet jene Stunde durch den Kopf, als ihn der Seigneur in sein Stadtpalais bestellt und etwas von Mäusen und Ratten gesagt hatte, die man angeblich im Kamin verbrannt hatte. Mäuse und Ratten ...

Sillé faßte ihn jetzt an der Hand und drückte sie so fest, daß er leise aufschrie.

«Glaube nur ja nicht, du könntest dich jetzt davonmachen und dich in Nantes bei deinen Eltern ausweinen. Kein Mensch wird dir die Geschichte glauben, schon gar nicht die Herren am Hof, denn die wollen ja etwas von Seigneur Gilles und werden ihm kaum die Laune verderben. Du würdest es übrigens nicht lange überleben. In unserem Fall sind tote Zeugen die besten Zeugen. Das geht ganz leicht. Wenn du etwa am Abend aus der Werkstatt kommst, um zu deinen Eltern zu gehen, reitet einer schnell an dir vorbei, und dein Kopf rollt wie zufällig in den Dreck. Wir haben eine Menge eifriger und geschickter Leute, die sich immer gerne ein Extrageld verdienen wollen.»

«Was soll ich also tun?»

«Den Mund halten und weitermachen wie bisher. Und solltest du, wovon ich gehört habe, eines Tages wieder nach Nantes zurückgehen, dann heißt das, den Mund halten, solange du lebst. Nicht einmal beichten mußt du es, denn du hast ja nichts getan. Es ist keine Sünde, von einer Sünde zu wissen.»

«Ihr hättet es mir trotzdem nicht erzählen sollen.»

Sillé blickte ihn hämisch an, die gelben Augen vom Weingenuß trübe und rotumrändert. «Willst du mir vorschreiben, was ich tun soll? Wir sind hier alle eine große Familie, und wer das Glück hat, noch zu leben, soll auch wissen, daß es anderen nicht so gut ging.»

Perrinet nickte und sagte ergeben:

«So muß es wohl sein.»

Sillé machte eine matte Handbewegung.

«Verschwinde jetzt!»

Später überlegte Perrinet, warum Sillé ihm die ganzen – wenn es die ganzen waren! – Scheußlichkeiten enthüllt hatte. Was stand dahinter? Bosheit? Haß? Neid? Tücke? Sillé verfolgte jeden mit Mißtrauen, der in der Gunst des Seigneur stand. Vielleicht war es ein raffinierter Plan, ihn, Perrinet Briand, mit in den Sumpf hineinzuziehen, ihn zum Mitwisser, zum Spießgesellen zu machen. Oder hatte der Seigneur es befohlen? Daß Bricqueville, Kaplan Blanchet sowie Poitou und Henriet Bescheid wußten, war anzunehmen.

Nun weiß auch ich Bescheid, dachte Perrinet. Aber, verehrter Seigneur Sillé, es wird sich als Fehler erweisen, mich eingeweiht zu haben.

Noch am selben Tag suchte er den Mann auf, der Kurierdienste für Machecoul versah und etwa jede zweite Woche nach Nantes ritt. Malestroit selber hatte dem Mann eingeschärft, daß es keine offene Verbindung zu Perrinet geben durfte, und stopfte seinen Mund mit einem doppelten Botenlohn.

Perrinet wartete den Einbruch der Nacht ab, versteckte die kleine Sturmlaterne unter seiner weiten Pelerine, schlich sich nach Machecoul und klopfte leise an die Tür.

«Wer da?» hörte er fragen.

«Nantes!» gab er zurück.

Das war ihr abgesprochenes Losungswort, denn da konnte er sich im Falle einer Entdeckung darauf hinausreden, daß er eine dringende Botschaft an seine Eltern hätte.

«Die Nachricht ist außerordentlich wichtig! Ihr müßt morgen früh los, und ich habe Anweisung gegeben, daß Ihr den dreifachen Botenlohn erhaltet. Diesmal kann ich Euch nichts Schriftliches mitgeben, aber ihr müßt Euch nur einen Satz merken: Vierhundert Goldstücke in C. vergraben und jetzt nach M. gebracht.»

Der Mann nickte.

«Vierhundert Goldstücke in C. vergraben und jetzt nach M. gebracht.»

Perrinet hatte zusammen mit Magister René Petit eine primitive Geheimsprache entwickelt. Wenn in Machecoul ein neuer Junge auftauchte, dann hieß das: Zehn Goldstücke sind aus X für Y eingetroffen. Waren Namen und Herkunft bekannt, wurde ergänzt: zehn Goldstücke sind aus Pornic für Jean eingetroffen. Das hieß im Klartext: Ein Junge namens Jean aus Pornic ist am Hof des Gilles de Rais. Da die Herrschaften des Seigneur allesamt mit anderen Buchstaben begannen, stand C. für Champtocé, T. für Tiffauges, M. für Machecoul, I. für Ingrandes und so weiter.

Die diesmalige Botschaft hieß: Vierzig Kinder wurden in Champtocé vergraben und jetzt nach Machecoul gebracht.

In Nantes ließ Magister René sich die Nachricht dreimal wiederholen, zahlte den Boten aus und ging zum Kanzler.

«Der Monseigneur ist gerade ...»

«Es ist dringend!» fuhr René den Diener an, «so dringend wie nie!»

Ungeduldig schob er den Mann beiseite.

«Aber Seine Hoheit ist beim Kanzler!»

«Um so besser!» rief René und stieß die Tür auf.

Herzog Jean und Malestroit standen am Fenster und wandten sich unwillig zur Tür, als der Magister hereinstürmte.

«Ich kenne Euch als höflichen Menschen», sagte Malestroit scharf, «aber diesmal geht Ihr zu weit!»

«Hoheit, Monseigneur, verzeiht! Aber ich erhielt eben eine so ungeheuerliche Botschaft.»

Malestroit winkte den Diener hinaus.

«Also?»

«Unser Perrinet ließ mir sagen, daß in Champtocé vierzig Kinder vergraben sind – nein waren und man die Leichen jetzt nach Machecoul gebracht hat.»

«Mein Gott...», flüsterte der Herzog und setzte sich auf einen Stuhl.

«Das wird gewesen sein, ehe Eure Hoheit die Burg mit unseren Leuten besetzen ließ. Da muß es doch noch Spuren geben! Oder Zeugen! Niemand kann so ohne weiteres vierzig Leichen beseitigen. Magister, nehmt Euch morgen früh eine bewaffnete Eskorte und untersucht den Fall.»

«Wenn es Zeugen gibt, werden sie längst verschwunden sein», gab der Herzog zu bedenken.

Malestroit schüttelte den Kopf.

«Das glaube ich nicht, denn wir haben ja nur die Bewaffneten, nicht aber das Gesinde ausgewechselt.»

«Sie fürchten um ihren Kopf und werden schweigen.»

Malestroit wandte sich an René.

«Dann ist es Eure Aufgabe, sie zum Reden zu bringen. Versucht es zunächst weder mit Drohung noch mit Gewalt. Laßt da und dort ein Goldstück springen, versprecht den Leuten höchste Protektion.»

«Sie werden mißtrauisch sein, denn Champtocé liegt auf dem Gebiet des Herzogs von Anjou.»

«Dann könnt Ihr Euch ruhig auf den König berufen, unser aller Oberlehensherr. Ihm ist jeder in Frankreich Gehorsam schuldig.»

Der Herzog lächelte still vor sich hin, sein biederes, aber schlaues Gesicht wirkte harmlos und einfältig.

«Gut», sagte René, ich werde versuchen, soviel wie möglich herauszufinden. Das könnte uns einen gewaltigen Schritt vorwärts bringen.»

«Wir setzen unser Vertrauen in Euch», sagte der Herzog.

René Petit verneigte sich und ging hinaus. Er hatte die letzten Tage vorgearbeitet, und eigentlich wäre es sein Plan gewesen, Isabelle mehr Zeit zu widmen. Er hatte das Mädchen vernachlässigt, denn der Fall Gilles de Rais weitete sich von Mal zu Mal aus, kostete umständliche Recherchen und viel Zeit.

Auf den milden Winter folgte ein verregnetes und stürmisches Frühjahr, doch die Sonne besaß schon viel Kraft, und René hatte vorgehabt, einen schönen Tag abzuwarten und mit Isabelle einen Ausflug an die Loiremündung zu machen. Zum neuen Jahr hatte er ihr einen weißen Maulesel geschenkt, und sie war ihm vor Freude um den Hals gefallen.

«Ein *mulet* – ganz für mich!»

«Ganz für dich. Sein Unterhalt wird dich nichts kosten, ich habe einen herzoglichen Stallknecht bestochen, es läuft als Maultier in herzoglichen Diensten mit.»

«Ich werde ihn Perry nennen, damit wir den armen Burschen in Machecoul nicht ganz vergessen.»

«Tut er dir leid?»

«Sehr gut haben wir ihn ja nicht gerade behandelt.»

René empfand keine Eifersucht, denn Isabelle gehörte jetzt ihm – mit Leib und Seele, Haut und Haar.

Als sie an diesem Abend in seine Wohnung kam, sagte er zunächst nichts. Er küßte und umarmte sie und schlug plötzlich vor:

«Möchtest du schreiben und lesen lernen, *bien-aimée*?»

Ihre schrägen dunklen Augen öffneten sich weit vor Erstaunen.

«Wie kommst du darauf? Wozu soll das gut sein?»

«Das ist mir eben so eingefallen, und gut sein kann es für vieles. Du könntest meine Briefchen lesen, wenn ich länger verreisen muß, du könntest später Aufseherin in der Wäschekammer werden und die laufenden Listen führen. Es käme uns allen zugute...»

«Dafür habe ich keine Zeit und kein Talent.»

«Jeder geistig gesunde Mensch, noch dazu in deinem Alter, kann schreiben und lesen lernen. Die Zeit dazu wird sich finden, und ich könnte es dir beibringen.»

«Daß gerade du das vorschlägst, wo es dir doch am meisten schadet.» In ihren Augen blitzte der Spott.

«Mir?»

«Ja, dir! Die Zeit des Unterrichts müssen wir von unseren Liebesstunden abziehen.»

«Na, wennschon!» tat er sorglos, und sofort wandelte sich Isabelles Gesicht in eine Maske von Schmerz und Enttäuschung. Aber unter der Maske ahnte man ihr fröhliches, zum Lachen bereites Gesicht.

«Du liebst mich nicht mehr!»

«Falsch! Ich liebe dich so sehr, daß ich unsere zärtlichen Stunden abkürze, um dir einen Vorteil fürs Leben zu verschaffen. Eine Frau, die nicht nur waschen und kochen kann, sondern auch schreiben und lesen, hat viel bessere Heiratschancen.»

«Wer sagt dir, daß ich heiraten will?»

«Jedes junge Mädchen, das nicht ins Kloster geht, will heiraten.»

«Dann würde ich dich verlieren.»

Fast gegen seinen Willen, als spreche ein anderer aus ihm, sagte René schnell:

«Dann heiratest du eben mich.»

Isabelle, nüchtern und vernünftig, schüttelte ihren Kopf, daß die nußbraunen Haare flogen.

«Das kann nicht Euer Ernst sein, Magister Petit.»

«Ich wollte es nur in Betracht ziehen.»

Sie lachte, aber es klang gar nicht fröhlich.

«Der ganze Herzogshof würde kopfstehen.»

«Wir könnten in meiner Heimatstadt Tours heiraten. Ich stelle dich meinen Eltern als Waise aus gutbürgerlicher Familie vor.»

«Als arme Waise, *mon amour*! Ein Mädchen ohne Mitgift werden deine Eltern nicht gerade willkommen heißen.»

«Lerne erst mal schreiben und lesen, dann sehen wir weiter.»

«War das jetzt ein Heiratsantrag, Magister René Petit?»

«Juristisch gesehen vielleicht kein unmittelbarer, aber doch als solcher zu verstehen.»

Ihr helles und sorgloses Lachen klang durch den Raum, und ihr ganzer Körper lachte mit.

«Ich sehe schon, die Sache steht noch auf etwas wackeligen Beinen. Da es mit der Hochzeitsnacht noch einige Zeit dauern kann, schlage ich vor, wir nehmen sie vorweg.»

René nickte gewichtig, als stände er im Gerichtssaal.

«Ein akzeptabler Gedanke, Demoiselle.»

Sie war immer so sorglos, fröhlich und unkompliziert, daß er sich schon jetzt ein Leben ohne Isabelle kaum noch vorstellen konnte. Wie übermütige Kinder warfen sie ihre Kleider ab, umschlangen sich und fielen aufs Bett.

«Und wenn ich ein Kind kriege», flüsterte sie in sein Ohr.

«Dann mußt du erst recht schreiben und lesen lernen!»

«Scheusal!»

Sie packte seine Hoden und drückte sie fest. Er schrie leise auf, preßte ihre Arme aufs Bett und biß sie leicht, aber fühlbar in beide Brustwarzen. Sie versuchte sich zu wehren, und es kostete ihn viel Mühe, ihre starken Wäscherinnenarme festzuhalten. Dann fühlte er, wie all seine Kraft in die Lenden strömte, sein Geschlecht bis zum Bersten füllte. Isabelle umfaßte sanft seinen Phallus und rief in gespieltem Erschrecken:

«Der ist ja heiß wie ein glühender Spieß! Willst du mich umbringen?»

«Was täte ich ohne dich», keuchte René und drang ungestüm in sie ein, verbiß sich an ihrem Mund, umkreiste mit seiner Zunge die ihre, war wie besessen von dem Wunsch, mit seinem ganzen Körper in sie hineinzuschlüpfen, unterzutauchen, sich in ihr aufzulösen.

Als sie später liebessatt und wohlig dösend nebeneinander lagen, hielt er die Zeit für gekommen, den Wermutstropfen in den Becher ihrer Freude fallen zu lassen.

«Ich werde morgen schon weg müssen, in die Gegend von Champtocé.»

«Aber Liebster, das ist doch nur ein Tagesritt.»

«Ja, schon, aber diesmal fürchte ich, wird es länger dauern.»

Das war nur so hingesagt, aber wie lange es dann tatsächlich dauerte, konnte er damals nicht ahnen.

13

René de la Suze, der Bruder des Seigneur Gilles de Rais, hatte überall seine Zuträger, und als er erfuhr, was mit Champtocé und Ingrandes geplant war, handelte er sofort. Er machte sich selbst auf den Weg nach Angers zu Herzog René von Anjou. Dessen Vorgänger, der unselige Herzog Ludwig III. hatte zeitlebens um die Krone Neapels gekämpft, war aber gescheitert und vor kurzem gestorben. Sein Bruder René, lange Jahre in Gefangenschaft des Herzogs von Burgund, kam um diese Zeit frei und residierte in seiner gewaltigen, von hohen Wehrmauern und siebzehn Türmen umgebenen Schloßburg auf einem steilen Felsen über der Maine.

René hatte an Burgund ein hohes Lösegeld zahlen müssen, und der jahrzehntelange Kampf um Neapel war dem Vermögen seines Hauses nicht bekommen – mit einem Wort: Herzog René von Anjou saß auf leeren Kassen und achtete argwöhnisch auf jeden *gros*, der ihm entging. Der Herzog empfing René de la Suze sofort. Der Capitaine schilderte ihm in großen Zügen die Lage.

«Es geht nicht nur darum, daß mein Bruder unser Familienvermögen verschleudert, als wüchse es wie Korn jedes Jahr nach, er verstößt dabei auch laufend gegen das Gesetz. Die Besitzung von Champtocé untersteht Eurer Hoheit als Landesherr und kann nicht an jeden Beliebigen verkauft werden, schon gar nicht an den Herzog der Bretagne, der nach bretonischem Brauch nicht das Recht hat, Land von einem seiner Vasallen zu erwerben.»

Herzog René, ein schlanker, schmucklos gekleideter Mann mit einem klugen, nachdenklichen Gesicht, nickte mehrmals zu den Ausführungen seines Besuchers.

«Dem ist nichts hinzuzufügen, ich muß Euch in allen Punkten recht geben. Der Verkauf bewegt sich ohnehin außerhalb des Gesetzes, weil König Heinrich, unser oberster Lehnsherr – Ihr habt ja in Eurer Eingabe ausdrücklich darauf hingewiesen – Gilles de Rais schon vor zwei Jahren zum *dissipateur* erklärt und ihm jede Veräußerung von Besitz verboten hat. Warum hält er sich nicht daran?»

«Warum? Weil mein Bruder offenbar vom Teufel besessen ist und Vergnügen daran findet, Gesetze jeder Art zu brechen. Es ist im Pays de Rais schon bald kein Geheimnis mehr, daß der Kanzler unseres Herzogs eine Untersuchung wegen verschiedener schwerer Verbrechen eingeleitet hat, darunter wegen Ketzerei, Hexerei und Teufelsbeschwörung. Es ist nur noch eine Frage der Zeit, daß man ihm das Handwerk legt, aber bis dahin ist von unserem Familienvermögen – so fürchte ich – kaum noch etwas vorhanden.»

«Gut, Seigneur de la Suze. Ich werde nun sofort zweierlei veranlassen: Zum einen geht noch heute ein Eilkurier nach Nantes mit meinem schärfsten Protest gegen den unrechtmäßigen Verkauf einer Besitzung im Herzogtum Anjou. Mein lieber Vetter Jean de Bretagne muß nachdrücklich an seine Pflichten als Lehnsherr erinnert werden. Zum anderen wird morgen früh ein bewaffneter Trupp nach Champtocé ziehen und die Besitzung in meinem Namen beschlagnahmen. Das ist nicht nur mein Recht als Lehnsherr des Seigneur de Gilles, sondern auch meine Pflicht. Würde ich anders handeln, gäbe ich nur ein schlechtes Beispiel für Menschen vom Schlage Eures Bruders.»

Seigneur de la Suzes kantiges Soldatengesicht entspannte sich, ihm war die Erleichterung anzusehen.

«Ich habe nichts anderes von Euch erwartet, Hoheit, und möchte noch eine kleine Bitte anfügen. Könnt Ihr mich mit der Aufgabe der Beschlagnahmung betrauen? Als Capitaine habe ich lange Jahre die Truppen meines Bruders befehligt, das ist mein Metier.»

Der Herzog stimmte sofort zu.

«Wer sollte dazu besser legitimiert sein als Ihr? Meine Sekretäre werden inzwischen die entsprechenden Urkunden ausfertigen.»

Und so kam es, daß der Capitaine de la Suze und der Magister René Petit in Champtocé als Gegner aufeinandertrafen, obwohl sie doch beide das gleiche Ziel anstrebten, nämlich Gilles de Rais zu vernichten.

Im Grunde hatte sich dort nicht viel verändert. Der Herzog hatte den Burghauptmann und zehn Mann seiner Besatzung durch eigene Leute ersetzt, aber das Gesinde auszuwechseln, wäre so sinnlos wie überflüssig gewesen.

Nachdem Magister René Petit sich erfrischt und die Kleidung gewechselt hatte, ließ er den neuen *commandant du château* holen. Der kleine drahtige Mann trug sein graues borstiges Haar kurzgeschnitten und wirkte alterslos, er hätte erst vierzig, aber auch schon sechzig sein können.

«Ich werde jetzt einige Fragen stellen, die Euch sehr seltsam erscheinen mögen, die aber auf höchsten Befehl» – er klopfte auf die vom Kanzler unterzeichnete Urkunde – «geklärt werden müssen, und zwar sehr gründlich. Als Ihr mit Euren Leuten hier eintraft, ist Euch da irgend etwas Ungewöhnliches aufgefallen? Habt Ihr Spuren eines Feuers bemerkt oder hat einer aus dem Gesinde Euch auf etwas hingewiesen?»

Den Burghauptmann verwirrten diese Fragen, er wußte offenbar nichts damit anzufangen.

«Also – wie – wie soll ich das verstehen? Ein Feuer? Etwas Ungewöhnliches? Auf einer Burg gibt es immer irgendwo ein Feuer, das weiß doch jeder. Dort verbrennt man Küchenabfälle, woanders kocht sich der Zimmermann seinen Leim, ein anderer siedet Pech ...»

«Gibt es hier einen Majordomus, der das Gesinde beaufsichtigt?»

«Ja, das ist der alte Jeannot, der hat mir gesagt, daß er schon unter Seigneur de Craon gedient hat.»

«Gut, laßt ihn holen!»

Gebeugt und etwas wackelig trat der betagte Majordomus ein, richtete seine trüben, halbblinden Augen auf René und krächzte:

«Ihr kommt vom Herzog? Der Herzog hat kein Recht, diese Burg einfach zu übernehmen, die Besatzung davonzujagen ...»

«Beruhigt Euch, Sieur Jeannot! Seigneur Gilles mußte beim Herzog Geld leihen, und der hat Champtocé vorübergehend als Pfand übernommen. Das kann sich bald wieder ändern und berührt Eure Rechte und Pflichten kaum. Mir geht es um eine andere Sache. Ein paar Tage, bevor die Leute des Herzogs eintrafen, hat der Seigneur einige Bewaffnete hierher gesandt. Zu welchem Zweck? Was taten sie hier?»

«Das geht Euch nichts an!» sagte der Alte brummig und blickte störrisch zu Boden.

René blieb ganz ruhig.

«Sieur Jeannot, ich muß hier im Auftrag des Kanzlers ermitteln...»

«Ja, des Kanzlers der Bretagne! Hier aber sind wir auf dem Boden von Anjou!»

«Aber das weiß ich doch, es sind ja auch mehr private Ermittlungen.»

René nahm die Geldkatze vom Gürtel, ließ sie gehörig klingeln und aus einiger Höhe auf den Tisch fallen. Klirr! machte es da und avisierte ein pralle goldgefüllte Börse.

«Wie lohnt Euch der Seigneur den Dienst?»

Der Alte hatte sichtlich die Ohren gespitzt.

«Freie Kost, Kleidung, Brennholz und etwas Bares dazu.»

«Viel wird es nicht sein. Wenn Ihr mir jetzt genauer berichtet, was die Leute Eures Herrn hier unternahmen, dann rollt ein schwerer, goldener *écu* in Eure Tasche. Im übrigen könnte ich leicht beim Herzog von Anjou Eure Vernehmung bewirken – in Angers. Da gibt es im Schloß einen festen Turm mit tiefen Gewölben, für ganz Verstockte hält man eine Folterkammer bereit...»

«Gebt mir den *écu*!»

Mut hat der Alte, dachte René, läßt sich nicht ducken.

Jeannot befühlte die Münze und hielt sie ans Licht.

«Zufrieden?»

Der Alte verstaute umständlich das Goldstück in seinem Wams.

«Also, damals kam Seigneur de Sillé mit etwa zehn Bewaffneten und sagte zu mir, irgendwo auf der Burg sei so etwas wie ein Schatz vergraben, und den müsse er suchen. Gut, sagte ich, tut, was Euch aufgetragen ist. Er wünsche aber keine Zeugen, meinte Sillé, und ich müsse dafür sorgen, daß alles Gesinde während der Sucharbeit eingeschlossen werde, es würde nicht lange dauern. Nun, Sieur Petit, wer wie ich unter Seigneur de Craon dienen mußte, hat es gelernt, keine unnötigen Fragen zu stellen. Ich scheuchte also meine Leute in ihre Winkel und konnte beobachten, wie Seigneur zum alten Turm ging, der schon lange baufällig und mit Brettern vernagelt ist.»

«Von wo aus habt Ihr das gesehen?»

«Aus dem Fenster einer Kammer im Souterrain. Die Männer drangen ein, schafften etwas körbeweise heraus und legten es auf einen Haufen.»

«Etwas?»

«Ich bin halb blind und kann gerade noch Umrisse erkennen. Später schaufelten sie das Zeug in drei große Fässer oder Kisten. Sie nagelten Deckel darauf und trugen alles davon.»

«Habt Ihr sie später gefragt, was es war?»

«Es steht mir nicht zu, mich in Angelegenheiten meines Herrn einzumischen.»

«Ja, da habt Ihr wohl recht. Seid herzlich bedankt und tut nun, was Ihr damals tatet: Haltet Eure Leute für ein paar Stunden im Haus, ich gebe Euch Bescheid, wenn wir fertig sind.»

Magister Petit drehte die Sanduhr um und wartete genau eine halbe Stunde. Dann ging er mit vier seiner Männer hinüber zum alten Turm und hatte dabei das untrügliche Gefühl, von allen Seiten beobachtet zu werden.

Das Untergeschoß des alten Turmes hatte man wieder zugenagelt, doch nur ganz oberflächlich, so daß die Männer die Bretter mit bloßen Händen lösen konnten. Ein leiser Verwesungsgeruch schlug ihnen entgegen, als sie das Gewölbe betraten. René verteilte seine Leute im Raum und hieß sie, alle Ecken und Winkel mit ihren Fackeln ausleuchten, besah sich alles ganz genau, aber außer verschimmelten Kleiderfetzen war nichts zu finden. Plötzlich rief einer der Männer:

«Magister! Kommt schnell, ich glaube, da ist etwas!»

Der Mann deutete auf eine Stelle unterhalb eines kleinen zugemauerten Fensters. Am Boden schimmerte es weiß, als läge hier ein halbvergrabener Flußkiesel.

«Graben!» befahl René.

Es war kein Kieselstein, sondern die ausgebleichte Kapsel eines Armknochens, und je tiefer sie gruben, desto mehr kam zutage. Sie schafften es zum Eingang, wo das Tageslicht darauf fiel, und am Ende waren es zwei Skelette von vielleicht acht- bis zehnjährigen Kindern. Fahle Kleiderreste hingen daran, und einer der kleinen Füße steckte noch in einem zierlichen Samtpantoffel.

Magister René richtete sich auf.

«Kann von Euch einer schreiben?»

Einer der Männer hob die Hand.

«Ich war ein halbes Jahr in der Lateinschule, bis mein Vater starb und wir kein Geld mehr hatten. Das meiste habe ich vergessen, aber meinen Namen kann ich schreiben.»

«Gut. Ich werde nachher ein Protokoll aufnehmen, und du wirst als Zeuge mit unterschreiben. Die anderen drei werden namentlich genannt, und wir beide bestätigen – wieder mit unserer Unterschrift – ihre Zeugenaussage.»

René blickte auf die beiden kleinen Skelette. Bei dem einen war der Kopf abgetrennt worden, doch die Männer hatten ihn an die richtige Stelle gelegt. Die weißen Zahnreihen leuchteten in der Sonne, da sie lückenlos waren, mußten es Kinder über sieben Jahre gewesen sein. Die Unterkiefer hingen herab, und es sah aus, als habe sich ihr letzter verzweifelter Schrei bis in alle Ewigkeit erhalten. Der Magister wandte sich ab. Jeder Tag, den dieses Scheusal weiterhin in Freiheit verbringen durfte, würde neues Leid, neuen Tod über unschuldige Eltern und Kinder bringen. Er spürte, wie seine Wangen naß wurden, er wischte darüber und ballte die Fäuste. Er weinte nicht nur um die geschlachteten Kinder – er weinte, weil er in diesem Fall so hilflos war. Ein hilfloser Diener des Rechts. Faßte man einen Landstreicher, weil er einem Bauern die Gans gestohlen hatte, dann hängte man ihn am selben Tag, wenn ihn der Bauer nicht schon vorher erschlagen hatte. Einem Beutelschneider auf dem Markt in Nantes ging es vielleicht besser, denn der verlor nur eine Hand, wenn es das erstemal war. Ansonsten wurden tagtäglich auf den Richtplätzen Menschen geköpft, gehängt, gesotten, verbrannt, ausgepeitscht, ihrer Nasen, Ohren und Hände beraubt oder an den Pranger gestellt. Und das für geringere Delikte, als sie der edle Seigneur de Rais aufzuweisen hatte. Wenn René über diese Ungleichheit des Rechts nachdachte, war er verbittert und verzweifelt.

«Vor Gott sind alle Menschen gleich, so heißt es doch, nicht wahr?»

Das hatte er während eines Gesprächs mit Kanzler Malestroit im Zorn herausgestoßen.

Der aber blieb gelassen.

«Sehr richtig, Magister – vor Gott! Was aber nicht heißt – vor den Menschen. Wenn in diesem Augenblick ein Blitz uns beide tot niederwirft, und wir stehen darauf vor Gottes Richterstuhl, dann bin ich nicht mehr Bischof und Kanzler, und Ihr könnt Euren Magister vergessen. Wir sind nur noch zwei sündige Seelen, die nach ihrem irdischen Tun gerichtet werden. So und nicht anders ist das zu verstehen.»

Doch René glaubte nicht an das Gottesgericht, sondern meinte, Gerechtigkeit müsse schon hier auf Erden stattfinden. Aber er sprach es nicht aus.

Sein hilfloser Zorn beim Anblick der Kinderskelette hatte sich – so sollte es bei einem Diener des Rechts sein – schnell in Eifer und Entschlossenheit verwandelt. Mit fliegender Feder schrieb er das Protokoll, las es seinen vier Zeugen vor, unterzeichnete es zusammen mit dem Schreibkundigen. Als er dabei war, das Schriftstück in seinem ledernen Koffer – ein Werk des tüchtigen Perrinet Briand – zu verstauen, hörte er draußen Lärm und erregte Rufe. Er trat hinaus auf den Burghof und sah, wie seine Leute versuchten, die Zugbrücke hochzuziehen. Doch die Eindringlinge waren schneller, zwei galoppierten schon in den Hof, die Nachdrängenden kappten mit ihren Streitäxten die beiden Stricke, so daß die schon um einige Ellen gehobene Brücke mit dumpfem Krachen zurückfiel.

Sofort entspann sich ein Kampf, Schwerter klirrten, Lanzen sausten durch die Luft, und einige der Männer fielen brüllend zu Boden, preßten ihre Hände auf blutende Wunden.

Das gibt es doch nicht, dachte René, das kann nur ein Traum sein. Er warf sich dazwischen, schrie:

«Halt! Halt – im Namen des Herzogs!»

Da lachte einer der Bewaffneten laut auf und rief zurück:

«Auch wir kommen im Namen eines Herzogs, und zwar Seiner Hoheit René von Anjou!»

Noch ehe der Magister antworten konnte, streifte ein Keulenhieb seinen Hinterkopf, und er fiel bewußtlos zu Boden.

Er erwachte hinein in eine Welt von Schmerz und Übelkeit, wollte sofort die Beule betasten, doch seine Hände waren mit einer Kette an einem Ring an der Mauer gefesselt. René saß auf einem Bündel Stroh, durch die schmale Luke am anderen Ende des winzigen Raumes kam gerade so viel Licht, daß er die Gegenstände um sich wahrnehmen konnte. Da gab es nicht viel: Neben der Tür stand ein verbeulter Kübel, in seiner Reichweite ein kleiner irdener Krug, unter der Lichtluke ein niedriger Hocker mit drei Beinen.

René ergriff den Krug – laut rasselten die Ketten – und trank mühsam von dem brackig schmeckenden Wasser. Seine Übelkeit besserte sich etwas, aber die Beule am Hinterkopf pochte so schmerzhaft, als klopfe jemand unablässig mit einem Hammer dagegen. Was war geschehen? Warum hatte man ihn eingekerkert, und wer hatte es getan?

René versuchte seine Gedanken zu ordnen, was nicht leicht war mit einem Kopf, der noch immer dröhnte wie eine Kesselpauke. «Auch wir kommen im Namen eines Herzogs!» Diesen Satz hatte er behalten. Dann war da noch der Name René von Anjou gefallen, und nun war es nicht schwer, die Zusammenhänge herzustellen.

Um den Fall juristisch weniger bedenklich zu machen, hatte der Kanzler – im Einverständnis mit Herzog Johann – in den Verträgen nie von einem Verkauf, sondern immer nur von einer Beleihung gesprochen. Vom Kanzler hatte der Magister erfahren, daß der Herzog von dieser Regelung zuerst wenig angetan war.

«Ich habe Seiner Hoheit klargemacht, daß es kaum einen Unterschied bedeutet, etwas zu kaufen oder als Pfand zu besitzen. Gilles de Rais wird die Summe niemals zurückerstatten können, und so bleibt Champtocé mit allen Nutzungsrechten zur Verfügung Seiner Hoheit – wenn auch nur als Pfand. Wenn Gras darüber gewachsen ist, läßt sich später die Beleihung stillschweigend in einen Kauf verwandeln.»

Das Kreischen der Kerkertür riß Magister René aus seinen Gedanken. Wie ein Messer fuhr das schrille Geräusch in sein angeschlagenes Gehirn, und er wollte sich die Ohren zuhalten, vergaß aber seine gefesselten Hände und brachte nur die Kette zum Rasseln.

Der Mann leuchtete ihm mit einer Fackel ins Gesicht.

«Wie geht es Euch, Magister? Euer Schädel ist übrigens noch ganz, und die Beule werdet Ihr bald vergessen haben. Ich heiße Capitaine René de la Suze und bin, wie Ihr vermutlich längst wißt, der Bruder des Seigneur Gilles de Rais. Als mir zugetragen wurde, daß Gilles mit dem Herzog der Bretagne wegen Champtocé und Ingrandes in Verkaufsverhandlungen steht, mußte ich etwas unternehmen, weil hier mehrfaches Unrecht geschieht, und zwar in bezug auf die Familie und auf die Landesgesetze. Mehr brauche ich Euch als Jurist nicht zu sagen.»

«Warum habt Ihr mich hier festgesetzt?»

«Weil wir zuerst in aller Ruhe die Lage erkunden und Eure Papiere durchsehen wollten.»

«Und was habt Ihr herausgefunden?»

«Leider nicht viel. Daß Ihr Magister René Petit seid, haben wir von Euren Leuten erfahren, auch Eure Inspektion des alten Turms blieb uns nicht verborgen. Was habt Ihr gesucht, und warum haben Eure Männer zwei Kinderskelette bewacht wie einen Schatz?»

La Suze hatte den Hocker geholt und sich neben René niedergesetzt.

«Ehe Ihr mich nicht freilaßt, Capitaine, sage ich kein Wort. Ich finde es ungeheuerlich, daß man einen Sekretär des Kanzlers der Bretagne so schändlich behandelt.»

La Suze lachte rauh.

«Sieh da, der Schreiberling zeigt seine Zähne! Mäusezähne nur, die mich nicht schrecken. Ihr seid Jurist und habt dennoch an einem Unrecht mitgewirkt. Übeltäter sperrt man zunächst besser ein, das ist eine alte Soldatenregel. Ich könnte Euch jetzt zwingen, im Namen Eures Kanzlers ein Schriftstück aufzusetzen, das den Verkauf von Champtocé rückgängig macht, aber ...»

«Das ist Unsinn!» fiel ihm René ins Wort. «Euer Bruder hat niemals an einen Verkauf gedacht, sondern nur an eine Beleihung. Ich lade Euch ein, in Nantes den Vertrag selber in Augenschein zu nehmen. Da würdet Ihr sehen, daß die Herrschaften Ingrandes und Champtocé bis zu einer Summe von hunderttausend *écus d'or* beliehen wurden. Der Herzog braucht nicht Euch, um zu wissen, daß er von seinen eigenen Vasallen nichts kaufen darf.»

«Mag sein, aber auch eine Beleihung in solcher Höhe bedarf der

Zustimmung des Landesherrn. Und der heißt in diesem Fall René von Anjou und hat mich persönlich beauftragt, Champtocé vorläufig zu beschlagnahmen. Seine Hoheit hat sich bereits an Herzog Johann gewandt, und so wird der Fall auf höherer Ebene geregelt.»

«Warum dann der Unsinn von einem Schriftstück, das ich aufsetzen soll?»

«Ich wollte Euch nur ein wenig Angst einjagen. Jetzt aber zu den Skeletten. Wo habt Ihr sie gefunden, und warum wurden sie bewacht?»

Wieviel weiß der Capitaine? René überlegte: Wieviel darf ich von meinem Wissen preisgeben? Zuerst einmal muß ich hier raus!

«Ich steh Euch gerne Rede und Antwort, aber nicht hier und nicht in Fesseln.»

Anklagend hob er seine Hände und ließ die Kette klirren. La Suze erhob sich und rief durch die offene Tür: «Nehmt dem Gefangenen die Fesseln ab und bringt ihn nach oben!»

Der Capitaine erwartete ihn mit einem Krug Wein und einer kalten Mahlzeit.

«Stärkt Euch, Magister, dann reden wir weiter.»

René trank zwei Becher Wein, während er behutsam seine verschorfte Beule betastete.

«Wenn ich nun tot gewesen wäre, was hättet Ihr gemacht?»

Der Capitaine feixte.

«Euch zusammen mit den Kinderskeletten vergraben und vergessen. Was soll man sonst mit Toten anfangen?»

Wider Willen lächelte nun auch René.

«Ich sehe schon, Ihr schätzt ein offenes Wort. Ehe ich Eure Fragen beantworte, zuvor eine an Euch: Was wißt Ihr vom Treiben Eures Bruders?»

«Genug, um ihn an weiterer Verschwendung zu hindern. Ich habe die Eingabe an den König zusammen mit Catherine de Thouars, Gilles' verstoßener Gemahlin, unterzeichnet.»

«Das weiß ich längst. Aber was ist mit dem anderen, der Hexerei, der Dämonenbeschwörung, den verschwundenen Kindern?»

«Das interessiert mich nur, insofern es das Familienvermögen betrifft.»

«Eines hat mit dem anderen zu tun. Wenn Euer Bruder sich gezwungen sieht, seine ertragreichsten Besitzungen zu beleihen, dann doch nur, weil er sein Geld an Magier und Alchimisten verschleudert. Das mit den Kindern steht auf einem anderen Blatt. Bis jetzt liegen über sechzig Anzeigen von Eltern und Verwandten vor, deren Kinder – immer Buben zwischen sechs und sechzehn Jahren – geraubt, entführt oder, durch Versprechungen verlockt, auf einem der Sitze Eures Bruders verschwunden sind. Anfragen wurden nicht oder damit beantwortet, daß die Kinder bei Unfällen zu Tode gekommen seien oder den Aufenthaltsort gewechselt hätten. Von etwa vierzig wissen wir, daß beides stimmt: Sie wurden getötet und haben den Ort gewechselt. Die Skelette lagen drüben im alten Turm, und Leute Eures Bruders haben sie in drei Kisten weggeschafft – wir wissen bis jetzt nicht wohin. Die zwei Skelette wurden übersehen und von mir als Beweismittel sichergestellt.»

Dem kantigen Soldatengesicht Capitaine von La Suze war nicht anzumerken, ob er etwas wußte oder ob ihn der Fall berührte.

«Davon weiß ich nichts», sagte er knapp.

«Capitaine, Ihr müßt einsehen, daß wir an einem Strang ziehen. Je eher wir durch unsere Ermittlungen Euren Bruder überführen können, desto schneller kommen die Erben an das Vermögen, und desto mehr bleibt davon erhalten.»

La Suze dachte nach.

«Immerhin habe ich der Inquisition schon den Namen dieses Prelati genannt.»

René nickte.

«Dafür sind wir dankbar, aber um einen Marschall von Frankreich festnehmen zu können, braucht es mehr.»

Am nächsten Tag machte Magister René sich auf die Rückreise; zwei seiner Männer mußten wegen ihrer Verletzungen in Champtocé bleiben. Ihm war nichts anderes übriggeblieben, als die herzogliche Besatzung abzuziehen, weil La Suze mit seiner Übernahme die Leute überrannt und entwaffnet hatte.

René, auf ein Donnerwetter des Kanzlers gefaßt, war überrascht, wie gleichmütig dieser den Fall aufnahm.

«Herzog René hat uns bereits darüber informiert, und wie es scheint, ist er einem Handel nicht abgeneigt. Soll der gute La Suze sich dort eine Weile als Herr fühlen! Wenn die Hoheiten sich geeinigt haben, wird er wieder gehen müssen. Im Augenblick sind mir Eure Beweise wichtiger. Die zwei Skelette konntet Ihr nicht mitnehmen?»

«La Suze weigerte sich, sie herauszugeben, obwohl es ihm nur recht sein kann, wenn wir seinen Bruder bald überführen. Vielleicht hatte er so etwas wie die Familienehre im Auge, vielleicht will er seinen Bruder sogar damit erpressen.»

Malestroit nahm das Käppchen ab und strich über seinen fast kahlen Schädel.

«Das wäre denkbar. Aber Euer durch vier Zeugen bestätigtes Protokoll ist genauso viel wert. Wo werden die anderen Skelette sein – die in den drei Kisten?»

«In Machecoul, in Tiffauges, in Pornic oder Bourgneuf – wer kann das wissen? Vielleicht haben seine Leute sie im Moor versenkt oder verbrannt, jedenfalls glaube ich nicht, daß wir sie noch finden werden.»

Malestroit nickte.

«Es wird auch so gehen. Zu gegebener Zeit werden wir den Seigneur de Sillé einem scharfen Verhör unterziehen, denn er hat ja schließlich die Leichen weggeschafft.»

«Aber erst, wenn Perrinet Briand in Sicherheit ist! Ihm verdanken wir den Hinweis, und er wäre der erste, den sie umbrächten.»

«Keine Angst, Magister, wir werden unseren Spion hüten wie ein rohes Ei.»

Der Kanzler sagte das so leichthin, daß René Zweifel kamen, ob Perrinet nicht eines Tages die Rolle des Bauernopfers würde spielen müssen. Als Schachspieler kannte er diesen Zug: Man opfert einen Kleinen, um etwas Größeres damit zu erreichen.

Da sprach Malestroit schon weiter.

«Noch etwas: Neuerdings taucht auch dieser andere Vetter in den Aussagen der Eltern auf. Zweimal soll Roger de Bricqueville an Entführungen beteiligt gewesen sein. Auch Poitou und Henriet werden genannt und immer wieder La Meffraye und Sillé.»

«Ich hoffe, die Herrschaften werden sich gegenseitig belasten, wenn es soweit ist.»

Malestroit zuckte die Achseln.

«Da habe ich keine Sorge. Für Störrische gibt es die Folterkammer, und in diesem Fall besteht nicht der geringste Grund zu der Annahme, daß ein Unschuldiger gequält wird. Die ganze Sippschaft gehört an den Galgen, und ich verspreche Euch, daß dieser Tag nicht mehr allzu ferne ist.»

«Ich glaube, nach dieser aufregenden Exkursion verdiene ich ein paar freie Tage...»

Während René das sagte, fuhr er demonstrativ über seinen Hinterkopf und verzog dabei schmerzlich das Gesicht.

Malestroit drohte mit dem Finger.

«Was wollt Ihr denn noch alles? Nun hat der Herzog Euch schon eine Prämie von zehn *écus d'or* auszahlen lassen, und jetzt wollt Ihr auch noch ein paar Tage Vakanz.»

«Eine Woche würde mir genügen», sagte René schnell.

Malestroit lachte.

«Ich wette, daß während dieser Zeit die schöne Isabelle auch nicht hier zu finden sein wird.»

«Hat sich das schon herumgesprochen?»

«Was denkt Ihr? Eine Hofhaltung ist wie eine große Familie, da bleibt nichts verborgen. Erholt Euch gut, René, und meine Empfehlung an die Demoiselle!»

Isabelle mochte es nicht glauben, als René ihr den Gruß ausrichtete.

«Seine Gnaden, der Bischof und Kanzler, richtet mir eine Empfehlung aus! Oder hast du das erfunden, René?»

Sie zog ihn am Ohr, ihre dunklen Augen blitzten vor Übermut.

«Nichts ist erfunden, er hat es tatsächlich gesagt. Jetzt kein Wort mehr darüber, jetzt denken wir mal nur an uns.»

Isabelle hatte eine Freundin gebeten, für sie in dieser Woche Dienst zu tun, und so saß sie nun wohlgemut auf Perry, ihrem Maulesel, und trabte, die Geschwindigkeit bestimmend, voran. René ritt hinter ihr auf seinem Pferd und konnte sich nicht satt sehen an Isabelles biegsamer Anmut.

Sie nahmen die Straße über Vue, Frossay nach St. Brévin an der Loiremündung, wo eine entfernte Verwandte von Isabelle lebte. Die karge schwermütige Landschaft zog an ihnen vorbei, wie ein tristes Traumbild, doch die beiden jungen Menschen waren so sehr mit sich selber beschäftigt, daß sie die Umgebung kaum wahrnahmen. Der Frühling hatte die zerzausten Büsche, die kleinen windschiefen Bäume und die sumpfigen Felder mit frischem Grün überzogen, da und dort blühte es und lockte Bienen und bunte Schmetterlinge zur Nektarsuche.

Als der niedrige Kirchturm des Dorfes Vue auftauchte, wies René auf eine schmale Straße, die nach rechts abbog.

«Da geht es zum Kloster Buzay, wo Gilles' Eltern begraben sind.»

«Wessen Eltern?»

«Die von Seigneur Gilles de Rais.»

«Mit dem scheinst du dich ja viel zu beschäftigen.»

«Ja, von Amts wegen. Ich könnte mir etwas Schöneres denken.»

«Aber unserem Perrinet geht es dort doch gut, oder?»

«Ja, du schöne Frühlingsblüte, deinem früheren Liebhaber geht es dort gut.»

«Das hättest du nicht sagen sollen. Ich rede ja auch nicht von deinen früheren Geliebten.»

«Weil es keine gibt.»

«Na – na –»

«Ich schwöre es.»

Die Nacht verbrachten sie in Frossay im Haus des Ortsvorstehers, der sich gleich tief verbeugte, als er den Sekretär des Kanzlers vor sich sah. Er stellte sein eigenes Schlafzimmer zur Verfügung und sagte, es sei ihm eine Ehre.

Als sie im Bett lagen, flüsterte René:

«Du siehst jetzt, was es wert ist, schreiben und lesen zu können.»

Isabelle kicherte verhalten.

«Was soll das jetzt wieder?»

«Könnte ich nicht schreiben und lesen, wäre ich nicht des Kanzlers Sekretär, und dann lägen wir nicht hier, sondern müßten irgendwo draußen nächtigen.»

«Ihr seid ein Narr, Magister René!» sagte Isabelle und beleckte seine Brustwarzen.

«Jeder Narr braucht ein Narrenszepter», er nahm ihre Hand, «fühle einmal – hier ist es.»

Als es kurz darauf etwas laut wurde, erwachte das nebenan schlafende Ehepaar.

«Was – was ist das?» fragte der Ortsvorsteher, worauf seine Gemahlin spöttisch zurückgab:

«Hast wohl vergessen, was es ist? Ist ja auch schon so lange her...»

Am nächsten Tag fühlte sich René seiner Geliebten so nahe, daß ihn die unbändige Lust überkam, ihr alles zu erzählen, über seine Arbeit, über Gilles de Rais, über das zunehmende Grauen, das sich mit seinem Namen verband.

Ich bin nicht vom Pferd gefallen, wie ich dir erzählte, sondern Bewaffnete haben mich niedergeschlagen, während ich dabei war, die traurigen Überreste gemordeter Kinder aufzuspüren. Und unser guter Perrinet ist nicht nur ein harmloser gutbezahlter Chorführer in Machecoul, sondern unser Spitzel und Zuträger. Noch geht es ihm gut, aber das kann sich schnell ändern. Dauernd schwebt er in Lebensgefahr, und wenn ich an Gott glaubte, würde ich täglich für ihn beten. So ist das nun, Liebste. Ich bin ungläubig, der Herzog und sein Kanzler überbieten einander an Raffgier, Gilles de Rais beschwört den Teufel und schlachtet Kinder im Dutzend, und seine Verwandten würden weiß Gott was für seinen Untergang geben. So sieht die Welt aus, Isabelle, in der wir uns bewegen, du und ich.

Immer wieder zogen ihm diese Gedanken durch den Kopf, drängten sich mit Macht auf seine Zunge, und es war mühsam genug, sie immer wieder hinunterzuschlucken.

«Du bist plötzlich so schweigsam, René. Quält dich etwas? Hat es mit mir zu tun?»

«Nein, Isabelle, mit dir hat es nichts zu tun. Es geht um meine Arbeit, und ich ärgere mich, daß es mir nicht gelingen will, sie hinter mir zu lassen. Das ist wie ein Schatten, den du nicht los wirst, der mit dir wandert, ob du willst oder nicht. Erzähle mir etwas Lustiges!»

Da erzählte Isabelle von der dicken Köchin am Herzogshof, die sich in jeden Mann, der sie begehrlich ansah, sofort verliebte und demütig seinen Wünschen folgte. Jeden fand sie besser, lieber, verständiger und edler als seinen Vorgänger, und jeder ließ sie sitzen, und sie war nun schon mit dem vierten Kind schwanger.

«Lustig ist das aber nicht», meinte René.

«Es lachen aber alle über sie.»

«Du auch?»

«Sie lacht ja selber über ihre Dummheit, da lachen wir eben mit.»

Am Abend trafen sie in St. Brévin ein und machten sich auf die Suche nach Isabelles Base. Als sie das Haus endlich gefunden hatten, wohnten fremde Leute darin, und sie erfuhren, daß die Base vor einigen Monaten gestorben war.

«Macht nichts», sagte Isabelle munter, «ich habe sie ja nicht gekannt, und so muß ich sie auch nicht betrauern.»

So gingen sie in eine Herberge, aßen Fisch, Krebse und Muscheln und lauschten den Berichten der Fischer, die hier einen Becher Wein tranken, ehe sie mit ihren Laternen auf nächtlichen Fang hinauszogen.

Am Abend des sechsten Tages kamen sie nach Nantes zurück, und da hatte René einen festen Entschluß gefaßt: Bei der nächsten Gelegenheit, die sich bot, wollte er mit Isabelle nach Tours reisen, um sie den Eltern als seine Braut vorzustellen. Aber vorher muß sie schreiben können!

Er hatte schon spielerisch mit dem Unterricht begonnen, und nun konnte sie schon fehlerfrei ihren Namen schreiben: ISABELLE COLIN, wenn auch nur in großen Buchstaben.

«Du hast ja auch einen Nachnamen», wunderte er sich.

«Du doch auch, Monsieur Petit. Warum soll ich keinen haben? Weil ich meinen Vater nicht kenne?»

«Jetzt rege dich nicht so auf, *bien-aimée*! Colin ist ein wunderschöner Name, aber vielleicht wirst du ihn bald ablegen müssen.»

«Jetzt, wo ich gelernt habe, ihn zu schreiben», sagte sie schmollend.

Es erschien ihm seltsam, daß sie nie darauf einging, wenn er ihre künftige Heirat andeutete. Etwas hielt ihn zurück, sie danach zu fragen, aber er ahnte den Grund. Für sie, den unehelichen Balg einer Wäscherin, war es noch immer undenkbar, daß sie die Frau eines

Magisters, eines Sekretärs am Herzoghof werden konnte. So war die Welt nicht gemacht, gleich hielt sich zu gleich. Die Handwerkerstochter heiratete einen Handwerker, die Kaufmannstochter einen Kaufmann, die Edelfrau einen Adligen, die Prinzessin den Prinzen. Für die Wäscherin blieb der Taglöhner, der Knecht, der Fuhrmann. Es war nett und anständig von René, wenn er sie als seine künftige Frau sah, aber für sie war es nur ein schönes Märchen, das sie gerne hörte, an das sie aber nicht glaubte. Ja, im Märchen, da gibt der König seine Tochter dem braven Burschen, der das Land vom Drachen befreit, auch wenn er kein Prinz ist. Doch in der Wirklichkeit ist weder Platz für Drachen, noch verheiratet ein König seine Tochter unter ihrem Stand.

14

Perrine Martin, gemeinhin La Meffraye genannt, versperrte sorgsam ihr Häuschen an der westlichen Stadtmauer von Nantes und legte die festen hölzernen Läden vor die beiden auf die Straße schauenden Fenster. Dann schlurfte sie zum Bett und schob es keuchend, Ruck um Ruck, ein Stück von der Wand weg. Sie stellte die Kerze auf den Boden, hob mit einem abgebrochenen Messer einen Stein an und schob ihn beiseite. Ihre dürre Klaue verschwand in der Vertiefung und holte einen ledernen Beutel hervor. Ächzend richtete sie sich auf, nahm die Kerze, humpelte zum Tisch und setzte sich auf einen Stuhl. Erregt schnaufend und Undeutliches murmelnd, knüpfte sie die Schnur auf und ließ den Inhalt der Börse ganz sacht auf den Tisch gleiten.

Nichts liebte sie mehr als den leisen süßen Klang der sich berührenden Gold- und Silbermünzen. Nur solche gab es, in diesen Beutel kam kein Kupfer. Die Goldmünzen herrschten vor, am häufigsten war der *écu de Bretagne* mit den Hermelinschwänzen im Wappen, dann der vom König geprägte *écu à la couronne*, auch gab es einige *écus au porc epic* mit einem Stachelschwein und einen *écu au soleil* mit der Sonne über dem Schild. Bei den Silbermünzen handelte es sich meist um den *gros blanc*, den Silbergroschen, es gab aber auch einige der liliengeschmückten *grandes plaques*, die seit König Karls Regierung besonders häufig geprägt wurden.

Leise murmelnd zählte La Meffraye die Münzen durch. Ja, es war schon ein ganz hübsches Sümmchen, aber für das, was sie vorhatte, noch immer nicht genug.

Perrine Martin war schon früh Witwe geworden, hatte dann, so lange sie jung und ansehnlich war, Liebhaber gegen Geld empfangen, ohne jemals auf die Straße zu gehen. Schließlich war sie keine Hure. Später hatte sie ungewollt Schwangere an Engelmacherinnen vermittelt, war nebenbei auch als Kupplerin tätig.

Dann kam der Tag, als Seigneur de Rais das Stadtpalais übernahm, das zuvor dem alten geizigen de Craon gehört hatte. Bei Seigneur Gilles' Anwesenheit wuselte es vor jungen Männern, und da dachte sie, wo junge Böcke sind, da wird etwas zum Stoßen gebraucht, und bot in aller Bescheidenheit ihre Dienste an. An diesen Tag erinnerte sie sich noch ganz deutlich, als seien inzwischen nicht Jahre, sondern nur Tage vergangen.

Seigneur de Sillé kam die Treppe herunter und fragte den Pförtner: «Was will die Alte?»

Sie verneigte sich tief.

«Schöne Mädchen hätte ich anzubieten, junger Herr, von vierzehn aufwärts – schwarz, rot, blond, wie's gewünscht wird, auch Jungfrauen...»

Da fing dieser Seigneur zu lachen an, daß die Wände wackelten. Ganz außer Atem kam er. Als er sich wieder gefangen hatte, ahmte er sie nach und flötete:

«Schwarz, rot, blond, wie's gewünscht wird, auch Jungfrauen.» Wieder lachte er und wiederholte: «Jungfrauen! Gute Alte, wenn hier etwas nicht gebraucht wird, dann sind es Jungfrauen, und Mädchen werden bei uns allenfalls zum Putzen verwendet. Aber komm trotzdem rein!»

Er führte sie in ein kleines, fast leeres Zimmer und flüsterte:

«Wenn du uns Kupplerdienste leisten willst, dann besorge Knaben, möglichst nicht jünger als sechs und nicht älter als vierzehn, glatthäutig, blondhaarig, mit grünen oder graugrünen Augen. Unser Herr sucht nämlich dauernd Pagen als persönliche Diener, aber die meisten taugen nichts, und er jagt sie wieder davon.» Er drückte ihr zwei *écus d'or* in die Hand. «Als Anzahlung! Wenn du dir Mühe gibst, kannst du damit schnell reich werden.»

Sie hätte es nicht geglaubt, wäre nicht das Geld in ihrer Hand gewesen. Glattes, kühles Gold, frisch geprägt. Es ging leichter, als sie dachte. Die meisten Eltern waren begeistert, wenn sie hörten, daß ihr

Junge als Page an den Hof des Seigneur kommen sollte. Als sich dann herausstellte, daß keiner zurückkehrte, schadete das ihrem Ruf, und sie suchte ihre Opfer meist außerhalb von Nantes. Manche ließen ihr einfach keine Ruhe, und dann verwies sie auf Sillé, Bricqueville, Henriet oder Poitou.

«Ich habe die Kinder nicht gefressen, sondern sie getreulich abgeliefert.» Das konnte im Stadtpalast sein oder auf einer der Burgen – wer sollte ihr da einen Vorwurf machen? Was der Seigneur mit den Kindern anstellte, kümmerte sie nicht. Gemunkelt wurde viel, und mehr und mehr wandten die Leute im Viertel ihre Gesichter ab. Da kam es ihr sehr zupaß, als vor etwa einem Jahr der kleine Maurice aus Champtocé zu seinen Eltern zurückkehrte. Wie sie hörte, sprach er nur lobend von seinem Dienst, und wenn er größer sei, wollte er dorthin zurückkehren. Seither ließen die Leute sie eher in Ruhe.

Münze um Münze ließ sie in den Beutel zurückgleiten. Wie gesagt, es war noch zu wenig, an die hundert *écus* mußten schon noch dazukommen. Dann sah ihr Lebensplan so aus: Ihre jüngere Stiefschwester lebte verheiratet im Städtchen Chauvigny, etwas östlich von Poitiers. Da würde sie eines Tages auftauchen, das Märchen von einer Erbschaft erzählen, die ein kinderloser Witwer ihr, seiner Haushälterin, hinterlassen habe. Ja, und dann würde sie sich ein Häuschen kaufen und als ehrsame *veuve* Martin einen behaglichen Lebensabend verbringen. Regelmäßiger Kirchgang, Almosenspenden und ab und zu dem Pfarrer etwas zustecken, das würde ihrem Ruf als frommer Wittfrau nur zuträglich sein. Was sich bisher an Sünden angesammelt hatte, wäre damit leicht abgebüßt, und in ihrer – hoffentlich noch sehr fernen – Todesstunde stünde der Himmel ihrer reinen Seele weit offen.

Sie seufzte schwer, rückte den Stein wieder zurecht, schob das Bett zurück und überlegte sich die Strategie ihres für morgen geplanten Beutezuges. Diesmal würde sie wieder in Nantes auf die Jagd gehen, sah aber keine Gefahr, weil der Junge seit kurzem Vollwaise war und seine Tante – das hatte sie herausgefunden – ihn loshaben wollte. Die mußte selber fünf Kinder durchfüttern und hatte kaum hingehört, als La Meffraye ihr den Vorschlag machte.

«Wenn er nur in gute Hände kommt», hatte das falsche Luder

gesagt. Der kleine Robin Pavot war um die neun Jahre alt, blond und weißhäutig, wenn er auch keine grauen oder grünen Augen hatte. Die seinen waren graublau und blickten recht einfältig. Sehr helle war der Bursche nicht, aber darauf legte der Seigneur keinen Wert.

Sie hatte sich schon an die ständig im Stadtpalais stationierten Männer gewandt, eigentlich müßte es gehen wie geschmiert. Diesmal würde sie ihren Preis erhöhen, von drei auf fünf *écus d'or*, schon weil es immer gefährlicher wurde. Das wenigstens würde sie als Grund angeben, aber in Wirklichkeit hatte sie keine Angst. Wer in ganz Frankreich konnte dem Marschall etwas anhaben? Dem Helden von Orléans, dem Mitstreiter der Jeanne d'Arc. Niemand würde es wagen, die Hand gegen ihn zu erheben, keine Anklage würde jemals bis zum herzoglichen Gericht vordringen. An seiner Seite konnte jeder sich geborgen und sicher fühlen; wer ihm treu ergeben war, über den hielt er seine mächtige Hand. Und ergeben war sie ihm, das wußte er. So ein schöner und stattlicher Mann! Daß er mit den Frauen nichts im Sinn hatte, freute sie eher. Da mochten sie sich noch so sehr die Augen ausgucken, diese geilen Ziegen, der Seigneur liebte nun einmal die Kinder, die blondgelockten Knaben mit den grünen Augen. Auch Jesus liebte die Kinder, wenn vielleicht auf eine andere Art. *Chacun à son goût!*

Umsichtig ging La Meffraye am nächsten Morgen zu Werk. Zuerst informierte sie die Leute im Palais La Suze, daß sie sich in der nächsten Stunde bereit hielten. Roger de Bricqueville wollte diesmal den Transport übernehmen; sie kannte den Rüpel recht gut und zuckte nicht mit der Wimper, als er polterte:

«Na, alte Krähe, willst dir wieder ein paar Brötchen verdienen?» Er warf ihr die üblichen drei *écus* auf den Tisch.

«Das ist mir von heute an zuwenig!» sagte sie ungerührt.

Bricqueville hob drohend die geballte Faust.

«Verschwinde, oder ich drehe dir den Hals um!»

Sie wich um keinen Zoll.

«Die Eltern wollen jetzt immer ein Handgeld; es spricht sich eben herum, daß die Kinder nicht mehr zurückkehren. Unter fünf *écus* mache ich es nicht mehr!»

Zähneknirschend zahlte Bricqueville, weil das Kind dem Seigneur schon avisiert war.

La Meffraye tauchte im Gassengewirr hinter der Place de Bouffay unter und blieb vor einem Eckhaus stehen. Sicher wartete das falsche Luder schon, weil sie den Jungen unbedingt loshaben wollte. Den Gefallen kann ich dir tun, dachte La Meffraye und pochte an die Tür. Die ging gleich auf, und da stand sie bereits, den Buben fest an der Hand. Der blickte etwas belämmert drein, aber es war keine Angst in seinem Blick. Eher Neugier.

«Na, kleiner Robin, da bist du ja schon!»

Sie versuchte, ihre etwas heisere Stimme harmlos und liebenswürdig klingen zu lassen. Seine Tante schob ihn aus der Tür.

«Die Witwe Martin bringt dich gleich zu deiner neuen Familie, da lernst du was, hast ein gutes Leben...»

La Meffraye nickte gütig.

«Genauso ist es! Nun komm schon, mein Junge, wir wollen deine Begleiter nicht zu lange warten lassen.»

Im Stadtpalais wurde der Bub sogleich gebadet und umgekleidet: danach gab es Milch, Mandelkuchen und Nüsse in Honig.

«Ja, mein Junge, das gute Leben beginnt schon hier. Wenn du gegessen hast, nimmt dich einer der Männer auf sein Pferd, und es geht im Sauseschritt nach Tiffauges, vielleicht auch nach Machecoul.»

Sie zwinkerte den Männern zu, rief «Gute Reise, kleiner Robin» und verschwand.

Das wäre geschafft, dachte sie, aber beim nächsten Mal gehe ich wieder aufs Land.

Gilles de Rais hatte nun wochenlang mit Prelati herumexperimentiert, aber es war nichts dabei herausgekommen.

«Im Grunde machen wir nur halbe Sachen, Seigneur. Wir sollten den schon einmal erwogenen Gedanken wieder aufgreifen, die Dämonen mit einem Blutopfer herbeizulocken.»

Gilles sah ihn lauernd an.

«Eine Taube? Einen Hahn? Eine Ziege?»

Prelati lächelte liebenswürdig.

«Das überlasse ich Euch...»

Vor einigen Tagen war der kleine Robin aus Nantes eingetroffen und betrachtete noch immer mit großen verwunderten Augen das neue Leben, das ihn umgab. Er stammte aus einer Taglöhnerfamilie, hatte zwar nie ernsthaft gehungert, doch sein bisheriges Leben war in jeder Beziehung klein und bescheiden gewesen, und nun ging er in seidenen Kleidern herum, durfte essen und trinken, soviel er wollte, und das waren Dinge, von denen er zuvor nicht einmal geträumt hatte, weil er sie nicht kannte. Wildschwein am Spieß, mit Wachteln und Schnepfen gefüllte Spanferkel, Fasan, Rebhuhn und Drosseln, von Rind, Kalb und Schwein nur die besten Stücke, in Honig eingelegte Früchte und Nüsse. Niemand sagte «Halt», niemand «nun ist es genug» –, so etwa stellte er sich das Paradies vor.

Vier Tage lang hatte sich niemand besonders um ihn gekümmert, jetzt am fünften Tag nach dem üppigen Abendmahl rief der Seigneur ihn mit schwerer Zunge zu sich und zog ihn auf seinen Schoß.

«Na, mein Kleiner, wie gefällt's dir bei uns? Ein schöneres Leben als in Nantes, nicht wahr?»

«Ja, Seigneur.»

«Und das alles umsonst – für nichts ...»

«Ich – ich könnte arbeiten – etwas tun.»

Gilles blickte Poitou an, der zu seinen Füßen kauerte.

«Könnte Robin etwas tun für uns, Poitou, was meinst du?»

Poitou, der schon zwanzig war, aber aussah wie fünfzehn, räkelte sich faul, gähnte und lehnte sich schmachtend an Gilles' Knie.

«Freilich könnte er etwas tun, ich wüßte schon was.»

Gilles erhob sich, schwankend und schwerfällig.

«Ich werde dir unsere Wunderkammer zeigen, Robin. Poitou, du kommst mit!»

Der kleine Robin Pavot blickte fragend von Poitou zum Seigneur; es war auch etwas Neugier in seinem Blick.

«Eine Wunderkammer?»

«Ja, du wirst staunen.»

Bricqueville, der die ganze Zeit nur dagesessen und grunzend die Speisen in sich hineingestopft hatte, lachte plötzlich ganz laut.

«Ja, er wird sich wundern, der kleine Robin, und wie er sich wundern wird!»

Gilles wandte sich ihm zu, sein unsteter flackernder Blick brachte den Rüpel zum Schweigen.

«Wenn du das Maul auftust, Bricqueville, dann quillt Unrat heraus, und alle riechen den Gestank.» Gilles blickte wild um sich. «Riecht ihr es?»

Prelati lachte leise.

«Diesen Gestank sind wir gewöhnt.»

«Leckt mich alle am Arsch!» rief Bricqueville und erhob sich.

Gilles blickte ihn nachdenklich an und sagte plötzlich:

«Auch du kommst mit!»

Roger de Bricqueville duckte sich und sah plötzlich aus wie ein geprügelter Hund.

«Ist gut», sagte er leise.

Die vier stiegen eine steinerne Wendeltreppe hinab, und Poitou öffnete mit einem großen Schlüssel eine eisenbeschlagene Holztür.

«Ist das die Wunderkammer?» fragte Robin mit einer Mischung aus Furcht und Neugier.

«Ja, das ist sie, und du brauchst keine Angst zu haben», antwortete der Seigneur mit ruhiger väterlicher Stimme.

Der kleine Raum war leer, bis auf eine schmale Sitzbank und eine eiserne Schiene an der Decke, an der mehrere Fleischerhaken hingen. Neben der Tür stand ein gefülllter Wasserschaff.

«Zieh dich aus!» gebot Gilles und blickte Robin freundlich an. «Ja, lege deine Kleider ab – alle! Wir offenbaren dir ein Geheimnis.»

Der Kleine zögerte, doch Poitou machte sich ans Werk, half Robin aus Wams, Hose und Unterkleidern. Gilles schaute ihm zu, und seine Augen flackerten wie Höllenfeuer.

«Schau, ich mache es genauso.»

Der Seigneur legte seine Kleider ab, bis er dastand – weiß, riesig, mit einem schwammig aufgetriebenen Körper. Die schwarzen Schamhaare bildeten einen grellen dunklen Fleck, aus dem riesig das Geschlecht hing, leise schwankend und bedrohlich.

«Hängt ihn auf!»

Poitou und Bricqueville banden dem Kleinen die Hände zusammen – schnell, geschickt und dabei unablässig scherzend.

«Nur ein Spaß, Robin!» versuchte Gilles ihn zu beruhigen.

Der aber hielt es keineswegs für einen Spaß, riß weit die Augen auf und begann zu fiepen wie ein Ferkel bei der Schlachtung. Es war keine Todesangst, was er empfand, nur ein fürchterliches, unheimliches Gruseln. Die Angst erwachte erst, als er das Messer in Gilles' Hand erblickte und mit grausigem Staunen bemerkte, wie dessen Geschlecht anschwoll, sich aufrichtete und auf ihn zielte wie eine Lanze. Der Seigneur nahte sich, hob das Messer, und Robin war so gelähmt vor Furcht, daß er den Schnitt in seinen Leib kaum wahrnahm. Er riß seinen Mund auf, aber sein Schrei erstickte, weil das Messer durch seine Kehle fuhr und ihn schon in ein barmherziges Dunkel hüllte, als Gilles de Rais sich schreiend und stöhnend in den offenen Leib des Knaben hineinwühlte.

Bricqueville hatte sich abgewandt, während Poitou mitleidig lächelte und zufrieden nickte, als er die Augen des Knaben brechen sah. Gott sei Dank hatte es diesmal nicht lange gedauert.

Gilles de Rais stand da, nackt, blutbesudelt und mit gesenktem Kopf. Er gab Poitou einen Wink, und der brachte das Wasserschaff und schüttete es in mehreren kräftigen Schüben über seinen Herrn. Bricqueville reichte ihm ein Tuch und wandte sich zur Tür.

«Halt!» sagte Gilles und wies mit dem Kinn auf das Schlachtopfer. «Nehmt das Herz, etwas Blut und die Augen.»

«Mach du das, Poitou, du bist es gewöhnt», sagte Bricqueville und ging hinaus.

«Ah, der Herr zeigt Gefühle!» höhnte Gilles, während er sich ankleidete.

«Mir macht es nichts aus», versicherte Poitou, nahm das Messer und brach dem toten Robin geschickt die Brust auf.

«Vergiß die Augen nicht», erinnerte ihn der Seigneur.

Ja – die Augen, Johannas Augen, als sie auf dem Scheiterhaufen stand, angekettet, in ihrem härenen Büßergewand mit der hohen Papiermütze, auf der in großen Buchstaben untereinander die Worte standen:

Ketzerin
Rückfällige
Abtrünnige
Götzendienerin.

In jeder seiner unfaßbaren Blutorgien vollzog Gilles de Rais nach, was er damals gesehen hatte, und die ihr von den Engländern angedichtete Rolle als Ketzerin, Rückfällige, Abtrünnige und Götzendienerin spielte er auf der Bühne des Lebens tatsächlich. Schändlich mißachtete er die Regeln und Gebote der heiligen Kirche, wurde immer wieder rückfällig, und als Götzendiener beschwor er die höllischen Dämonen und opferte ihnen. Und immer wieder büßte er dafür, fiel in das tiefe schwarze Loch bitterster Reue, beichtete bei willfährigen Priestern und wußte doch, daß ihm seine gräßlichen Sünden niemals vergeben werden konnten, wenigstens so lange nicht, bis er sich der weltlichen Gerechtigkeit auslieferte. Aber entzog er sich ihr denn? Er machte doch kaum ein Geheimnis aus seiner Tätigkeit, und es gab Dutzende von Zeugen. Die verschiedenen Geistlichen, denen er seine Sünden bekannt hatte, waren gegenüber der Inquisition nicht zum Beichtgeheimnis verpflichtet. Jeder konnte hingehen und ihn anzeigen. Warum tat es keiner?

Unmittelbar nach seinen Blutorgien spürte Gilles de Rais für einige Stunden eine kristallene Klarheit im Kopf. Da überschaute er sein Leben und seine Taten, als ginge es um einen Fremden, alles schien ihm einleuchtend und folgerichtig, und er kam zu dem Schluß: Dieser Gilles konnte nicht anders handeln und würde sein Leben weiterführen wie bisher, doch am Ende stand die Stunde der Wahrheit, der Erlösung, des Friedens. Er wußte dann auch, daß er diesen Ablauf durch seine maßlose Verschwendung beschleunigte, ahnte, daß Herzog, Kanzler, Inquisition und seine Familie längst ein Netz spannten, das sich um ihn zusammenzog, enger und enger, bis er hilflos darin eingeschnürt und seinen Feinden wehrlos ausgeliefert war. Dann aber verging diese Stimmung wieder, und Gilles fand zurück in sein gewohntes Leben, warf weiterhin sein Geld mit vollen Händen hinaus, trank unmäßig, verhätschelte seine Lieblinge, hörte auf Sillés von Tücke und Eigensucht diktierte Ratschläge und hatte Zeiten, da zog er sich ganz in die Vergangenheit zurück. Das konnte im Zustand der Halbtrunkenheit geschehen, wenn die damaligen Geschehnisse wie eine bunte Bilderfolge an seinem inneren Auge vorbeizogen, manchmal lebte es wieder auf, wenn ein Stichwort fiel – gleich durch wen – und er in einen gewaltigen stundenlangen Monolog verfiel, der zuerst an einen bestimmten Zuhörer gerichtet war, den er dann bald vergaß.

Gilles schlief bis gegen Mittag und brachte dann eigenhändig das Gefäß mit Blut, Herz und Augen des ermordeten Robin Pavot auf Prelatis Zimmer. Er stellte den Behälter auf den Tisch, während Prelati mit einer Miene von erschreckender Neugier ihm zuschaute.

«Das ist es doch, was Ihr haben wollt, um die Dämonen zu locken, sie uns dienstbar zu machen?»

Prelati nickte.

«Ich werde es noch heute nacht damit versuchen.»

Zugleich überlegte er, wie er sich vor der Inquisition rechtfertigen sollte. Er solle weitermachen wie bisher, hatte Pater Robert ihm geraten. Also was sollte er tun? Er hatte dieses menschliche Blutopfer von Gilles nicht ausdrücklich verlangt, sondern nur angedeutet, daß der Teufel es den Tieropfern vorziehe.

Francesco Prelati war zu klug, um nicht schnell zu merken, was sich auf den Burgen des Seigneur abspielte, um so mehr als man im engeren Freundeskreis kein großes Geheimnis daraus machte. Freilich fielen keine offenen Worte darüber, aber es gab unmißverständliche Andeutungen.

Der arme Kerl hätte so oder so sterben müssen, wie die anderen vor ihm, dachte Prelati, aber in diesem Fall dienen seine Reste noch der Wissenschaft. So nämlich nannte der Italiener seine magischen Versuche, die er aufwendig zelebrierte, um Gilles de Rais zu beeindrukken, deren Wirksamkeit er aber stark anzweifelte.

Der Seigneur setzte sich an den Tisch, drehte aber dem Glasgefäß seinen Rücken zu. Störten ihn Robins Augen, deren Farbe kaum noch zu erkennen war, weil sie im Blut schwammen?

Doch ihn beschäftigten jetzt andere Gedanken, und als er zu reden begann, hatte er die blutige Opfergabe schon vergessen.

«Ich frage mich immer wieder, was geschehen wäre, hätten die Engländer unsere Johanna nicht gefangengenommen. Welches Datum schreiben wir heute, Prelati?»

«Den zwanzigsten Mai, Seigneur.»

«Dann jährt es sich übermorgen. Ich glaube, sie wäre ins Kloster gegangen, hätte sich von der Welt zurückgezogen. Für ein Mädchen wie sie wäre es undenkbar gewesen zu heiraten, Kinder zu gebären und einen Haushalt zu führen. Ihr Kloster, glaube ich, wäre für die Franzosen zur Wallfahrtsstätte geworden. Aber es kam ja anders. Einmal habe ich sie sagen hören: ‹Ich fürchte mich vor nichts, außer vor Verrat.› Sie muß wohl geahnt haben, wie sehr man am Hof gegen sie intrigierte, spürte auch, wie sich König Karl nach seiner Krönung von ihr abwandte. Das ist vielleicht nicht das richtige Wort: Er nahm sie einfach nicht mehr zur Kenntnis. In seinen Augen war ihre Mission beendet, die Krone saß fest auf seinem Kopf, die Hauptmacht der Engländer war gebrochen, nun sollte die Jungfrau ihrer Wege gehen und ihn zufriedenlassen.»

Gilles blickte Prelati an, der sich nun auch an den Tisch gesetzt hatte, nicht ohne vorher das Glasgefäß in ein Regal neben der Tür zu stellen.

Der Seigneur sprach weiter, doch Prelati gewann den Eindruck, daß er ihn kaum noch wahrnahm. Da er es nicht wagte, einfach aufzustehen und hinauszugehen, blieb er still sitzen und hörte zu.

Johanna aber konnte den König nicht zufriedenlassen, denn sie hörte weiterhin ihre «Stimmen» und drängte darauf, endlich nach Paris zu ziehen, um die Stadt den Burgundern abzunehmen. Die ihr nahestehenden Männer, der Herzog von Alençon, Graf Dunois, Gilles de Rais und andere, teilten ihre Meinung und versuchten, den König zum Handeln zu überreden. Der aber war wieder in seine alte, zögerliche Haltung zurückgefallen. Er wollte keinen Krieg, mochte aber auch nicht auf Paris verzichten und suchte zugleich einen Zwist mit Herzog Philipp von Burgund zu vermeiden. Der hatte sich taub gestellt, als Johanna ihn in einem persönlichen Brief zur Krönung einlud, und er stellte sich weiterhin taub, als sie ihn aufforderte, endlich sein Bündnis mit dem Engländer zu lösen. Die Jungfrau warnte den König vor dem ränkevollen Burgunderherzog, doch er hörte nicht darauf und schloß mit Philipp einen zweiwöchigen Waffenstillstand.

Johanna beriet sich mit ihren Hauptleuten, und ihrem schmalen verhärmten Gesicht war die Verzweiflung anzumerken.

«Dieser Vertrag ist das Papier nicht wert, auf dem er steht! Hat

Philipp von Burgund jemals sein Wort gehalten? Sein ganzes Wesen besteht aus Lüge, List und Verstellung. Und ich kann nicht mehr schlafen, weil ich nachts unablässig meine Stimmen höre. ‹Tochter Gottes, schreite voran, schreite voran!› rufen sie mir zu, und jeder Tag, den wir zuwarten, ist ein Gewinn für die Engländer.»

Alençon nickte, und Gilles sagte:

«Der Herzog von Bedford wird sich ins Fäustchen lachen. Er sah die englischen Felle schon davonschwimmen und seinen Rang als Regent von Frankreich zu einem leeren Titel geschrumpft und ist nun dabei, wieder Oberwasser zu gewinnen.»

«Es ist zum Verzweifeln!» rief Graf Dunois, der als Bastard des Herzogs von Orléans ein Vetter des Königs war.

«Als ich vorgestern mit Seiner Majestät sprach, hörte er mir gar nicht zu, sondern sagte nur: ‹Abwarten, lieber Vetter, abwarten ist eine Kunst, und wer sie beherrscht, dem kann sie viel einbringen!› Diese Kunst beherrscht nun König Karl wahrhaftig, und ich sage schon jetzt voraus, daß sie uns nichts einbringt als Verluste und wieder Verluste!»

Der König setzte schließlich seine Armee doch noch in Bewegung, aber nicht in Richtung auf Paris. Er zog nach Süden, befreite einige kleinere Städte zwischen Reims und der Loire von den Engländern und nahm ihnen einige Festungen ab. Überall wurde ihm und nicht weniger Johanna zugejubelt, doch König Karl vermied es geflissentlich, sich mit ihr zusammen zu zeigen. Der Herzog von Bedford, erzürnt über diesen Feldzug, schickte dem König einen Brief.

Wir, Johann von Lancaster, Regent von Frankreich und Herzog von Bedford, tun Euch, Karl von Valois, der Ihr Euch ohne Grund König nennt, kund, daß Ihr gegen die Krone meines Herrn, des hohen und berühmten Fürsten Heinrich, des natürlichen und rechtmäßigen Königs von England und Frankreich frevelt, indem Ihr dem gemeinen Volk sagt, daß Ihr Frieden und Sicherheit bringt. Damit verführt und betrügt Ihr das unwissende Volk, und das erreicht Ihr nur mit Hilfe abergläubischer und verdammenswürdiger Personen, wie es jenes liederliche und schändliche Weib ist, das in Männerkleidung einhergeht ...

Inzwischen waren die für Paris vereinbarten zwei Wochen Waffenruhe längst abgelaufen, aber die Burgunder saßen noch immer in der Seinestadt, und Herzog Philipp hüllte sich in Schweigen. Johanna drängte immer stärker darauf, Paris endlich anzugreifen, und nun hinderte sie der König nicht mehr. Er ließ sie mit ihren Hauptleuten ziehen und verhandelte insgeheim weiter mit den Burgundern.

Am 8. September 1429, dem Tag von Mariä Geburt, stand die Jungfrau inmitten der ihr treu ergebenen Ritter vor den Mauern der Stadt. Das Bollwerk beim Stadttor von St. Honoré hatten sie bereits überrannt, und nun mußten ein tiefer Graben, ein Erdwall und ein etwa zwanzig Ellen breiter Wassergraben überwunden werden. Es war eine verzweifelte Lage!

«Werft Reisigbündel ins Wasser!» rief Gilles de Rais.

Für solche Zwecke führte man diese Bündel mit, doch das Wasser war viel zu tief, und sie schwammen davon. Unterdessen begannen die burgundischen Soldaten den Gegner von der Mauer her zu beschießen, und ein Pfeil traf Johanna, die gerade mit ihrer Lanze die Wassertiefe auslotete, am Oberschenkel, durchschlug den Harnisch und drang ins Fleisch. Mit einem Schrei fiel sie zu Boden. Als ihr Fahnenträger sein Visier kochklappte, um ihr zu helfen, traf ihn ein Pfeil zwischen die Augen. Er stürzte vom Pferd, die weiße Fahne mit dem Jesusbild sank zu Boden. Graf Dunois sprang hinzu, um sie aufzufangen, doch er kam zu spät.

«Ein schlechtes Omen», murmelte er, während zwei Soldaten die Jungfrau nach hinten in Sicherheit brachten. So brach die Nacht herein, ohne daß es den Franzosen gelungen wäre, die Hindernisse zu überwinden. Johannas Wunde erwies sich als nicht so schwer, da die Spitze der Lanze nicht sehr weit eingedrungen war.

Am nächsten Morgen versuchten sie, von Süden her in die Stadt zu gelangen, denn dort gab es eine Holzbrücke über die Seine. Diese war aber während der Nacht von den Belagerten abgebrochen worden. Stumm verharrte die kleine Truppe um Johanna, keiner wußte etwas zu sagen, bis Graf Dunois meinte:

«Dann muß die Stadt eben belagert werden – oder noch besser, wir errichten eine neue Brücke.»

«Da werden die Burgunder nicht untätig zusehen», gab Gilles de Rais zu bedenken.

«Ein so weitreichender Plan müßte aber mit dem König abgesprochen werden», sagte der Herzog von Alençon, doch dieser Mühe wurden sie enthoben.

Aus dem Feldlager ritt ihnen ein Bote entgegen und schwenkte ein Schreiben mit dem königlichen Wappen. Der Herzog, als der Ranghöchste, erbrach das Siegel, überflog den Inhalt und sagte:

«Der König beordert uns nach St. Denis und befiehlt einen allgemeinen Rückzug.»

«Das ist nicht gut», sagte Johanna.

«Er wird die Sache auf dem Verhandlungsweg lösen wollen», meinte Gilles, und Dunois nickte.

«Das glaube ich auch.»

Im königlichen Feldlager bei St. Denis wurden die Hauptleute sofort empfangen. Karl zeigte sich sehr leutselig, scherzte ein wenig und tat, als hätte er die noch von Burgundern oder Briten besetzten Städte und Festungen bereits in der Hand.

«Meine Herren, ich bin froh, Euch sagen zu können, daß der Krieg beendet ist. Von nun an wird verhandelt, und wir sind auf dem besten Wege, zu einer Einigung zu kommen. Ihr, meine Herren, habt Eure Lehenspflicht aufs glänzendste erfüllt und seid hiermit gnädig und mit allem Dank entlassen. Gott schütze Euch!»

Dann standen sie draußen und sahen sich an.

«Von Johanna hat Seine Majestät kein Wort gesagt», bemerkte Gilles, und seine Stimme klang bitter.

«Er wird sie allein empfangen», vermutete der Herzog von Alençon.

«Und ihr auch danken, hoffe ich.»

Der Herzog lächelte fein.

«Nun, Ihr kennt den König besser als wir alle, habt Eure Kindheit mit ihm verbracht, seid sein naher Verwandter.»

«Niemand kennt einen anderen Menschen genau. Warten wir ab, was geschieht.»

Gilles de Rais hatte keinen Anlaß mehr, im Hoflager zu bleiben, und verabschiedete sich von Johanna.

«Mein Schwarzer Ritter, nun wollt auch Ihr mich verlassen?»

«Das will ich keineswegs! Ich folge nur einem Befehl des Königs.»

Sie blickte ihn mit ihren graugrünen Augen ruhig an und deutete mit dem Zeigefinger nach oben.

«Auch von dort erhalte ich Befehle, und die sagen mir, daß unser Ziel noch nicht erreicht ist. Erst wenn der letzte bewaffnete Engländer den Boden unseres Landes verlassen hat, sehe ich meine Aufgabe erfüllt.»

«Vielleicht treffen wir uns bei dieser Gelegenheit wieder?»

«Ich weiß nicht, Seigneur Gilles, ob bei dieser oder bei einer anderen. Aber wir sehen uns wieder, seid dessen gewiß.»

«Und habt Ihr sie wiedergesehen?» fragte Prelati, der Gilles' langem Bericht mit ruhigem Interesse gefolgt war. Sollte er dabei insgeheim an etwas anderes gedacht haben, so war es ihm nicht anzumerken.

«Ja, das habe ich, aber nicht als einer ihrer Hauptleute, sondern bei einer Gelegenheit, über die ich jetzt nicht sprechen kann. Aber ich habe diese Zeit wieder auferstehen lassen, damals in Orléans.»

Dieser spätere Aufenthalt in Orléans beschäftigte auch Magister René Petit, der aber nichts darüber herausfand und deshalb Jean de Malestroit befragte.

«Ihr werdet vielleicht bemerkt haben, Monseigneur, daß im Lebenslauf des Gilles de Rais eine Lücke klafft. Es sind die Herbstmonate anno vierunddreißig bis ins Frühjahr des nächsten Jahres. Wißt ihr mehr darüber?»

Malestroit nahm seine Kappe ab und strich nachdenklich über seinen kahlen Schädel, eine Geste, die René inzwischen so vertraut war, daß er manchmal schon darauf wartete.

«Damals machtet Ihr noch als Student die Kneipen im Quartier Latin unsicher, nehme ich an. Jeder Schankwirt in Orléans könnte Euch darüber aufklären, denn in diesem halben Jahr hat Seigneur de Rais schätzungsweise sein halbes Vermögen verpraßt. Sein Großvater war nun zwei Jahre tot, er verfügte eigenständig über einen ungeheuren Besitz, und es gab nichts zu tun. Versetzt Euch einmal in seine Lage. Vor fünf Jahren noch der strahlende Held von Orléans, ehrfurchtsvoll zusammen mit der Jungfrau genannt, dann aktiver Teilnehmer an der Krönung in Reims, schließlich als Marschall von Frankreich in die Heimat zurückgekehrt. Dort hat noch der wüste Jean de Craon das Sagen, aber der stirbt. Auch Johanna stirbt, und sein Ruhm beginnt zu verblassen. Vielleicht hat er sich gewünscht, vom König an den Hof geholt zu werden, hat sich auf seinen Vetter Trémoille verlassen. Doch dessen Einfluß ist im Schwinden und vierzehnhundertdreiunddreißig wird er vom Hof verbannt. Also wird auch damit nichts. Da beschließt Gilles, sich selber in Erinnerung zu bringen – und wo? Natürlich da, wo er höchsten Ruhm errang: in Orléans. Und ich kann Euch sagen, Petit, sein Aufenthalt damals ist in der Stadt zur Legende geworden. Jeder Straßenjunge dort könnte Euch lange Geschichten erzählen. Aber ich mache es kurz. Setzt Euch wieder und hört mir genau zu, denn diese Zeit in Orléans ist der Schlüssel zu Gilles' Ruin.»

Als Gilles de Rais Ende September 1434 nach Orléans aufbrach, war es der Wunsch, sich dort in Erinnerung zu bringen, sich als Retter feiern zu lassen. Schon sein Einzug gestaltete sich so pompös, daß die halbe Stadt zusammenlief. Eigens für diesen Zweck hatte er eine Garde von zweihundert Mann angeworben, so daß er inmitten einer eigenen Armee glanzvoll, aber friedlich die Stadt betrat.

Er mietete für sich und seine Männer ein Palais und mehrere Häuser. Dabei wurde an nichts gespart. Die Gardesoldaten durften essen, wo sie wollten, und sich vergnügen, wie sie wollten – Seigneur de Rais beglich ihre Rechnungen, die natürlich alle maßlos überhöht waren.

In seinem Palais *Croix d'Or* sammelten sich die Händler der ganzen Stadt, und es wurde gekauft, gekauft, gekauft. Ein Ballen Goldbrokat, sonst für dreißig *écus* feil, kostete jetzt sechzig, ein illuminiertes Stundenbuch achthundert anstatt dreihundert, dazu die dauernden Bewirtungen. Glücksritter, Schmarotzer, «Freunde» aller Art fanden sich an seiner reichgedeckten Tafel ein und vertilgten Tag um Tag gewaltige Mengen an erlesenen Speisen und Getränken. Die weit überzogenen Rechnungen der Bäcker, Metzger, der Wein- und Gewürzhändler wurden ohne Nachprüfung beglichen und summierten sich schon in den ersten Wochen auf mehrere tausend *écus d'or*.

Doch war dies erst der Anfang. Zum eigentlichen Fest der Stadtbefreiung am 8. Mai 1435 lud Gilles de Rais sämtliche Bürger zu einem dreitägigen Fest. Überall in der Stadt wurden Stände und Buden aufgebaut, und jeder konnte essen und trinken, soviel er wollte. Der Höhepunkt waren zwei von ihm arrangierte und finanzierte prunkvolle Theateraufführungen. Das eine war ein religiöses Mysterienspiel und langweilte den Straßenpöbel, aber das andere, sorgfältig und ohne Rücksicht auf die Kosten in Szene gesetzt, entfachte Beifallsstürme.

Dazu ließ Gilles auf dem Marktplatz eine Tribüne errichten und zu einer bewegten Aufführung über viele Stunden den Sturm auf die Schanze La Tourelle darstellen. Die aufwendige Bühnenausstattung, die Kostüme der Schauspieler, die Fahnen und Waffen kosteten ihn um die dreißigtausend *écus d'or*. Gilles de Rais legte Wert darauf, beim Höhepunkt der Handlung, der Erstürmung von La Tourelle, sich selber darzustellen. Und wie jubelte das Volk, als sie sahen, wie Johanna die Leiter erklomm und verwundet ihrem Schwarzen Ritter in die Arme fiel! Der Seigneur spielte seine Rolle so selbstvergessen, daß er einen der Schauspieler verletzte. Der Mann verlor ein Auge und erhielt dafür ein kleines Landgut im Wert von etwa tausend *écus d'or*.

Gab es denn keinen Freund, keinen Ratgeber, keinen einzigen Menschen, der versuchte, Gilles de Rais von seiner maßlosen Verschwendung abzuhalten? Durch die Hände Sillés gingen die meisten Rechnungen, und er zweigte damals so viel Geld davon ab, daß er fürs halbe Leben ausgesorgt hatte.

Bricqueville war erst einige Monate an Gilles' Hof, ein armer Vetter, dem die Augen übergingen, als er die Zeit in Orléans miterlebte. Er fraß, soff, hurte und dachte nicht daran, seinen Gönner zu warnen oder gar zu hindern.

«Damals», so schloß der Kanzler seinen Bericht, «vertat Gilles de Rais nicht nur sein gesamtes Barvermögen, sondern hinterließ in Orléans stapelweise Schuldverschreibungen, Abtretungen und Verpfändungen. Er soll insgesamt gut achtzig- bis hunderttausend *écus d'or* verpraßt haben, und nicht wenigen schuldet er noch heute Geld.»

«Trotzdem scheint ihm dies keine Lehre gewesen zu sein, denn er lebt im selben Stil weiter.»

«Nicht mehr lange», sagte Malestroit, «nicht mehr lange.

15

Gilles de Sillé, Vetter und enger Vertrauter des Seigneur de Rais, befand sich in einem schlimmen Dilemma. Er war es gewohnt, durch seinen Einfluß auf den Seigneur vieles zu erreichen oder nach seinem Wunsch zu gestalten, aber es fiel ihm schwer, etwas allein zu entscheiden.

Da saß er nun in Machecoul, und draußen in einer Scheune standen drei große, mit Brettern vernagelte und mit Stricken verschnürte Kisten. Es war mühsam gewesen, sie auf Ochsenkarren hierherzuschaffen. Warum gab Gilles nicht gleich den Befehl, sie zu verbrennen? Ich werde nach Tiffauges reiten und ihn selber fragen. Das aber widersprach Gilles' dringender Bitte, die Kisten nicht aus den Augen zu lassen, bis er selber wieder zurück sei.

Wo dieser Bricqueville sich wieder herumtrieb, ging es ihm durch den Kopf. Der nutzt jede Gelegenheit, dem Seigneur mit seinen Wünschen in den Ohren zu liegen, vor allem, wenn ich selber nicht da bin.

Doch dann kam der Bote aus Tiffauges: Gilles kündigte sein Erscheinen für die nächsten Tage an. Eine verschlüsselte Nachschrift lautete:

«Ich habe wieder Lust auf Geflügel; geht auf die Jagd und holt mir etwas Leckeres.»

Ein häßliches Grinsen huschte über Sillés Gesicht. Sticht dich wieder der Hafer, lieber Gilles? Die Vorräte in Tiffauges sind wohl verbraucht... Diesmal aber, so nahm er sich vor, gehe ich nicht allein. Dieser Bursche Perrinet wird mitkommen, und ich werde dafür sorgen, daß sich die Leute an ihn und nicht an mich erinnern.

Er fand Perrinet in seiner kleinen Sattlerwerkstatt, die er sich hinter dem Haus, das er bewohnte, mit Zustimmung des Seigneur eingerichtet hatte. Magister René Petit hatte sich dafür eingesetzt, daß er sein Gesellenstück hier anfertigen durfte. Der Zunftmeister hatte zuerst protestiert, aber nach einer kurzen Unterredung mit Kanzler Malestroit gab er nach.

So arbeitete Perrinet schon seit Wochen an einem Prunksattel für den Seigneur, doch hatte er Anweisung, sich damit sehr viel Zeit zu lassen, da er möglichst lange am Hofe Gilles' bleiben sollte. Er selber wäre am liebsten noch heute nach Nantes zurückgekehrt, weil er hier lebte wie auf einem sinkenden Schiff und ahnte, daß er zu den ersten gehören würde, die man über Bord warf, um sich selber zu retten. Mochte er auch jetzt zu den Lieblingen des Marschalls zählen, in den Kreis um Sillé und Bricqueville, Prelati und Blanchet, Poitou und Henriet würde er niemals eindringen.

Dies war sein erstes vollständiges Sattelzeug, das er ohne die Aufsicht seines Lehrherrn schuf, doch die Arbeit ging ohne Schwierigkeiten zügig voran. Das Sattelgerüst hatte er aus stabilem und dauerhaftem Eichenholz gefertigt; die Trachten zuvor dem Rücken von Gilles' Lieblingspferd angepaßt und sie mit den Stegen verbunden. Die Lederstücke für die wichtigsten äußeren Teile des Sattels hatte er schon zugeschnitten, es waren dies das Kissen, der Knopf, der Sitz und die beiden Blätter mit den Kniepauschen. Er hätte damit in wenigen Wochen fertig sein können, aber seine Anweisung lautete, die Arbeit zu verzögern. Also schob er dazwischen längere Pausen ein.

Da stand plötzlich irgendwer im Licht, und Perrinet blickte unwillig auf. Er erkannte die schmächtige Gestalt sofort und fragte:

«Was führt Euch zu mir, Seigneur de Sillé?»

Der trat näher und richtete seine schmutzig-gelben Augen auf den halbfertigen Sattel.

«Du arbeitest ja wie eine Schnecke, Perrinet! Wenn das so weitergeht, wird der Seigneur seinen Sattel erst als Neujahrsgeschenk erhalten.»

Laß dich niemals von diesem Sillé provozieren, hatte der Magister ihm geraten. Der sei nämlich der Klügste von allen und lege es darauf an, über alles Bescheid zu wissen, um im Notfall als erster seine Haut zu retten.

«Es wird mein Gesellenstück, Seigneur, und da darf ich mir keine Fehler erlauben. Zur Herbstprüfung bei der Zunft muß es in jedem Fall fertig sein.»

«Na, da hast du ja noch viel Zeit, und etwas davon möchte ich morgen in Anspruch nehmen.»

«Gerne, Seigneur, wenn ich Euch irgendwie dienlich sein kann.»

Sillé grinste.

«Du kannst, mein Lieber, du kannst. Wir werden morgen gemeinsam auf die Jagd gehen und ein hübsches Vögelchen fangen.»

«Auf die Vogeljagd? Davon verstehe ich nichts.»

«Brauchst du auch nicht, weil sie nur eine Umschreibung ist für das Einfangen von hübschen Bübchen für unseren unersättlichen Seigneur, der in den nächsten Tagen zurückkehrt. Ich habe dich kürzlich zum Mitwisser gemacht, jetzt steht dir deine Bewährung als Mithelfer bevor. Man wird Schritt um Schritt in unsere große Familie hineingeführt, aber wir haben festgestellt, daß Halbheiten nur gefährlich sind. Entweder man ist drinnen oder man ist draußen, verstehst du? Und für einen Mitwisser bedeutet draußen ...» Sillé fuhr sich mit dem Zeigefinger über die Kehle. «So ist das hier nun einmal, mein Lieber: Wir wollen den ganzen Menschen mit Leib und Seele, Haut und Haar. Du willst doch nicht eines Tages zu denen da drüben gehören?»

Sillé deutete in Richtung auf den Schuppen, wo die drei Kisten mit den Gebeinen lagen.

«N – nein, g – gewiß nicht ...», stotterte Perrinet, der dieser neuen Lage nicht gewachsen war.

Was hätte er jetzt darum gegeben, nur fünf Minuten mit dem Magister reden zu können! Aber er war allein, ganz auf sich gestellt und verfluchte zum wiederholten Mal seinen Entschluß, hier in der Höhle des Löwen den Spitzel und Zuträger zu spielen.

«Gut! Wenn du immer schön tust, was wir dir sagen, wirst du hier weiterhin ein gutes Leben haben. Halte dich morgen noch vor Sonnenaufgang bereit. Wir werden uns in der Gegend zwischen St. Etienne und Légé umsehen. Zwischen den Flüssen Falleron und

Tenu gibt es gute Weidegründe, ich habe da schon etwas Bestimmtes im Auge.»

Ohne ein weiteres Wort machte Sillé kehrt und stapfte davon. Es war seine Art, besonders stark aufzutreten und dabei martialisch mit den Armen zu schlenkern, damit man ihn, den Schmächtigen, nicht überhörte noch übersah. Aber wenn es darauf ankam, konnte er auch leise sein wie eine Katze.

Perrinet blieb ratlos zurück. Selbst wenn er dem Boten in Machecoul Bescheid gab, würde das Hin und Her der Nachrichten drei oder vier Tage in Anspruch nehmen. Trotzdem! Schon um seiner eigenen Sicherheit mußte er den Magister informieren, daß seine Mittäterschaft erzwungen war.

Lustlos arbeitete er am Sattel weiter und legte um die sechste Abendstunde sein Werkzeug beiseite. Diesmal brauchte er nicht nachts und heimlich nach Machecoul zu schleichen, sondern hatte einen plausiblen Grund. In einigen Tagen wurde das Fest Mariä Heimsuchung gefeiert, und er hatte sich in der Kirche angesagt, um mit dem Chor noch bis Sonnenuntergang das Magnificat zu proben.

Daß Sillé ihn beobachten ließ, wurde deutlich, als er vor dem Stall sein Pferd bestieg. Wie zufällig kam Sillés Diener dazu und fragte ganz harmlos:

«Sehen wir Euch heute nicht an der Abendtafel, Sieur?»

«Heute esse ich später, muß noch in der Kirche das Magnificat proben.»

«Ich werd's ausrichten», sagte der Mann, und Perrinet setzte in Gedanken hinzu: dem Seigneur de Sillé natürlich, und er war froh, daß er mehr wußte als diese Bande von Sodomiten und Ketzern. Er hatte sich Magister Renés Vorstellungen zu eigen gemacht, daß er hier auf der Seite des Rechts gegen das Böse kämpfte und dabei zutiefst gottgefällig und christlich handelte.

Perrinet hatte – zusammen mit dem Musikmeister – das Magnificat in der mehrstimmigen Vertonung des berühmten Guillaume Dufay gewählt, der seit kurzem am Hof des Herzogs von Burgund wirkte und dabei war, die gesamte abendländische Kirchen- und Chormusik zu beeinflussen. Machtvoll erklangen die jungen geschulten Stimmen:

Quia respexit humilitatem ancillae suae: ecce enim ex hoc beatam me dicent omnes generationes.
Quia fecit mihi magna qui potens est: et sanctum nomen eius.
Et misericordia eius a progenie in progenies timentibus eum.
Fecit potentiam in brachio suo: dispersit superbos mente cordis sui.
Deposuit potentes de sede.

Perrinet kannte die Übersetzung, und der Satz ‹Machthaber stürzt Er vom Thron ...› beschäftigte ihn auch nachher noch, weil ihn mit diesen heiligen Worten aus dem Lukasevangelium ein unsichtbares Band verknüpfte. War nicht auch er von Gott ausersehen, einen dieser Mächtigen vom Thron zu stürzen? Nämlich den Marschall Gilles de Rais, den strahlenden Helden von Orléans, Mitstreiter der Jungfrau Johanna, Herrn über ungeheuere Ländereien südlich und nördlich der Loire. Aber vor Gottes Angesicht war dieser Mensch nur ein armer Sünder, und er, Perrinet Briand, trug dazu bei, ihn der irdischen Gerechtigkeit auszuliefern.

Als der letzte Chorknabe hinausgerannt und Ruhe eingetreten war, kniete Perrinet nieder und betete ein Vaterunser, dem er die Bitte anfügte, der Herr möge ihn nicht in die Hände seiner Feinde fallen lassen. In seiner frommen Stimmung fügte er ein zweites Paternoster an, verknüpft mit der Fürbitte, die Seelen von Seigneur de Rais und seiner Helfer gnädig zu retten.

Inzwischen war es dunkel geworden, und Perrinet ging zum Haus des Boten – aufrecht und stolz, als furchtloser Diener der göttlichen Gerechtigkeit. Doch seine Stimmung sank, als der Mann nicht da war. Er sei nach Pornic auf den allmonatlichen Markt gefahren, um Honig und Käse zu verkaufen. Morgen oder übermorgen komme er zurück.

«Dann kann es zu spät sein», murmelte Perrinet erbittert.

Er schlich sich in sein Häuschen zurück, und als die Wache am Tor ihm zurief: «Sieur Briand, Ihr sollt Euch noch heute bei Seigneur de Sillé melden!» brummte er zurück: «Ist schon gut ...» Zu seiner aus Zorn, Angst und Ratlosigkeit gemischten Stimmung kam nun der Trotz, diesem Sillé nicht in allem zu gehorchen. So verschmähte Perrinet das Abendessen, würgte ein Stück trockenes Brot hinunter und trank ein Glas Wasser dazu, wozu Sillé nur spöttisch lächelte. In seinen vier Wänden gewann er etwas von seiner Zuversicht zurück. Was konnte ihm schon geschehen? Jedes wichtige Ereignis meldete er sofort nach Nantes, und eines – so hoffte er – nicht mehr allzu fernen Tages würde die Miliz des Herzogs hier auftauchen und den Seigneur zusammen mit seinen Komplizen in Fesseln abführen. Andererseits hatte er keinen Grund, daran zu zweifeln, daß ihm Sillé oder Bricqueville auf einen Wink ihres Herrn sofort die Kehle durchschnitten. Vielleicht war dieser Wink nicht einmal nötig. Ein Mensch wie Sillé würde alles tun, um seine Haut zu retten, so wie er alles tat, um hier die erste Geige zu spielen.

Da schoß ihm plötzlich ein Gedanke durch den Kopf. Und wenn das mit den Skeletten gar nicht stimmte? Wenn Sillé ihm nur Schauermärchen erzählt hatte, um ihn zu ängstigen? Aber es gab nun einmal die drei Kisten drüben im Schuppen, Perrinet hatte selber gesehen, wie der Ochsenkarren sie in den Burghof brachte.

Natürlich konnte er sich morgen weigern, an der Kinderjagd teilzunehmen. Er würde sagen, dazu bin ich nicht hier, und im übrigen gehorche ich nur den Befehlen des Seigneur. Sillé würde es nicht wagen, ihn einfach umzubringen, ohne Wissen und Zustimmung seines Vetters.

Perrinet straffte sich. Schließlich bist du auch nicht irgendwer, sondern der Sohn eines freien Bürgers und Handwerksmeisters von Nantes. Bei Bettelkindern, Hirtenknaben und Bauernbuben mag es leichter sein, sie verschwinden zu lassen, aber der Tod eines Perrinet Briand würde gewiß unliebsames Aufsehen erregen.

Vom Grübeln müde geworden, legte er sich zu Bett und schlief sofort ein. Doch seine Sorgen und Ängste löschte der Schlaf nicht aus, sondern verwandelte sie in bedrohliche Traumbilder.

Wieder stand Perrinet in jener schwülen Nacht an der hölzernen Tür und sah durch den Spalt das entsetzliche Geschehen, hörte Gilles' weithin tönendes, gräßliches Lachen. Dann flog die Tür auf, er wurde an den Haaren gepackt und in den Raum gezerrt. Sillé wartete schon im Hintergrund, seine gelben Augen glühten wie die eines Raubtieres. Er hielt ein blutbeflecktes Messer in der Rechten und fuchtelte damit herum, als warte er ungeduldig auf ein neues Opfer.

«Nein – nein – nein!» schrie Perrinet, aber es kam kein Ton aus seiner Kehle.

Sillé lachte und fragte:

«Was schneiden wir ihm zuerst ab – seinen Pimmel oder seinen Kopf?»

Sie zerrten ihm die Kleider vom Leib, und er wimmerte: «Nicht den Kopf, nicht den Kopf...»

Seigneur Gilles wandte ihm seinen Blick zu, die dunklen Augen flackerten wie Höllenfeuer. Mit schnellem Griff faßte er nach seinem Penis, zog ihn schmerzhaft in die Länge und sagte:

«Da – schneide ihn ab, aber langsam, ganz langsam!»

Sillé näherte sich, sein Gesicht zu einem teuflischen Grinsen verzerrt und setzte das lange Messer an.

Ein dumpfer Schmerz weckte Perrinet, seine beiden Hände waren in sein Geschlecht verkrallt. Er tastete sich ab und atmete auf. Es ist noch alles dran, dachte er, du hast dich von einem Traum narren lassen. Zugleich aber wußte er, daß es für viele kein Traum gewesen war und daß ihre Überreste nur ein paar Schritte entfernt im Schuppen lagen. Er richtete sich im Bett auf. Das hält kein Mensch aus, hier gehe ich langsam zugrunde – ich, der ich unschuldig bin. Dafür aber, dachte er kindlich, ist meine Seele rein und fährt sofort in den Himmel auf. Mit diesem tröstlichen Gedanken schlief er ein.

Am nächsten Tag war es dann die Jungfrau Maria, deren nahendes Fest es verhinderte, daß Perrinet auf Kinderjagd gehen mußte. Sillé selber teilte es ihm mit.

«Unsere Vogeljagd ist aufgeschoben, aber nicht aufgehoben!»

In Machecoul hatte sich viel Bettelvolk eingefunden, um die feiertäglich auf Wohltat gestimmten Gläubigen für ihre Zwecke zu nutzen. Darauf spielte Sillé nun an, als er sagte:

«Das spart uns viel Zeit und Mühe, und wir haben zudem den Vorteil der Auswahl. Daß gerade Bettelkinder auf Schloß Machecoul hochwillkommen sind, hat sich schon herumgesprochen.» Sillé sah ihn hämisch an und brach in lautes Lachen aus. «Du freust dich nicht? Wärst doch lieber auf Jagd gegangen? Nun, wir holen es nach!»

«Wie Ihr es wünscht, Seigneur de Sillé», sagte Perrinet und verneigte sich in gespielter Unterwürfigkeit.

Sillé merkte es nicht und stapfte zufrieden davon.

Auch aus Nantes war Perrinet das Problem der in immer kürzeren Abständen und ständig wechselnder Zahl auftretenden Bettlerhorden bekannt. Manchmal kam es dabei auf dem Markt zu regelrechten Überfällen, die stets damit endeten, daß auf dem Hügel vor der Stadt der mehrschläfrige Galgen dicht besetzt war.

Bei einem seiner Gespräche mit Magister Petit hatte er eine abfällige Bemerkung darüber gemacht, doch der hatte ihm nicht zugestimmt, sondern versucht, in seiner überlegten bedächtigen Art dieses Faktum zu erklären.

«Man darf diese armen Menschen nicht von vornherein verurteilen und sie alle in einen Topf mit gewerbsmäßigen Gaunern, Dieben und Betrügern werfen. Die wenigsten von ihnen, so glaube ich, ziehen freiwillig und aus reiner Lust durchs Land, immer auf der Suche nach Nahrung, nach Almosen. Die Hauptursache ist der mörderische Krieg mit England, der heuer ins hundertste Jahr geht. Unter unseren Königen Philipp, Johann und Karl ging das immer hin und her mit Schlachten, Verträgen, Friedensschlüssen und wieder neuen Schlachten, wovon der gesamte Südwesten Frankreichs betroffen war. Kann man es den Bauern verdenken, daß sie ihre Dörfer verließen, nachdem einmal die Engländer, ein anderes Mal die Franzosen ihre Felder verwüstet, ihre Kinder, Eltern und Freunde gefoltert und erschlagen hatten, nur um dies nackte Leben zu retten? Letztlich war es die Schuld der hohen Herren, die ihre Verträge brachen, wenn die Unterschrift noch nicht trocken war, daß die sonst so geduldigen Bauern sich ihrerseits auf verschiedene Art zu wehren begannen. Die einen verweigerten sich einfach und zogen davon, andere setzen den Hebel an der richtigen Stelle an, nämlich beim Adel. Hast du das Wort *Jacquerie* schon einmal gehört?»

Perrinet schüttelte den Kopf.

«Ich bin nur zwei Jahre zur Schule gegangen, gerade eben, um schreiben und lesen zu lernen, wie es die Zunft von ihren Handwerksmeistern erwartet. Mit der Vergangenheit haben wir uns da nicht befaßt.»

Der Magister nickte.

«Das ist eben der Fehler! Hätte man euch etwas über diesen

endlosen Krieg beigebracht, so würdet ihr die heutige Situation in einem anderen Licht sehen. Willst du noch mehr hören?»

«Von Euch immer, Magister René, also, was ist eine *Jacquerie*?»

«Das war der dreizehnhundertachtundfünfzig in der Ile-de-France begonnene Bauernaufstand, der später auch die Champagne und die Picardie erfaßte. Die Bauern waren verzweifelt, weil ihre Grundherren nicht fähig waren, sie gegen die dauernden Einfälle der Engländer zu schützen, und damit den alten Vertrag brachen: Der Bauer bebaut das Land und ernährt den Herrn, und dieser hat ihn mit allen Kräften zu verteidigen. Genau das taten sie nicht, und so drehten die Bauern den Spieß um, stürmten die Adelsschlösser und massakrierten ihre Feudalherren. Der schlecht bewaffnete und schlecht geführte Aufstand brach bald zusammen und endete in einer gnadenlosen Vernichtung der Bauernhorden. Wer überlebte, ergriff die Flucht, und am Ende waren ganze Landstriche entvölkert, was auch heißt, daß keine Nahrung mehr produziert wurde. Die Folgen spüren wir bis heute, und die Kinder und Kindeskinder der flüchtigen Bauern ziehen als Bettlerhorden durchs Land.»

Daran mußte Perrinet denken, als Seigneur Sillé mit angeekeltem Gesicht vom «Bettelvolk» sprach.

Am nächsten Morgen standen sie dann vor der Tür, Bettelkinder zwischen fünf und fünfzehn, zerlumpt, ausgehungert, verelendet, schmutzig, durch Ausschläge entstellt, manche verkrüppelt, nur wenige von ihnen – und diese standen abseits – hielten auf sich, trugen saubere Kleider, hatten geschnittene Haare und gewaschene Gesichter.

Seigneur de Sillé trat mit falschem Grinsen unter sie, gefolgt von zwei Dienern mit brotgefüllten Körben, Milchkrügen und einem Dutzend hölzernen Bechern. Im Nu waren sie von den Kindern umringt, doch der darin erfahrene Sillé hob die Hand und rief:

«Es ist genug für alle da! Stellt euch der Reihe nach an. Ich verspreche euch bei der allerseligsten Jungfrau, daß jeder – ob groß oder klein – seine Portion bekommt, und wenn es nicht reicht oder ihr nicht satt werdet, holen wir Nachschub.»

Perrinet hielt sich im Hintergrund, schaute zu, wie schmutzige Hände nach dem Brot und den Milchbechern griffen. Unter denen, die sich etwas abseits hielten, war ein hochaufgeschossener magerer Junge von elf oder zwölf Jahren. Sein schmales, edel geformtes Gesicht blieb unbewegt, bis auf einen leisen Zug von Spott oder Verachtung. Er wartete, bis die Horde sich kauend und schmatzend verstreut hatte, nahm dann mit einer artigen Verbeugung Brot und Milch entgegen und verzehrte sein Mahl ohne Hast und mit Anstand.

Auch Sillés Jägerblick war der Junge nicht entgangen. Eigenhändig brachte er ihm ein zweites Brot und winkte einen Diener herbei, um den Becher nachzufüllen. Der Bursche lächelte, verneigte sich wieder leicht und nahm das Brot entgegen. Sillé, ganz Wohlwollen und Leutseligkeit, begann ein Gespräch mit ihm, und da traf Perrinet die schreckliche Erkenntnis, daß hier ein neues Schlachtopfer ausgewählt wurde. Ihm kam nicht zu Bewußtsein, daß er sich dem schlanken und anmutigen Rotblonden näher fühlte als den anderen, weil er offensichtlich aus «besseren» Kreisen stammte, weil er Perrinets Vorstellung von Anstand und Redlichkeit näher kam als die dreckige, verwahrloste, zum Teil mit Krankheiten behaftete Bettlerhorde.

Ich muß ihn warnen, ging es ihm durch den Kopf, darf nicht dulden, daß er Gilles, diesem Blutsäufer ausgeliefert wird. Er versuchte, den Blick des Rotblonden einzufangen, doch der lauschte höflich Sillés Ausführungen, antwortete auf Fragen und ließ sich durch das Treiben ringsum nicht ablenken.

Kaum hatten sie ihr Gespräch beendet, ging Perrinet auf ihn zu, auf Umwegen, um nicht aufzufallen, blieb da und dort stehen, bis es zu einer «zufälligen» Begegnung kam.

«Wie heißt du?

«Olivier, Seigneur.»

«Ich bin kein Seigneur, darfst ruhig du zu mir sagen, ich heiße Perrinet. Wie alle hier stehe ich im Dienst des Marschalls Gilles de Rais. Woher kommst du?»

«Aus der Normandie. Wir lebten in Percy, ganz in der Nähe von Granville.»

Perrinet hörte kaum hin, sah sich unauffällig um. Sillé redete auf einen vielleicht sechsjährigen Jungen ein, ohne dabei Olivier aus den Augen zu lassen. Als er sah, daß Perrinet mit ihm sprach, nahm er den Kleinen bei der Hand und kam herbei.

«Das ist der kleine Didi, wie ihn alle nennen, eigentlich heißt er Didier. Ich glaube, der wird unserem guten Seigneur ebenso gefallen wie Olivier, der sich offenbar mit dir angefreundet hat.»

Die schmutzig-gelben Augen waren voll Mißtrauen.

«Wir haben nur ein paar Worte gewechselt, Seigneur.»

Sillé lächelte und fletschte dabei die Zähne wie ein Wolf.

«Nun, ihr werdet euch alle noch näher kennenlernen, weil ich Olivier und Didi als neue Pagen in unsere große Familie aufnehmen werde – vorausgesetzt natürlich, unser guter Seigneur erteilt seine Zustimmung.»

Warum nennt er ihn nur immer den «guten Seigneur», dachte Perrinet und konnte kaum noch seinen Haß auf Sillé verbergen. Er versuchte, freundlich zu lächeln, was ihm nur schwer gelang.

«Olivier wollte mir noch genau erzählen, wo er herstammt und warum er...»

Sillé winkte freundlich ab.

«Gut, gut, liebe Jungen, dazu ist noch viel Zeit. Jetzt geht mal ins Schloß, laßt euch neue Kleider geben. Dem Didi müssen noch die Haare geschnitten werden, auch ein Bad würde ihm nicht schaden.»

Der Kleine blickte verwirrt.

«Ein Bad?»

«Aber ja! Herunter mit den schmutzigen Fetzen, hinein in das Wasserschaff, und dann wird deine zarte Haut mit einer Bürste Bekanntschaft machen.»

«Tut das weh?» fragte Didi kläglich.

«Aber nein, im Gegenteil! Danach fühlst du dich wie neugeboren.»

Der Kleine würde vielleicht die Warnung nicht verstehen, aber Olivier war alt genug, um eine Gefahr ermessen zu können. Ein Diener führte die beiden ins Haus, Sillé blickte ihnen lächelnd nach.

«So einfach ist das», sagte er zu Perrinet und zog ein hämisches Gesicht. Um ein Haar hätte Perrinet sich verraten, aber dann dachte er nur, was er beinahe gesagt hätte.

Euer hämisches Grinsen wird Euch vergehen, Seigneur de Sillé, wenn Ihr auf der Galgenleiter steht. Nichts wünsche ich mir sehnlicher herbei, als diese Stunde, da man Euch und den anderen auf der

Place du Bouffay das Urteil verliest und euch hinausführt vor die Stadt, wo der Henker auf euch wartet.

«Ja», sagte er statt dessen entgegenkommend, «es ist tatsächlich einfacher, als ich dachte.»

Sillé mißtraute ihm und würde zu verhindern wissen, daß er mit den Kindern sprach. Da war es vielleicht besser, er stellte sich uninteressiert, eher so zu tun, als scheue er den Kontakt zu den beiden, um Sillé nicht zu erzürnen.

Olivier zeigte sich so wohlgesittet, daß den mit ihm beschäftigten Dienern ihr üblicher gutmütiger Spott verging. Wenn sie auch nur vermuten konnten, was mit den Kindern geschah, so wußten sie doch, daß es arme Opfer waren, die sie fürs Schlachtfest schön herrichteten. Als er aus dem Bad kam, glänzte die weiße Haut des Rotblonden wie Seide, eine Hand hielt er schamhaft vor seinen schon kräftig entwickelten Penis, und keiner wagte, darüber zu spotten, aber auch keiner von ihnen konnte ahnen, daß eine solche Szene – Diener, die ihn badeten und ankleideten – noch vor wenigen Jahren zum Alltag Oliviers de Percy gehört hatte. Er trug nämlich den Namen des Ortes, wo er auf der Burg seiner Vorfahren zur Welt gekommen war.

Das Unglück der Barone de Percy begann am 25. Oktober 1415, als die Briten das dreifach überlegene französische Heer bei Azincourt besiegten. Gilles de Rais hingegen, unter dessen Dach Olivier jetzt weilte, hatte diese Niederlage noch reicher gemacht, weil sein Onkel Amaury, einziger Sohn seines Großvaters Jean de Craon, in der Schlacht umkam und sein Erbe an ihn fiel. Die Engländer nutzten diesen Sieg zum weiteren Ausbau ihrer Macht und besetzten die bisher vom Krieg verschonte Normandie. Fast der gesamte Adel – enttäuscht von ihren schwachen, stets besiegten Königen – lief zu den Briten über, huldigte dem Kindkönig Heinrich VI. und blieb deshalb im wesentlichen unbehelligt.

Auch Guillaume de Percy, Oliviers Vater, schloß sich den Briten an, mußte aber erleben, wie brutal und selbstherrlich die Sieger auftraten, immer wieder Dörfer plünderten, die hörigen Bauern erschlugen, den Adel erpreßten. In Baron de Percy wallte der Stolz eines alten Geschlechts auf, er besann sich auf seine Treue zum angestammten Lehnsherrn und stellte sich gegen die englischen Besatzer, was in seiner Lage einem Selbstmord gleichkam. Die paar hundert Mann seiner kleinen Truppe liefen bei der ersten Feindberührung davon, lachend umringten die britischen Söldner den einfältigen normannischen Ritter, der es allein mit ganz England hatte aufnehmen wollen. Zwei von ihnen konnte er mit seinem Langschwert noch töten, die anderen hieben ihn nieder, sammelten sich und schwärmten hinauf zur Burg.

Olivier hatte später immer wieder versucht, die Erinnerung an diese Ereignisse zu verdrängen, was ihm untertags – mit dem Überlebenskampf beschäftigt – besser gelang als nachts, wo ihn schreckliche Traumbilder heimsuchten. Er war damals gerade neun Jahre alt geworden, als drittes Kind von vier Geschwistern. Die Familie drängte sich um die Mutter und die letzten treu aushaltenden Diener. Schließlich flohen sie in einen festen Turm, den sie verbarrikadierten und die Leiter zu den oberen Stockwerken heraufzogen.

Als die Burg geplündert war, trieben die Engländer eine neue Leiter auf und drangen in den Turm ein. Olivier mußte in eine Ecke gekauert mit ansehen, wie sie seine Mutter mehrfach vergewaltigten und sie dann grausam folterten, um an vielleicht verborgene Schätze zu gelangen. Andere zerrten unterdessen die beiden halbwüchsigen Schwestern hinaus auf den Burghof, jagten die vor Angst halbtoten Mädchen herum wie bei einer Wildhatz und reichten sie dann von Mann zu Mann zur gefälligen Bedienung weiter. Oliviers älterer Bruder wollte die Mutter verteidigen, worauf ihm ein Brite lachend den Schädel zerschmetterte. In seinem namenlosen Entsetzen schlich Olivier zum Fenster und sprang hinab – geradewegs in einen Heuhaufen, den die Bauern dort vor einigen Tagen für die Pferde des Barons aufgetürmt hatten. Dann rannte er davon – lief, lief, bis er am Rande eines Wäldchens ohnmächtig zu Boden fiel. Als er wieder zu sich kam, dämmerte es schon, und er sah in der Ferne die wie eine Fackel brennende Burg – Sitz seines Geschlechts, das jetzt ausgelöscht war bis auf ihn, Olivier de Percy. Daß die Engländer seine Mutter und die beiden Schwestern am Leben gelassen hatten, konnte er sich nicht vorstellen, wünschte es auch nicht.

Später hatte er sich einer Bettlerhorde angeschlossen und war nach anfänglichen Schwierigkeiten als Außenseiter geduldet worden. Als einer der Anführer, ein brutaler kräftiger Bursche von sechzehn Jahren ihn vergewaltigen wollte, hob Olivier ganz ruhig einen Stein vom Boden auf und warf ihn dem Rüpel an die Schläfe. Dafür erhielt er von anderen, die unter dem Muskelprotz gelitten hatten, kräftigen Beifall, und man hätte ihn gerne zum Anführer der Kinderhorde gemacht, aber Olivier blieb lieber am Rande. Sein Vater hatte ihn bereits als Sechsjährigen zu einem Waffenmeister in die Lehre gegeben, er wußte mit Schwert, Dolch und Lanze geschickt umzugehen und war schon mit einem Knüppel in der Hand ein gefährlicher Gegner.

So gingen die Jahre hin, die Kinderhorden zogen kreuz und quer durch Frankreich, sie bettelten und stahlen, scheuten auch vor kleinen Überfällen nicht zurück. Da kam es schon vor, daß man sie einfing, tüchtig verprügelte und ein paar größere Burschen an den nächsten Baum knüpfte. Aber das Elend im Land war so groß, daß es ihnen nie an Nachwuchs mangelte, sie wurden eher mehr als weniger. Auf ihren Zügen durch Dörfer, Städte, Märkte, bei ihrer friedlichen Belagerung von Schlössern, Burgen und Klöstern erlebten sie die unterschiedlichsten Reaktionen. Manche Städte wiesen sie schon an den Toren ab, woanders wieder empfingen fromme Bruderschaften sie mit einer Armenspeisung, verpflegten und beherbergten sie einige Tage und zuletzt erhielten sie noch eine reichliche Wegzehrung.

Am schlimmsten war es bei den Klöstern. Die meist ungeschützt auf dem freien Land liegenden Abteien und Stifte waren immer wieder von marodierendem Kriegsvolk überfallen, geplündert und verwüstet worden. In Fontenay-le-Compte zum Beispiel war der Abt mit der Klosterkasse verschwunden, in St. Savin hatten die Briten alle jüngeren Nonnen entführt und einen Teil der anderen erschlagen. So lagen die Klöster zum großen Teil zerstört und verlassen da, und wo sich noch etwas Leben regte, war es ein ärmliches Dahinfretten von alten Nonnen und Mönchen, die keine Verwandten mehr hatten und nicht wußten, wohin. Gesellten sich neue dazu, dann waren es oft zwielichtige Gestalten, die vor der Armee, vor dem Galgen oder ganz einfach vor dem Elend draußen geflohen waren, um sich in die relative Sicherheit des geistlichen Gewandes zu flüchten.

Olivier hatte mehrmals erlebt, daß manche der fast verwaisten, aber dennoch notdürftig weiterexistierenden Klostergemeinschaften den Bettlerjungen zwischen zehn und sechzehn Jahren verlockende Angebote machten, um sie zum Eintritt oder wenigstens zum Dableiben zu bewegen. Hier herrsche zwar kein Überfluß, wurde ihnen gesagt, aber ein Bett und zwei tägliche Mahlzeiten gebe es immer; auch werde keiner gezwungen, die Profeß abzulegen, und könne nach einer Probezeit wieder ins weltliche Leben zurückkehren. So mancher ließ sich dazu überreden, und auch Olivier hatte es einmal versucht. Sie waren damals im Poitou durch eine kürzlich von Briten und Burgundern verwüstete Landschaft gezogen und hatten schon tagelang kaum noch Nahrung gefunden. Nach einem ruhigen Winter waren im Frühjahr die Kämpfe wieder aufgeflammt, die Dörfer und Städte brannten, die Leichen der erschlagenen Menschen und Tiere verpesteten die Luft, und wenn man sich im Herbst notdürftig mit dem, was die Natur schenkte, über Wasser halten konnte, so gab es um diese Zeit nichts als das junge Gras, das manche der Kinder in ihrer Not fraßen wie die längst verschwundenen Lämmer, Ziegen und Kühe. Die Kinder blieben nicht immer beisammen, vor allem die größeren schwärmten einzeln aus, um womöglich in abgelegenen Gebieten auf etwas Eßbares zu stoßen.

So fand Olivier ein bescheidenes Kloster, das in einem kleinen Flußtal versteckt war, und zwar so geschickt, daß man schon ganz nahe sein mußte, um die grauen Gemäuer und die niedrigen, grün bemoosten Dächer als menschliche Behausung zu erkennen. Vier alte Franziskanermönche lebten hier mit ihrem Prior, wußten kaum etwas von der Außenwelt und waren vom Krieg sozusagen vergessen worden, weil das nahe gelegene Dorf schon seit Jahren in Trümmern lag, und keine noch so raubgierige Horde fühlte sich verlockt, das karge und enge Flußtal weiter zu erforschen.

«So hat der Herr in seiner Gnade uns hier eine sichere Insel bereitet, wofür wir ihn täglich preisen», sagte der Prior fromm.

Natürlich hätten die fünf alten Herren zwei junge kräftige Hände dringend gebraucht und boten Olivier an, als Novize dazubleiben. Hungrig, müde und durch bittere Not mutlos geworden, sagte er zu, ohne lange darüber nachzudenken. Schon nach kurzer Zeit mußte er erkennen, daß das strenge und geregelte Klosterleben nicht seine Welt war. Er entschuldigte sich beim Prior in aller Form, ließ sich von jedem der vier Mönche segnen und zog im Sommer weiter. Vor den Stadtmauern von Poitiers fand er ein Dutzend Kinder aus seiner früheren Bettlerhorde wieder. Sie beschlossen, langsam nach Süden zu ziehen und den Winter in der Gegend von Bordeaux zu verbringen.

Der Südwesten Frankreichs hielt seit über zwei Jahrhunderten fest zu England, und so war das Land um Bordeaux in dieser Zeit vor Krieg und Not fast verschont geblieben. Hier mußten die Kinder eine bittere Erfahrung machen: Je friedlicher und wohlhabender ein Gebiet war, um so mehr neigten dort die Menschen dazu, Armut für ein Laster zu halten. Wer ihnen etwas zusteckte, tat es im geheimen, um ja nicht in den Verdacht zu kommen, er unterstütze das «landfremde, hergelaufene Gesindel».

«Geht dahin, wo ihr hergekommen seid!» war noch die freundlichste Aufforderung, mit der man sie davonjagte. Andere taten es nicht mit Worten, sondern hetzten Hunde auf sie, oder die Stadtmiliz trieb sie mit Knüppeln durch die Straßen, unter dem Beifall der meisten Bewohner.

Das reiche und mächtige Bordeaux wies sie schon an seinen Toren ab, und es dauerte Tage, bis sie sich einzeln in die Stadt geschlichen hatten. Wer einmal drin war, der konnte sich leidlich über Wasser halten. In jedem der vielen Klöster gab es an bestimmten Tagen die Armenspeisung, die größeren Pfarreien unterhielten eine Almosenstelle, wo es jedesmal – wenn man nicht zu häufig erschien – einen Groschenwecken gab. Diese rege Wohltätigkeit hatte nur einen Nachteil: Sie galt den Einheimischen. Die gut organisierte Stadtmiliz durchkämmte mehrmals wöchentlich die Quartiere, und wer nicht die Mundart des Bordelais beherrschte – die sich wesentlich von der in der Bretagne und Normandie unterschied –, wurde einer näheren Prüfung unterzogen. Die Bettler in Bordeaux bildeten eine eigene Zunft und waren nicht weniger mißtrauisch und abweisend als die Miliz. Freilich, sie ließen auch landfremde Bettler nicht verkommen, aber es war nur eine zeitlich begrenzte Wohltätigkeit.

Auf diese Weise überstand Olivier wenigstens den Winter, allerdings ständig hakenschlagend wie ein verfolgter Hase. Als er zum vierten Mal von der Miliz aufgegriffen wurde und Gefahr lief, in ein Arbeitshaus gesteckt zu werden, verließ er die Stadt. Einige seiner früheren Genossen fand er schon draußen, und so zogen sie gemeinsam wieder nach Norden.

So war Olivier de Percy nach Machecoul gekommen, und hier fand er quasi seine Kindheit wieder, von der ihm Krieg und Not drei Jahre gestohlen hatten. Diener kümmerten sich um sein Wohlergehen, Nahrung gab es in Hülle und Fülle, und ein Pagenleben, so sagte er sich, war seiner Herkunft angemessen. In einigen Tagen sollte der Seigneur zurückkehren, und von ihm hing es ab, ob er bleiben durfte.

Olivier, der hübsche Rotblonde, war bei seinem Wanderleben oft sexuellen Attacken ausgesetzt gewesen, denn es gab viele Ältere, denen es ziemlich gleichgültig war, ob sie an Weiberfleisch oder mit einem zarthäutigen Jungen ihre Lust stillten. Er hatte sich zu wehren gewußt, doch einige Male mußte er es über sich ergehen lassen. Die Scham hielt nicht lange an, denn wer Tag um Tag mit dem Überleben beschäftigt ist, lernt schnell zu vergessen.

Da war nun dieser Perrinet, in seiner Art wohl ein netter und anständiger Junge, der aber offensichtlich das Ziel verfolgte, mit ihm allein zu sein. Dafür konnte sich Olivier nur einen Grund denken: Der Kerl wollte einen Jungen im Bett.

Dann kam es doch zu einem Treffen ohne Zeugen, und Olivier wurde eines Besseren belehrt. Mit Erlaubnis des Seigneur de Sillé gingen sie in den Stall, um für den künftigen Pagen ein frommes Pferd auszusuchen.

«Unser Herr reist gerne zwischen seinen Besitzungen herum», hatte Sillé erklärt, «und da ist es von Vorteil, wenn du mit einem Pferd umzugehen weißt.»

«Ich kann gut reiten», gab Olivier stolz zurück, «zu Hause hatten wir ein paar Dutzend Pferde.»

Sillé, den die Herkunft des Jungen nicht weiter interessierte, nickte nur und ließ die beiden allein. Olivier versuchte, einer möglichen Annäherung zuvorzukommen.

«Perrinet, ich sag's dir gleich, wenn du für Mädchen nichts übrig hast, ich gebe mich nicht als Ersatz dafür her.»

Perrinet riß erstaunt die Augen auf, und als er verstand, wie es gemeint war, schlug er Olivier auf den Rücken und lachte laut.

«Wenn du wüßtest, wie hübsch meine letzte Geliebte war, würdest du anders daherreden. Nein, Olivier, darum geht es leider nicht. Ich sage ‹leider›, weil dir hier etwas viel viel Schlimmeres droht.»

Jetzt war es Olivier, der verwirrt dreinblickte.

«Etwas Schlimmeres? Das verstehe ich nicht...»

«Es ist auch schwer zu verstehen und nicht leicht zu erklären. Eines sage ich dir gleich vorweg: Sobald Seigneur Gilles zurück ist, bist du in Lebensgefahr – du und der kleine Didi.»

«Soll das ein Witz sein? Bist du eifersüchtig auf uns, hast du Angst, daß dir der Herr seine Gunst entzieht?»

«So mag es in deinen Augen aussehen, aber ich schwöre dir beim Leben meiner Eltern, beim Licht meiner Augen, bei meiner Seele Seligkeit, daß es nicht so ist. Ich bin hier Chorführer, lerne aber den Sattlerberuf und sobald ich meine Gesellenprüfung bestanden habe, haue ich ab. Hier geht der Tod um, Olivier, und immer trifft er Jungen zwischen sechs und sechzehn.» Sie betraten den Stall und Perrinet untersuchte jeden Winkel. «Ich glaube, wir sind allein. Stellen wir uns in die Nähe der Tür, dann sehe ich, wenn jemand kommt. Hast du den Bewaffneten gesehen, der da drüben den Schuppen bewacht?»

«Ja, ist da wer eingesperrt?»

Perrinet nickte. «Es stimmt, was du vermutest, dort sind etwa vierzig Kinder eingesperrt.»

Olivier wich einen Schritt zurück, und er schaute Perrinet an wie einen Verrückten.

«Das ist doch nicht dein Ernst...»

«Doch, Olivier.»

«Aber man hört keinen Laut...»

«Weil die vierzig tot sind. Es sind Kinderskelette, fein säuberlich in drei Kisten verpackt und von Champtocé hierhergeschafft. Sillé läßt sie bewachen, bis der Seigneur zurück ist und seine Entscheidung trifft.»

«Aber das – das gibt es doch nicht! Wer soll denn vierzig Kinder getötet haben – und warum?»

«Der Seigneur und seine Helfer – aus Lust, aus Grausamkeit, wegen teuflischer Experimente. Die volle Wahrheit wird wohl erst ans Licht kommen, wenn diese Mörderbande vor ihren Richtern steht.»

«Das glaube ich nicht! Ich habe in den letzten Jahren viel erlebt, aber so etwas gibt es nicht.»

«So etwas dürfte es nicht geben, aber ich selbst war Augenzeuge eines Mordes und weiß aus anderen Quellen, was hier geschehen ist und – solange Seigneur Gilles frei ist – weiterhin geschehen wird.»

Es wäre auch zu schön gewesen, dachte Olivier, doch sein Entschluß stand fest. Er würde hierbleiben und es drauf ankommen lassen. Vielleicht war dieser Perrinet verrückt, und sein wirrer Geist ersann die seltsamsten Dinge.

«Ich möchte mir den Seigneur selber ansehen.»

Perrinet schüttelte den Kopf.

«Ich sehe, du glaubst mir nicht, und ich kann es dir kaum verdenken, weil ich es anfangs selber nicht glaubte. Ich hielt mein Erlebnis für einen bösen Traum.»

Daß er als Spitzel und Zuträger für die Justiz hier tätig war, verschwieg Perrinet, weil er fürchtete, Olivier könnte es nicht für sich behalten.

«Vielleicht war es tatsächlich ein Traum, und der Mann dort drüben bewacht nur ein paar Kisten mit kostbaren Waffen.»

Perrinet zuckte die Schultern.

«Jedenfalls habe ich dich gewarnt.»

«Und ich bedanke mich dafür.»

16

Die heißen Sommertage verbrachte Jean de Malestroit auf seinem verschwiegenen Landsitz, der etwa fünf bretonische Meilen (ca. 22 km) nordöstlich von Nantes lag und auf den Namen seiner langjährigen Geliebten eingetragen war.

Das Leben des Jean de Malestroit bewegte sich innerhalb dreier Bereiche, von denen zwei sich überschnitten, einer aber sorgsam abgetrennt blieb. Was sich überschnitt und nicht selten kaum zu trennen war, das betraf sein persönliches Besitzstreben und seinen Beruf als Kanzler. Es war ja nur sein hohes Amt, das es ihm erlaubte, überall, wo gekauft und verkauft, vererbt und beliehen, geschenkt und gepfändet wurde, ungehindert Einblick zu nehmen.

So konnte er im rechten Augenblick zugreifen, vorher abgesprochen mit Seiner Hoheit, der natürlich den Vorrang hatte. Der Herzog wiederum wußte, daß ein so unglaublich fähiger und geschickter Mann wie dieser Malestroit ein Glücksfall für ihn selber und für das ganze Land war. Er kam an den Hof, da war Herzog Johann erst fünfzehn Jahre alt, und sein Aufstieg war unaufhaltsam: Generalgouverneur der Finanzen, Präsident des Rechnungshofes, Kanzler der Bretagne, Schatzmeister, Generalsteuerpächter und zuletzt Bischof von Nantes.

Wenn er für seinen Herrn und Herzog etwas herausschlug, so zweigte er jedesmal eine Art Prämie für sich ab – mit Duldung und Wissen Seiner Hoheit. Wie etwa im Jahre 1409, als die Bretagne sich auf dringenden Wunsch des Herzogs von Burgund beim englisch-französischen Zwist für neutral erklärte und dafür zwanzigtausend *écus d'or* erhielt. So lavierte Malestroit beim Streit der Großen geschickt hin und her, um der kleinen Bretagne dabei Vorteile zu verschaffen. Dabei war auch er immer reicher geworden, getreu seinem Wahlspruch: *Non male stridet domus quae numerat nummos.* (Wo man Geld anhäuft, ist man gegen Unheil gefeit).

Malestroit war, wie die meisten seiner geistlichen Zeitgenossen, nicht aus innerem Bedürfnis Priester geworden, sondern weil das geistliche Gewand die Karriere kräftig förderte. Keinen Augenblick hatte er daran gedacht, deshalb auf die Freuden eines Familienlebens zu verzichten, und als er sich dafür die passende Geliebte suchte, tat er noch ein gutes Werk.

Kurz nach seiner Ernennung zum Bischof von Nantes legte ihm sein Sekretär eine Eingabe vor zur Kenntnisnahme und allfälligen Entscheidung. Es war der verzweifelte Brief eines achtzehnjährigen Mädchens, Tochter eines kleinen Landbarons aus der Gegend um Blain. Ihr Vater – mit sechs Töchtern geschlagen – bestimmte die beiden Letztgeborenen für das Klosterleben, weil er die Mitgift für ihre Verheiratung nicht aufbringen konnte. Das war nicht gerade unüblich; die Mädchen wurden kaum um ihre Meinung gefragt, hatten einfach zu gehorchen. Christine tat dies nicht und schrieb dem Bischof, sie bringe sich lieber um und setze ihr Seelenheil aufs Spiel, als sich in ein Nonnenkloster sperren zu lassen.

Als geistlicher Oberhirte – ein Amt, das Malestroit weitgehend durch Vikare ausüben ließ – mußte er dazu Stellung nehmen. Er selber hielt vom Klosterleben genausoviel wie Christine, doch das mußte er für sich behalten. Der verzweifelte Brief war insgeheim geschrieben, und eine treue Dienerin hatte ihn nach Nantes expediert.

Kurzentschlossen bestellte Malestroit den Landedelmann unter einem Vorwand nach Nantes und redete ihm ins Gewissen. Er lade eine schwere Schuld auf sich, wenn er einen Menschen dazu zwinge, sich Gott zu weihen, ohne daß eine Berufung oder die innere Bereitschaft dazu vorhanden sei. Der kleine Baron, zu Hause der unumschränkte Feudalherr, erlaubte sich zu sagen:

«Dann zahlt doch Ihr mir die Mitgift für Christine!»

Malestroit, den der Zorn dieses Herrn nur belustigte, spielte den tief Beleidigten.

«Seigneur! Ihr sprecht mit dem Bischof von Nantes und Kanzler des Herzogs! Auch für Euresgleichen gibt es Kerker in diesem Schloß! Mäßigt Euch!»

Malestroit brachte den Baron dazu, daß er Christine als Hofdame einer Tante des Herzogs gleich hierließ – probeweise auf ein Jahr. Danach sollte entschieden werden, wie es weiterging.

Erleichtert, seine Tochter ohne Kostenaufwand in guter Hut zu wissen, kehrte der Landbaron in sein Dorf zurück, während Christine vor Dankbarkeit und Glück sich kaum zu fassen wußte. Sie in sein Bett zu bekommen, fiel Malestroit nicht schwer, und – auch so etwas gibt es dann und wann – ihr Verhältnis wandelte sich schnell in eine tiefe, beiderseitige Zuneigung. Der Kanzler gab seine anderen, eher lockeren Verbindungen auf, erwarb für Christine einen ansehnlichen Landsitz – seine geliebte Zuflucht vor den Tagesgeschäften und sein Feriensitz während der Sommermonate.

Christine hatte dem Kanzler im Laufe der Jahre fünf Kinder geboren, von denen der jetzt achtzehnjährige Sohn und eine neunjährige Tochter noch lebten. Niemals vergaß Malestroit den Tag, als sie dem vierzehnjährigen Jean – er trug den Vornamen des Vaters – seine wahre Herkunft erklärte. Bislang hatte er seine Mutter für eine Witwe gehalten, die auf dem ererbten Gut lebte und von Zeit zu Zeit den Besuch eines väterlichen Freundes erhielt. Malestroit wurde von den Kindern Onkel Jean genannt und galt als entfernter Verwandter.

«Er ist mein einziger Sohn und Erbe – er muß es wissen, Christine, er muß! Immer häufiger wird er Fragen nach seinem verstorbenen Vater stellen, und du wirst eine Lüge auf die andere türmen müssen.»

Schließlich fügte sie sich, und Jean wurde aufgeklärt. Seine Reaktion verblüffte sie beide.

«Fast habe ich mir gewünscht, es wäre so. Man müßte ja blind sein, wenn man euch die Verliebtheit nicht ansähe.»

Da versetzte Christine ihrem Sohn eine saftige Maulschelle und rief in nicht ganz echter Empörung:

«Geh sofort auf dein Zimmer!»

Jean rieb sich grinsend die Wange, zwinkerte seinem Vater zu und schlenderte betont langsam hinaus. Malestroit war stolz auf den Burschen, aber er sagte nichts, um der mütterlichen Empörung keine Nahrung zu geben.

Dies war nun der dritte Bereich in Malestroits Leben, den er sorgsam von den beiden anderen trennte und weitgehend geheimhielt. Nur der Herzog und wenige Vertraute wußten Bescheid und erkundigten sich freundschaftlich nach dem Ergehen seiner Familie. Der Herzog hatte ihm sogar von sich aus angeboten, dem Sohn per Dekret den Namen seines Vaters zu übertragen, aber Malestroit hatte sich Bedenkzeit erbeten. Er wollte abwarten, bis Jean mit sechzehn volljährig war, aber er hatte den Termin verstreichen lassen, und nun war der Junge schon achtzehn, und nichts war entschieden.

Ist das überhaupt so wichtig? überlegte Malestroit, der auf der kleinen südlichen Säulengalerie des Gutshauses saß und behaglich zuschaute, wie die Wolken einander jagten und die Sonne hinter ihnen Verstecken spielte. Drunten auf der Wiese hatte Jean eine runde hölzerne Zielscheibe aufstellen lassen und schoß darauf mit dem etwa gleichaltrigen Sohn des Gutsverwalters um die Wette.

Gerührt hörte er ihren hellen rauhen Jungmännerstimmen zu, sah ihre heftigen Handbewegungen, wenn sie sich um die Auslegung eines Treffers stritten. Vor kurzem hatte er erfahren, daß Jean da und dort den Mädchen nachstellte, und war überrascht, wie aus einem Kind plötzlich ein Mann wurde. Da fiel es wie ein Schatten auf seine Seele, und die gute Stimmung verflog, weil der Kanzler daran denken mußte, daß die bei Gilles de Rais verschwundenen Kinder diese Chance nicht gehabt hatten. Sie wurden als sechs-, acht- oder zwölfjährige den mörderischen Lüsten dieses Ungeheuers geopfert, und hier, in Gegenwart von Sohn und Tochter, fiel es ihm leicht, sich Angst, Sorge und Leid der betroffenen Eltern vorzustellen. Als Amtsträger in Nantes verkörperte er nach dem Herzog den obersten Rang der strafenden Gerechtigkeit, und in dieser Rolle waren keine Gefühle verlangt, sondern Kenntnis der Rechtslage, erfolgreiche Ermittlungen, brauchbare Zeugen und schließlich ein schneller Zugriff, um den Übeltäter festzunehmen.

Warum aber erfolgte dieser Zugriff nicht? Die beiden Kommissare hatten eine Reihe überzeugender Beweise und Aussagen gesammelt, die längst ausreichen würden, Seigneur Gilles de Rais zu überführen.

Der von Pater Robert Lesné erfolgreich umgedrehte Priester und Alchimist François Prelati lieferte regelmäßige Informationen, deren letzte – Malestroit dachte voll Unbehagen daran – von einer Dämonenbeschwörung berichtete, die durch Opferung eines Knaben wirksamer gemacht werden sollte. Malestroit hatte noch das ausführliche Schreiben vor Augen, in dem Prelati in zierlicher eleganter Schönschrift von den Ungeheuerlichkeiten berichtete.

Letzte Woche erschien der Seigneur plötzlich und ohne Ankündigung in meinem Zimmer und stellte schweigend einen Glasbehälter auf meinen Tisch. Darin lagen Herz, Hand und Augen eines Knaben in dessen eigenem Blut. Später erfuhr ich von Gilles de Rais, daß es sich um die Reste des kleinen Robin Pavot handelte. Auf Wunsch des Seigneur verwendete ich sie als Opfergabe bei einer Dämonenbeschwörung, die aber – wie alle vorherigen – ergebnislos blieb. Ich wiederhole hier, was ich schon Pater Robert Lesné mitteilte: Ich bin kein echter Magier und täusche diese Beschwörungen nur vor, des Geldes und der Vorteile wegen, die ich von Seigneur de Rais dafür erhalte. Nach der Beschwörung wickelte ich die Reste des Knaben in ein Tuch und begrub sie – auf Wunsch des Seigneur – neben der Schloßkapelle St. Vincent in geweihter Erde.

Ein flüchtiges Lächeln huschte über Malestroits Gesicht. Der Gauner baute vor, aber in diesem Fall war es sogar glaubhaft: Nur ein Dummkopf wie Gilles de Rais konnte einen kaum über Zwanzigjährigen für einen erfahrenen Magier halten. Prelati war das, was man einen *aventurier* nannte, einen Glücksritter, und wohl deshalb hatte Pater Robert ihn so schnell gewinnen können.

Juristisch gesehen reichte diese Aussage, zusammen mit der von Perrinet Briand über die vierzig Skelette, längst aus, den Marschall zu überführen. Was ich von ihm haben will, das habe ich längst, dachte Malestroit zufrieden, und die Namen der Besitzungen zogen wie eine kostbar funkelnde Perlenkette an seinen Augen vorbei. Das nahe der

Loiremündung gelegene felderreiche Vue, das schmucke Prigny bei Pornic mit seiner schönen alten Kirche, dazu die beiden kleineren, aber sehr ertragreichen Besitzungen Saint Michel und Boisaux Tréaux. Das alles lief auf die Namen von Christine und den beiden Kindern mit der Zusatzklausel einer lebenslangen Nutzung zugunsten des Kanzlers und Bischofs Jean de Malestroit.

Die Kuh gibt keine Milch mehr, wir könnten sie jetzt schlachten, dachte Malestroit, aber er wußte natürlich, daß dies letztlich von seiner Hoheit dem Herzog abhing.

Der aber sandte noch in derselben Woche einen Boten zu seinem Freund und Kanzler, mit der Anweisung, Anfang Oktober endgültig nach Vannes überzusiedeln, schon um im November bei der Vasallenversammlung anwesend zu sein.

Malestroit wußte längst davon, denn immer häufiger hatte der Herzog geklagt, daß er es in den alten feuchten Gemäuern nicht länger aushielte.

«Ihr könntet einen Umbau ins Auge fassen, Hoheit.»

Herzog Johann wehrte mit beiden Händen ab.

«Dafür habe ich kein Geld, das überlasse ich meinem Sohn und Nachfolger, ich für meinen Teil ziehe Vannes vor.»

Um seinem Freund und Vertrauten den Umzug leichter zu machen, schenkte er dem Kanzler ein schönes Grundstück mitten in Vannes, wo Malestroit sich ein prächtiges Stadtpalais errichten ließ. So war ihm Vannes schon ziemlich vertraut, weil er von Zeit zu Zeit dort den Umbau der Festung in eine herzogliche Residenz und die Errichtung seines eigenen Palastes überwachte.

Er würde also dem Herzog den Vorschlag machen, Gilles de Rais gleich in Vannes festnehmen zu lassen, sobald er dort zur Vasallenversammlung einträfe. Das wäre leichter und würde weniger Aufsehen erregen, als wenn es irgendwo im Pays de Rais geschähe.

Mit diesem Brief fiel das Privatleben von ihm ab wie ein warmer Hausmantel, in dem man sich wohl und geborgen fühlt. Jetzt wehte wieder der scharfe Wind der Amtsgeschäfte, und es hielt ihn nicht länger hier.

Als er Christine und seine kleine Tochter küßte, Jean die Hand gab, ihm auf die Schulter schlug, wobei er sagte, was er dem Jungen seit seinem zwölften Lebensjahr sagte, nämlich gut auf Mutter und Schwester aufzupassen, da war sein Geist schon nach Nantes vorausgeeilt, wo er noch vor seinem Umzug vieles zu erledigen hatte.

Der Herzog zeigte sich erstaunt.

«Ihr hättet ruhig noch Euer Familienleben genießen können. Die Vasallenversammlung findet erst Mitte November statt und wird sich, wie ich meine starrköpfigen Bretonen kenne, bis weit in den Januar hineinziehen.»

«Es geht um Gilles de Rais, weswegen ich Eure Hoheit vorher noch sprechen wollte. Ich halte ihn für zweifelsfrei überführt und somit den Fall für abgeschlossen. Wir könnten ihn noch in dieser Woche festnehmen lassen. Allein die hier in Nantes gesammelten Aussagen und Hinweise würden genügen...»

Der Herzog hob gebieterisch seine schmale beringte Hand.

«Ich unterbreche Euch ungern, Monseigneur, aber mit den Einzelheiten werden wir uns später befassen müssen. Für die Zeit der Vasallenversammlung in Vannes möchte ich Euch bitten, den Fall Gilles de Rais ruhen zu lassen.»

Malestroit sah etwas wie Verlegenheit auf dem schmalen, nicht unschönen Gesicht seines langjährigen Herrn und engen Vertrauten.

«Den Fall ruhen lassen?»

«Mein Gott – Malestroit, Ihr seid doch sonst nicht so schwer von Begriff! Die Sache mit Champtocé und Ingrandes ist noch längst nicht bereinigt, denn da wollen vorher noch einige Herren und eine Dame zufriedengestellt werden. Muß ich sie nennen?»

Malestroit lächelte schwach.

«Ich kann's mir denken, da sind wohl der Herzog von Anjou, René de la Suze und Catherine de Rais gemeint.»

Der Herzog nickte.

«Ehe diese nicht auf ihre Ansprüche verzichten, werde ich meine letzten Raten nicht zahlen. Mit meinem lieben Vetter von Anjou werde ich mich eher einigen als mit Gilles' Bruder René, der – und das kompliziert den Fall – eben für diesen Anjou die Herrschaft Champtocé besetzt hält. Lasse ich Gilles jetzt festnehmen, wird jeder dieser Herren anders reagieren, als es mir recht sein kann. Das muß in Ruhe vorher geklärt werden, und ich bitte Euch um eines, Malestroit, laßt Gilles de Rais in Vannes nicht spüren, daß Ihr seine Anklage quasi schon in der Tasche habt. Ich gebe Euch mein Wort: Wenn Gilles aus Vannes zurück ist, könnt Ihr den Fall mit Vehemenz wieder aufnehmen und auf Eure bewährte Art zu Ende führen.»

«Ich frage mich nur, Hoheit, wie viele Kinder wegen dieses Aufschubs noch sterben müssen...»

«Aber Malestroit, so empfindsam kenne ich Euch ja gar nicht. Vermutlich wird keines mehr umkommen, weil sich Gilles in Vannes zurückhalten muß. Im übrigen werden wir ihn dort nicht aus den Augen lassen.»

«Gut, Hoheit, ich werde mich Euren Anordnungen fügen.»

Herzog Johann faßte seinen Kanzler an der Schulter.

«Nun seid nicht gleich beleidigt! Habt nicht auch Ihr Euren redlichen Anteil aus Gilles de Rais' Kuchen bekommen? Ihr müßt den Fall in einem größeren Zusammenhang sehen. Informiert auch Eure Kommissare, daß sie stillhalten, bis von uns ein neues Signal kommt.»

Malestroit nickte.

«Gut, Hoheit. Was den tüchtigen Magister Petit betrifft, so halte ich eine Belohnung für angebracht. Ihr werdet doch den Untersuchungsrichter Jean de Touscheronde mit nach Vannes nehmen?»

Der Herzog nickte.

«Könnten wir nicht Magister Petit zu seinem Stellvertreter hier in Nantes machen? Irgendwer muß ja hier auch in Abwesenheit Eurer Hoheit für die Justiz zuständig sein.»

Der Herzog stimmte sofort zu, weil es seinem Bedürfnis entgegenkam, etwas für Malestroit zu tun.

«Eine glänzende Idee und gewiß der richtige Mann.»

Malestroit mochte den jungen und gescheiten Magister, wenn er sich auch kaum eingestand, daß er ihn gerade wegen seiner Eigenwilligkeit und Unbeirrbarkeit schätzte. Petit hätte es als Priester leichter gehabt, aber er mied den einfacheren Weg, so wie er dieser Wäscherin die Treue hielt, obwohl er in seiner Stellung auch eine Handwerkers- oder Kaufmannstochter hätte haben können.

Auf dieses Treffen hatte der Kanzler sich gefreut, und nun saß

Magister Petit ihm gegenüber, und die noch recht warme vormittägliche Herbstsonne brachte die Staubfäden in dem mit Büchern und Akten vollgestopften Zimmer zum Tanzen und Leuchten.

«Da! Seht Euch das an!» Malestroit wies auf den schräg einfallenden Sonnenstrahl und rief: «Schaut Euch dieses emsige Gewirbel an! Da geht es zu wie in einem Bienenstock!»

Petit lächelte und freute sich an der Begeisterung des sonst so nüchternen alten Fuchses.

«Oder wie auf einem Hoftag...»

«Auch kein schlechter Vergleich. Nun zu etwas anderem. Wir werden uns jetzt für längere Zeit nicht sehen, Magister...»

Petit schrak auf.

«Ihr sprecht von dem Umzug nach Vannes? Aber ich – ich dachte, da könnte ich mit, als Euer Sekretär...»

Malestroit lächelte fein.

«Es ehrt mich, daß Ihr so an mir hängt, aber Eure Tätigkeit als mein Sekretär war ja in letzter Zeit kaum noch von Bedeutung.»

«Wegen des Falles Gilles de Rais, Monseigneur», sagte Petit steif.

«Nun seid nicht gleich beleidigt, junger Herr! Um so weniger als ich mich für Euch beim Herzog eingesetzt habe. Ja, ich darf wohl sagen, daß Seine Hoheit schon bestehende Pläne zu Euren Gunsten – und auf meine dringende Bitte – umgestoßen hat.»

Ich werde ein bißchen schwindeln, dachte Malestroit, damit der gute Magister allen Grund zur Dankbarkeit hat. Wir werden einander noch brauchen können.

Nun saß Petit da wie ein gescholtener Bub und blickte mit großen Augen neugierig und erwartungsvoll auf den Kanzler.

«Ihr bleibt zwar hier, Magister Petit, aber zwei Dinge werden sich ändern. Wir werden den Fall Gilles de Rais auf Geheiß Seiner Hoheit einige Monate ruhen lassen, und anstatt mir als Sekretär und Kommissar zu dienen, werdet Ihr – da der Untersuchungsrichter Toucheronde mit nach Vannes geht – hier als sein Stellvertreter amtieren. Jeder Gerichtsfall in Nantes wird künftig über Euren Schreibtisch gehen und Euer Lohn wird sich», Malestroit rechnete murmelnd nach, «etwa verdreifachen. Zufrieden?»

«Mein Gott – Monseigneur! Ich weiß gar nicht, was ich sagen

soll... Meinen untertänigsten Dank an Euch vor allem und an Seine Hoheit...»

«Ich werd's ausrichten.»

Petit räusperte sich und sagte ein wenig trotzig:

«Aber das mit Seigneur de Rais gefällt mir nicht! Wir sind soweit, daß wir ihn morgen verhaften lassen könnten.»

«Das weiß ich, und mir gefällt es genausowenig! Aber die Gründe, die Seine Hoheit mir nannte, sind staatsbewegend und haben den Vorrang.»

«Aha.»

Malestroit schlug ungeduldig mit der Hand auf den Tisch.

«Ist das alles, was Ihr zu sagen habt – aha?»

«Was soll ein kleiner Magister schon gegen staatsbewegende Gründe vorbringen?»

Malestroit entspannte sich und lachte.

«Hat ein stellvertretender *Juge d'instruction* etwas dagegen zu sagen?»

Nun lachte auch René Petit.

«Der erst recht nicht, Monseigneur.»

«Ich sehe, wir verstehen uns. Und ich gebe Euch mein Wort – wie mir der Herzog das seine gegeben hat –, daß sofort nach der Vasallenversammlung unser Fall wieder aufgenommen und so schnell wie möglich zu Ende gebracht wird.»

Bei Pater Robert Lesné wählte der Kanzler den Weg über dessen Vorgesetzten, den Inquisitor Jean Blouyn. Dem alten erfahrenen Dominikaner war keine Empörung über die Entscheidung des Herzogs anzumerken, doch er gab ruhig zu bedenken:

«Das heißt, wir liefern die Seele von Gilles de Rais weiterhin dem Teufel aus. Läßt sich das vor Gott verantworten?»

«Ihr müßt es nicht vor Ihm verantworten und auch ich nicht. Das geht allein den Herzog an.»

Jean Blouyn wiegte zweifelnd sein graues Haupt.

«Wenn ich Euch nicht überzeugen kann, dann vielleicht der Apostel Paulus in seinem Brief an die Römer.»

Der Inquisitor nickte. «Laßt hören!»

«Jedermann sei untertan der Obrigkeit, die Gewalt über ihn hat, denn es ist keine Obrigkeit ohne von Gott: wo aber Obrigkeit ist, so ist sie von Gott verordnet.»

Blouyn lächelte leise.

«Wer kennt diese Stelle nicht? Sie ist so recht gemacht für Könige und Fürsten, aber Christus hat nichts dergleichen gesagt. Lassen wir es gut sein, Monseigneur. Ich gebe die Weisung bei nächster Gelegenheit an meinen Kommissar, den Pater Robert Lesné weiter.»

Der war nun wirklich empört.

«Verzeiht, Hochwürden, aber das ist eine Schande! Eine Schande ist das!»

Sein Gesicht glühte, so daß die auf seiner bleichen Haut immer deutlichen Sommersprossen fast verschwanden.

«Beruhigt Euch, Bruder Robert...»

«Wie kann dieser Herzog es überhaupt wagen, sich in Ermittlungen des Heiligen Tribunals einzumischen? Das geht doch nicht, das heißt doch, dem Herrgott ins Handwerk zu pfuschen...»

«Es ehrt Euch, Bruder Robert, daß Ihr eine so hohe Meinung von Eurem Beruf habt, aber vergeßt eines nicht: Wir ermitteln, wir verhören, wir verurteilen –, aber die Kirche darf kein Blut vergießen, und so benötigen wir den weltlichen Arm. Wir wollen doch nicht, daß dieser erlahmt oder sich zurückzieht? Pater Robert, geht in Euer Kloster zurück, arbeitet den Fall in Ruhe noch einmal durch, und im nächsten Jahr sehen wir weiter.»

«Was heißt – sehen wir weiter? Der Fall ist so gut wie abgeschlossen!»

Blouyn lächelte geduldig.

«Der Kanzler und ich werden das zu gegebener Zeit prüfen.»

Als Pater Robert entgegnen wollte, hob der Inquisitor energisch die Hand.

«Kein Wort mehr, Bruder! Ihr schuldet mir als Ordensoberen absoluten Gehorsam!»

Pater Robert senkte den Kopf.

«Jawohl, Bruder Jean.»

17

Gilles de Rais lief unruhig in dem großen Saal auf und ab. Auf dem Tisch lag ein Schreiben seines Bruders René de la Suze, der für die nächsten Tage seinen Besuch angekündigt hatte. Weiß Gott, mit welchen Wünschen, Vorschlägen, Vollmachten und Plänen der Kerl wieder anrückte! Dieser Habenichts war wie ein Spürhund, immer mit der Nase auf Witterung nach Geld, Ländereien und Einkünften.

Irgendwie werde ich ihm das Maul stopfen müssen, aber zu viel soll er auch nicht haben. Die Kisten müssen jetzt weg, denn wie ich René kenne, wird seine erste Frage sein: Was bewacht der Mann da vor dem Schuppen?

Gilles blieb am Fenster stehen und schaute auf die vom Herbstwind aufgewirbelten Blätter der riesigen Blutbuche. Immer wieder scheuchten Windböen das dürre Laub vom Boden auf, jedesmal erschreckte ihn das Rascheln und erinnerte ihn an die Rasseln der Ministranten am Karfreitag.

Ob Gott, der Herr, es ihm als Sünde anrechnete, wenn er die Knochen verbrennen ließ? Wie sollten Fleisch und Gebein aus Asche wieder auferstehen?

Diese Frage lag ihm schwer auf der Seele. Den kleinen Didi hatten sie nachts in geweihter Erde bestattet, gleich an der Mauer der Schloßkapelle. Der Junge war vor Angst wie gelähmt, hatte nur geschrien, sich nicht gewehrt. Aber das gehörte doch auch dazu, nicht wahr? Schreien, sich wehren, an den Fesseln zerren, um sich schlagen ...

Er rief Poitou herein.

«Wie alt bist du eigentlich?»

«Fast zwanzig, gnädiger Herr.»

«Henriet ist ein paar Jahre jünger, nicht wahr?»

«Ich glaube schon.»

«Weißt du was, wir unternehmen eine Pilgerreise nach Jerusalem! Alle zusammen – du, Henriet, Sillé, Bricqueville. Was hältst du davon?»

Poitous Augen blitzten. Er sah kaum aus wie ein Zwanzigjähriger, wirkte manchmal so bubenhaft wie ein Lausebengel von höchstens zwölf oder vierzehn.

«Da bin ich dabei! Das kann recht lustig werden.»

«Nein, Poitou, lustig wird es nicht, sondern mühsam, anstrengend und gefährlich, aber heilsam für unsere Seelen.»

«Dann schieben wir es vielleicht noch auf...»

Die dunklen Augen des Seigneur streiften Poitous hübsches Bubengesicht, irrten ab und suchten das kleine Kruzifix an der Wand neben der Tür.

«Wir haben es schon viel zu lange aufgeschoben.»

«Aber – aber in drei Wochen ist doch die Adelsversammlung in Vannes!»

Gilles nickte ernst.

«Ja, dann müssen wir die Pilgerfahrt eben nochmals aufschieben. Sag Henriet und Sillé, daß ich sie nach Einbruch der Dämmerung im Hof erwarte. Die Leute sollen inzwischen Holz und Reisig zusammentragen.»

Der schlaue Poitou wußte natürlich, um was es ging, aber er stellte sich dumm.

«Soll eine Hexe verbrannt werden?»

«Nein», sagte Gilles, «nur Sünden aus der Vergangenheit.»

Olivier de Percy, der vormalige Bettlerjunge, hatte sich gut auf Machecoul eingelebt. Bisher hatte der Seigneur keinen Versuch gemacht, sich ihm zu nähern. Der Junge hatte etwas Vornehmes, Unnahbares an sich, war der perfekte Page und versah seinen Dienst mit einer solchen Noblesse, daß Gilles – der das sonst selten tat – ihn nach seiner Herkunft befragte.

«Ah – habe ich es mir doch gedacht: Du bist also ein kleiner *gentilhomme* aus der Normandie. Leben deine Eltern noch, oder irgendwelche Geschwister?»

Olivier schüttelte stumm den Kopf.

Um so besser, dachte Gilles, dann gibt es keine Komplikationen.

«Ich werde versuchen, dir den Vater zu ersetzen.»

«Dafür sage ich Euch meinen Dank, Seigneur Gilles.»

«Willst du mich nach Vannes auf den Hoftag begleiten?»

«Aber gerne, Seigneur!»

Noch etwas beunruhigte ihn. Sillé hatte ihn kürzlich vor Perrinet Briand gewarnt, dem Sattler und Chorführer.

«Der schnüffelt irgendwie herum, und ich bin mir nicht sicher, ob man uns da eine Schlange ins Netz gesetzt hat.»

Gilles blickte seinen Vetter erstaunt an.

«Wie kommst du denn darauf? Ein braver Handwerkerlehrling, ein begabter Sänger und Chorführer – du siehst Gespenster, Sillé!»

«Jedenfalls habe ich ihn über alles aufgeklärt. Als Mitwisser wird er vorsichtiger sein.»

Gilles sprang auf.

«Du hast – du hast was? Ja bist du denn verrückt geworden! Ich tue alles, um unsere Spuren zu verwischen, um möglichst wenig Zeugen und Mitwisser zu haben, und du sagst dem Jungen alles frank und frei ins Gesicht! Du bist ein Dummkopf, Sillé, und wirst damit genau das Gegenteil erreichen. Sobald Perrinet in Nantes ist, wird er es seinem Vater erzählen, und dann laufen die beiden zum Gericht. Bisher hielt ich dich für klüger als Bricqueville – jetzt sehe ich, daß du noch einfältiger bist.»

Sillé ließ sich nicht beirren.

«Da gehst du von falschen Voraussetzungen aus, mein Lieber. Ich habe dem Perrinet gesagt, daß dieses Wissen ihn zum Mittäter macht, und wenn sie ihm in der Folterkammer die Daumenschrauben anlegen, wird er gestehen, was sie wollen. Der Bursche hat davor so viel Angst, daß er zeitlebens schweigen wird wie ein Grab!»

«Ich weiß nicht...»

«Was schlägst du vor?»

«Ich werde ihn, zusammen mit dem ganzen Chor, nach Vannes mitnehmen, und danach – danach...»

«Geht er nach Nantes, heiratet seine Verlobte und übernimmt die Werkstatt seines Schwiegervaters.»

«Mir wäre es lieber, er ginge nicht zurück.»

Sillé grinste, und seine schmutzig-gelben Augen suchten Gilles' Blick.

«Du meinst...» Er fuhr sich mit dem Zeigefinger über die Kehle.

«Wäre mir lieber, ja.»

«Das wird aber Aufsehen erregen. Perrinet ist kein Bettlerjunge, sondern ein freier und erwachsener Bürger von Nantes. Er hat Eltern, Verwandte....»

«Dann muß es eben ein Unfall sein, laß dir zum Teufel etwas einfallen!»

Sillé lachte unfroh.

«Werde ich wohl müssen.»

Perrinet hatte es durchgesetzt, daß Olivier in den Kirchenchor kam, da konnte er ihn besser im Auge behalten. Immer wieder versuchte er, ihn zu warnen.

«Der kleine Didi ist tot, wenn du willst, zeige ich dir sein Grab. Du wirst vermutlich der nächste sein.»

Olivier schüttelte störrisch den Kopf.

«Es gibt kein Grab! Poitou und Henriet haben mir unabhängig von einander bestätigt, daß er nach Pouzauges gebracht wurde und jetzt im Dienst von Madame de Rais steht. Für einen Männerhaushalt sei der Junge noch zu klein gewesen.»

«Und du glaubst diese Lügen?»

«Beweise mir erst, daß es welche sind.»

«Ist dir heute aufgefallen, daß man draußen vor der Mauer einen Scheiterhaufen auftürmt?»

«Na und? Das geschieht doch öfters, wenn man Unrat verbrennt.»

«Diesmal ist es kein Unrat. Es werden Skelette aus den drei Kisten verbrannt, die bis heute im Schuppen lagen und bewacht wurden. Sie haben nur gewartet, bis der Seigneur zurück ist. Wenn von Zeit zu Zeit Unrat verbrannt wird, kann jeder dabei zusehen, nicht wahr? Geh heute abend hin, und du wirst sehen, daß es anders ist.»

Und so war es auch. Bei Anbruch der Dämmerung mühten sich

Sillé, Bricqueville, Henriet und Poitou, die Kisten nach draußen zu schaffen. Ein paar Bewaffnete trieben jeden ins Haus zurück, der auch nur seinen Kopf aus der Tür streckte.

Perrinet und Olivier hatten sich zuvor im Stall versteckt und kletterten jetzt auf den als Winterfutter hoch aufgeschichteten Heuhaufen. Dort oben gab es eine schmale Fensterluke, und von dort aus konnten die beiden beobachten, wie die Kisten herausgeschleppt wurden; sie hörten die rauhen Rufe der Bewaffneten, wenn sich irgendwer zeigte, sahen die hohe dunkle Gestalt von Gilles de Rais, der mit einer Fackel regungslos an der Wand stand. Als die Kisten im Hof waren, ging er voraus zur Pforte an der Mauer und verschwand mit den anderen nach draußen, während zwei Bewaffnete die Tür bewachten.

Perrinet kletterte hinab und säuberte seine Kleidung. Dann kam auch Olivier, klopfte schweigend sein Wams und seine Hose ab.

«Jetzt hat es dir die Rede verschlagen, nicht wahr?»

«Ich werde heute bei der Abendtafel ganz einfach den Seigneur danach fragen», sagte Olivier ruhig und entschlossen.

Perrinet schüttelte seinen Kopf.

«Das täte ich nicht.»

«Ich tue es aber doch!»

«Na ja, schließlich geht es um deinen Kopf und nicht um meinen.»

Sie traten ins Freie, sahen über der Mauer den roten Schein leuchten, hörten das Krachen und Knistern des dürren Holzes und sahen glühende Funken in den nachtdunklen Himmel schießen.

Perrinet war nach wie vor Teilnehmer an der gemeinsamen Abendmahlzeit, doch der Seigneur redete ihn kaum noch an, und wenn Sillé den Mund aufmachte, kam nur Spott oder Unflat heraus. Ihm war das lieber als weiterhin vom Seigneur gehätschelt zu werden, denn ihn ekelte vor diesen weichen weißen Händen, an denen das Blut so vieler Kinder klebte. Er hatte sich geschworen, nach dem Vasallentag in Vannes niemals mehr hierher zurückzukehren –, auch wenn der Herzog persönlich ihn auf Knien darum bäte.

Oliviers helle klare Stimme riß ihn aus seinen Gedanken.

«Darf ich Euch etwas fragen, Seigneur?»

Gilles de Rais ließ den Weinpokal sinken.

«Wenn es keine dumme Frage ist...»

«Nein, nur eine ganz einfache Frage. Vor einigen Stunden habt Ihr draußen vor der Mauer etwas verbrennen lassen – unter strenger Bewachung. Warum durfte niemand dabei zusehen?»

Noch ehe der Seigneur antworten konnte, fuhr Sillé dazwischen.

«Das geht dich nichts an, Kleiner! Behellige den Seigneur nicht mit deiner kindischen Neugier!»

«Aber Vetter Sillé», sagte Gilles gelassen, «seid doch nachsichtig mit dem Jungen. Kinder sind nun einmal neugierig – Ihr und ich waren in diesem Alter nicht anders.»

Mit einem Lächeln, das ein wenig gequält wirkte, wandte sich der Seigneur zu Olivier.

«Wie alle hier wirst auch du wissen, daß verschiedene Umstände mich zwangen, das eine oder andere meiner Besitztümer abzustoßen. Gerät ein Haus, eine Burg in andere Hände, so will jeder vermeiden, daß Fremde auch das übernehmen, was Eltern und Großeltern im Laufe der Zeit an Möbeln, Büchern und anderen Besitztümern gesammelt haben. So habe ich alle diese Dinge aus Vue, Prigné, Saint-Michel und anderen veräußerten Besitzungen hierher schaffen lassen, alles Brauchbare ausgewählt und den Rest verbrannt. Zufrieden?»

«Warum dann die Wachen?»

Gilles lachte laut auf, aber es klang nicht fröhlich.

«Damit nichts gestohlen wird, mein Kleiner.»

Perrinet besichtigte am nächsten Morgen die Brandstätte, aber die Asche hatte man so sorgfältig entfernt, daß nichts geblieben war als ein leicht geschwärzter Boden. Olivier gesellte sich dazu.

«Gründliche Arbeit», murmelte Perrinet.

«Wo wird die Asche geblieben sein?»

Perrinet deutete nach Süden.

«Die wurde in den Falleron gekippt und ist jetzt auf dem Weg ins Meer. Hat dir die Antwort gestern abend genügt?»

Olivier zuckte gleichmütig die Schultern.

«Ein Edelmann lügt nicht, es sei denn, er habe einen gewichtigen Grund.»

Perrinet feixte.

«An gewichtigen Gründen mangelt es dem Seigneur nicht, das darfst du mir glauben.»

Zwei Tage später erschien René de la Suze, nur von einem bewaffneten Diener begleitet. Nach einer kurzen förmlichen Begrüßung schlossen sich die beiden Brüder ein, sogar Sillé mußte draußen bleiben und war deshalb eher irritiert als beleidigt.

Wer diese beiden Männer nebeneinander sah, hätte sie zuerst kaum für Brüder gehalten. René war um einen halben Kopf kleiner, sein kantiger Körper, die knappen, fast ruckartigen Bewegungen, das dunkelbraune Haar, die nußbraunen Augen – alles war bei ihm etwas gröber, aber auch blasser geraten. Bei Gilles hatte die Natur ihre stärksten Farben aufgetragen: Haar und Augen kohlschwarz, der Körper groß und wohlgebildet, weder mager noch dick, doch mit einer Spur von Weichheit, die keineswegs unmännlich wirkte, auch wenn sich jetzt da und dort die Zeichen eines ausschweifenden Lebens bemerkbar machten. Die dunklen Schatten unter den Augen, die beginnenden Fettpolster an Bauch und Kinn, der flackernde unstete Blick – dies alles prägte sich mehr und mehr aus.

«Du bist ein seltener Gast geworden», eröffnete Gilles das Gespräch, doch René konterte sofort:

«Ich hatte in den letzten Jahren nicht mehr den Eindruck, daß ich besonders willkommen war. Ihr seid damals, als Ihr vom Feldzug zurückkehrtet, ein anderer geworden.»

«Die Welt bleibt nicht stehen, und wir ändern uns mit ihr, was dich aber nicht zu betreffen scheint – du bist ganz der alte geblieben. Kommen wir gleich zum Thema. Ich finde, wir sollten künftig nicht mehr gegen-, sondern miteinander arbeiten.»

«Genau das führt mich her!»

«Dann reden wir einmal offen wie Brüder und nicht von Seigneur zu Seigneur.»

René nickte. «Gerne, Gilles.»

«Warum hast du dich in Champtocé gegen mich gestellt, noch dazu im Dienst und im Auftrag des Herzogs von Anjou? So handelt ein Feind und kein Bruder.»

«Zunächst einmal habe ich im Familieninteresse gehandelt! Dörfer und Burgen dürfen nicht feil sein wie Birnen oder Kreuzerbrote! Im übrigen hat der König dich schon vor drei Jahren in einem Erlaß zum *dissipateur* erklärt und dir untersagt, weitere Besitztümer zu verkaufen. Was ich tat, war also rechtlich doppelt abgesichert – durch den Herzog von Anjou als deinen Lehnsherrn und durch die Verfügung des Königs, dem wir alle Gehorsam schulden.»

«Wer kümmert sich schon darum?»

«Im übrigen habe ich dich vor Schlimmerem bewahrt: Der Magister Petit hat im Turm zwei Kinderskelette entdeckt, und er war dabei, sie mit nach Nantes zu nehmen.»

Gilles tat, als ginge ihn das alles nichts an.

«Und wennschon!»

René de la Suze behielt für sich, was er über die vierzig weggeschafften Skelette wußte. Er wollte seinen Bruder in Sicherheit wiegen.

«Ich habe die Knochen verbrannt und sorgsam alle Spuren beseitigt. Es ist ja inzwischen weithin bekannt, daß auf deinen Burgen Kinder verschwinden. Das Gericht könnte da leicht einen Zusammenhang herstellen.»

Gilles machte eine wegwerfende Geste.

«Das müssen sie zuerst einmal beweisen.»

«Gut – also zurück zum Thema. Ich werde – nur um den Anjou nicht zu vergrämen – Champtocé weiterhin besetzt halten. Sobald Herzog Johann dir das ausstehende Geld – vermutlich wird es in Vannes geschehen – bezahlt hat, gibst du mir Bescheid, und ich rücke mit meinen Leuten ab.»

Gilles dachte nach.

«Keine schlechte Idee, aber es darf nur im geheimen geschehen, um den Anjou zu täuschen. Du bleibst mit ein paar Mann auf der Burg, und wenn du mein Zeichen erhältst, übergibst du sie stillschweigend den Leuten des Herzogs.

Der Capitaine nickte.

«Gut, aber ich tue es nicht umsonst, lieber Bruder», sagte er, und es klang fast sanft.

«Was willst du dafür?»

«Daß ich auch einmal am Erbe beteiligt werde! Jean de Craon hat immer nur dich im Auge gehabt, sein zweiter Enkel existierte für ihn nicht. Ich möchte endlich heiraten und eine Familie gründen.»

«Dann nimm dir eine reiche Witwe.»

«So prächtig ist der Name La Suze nicht, da müßte ich schon ein Graf oder Marquis sein. Wer will schon einen Habenichts? Die sind immer nur dazu da, um den Dreck wegzuräumen.»

«Also was willst du?» fragte Gilles mit zunehmender Ungeduld.

«Burg und Herrschaft von La Mothe-Achard und dazu zehntausend *écus d'or*. Dafür verspreche ich dir noch, dem Herzog von Anjou gut zuzureden. Mir wird schon etwas einfallen.»

Gilles wußte, daß es jetzt wichtig war, den Bruder bei guter Laune zu halten.

«Einverstanden, aber das Geld kriegst du erst, wenn mir der Herzog in Vannes den Rest bezahlt hat. Übrigens wären fünftausend auch genug.»

«Neuntausend!»

«Acht –»

«Siebentausend – mein letztes Wort.»

«Gut», sagte René de la Suze, «aber wir machen gleich alles schriftlich.»

«Natürlich – wo denkst du hin!»

Gilles de Rais rief den Diener und schickte nach dem Notar.

«Hast du Catherine in letzter Zeit gesehen?»

«Ja, ich wohnte für eine Weile in Pouzauges.»

«Glaubst du, sie würde protestieren, wenn ich Tiffauges beleihe oder verkaufe?»

«Nicht nur das, sie würde mit königlicher Unterstützung jede dahingehende Handlung für nichtig erklären lassen. Gilles, du kennst doch unsere Gesetze; ohne Einwilligung der Gattin ist noch kein Ehemann an ihr Privatvermögen gekommen. Laß die Finger davon!»

«Du steckst doch nicht mit ihr unter einer Decke?»

René grinste anzüglich.

«So genau willst du es wissen? Ein ehrsamer Ritter schweigt über sein Minneleben. Verdient hättest du es jedenfalls, daß sie dich betrügt.»

«Das käme mir gerade recht! Dann könnte ich sie wegen Ehebruchs verklagen.»

«Aber Gilles, du hast deine Frau über fünf Jahre nicht mehr gesehen, geschweige denn deine ehelichen Pflichten erfüllt. Dafür gibt es eine Menge Zeugen. Das nennt man böswilliges Verlassen, und der Papst würde eure Ehe sofort auflösen. Seine Heiligkeit ist ohnehin nicht gut auf dich zu sprechen. Das Errichten deiner Stiftskirche hat er dir jedenfalls untersagt.»

«Ich brauche keinen Papst, um zu wissen, was ich tue!»

«Natürlich nicht. Wann brichst du nach Vannes auf?»

«Anfang November.»

«Gut, Seigneur Gilles, haltet mich bitte auf dem laufenden.»

Etwas machte Gilles de Rais zunehmend Sorgen: Kaplan Eustache Blanchet hatte sich noch von Tiffauges aus für drei Wochen beurlauben lassen, angeblich wegen dringender Familienangelegenheiten. Nun begann schon die fünfte Woche, und Blanchet war weder gekommen noch hatte er eine Nachricht gesandt. Dabei wußte der Pfaffe so viel, daß er jederzeit die Inquisition auf ihn hetzen konnte. Francesco Prelati hätte ihm darüber mehr sagen können, aber was er damals mit Blanchet besprochen hatte, verlief nach der Regel «eine Hand wäscht die andere» und ging nur sie beide etwas an.

Es war kurz vor der Abreise aus Tiffauges gewesen, als Kaplan Blanchet Prelati eines Abends zugeflüstert hatte:

«Trefft mich morgen vor Sonnenaufgang in der Schloßkapelle.»

Das Leben am Hof Gilles de Rais' richtete sich nach seinem Rhythmus, das heißt, man ging spät zu Bett und stand spät auf.

Ein leiser feiner Herbstregen netzte Prelatis Haare, als er frierend über den Burghof hinüber zur Kapelle ging. Im trüben Dämmerlicht sah er vorne am Altar, gleich unterhalb der ewigen Lampe, eine Gestalt knien. Da es auch eine Falle sein konnte, kniete er sich schweigend daneben, bis er Blanchets flüsternde Stimme hörte:

«Seid Ihr's – Prelati?»

Sie wandten sich ihre Gesichter zu. «Wir bleiben am besten hier. Wenn einer kommt, hören wir es rechtzeitig, und daß zwei Priester hier ihr Morgengebet verrichten, ist ja nichts Ungewöhnliches.»

Prelati, der längst weltliche Kleidung trug und dessen Priestertum ihm so ferne gerückt war wie sein Heimatland Italien, zeigte sich fromm.

«Aber gewiß, lieber Bruder im Herrn. Also – warum dieses heimliche Treffen?»

«Sprecht leiser!» bat Blanchet und fuhr fort: «Wenn wir in den nächsten Tagen abreisen, so gehe ich nicht mit nach Machecoul, sondern reite nach Mortagne-sur-Sèrre, wo ich Familienangelegenheiten regeln muß. Das stimmt zum Teil auch. Ich habe den Seigneur informiert und mich für drei Wochen beurlauben lassen. Euch aber sage ich jetzt den wahren Grund, doch möchte ich es unter dem Siegel des Beichtgeheimnisses tun.

Prelati verschlug es fast die Rede.

«Was? Ihr – Ihr wollt bei mir beichten?»

«Warum nicht? Ihr seid doch geweihter Priester?»

«Gewiß, gewiß, aber ungewöhnlich ist es schon ...»

«Freilich, Ihr tragt kein geistliches Gewand, und Eure Tonsur ist fast zugewachsen. Trotzdem – Ihr kennt die Gesetze der Kirche: *Sacerdos in aeternam*! Priester in Ewigkeit, ob Ihr nun sündigt auf vielerlei Weise, ob Ihr Euer Amt leugnet, mißachtet oder einfach nicht mehr ausübt: Ihr seid ein geweihter Priester und bleibt es bis in Eure Todesstunde.»

Blanchet hatte eine Stola mitgebracht, die er nun Prelati um die Schultern legte. Dann sprach er die rituellen Worte vor der Beichte:

«In Demut und Reue bekenne ich meine Sünden. Mein Vergehen, Hochwürden, bestand hauptsächlich im Unterlassen. Ich habe weggeschaut, wo ich wußte, daß schwere Sünde geschieht, ich habe geschwiegen, wo ich hätte mahnen sollen. Freilich habe ich auch gemahnt und dem Seigneur mindestens dreimal ernsthaft ins Gewissen geredet und ihm geraten, nach Rom, Jerusalem oder wenigstens nach Santiago zu pilgern. Es hat nichts genützt, und ich ließ den Dingen ihren Lauf.»

Blanchet faßte Prelati am Arm, schüttelte ihn leicht und sagte mit eindringlicher Stimme: «Bruder François, ich werde den Hof des Seigneur für immer verlassen, weil ich sehe, daß das Leben und Treiben hier immer tiefer in den Abgrund führt. Am Ende stehen

Galgen, Scheiterhaufen und die ewige Verdammnis. Irgendwann, vielleicht schon in den nächsten Monaten, wird es zur Anklage kommen, und dann wird man mich aus meinem Versteck holen, und ich werde neben Euch vor den Richtern stehen. Nun mein Vorschlag, der ja im Grunde der Wahrheit entspricht. Wenn ich gefragt werde, ob und wie oft Ihr für den Seigneur den Teufel beschworen habt, dann werde ich sagen: Selber habe ich es nie gesehen, aber Bruder Prelati hat davon gesprochen, daß er den Seigneur nur hinhält und keine wirkliche Beschwörungsformel spricht. Dann steht Ihr zwar als Betrüger da, nicht aber als Hexer und Zauberer. Fragt man aber Euch nach meiner Rolle am Hof von Gilles de Rais, dann sollt Ihr sagen, ich sei ein steter Mahner und Warner gewesen und habe den Hof verlassen, als ich die Nutzlosigkeit meiner Bemühungen erkannte, vor allem aber als ich von den Teufelsbeschwörungen hörte.»

Trotz meiner Zuträgertätigkeit kann mir eine Stimme zu meinen Gunsten nicht schaden, dachte Prelati und sagte nur:

«Einverstanden, Bruder Eustache.»

Dann zeichnete er ein Kreuz in die Luft und sprach Blanchet von seinen Sünden los.

Misereatur tui omnipotens Deus, et dimissis peccatis tuis, perducant te ad vitam aeternam. Amen.

Was Blanchet allerdings für sich behielt, war die Tatsache, daß er inzwischen reichlich für seine Zukunft gesorgt hatte. So hatte er schon vor einem Jahr in Mortagne ein kleines Haus erworben und den dortigen, schon recht alten Dorfpfarrer mit Geld und guten Worten dazu gebracht, daß er ihm künftig assistieren dürfe und zu seiner Nachfolge vorgeschlagen werde.

18

Magister René Petit hegte einen ehrgeizigen Plan, was die Zukunft seiner Geliebten Isabelle Colin betraf. Er war nämlich der festen Überzeugung, daß nichts von oben – also von Gott oder vom Himmel – auf den Menschen gnädig einwirkte, sondern alles aus ihm selber kommen müsse. *Faber est suae quisque fortunae* – jeder ist seines Glückes Schmied. Daran glaubte er. Wenn er auch die Ständeordnung für sinnvoll und notwendig hielt, so war er doch nicht der Meinung, der Sohn eines Fürsten sei allein durch seine Geburt schon zum Nachfolger geeignet, und das bezog er genauso auf Adel, Handwerk und den Kaufmannsstand oder auf die Menschen ganz unten, die Bauern, Taglöhner, Gaukler und Bettler. Warum also, so setzte er seine Überlegungen fort, soll aus Isabelle, der Wäscherin, nicht Isabelle die Bürgersfrau werden? Weil auch ihre Mutter Wäscherin war? Das scheint mir, so sagte er sich, kein hinreichender Grund. Wir alle stammen von Adam und Eva ab und werden früher nur Bauern und Jäger gewesen sein. Die Entstehung von Ländern, Städten und auf engem Raum versammelten Völkern hat zur Bildung der heutigen Ordnung geführt, weil sie vernünftig ist und es sich in ihr besser leben läßt. Leider nur die Kirche hat es fertiggebracht, von Zeit zu Zeit über den Schatten der Ständeordnung zu springen, und so konnte der Bäckerssohn Jacques Fournier zum Kardinal und schließlich zum Papst aufsteigen.

Am Ende seiner langen Überlegungen stand der feste Entschluß, aus Isabelle, der Wäscherin, Isabelle die Magisterfrau zu machen. Aber so einfach sollte ihr das Glück – war es überhaupt ein Glück? – nicht in den Schoß fallen. Ein wenig, Geliebte, wirst du schon dafür leiden müssen. Das begann schon am Abend des Tages, da Malestroit ihm seine Ernennung zum stellvertretenden Untersuchungsrichter mitgeteilt hatte.

Isabelle, in dieser Jahreszeit der kurzen Tage meist eher zu Hause als René, fiel ihm um den Hals.

«Endlich, Liebster! Ich frage mich nur, wo du immer so lange bleibst. Das Gemüse auf dem Herd verkocht schon zu Brei.»

René hatte ihre Umarmung so steif und gemessen über sich ergehen lassen, daß sie stutzig wurde. Sie ließ die Arme sinken.

«Was ist los, René? Ist etwas geschehen?»

«Geschehen – nun, wie man es nimmt. Wir werden jedenfalls beide unser Leben ändern müssen, und zwar von Grund auf.»

Er sah, wie die sorglose Fröhlichkeit aus ihrem hübschen Gesicht wich, als hätte das Schicksal selber sie mit grober Hand fortgewischt.

«Ändern...? Wie meinst du das?» fragte sie mit kleiner Stimme.

René mußte sich sehr zusammennehmen, um ihr nicht sofort um den Hals zu fallen, um sie von oben bis unten abzuküssen und herauszuschreien: Verstehst du nicht – wir werden heiraten! Deine Wäscherinnentage sind vorbei, und ich werde ein hohes Amt in dieser Stadt ausüben. Nein, er beherrschte sich, um ihre Verwirrung noch ein wenig auszukosten, damit nachher die Erleichterung um so größer war.

«Nun, wie soll ich es dir erklären? Ich bin vom Kanzler mit wichtigen Aufgaben betraut worden – Aufgaben, die es mir leider unmöglich machen, weiterhin mit einer Wäscherin zu verkehren. Ich werde eine Familie gründen, werde heiraten müssen...»

Als er sah, welche Wirkung seine Worte hatten, wußte er, daß er diesmal zu weit gegangen war. Isabelles Gesicht wurde weiß wie frischgebleichte Wäsche, ihre Züge erstarrten zu einer Maske von Enttäuschung und Bitternis. Sie sah ihn traurig an.

«Ich – ich hätte es mir denken können – es – es mußte ja so enden – der Herr Magister und die Wäscherin – hast jetzt wohl eine Bürgerstochter in Aussicht – irgendeine reizlose Pute, die euer Brautbett vergoldet...» Sie stand auf und wandte sich zur Tür. René packte sie schnell am Arm, doch sie zischte: «Faß mich nicht an, du

Dreckskerl!» Sie riß sich los und versetzte ihm eine Maulschelle, daß er zwei Schritte zurücktaumelte.

René rieb sich die Wange und fiel auf die Knie.

«Verzeih, Isabelle, bitte verzeih mir! Da hat mir meine gewundene Juristensprache wieder einen Streich gespielt. Jetzt setz dich schon hin und höre mich an!»

Sie blieb unschlüssig an der Tür stehen.

«Ich habe schon genug gehört und kann mir aus deinen Andeutungen durchaus einen Reim machen.»

«Das kannst du nicht!» beharrte er und führte die kaum noch Widerstrebende zum Stuhl, goß ihr den Becher voll und schob ihn ihr hin. Sie sah schon wieder besser aus, das Blut war in ihr Gesicht zurückgekehrt, die Augen blitzten angriffslustig.

«Trink einen Schluck Wein und sperre deine wunderhübschen Ohren weit auf, denn jetzt erfolgt die Übersetzung in die Volkssprache. Monseigneur Jean de Malestroit, unser Bischof und Kanzler, hat mir heute eröffnet, daß ich mit Beginn des neuen Jahres zum stellvertretenden Untersuchungsrichter für Nantes ernannt werde. Dann verdiene ich gut genug, um eine Familie zu gründen, und zwar mit dir, Isabelle, nur mit dir! Ich habe dich schon vor einigen Monaten um deine Hand gebeten – quasi probeweise, aber mir scheint, du hast es nicht ernst genommen. Auf deine Antwort warte ich noch immer.»

Jetzt spielte er den Beleidigten und Mißverstandenen, aber darauf fiel Isabelle nicht herein.

«Die Maulschelle hast du trotzdem verdient! Natürlich möchte ich deine Frau werden, du Dummkopf, aber hast du dir überlegt, was das bedeutet? Wenn wir am Sonntag Arm in Arm in die Kirche gehen, dann flüstert es an allen Ecken und Enden: Da – schaut sie nur an, diese Hexe! War eine vaterlose kleine Wäscherin und hat sich einen hohen Beamten geangelt, der jede andere auch hätte haben können. Geht das mit rechten Dingen zu? Da muß ihr doch der Teufel geholfen haben ...»

René hob die Hand, um etwas zu sagen, doch sie winkte energisch ab. «Laß mich zu Ende reden! Und erst deine Eltern! Dein Vater wird sagen: Der Junge hat den Verstand verloren! Als stellvertretender Untersuchungsrichter und Sohn eines angesehenen Notars hätte er die Wahl gehabt zwischen einem Dutzend Bürgerstöchtern mit reicher Mitgift, aber er, dem sein Verstand wohl zwischen die Beine gerutscht ist, will eine mittellose Wäscherin heiraten. Genau so wird er reden, dein Vater, und deine Mutter wird ihm beipflichten – Wort für Wort!»

«Das kann gut sein, Isabelle, aber ich will und werde dich dennoch heiraten. Um diesen gewiß zu erwartenden Hindernissen zu begegnen, habe ich mir einen Plan ausgedacht, den wir Stufe um Stufe verwirklichen müssen. Jetzt höre einmal gut zu. Das Kernproblem liegt nicht in deiner Vergangenheit als Wäscherin, sondern darin, daß du keine Mitgift hast. Stufe eins: Wir werden dich zur reichen Erbin machen, dann sieht der Fall gleich anders aus.»

«Aber René», sagte sie sanft, «du redest daher wie ein kleiner Bub, der von vergrabenen Schätzen faselt. Wer sollte mir etwas vererben?»

«Ich! Den reichen Erblasser erfinden wir, oder deine verstorbene Base aus St. Brévin wird diese Rolle spielen. Ich habe vom Kanzler einigemale für gute Dienste Prämien erhalten und kann auf mein künftiges, weit höheres Gehalt einen Vorschuß nehmen. Da bringe ich achtzig bis hundert *écus d'or* leicht zusammen. Die stecken wir in einen Beutel, und ich werde dafür sorgen, daß ein Gerichtsdiener sie dir als dein Erbe feierlich überreicht.»

«Mir schwirrt der Kopf...»

René lachte.

«Dabei sind wir erst bei Stufe eins. Der zweite Schritt wird sein, daß du als reiche Erbin deinen Beruf aufgibst, und zwar sofort.»

«Aber René, das geht doch nicht», sagte sie in dem geduldigen Ton, mit dem Mütter ihre Kinder vor unsinnigen Taten zu bewahren suchen. «So eine schöne und sichere Stellung gibt man doch nicht einfach auf. Das ist alles, was ich habe!»

«Du hast jetzt mich!» rief René zornig. «Ich glaube, du verstehst immer noch nicht, daß ein gütiges Schicksal es uns erlaubt, unser Leben zu ändern – und zwar positiv! Eines geht nun einmal nicht ohne das andere, und unsere verlogene Welt verlangt, daß wir, um die Zustimmung der Beteiligten zu finden, in eine bestimmte Rolle schlüpfen, und dabei, das gebe ich gerne zu, liegt die Hauptlast auf deinen Schultern. Aber dafür bekommst du schließlich auch was!»

Jetzt wollte sie ihn ein wenig zappeln lassen.

«Und was ist das?»

Er schaute sie entgeistert an.

«Was – ja – mich natürlich! Du bekommst mich, wir werden vor aller Welt getraut, du kriegst Kinder, eine Familie, ein schönes Haus...»

Ich werde ihn auf die Probe stellen, ging es ihr plötzlich durch den Kopf, und seine Antwort wird über unsere Zukunft entscheiden.

«Aber René, du weißt ja gar nicht, ob ich das alles will – eine Ehe, Kinder, ein Haus. Dich habe ich ja schon. Dabei könnten wir es doch belassen, oder? Schau, mir wurde die feste Anstellung als zweite Aufseherin über die Wäschekammer in Aussicht gestellt, weil ich als einzige die Ziffern schreiben kann. Ja, das hast du mir beigebracht, und nun mußt du mich noch lehren, wie man Wolle, Leinen, Samt und Seide schreibt, auch die Wörter Hemd, Hose, Wams, Leibchen, Lendentuch, Strumpf und einiges andere mußt du mich noch lehren.»

René erhob sich, blaß, zornig und mit einem ungläubigen Ausdruck im Gesicht.

«Das kann doch nicht dein Ernst sein?»

«Doch. Aber ich bin noch nicht fertig. Dann hätte ich einen ehrsamen, gutbezahlten Beruf und könnte mir fürs Alter etwas zurücklegen. Du brauchst dann keinen Plan, könntest die dumme Pute mit der hohen Mitgift heiraten, und von Zeit zu Zeit schlüpfst du in mein Bett und erholst dich bei mir vom Familienleben. Ich werde dich nicht mit Bälgern belästigen oder mit irgendwelchen Verwandten, die du nicht magst.»

Nun, das wäre natürlich auch eine Lösung, schoß es ihm durch den Kopf. Eine ehrsame Ehe nach außen und ein geheimes, beschwingtes Verhältnis mit Isabelle. Wenn sie es mir schon anbietet! Eine bequeme Lösung für jedermann, ohne Lüge und Rollenwechsel. Er öffnete schon den Mund, um den Vorschlag zu erörtern, aber da sah er etwas in Isabelles Gesicht, das ihn warnte. Sie war nicht fähig, sich für längere Zeit zu verstellen, und nun erkannte er ein unsägliches Bangen in ihrem Antlitz, als stünde der Scharfrichter vor ihr und sie erwarte den tödlichen Schlag. Das brachte ihn zur Besinnung, ließ ihn schweigen und erkennen: Wenn er Isabelle freigab, riskierte er, sie zu verlieren. Die Ehe mit der dummen ungeliebten Pute flößte ihm plötzlich Entsetzen ein, und er bezweifelte, ob er Kinder lieben könnte, die nicht von Isabelle stammten.

«Für wen hältst du mich?» fragte er kopfschüttelnd. «Für einen ehrlosen Drückeberger, der nicht zu seinem Wort steht, der sich verkauft, dich verrät und am Ende sich selber dazu? Daß dieser Vorschlag ernst gemeint war, kann ich mir übrigens nicht denken.»

Ihr Gesicht begann zu strahlen, zu leuchten und zu glänzen, als hätte ein Zauber es verwandelt. Sie hatte vor seiner Antwort den Atem angehalten und holte jetzt Luft wie eine vom Ertrinken Gerettete.

«Das war – das war eine Probe, René. Bevor wir ein gemeinsames Leben beginnen, mußte ich wissen, was ich dir wert bin, ob ich deiner ganz sicher sein kann.» Sie stand auf, beugte sich herab und küßte ihn feierlich auf die Stirn. «Ihr habt die Probe bestanden, Magister Petit, und noch glänzend dazu.»

«Ich habe nichts anderes von mir erwartet», scherzte René, «aber jetzt müssen wir wieder zum Stufenplan zurück. Du hast vorhin angesprochen, daß ich dir die Schreibweise von Stoffen und Kleidungsstücken beibringen soll – nun, das hat sich erledigt. Stufe drei würde bedeuten, daß wir beide einen Intensivkurs abhalten, um dich für meine Eltern, vor allem für meinen Vater zu präparieren.»

«Schön und gut, René, aber bei Stufe eins hast du vergessen, für mich einen neuen Lebenslauf zu erfinden. Gut, ich habe geerbt, aber wer bin ich? Wer waren meine Eltern, wo bin ich aufgewachsen, warum rede ich nur die Sprache der einfachen Leute...»

«Das hab ich mir alles schon ausgedacht. Du bist Tochter eines kleinen Gutsbesitzers irgendwo im Pays de Rais; deine Eltern sind früh gestorben, und du bist bei einer Base aufgewachsen, die dich etwas verwildern ließ, daher deine Sprache. Dein Vater war verschuldet, und so haben deine Eltern dir fast nichts hinterlassen. Kein Mensch bei uns zu Hause kennt die Verhältnisse hier, wir müssen uns nur auf feste Namen einigen, damit wir uns nicht widersprechen. Zurück zu Stufe drei: Mein Vater ist vernarrt in seine Bibliothek, doch seine Lieblingsbücher haben nichts mit seinem Beruf zu tun. Er liebt die Geschichtsschreibung, vor allem aber die Dichtung, die Poesie der Troubadours. Jedes dieser Bücher hat seit Jahren einen festen Platz in seiner Bibliothek, und ich könnte dir aufzeichnen, wo es steht, wie es aussieht und welchen Titel es trägt. Da habe ich mir nun folgendes ausgedacht. Stelle dir jetzt einmal die Situation vor, wie du die Bibliothek meines Vaters betrittst, und du siehst an den Wänden hohe Buchregale. Du schlägst vor Entzücken deine hübschen Hände zusammen und rufst aus: ‹Maître Petit, so viele Bücher! Ihr seid ja ein richtiger Gelehrter! Darf ich?› Mein Vater nickt stolz, und du siehst dir seine Schätze aus der Nähe an. Ich werde dir vorher aufzeichnen, wo seine Lieblingsbücher stehen, und genau auf die gehst du zu. Dann rufst du vielleicht: ‹Ah, Maître, hier – der Rosenroman!› Du siehst ihn bettelnd an und fragst, ob du ihn herausnehmen darfst. Er erlaubt es, und du blätterst darin, fragst ihn dann: ‹Maître, zeigt mir die Stelle, wo der Liebesgott so hinreißend beschrieben ist.› Er sucht sie dir heraus, und du bittest ihn, dir ein paar Zeilen vorzulesen. Das schafft eine Stimmung, die uns mehr nützen kann als alles andere. Ein paar Reihen weiter steht *La Bible Guiot*, eine Abrechnung mit den mißlichen Zuständen in Kirche und Staat. Du deutest darauf, kicherst und zitierst ein paar Verse, etwa die:

Mich trifft nur Hohn und alle Plage,
Weil ich die schwarze Kutte trage.
Mehr als zwölf Jahre sind es, seit
Man anzog mir das schwarze Kleid.

Dann entdeckst du das Regal mit den Troubadourliedern. Deine Augen gleiten die Bücher entlang, und es wird genügen, wenn du voll Bewunderung einige Namen nennst. Merke dir die wichtigsten: Peire Vidal, Bertrand de Born, Bernard de Ventadour, Guillaume de Poitou oder Peire Cardinal mit seinen berühmten *sirventès*, den kritischen Rügeliedern.

Isabelle versuchte ihn zu unterbrechen.

«René – René, hör mal zu . . .»

Doch der war so im Schwung, daß er jetzt nicht aufhören konnte.

«Du könntest dann noch ein paar seiner historischen Werke entdecken, quasi am Rande, etwa Geoffroy de Villehardouins' Schilderung des vierten Kreuzzugs oder die Biographie Ludwigs des Heiligen von Jean de Joinville, vielleicht auch die berühmte Chronik von Jean Froissart. Meine Mutter wird sich davon vermutlich kaum beeindrucken lassen, und sie wird sehr lästige Fragen stellen. Die lasse dann besser mich beantworten. Übrigens haben wir noch ein letztes Eisen im Feuer und, wie ich glaube, das beste und entscheidendste. Meines Vaters innigster Wunsch wäre es, daß ich eines Tages seine Notariatskanzlei übernehme und fortführe. Diesem seinem Herzenswunsch habe ich mich bisher verweigert, weil ich meinen eigenen Weg gehen wollte. Meine Mutter – als treue und gehorsame Gattin – unterstützte ihn dabei. Sie ist neun Jahre jünger als mein Vater und denkt natürlich an ihre Zukunft, wenn er vor ihr stirbt. Führe ich die Kanzlei weiter, so braucht sie sich keine Sorgen zu machen, und – ich habe es mir genau überlegt – es wäre das Schlechteste nicht. Hier in Nantes kann sich schnell etwas ändern, und dann stehen wir plötzlich auf der Straße. Als Frau eines Notars in Tours hättest du kein schlechtes Leben, heißgeliebte Isabelle.»

Sie verzog weinerlich das Gesicht.

«Das war ein bißchen viel auf einmal, meinst du nicht? Deine Mutter wird einen Blick auf mich werfen und sofort wissen, wer ich bin und wo ich herkomme.»

«Das wird sie nicht! Denke an unsere Zukunft, Isabelle. Denke daran, was davon abhängt, wenn du die Rolle perfekt spielst. Wir lieben uns doch, und Liebende vollbringen Wunder! Es wird nicht so schwer sein und wir haben genügend Zeit, um uns gründlich vorzubereiten. Den ganzen Dezember bin ich beurlaubt, und wir werden uns für zwei Wochen einschließen und nur lernen, lernen, lernen.»

Ihre schrägen dunklen Augen blickten ihn fragend an.

«Nichts anderes?»

Er lachte.

«Nichts anderes, von Sonnenauf- bis Sonnenuntergang. Die Nächte gehören dann uns.»

Sie deutete zum Fenster.

«Inzwischen ist es Nacht geworden.»

Er nickte.

«Es bleibt dabei – die Nacht gehört uns.»

René ging zu den beiden Fenstern und schloß die Läden.

«Wir sollten sie nützen.»

Gleichzeitig schlüpften sie aus ihren Kleidern, René ergriff Isabelles Hand und flüsterte ihr ins Ohr:

«Wir haben es schon so oft getan, aber für mich ist es immer wieder neu und aufregend. Als ginge ein Jüngling zur Jungfrau.»

«So soll es bleiben, bis der Tod uns scheidet.»

«Der Tod – nein, den gibt es für uns nicht. Stirbst du vor mir, so nimmst du alles, was an mir lebendig ist, mit dir ins Grab. Was dann von mir bleibt, ist nur noch ein Schatten. Sterbe ich vor dir, so nehme ich deine Liebe mit, und auch von dir bleibt nur noch der Schatten. So wird der Tod uns nicht trennen, sondern vereinen – auf ewig.»

«Das – das ist tröstlich, aber es macht mir auch angst.»

René preßte ihren nackten Körper an sich, als wollte er mit ihr verschmelzen.

«Angst – *bien-aimée*? Das paßt nicht zu dir. Schließlich stehen wir nicht am Ende, sondern am Anfang. Vor uns liegen noch viele glückliche Jahre.»

«Das steht in Gottes Hand.»

«Ja – auch, gewiß. Wieviel Kinder werden wir haben? Zwei – vier – acht?»

«Die müssen wir uns erst machen.»

«Dann wollen wir keine Zeit versäumen, fangen wir gleich damit an!»

Er zog sie aufs Bett, küßte ihren Hals, ihre Schultern, ihre Brüste, spürte ihre Hingabe, ihre Bereitschaft, gab sich selber hin wie nie zuvor, und die Zeit stand still für eine kurze Ewigkeit, aus zwei Körpern wurde einer, ihre Herzen schlugen im gleichen Takt, schneller und schneller, und sie waren ein Fleisch auf dem Gipfel der Lust. Dann lösten sie sich wieder auf in zwei getrennte Wesen, und Isabelle dachte zufrieden, wie froh bin ich, eine Frau zu sein, und René fühlte sich wohl und glücklich als Mann.

Untertags saßen sie einander gegenüber, Lehrer und Schülerin, und René sah, wie schnell sie alles auffaßte, wie leicht sie auswendig lernte, wie genau sie sich alles merkte.

Wenigstens muß ich ihr keinen Dialekt abgewöhnen, dachte er bei sich. Der Stadtjargon von Nantes klang manchmal recht eigenwillig, aber er kam aus dem Französischen, während weiter nördlich, im Morbihan und erst recht im Finistère, von den unteren Ständen ausschließlich Bretonisch gesprochen wurde. Er hatte es auf einer Reise erlebt und schüttelte noch heute den Kopf, wenn er daran dachte, daß der Seigneur dort ein *aotrou*, der Pförtner ein *porzier* und der Halunke ein *louston* war. Man bedankte sich mit *bennoz Doue* und adieu hieß *kenavo*.

Nein, mit der Sprache gab es bei Isabelle kaum Probleme, dafür mit der Schrift. So leicht und so schnell sie das Lesen lernte, so langsam ging es mit dem Schreiben. Ihre an grobe Arbeit gewohnte Hand widersetzte sich der Aufgabe, Buchstaben von der Größe eines Viertelzolls hinzumalen. Besonders schwer tat sie sich mit den kleinen Buchstaben und hätte am liebsten alles in spannenlangen Großbuchstaben geschrieben. Doch René kannte keine Gnade, und wenn sie während des Unterrichts immer näher rückte, um ihn plötzlich zu küssen, dann rückte er weg, ging auf Abstand.

Er hatte gleich nach ihrer ersten, etwas dramatischen Aussprache einen Boten nach Tours geschickt, er würde spätestens am vierten Sonntag im Advent dort eintreffen, um den verehrten Eltern seine liebe Braut vorzustellen. Dazu waren alle Vorbereitungen im Gange. Die Hofschneiderwerkstatt fertigte für Isabelle drei Kleider an – eines für die Reise, ein züchtiges für den Kirchgang und ein keckes, tief, aber nicht allzu tief ausgeschnittenes für Festlichkeiten aus dunkelgrüner Seide mit geschlitzten Ärmeln und Goldborten an Schultern, Ausschnitt und Saum. Ein Schuster arbeitete an vier Paar Schuhen, hatte alles andere liegen lassen, um den höher bezahlten Eilauftrag pünktlich ausführen zu können. Da Isabelle darauf bestand, die Reise auf Perry, ihrem geliebten Maulesel, zurückzulegen, hatte René für die knapp vierzig bretonischen Meilen nach Tours eine Reisezeit von etwa fünf Tagen angesetzt.

Zwei Tage vor der Abreise war Isabelle so weit, daß sie einfache Texte flüssig lesen und notdürftig niederschreiben konnte. Die manchmal etwas schwierigen Buchtitel mit ihren Autoren hatte sie auswendig gelernt, dazu ein paar jeweils passende Zitate.

«Ich komme mir richtig blöd vor», maulte Isabelle, doch insgeheim war sie stolz auf ihre Leistungen. Renés lehrerhafte, mit erhobenem Zeigefinger verkündete Weisheiten reizten sie zum Widerspruch, aber sie nahm sich zusammen und hielt fast immer den Mund. Manchmal aber gab es Situationen, da mußte sie einfach zurückschlagen.

Da war etwa dieser Tag, wo ihr alles mißriet. Sie verwechselte Buchtitel und Autoren, behauptete stur, das Wort *livre* müsse anders geschrieben werden, wenn es das Gewicht (Pfund) bedeute, als wenn von einem Buch die Rede sei.

René schüttelte verständnislos den Kopf.

«Aber so ist es nun einmal: Dieses Wort steht für beides, Pfund und Buch. Aufgrund deiner Vergangenheit hast du beim Einkaufen nur mit ersterem zu tun gehabt, während Bücher für dich – nun, sagen wir einmal, von nur sehr geringem Interesse waren. Das ist mit den lateinischen Wurzeln zu erklären ...»

«Halt!» Isabelle war blaß geworden, ihr Gesicht wirkte verzerrt, die Lippen zitterten. «Muß ich mir von dir meine Vergangenheit vorwerfen lassen, als sei sie etwas Schlechtes, Anstoß Erregendes gewesen? Du hast von Anfang an gewußt, woher ich komme und wer ich bin. Wir können unser kindisches Versteckspiel ruhig abbrechen, und du gehst allein auf die Reise. Sag deinen Eltern, die reiche Braut habe es sich anders überlegt.»

«Aber Isabelle – so war es doch nicht gemeint! Ich habe doch nur versucht, zu erklären ...»

Inzwischen hatte Isabelle zu schluchzen begonnen, ganz leise zuerst, doch das Schluchzen wurde lauter und lauter. Sie weinte wie ein tief gekränktes Kind. Behutsam nahm René sie in seine Arme und sprach tröstend auf sie ein.

«Das sind jetzt für dich besonders schwere Tage, ich weiß das. Du stehst davor, ein neues Leben zu beginnen, auch wenn es ein besseres ist, so trennst du dich nur schwer von deinem alten. Aber bitte, denk immer daran: Du tust es auch für mich! Und ich wiederum kann mir nichts Schöneres vorstellen, als mit dir eine Familie zu gründen.»

Allmählich beruhigte sich Isabelle wieder, und da sie weder störrisch noch nachtragend war, setzten sie den Unterricht einfach fort.

Sie igelten sich ein und merkten kaum etwas von der Aufbruchstimmung, die in Nantes und im ganzen Land herrschte.

Was Herzog Johann hochtrabend *jour de corvée* (Hoftag) nannte, war nur die von Zeit zu Zeit einberufene Vasallenversammlung, auf der schwebende Streitfälle geschlichtet, die politische Lage erörtert, aber auch vom Lehnsherrn Titel und Ämter, Rügen und Strafen verteilt und verhängt wurden.

Das Einladungsschreiben an Gilles de Rais war sehr huldvoll im Ton – ja, es ließ sich sogar als freundschaftlich bezeichnen. Der Herzog hatte – und das war immer ein Zeichen besonderer Gewogenheit – drei eigenhändige Zeilen hinzugefügt.

Auf Euren Besuch freue ich mich diesmal besonders, und ich hoffe, Ihr werdet mir ausführlich über den Feldzug gegen die Engländer berichten. Hier erwartet Euch eine hohe Ehre, die Ihr verdient habt wie kein anderer. Wir werden gemeinsam die Geburt unseres Herrn Jesus feiern, und Euer baldiges Kommen erhofft gnädig und frohgestimmt Johann, Herzog der Bretagne.

Gilles de Rais, den in den letzten Monaten das Gefühl gequält und beunruhigt hatte, ein Strick ziehe sich langsam um seinen Hals zusammen, konnte jetzt wieder freier atmen, und das lag nicht nur am huldvollen Brief seines obersten Lehnsherrn. Es hatte in letzter Zeit noch eine Reihe anderer guter Nachrichten gegeben. Sillé hatte den Kaplan Eustache Blanchet in Mortagne aufgespürt und ihn nachdrücklich dazu aufgefordert, zurück nach Machecoul zu kommen. Er habe sich, berichtete Sillé, zunächst geweigert.

«Du hast hoffentlich keine Gewalt angewendet?» fragte der Seigneur seinen Vetter, aber es klang so, als hätte er es doch erwartet.

Sillé reckte seine kleine Gestalt, die schmutzig-gelben Augen blickten schlau.

«Gewalt? Wie man es nimmt. Ich habe ihm unter vier Augen in allen Einzelheiten ausgemalt, was ihm blüht, wenn er nur einen Muckser von dem weitergibt, was er hier erlebt hat. Schon auf einen Verdacht hin würde er augenblicklich seinen Kopf verlieren, habe ich ihm klipp und klar gesagt. Der Kerl zitterte wie Espenlaub, das hättest du sehen sollen.»

Sillé blickt den Seigneur beifallsheischend an.

«Gut, gut – und was weiter?»

«Er wurde butterweich, versprach alles, und so nahmen wir ihn mit und setzten ihn – wie du befohlen hast – zunächst einmal in St. Etienne gefangen. Dort harrt er im Kerker der Burg auf deine Entscheidung.»

«Gut, dort soll er bleiben, bis ich aus Vannes zurück bin.»

Damit war ein Unsicherheitsfaktor wenigstens vorläufig beseitigt, und wieder lockerte sich der imaginäre Würgestrick um Gilles' Hals.

Ein weiterer Lichtblick zeigte sich, als Prelati vor fünf Tagen ganz aufgeregt hereinstürzte.

«Seigneur! Seigneur! Der Dämon hat sich gezeigt! Nach einer intensiven Beschwörung stand er plötzlich in einer Ecke des Zimmers. Es roch seltsam nach Kot und Schwefel, die Luft im Zimmer war so kalt geworden, daß mein Atem dampfte.»

In Gilles' dunkle unstete Augen kam ein fiebriger Glanz.

«François – wirklich?! Hast du – konntest du mit Barron reden? Es war doch Barron?»

Vor Freude duzte er Prelati.

«Nein, das ist es ja! Er nannte sich Maître Aliboron und scheint einen weit höheren Rang einzunehmen.»

«Wie – wie sah er aus?»

«Er war nicht deutlich zu erkennen, stand in der finstersten Ecke des Zimmers und wirkte wie in einen Nebel gehüllt, einen Rauch, der nach Schwefel stank. Ich redete ihn dreimal an, doch erst beim dritten Mal nannte er seinen Namen.»

«Wie hörte sich seine Stimme an?»

«Das war ein zischendes Flüstern und drang ins Ohr wie eine Nadel.»

«Hast du mit ihm eine Unterhaltung führen können?»

«Nein, er nannte nur seinen Namen und fügte hinzu: Mit dem Saturn komme ich wieder.»

«Mit dem Saturn? Wie ist das gemeint?»

«Das ist die Zeit zwischen dem zweiundzwanzigsten Dezember und dem neunzehnten Februar, also in den vom Saturn beherrschten Zeichen Capricornus und Aquarius.»

Gilles rieb sich erwartungsvoll, fast fröhlich die Hände, eine Geste, die Prelati noch nie an ihm wahrgenommen hatte.

«Es geht wieder aufwärts, mein Lieber, ich danke Euch.»

Etwas wie ein schlechtes Gewissen begann in Prelatis wenig zimperlicher Seele aufzusteigen, doch dann dachte er an seinen Auftrag und daß dies alles im Namen des Rechts geschah – geschehen mußte. Hatte der Inquisitor Pater Robert ihm nicht ausdrücklich angeraten, das Spiel so echt wie möglich fortzusetzen? Zudem ging es um seine Haut, und da hatte das Gewissen zu schweigen.

Gilles hatte seine letzten Untaten dem halbtauben Dorfpfarrer von Fresnay gebeichtet, und der hatte ihn losgesprochen. Seitdem war nichts mehr geschehen, wenn man davon absah, daß er regelmäßig zwei hübsche Chorknaben mit ins Bett nahm, denen er lustige Geschichten erzählte und beigebracht hatte, sein Verlangen mit ihren schlanken Knabenhänden zu stillen.

Perrinet Briand, dem Chorführer, war dies nicht entgangen. Er hatte die beiden nicht gewarnt, weil es noch nie vorgekommen war, daß ein Sängerknabe verschollen blieb. Wer seinen festen Platz im Chor besaß, war in der Regel nicht gefährdet. Doch es gab keine Regel ohne Ausnahme, das hatte er schon in der Schule gelernt. Einer von den beiden, mit dem Kosenamen Rossignol (Nachtigall) erfreute sich der besonderen Gunst des Seigneur und wurde mit Geschenken überhäuft. Das war ein unbefangener, redseliger Junge von etwa zehn Jahren, der stolz von den Zuwendungen berichtete. Am Montag letzter Woche hatte der Notar von Machecoul ihm das Gut La Rivière übertragen und seinen als Zeugen anwesenden Eltern im Namen des Seigneur dreihundert *écus d'or* ausbezahlt.

Perrinet wurden solche Gnaden nicht zuteil. Zwar nahm er noch immer an den abendlichen Banketten teil, doch nur – so vermutete er – damit Sillé ihn besser überwachen konnte. Als Perrinet versucht hatte, den Seigneur zu sprechen, wurde er an ihn verwiesen.

«Ihr habt mir vor kurzem mitteilen lassen, daß die Sattlerzunft meine Arbeit begutachtet und mir den Gesellenbrief zuerkannt hat.

Mit Seigneur de Rais war es abgemacht, daß ich danach nach Nantes zurückkehren darf. Darum wollte ich hiermit ersuchen.»

Sillés zynisches Gesicht wandelte sich zu einer Maske hämischer Freundlichkeit.

«Ah, der Geselle will sich verabschieden! Und wie soll unser Herr für seine Chorleitung so schnell einen Ersatz finden? Wir werden in den nächsten Tagen nach Vannes reisen, und der Seigneur will seine Kapelle dem Herzog vorführen. Dazu brauchen wir dich noch, das siehst du doch ein?»

«Danach bin ich frei?»

Leutselig legte ihm Sillé seine Hand auf die Schulter.

«Aber ja! Frei wie ein Vogel in der Luft. Du kannst dann gleich von Vannes nach Nantes reisen und erhältst ein schönes Abschiedsgeschenk.»

Perrinet hatte am Hof des Seigneur einen Teil seiner Naivität abgelegt, und besonders diesem Sillé traute er nicht über den Weg.

«Dann sage ich jetzt schon meinen besten Dank.»

Sillé verneigte sich mit falscher, übertriebener Höflichkeit.

«Aber gerne geschehen! Doch denke immer daran: Was du hier gesehen, gehört, erlebt hast, mußt du vergessen. Du darfst dich einzig und allein an deine Arbeit als Chorführer erinnern – über alles andere kein Wort, auch nicht zu deinen Eltern!»

«Wenn Ihr wollt, schwöre ich es Euch auf die Bibel.»

«Aber nein, mir genügt dein Ehrenwort.»

Perrinet hätte sich vor dem Schwur nicht gescheut, weil er die Hand des Kanzlers über sich wußte, der ihn als Bischof jederzeit von dem Eid entbinden konnte. Eines blieb freilich noch zu klären: Sein Abschied von Hof Gilles de Rais' mußte mit dem Kommissar Petit, im Einverständnis mit dem Kanzler und Seiner Hoheit dem Herzog abgesprochen werden. Aber wenn ihn, wie Sillé sagte, der Seigneur nach dem Hoftag in Vannes entließ, dann war seine Tätigkeit als Spion und Zuträger beendet.

Perrinet grinste erleichtert. Fast freute er sich schon auf jenen Tag, da man ihn als Zeugen vor Gericht holte und er endlich frei heraussagen durfte, was sich an furchtbarem Wissen in ihm aufgestaut hatte. Danach war er sogar bereit, Marguerite zu heiraten, aus Dankbarkeit und Erleichterung, falls er die hier lauernden Gefahren lebend überstand. Vielleicht hatte sie inzwischen einen Busen bekommen, wer weiß?

Seine gute Laune teilte er auch Olivier mit. Der hübsche blonde Junge mit der glatten, hellen Haut lächelte auf die ihm eigene herbe, aber bezaubernde Art.

«Siehst du, Perrinet, so sehe ich dich gern. Nun hast du doch Vernunft angenommen und lebst nicht mehr in der absurden Vorstellung, irgendwer will uns hier ans Leben. Seigneur de Sillé hat mir kürzlich Grüße von Didi ausgerichtet, der sich in Madame Catherines Haushalt ausgezeichnet entwickle. Vielleicht wird er uns in nächster Zeit sogar besuchen.»

Vielleicht, dachte Perrinet, geschehen sogar einmal Wunder.

Der Aufbruch nach Vannes, in den ersten Dezembertagen, erfolgte mit ungeheuerem Pomp. Die meisten Standesgenossen von Seigneur Gilles de Rais sahen in ihm noch immer den reichsten Baron der Bretagne, und er wollte ihre Erwartungen nicht enttäuschen, wollte auch den Gerüchten entgegentreten, er sei auf dem Weg zu verarmen und zu verkommen.

Es herrschte klares kühles Spätherbstwetter, als sich der Zug nach Norden in Bewegung setzte. Die Hälfte der Garde von zweihundert Berittenen machte den Anfang, an ihrer Spitze der *Rais-de-héraut*, also Gilles' persönlicher Herold, im prächtigen, gold- und silbergestickten Wappengewand.

Dieser Truppe folgten die Amtsträger von Gilles' Kirchenstiftung in ihren geistlichen Gewändern – Vikar, Dechant, Archidiakon, Schatzmeister, Kanoniker und das Stiftskollegium von etwa dreißig Personen. Sie alle saßen hoch zu Roß in kostbaren Gewändern von feinstem Tuch, teilweise mit Pelz gefüttert. Sie glichen eher dem Gefolge eines Kardinals als dem eines bretonischen Ritters.

Diener auf Maultieren ritten hinterdrein mit allem, was diese geistlichen Herren benötigten: Kreuze, Kelche, Monstranzen, Reliquiare, Weihrauchfässer und sogar eine auf einem Karren transportierte tragbare Orgel. Danach kam der geistliche Chor, Gilles' gehegte und gehätschelte Knabenkapelle, auf weißen Maultieren. Die Buben in ihren blütenweißen damastenen Chorhemden boten einen fröhlichen Anblick, wenn auch ihr vorausreitender Chorführer Perrinet Briand ernst und besorgt dreinsah. Er war verärgert, durfte es aber nicht zeigen, um nicht Sillés Blick auf sich zu lenken. Der hatte ihm nämlich kurz vor der Abreise mitgeteilt, daß es ihm nicht gestattet sei, in Nantes seine Eltern oder seinen Lehrherrn zu besuchen. Wenn er dies aber unbedingt wolle, so würden ihn zwei Wachen – zu seinem Schutz natürlich! – dorthin begleiten und vor der Haustüre warten. Im übrigen sei der Aufenthalt nur zur Übernachtung vorgesehen, und nach dem Hoftag dürfe er ohnehin für immer nach Nantes zurück.

Perrinet hatte gehofft, sich irgendwie mit Magister Petit in Verbindung setzen zu können, aber das würde diesmal kaum möglich sein.

Unmittelbar hinter seiner Knabenkapelle ritt Gilles de Rais auf seinem wunderschönen Rappen, ganz in schwarzen Samt gekleidet. Aus dem dunklen Reisemantel blitzten Stoßkragen und Nackenschirm heraus, die oberen Teile von Gilles' silber- und goldtauschiertem Brustharnisch.

Ihn umringten seine Getreuen; zur Rechten Sillé, zur Linken Bricqueville, dahinter Henriet, Poitou und sein derzeitiger Lieblingspage Olivier de Percy. François Prelati, der Magier und Alchimist, hatte zu Hause bleiben müssen, mit dem Auftrag, emsig seine Versuche und Forschungen weiterzubetreiben. Ihnen folgte der eigentliche Hofstaat mit Schatzmeister, Mundschenk, Kellermeister, Köchen und deren Gehilfen. Den Schluß bildete die zweite Hälfte der Leibgarde, in ihren Kettenhemden und Eisenkappen martialisch anzusehen.

Noch vor Einbruch der Nacht erreichte der Zug Nantes. Die Quartiere waren vorbereitet, der engere Hofstaat kam im Stadtpalast La Suze unter, die anderen wurden auf verschiedene Herbergen verteilt.

«Du bestehst also darauf, noch heute deine Eltern zu sehen?» fragte Sillé mit grimmiger Miene.

Perrinet ließ sich davon nicht beeindrucken.

«Ja, Seigneur, darauf bestehe ich. Der Hoftag in Vannes kann viele Monate dauern, und vorher möchte ich doch...»

«Gut, aber nur für eine Stunde!»

Zwei mürrische Wachleute – sie hätten sich lieber auf einen Krug Wein zu den Kameraden gesetzt – mußten ihn begleiten.

Schon von draußen hörte er das Klappern des Geschirrs und hatte das vertraute Bild vor Augen, wie seine Mutter zusammen mit der Magd die Reste des Abendessens wegräumte.

Maître Jean Briand öffnete selber, umarmte würdevoll seinen Sohn und schaute dabei die Bewaffneten fragend an.

«Wir geleiten Sieur Briand wieder zurück», sagte der eine steif.

Perrinet küßte seine Mutter, schlug seinem Bruder Etienne auf die Schulter, begrüßte die Magd und nickte der Köchin zu.

«Was bedeuten die beiden Männer da draußen?» fragte sein Vater mit gerunzelter Stirne.

«Ach, weißt du, Seigneur Gilles ist überängstlich, wenn es um seine Kapelle geht.» Er sagte es so laut, daß die draußen es hören mußten, dann flüsterte er seinem Vater hastig ins Ohr: «Ich kann nur eine Stunde bleiben, wir reisen morgen früh nach Vannes weiter. Bitte versucht, so schnell wie möglich Magister Petit zu erreichen, den Sekretär des Kanzlers, und richtet ihm aus, Olivier ist gesund und reist mit nach Vannes, und ich würde ihn nach dem Hoftag in Nantes treffen. Der kleine Didi ist angeblich nach Pouzauges zu Madame de Rais gebracht worden.»

Der Maître schüttelte den Kopf und setzte zu einer Frage an, doch Perrinet legte bittend den Zeigefinger auf die Lippen. Den Rest der Zeit verbrachten sie mit Stadt- und Familienklatsch, bis sie ein energisches Klopfen an der Tür unterbrach.

«Meine Begleiter», sagte Perrinet und lächelte mühsam, «sie wollen in ihre Quartiere, weil es morgen in aller Frühe weitergeht.»

«Du hättest aber auch hier bei uns übernachten können», meinte seine Mutter vorwurfsvoll.

«Diesmal geht es nicht, aber ich komme ja bald für immer zurück.»

19

Maître Briand überbrachte die Nachricht seines Sohnes Magister Petit persönlich, fragte aber geradeheraus, was es mit dieser Geheimniskrämerei auf sich habe. René wollte dem angesehenen Bürger und Handwerksmeister nicht irgendein Märchen erzählen und gab soviel von der Wahrheit preis, wie ihm angemessen erschien.

«Maître Briand, ich weiß nicht, ob Ihr im Zusammenhang mit der Lebensführung des Seigneur de Rais schon irgendwelche Gerüchte gehört habt.»

Der Magister wollte zunächst einmal prüfen, wieviel der andere wußte.

«Gerüchte? Mon Dieu – wer hat die nicht gehört? Der Seigneur soll ein maßloser Verschwender sein, auch sonst etwas eigenwillig, hat seine Frau verbannt oder verstoßen – nun, da ist nichts, was bei einem dieser Feudalherren besonders auffällig wäre. Würde sich ein Bürger so aufführen, dann hätte er gleich die Justiz auf dem Hals. Entschuldigt meine Offenheit, Magister …»

«Da gibt es nichts zu entschuldigen, ich bin ganz Eurer Meinung, und der Kanzler teilt sie auch. Adel hat etwas mit edel zu tun, aber diese Herren geben leider keine guten Vorbilder ab, ganz wenige ausgenommen.»

Maître Briand schmunzelte.

«Es freut mich, daß Ihr meine Ansichten teilt, Magister, aber auf eine Antwort warte ich noch immer.»

«Gut, aber ich muß Euch bitten, auf Eure Meisterehre zu schwören, daß Ihr alles, was ich jetzt sage, für Euch behaltet.»

«Ihr habt mein Ehrenwort.»

«Ich danke Euch. Leider bewegt sich Seigneur Gilles de Rais auf einen Abgrund zu, in jeder Hinsicht – wirtschaftlich, moralisch, auch die Inquisition beobachtet ihn schon länger. Euer Sohn hat sich nun dankenswerterweise bereit erklärt, der Gerechtigkeit zu dienen und von Zeit zu Zeit Informationen an mich weiterzugeben. Mehr kann ich leider nicht sagen.»

«Perrinet ist also ein Spitzel, ein Zuträger?»

«Nicht ganz freiwillig, Maître Briand. Der Kanzler hat ihm mit Willen und Wissen des Herzogs den Auftrag dazu erteilt. Da wäre es unklug, nein zu sagen, nicht wahr?» René sah, daß Briand nur schwer damit fertig wurde. «Maître, es wird die Zeit kommen, da steht Euer Sohn als mutiger und selbstloser Helfer der Gerechtigkeit vor uns allen da. Der Herzog wird ihm in eigener Person danken, und er wird eine Prämie erhalten, weil er dazu beitrug, einen Unhold zur Strecke zu bringen.»

«Unhold?»

«Ja, Maître, dabei habe ich für diesen Menschen noch das harmloseste Wort gewählt.»

Der Magister atmete auf, als Maître Briand gegangen war. Jetzt, wo er genug eigene Probleme hatte und auch schon beurlaubt war, kam ihm dieser Fall dazwischen. Sollte er sich konsequent an Malestroits Anweisungen halten, so konnte er die Sache einfach ruhen lassen, bis der Befehl kam, sie wiederaufzunehmen. Da gab es also diesen kleinen Jungen Didi, der aus Machecoul verschwunden und angeblich nach Pouzauges gebracht worden war. Kam es darauf noch an – ein Kind mehr oder weniger, noch dazu, wo es sich vermutlich um einen Betteljungen handelte? Seit Wochen hatte es weder Klagen noch Anzeigen von Eltern gegeben. Und dennoch! Auch der kleine Didi war ein Mensch und hatte Anspruch darauf, aktenkundig und somit in die Sündenliste des Herrn de Rais aufgenommen zu werden, es sei denn, er wäre noch am Leben. Auch wenn der Magister nicht daran glaubte, ließ er seinem Verbindungsmann in Tiffauges die Anweisung zukommen, er solle in Pouzauges bei Madame de Rais nach einem kleinen Jungen namens Didi forschen. Dann schob René alles Berufliche beiseite und zählte, zusammen mit Isabelle, die Tage bis zur Abreise.

Anfang Dezember hatte es zu regnen begonnen, und René fürchtete schon, sie müßten von Nantes bis Tours durch Schlamm waten, aber nach zwei Tagen schien die Sonne wieder, und ein steifer salziger Wind vom Meer trocknete in wenigen Tagen Weg und Steg.

René mietete einen jungen und kräftigen Maultiertreiber, der sich um das Gepäck kümmerte, aber auch mit Waffen umzugehen wußte. Er selber legte sich einen *braquemart* zu, das kurze und breite Schwert, leicht unter dem Mantel zu verbergen. Isabelles Schönheit verschwand unter der sackartigen Reisekleidung, so daß von ihrem Gesicht unter der engen, Stirn und Mund bedeckenden Kapuze nur ihr feines Näschen und die dunklen, fröhlich blitzenden Augen zu sehen waren.

Sie ritten linksseitig immer der Loire entlang, und als sie bei Ingrandes das Gebiet des Herzogtums Anjou betraten, hielt ein Reitertrupp sie an. Der Anführer fragte nach dem Woher und Wohin, wobei es seinen begehrlich glitzernden Augen anzumerken war, daß er auf eine freiwillige «Zollgebühr» hoffte. Wer sein Kommandant sei, fragte René.

«Seigneur de la Suze, der im Auftrag Seiner Hoheit, des Herzogs René von Anjou, die Burgen und Herrschaften Ingrandes und Champtocé bewacht.»

Da mußte der Magister laut lachen. «Noch immer? Ist der Streit zwischen den hohen Herren noch nicht entschieden?»

Der Mann wurde unsicher.

«Davon weiß ich nichts, Sieur...»

«Gut, dann grüße deinen Herrn von Magister Petit und sage ihm, daß ich mich diesmal weder einsperren lasse, noch einen einzigen Groschen bezahlen werde. Dafür darf er mir einen Gefallen tun – wir suchen nämlich ein Nachtquartier.»

Der Mann zögerte.

«Los, richte Seigneur de la Suze aus, was ich dir gesagt habe.»

Es dämmerte schon, als sie Champtocé erreichten, aber unterhalb der Burg empfing sie Capitaine de la Suze. Er grinste über sein kantiges Gesicht.

«So trifft man sich wieder! Und wie ich sehe, in holder Begleitung.»

«Ja, das ist Isabelle Colin, meine Braut.»

Der Capitaine deutete eine Verbeugung an.

«Ich weiß nicht, ob es klug ist, in diesen Zeiten mit einer jungen Frau über Land zu reisen.»

«Klug ist es gewiß nicht, aber manchmal tut man eben das Verrückte. Könnt Ihr uns beherbergen?»

«Aber mit Vergnügen! Ich habe schon ein heißes Bad und ein Nachtmahl vorbereiten lassen.»

«Sehr freundlich von Euch, Seigneur.»

René kannte den Grund der fast devoten Hilfsbereitschaft von Capitaine de la Suze. Der wußte inzwischen längst, daß man seinem Bruder an den Kragen wollte und ihn zuvor nach Strich und Faden ausnahm. Nachdem Isabelle von den Mägden ins Bad gebracht worden war, sprach de la Suze es deutlich aus.

«Warum läßt der Kanzler ihn nicht endlich festnehmen? Hat er immer noch nicht genug angestellt? Er wird in Vannes beim Hoftag schon spüren, was die anderen von ihm halten. Eine Zierde unseres Standes ist er längst nicht mehr und macht unserer Familie nur noch Schande.»

René dachte: Du willst ihn beerben, mein Freund, ich kann deinen Zorn verstehen.

«Dazu kann ich nichts sagen, Seigneur. Der Kanzler hat mich für den Dezember beurlaubt, und ich will meinen Eltern in Tours Demoiselle Isabelle vorstellen.»

«Meinen Glückwunsch, Magister. Ja, eine Braut hätte ich auch, aber der zukünftige Schwiegervater will nichts von mir wissen, weil ich ihm zu arm bin.»

«Das kann sich schnell ändern, Seigneur.»

«Und wie?»

Der Capitaine verbarg seine Neugier nur schlecht.

«Auf mancherlei Art, doch ich glaube, es wird nicht mehr lange dauern.»

«Da wüßte ich gerne mehr.»

Der Magister hob die Hände.

«Ich auch, Seigneur, ich auch, aber Monseigneur de Malestroit hat den Fall an sich gezogen, und ich muß weitere Direktiven abwarten.»

Daß Capitaine de la Suze ihm nicht glaubte, war nur zu deutlich, aber er stellte keine weiteren Fragen mehr. Dafür hatte René noch eine.

«Darf man den Namen Eurer Braut wissen, Seigneur?»

«Das ist kein Geheimnis – sie heißt Marie de Champagne.»

«O là là! Aus der Hauptlinie?»

«Nein, sie ist entfernt mit dem regierenden Grafen verwandt, doch leider fast ebenso arm wie ich.»

René lächelte und wiederholte vielsagend:

«Das wird sich ändern.»

Am nächsten Morgen zeigte sich der Capitaine sehr besorgt.

«In der Gegend um Saumur soll eine Bande von Straßenräubern ihr Unwesen treiben. Wenn Ihr mit Eurer jungen Braut da vorbeizieht, nur von einem Maultiertreiber begleitet – also mir ist nicht wohl bei dem Gedanken. Ist Euch die Gaunergilde der *coquille* ein Begriff?»

«Und ob! Schließlich habe ich in Paris studiert, und für die Studiosi gab es nichts Aufregenderes, als die Stammkneipen der *coquillards* zu besuchen.»

«Aufregend, aber für euch arme Studentlein kaum gefährlich. Inzwischen hat die *coquille* ganz Frankreich erfaßt, und es wird vermutet, daß die in der Gegend um Saumur operierende Räuberbande ihr angehört. Das ist kein wilder Haufen von Gelegenheitsdieben, sondern ein straff organisierter und militärisch gegliederter Trupp mit Hauptleuten, Unterführern und sehr fähigen Kundschaftern, die genau wissen, wer des Weges kommt und wie er einzuschätzen ist.»

Petit lächelte.

«Na, sehr hoch werden sie uns kaum veranschlagen.»

«Denen geht es weniger um Geld als vielmehr um den anderen Schatz – Eure junge Frau. Die Männer sind sexuell ausgehungert und haben in ihrer Not schon alte Weiber vergewaltigt. Ich schlage vor, daß Eure Isabelle Männerkleider anzieht und – auch wenn sie nicht damit umgehen kann – deutlich sichtbar Schwert und Armbrust mit sich führt. Auch Ihr solltet Euch besser bewaffnen, Magister.»

«Ihr könnt Euch um den Sekretär des bretonischen Kanzlers verdient machen, wenn Ihr ihm ein paar Eurer Männer abtretet. Ihr müßt sie höchstens für eine Woche entbehren.»

Der Capitaine machte ein Gesicht, als zwinge man ihn, Schlehen zu kauen.

«In einer Woche kann viel geschehen, und ich bin für die Leute verantwortlich.»

«War nur ein Vorschlag.»

«Gut – zwei Mann gebe ich Euch mit.»

«Das ist besser als nichts.»

«Natürlich auf Eure Kosten.»

Isabelle schien die Verkleidung großen Spaß zu machen, auch wenn sie in der rauhen Soldatenkluft etwas verloren wirkte. Man hatte in der Waffenkammer ein besonders leichtes Schwert für sie ausgesucht, die zierliche, für die Vogeljagd bestimmte Armbrust stak in einem Lederfutteral am Sattelgurt.

Der Capitaine schüttelte den Kopf.

«Laßt lieber Euren Maulesel hier, Mademoiselle, und nehmt ein Pferd. Wenn Ihr mal ausreißen müßt, seid Ihr mit einem Gaul besser bedient.»

Isabelle zögerte und erklärte sich dann unter der Bedingung einverstanden, daß Perry gut versorgt im Stall auf ihre Rückkehr warten dürfe.

Dann bestiegen sie im Burghof ihre Pferde, und aus der schönen Isabelle war ein etwas rundlicher Knappe geworden.

«Die Hosen stehen Euch nicht schlecht, Isabelle», sagte der Capitaine galant, und einer seiner Soldaten rief vorlaut:

«Trotzdem möchte man sie ihr gleich wieder ausziehen.»

De la Suze blickte in seine Richtung.

«Pierrot! Du hast meinen Gast beleidigt, dafür soll dir der Stockmeister sofort fünfzehn Hiebe aufzählen. Wegtreten!»

«Er hat es als Kompliment gemeint», sagte Isabelle nachsichtig, «ich würde ihm für diesmal die Strafe erlassen.»

«Erlassen kann ich sie nicht, aber mildern. Also nur zehn Hiebe.»

Pierrot grinste, verneigte sich vor Isabelle, und wurde abgeführt.

Die nächsten Reisetage verliefen ereignislos, doch das anfangs sonnige und sehr windige Wetter wandelte sich zu einer grauen und diesigen Stille. Die herbstlichen Nebel hingen zäh über den dichtbewaldeten Flußauen und wichen erst gegen Mittag, wobei sich manchmal sogar die Sonne am Himmel zeigte. Ihr konnte man ruhig ins Auge schauen, denn sie blinkte nur matt wie ein angelaufener Silberknopf.

Der vierte Reisetag führte sie in das Gebiet der Flußgabelung von Loire und Vienne. Es hatte etwas aufgehellt, und Saumur lag schon eine knappe Reitstunde zurück.

«Die haben jetzt ihre Raubzüge längst aufgegeben», meinte René, «um diese Jahreszeit geht der Reiseverkehr so stark zurück, daß sich das Warten in den feuchten und kalten Wäldern nicht mehr lohnt.»

«Hoffentlich habt Ihr recht», sagte einer der beiden Bewaffneten.

Bei der Fährstelle hielten sie an, denn wer an der Loire bleiben wollte, mußte wegen der hier einmündenden Vienne auf die andere Uferseite wechseln. René rief in die über dem Fluß lagernde Nebelwand:

«Bachoteur! Bachoteur!»

Gedämpft kam von drüben eine Antwort, die kaum zu verstehen war.

«Jedenfalls scheint er uns gehört zu haben.»

«Ich glaube, er rief: Ich komme!» sagte Isabelle.

Nach einer Weile hörten sie das leise Plätschern des Ruderschlags, und ein breites flaches Schiff legte an. Zwei Männer stiegen aus und banden das Boot fest, ein dritter blieb am Steuerruder sitzen. Die Gesichter der beiden waren kaum zu erkennen, ihre weiten Hüte hatten sie so tief gezogen, daß nur Nase und Mund zu sehen waren.

«Seid ihr die Fährleute?» fragte René.

«Wer sonst?» brummte der eine und wies weniger einladend als befehlend auf das Boot.

René blickte sich nach seinen Begleitern um. Der Maultiertreiber blieb im Hintergrund, die Männer aus Champtocé schienen zu zögern.

«Was ist mit den Pferden?» fragte der eine.

«Je zwei verträgt das Boot. Wir werden dreimal übersetzen. Zuerst diese beiden!» Er deutete auf Isabelle und René.

Der schüttelte den Kopf.

«Nein – zuerst unsere Wachen.»

Die Fährleute gehorchten schweigend und fuhren mit den beiden ab. Danach wurden der Maultiertreiber mit dem Gepäck und zuletzt René und Isabelle übergesetzt.

«Wo sind die anderen?» fragte René, als er am Ufer niemand sah.

«Zum Fährhaus wegen dem Fährgeld.»

Er deutete auf eine Stelle etwas oberhalb des Ufers, wo im Nebel die Umrisse eines Hauses zu erkennen waren. Mit ihren Pferden kletterten sie den glitschigen Uferweg hinauf.

«Ich habe Angst...», wisperte Isabelle und klammerte sich an ihren Gaul, um nicht auszugleiten.

Vor dem Haus fanden sie die beiden Rösser der Bewaffneten und die zwei Maultiere des Treibers angebunden. Doch der Rücken des Lasttiers war leer.

«Wo ist unser Gepäck?» fragte René schroff.

«Das haben wir wegen des Regens nach drinnen gebracht.»

«Aber es regnet doch gar nicht...»

«Halt's Maul!» sagte der eine grob und stieß René hinter Isabelle ins Haus.

Der von einer Ölfunzel nur schwach erhellte Raum stank nach Fisch, feüchtem Leder und die Nase beizendem Herdrauch. Isabelle hustete krampfhaft und steckte auch René an.

«Leider zieht heute der Rauch nicht so gut ab, das muß wohl am Wetter liegen.»

Die etwas heisere Stimme kam von einem bärtigen Mann, der am Tisch saß und die beiden Ankömmlinge mit verschlagenem Blick musterte.

«Wo sind die anderen?»

Der Bärtige deutete mit dem Daumen lässig auf eine niedere Tür.

«Da drin, bis auf den Toten – der liegt draußen.»

«Ein Toter?» fragte René entsetzt, «ist einer der Wachmänner ertrunken?»

«Nein, er hat seine Waffe gezogen, aber meine Leute waren schneller. So etwas kommt vor, da ist nichts zu machen.»

Die heisere Stimme klang fast gemütlich und schien um Verständnis zu bitten.

«Wer seid Ihr?»

«Wir haben seit kurzem den Fährdienst übernommen, nur unsere

Preise sind höher.» Der Bärtige lachte schallend über seine Bemerkung, die ihm so sehr gefiel, daß er sie wiederholte. «Nur unsere Preise sind höher, nicht wahr?»

«Ja, Capitaine!» sagten die beiden anderen wie aus einem Mund.

Der Bärtige sprach weiter:

«Aber unser Fährdienst hat einen Nachteil: Wir nehmen nicht nur Geld, wir nehmen alles! Kleider, Schuhe, Pferde, Esel, Schmuck, Waffen – einfach alles! Geld natürlich auch. Habt Ihr welches?»

«Wieviel nehmt Ihr für die Überfahrt?»

Der Bärtige blickte ihn erstaunt an.

«Aber das habe ich doch deutlich gesagt: alles! Eure Pferde, euer Geld, eure Waffen, euer Gepäck. Dafür lassen wir euch das Leben und die notwendigsten Kleidungsstücke. Wir zeigen euch sogar noch den Fußweg zum nächsten Dorf. Ist das ein Angebot?»

«Kein gutes, aber wir werden es wohl annehmen müssen.»

Der Bärtige stand auf.

«Das nenne ich eine vernünftige Rede. Und legt alles auf den Tisch, was ihr unter der Kleidung tragt. Meine beiden Männer werden euch behilflich sein.»

Wenn es *coquillards* sind, schoß es René durch den Kopf, dann kenne ich noch eine Menge Ausdrücke ihrer Geheimsprache. Die Pariser *coquillards* hatten die Studenten eher als ihresgleichen angesehen, und es galt in den Kreisen der Jungakademiker als à la mode, möglichst viel von ihrem Rotwelsch zu beherrschen.

«Könnte ich einen Augenblick mit Euch allein sprechen?»

«Warum?»

«Es ist sehr wichtig.»

«Bindet ihm die Hände!»

Die beiden Männer nahmen ihm Schwert und Dolch ab und fesselten seine Hände auf den Rücken.

«Jetzt raus mit euch, und nehmt den Burschen da mit.»

«Also?»

René atmete sichtlich auf und lächelte dabei den anderen kameradschaftlich an.

«Ich dachte schon, ich sei irgendeiner Räuberbande in die Hände gefallen. Aber jetzt würde ich meinen Kopf darauf wetten, daß Ihr ein *coquillard* seid?»

Jetzt verlor der Bärtige seinen Gleichmut.

«Was – wie – woher wollt Ihr das wissen?»

«Außerdem wette ich fünf *écus* gegen einen Groschen, daß Ihr unter dem Wams die *coquille* tragt.»

Der Bärtige setzte sich wieder.

«Wer seid Ihr?»

«Ein *coquillard* wie Ihr, mein Name ist Magister Petit, lange Zeit Rechtsbeistand unserer Zunft in Paris, jetzt in – nun, in Geschäften unterwegs. Die Brüder nennen mich Maître Raffineur.»

Der andere lachte.

«Meister Tausendklug! Ich ahne schon, warum. Wo tragt Ihr Eure *coquille?*»

«Um Himmels willen, *confrère*! In meinem Fall hieße das den Kopf riskieren und das Leben vieler anderer dazu. Nun gut, Ihr seid mißtrauisch, das verstehe ich. Dann hört mir jetzt zu.»

René nannte eine Reihe der Zunftnamen von Pariser *coquillards*, die er früher kennengelernt hatte: Schwarzer Stier, Goldamsel, Stinkefuß, Dromedar, Kürbiskopf, Galgendoktor und Rattenzahn, dazu ein Dutzend der von ihnen besuchten Kneipen.

«Ich war noch nie in Paris», sagte der Bärtige verlegen. «Hier nennen sie mich Vite-vite, weil bei mir alles sehr schnell geht.»

René lächelte.

«Nun, dann hast du über mich gewiß schon entschieden, *confrère?*»

Vite-vite nickte.

«Ja, du bist einer der unseren. Was ist mit den anderen?»

«Der Maultiertreiber und die Wachen sind gemietet. Mein Bursche Jeannot gehört zu uns und wird so nach und nach eingeführt. Man kann mit den jungen Leuten nicht vorsichtig genug sein. Die beiden anderen stammen aus der Gegend von Nantes. Den Bewaffneten kannst du zurückschicken, für den Rest der Reise brauche ich ihn nicht mehr. Sage ihm, daß ich für ihn das Lösegeld bezahlt habe, damit ich nicht in ein falsches Licht gerate.»

«Gut.»

Vite-vite rief ein Codewort und die Tür öffnete sich.

«Führt sie heraus! Nehmt allen die Fesseln ab. Du, Jeannot, bleibst bei deinem Herrn, du da nimmst dein Pferd und verschwindest. Dein Herr hat für dich das Lösegeld bezahlt – hinaus mit dir!»

«Und was ist mit mir?» fragte der Maultiertreiber ängstlich.

Vite-vite lachte.

«Für dich ist auch bezahlt.»

Isabelle, die von ihrem neuen Namen keine Ahnung hatte, schaute nur ängstlich und verwirrt drein. René suchte ihren Blick, nickte leicht und winkte sie unwirsch herbei.

«Hast du nicht gehört, was du tun sollst? Komm sofort hierher!»

Sie verstand gleich und lief an seine Seite. René wandte sich an den Treiber.

«Geh hinaus und lade unser Gepäck wieder auf, ich habe es ausgelöst.»

Wie ein Wiesel lief der Mann zur Tür und verschwand.

Vite-vite grinste.

«Der hat's aber eilig!»

«Weil er froh ist, daß er so gut davonkommt. Kann ich noch etwas für Euch tun? Seid Ihr mit allem versorgt, oder soll ich Euch mit ein paar *écus* aushelfen?»

Vite-vite wirkte verlegen, als er sagte:

«Sehr ertragreich waren die letzten Wochen nicht, und die Sache mit dem Fährdienst wird allmählich riskant. Wir sind sechs Männer, dazu ein Kundschafter. Wenn du für jeden von uns ein Goldstück übrig hättest ...»

«Aber gerne, *confrère*!» René holte das Geld heraus und legte die Münzen auf den Tisch. «Begrabt den Toten anständig, sein Pferd und seinen Besitz könnt ihr behalten.»

Draußen wartete der Treiber mit den beiden Maultieren. Er lachte über das ganze Gesicht und zog tief seinen Hut.

«Besten Dank, Magister, das habt Ihr gut gemacht.»

René zuckte die Schultern.

«Das hat mich einen schönen Batzen Geld gekostet. Hoffentlich erwischt man diese Gauner bald.»

Vite-vite stand unter der Tür und rief in gespieltem Zorn:

«Mäßigt Eure Zunge, mein Herr, sonst behalte ich noch Euer Gepäck!»

René achtete nicht darauf, sondern sagte zum Treiber:

«Wir reiten voraus, um möglichst noch heute Tours zu erreichen. Du kommst nach und nächtigst unterwegs. Wir sehen uns dann übermorgen.»

Ein *coquillard* begleitete sie bis zur Landstraße nach Tours, und sie warteten, bis die Hufschläge verklungen waren. Da brach es aus Isabelle heraus. Laut weinend umschlang sie den Hals ihres Pferdes und stammelte immer wieder:

«Maria sei Dank! Maria sei Dank!»

René stieg ab, hob Isabelle vom Pferd und umarmte sie fest.

«Auch mir darfst du ein wenig danken, denn ohne meine Pariser Studienzeit lägen wir jetzt tot im Wald. Ich habe den Anführer überzeugt, in Paris ein Mitglied der Gaunerzunft gewesen zu sein. So hat es nur einen Mann das Leben gekostet und uns sechs Goldstücke.»

Durch den erzwungenen Aufenthalt kamen sie erst spätnachts nach Tours, und der Torwächter verweigerte ihnen den Eintritt.

«Da müßt Ihr schon bis Tagesanbruch warten. Unten am Fluß ist eine kleine Herberge, da kriegt Ihr auch was zu essen.»

«Ich bin Magister René, Sohn des Notars Maître Julien Petit, der sein Haus hinter dem Bischofspalast hat. Mein Vater erwartet uns.»

«Nun gut, dann berappt Ihr fünf Silbergroschen, und einer von uns begleitet Euch zum Hause Eures Vaters. Der andere...»

«...ist mein Diener.»

Sie mußten lange klopfen, bis sich im Haus etwas rührte. Zum Glück war es der alte Pierre, der durch die geschlossene Tür verschlafen und unwirsch fragte:

«Was wollt ihr mitten in der Nacht?!»

«Ich bin's, Pierre – René!»

Der Schlüssel drehte sich, die Tür ging auf.

«Mein Gott – er ist es wirklich! Herein mit dir!»

Es dauerte eine Weile, bis seine Eltern aus den Betten gefunden und sich notdürftig angekleidet hatten. Als erstes stellte sein Vater die grimmige Frage:

«Warum so spät?»

«Ach, Papa, Ihr habt Euch nicht verändert. Zuerst die Situation klären, dann kommen die Gefühle.»

«Laß doch den Jungen...», versuchte seine Mutter abzulenken, wobei sie neugierig die verschüchterte Isabelle musterte.

«Ja, liebe Eltern, das ist meine Braut Isabelle Colin. Ich mußte sie aus Sicherheitsgründen in Männerkleider stecken, und es hat sich wunderbar bewährt. Wir sind nämlich heute vormittag einer Räuberbande in die Hände gefallen, und das, lieber Papa, ist auch der Grund für unsere Verspätung.»

«Was – ihr seid – das muß man sofort der Miliz melden! Wo war das, und wann genau?»

Nun wurde Madame Petit energisch.

«Da kommen die jungen Leute müde und ausgehungert, haben Gefahren überstanden, und dir fällt nichts weiter ein, als nach dem wo und wann des Überfalls zu fragen! Besinnt Euch auf Eure Vaterpflichten, Maître Petit! Und ich werde euch noch etwas auftischen lassen, liebe Kinder.»

Sie rauschte davon, die etwas füllige Madame Petit, und der Notar blickte schuldbewußt drein.

«Sie hat ja recht, aber...»

«Papa, niemand in Tours braucht sich um die Bande zu kümmern, weil der Überfall kurz nach Saumur geschah. Ich mußte ein Lösegeld zahlen, das Maultier mit unserem Gepäck wird morgen im Laufe des Tages eintreffen. Den genauen Bericht liefere ich später nach.»

Der Notar brummte etwas, war aber offenbar zufrieden.

Mit Hilfe einer jungen, noch halb schlafenden Magd hatte Madame Petit ein kaltes Mahl improvisiert.

René war in den Wochen vor der Abreise bemüht gewesen, Isabelle in bürgerliche Tischsitten einzuweihen, und nun konnte er beobachten, was sie bei ihm gelernt hatte. Etwas geziert und mit spitzen Fingern griff sie zu, hantierte zierlich mit Messer und Löffel und benutzte das Mundtuch häufiger, als es angebracht gewesen wäre. Er betrachtete sie liebevoll und gerührt, was seiner Mutter nicht entging, so wie sie auch darauf achtete, wie stark die junge Frau ihren Wein verdünnte. Isabelle, die früher ohnehin nur Milch oder Wasser getrunken hatte, schätzte den Geschmack des Weines nicht sonderlich, und so ließ sie ihren Becher mit Wasser füllen und goß ein paar Tropfen Wein dazu.

René schaute verstohlen seine Mutter an und sah gleich, daß Isabelle dabei war, Pluspunkte zu sammeln. Er bedauerte es schon jetzt, daß sie hier nachts nicht zusammensein konnten, aber, so hoffte er, vielleicht würde sich doch eine Gelegenheit finden.

Dann gingen sie zur Ruhe, und Isabelle erhielt das früher von Renés Schwester bewohnte Zimmer. Als die Magd ihr beim Auskleiden helfen wollte, wehrte sie ab.

«Als Waise bin ich Selbständigkeit gewohnt – ich komme gut zurecht.»

Als sie ins Bett schlüpfte, hörte sie die Glocke von der nahen Kathedrale die zweite Stunde nach Mitternacht schlagen.

Ein wenig schämte sie sich doch, weil sie in Renés Elternhaus ihre ganze Herkunft verleugnet hatte – kaltblütig und gekonnt. «Mutter», flüsterte sie, «verzeih mir, aber ich habe niemals vergessen, was du mir sagtest, als ich zum ersten Mal meine Monatsregel bekam und ich weinend auf das Blut wies, das mir an den Schenkeln herunterlief: ‹Das ist nichts, Liebes, das heißt nur, daß du dabei bist, eine Frau zu werden. Wasch dich, und dann kriegst du eine meiner Monatsbinden. Das trifft jede von uns, ob reich oder arm, hoch oder niedrig, und es ist eines der wenigen Dinge, das die Magd mit der Bürgersfrau und der Adligen verbindet.›»

Während die Mutter ihr beim Anlegen der Binde half, verfolgten sie das Thema weiter, und Isabelle fragte:

«Dann steht schon bei unserer Geburt fest, wie unser Leben verläuft? Ich werde also mein Leben lang dienen müssen – als Magd, als Wäscherin ...»

«So sieht es wohl aus, aber du hast eine kleinwinzige Chance, und wenn sie kommt, dann vergiß deinen Stolz und greife danach.»

«Ich verstehe nicht ganz, was du meinst.»

Die Mutter streifte ihr das Kleid über die Knie.

«So – fertig. Du wirst dich schnell an das Ding zwischen den Beinen gewöhnen. Also, die kleine Chance. Ich denke dabei an Yvonne. Sie war ungefähr so alt wie ich und stammte aus der Gegend von Pornic. Wir trafen uns im Sommer bei der Erntearbeit draußen auf den Feldern vor der Stadt. Ein Jahr später verdingte sie sich als Magd bei einem Gutsherrn in der Gegend von Bonaye, und zwei Jahre später kam die große Pest, aber da warst du noch nicht auf der Welt. Die Frau des Gutsherrn, seine vier Kinder und gut die Hälfte vom Gesinde starben. Yvonne pflegte ihren Herrn aufopfernd, und er wurde gesund. Aus Dankbarkeit hat er sie später geheiratet und seine vier toten Kinder durch fünf neue ersetzt. Yvonne ist heute eine reiche, hochgeachtete Witwe, aber so ein Schicksal trifft eine von uns nur ganz selten. Vielleicht bietet sich dir auch einmal eine solche Gelegenheit – dann greif zu, Isabelle, greif zu! Auch wenn der Mann alt und häßlich ist – vergiß deinen Stolz und greif zu!»

Daran mußte Isabelle jetzt denken, und schon halb im Schlaf flüsterte sie: «Mutter, dieser Mann ist weder alt noch häßlich und er liebt mich.»

Am nächsten Morgen, es war ein Samstag, beutelte ein gewaltiger Regensturm die prächtige Stadt Tours, so daß die Händler des Wochenmarktes lieber in ihren Häusern und Herbergen blieben und im stillen ihre Verluste zusammenzählten.

Während das Gesinde im Haus des Notars Julien Petit dabei war, ein Festmahl vorzubereiten, saß René mit seinem Vater in dessen Arbeitszimmer. Er wußte, nun kam das große väterliche Examen, doch die Zeit, da er Angst davor hatte, war längst vorbei. Zuerst aber prüfte er die Bücherregale auf ihren Inhalt.

«Ist nicht viel Neues dazugekommen, oder?»

«Nein, René, was ich haben wollte, besitze ich längst, und was heutzutage so geschrieben wird …»

Der Maître runzelte mißbilligend seine Stirn.

«Das gefällt Euch nicht», ergänzte René.

«Oder wenn gar Weiber zur Feder greifen …»

«An wen denkt Ihr dabei, Herr Vater?»

«An wen schon! An diese Christine de Pizan natürlich. Ich halte sie nicht einmal für eine schlechte Schriftstellerin, aber ihre Themen! *Le Livre de la Cité des Dames* – wen interessiert das schon?»

«Vielleicht hat sie es für Frauen geschrieben.»

«Ach was – wer von den Wei –, von den Damen kann schon lesen?

Deinen Schwestern habe ich es zur Not beigebracht, aber zwischen Kindern und Küche haben sie es längst wieder vergessen. Kann Isabelle schreiben und lesen?»

«So lala. Wie gefällt sie Euch?»

Der Maître nahm umständlich hinter seinem Schreibtisch Platz.

«Setz dich, René. Ein Glas Wein?»

«Danke, Papa, nicht vor dem Essen.»

«Das Mädchen macht keinen schlechten Eindruck, gewiß nicht, weiß sich zu benehmen, redet nicht zuviel – redet vor allem nicht drein, so weit, so gut. Aber ihre Mitgift! Du hast mir geschrieben, sie hätte so um die hundert *écus d'or* zu erwarten, das ist – gelinde gesprochen – sehr wenig, um die Formulierung ‹fast nichts› zu vermeiden. Der Tuchhändler Perrier gleich hinter dem Marktplatz hat zwei Töchter zu vergeben, und jede – wohlgemerkt jede! – bekommt tausend *écus d'or* und einige Äcker vor der Stadt. Seine Frau hat bei deiner Mutter deswegen schon auf den Busch geklopft. Gut, sie sind nicht gerade hübsch, besonders die eine, aber du könntest die andere nehmen, sie heißt Marie und wird im Frühjahr siebzehn Jahre alt.»

«Papa – verzeiht –, aber ich heirate Isabelle nicht wegen des Geldes, sondern aus Liebe. Ich würde sie auch ganz ohne Mitgift nehmen.»

Der Notar zog die Brauen hoch.

«Kannst du dir das leisten als Sekretär des Kanzlers? Mein Nachfolger willst du ja nicht werden...»

Jetzt mußte René mit seiner ersten Trumpfkarte stechen.

«Der Kanzler ist heuer mit dem Hof nach Vannes gezogen, ich aber bleibe in Nantes.»

Der Notar sah aus, als hätte er einen Prozeß verloren.

«In Nantes – als was?»

«Als stellvertretender Untersuchungsrichter, aber voll verantwortlich, weil Jean de Touscheronde ebenfalls nach Vannes geht. Mit meinen neuen Bezügen kann ich leicht eine Familie ernähren.»

Maître Petit war zeitlebens Notar und Anwalt gewesen und wußte seine Züge zu beherrschen. Doch diesmal ließ er seinen Gefühlen freien Lauf, und sein Gesicht strahlte wie die aufgehende Sonne. Aber zu leicht wollte er es dem Herrn Sohn auch wieder nicht machen, und so sagte er trocken:

«Eine schnelle Karriere! Wie hast du das geschafft?»

«Das ist nicht so einfach zu erklären, ein wenig Glück war wohl auch dabei.»

«Nun komm schon, René, da mußt du mir schon mehr erzählen. Weißt du, mich freut dein Erfolg, zugleich empfinde ich auch eine gewisse berufliche Neugierde und frage mich, wie ein junger Jurist von noch nicht einmal siebenundzwanzig Jahren derart schnell auf eine so hohe Sprosse kommt. Du mußt ja die Karriereleiter hurtig wie ein Wiesel hinaufgeklettert sein.»

René lächelte.

«Ihr werdet doch nicht neidisch sein, Herr Papa?»

Der dicke, alte und mit allen Wassern gewaschene Notar sah nun aus wie ein ertappter Junge. Hätte er im Laufe seines Berufes nicht die Fähigkeit dazu verloren, er wäre rot geworden. Etwas verlegen sagte er:

«Wärst du nicht mein eigener Sohn, dann... Aber schließlich habe ich es ja auch zu etwas gebracht, nicht wahr? Also, nun rede schon!»

«Seit fast zwei Jahren arbeite ich an einem Fall, dessen Interesse bis hinauf zum Herzog reicht. Es geht um Verschwendung, Sodomie, Hexerei, Teufelsbeschwörung und nicht zuletzt um Dutzende von ermordeten Kindern – Knaben zwischen sechs und sechzehn, die der Angeschuldigte teils zur eigenen Lust abgeschlachtet, teils auch den teuflischen Dämonen geopfert hat. Die Akte umfaßt inzwischen über zweihundert Seiten. Im Laufe des kommenden Jahres werden wir sie wohl abschließen können.»

Der Notar schüttelte den Kopf.

«Mir ist ja auch schon viel begegnet, aber ein solcher Fall – Dutzende von Kindern sagst du?»

René nickte.

«Dabei können wir nur ermitteln, wo Eltern, Verwandte, Vormünder oder Lehrherren eine Klage einreichen oder Vermißtenanzeige erstatten. Daß der Täter auch herumziehende Bettelkinder unter Vorwänden in sein Haus lockt und sie dann für seine üblen Zwecke mißbraucht – und das bedeutet immer: tötet –, wurde uns durch Spitzel und Zuträger mehrfach bestätigt. So ist es untertrieben, wenn ich von einigen Dutzend sprach, es werden wohl schon über hundert sein.»

«Du hast noch immer den Namen dieses Ungeheuers nicht genannt.»

«Das darf ich vorerst nicht, habe mich dazu eidlich verpflichtet. Wenn es im nächsten Jahr zum Prozeß kommt, wird vermutlich ganz Frankreich aufhorchen.»

«Gut, René, warten wir es ab. Zurück zu deiner Braut. Ich kann dir nicht verbieten, das Mädchen zu heiraten – will es auch nicht–, aber lieber wäre es mir schon, sie hätte mehr Geld und käme aus Tours. Aber auf mich allein kommt es nicht an.»

«Mama?»

Der Maître nickte mehrmals, und in diesem Nicken kam das ganze Gewicht von Madame Petits Meinung zum Ausdruck.

«Sie hat für dich schon mehrere Heiratskandidatinnen ins Auge gefaßt, und ich glaube nicht, daß sie sich so leicht davon abbringen läßt. Du weißt ja, wie Frauen sind.»

René nickte zustimmend und zeigte sein männlich-erfahrenes Einverständnis, auch wenn er am liebsten gesagt hätte: Ich weiß nur, wie Isabelle ist, und die überrascht mich immer wieder.

Fast zur gleichen Zeit fielen ähnliche Worte im Salon der Madame Petit, wo Isabelle auf andere Weise, aber wesentlich gründlicher examiniert wurde. Die Frau des Hauses gab sich ihr gegenüber gleich zu Anfang verständnisvoll und mütterlich, fragte, ob sie Isabelle duzen dürfe, ohne aber darauf anzuspielen, daß sie in ihr die künftige Schwiegertochter sehe. Diesen Gedanken erweckte sie jedoch in Isabelle, die gleich freier und unbefangener reden konnte, aber klug genug war, niemals aus der eingelernten Rolle zu fallen. Ihr maßgeschneiderter Lebenslauf ließ keine Fragen offen, aber Madame Petit störte daran weniger die geringe Mitgift, sondern das fremde Element einer Schwiegertochter, die aus einem Dorf der südlichen Bretagne kam. Würde René die Tochter des Tuchhändlers oder, noch besser, die des mit ihr entfernt verwandten Stadtrats und Weinhändlers Colbert heiraten, dann wären die neuen Verwandten altvertraute Freunde, die man auch vorher schon lange kannte, und der Familienclan hätte sich beträchtlich und vorteilhaft erweitert. Und das Wichtigste: Auch wenn René seine Braut aus Tours mit nach Nantes nähme, so würde sie ihm doch in den Ohren liegen, eines Tages wieder in die alte Heimat zurückzukehren und die Kanzlei des Vaters zu übernehmen. Mit Isabelle aber käme etwas Fremdes in die Familie und nicht nur das: Sie würde ihn seiner Heimat, seinem Elternhaus entfremden.

Diese Gedanken zogen Madame Petit durch den Kopf, während sie mit Isabelle plauderte und plaudernd ihre Bedenken äußerte.

«Hast du dir schon einmal die Frage gestellt, ob du dich hier in Tours – wo niemand dich kennt – wohl fühlen würdest?»

«Aber Madame, wir werden – ja, wir müssen in Nantes bleiben, weil Renés neue Stellung das verlangt.»

Wie ihr Gemahl, so hatte auch Madame Petit gleich zu Anfang die Frage gestellt, ob das Gehalt eines Sekretärs für eine mit der Zeit wachsende Familie ausreichen würde, und Isabelle hatte ihr von der neuen Stellung erzählt.

Madame Petit war trotzdem nicht gesonnen, ihren Lieblingsplan so ohne weiteres aufzugeben, schob ihn aber bedenkenlos ihrem Gemahl unter. Sie seufzte.

«Das ist alles recht und schön, aber der Maître hat für René schon andere Verbindungen ins Auge gefaßt, und ich glaube kaum, daß er sich davon so leicht abbringen läßt. Du weißt ja, wie die Männer sind.»

Ähnlich wie René dachte Isabelle: Ich weiß, wie René ist und daß er mir gehört und daß er mich will und keine andere. Aber auch sie nickte ihr weiblich-erfahrenes Einverständnis. Zum Glück mußte Madame ihr Examen abbrechen, weil das Festmahl bereitstand.

Danach, so dachte sie, muß ich mit Julien unter vier Augen reden. Wir können doch nicht zusehen, wie der Junge in sein Unglück rennt.

20

Etwas außerhalb von Tiffauges lebte in einem heruntergekommenen Haus ein Mann in mittleren Jahren, dessen Name nichts zur Sache tut, da alle Welt ihn *Mouchemiel*, die Honigbiene, nannte. Vielleicht hatte er seinen tatsächlichen Namen schon selber vergessen. Er hatte vor zwölf Jahren, als die Pest wieder einmal durchs Land zog, seine gesamte Familie verloren und war danach etwas sonderlich geworden. Wie damals, so war er auch jetzt häufig im Pays de Rais und darüber hinaus unterwegs, kaufte bei den Imkern Honig in großen Mengen auf, füllte ihn in Tonkrüge mit Gewichten von einem, zwei, drei und fünf *pots*. Dann klapperte er seine Kunden ab – eine vertraute Erscheinung auf seinem Maultierkarren mit den darauf festgebundenen Honigkrügen. Im Lauf der Zeit hatte es sich ergeben, daß man ihm Botschaften von Ort zu Ort auftrug, selten geschriebene, weil Mouchemiel ein phänomenales Gedächtnis besaß und sich niemals im Text oder beim Empfänger irrte.

Magister René Petit war auf ihn aufmerksam geworden und gab ihm ab und zu kleine, wohldotierte Auträge, über deren Geheimhaltung er sich keine Sorgen zu machen brauchte, denn dieser Mensch war verschwiegen wie ein Grab.

So war es Mouchemiel, der kurz vor Weihnachten in Pouzauges auftauchte, zwei Honigtöpfe zu fünf *pots* verkaufte und höflich darum bat, kurz die Herrin sprechen zu dürfen. Auch Catherine de Rais war der Mann kein Unbekannter, und es gab Nachrichten, die er nur persönlich überbringen durfte.

«Madame la Baronne!»

Er verneigte sich tief und schwenkte dabei seinen löcherigen Hut.

«Was gibt es so Wichtiges, Mouchemiel?»

«Ob es wichtig ist, Madame, müßt Ihr selber entscheiden. Ich bin im Auftrag der Eltern auf der Suche nach einem etwa sechsjährigen Jungen namens Didier, allgemein Didi genannt. Er ist vor einigen Wochen aus Nantes verschwunden, und es gibt Hinweise, daß er in Eure Gegend geraten ist. Habt Ihr jemals von ihm etwas gehört?»

«Nein, Mouchemiel. Der einzige Junge in ungefähr diesem Alter gehört einer Küchenmagd und ist hier geboren.»

«Dann bedanke ich mich vielmals, Madame la Baronne, und werde wohl weiterforschen müssen.»

René de la Suze stand am Kaminfeuer und hatte das Gespräch mit angehört. Als Mouchemiel draußen war, drehte er sich um.

«Das klingt ganz nach meinem Bruder. Nun glaube ich selber, daß er bei den verschwundenen Kindern die Hand im Spiel hat. Allmählich wird es peinlich, mit ihm nahe verwandt zu sein.»

«Was sollte ich als seine Ehefrau erst sagen? Sobald er aus Vannes zurück ist, müssen wir die Jagd auf ihn eröffnen.»

La Suze lachte.

«Schau, schau, Diana sucht ein Opfer. Hast du schon mit dem Bogen geübt?»

«Warum redet ihr Männer mit uns Frauen immer wie mit unmündigen Kindern? Eine erwachsene Frau kann ebenso denken und handeln wie ein Mann.»

«Na – ich weiß nicht...»

«Aber ich weiß! Gehen wir nochmals die wichtigsten Punkte durch, die du in Vannes mit deinem Bruder besprechen mußt.»

«Das hat noch Zeit, ich treffe ihn erst Mitte Januar.»

Der Capitaine hörte den quengelnden störrischen Ton heraus, den Catherine immer anschlug, wenn es um ihre Interessen ging. Es war die Stimme der verlassenen Frau, die sich an ihren Schwager klammerte, ihm bereitwillig ihre Schlafkammer, ihre Arme und Schenkel öffnete. Sie wußte, daß La Suze seit einiger Zeit quasi verlobt war, wußte, daß er den Kriegsdienst und das ruhelose Herumziehen satt hatte. Als Gilles ihm die Herrschaft La Mothe-Achard anbot, brauchte er Catherines Einverständnis, da der Besitz zum Erbe ihrer Tochter gehörte.

«Meine Zustimmung hängt davon ab, ob mir Tiffauges und Pouzauges ungeschmälert erhalten bleiben. Niemand aus Eurer Familie hat einen Anspruch darauf.»

«Habe ich das je behauptet? Von mir hast du nichts zu befürchten, aber dein Gemahl ist imstande und verhökert auch deinen Besitz an den Herzog. Jedenfalls bleibt es dabei: Ich werde in Vannes in deinem und im Namen deiner Tochter deine Besitzungen reklamieren und darauf achten, daß sich Gilles keine falschen Hoffnungen macht.»

Dann spielte Catherine das dankbare, nachgiebige und auch hilflose Weibchen.

«Tust du das? Ach, mein Lieber, wenn du wüßtest, wie dankbar ich dir bin!»

Sie blickte zur Tür, ob kein Diener dort auftauchte, legte ihre Arme um René und küßte ihn leidenschaftlich. Sie war nicht mit dem Herzen dabei, empfand kaum etwas, doch als sie sein Begehren spürte, wich sie spielerisch zurück.

«René – wir haben jetzt Besseres zu tun, als...»

Sie schwieg, und in ihrem Blick stand die Aufforderung: Tu es! Tu es!

Durch René de la Suze hatte sie die Freuden der körperlichen Liebe erst kennengelernt und sich im stillen vorgenommen, wieder zu heiraten, sobald – ja, da mochte sie vorerst nicht weiterdenken, aber im Grunde gehörte auch sie zu der stets wachsenden Gruppe von Menschen, die dem Marschall einen baldigen Abgang wünschten, auf welche Weise auch immer. Gilles de Rais hatte sich durch sein wüstes Leben, seine Verschwendung, seine Maßlosigkeit selber aus der Menschengemeinschaft ausgeschlossen, so daß seine Frau, sein Bruder, die Kommissare, der Kanzler, der Herzog und – sobald die Wahrheit ans Licht kam – auch die betroffenen Eltern nur noch eines hoffen und wünschen konnten, die Vernichtung Gilles de Rais', des Marschalls von Frankreich. Was der Kanzler kürzlich gesagt hatte, bewahrheitete sich nun mehr und mehr: Der Fall des Seigneur de Rais war so weit fortgeschritten, daß er, selbst wenn er unschuldig war, nicht mehr am Leben bleiben durfte. Ein hartes Wort, aber an seine Schuldlosigkeit glaubte inzwischen niemand mehr, und so hatten alle ein gutes Gewissen, und ein jeder schaute darauf, bei der künftigen Leichenfledderei einen möglichst dicken Brocken zu ergattern.

Der Capitaine lachte behaglich, aus seinen Augen leuchtete die nackte Geilheit.

«So gefällst du mir schon besser, Catherine. Eine Frau muß wissen, wo ihr Platz ist, und wird dann mehr erreichen als mit Starrsinn und Widerspruch.»

Als alter Krieger war er stolz darauf, zu jeder Tages- und Nachtzeit bereit zu sein für einen Schmaus, einen Schlaf oder ein Beilager – wie es sich eben ergab. Mitnehmen, was das Leben bot, denn in der nächsten Stunde, am nächsten Tag oder in der nächsten Woche konnte man tot sein, kalt und tot und nicht mehr fähig, etwas zu genießen.

Unter scheinbarem Widerstand ließ sich Catherine in ihre Schlafkammer ziehen, wo René nicht lange fackelte und sie besprang wie ein Hengst die Stute. Catherine ließ ihn gewähren und spielte die Leidenschaftliche, obwohl sie diese halben Vergewaltigungen nicht schätzte. Tritt nur deine Henne, du dummer Gockel, dachte sie, krähe und plustere dich auf, aber sei gewiß, daß ich die goldenen Körner aus der grauen Asche herausfinden werde, die dein unseliger Bruder hinterläßt.

Zwei Tage später brach der Capitaine de la Suze nach Vannes auf. Catherine stand am Burgtor und winkte ihm lange nach.

Zu dieser Zeit hielt Gilles de Rais hof wie ein König in seiner Residenzstadt. Für sich und seine engeren Freunde hatte er ein leerstehendes Adelspalais in der Nähe des neuerbauten Herzogspalastes gemietet; Perrinet mit seinen Chorknaben war in einem Kloster untergekommen, die Soldaten kampierten in Zelten vor der Stadt.

Herzog Johann empfing seinen reichen Lehensmann sofort, umarmte ihn und nannte ihn mehrmals – was sonst nur im Rang Gleichgestellten vorkam – seinen lieben Vetter. Von der im Schreiben angekündigten «hohen Ehre», die ihn hier erwarten sollte, war vorerst nicht die Rede, und Gilles war zu stolz, den Herzog danach zu fragen. Der aber sprach nur indirekt davon, als er bei der zweiten längeren Begegnung sagte:

«Ich glaube, lieber Vetter, wir erledigen zuerst das Geschäftliche...», was auch in Gilles' Interesse war, da er schon längst wieder dringend Geld benötigte.

So wurde der abschließende Kontrakt ausgefertigt, wodurch die Herrschaften Champtocé und Ingrandes endgültig in den Besitz des Herzogs übergingen. Seigneur Gilles erhielt danach sofort die Restzahlung und konnte so die in Vannes angelaufenen Schulden bezahlen.

«Euer Bruder ist instruiert?» fragte der Herzog.

«Ja, Hoheit. Capitaine de la Suze wird die Burg – natürlich nur scheinbar – für den Herzog von Anjou besetzt halten. Wenn Eure Leute erscheinen, wird er stillschweigend abziehen. Mit Herzog René von Anjou werdet Ihr Euch dann auseinandersetzen müssen.»

Das klang ein wenig boshaft, doch Herzog Johann tat, als merkte er es nicht.

«Aber ja! Alles wird sich zum Besten regeln.»

Nun wurde auch der Herzog etwas boshaft.

«Mein lieber Vetter René von Anjou ist ja in ähnlicher Lage wie Ihr: Er braucht dringend Geld, und Ihr könnt Euch denken, warum.»

«Das Lösegeld?»

Der Herzog nickte. Freilich, alle Welt kannte diese Geschichte. René von Anjou war durch seine Heirat mit Isabella von Lothringen einer der Anwärter auf den Thron des Landes. Nach dem Tod seines Schwiegervaters erwählte sich der lothringische Adel einen anderen Herrn und verbündete sich mit Burgund. René verlor die Entscheidungsschlacht und geriet in Gefangenschaft. Philipp von Burgund verlangte für die Freilassung seines hochgeborenen Gefangenen die ungeheure Summe von vierhunderttausend *écus d'or*, und René mühte sich seit Jahren, diesen Betrag aufzubringen.

«Und darum», so schloß der Herzog, «liegt meinem Vetter nichts an irgendwelchen Burgen und Herrschaften, die ge- oder verkauft werden, sondern nur daran, bares Geld in die Hand zu bekommen. Doch nun zu erfreulicheren Dingen. Ich lade Euch heute abend zu einem festlichen Bankett, auf dem Ihr – nun, eine gewisse Rolle spielen sollt.»

«Was meint Ihr damit, Hoheit?»

Herzog Johann lächelte verschwörerisch und legte einen Finger auf seinen Mund.

«Davon wird nichts verraten, weil ich Euch und meine anderen Gäste überraschen will.»

Schon der Aufwand zeigte, daß Herzog Johann seinen adligen Lehnsmännern einen besonders festlichen Abend bereiten wollte. Türme und Mauern des neuerbauten Schlosses ragten jenseits des Flüßchens Rohan stolz und hoch über der Stadt. Diener in Wappenröcken mit hell lodernden Fackeln in den hocherhobenen Händen säumten den Weg von der kleinen Holzbrücke bis zu dem steilen gewundenen Pfad hinauf zum Palast, der von innen her strahlte wie ein Zauberschloß.

Der Herzog hatte alles aufgeboten, um die feuchte neblige Dezembernacht aus seinem Schloß zu vertreiben. Kerzen, Fackeln und still glimmende Öllampen leuchteten von der Decke, von Simsen, aus Nischen und von den langen, damastgedeckten Tischen.

Am Fuß der großen Freitreppe stand Kanzler Jean de Malestroit im prachtvollen weltlichen Staatsgewand, und nur das violette Käppchen erinnerte an sein geistliches Amt. Am Ende der Treppe wartete das herzogliche Paar mit dem zehnjährigen Kronprinzen François, der ohne es zu wissen, schon einen Teil von Gilles' Burgen besaß, und begrüßte die Gäste aus allen Teilen des Landes.

Da waren weitverzweigte Familien, fast alle miteinander verwandt, viele seit Generationen verfeindet, auch wenn sie oft den gleichen Namen trugen, diese Rehan, Laval, Thouars, La Trémoille, Montmorency, Montejean, Rochefort, Chauvigny, Sillé, Bricqueville, La Suze, Vendome, Chabot, Craon, Chateaubriand und viele andere, die geladen waren, um mit ihrem Landesfürsten und Lehnsherrn den vierten Sonntag des Advent und sich selber zu feiern.

Und sie hatten an nichts gespart, die adligen Herrschaften. Die Prachtroben der Damen leuchteten in Grün, Violett, Rot, Blau, Gelb und anderen Farbschattierungen und Kombinationen, wie ein Feld bunter Blumen, wobei Hüte und Hauben von oft phantastischer Länge und Ausschmückung wie Blütenstengel hervorragten, viele von duftigen Schleiern umweht oder von goldenen und silbernen

Bändern umflattert. Die Herren standen ihnen nicht nach. Sie folgten den Höfen von Frankreich und Burgund, kleideten sich in enggegürtete Wämser mit gedämpfteren, aber nicht weniger vielfältigen Farben. Die jüngeren Männer bevorzugten gefältelte Stoffe mit lang herabfallenden, gebauschten, geschlitzten oder gezackten Ärmeln, die einen Blick auf die feinen, gestickten Seidenhemden freigaben. Lebhaftere Farben zeigten die enganliegenden Beinkleider, und einige Stutzer scheuten nicht davor zurück, sie zweifarbig zu tragen – eines rot, eines grün oder blau oder gelb. Schicklicherweise reichte das Wams über die Oberschenkel und bedeckte den Unterleib, aber manche meinten, ihre strotzende Männlichkeit zeigen zu müssen, und präsentierten schwellende Penisbeutel. Doch es war ein offenes Geheimnis, daß so mancher dabei mit einer Hasenpfote nachzuhelfen pflegte.

Gilles de Rais kam wie immer in dunklen Farben, trug ein dunkelbraunes Wams zur dunkelblauen, fast schwarz scheinenden Hose. Er achtete darauf, als einer der letzten zu erscheinen, begleitet von seinen Vettern, dem schmächtigen, mißtrauisch um sich blickenden Seigneur de Sillé und dem vierschrötigen, etwas dümmlich grinsenden Bricqueville, der nicht klein war, den der Seigneur de Rais aber dennoch fast um Haupteslänge überragte. Dahinter ging im Pagengewand Olivier de Percy, den der Seigneur besser als alle anderen für geeignet hielt, inmitten so hoher Herrschaften Tischdienste zu leisten. Als der Herold laut ihre Namen nannte, erstarb das Murmeln der Geladenen, und alle blickten zur Tür. Die meisten wandten sich schnell wieder ab und taten, als sei es nichts Besonderes, wenn ein Marschall von Frankreich auf diesem Fest erschien, obwohl doch jeder wußte, daß immer nur zwei Männer in Frankreich diesen hohen Titel trugen.

Endlich hatten alle an den langen Tischen Platz genommen, das Herzogspaar saß auf dem Thron an der Stirnseite des Saales. Der Zeremonienmeister hob gebieterisch seine Hand und ließ sie erst sinken, als jedes Geräusch verstummt, jedes Hüsteln und Räuspern erstorben war.

Jean de Malestroit schritt langsam zum Thron, beugte das Knie und empfing vom Herzog eine Urkunde mit einem daranhängenden

Goldsiegel. Der Kanzler wandte sich um, hob mit einer feierlichen Geste die Pergamentrolle, damit alle sie sehen konnten, entrollte sie und las ihren Inhalt vor, mit langsamer, lauter und zeremonieller Stimme. Was war das? Nicht wenige von den Gästen trauten ihren Ohren kaum, als sie hörten, daß dem Seigneur André de Laval-Lohéac das Amt eines Generalleutnants der Bretagne «wegen dringender anderweitiger Verpflichtungen» entzogen und auf seinen Vetter Gilles de Rais übertragen wurde, wegen «erwiesener Dienste». Im übrigen habe schon Jean de Craon, der verstorbene Großvater des Marschalls, das Amt innegehabt, und so setze man eine Familientradition fort.

Gilles' bleiches Gesicht hatte sich leicht gerötet, seine dunklen unsteten Augen richteten sich auf den Thron. Er erhob sich, nahm vom Kanzler das Dokument entgegen, küßte Herzog und Herzogin die Hand und ging auf seinen Platz zurück. Doch nicht auf ihn richteten sich die meisten Blicke, sondern auf Laval-Lohéac, den Gedemütigten. Der aber verzog keine Miene und tat, als ginge ihn das alles nichts an. Das fiel ihm nicht schwer, weil er noch die Worte des Herzogs von einer Privataudienz im Kopf hatte.

«Laval, Ihr müßt der Politik ein Opfer bringen.»

Die Argumente des Herzogs waren gewichtig, und als ihm unter der Zeugenschaft des Kanzlers zugesichert wurde, daß ihm sein Amt nach Gilles' Verurteilung wieder übertragen werden sollte, da schlug er sofort ein – um so mehr als ihm der herzogliche Schatzmeister tausend *écus d'or* als Taufgeschenk für sein letztgeborenes Kind überreichte. Daß die Taufe dieses Kindes schon vier Jahre zurücklag, spielte dabei keine Rolle.

Während des Festmahles tauschten die Gäste ihre geflüsterten Meinungen aus, und als Seigneur de Rehan seinen Nachbarn, den Seigneur de Chauvigny, fragte, worin die «erwiesenen Dienste» des Gilles de Rais denn bestünden, flüsterte der zurück:

«Ja, wißt Ihr denn das nicht? Der Herzog zahlt im geheimen die Schulden dieses feinen Herrn und läßt sich dafür Burg um Burg, Dorf um Dorf verpfänden.»

Der Seigneur de Rehan wußte es natürlich, aber er wollte prüfen, ob auch sein Tischnachbar davon gehört hatte.

Wer am Tisch des Seigneur de Rais saß, begann unmerklich von ihm abzurücken. Keiner richtete an ihn eine Frage, und wenn Gilles eine stellte, tat man, als habe man sie überhört. Der Seigneur, schon ziemlich betrunken, fragte seinen Vetter Sillé:

«Was haben denn diese Herrschaften gegen mich? Neiden sie mir die Gunst des Herzogs?»

«So wird es wohl sein», sagte Sillé und blickte giftig um sich.

Bricqueville soff und fraß wie ein Schwein und merkte von alledem nichts. Sillé betrachtete ihn und dachte, der wird selbst dann noch nichts merken, wenn sie den Seigneur zum Galgen führen und ihn hinterdrein. Aber da wird sich Vetter Sillé längst abgesetzt haben, denn der ist schlauer als ihr alle.

Niemand von den Herren hatte dabei auf eine kleine Szene geachtet, die sich hinter ihren Stühlen abspielte, wo Olivier stand und mit vollendetem Anstand kleine Handreichungen leistete. So war seine Aufmerksamkeit gefesselt, und er nahm kaum wahr, was um ihn vorging, auch nicht, daß er von einem der rückwärtigen Tische schon länger beobachtet wurde. Dort nämlich saß Claire de Mortain, die junge Frau eines schon bejahrten Barons, der sowohl in der Normandie wie auch in der Bretagne Güter besaß.

Mortain fragte leise:

«Suchst du nach einem jungen Liebhaber? Warte besser damit, bis ich tot bin.»

Sie blickte ihn mitleidig an.

«Ihr seid ein guter Mensch und habt gehandelt wie ein Ehrenmann. Seit Jahren habe ich es Euch wieder und wieder gesagt. So glaubt es mir doch endlich ...» Mortain küßte schweigend ihre Hand, und Claire sprach weiter: «Da vorne links, am übernächsten Tisch, steht ein Junge, ein Page des Seigneur de Rais vermutlich. Sein Gesicht kommt mir bekannt vor, und ich weiß nicht, warum.»

«Ich werde für dich nach seinem Namen fragen», sagte Mortain und erhob sich.

«Ach – laßt es lieber. So wichtig ist es nicht.»

Doch Mortain, immer bereit, seiner jungen Frau einen Dienst zu erweisen, hatte sich schon auf den Weg gemacht. Um nicht aufzufallen, rempelte er Olivier ein wenig an, so daß dieser fast die Weinkaraffe fallen ließ, aus der er gerade Bricqueville nachschenken wollte.

«Oh, verzeih, mein Kleiner! Aber es ist so eng hier...»
«Ist ja nichts geschehen, Seigneur.»
Mortain holte zwei Silbergroschen aus der Tasche und wollte sie dem Pagen in die Hand drücken.
«Etwas für den Schrecken...»
Olivier schüttelte seinen Kopf mit den langen rotblonden Haaren.
«Ich bin kein Knecht, Seigneur.»
Mortain lachte.
«Ah, das Jüngelchen ist stolz! Wie heißt du denn?»
Sillé drehte sich mißtrauisch um.
«Was habt Ihr mit unserem Pagen zu schaffen?»
«Eine kleine Unterhaltung wird doch nicht verboten sein?»
«Ich heiße Olivier de Percy, Seigneur.»
Mortain erschrak so sehr, daß er sich an der Stuhllehne festhalten mußte.
«De – Percy? Olivier de Percy?»
«Ja, Seigneur.»
«Danke, mein Kleiner – gut, also – ich...»
Fassungslos schüttelte Mortain seinen Kopf und ging schwankend an seinen Tisch zurück. Claire drohte ihm scherzhaft mit dem Finger.
«Ich glaube, Ihr habt schon einen Becher zuviel.»
Mortain ließ sich auf seinen Stuhl fallen und stieß hervor:
«Olivier! Es ist Olivier de Percy, dein Bruder!»
Claire stieß einen leisen Schrei aus und riß dabei die Augen auf, als sehe sie ein Gespenst.
«Aber Olivier ist doch – ist doch...»
Am Tisch wurde man schon aufmerksam.
«Nimm dich zusammen, Claire!» flüsterte ihr Mortain ins Ohr. «Seigneur de Rais wird noch mindestens bis Weihnachten in Vannes bleiben, das hat sich herumgesprochen. Wir werden in den nächsten Tagen nach einer Gelegenheit suchen, um mit deinem Bruder zu sprechen. Hier möchte ich kein Aufsehen erregen.»
Doch es kam anders, weil die Laune des Seigneur de Rais an diesem Abend umschlug. Alle Unlust war von ihm abgefallen, der Druck auf sein Gemüt wich. Vor dem gesamten Adel der Bretagne hatte der Herzog ihn erhöht, und Gilles fühlte sich in ein Meer von

Neid und Mißgunst getaucht, dessen Wellen hoch schlugen, aber nicht hoch genug, um den Marschall von Frankreich untergehen zu lassen. Er besaß Geld, hohe Ämter und war – da bestand kein Zweifel – nach dem Herzog und seinem Kanzler der dritte Mann im Land.

«Noch etwas Wein, Seigneur?»

Gilles drehte sich um.

«Olivier! Bist ein lieber Junge! Der ideale Page sozusagen. Ich hoffe, auch du bist stolz auf deinen Herrn, nicht wahr? Wer ist hierzulande schon gleichzeitig Marschall, Generalleutnant und besitzt den hübschesten und klügsten Pagen von Frankreich?»

Seine Stimme klang trunken und schwer, die dunkel glühenden flackernden Augen irrten auf Oliviers Gesicht herum, wichen seinem Blick aus, musterten den schlanken wohlproportionierten Körper, und da war Olivier in Gilles' Augen schon kein Mensch mehr, sondern ein Stück gutgewachsenes Fleisch, das bald, sehr bald seiner Lust dienlich sein würde. Bald? Heute nacht!

Bricqueville, vollgefressen und besoffen, rülpste laut und merkte nichts, aber Sillé hatte wachen und wissenden Auges die kurze Musterung verfolgt. Bald würde es wieder soweit sein, das wußte er aus alter Erfahrung, wie er auch wußte, daß der Seigneur in solcher Stimmung das Gold um sich streute, als sei es nichts. Nun klingelte wieder Geld in den Kassen, und Sillé gedachte, für jenen Tag Vorsorge zu treffen, da dieser Strom versiegte.

«Ich bereite alles vor...», flüsterte er seinem Vetter ins Ohr.

Gilles tätschelte seinen Arm.

«Du kennst mich, Vetter Sillé, kennst mich so gut wie keiner. Wir kommen in einer halben Stunde nach.»

Der Trubel im Festsaal hatte seinen Höhepunkt erreicht, viele der Gäste hatten sich lange nicht gesehen, und so lud man einander an die Tische, rückte zusammen oder bildete neue Gruppen.

Claire de Mortain hielt es nicht mehr aus.

«Ich muß ihn kurz sprechen. Der Trubel ist jetzt so groß, da fällt es nicht auf.»

Mortain nickte.

«Und wennschon! Schließlich ist es ja nichts Unrechtes. Ich komme mit.»

Als sie den Tisch des Seigneur de Rais nach einigen Mühen erreicht hatten, saßen dort andere Leute. Ja, Seigneur Gilles sei erst vor kurzer Zeit mit seinen Begleitern aufgebrochen. Claire sah ihren Gemahl fragend an.

«Gut, dann versuchen wir es morgen in seinem Quartier. Die ganze Stadt weiß ja inzwischen, wo der große Herr wohnt.»

Sie gingen an ihren Tisch zurück.

«Ihr seid mir doch nicht böse, Georges? Aber Ihr müßt verstehen, was es für mich bedeutet, meinen Bruder wiederzufinden, als einzigen – als einzigen aus unserer Familie, der außer mir noch lebt.»

Mortain drückte ihre Hand.

«Ich freue mich für dich, habe in Gedanken schon Pläne gemacht...»

Claire lächelte.

«Nicht heute – nicht jetzt. Laßt uns eine Nacht darüber schlafen.»

Mein Gott, dachte Claire, wenn wir uns wiedertreffen, dann reicht ein Tag nicht aus, um alles zu erzählen. Er mir und ich ihm. Dabei hatte sie sich vorgenommen, diese schrecklichen Stunden aus ihrem Gedächtnis zu tilgen, sie ungeschehen zu machen, ihr Leben erst wieder da beginnen zu lassen, wo sie Georgess de Mortain traf. Aber das ging nicht, es ging einfach nicht. Olivier hatte ein Anrecht darauf zu erfahren, was geschehen war, nachdem ihn die Engländer, wie sie glaubte, als Gefangenen mitgeschleppt hatten, vielleicht in der Hoffnung, von noch lebenden Verwandten ein Lösegeld erpressen zu können.

Die Soldaten konnten sich damals die Mutter und ihre beiden halbwüchsigen Töchter erst vornehmen, nachdem sie Oliviers älteren Bruder buchstäblich in Stücke gehackt hatten. Als sie ihm sein Schwert aus der Hand geschlagen hatten, wehrte sich der Sechzehnjährige mit Klauen und Zähnen, trat einem der Angreifer ins Geschlecht, daß er sich schreiend am Boden wälzte, biß einem anderen den Daumen ab und schlug einem dritten das Auge aus. Claire, die ihm zu helfen versuchte, wurde brutal in eine Ecke geschleudert, und dort blieb sie liegen, über und über mit Blut bespritzt, und stellte sich tot. Als sie später das Keuchen und Stöhnen der Männer und die verzweifelten Schreie von Mutter und Schwester hörte, fiel ihr das

Totstellen so schwer wie bisher nichts in ihrem Leben, aber sie hielt es durch und täuschte die Männer, als zwei sich ihr zuwandten. Der vermeintliche Leichnam erhielt noch einen Tritt in den Bauch, dann zogen die Soldaten ab.

Claire fiel in Ohnmacht und kam erst wieder zu sich, als Feuer und Rauch auch den Turm ergriffen. Sie gelangte noch ins unterste Geschoß, zwängte sich durch das schmale Fenster, sprang hinaus, verstauchte sich einen Knöchel, doch es gelang ihr, auf allen vieren kriechend dem tödlichen Bereich der Flammen zu entkommen. Am nächsten Morgen fand sie der Dorfpfarrer, ein etwas ängstlicher Mann, doch er nahm sein geistliches Amt ernst und handelte wie ein Christ.

Claire lebte einige Wochen im Pfarrhof, bis der Priester herausfand, daß an der Grenze zur Normandie, in der Gegend von Arranches, noch ein entfernter Verwandter der Familie de Percy existierte. Er schickte sie mit einem Knecht dorthin, und so lernte Georges de Mortain seine fünfzehnjährige Base kennen. Für sie kam das gerade noch zur rechten Zeit, denn Mortain war ein frömmelnder Sonderling, der zeitlebens unverheiratet geblieben war und gerade überlegte, ob er seinen Besitz der Kirche überschreiben und in ein Kloster gehen sollte. Doch die Verantwortung für seine Verwandte siegte, und er bat sie um ihre Hand. Claire führte von da an den Namen Mortain-Percy, aber ihr Gemahl – ohnehin ein halber Mönch – ging bei der körperlichen Berührung über einen Kuß auf die Stirne nicht hinaus.

«Ich bin fast sechzig und möchte mir meine Keuschheit bewahren», sagte er ihr am Tag nach der Hochzeit, und Claire war es ganz recht so. Ihr war noch das erregte Keuchen und Stöhnen der Männer im Ohr, die Schwester und Mutter geschändet hatten, und die Vorstellung, sich einem Mann nackt auszuliefern, bereitete ihr Scham und Ekel.

Nun aber sah der Fall wieder ganz anders aus. Mortain hatte darauf bestanden, im Ehevertrag die Klausel aufzunehmen, daß im Falle seines Todes der gesamte Besitz an die Kirche fiel, ausgenommen ein Wohn- und Nutzrecht für die Witwe auf Lebenszeit. Sollte sie sich wieder verheiraten, entfiel auch das. Jetzt aber mußten die Verhältnisse neu geordnet werden, und Georges de Mortain sah das ohne weiteres ein.

Er hatte in einer noblen Herberge zwei Zimmer gemietet, denn sie schliefen niemals zusammen in einem Raum. Nun saßen sie beim Frühstück, und Georges schlug vor:

«Olivier zieht natürlich zu uns, und ich werde ihn schon jetzt als Erbe meiner bretonischen Besitzungen einsetzen. Das ist nicht sehr viel, aber für ihn und seine spätere Familie wird es reichen. Du, Claire, erbst die normannischen Güter, und für sie gilt weiterhin, was ähnlich bereits im Ehevertrag steht: Nach meinem Tod fallen sie an die Kirche. Solltest du aber nochmals heiraten wollen, dann muß allein dein Gemahl für dich sorgen.»

Claire lächelte.

«Warum solltet Ihr vor mir sterben? Es könnte auch umgekehrt sein ...»

«Das liegt bei Gott», sagte Mortain fromm.

Gilles de Rais war schon eine halbe Stunde wach und beriet mit Sillé und den beiden Leibdienern, auf welche Weise er sich beim Herzog für die Ernennung revanchieren könne.

«Seinem Lehnsherrn kann man nicht gut ein materielles Geschenk machen, es muß etwas Erhabenes, etwas Symbolisches, etwas Geistvolles sein ...»

Der etwas langsame Henriet verstand den Sinn dieser Überlegung nicht recht, aber der flinke und listige Poitou wußte gleich, wie es gemeint war.

«Ihr habt doch Eure Kapelle dabei! Bringen wir dem Herzog ein Ständchen ...»

Gilles' dunkle unstete Augen irrten im Zimmer umher, als suche er nach einer Eingebung.

«Ein Ständchen? Warum nicht ... Nein! Wir werden die Weihnachtsmesse in der Schloßkapelle mit unserem Gesang begleiten! Laßt sofort Perrinet holen!»

Dieser spontan wirkende Einfall war gespielt, denn Gilles hatte seinen Chor mit nach Vannes genommen, um vor den anderen damit zu prahlen, vor allem aber wollte er den Herzog beeindrucken.

Da fügte sich nun eines zum anderen, und zwei Diener machten sich auf die Suche nach Perrinet Briand, der nicht – wie ihm Sillé eingeschärft hatte – im Kloster auf etwaige Befehle wartete, sondern, von Langeweile und einer steigenden Unruhe geplagt, durch die Stadt streifte.

Perrinet war zwar ein kluger, doch noch etwas naiver Junge, aber er war dabei, erwachsen zu werden, und hatte genügend Zeit zum Grübeln. Dieses Grübeln hakte sich an einem Punkt fest. Zwar hatte ihm der Seigneur nach dem Hoftag die Entlassung aus seinem Dienst versprochen, aber er war von seinem Vetter Sillé mit Sicherheit darüber aufgeklärt worden, wieviel Perrinet von den Schandtaten wußte, und wenn er daran dachte, daß sie ihn mit diesem Wissen zu seinen Eltern nach Nantes gehen lassen sollten ... Bei diesem Gedanken fiel alle Naivität von Perrinet ab, und er überlegte, was Menschen von der Art des Seigneur oder seiner beiden Vettern in einem solchen Fall zu tun gedächten. An ihren Händen klebte so viel Blut, daß es auf einige Tropfen mehr oder weniger nicht ankam. Und dies alles mündete in einen Gedanken: Gilles de Rais, seine Vettern Sillé und Bricqueville, nicht zuletzt die vertrauten Diener Henriet und Poitou – sie alle müßten Selbstmörder sein, wenn sie ihn, Perrinet Briand, lebend entkommen ließen. Und – darüber machte er sich keine Illusionen – sie würden ihn auch in Nantes ausspähen, aufspüren und ins Palais de la Suze schleppen. Nun wußte er auch, daß es damals keine Mäuse und Ratten gewesen waren, deren Reste aus dem Kamin stanken. Die Vorstellung, eines Tages – eines nahen Tages! – dort selber als kläglicher Rest zu verkohlen, machte Perrinet schaudern. Er blieb stehen und sah sich um. Dort drüben stand das prächtige Château Gaillard, ein Palast, den Kanzler Malestroit sich mit ausdrücklicher Zustimmung des Herzogs hier hatte erbauen dürfen. Das war es! Er – er allein konnte ihm helfen! Malestroit wußte, wer er war und welche Rolle er am Hof des Seigneur spielte. Dieser Palast war seine Zuflucht, nur hier war er sicher.

Da fühlte er sich grob am Arm gepackt.

«Endlich finden wir Euch, Sieur Briand! Der Seigneur braucht Euch dringend!»

Wie einen Gefangenen führten sie ihn ab.

Der Seigneur kochte vor Zorn.

«Maulschellen sollte ich dich! War dir nicht aufgetragen worden, im Kloster auf weitere Befehle zu warten? Und du treibst dich wie ein Gaukler in der Stadt herum!»

Perrinet spürte, daß es jetzt unklug gewesen wäre, sich zu verteidigen, und so senkte er seinen Kopf und schwieg. Der Seigneur beruhigte sich schnell.

«Was verschwende ich mit dir meine Zeit – es gibt Wichtigeres.»

Und so erfuhr Perrinet, daß der Chor die *Missa in nocte* – das Engelsamt – in der Schloßkapelle mit seinem Gesang begleiten durfte. Der Seigneur schlug sich mehrmals an die Stirn, daß es klatschte.

«Verstehst du Holzkopf überhaupt, was es bedeutet, von Seiner Hoheit zu einer intimen Weihnachtsfeier geladen zu werden? Davon wirst du später noch deinen Enkeln erzählen.»

Der letzte Satz klang versöhnlich und war von einem kalten Lächeln begleitet, aber Perrinet dachte, du wirst schon dafür sorgen, daß es bei mir weder Kinder noch Enkel gibt. Das machte ihn plötzlich traurig, und Tränen schossen in seine Augen. Der Seigneur bemerkte es.

«Ah – hast du nun doch verstanden, worum es geht? Also verschwinde, heul dich draußen aus und beginne sofort mit den Proben!»

Inzwischen hatte das Ehepaar Claire und Georges de Mortain sich in einer Doppelsänfte auf den Weg gemacht, um das Wiedersehen mit Olivier de Percy zu feiern und den künftigen Erben von seinem Glück zu unterrichten. Es hatte die Nacht über geregnet, und die Sänftenträger mußten im Zickzack den vielen Pfützen ausweichen.

Das von Gilles de Rais gemietete Stadtpalais lag etwas versteckt hinter der Porte St. Vincent, und es dauerte eine ganze Weile, bis ein mürrischer *concierge* öffnete.

«Ich weiß nicht, ob die Herrschaften zu sprechen sind», raunzte er durch die halboffene Tür. Er hatte es satt, für fremde Leute den Diener zu spielen, die das Haus nur gemietet hatten, aber so großspurig auftraten, als gehöre es ihnen schon.

Mortain blieb geduldig.

«Wir möchten eigentlich nur den Pagen Olivier de Percy sprechen.»

Sillé, hellhörig, mißtrauisch und aufmerksam wie immer, hatte das Pochen an der Tür gehört. Er kam im Hausmantel die Treppe herab.

«Was ist los?»

«Da sind zwei Herrschaften, die wollen einen Olivier de Percy sprechen.»

Sillé erschrak und erinnerte sich sofort an diesen aufdringlichen Menschen gestern beim Festmahl. Er zwang sich zu einem Lächeln und trat an die Tür. Mortain stellte sich und seine Frau – die noch in der Sänfte saß – vor und wiederholte seine Bitte.

«Ah, da habt Ihr leider Pech, Seigneur de Mortain! Olivier ist nicht nur Page unseres gnädigen Herrn, sondern einer der besten Sänger in unserem Kirchenchor. Er ist noch gestern in das Kloster zurückgekehrt, wo die Chorknaben wohnen, und dort wird heute den ganzen Tag geprobt.»

«Geprobt?» fragte Mortain verständnislos.

Da setzte Sillé eine geheimnisvolle Miene auf.

«Gut, so sollt Ihr als erster das Geheimnis erfahren. Der von Seigneur de Rais gestiftete und unterhaltene Kirchenchor wird am Weihnachtstag zur Christmette in der herzoglichen Kapelle singen. Ihr würdet uns und unserem Vorhaben einen großen Gefallen erweisen, wenn Ihr Olivier jetzt nicht stört. Am Stefanitag steht Euch der Junge dann zur Verfügung. Seid Ihr übrigens ein Verwandter?»

«Er ist der Bruder meiner Frau – so scheint es wenigstens.» Dann wandte er sich zu Claire. «Was meinst du?»

«Vielleicht sollten wir in diesem Fall tatsächlich nicht stören. Es sind ja nur noch vier Tage.»

Sillé verneigte sich.

«Besten Dank für Euer gütiges Verständnis, Seigneur und Madame. Ich werde Olivier, falls ich ihn sehe, Grüße bestellen.»

«Nein, Seigneur, tut das bitte nicht. Es soll eine Überraschung werden.»

Sillé stieg langsam die Treppe wieder hinauf. Eine Überraschung, dachte er unbehaglich, wird es wohl in jedem Fall werden. Dabei betastete er seinen frischen Verband am linken Oberarm. Die Wunde war eher lang als tief und hatte säuisch geblutet.

Was gestern geschehen war, verlief nach dem altgewohnten Ritual.

Als sie nach dem Festmahl in das Palais zurückgekehrt waren, zögerte der Seigneur vor der Treppe, die hinauf in seinen Schlafraum führte. Er nahm dem Diener die Fackel aus der Hand und scheuchte ihn mit einer Handbewegung fort. Seine dunkel glühenden Augen blickten woandershin, als er zu seinem Pagen sagte:

«Stell dir vor, Sillé hat im Keller eine Badekammer entdeckt! Ich habe ihn vorausgeschickt, um mir ein heißes Bad vorzubereiten. Ich werde dann besser schlafen können. Kommst du mit?»

«Natürlich, wenn Ihr es wünscht.»

Olivier war müde und wäre lieber zu Bett gegangen, außerdem gefiel ihm das starre, wie leblose Gesicht des Seigneur nicht. Nur seine Augen flackerten und brannten und schauten auf eine seltsame Art an ihm vorbei, als sei er gar nicht mehr vorhanden.

Sie stiegen eine schmale Treppe hinab, und da stand schon der schweigsame Henriet, lächelte und öffnete eine Tür. Der kleine Raum sah nicht wie ein Bad aus, eher wie eine leere Vorratskammer. Von der Decke hingen Stricke, und an der Wand stand ein morsches Regal mit vielen Fächern. Ein durchaus vertrautes Bild, nur daß sonst an den Stricken die Körbe mit den Vorräten hingen – unerreichbar für Mäuse, Ratten und anderes Raubzeug.

Hier wartete Sillé und winkte einladend mit der Hand.

«Wo ist das Bad?» fragte Olivier.

Sillé deutete auf eine Tür.

«Nebenan – hier ist nur der Auskleideraum.»

«Zieh dich aus, Olivier», forderte Gilles ihn freundlich auf, doch seine Stimme klang heiser und gepreßt.

«Ich will aber nicht baden! Ihr habt doch ...»

Sillé trat näher.

«Hast du den Befehl nicht gehört? Kleide dich aus!»

In diesem Augenblick wußte Olivier de Percy, daß sein Freund Perrinet mit seinen Warnungen doch recht gehabt hatte. Nun traf es ihn – wie zuvor den kleinen Didi und die vielen anderen, von denen Perrinet gesprochen hatte. Aber er war kein Hirtenjunge, kein Bauernbub und kein buckelnder Knecht, sondern Olivier de Percy, aus altem normannischen Adel.

«Gut», sagte er scheinbar nachgiebig und wich zur Wand zurück.

Er zog sein Wams aus, legte es in eines der Fächer im Regal und näherte sich dabei Sillé, der gerade einen Schritt beiseite treten wollte. Noch ehe er dazu kam, riß ihm Olivier den *braquemart* aus der Scheide und nahm eine drohende Haltung ein. Sillé fluchte lästerlich und sprang zurück. Gilles de Rais lachte laut auf, als wohnte er einem lustigen Theaterstück als Zuschauer bei, der sich in die Handlung nicht einzumischen hatte.

Olivier sprang ihm nach und schlug zu. Das Schwert traf Sillé am linken Oberarm, doch der gebauschte Ärmel seines gefütterten Wamses dämpfte den Hieb, der trotzdem ins Fleisch drang und sich fast bis zum Ellbogen erstreckte. Sillé schrie laut auf und floh zur Tür, die Henriet gerade öffnete, weil ihm die Geräusche seltsam erschienen. Die beiden prallten zusammen, und Sillé wurde plötzlich klar, daß eine feige Flucht seine Freundschaft mit Gilles beenden und den Geldstrom zum Versiegen bringen konnte. Er war kein feiger Mensch, sondern nur vorsichtig. Als der Seigneur ihm sein Schwert mit dem Griff hinstreckte, ergriff er es und drang auf Olivier ein. Der kaum Vierzehnjährige konnte den Attacken nicht lange standhalten, und als ihn ein scharfer Hieb an der Schulter traf, ließ er die Waffe fallen. Sillé setzte ihm die Schwertspitze an die Kehle und grinste.

«Hast dich wacker geschlagen, mein Bübchen, aber jetzt ist's vorbei.»

«Stoßt zu, Sillé – los, seid kein Feigling, stoßt zu!»

Sillés Hand zitterte, und als er spürte, wie sein linker Arm zu schmerzen begann und der Ärmel sich mit Blut vollsaugte, hätte er es beinahe getan. Doch Henriet war inzwischen auf einen Wink seines Herrn hinter Olivier gehuscht, packte die beiden herabhängenden Hände und band sie schnell und geschickt am Rücken zusammen, ehe der Überraschte reagieren konnte.

Gilles de Rais trat vor.

«Nun werden wir dich doch ausziehen müssen, Olivier de Percy. Du hättest es einfacher haben können.»

Das hübsche, vom Kampf gerötete Gesicht des Jungen nahm einen Ausdruck von Verachtung an, wie Gilles ihn bei Johanna gesehen hatte, wenn ihre Richter sie mit unsinnigen Fragen belästigten. Dieser verächtliche Stolz, dieser Mut, diese Todesverachtung...

Nun wollte er ihr – nein, sein Auge brechen sehen, jetzt, da dieser schöne schlanke Leib ihm gehörte, stellvertretend für den ihren, der heilig war und unantastbar. Um den Zauber wirksam zu erhalten, mußte dieses Opfer ständig wiederholt werden – ähnlich dem Meßopfer –, weil die Sehnsucht blieb, auch wenn die Lust für den Augenblick gestillt war.

Bis in den Morgen hinein waren dann Poitou und Henriet unter Sillés Aufsicht damit beschäftigt, die Spuren des Kampfes und der Opferung zu beseitigen. Daß es damit nicht getan war, erfuhr Gilles de Rais, als ihm Sillé von dem seltsamen Besuch erzählte.

«Daß der Bursche noch Verwandte hat, konnte niemand wissen, auch er selber nicht. Jedenfalls sind sie vorhin aufgetaucht, und ich redete mich auf die Chorproben hinaus. Am Stefanitag werden sie wieder vor der Tür stehen und ihn sprechen wollen.»

Gilles de Rais war die Ruhe selbst.

«Aber Sillé, wir haben doch in solchen Situationen immer eine Lösung gefunden. Reite nachher zum Kloster hinüber und sage Perrinet, wie er sich verhalten soll, wenn jemand dort nach Olivier fragt.»

Sillé runzelte die Stirn.

«Aber wie soll er sich verhalten?»

Gilles blickte den Vetter erstaunt an.

«Wie wir es immer hielten. Der Junge lebt, singt im Chor mit und hat gerade etwas in der Stadt zu erledigen. Am Weihnachtstag ist er krank, hat sich erkältet, kann an der Mette nicht teilnehmen.»

«Und am Stefanitag?»

«Ist er schon abgereist – vorzeitig. Dir wird schon etwas dazu einfallen.»

Sillé sagte nichts, blieb nur still sitzen.

«Brauchst du Geld?»

Er grinste und nickte.

«Ja, das auch. Aber was ist, wenn Perrinet sich querlegt? Der Bursche kann recht störrisch sein.»

«Sage ihm ruhig die Wahrheit, er wird keine Gelegenheit mehr haben, sie zu unserem Schaden zu verwenden. Bricqueville wird es diesmal erledigen – er weiß schon Bescheid.»

«Bricqueville? Hoffentlich macht er dabei nichts falsch, er ist manchmal recht ungeschickt.»

«Soll er an meinem Hof nur fressen und saufen dürfen, ohne etwas zu leisten und am Ende ungeschoren davonkommen?»

Sillé spitzte die Ohren. Was hatte der Vetter da gesagt, und wie war es gemeint?

«Was meinst du mit ungeschoren davonkommen?»

«Im Falle des Falles... Das ist nur so dahingesagt.»

Aber es ist gesagt, dachte Sillé und spürte, wie ihn ein leises Unbehagen ergriff. Gilles rechnete offenbar damit, eines Tages vor Gericht zu stehen.

«Wo kann ich das Geld holen?» fragte er schroff.

Seigneur de Rais lächelte auf eine Art, wie man sie bei ihm selten sah – mitleidig, verständnisvoll, auch ein wenig enttäuscht.

Am Ende werde ich allein sein, ging es ihm durch den Kopf, ganz allein. Er ging zu der Truhe, die neben dem Fenster stand.

«An der Quelle natürlich, wo sonst?»

Er reichte dem Vetter einen prallen Beutel.

«Geh verständig damit um, es ist quasi geistliches Geld», versuchte er zu scherzen.

«Weil es vom Bischof kommt? An Malestroit ist so wenig Geistliches wie an dir und mir.»

Gilles wandte sich zum Fenster. Draußen ging feiner Sprühregen nieder und überzog die Stämme und kahlen Äste der Bäume und Büsche mit einem dunkel glänzenden Firnis.

«Geh jetzt», sagte er leise.

Sillé schüttelte sich wie ein nasser Hund, als er an der Klosterpforte vom Pferd stieg. Der Pförtner kannte ihn schon und öffnete die Tür. Sillé nahm seinen nassen Mantel ab und warf ihn dem erstaunten Mönch in die Arme.

«Hängt ihn irgendwo über einen Kamin, damit er inzwischen trocknet.»

«Ja, Seigneur.»

Sillé grinste und legte einen funkelnden *écu d'or* auf den nassen Mantel.

«Für die Klosterkasse!»

«Gott segne es Euch, Seigneur!»

Sillé, sonst keineswegs wohltätig gesinnt, hatte noch unter dem Eindruck des Gesprächs mit Vetter Gilles das Goldstück ganz spontan gespendet, um «im Falle des Falles» auch ein paar freundliche Spuren auf Erden zu hinterlassen. Doch schon kurz darauf bereute er es und schalt sich einen Narren.

«Wie gehen die Proben voran?»

«Seid Ihr nur deshalb gekommen, Seigneur?» fragte Perrinet unwillig. Er sah längst keinen Grund mehr, diesen habgierigen Vetter mit Respekt zu behandeln.

«Werd nur nicht frech, Bürschchen! Ich wollte auch fragen, wie sich Olivier als Sänger macht. Er ist ja noch nicht so lange bei euch.»

Sie gingen langsam im niedrigen Kreuzgang des Klosters auf und ab. Jetzt blieb Perrinet abrupt stehen.

«Olivier? Der ist heute nicht gekommen.»

Sillé ging so nahe an ihn heran, daß Perrinet beim Anblick der schmutzig-gelben Augen fast übel wurde.

«Du irrst dich, Perrinet Briand! Olivier sitzt mitten unter euch und probt die Weihnachtsmette. Das jedenfalls wirst du jedem sagen, der hier nach ihm fragt. Und sollte wer darauf bestehen, ihn zu sprechen, dann ist er gerade in die Stadt gegangen, um Notenpapier zu holen – verstanden?»

Perrinet ahnte die Zusammenhänge, aber jetzt – kurz vor seiner Abreise – wollte er diesem Widerling einmal richtig die Zähne zeigen. Er schüttelte den Kopf.

«Ich habe nichts verstanden. Warum dieses Getue? Wenn Olivier nicht hier ist, muß er im Haus des Seigneur sein. Oder ist er abgehauen?»

«Richtig, Perrinet, er ist im Haus des Seigneur, aber nicht mehr in einem Zustand um wegzugehen, geschweige denn Fragen zu beantworten.»

«Also tot?»

Sillé blickte sich um und faßte Perrinet hart am Arm.

«Sprich leiser, verdammt noch mal! Hinter jeder Säule kann ein Mönch mit gespitzten Ohren stehen.»

Unwillig versuchte Perrinet die Hand abzuschütteln, doch der

Griff lockerte sich nicht, und er stieß den andern leicht an den Arm. Mit einem Schmerzensschrei ließ Sillé von ihm ab und betastete seine Verletzung.

«Was habt Ihr?» fragte Perrinet neugierig.

«Was ich habe? Dein feiner normannischer Freund hat den Ritter ohne Furcht und Tadel gespielt und mich mit dem *braquemart* angegriffen. Es ist ihm aber schlecht bekommen.»

«Ihr habt – Ihr habt...»

«Und wennschon, was geht's dich an?»

Da schossen Tränen in Perrinets Augen, und er stieß schluchzend hervor:

«Und ich habe ihn gewarnt, immer wieder! Er hat's nicht glauben wollen, hielt mich für einen Schwarzseher und Phantasten. Und jetzt – und jetzt...»

Sillé grinste hämisch.

...ist es zu spät! Das hast du richtig erkannt. Aber du solltest auch wissen, daß du Vannes nicht lebend verläßt, wenn du nicht tust, was ich dir gesagt habe.»

Perrinet hing am Leben und spielte den Zerknirschten.

«Gut, Seigneur, aber man wird die Leute nicht ewig täuschen können.»

«Das mußt du gefälligst uns überlassen.»

Sillé war schon lang fort, da stand Perrinet noch immer im zugigen Kreuzgang und versuchte damit fertig zu werden, daß Olivier tot war.

Im Laufe der letzten Zeit waren sie feste Freunde geworden, wobei der Altersunterschied von etwa vier Jahren kaum ins Gewicht fiel, denn Olivier war durch seine Lebensumstände reifer und erwachsener geworden, als es seinen fast vierzehn Jahren zukam. Kürzlich hatte er zu Perrinet gesagt:

«Ein Gutes hat mir das Schicksal doch beschert. Sollte ich jemals wieder zu Vermögen und Besitz kommen, dann weiß ich, was es heißt, bettelnd durchs Land zu ziehen, und ich werde diese armen Teufel mit anderen Augen betrachten.»

Er lachte, und Perrinet war wie immer so bezaubert von diesem Lachen, daß er dabei war zu sagen: Sollte ich mich jemals in einen

Jungen verlieben, dann kannst es nur du sein, Olivier. Aber er sagte es natürlich nicht, weil solche Worte nicht in eine Männerfreundschaft gehören. Ein andermal hatte Olivier gemeint:

«Eigentlich hast du dir genau die richtigen Eltern ausgesucht. Es ist heutzutage kein Vorteil mehr, ritterbürtig zu sein – sieh nur mich an. Ebensowenig darf man sich ein Bettler- oder Knechtschicksal wünschen. Aber ihr Handwerker sitzt angesehen im festen Schutz eurer Städte, verdient genug Geld, um behaglich zu leben, und wenn ihr eure Hände anschaut, könnt ihr euch sagen: Damit habe ich dies alles geschaffen. An den Adelshänden klebt meistens Blut, und die eines Knechtes oder Bauern schuften für einen anderen.»

«Man kann es sich nicht aussuchen», meinte Perrinet.

Und jetzt lag der Freund tot und verstümmelt in einer Ecke des von Gilles bewohnten Hauses, und die Mörder mußten schauen, wie sie ihn loswurden. Und dies alles geschah quasi unter den Augen des Herzogs und seines Kanzlers. Könnte ich nur zu Malestroit vordringen, dachte Perrinet, dann würde es mit diesem schauerlichen Treiben schnell ein Ende haben. Doch dazu gab es jetzt keine Gelegenheit mehr, denn sie ließen ihn nie ohne Bewachung aus dem Haus.

Wer sollte übrigens hier nach Olivier fragen? Der Junge hatte doch keinen lebenden Verwandten mehr. Aber halt! Vielleicht war er mit seiner Bettelhorde irgendwann einmal hier in Vannes gewesen und jemand hatte ihn wiedererkannt. Nein, das gab alles keinen Sinn. Sillé wird wieder einmal übervorsichtig gewesen sein.

Perrinet ballte seine Hände zu Fäusten und wünschte sich den Tag herbei, da diese Kindermörder sich vor Gericht verantworten mußten. Aber da spielte sich im Hintergrund einiges ab, das er nicht verstand. Der Herzog wußte doch, welches *monstre* er zu Hof geladen hatte, und nun sah es so aus, als würde der Seigneur für seine Untaten noch belohnt!

Perrinet blickte hinauf in den diesigen Himmel, der noch immer einen feinen, eisigen Regen versprühte.

«Warum läßt du so etwas zu, lieber Gott? Du siehst doch, was hier vorgeht! Dein Sohn kann doch mit den Worten ‹Lasset die Kindlein zu mir kommen› nicht gemeint haben, daß sie umgebracht werden sollen? Daß Olivier so elend sterben mußte, kann doch nicht gerecht sein, oder?» Perrinet hob eine Faust gen Himmel und schrie: «Das ist doch nicht gerecht!»

Niemand fragte in den nächsten drei Tagen nach Olivier, und am Christabend erschien Gilles de Rais mit seinem Knabenchor auf der herzoglichen Burg.

Das Engelamt begann in der kleinen, gold- und lichterfunkelnden Schloßkapelle mit dem letzten mitternächtlichen Glockenschlag.

Laetentur caeli et exsultet terra ante faciem Domini: quoniam venit! sang der Knabenchor in der altehrwürdigen Tradition des gregorianischen Chorals. Perrinet konnte kein Latein, aber der Musikmeister hatte damals beim Unterricht gemeint, jeder, der sie gut singen wolle, müsse ihre Bedeutung kennen, und so übersetzte er sie in Gedanken. «Freuen soll sich der Himmel und jauchzen soll die Erde vor dem Angesicht des Herrn – denn jetzt ist Er da!»

Ja, Christus ist geboren, aber meinem Freund Olivier hat er nicht helfen können. Oder doch? Er hat ihn zu sich genommen. Im Himmel soll es ja viel schöner sein als auf Erden. Keine Not, keinen Tod – selig immerdar.

Zur Mette waren nur sehr hohe Gäste oder vertraute Freunde geladen. Dem Seigneur de Mortain war es gelungen, für sich und seine Gemahlin Claire vom Zeremonienmeister eine Einladung zu erschleichen, und das hatte sehr viel Geld gekostet.

Die Sängerknaben standen in ihren weißen Chorröcken links und rechts vom Altar, während Perrinet mit einem Notenblatt in der Hand die Einsätze gab.

«Olivier ist nicht darunter», flüsterte Claire gleich zu Anfang.

«Vielleicht kommt er noch...»

Aber er kam nicht. Am Ende der Mette bedankte sich Mortain umständlich bei Seigneur de Rais für den schönen Gesang und fragte:

«Man hat uns gesagt, daß auch Olivier de Percy hier mitsingt, doch ich sehe ihn nirgends.»

Gilles zwang sich zu einem Lächeln.

«Der Bursche ist gestern krank geworden, wir mußten sogar einen Arzt holen. Die feuchte Luft, der Regen, dazu die langen Proben...»

«Ich bin seine Schwester», sagte Claire, «wir haben uns lange nicht mehr gesehen. Wo ist er jetzt?»

«Der Arzt meint, man sollte ihn nicht stören, bis das Fieber abklingt. Ihr kennt ja mein Haus – fragt doch morgen oder übermorgen wieder nach. Euer Besuch würde mich sehr freuen.»

Mortain bedankte sich, und sie wandten sich zum Ausgang.

«Wir sollten vielleicht den Chorführer fragen», flüsterte Claire ihm zu, «ich werde das Gefühl nicht los, daß man uns hier dauernd belügt.»

Mortain nickte, trat auf Perrinet zu, der seine Noten gerade in eine Ledermappe legte. Laut sagte er:

«Verzeiht – könnt Ihr mir wegen des Gesanges etwas erklären. Es war beim *Graduale* ...»

Perrinet suchte das Blatt heraus, und Mortain beugte sich dicht an sein Ohr.

«Was ist mit Olivier de Percy? Ist er wirklich krank?»

Perrinet hob das Blatt hoch, und als er mit lauter Stimme zu erklären begann, wandte sich Sillé, der die beiden beobachtet hatte, beruhigt ab. Dann stieß Perrinet hervor:

«Olivier ist tot. Seine Mörder sind Gilles de Rais und sein Vetter Sillé.»

Noch ehe Mortain etwas sagen konnte, war Perrinet in der Sakristei verschwunden. Mortain traute seinen Ohren nicht. Hatte er den Burschen falsch verstanden? Olivier war nicht krank, sondern bereits tot, und seine Mörder sollten ... Er schaute sich nach Gilles um, doch der hatte mit Sillé die Kapelle schon verlassen.

«Was hat er gesagt?» fragte Claire. Mortain brachte es nicht übers Herz, ihr die Wahrheit – wenn sie es war! – zu gestehen, sondern sagte: «Olivier scheint tatsächlich krank zu sein. Morgen werden wir mehr erfahren.»

Mortain erschien in der fünften Tagesstunde vor dem Haus des Seigneur Gilles, wo ihm Sillé mit gut gespielter Trauer leise verkündete, daß Olivier heute nacht seiner Krankheit erlegen und im Morgengrauen begraben worden sei.

«Das ordnete der Arzt so an wegen des Verdachts einer Seuchengefahr. Wir konnten leider nichts machen.»

«Aber das – aber das...»

«Ich verstehe Eure Trauer. Wer hätte denken können, daß es so schnell gehen würde. Wenn Ihr das Grab sehen wollt, lasse ich Euch von einem Diener hinbegleiten.»

Es hatte Gilles de Rais viel Geld gekostet, Arzt, Priester und Totengräber zu bestechen. Aber die *écus* legten einen goldenen Riegel vor das Tor zur Wahrheit, und was das Ehepaar Mortain erfuhr, deckte sich mit den Aussagen des Seigneur de Sillé.

Nur eines stimmte nicht: Wie konnte der Chorführer schon gestern wissen, daß Olivier tot war? Laut Gilles de Rais war er zu dieser Zeit noch am Leben.

Als Claire de Mortain den Wunsch äußerte, mit Perrinet über ihren verstorbenen Bruder reden zu dürfen, sagte Sillé bedauernd:

«Der ist leider heute morgen zu seinen Eltern nach Nantes abgereist. Diese *vacance* war ihm schon lange zugesagt.»

«Da stimmt etwas nicht», sagte Claire später zu ihrem Mann, der ihr inzwischen alles erzählt hatte.

«Wie kann dieser Perrinet seinen eigenen Herrn und dessen Vetter als Mörder bezeichnen? Ein junger Mensch sagt doch so etwas nicht aus Spaß.»

Mortain schüttelte immer wieder den Kopf.

«Aber warum hätten der Arzt und der Priester uns belügen sollen? Da war schließlich das frische Grab, und der Totengräber hat uns bestätigt, daß es sich bei dem Verstorbenen um Olivier de Percy handelte.»

«Warum nennt ein im Dienst des Gilles de Rais stehender junger Mann seinen Herrn einen Mörder?» beharrte Claire.

«Vielleicht habe ich es doch falsch verstanden...»

«Es läßt mir keine Ruhe – ich muß das herausfinden.»

21

Das Festmahl im Hause des Notars Maître Julien Petit verlief alles in allem gesehen harmonisch, auch wenn Isabelle – von Madame Petit unauffällig, aber genau beobachtet – nicht mit dem vollendeten Anstand tafelte, der von einer Gutsbesitzerstochter zu erwarten war. Isabelle hatte zu lange in Gesindestuben gegessen, um sich jetzt in so kurzer Zeit umgewöhnen zu können. Aber etwas kam ihr an diesem trüben Novembertag zu Hilfe, und zwar ein Instrument, das spitz und gefährlich blinkend neben jedem der Gedecke lag.

Isabelle erschrak. Davon hatte ihr René nichts gesagt, ihr nicht gezeigt, wie damit umzugehen war. Doch auch er war erstaunt.

«Frau Mama – seit wann benützt ihr die *fourchette*? In Nantes hat die Gabel sich bisher nicht durchgesetzt.»

«In Tours auch noch nicht», brummte der Notar, aber seine Frau fiel ihm gleich ins Wort.

«In den besseren Familien schon! Bei Hof benützt man sie schon seit Jahren, und sie wird sich bald überall durchgesetzt haben.»

Als das Fleisch kam, führte Madame vor, wie sauber und praktisch man mit der Gabel dem Braten zu Leibe rücken konnte. Sie hielt ihr Stück mit dem zweizinkigen Instrument auf dem Teller fest, schnitt mit dem Messer Stücke davon ab und führte diese mit der Gabel zu Munde.

Lachend und mit gespielter Ungeschicklichkeit tat René es ihr nach und zwinkerte Isabelle dabei zu. Sie verstand das Signal. Es bedeutete, daß sie nun selber nicht so sehr darauf achten mußte, alles richtig zu machen, da auch ihm die *fourchette* neu und ungewohnt war.

Nach dem Mahl wollten die Eltern sich zur Mittagsruhe zurückziehen. René wußte, daß dabei der entscheidende Erfahrungsaustausch über Isabelle stattfand und daß es klug war, für sie vorher noch Punkte zu sammeln.

«Ach Papa, ich hätte vorher noch eine Bitte, das heißt, ich spreche sie für Isabelle aus, die es nicht wagt, sie zu äußern. Ich habe von deiner Bibliothek erzählt, und da sie sich brennend für Bücher interessiert, hätte sie gerne einen Blick darauf geworfen.»

Madame Petit runzelte die Stirn.

«Ein Mädchen, das sich für Bücher interessiert? Als ich jung war...»

«Verzeih, daß ich dich unterbreche, meine Liebe. Die Zeiten ändern sich, und warum sollen Bücher nur für die eine Hälfte der Menschheit geschrieben werden? Mich jedenfalls freut es, daß Ihr Euch für meine Bibliothek interessiert, Isabelle, und Ihr könnt gerne einen oder auch mehrere Blicke darauf werfen.»

«Ich jedenfalls ziehe mich jetzt zurück», bemerkte Madame Petit spitz und bedachte ihren Gemahl mit einem Blick, der warnend und vorwurfsvoll hätte werden sollen, aber – da das Ehepaar in bestem Einvernehmen lebte – eher nach liebevoller Nachsicht aussah.

Lächelnd begleitete der Maître seine Gemahlin zur Tür und führte dann die jungen Leute in seine Bibliothek.

Isabelle hatte sich während der Reise diesen wichtigen Augenblick hundertfach ausgemalt und war hundertmal dabei gescheitert, weil sie sich diese schwierige Rolle einfach nicht zutraute. Zu ihrer eigenen Überraschung war sie jetzt so ruhig und kühl, als ginge es zu einer altgewohnten und vertrauten Tätigkeit. Jetzt kam ihr zugute, daß sie diese Szene so oft in Gedanken durchgespielt hatte, aber auch, daß René ihr die väterliche Bibliothek ausgezeichnet und so genau geschildert hatte, daß sie sich blind hätte zurechtfinden können.

Auf dem Weg dorthin bemerkte René im Plauderton:

«Ich durfte heute vormittag das Heiligtum schon besichtigen und kann dir nur sagen, daß sich dort seit meiner Kindheit fast nichts geändert hat.»

Der Maître blieb stehen.

«Und warum? Weil heutzutage niemand mehr etwas Gescheites schreibt – das ist der Grund!»

Isabelle atmete auf. Sie begann das Spiel zu genießen, auch weil sie mit den beiden Männern allein war. Unter den Augen von Madame Petit wäre es ihr nicht so leichtgefallen.

Der Maître öffnete die Tür und ließ Isabelle den Vortritt. Sie schlug die Hände zusammen.

«Maître Petit – so viele Bücher! Ihr seid ja ein richtiger Gelehrter!»

Der Notar lächelte geschmeichelt.

«Das muß man in meinem Beruf auch sein. Aber die Fachbücher stehen woanders. Hier seht Ihr nur, was mich in meinen Mußestunden beschäftigt und anregt.»

Isabelle trat näher heran. Sie erkannte die von René geschilderten Buchrücken, las die Titel und streckte die Hand aus.

«Darf ich?»

Der Notar nickte mehrmals.

«Freilich, freilich! Greift nur zu!»

«Ich durfte das nie», murmelte René gekränkt.

«Weil du als Bub immer schmutzige Hände hattest.»

Isabelle holte den dicken Band der *Bible Guiot* heraus, trat ans Fenster, blätterte und zitierte:

Mich trifft nur Hohn und alle Plage,
Weil ich die schwarze Kutte trage.
Mehr als zwölf Jahre sind es, seit
Man anzog mir das schwarze Kleid.

Lächelnd reichte sie das Buch an den Maître weiter. Er dankte ihr und sagte:

«Ja, der Autor dieses Werkes hat mit Kritik an seiner Zeit nicht gespart. Man nimmt an, daß es ein Mönch war, und in den von Euch gelesenen Zeilen nennt er seinen Beruf. Aber ich werde Euch auch etwas vorlesen, es geht dabei über die Frauen.»

Er setzte sich ans Fenster, blätterte lange und rief schließlich:

«Da ist es! Also hört gut zu, Isabelle.

Ein Weib wird niemals ganz besiegt,
Ihr Innres niemals offen liegt.

Es lacht ihr Herz, wenn's Auge weint,
Und anders spricht sie, als sie's meint...»

Isabelle lachte auf ihre herzliche und fröhliche Art, und ihr ganzer Körper lachte mit. Der Maître sah es mit Wohlgefallen, klappte das Buch zu und stellte es zurück.

«Auch unter Männern soll es Falschheit geben», sagte sie und wandte sich wieder den Büchern zu. «Ah – hier ist der ‹Rosenroman›. Mir gefiel der erste Teil viel besser als der zweite. Guillaume de Lorris war eben ein Dichter, während der andere – wie hieß er doch gleich?»

«Jehan Clopinel», half René weiter.

«Ja, Clopinel – der scheint mehr ein Gelehrter als ein Dichter gewesen zu sein.»

Der Maître war verblüfft.

«Also, ich muß schon sagen – für eine Frau wißt Ihr ja allerhand von unseren Meistern. Ihr habt recht, Guillaume ist der Bedeutendere von den beiden Schöpfern des Romans. Aber die wahren Dichter findet Ihr dort.»

Er deutete auf eine Buchreihe in Augenhöhe.

Isabelle nickte. «Unsere Troubadoursänger...»

Mit einer lässigen Handbewegung wies sie auf die Buchrücken. «Bernard de Ventadour, Peire Vidal, Bertrand de Born, Peire Cardinal, Guillaume de Poitou – und hier Faidit und Folquet...» Sie wandte sich um. «Da fehlt wohl kein wichtiger Name, aber so gut kenne ich mich da nicht aus.»

«Isabelle, Eure Bescheidenheit ist hinreißend», sagte der Notar begeistert und nickte seinem Sohn anerkennend zu. Das mochte wohl heißen: Da hast du gut gewählt, mein Junge.

Aber wie sich später zeigte, war es dem Notar nicht gelungen, auch Madame Petit mit seiner Begeisterung anzustecken. Ihr imponierten Isabelles literarische Kenntnisse keineswegs, und sie ließ durchblikken, daß dergleichen einem jungen Mädchen weder nütze, ja nicht einmal angemessen sei.

Die Tage verstrichen, und es ging nicht voran. Am Sonntag besuchten sie gemeinsam die Messe in der schönen, aber noch unvollendeten Kathedrale, wobei Isabelle von den prachtvollen farbsprühenden Glasfenstern im Chor so abgelenkt wurde, daß ihre Andacht darunter litt.

Am Sonntagabend trank René mit seinem Vater im Arbeitszimmer ein Glas Wein, und er fragte geradeheraus, wie es um die elterliche Zustimmung zu seiner Hochzeit mit Isabelle stehe. Der Maître war sichtlich verlegen, schenkte umständlich nach und räusperte sich mehrmals.

«Nun ja, René, was mich betrifft – also mit mir könntest du schon rechnen. Aber deine Mama – nun, da gibt es noch gewisse Bedenken, die nur schwer, sehr schwer auszuräumen sind.»

«Bedenken welcher Art?»

«Nun, es geht vor allem darum, daß du in Nantes einen Hausstand gründest, dich deiner Familie – so fürchtet sie – entfremdest, und am Ende – am Ende ...» Der Maître seufzte. «Klar herausgesagt, René: Sie will, daß du meine Kanzlei weiterführst, daß es weiterhin einen Notar Petit gibt, wenn ich nicht mehr bin, und daß sie Enkel mit dem Namen Petit auf dem Schoß hält.»

«Das kann sie auch mit den Kindern meiner Schwester tun.»

«Aber René, das ist doch nicht dasselbe! Stell dich nicht dümmer, als du bist!»

«Verzeiht, Papa, das ist mir so herausgerutscht. Und was wünscht Ihr Euch?»

«Das weißt du doch. So wie ich das Notariat von deinem Großvater übernommen habe, möchte ich es an dich weitergeben. Tours ist eine blühende Stadt, du wirst mehr als dein Auskommen haben. Aber das weißt du ja selber. Wenn du es wünschst, würde ich mich sogar in zwei Jahren zurückziehen, dann bin ich fünfundfünfzig und könnte mich nur noch meinen Liebhabereien widmen.»

René überlegte nicht lange.

«Einverstanden! Dann werden wir noch hier heiraten, in der Kathedrale von Tours, und Ihr könnt alle Eure Freunde und Verwandten dazu laden.»

Dem Notar verschlug es die Rede.

«Ist das dein Ernst? Bei dir erlebt man ja eine Überraschung nach der anderen.»

René hatte längst beschlossen, nicht in Nantes zu heiraten, wo so viele Menschen der unterschiedlichsten Stände Isabelle und ihn kannten.

Madame Petit war nicht weniger verblüfft, aber auch ärgerlich, daß die Männer unter sich den Entschluß gefaßt hatten. Doch die Aussicht, daß der einzige Sohn schon in zwei Jahren für immer nach Tours zurückkehren wollte, gab den Ausschlag. Und Isabelle war ja kein unrechtes Mädchen, nicht wahr, auch wenn sie kaum Geld mitbrachte und aus Nantes stammte. So gab auch sie schließlich unter allerlei Seufzern ihren Segen.

Isabelle strahlte, doch sie gab sich ganz bescheiden und tat eine kluge Äußerung.

«Da fällt mir ein Stein vom Herzen! Wir hätten ohne eure Zustimmung niemals geheiratet, weil dann kein Segen auf einer Ehe liegt.»

Madame Petit war gerührt, aber sie konnte sich die Frage nicht verkneifen:

«Was hättet ihr dann getan?»

«Gewartet, liebe Mama, bis ihr euch doch noch dazu entschlossen hättet», sagte René schnell.

Der Maître gab noch zu bedenken:

«Wie stellst du dir das mit dem Aufgebot vor? Außerdem wird Isabelle einen Vormund haben. Liegt dessen Einverständnis vor?»

René lachte.

«Nun ertönt die Stimme des Gesetzes! Ja, lieber Papa, ich habe für alles gesorgt. Isabelles Vormund ist der Pfarrer ihres Kirchensprengels, sein schriftliches Einverständnis liegt vor, dazu sein Verzicht auf das Aushängen des Aufgebotes in seiner Kirche. Hier in Tours könnten wir es übermorgen, also am vierten Adventsonntag tun und durch eine von dir unterzeichnete Eingabe an den Magistrat die Frist von drei auf zwei Wochen verkürzen. Das heißt, wir könnten nach Epiphanias heiraten.»

«Das hast du dir ja schön ausgedacht! Kein Wunder, daß der bretonische Kanzler dich schätzt, du gerissenes Bürschchen.»

Das war spaßhaft hingesagt, doch René hörte den Stolz heraus. Er lächelte seiner Braut zu.

«Siehst du, Isabelle, meine Eltern sind recht vernünftige Leute...»

Da versetzte Madame Petit ihrem Sohn eine leichte Maulschelle und rief empört:

«Nun verspottet er uns noch wegen unserer Gutmütigkeit.»

In dieser Nacht tat René etwas, das er bisher absichtlich vermieden hatte, um den sorgsam ausgetüftelten Plan nicht zu gefährden. Zwei Stunden, nachdem seine Eltern sich zur Ruhe gelegt hatten, schlich er über verräterisch knarrende Dielenbretter zu Isabelles Zimmer. Knarzte eine Bohle besonders laut, blieb er stehen, hielt den Atem an und wartete, ob sich etwas regte. Natürlich konnte er immer ein dringendes Bedürfnis vorschützen, aber diese Ausrede wollte er sich, falls er sie brauchen sollte, für den Rückweg aufheben.

Aus Rücksicht auf ihre Gastgeber und um ihr Vertrauen zu zeigen, hatte Isabelle ihr Zimmer unverschlossen gelassen. Diese Tür aber knarrte besonders laut, und er hegte den leisen Verdacht, seine Mutter habe nicht ohne Hintergedanken diesen Raum gewählt.

Langsam, langsam, Zoll um Zoll schob er die Tür auf, bis der Spalt breit genug war um durchzuschlüpfen.

Vom Bett her wisperte es ihm entgegen:

«Bist du verrückt? Deine verdammte Geilheit kann alles verderben!»

René kroch zu ihr ins Bett und spürte, wie sie ihm sofort bereitwillig Platz machte. Ein gutes Zeichen!

Er flüsterte ihr ins Ohr:

«Ihr Ton, Mademoiselle, paßt nicht in das Haus eines Notars, und so können Sie leider doch nicht Madame Petit werden.»

Sie kniff ihn so schmerzhaft in den Schenkel, daß er leise aufschrie.

«Das täte dir so passen, einfach die Hochzeitsnacht vorwegzunehmen. Nein, mein Herr, gerade weil wir in einem anständigen Bürgerhaus wohnen, kann ich so etwas nicht gestatten.»

«Du hast recht, Isabelle, ich bin verdammt geil, habe schließlich tagelang nichts mehr von dir gehabt. Gönnen wir uns doch die Liebesstunde, wer weiß, ob es verheiratet überhaupt noch Spaß macht.»

Sie streichelte sanft seinen Penis, das war wie ein leises, kaum spürbares Krabbeln.

«Das hoffe ich schon sehr, sonst bleiben wir lieber ledig. Besser ein heißblütiger Geliebter als ein lustloser Ehemann.»

Er liebkoste die Samthaut an der Innenseite ihrer Schenkel, glitt über den kraushaarigen Venushügel und pochte mit dem Zeigefinger leise an die Pforte. Sie atmete schneller, knetete kräftig seine *bourses*, daß er leise zu wimmern begann und ihr Handgelenk umfaßte.

«Wenn du sie zerquetscht, wird nichts aus den kleinen Petits...»

«Ich wollte dir nur die Geilheit austreiben», flüsterte sie in sein Ohr und kicherte.

«Das Gegenteil hast du erreicht», sagte René und stieß die schon halbgeöffnete Pforte ganz auf, so ungestüm, daß nun sie einen leisen Schrei ausstieß. Er legte sofort eine Hand auf ihren Mund. «Du weckst ja das ganze Haus auf!»

Er zog die daunengefütterte Bettdecke über sie beide, so daß die innen heftiger und lauter werdenden Liebesgeräusche auch ein Lauscher an der Tür nur als das Stammeln eines träumenden Menschen gedeutet hätte. Was sich in René angestaut hatte, reichte für ein zweites und ein schwächeres drittes Mal. Danach schliefen sie beide erschöpft ein – schliefen den gesunden Schlaf der Jugend nach gestillter Liebeslust und kümmerten sich keinen Deut um etwaige im Hause lauernde Gefahren.

Sie erwachten zwar nicht in den hellen Tag hinein, aber draußen dämmerte es schon. Isabelle, zeit ihres bisherigen Lebens gewohnt, früh aufzustehen, erwachte als erste. Sie rüttelte ihn an der Schulter, zog ihr linkes Bein unter seinem rechten Schenkel hervor, rief seinen Namen leise ins Ohr, bis er die Augen aufschlug.

«Ich höre schon die Magd Feuer machen! Deine Eltern können jeden Augenblick...»

Er schaute sie entsetzt an, sprang aus dem Bett, griff gleichzeitig nach Hemd und Hose. Unterdessen war Isabelle zur Tür geeilt und hatte sie einen Spalt geöffnet. Sie winkte ihm mit der Hand.

«Der Gang ist leer, los – schnell!»

Er huschte hinaus, schlich zur Treppe und lief unten seinem Vater in die Arme.

«Einen – einen schönen guten Morgen, Papa. Ich wollte nur – wollte gerade hinaus – du verstehst...»

«Aha – aber warum kommst du dann von da oben?»

Der Notar deutete auf die Treppe.

«Das ist – das ist, weil ich nachgesehen habe, ob – ob ...»

Maître Petit schmunzelte.

«Ob Isabelles Tür auch gut verschlossen ist – oder?»

René atmete auf.

«Ja, Papa.»

«Und war sie es?»

«Nein, Herr Vater.»

Der blickte sich vorsichtig um.

«Ich habe nichts gehört und gesehen. Als altem Mann gebührt mir beim Pissen der Vortritt, also verschwinde in dein Zimmer und komme zehn Minuten später.»

René grinste.

«Danke, Papa. Diesmal wird es aus der richtigen Richtung sein.»

Zum ersten Mal in ihrem Leben durfte Isabelle das Fest der Geburt des Herrn im Kreis einer großen Familie feiern. Der Stephani- und Johannitag waren ausgefüllt von Besuchen und Gegenbesuchen der Verwandten und Freunde. Isabelle wurde den Familien von Renés Schwester als Verlobte präsentiert, und wer noch nicht wußte, daß der Sohn des Maître Julien Petit demnächst heiraten würde, konnte dem Aufgebot in der Vorhalle des Domes entnehmen, daß zwei Tage nach Epiphanias Magister René Petit, Sohn des Notars Julien Petit und seiner Gemahlin Marie, geboren in Tours, den Bund der Ehe zu schließen beabsichtigte mit Demoiselle Isabelle Colin, Gutsbesitzerstochter, verwaist, geboren in Nantes.

Am Tag der Hochzeit regnete es in Strömen, und so mancher beneidete das Paar um dieses Vorzeichen, das Fruchtbarkeit und Geld in Hülle und Fülle verhieß.

Wenige Stunden vor der Abreise gelang es René noch, ein paar Worte allein mit seinem Vater zu wechseln.

«So Gott will, lieber Herr Papa, habe ich schon hier unter Eurem Dach einen Enkel gezeugt – vielleicht den vierten Maître für das Notariat Petit.»

«Und das fand, vermute ich, schon vor eurer Hochzeit statt?»

«Das bleibt unser Geheimnis, lieber Papa.»

Maître Petit hatte es sich nicht nehmen lassen, auf eigene Kosten fünf Bewaffnete zu mieten, die Sohn und Schwiegertochter bis vor ihr Haus in Nantes eskortieren mußten. Dort sollte Magister René erfahren, wie sehr man ihn hier vor einigen Wochen herbeigesehnt hatte.

Der ihm zugeteilte Sekretär berichtete, daß schon Ende Dezember ein Bote des Täschnermeisters Maître Jean Briand dringend nach ihm gefragt habe und ebenso dringend bitte, ihn sofort von dessen Eintreffen zu unterrichten.

«Gut, laßt Maître Briand herbitten.»

Kaum zwei Stunden später kam der Meister in Magister Petits Kanzlei. Der winkte den Sekretär hinaus.

«Das ist ein privater Besuch, kommt in einer Stunde wieder.» Er wandte sich seinem Besucher zu. «Nehmt Platz, Maître Briand. Ich nehme an, es handelt sich um unseren Perrinet? Ist er schon zurück?»

«Er ist tot.»

René sprang auf.

«Was sagt Ihr da? Tot? Von wem – ich meine, wer hat ihn – nein! Nein! Das gibt es nicht!»

«Seht Ihr, Magister, nun könnt Ihr Euch denken, was das für uns Eltern bedeutet, Ihr habt ihn viele Monate lang einer tödlichen Gefahr ausgesetzt, wohl wissend, daß er im Dienst eines gefährlichen Ungeheuers steht. So – nun beruhigt Euch wieder. Perrinet ist nicht wirklich tot, aber vor der Welt muß er es sein, bis wir von Gilles de Rais und seinen Helfern befreit sind.»

René atmete auf.

«Ihr habt mir vielleicht einen Schrecken eingejagt, Maître.»

«Mit Absicht, Magister. Dahinter steht unser verständlicher Wunsch nach der sofortigen Festnahme dieses mörderischen Seigneur, sobald er aus Vannes zurück ist. Mit ‹uns› meine ich alle betroffenen Eltern und Verwandten, die einerseits Rache und Vergeltung für ihre hingemordeten Kinder verlangen, andererseits nicht gewillt sind, ihre noch lebenden Söhne weiterhin dieser tödlichen Gefahr auszusetzen. Warum etwa ist La Meffraye noch auf freiem Fuß? Jeder hier in Nantes weiß, daß sie für mindestens ein Dutzend verschwundener Kinder verantwortlich ist. Vermutlich hält sie inzwischen Ausschau nach neuen Opfern. Übermittelt diese unsere Wünsche Euren Vorgesetzten und laßt sie wissen, daß die freien Bürger von Nantes nicht gesonnen sind, ihren Unwillen länger zurückzuhalten.»

«Maître Briand, ich gebe Euch in allem recht und habe selber mehrmals meine schwerwiegenden Bedenken geäußert, einen Menschen wie Gilles de Rais weiterhin in Freiheit zu lassen. Mir wurde jedoch bedeutet, daß man den Seigneur aus taktischen Erwägungen nicht behelligen will, ehe der Hoftag in Vannes beendet ist. Sobald Gilles de Rais zurückgekehrt ist, werden wir den Fall wiederaufnehmen.»

«Wozu wir dringend raten möchten. Hat man bei diesen taktischen Erwägungen auch bedacht, daß jede Verzögerung weitere Kinderleben kosten könnten?»

Dem Magister wurde es bei diesen bohrenden Fragen unbehaglich, aber Maître Briand sprach nur aus, was viele dachten.

«Nun, wir haben nicht damit gerechnet, daß es der Seigneur wagt, auch während des Hoftages in Vannes seine Verbrechen fortzusetzen.»

«Daß diese Vermutung leider falsch war, werdet ihr gleich hören, wenn ich weitergebe, was mein Sohn mir erzählt hat.»

Perrinet machte sich keine Illusionen mehr über sein Schicksal. Sie ließen ihn nicht aus den Augen, und wenn er in den Hof auf die Latrine ging, stellte sich ein Bewaffneter vor die Tür. Man hielt jedoch sorgfältig den Schein aufrecht, daß er, der Chorführer des Seigneur de Rais, nach dem Weihnachtsfest aus dem Dienst ausscheide. Seigneur Gilles bedankte sich bei ihm, lobte seine schöne Stimme, seine gute Arbeit und ließ ihm ein Abschiedspräsent von zwölf *écus d'or* auszahlen.

Am Tag nach Johanni brachen sie auf, Perrinet in der Begleitung von drei bewaffneten Männern.

«Bringt ihn nur sicher nach Nantes. Ihr haftet dafür mit eurem Kopf!» rief Sillé den Männern laut nach und grinste dabei boshaft.

Perrinet mußte an der Spitze reiten, ein paar Schritt hinter ihm, quasi auf Tuchfühlung, die beiden Bewaffneten und dahinter Roger de Bricqueville, der so den Zug gut überblicken konnte.

Der Aufenthalt in Vannes hatte den sonst eher Sorglosen mißtrauisch und nachdenklich gemacht. Da Bricqueville selber aus einem normannischen Adelsgeschlecht stammte, gab es beim Hoftag Leute, die seine Eltern gekannt hatten oder weitläufig mit ihnen verwandt waren. Und so wurde er nicht nur einmal gefragt, ob es für seinen Ruf nicht besser sei, den Dienst bei Seigneur de Rais aufzukündigen, ehe dies von anderer Seite geschehe. Er hatte zuerst nicht verstanden, wer oder was damit gemeint sei, bis einer spöttisch sagte, warum Frau Justitia blind dargestellt sei, sehe man schon am Falle des Seigneur de Rais, denn sehenden Auges würde er längst unter ihr Schwert gekommen sein.

Er hatte lange gezögert, den Auftrag anzunehmen, erstens, weil er nichts gegen diesen Perrinet hatte und zum anderen, weil er die «Kopfprämie» höher schrauben wollte. Wie immer ließ Gilles sich nicht lumpen, und Bricqueville dachte: Solange er derart spendabel ist, nehme ich die Gefahr auf mich. Natürlich hatte er nicht vor, den Burschen selber abzumurksen. Er würde zur rechten Zeit und am rechten Ort den beiden anderen den Befehl dazu erteilen und notfalls mit ein paar Goldstücken nachhelfen.

Zwei, höchstens drei Tagesreisen waren auf der guten Straße für den Weg von Vannes nach Nantes anzusetzen. Sein soldatischer Sinn sträubte sich dagegen, den Burschen im Schlaf zu erwürgen. Das sollte auf offener Straße geschehen und wie ein Raufhandel aussehen, bei dem halt einer den kürzeren zog.

In La Roche-Bernard, einem Ort, wo die Straße nach Süden ans Meer abbog, nächtigten sie in einer Herberge. Bricquevilles Plan war, Perrinet an diesem Abend betrunken zu machen, so daß er bald ins Bett ging, um dann mit den anderen die Einzelheiten zu besprechen. Perrinet, ohnehin in gedrückter Stimmung, hin- und hergerissen zwischen Hoffnung und Verzweiflung, stürzte, ohne groß aufgefordert werden zu müssen, Becher um Becher hinunter. Bald lallte er nur noch, und sie brachten ihn zu Bett.

Das Zimmer begann sich sofort zu drehen, und eine brutale Übelkeit walkte seinen Magen durch wie ein Stück schmutzige Wäsche. Noch ehe er auf dem Hof den Abtritt erreichen konnte, sprudelte der zu schnell und in zu großen Mengen genossene Wein wieder aus ihm heraus.

Da es in der Herberge eine rückwärtige Stiege gab, merkten die anderen davon nichts. Perrinet hörte durch die geschlossenen Fensterläden ihre lauten Stimmen durcheinanderreden und blieb augenblicklich stehen.

«Es ist besser, wir besprechen das draußen, vielleicht im Stall bei den Pferden», hörte er Bricqueville sagen. Sie fürchteten also, belauscht zu werden! Perrinet, fast nüchtern geworden, wußte jetzt, daß es um sein Leben ging, und so schlich er schnell in den Stall und grub sich in den dort aufgetürmten Heuhaufen.

Dann kamen sie und begannen mit halblauter Stimme zu beraten. Sie einigten sich schnell auf den Plan, daß einer von ihnen einen Streit vom Zaun brechen sollte, in den man ihn, Perrinet einbezog.

«Und dann stecht ihr ihn einfach nieder», sagte Bricqueville abschließend.

«Wer von uns?» fragte der eine.

«Ihr könnt es beide tun – sicher ist sicher. Der Seigneur hat euch dafür bezahlt, aber ich lege noch eine Prämie von drei *écus* pro Mann drauf.»

«Dann gilt es!»

«Trinken wir noch eins drauf?»

«Warum nicht?»

Die Stimmen entfernten sich, krachend fiel die wackelige Holztüre zu.

Perrinet wühlte sich aus dem Heu und rannte in die Kammer zurück, die er mit den beiden Bewaffneten teilte. Schon halb im Schlaf überlegte er, ob er es wagen sollte, sein Pferd loszumachen und einfach davonzureiten. Noch ehe er einen Entschluß fassen konnte, kam der Schlaf und wischte mit seinen magischen Händen alles fort: Sorgen, Ängste und anstehende Entscheidungen.

Am Vormittag geschah nichts, vielleicht weil sie durch eine ziemlich belebte Gegend zogen. Dann nahmen sie in einer schäbigen, aber gut besuchten Schenke ihr Mittagsmahl ein. Während sie auf die

Brühwürste warteten, beugte Perrinet sich vor und sagte mit leiser, beherrschter Stimme:

«Meine Herren, ich weiß längst, daß ich Nantes nicht lebend erreichen soll, kannte schon in Vannes den Plan unseres gnädigen Herrn. Ich könnte nun aufstehen und den Wirt bitten, die Ortsmiliz herbeizuholen wegen des begründeten Verdachts eines Mordanschlages.»

Perrinet machte eine Pause, um seinen Begleitern Zeit zum Nachdenken zu geben.

Bricqueville sprach als erster.

«Du redest Unsinn, Perrinet. Wer hat dir nur solche Lügen ins Ohr geblasen?»

«Es sind keine Lügen. Habt Ihr nicht selber mit diesen beiden die Ausführung des Plans im Stall besprochen? Ich war dort und habe alles gehört.»

«Das ist dumm», bemerkte der eine.

«Was machen wir jetzt?» fragte der andere.

«Nun ja...», sagte Bricqueville, und seinem kantigen, etwas einfältigen Gesicht war anzusehen, daß ihm auch nichts dazu einfiel.

Zum Glück kamen die Würste, und Perrinet überfiel plötzlich ein Heißhunger. Er spürte, daß er dabei war, Herr der Lage zu werden.

«Essen wir zuerst, meine Herren. Von kalten Würsten wird einem nur schlecht.»

Danach fragte er den Wirt, ob es hier einen Nebenraum gebe.

«Ja, aber da ist nicht geheizt.»

«Gut, dann bringt uns einen großen Krug mit heißem Würzwein dorthin.»

«Was habt Ihr vor?»

Daß Bricqueville ihn nicht mehr duzte, nahm Perrinet als gutes Zeichen.

«Ich werde euch dreien etwas Wichtiges erzählen.»

Kaum waren sie allein, packte Perrinet aus und sah mit Genuß und Befriedigung, wie der Schreck in seine Bewacher fuhr.

«Ja, meine Herren, der Kanzler leitet in eigener Person die Ermittlungen mit Wissen und Einverständnis Seiner Hoheit, des Herzogs. Im kommenden Jahr wird der Seigneur festgenommen und alle seine

Helfer mit ihm: Sillé, Prelati, Blanchet, Henriet, Poitou, La Meffraye und natürlich auch Ihr, Seigneur de Bricqueville. Über jeden von euch gibt es schon eine Akte, wo alle Schandtaten fein säuberlich aufgezeichnet sind. Ihr werdet nämlich seit Jahren beobachtet und überwacht. Ich bin nur einer von vielen, die im Dienst des Herzogs stehen. Ihr könnt dies in Nantes selber überprüfen, wenn Ihr Euch an Magister Petit wendet.»

«Das werde ich fein bleiben lassen!» stieß Bricqueville zornig hervor, aber in seinen Augen saß die Angst. Die beiden anderen schwiegen, doch es war zu spüren, wie sie mehr und mehr von ihrem Anführer abrückten.

Perrinet wandte sich zu ihnen.

«Ihr beiden könnt euch leicht retten, weil es bis jetzt über euch nichts gibt. Ich schlage vor, wir zahlen diese Männer aus, Seigneur de Bricqueville, und sie sollen sich woanders verdingen – weit, weit weg von hier.»

Mit zitternden Fingern zog Bricqueville seinen Beutel hervor und gab jedem fünf *écus d'or*. Perrinet legte pro Mann zwei weitere Goldmünzen drauf.

«Und jetzt haut ab! An eurer Stelle würde ich bis in die Nähe der spanischen Grenze reiten, dann könnt ihr euch im Notfall schnell absetzen.»

Die beiden verschwanden, als stünden die Verfolger schon draußen.

«Mir ist schlecht...» klagte Bricqueville mit kleiner ängstlicher Stimme.

«Dazu habt Ihr allen Grund!» sagte Perrinet und sah ihn streng an.

Dieser grobschlächtige rüpelhafte Mensch schien nun auch äußerlich auf sein wahres Maß geschrumpft – ein jämmerlicher Parasit, der in Gefahr geriet, seinen Wert und damit seine Existenz, sein Leben zu verlieren. Doch Perrinet spürte, daß auch ein verzweifelter Bricqueville gefährlich sein konnte, und so setzte er hinzu:

«Wir sollten uns jetzt gemeinsam bemühen, aus dieser mißlichen Lage das Beste zu machen. Eine Frage vorweg: Werdet Ihr wieder zu Gilles de Rais zurückkehren?»

«Um Himmels willen – nein! Das hatte ich schon nicht vor, als wir in Vannes abreisten. Ich habe von verschiedenen Seiten Warnungen erhalten, die sich mit dem zusammenfügen, was Ihr mir erzählt habt. Und eines kann ich schwören: Ich wollte Euch nicht umbringen! Was Ihr im Stall gehört habt, diente nur dazu, die beiden Burschen in Sicherheit zu wiegen. Mit Euch zusammen wollte ich mich absetzen, nur . . .»

«Bricqueville! Ich bin kein kleiner Junge mehr, und solche dicken Lügen kann ich einfach nicht schlucken. Mein Vorschlag wäre: Ihr begleitet mich nach Nantes und bringt mich zu meinen Eltern. Dort werde ich Euch vorstellen und vor Zeugen bestätigen, daß ich Euch mein Leben zu verdanken habe. Das stimmt nun nicht ganz, aber ich weiß recht wohl, daß der heutige Tag unter Umständen für mich ein schlimmes Ende hätte nehmen können. Ich aber stelle mich tot, das heißt, mein Vater wird verbreiten, daß ich im Dienst des Seigneur umgekommen bin. Wenn Seigneur Gilles oder Sillé erfahren, daß ich noch lebe, werden sie alles in Bewegung setzen, um dies zu ändern. Nein, ich bin vorerst tot, und Ihr habt zwei Möglichkeiten. Entweder Ihr geht zu Gilles zurück und meldet den Vollzug, aber dann müßt Ihr damit rechnen, sehr bald auf der Galgenleiter zu stehen. Oder, und dazu würde ich Euch raten, Ihr macht Euch so lange unsichtbar, bis der Fall abgeschlossen und Euer Vetter gerichtet ist. Natürlich wird man Euch hinterher befragen, vielleicht sogar anklagen. Ich werde dann für Euch sprechen und nochmals bestätigen, was ich vor meinen Eltern schon ausgesagt habe, nämlich, daß ich Euch mein Leben verdanke.»

Bricqueville senkte seinen kantigen Schädel und dachte hörbar nach. Er seufzte, brummelte, schüttelte den Kopf und sagte schließlich:

«Wer will schon mit Seilers Tochter Hochzeit machen? Ich jedenfalls nicht! Wir reiten nach Nantes, und danach mache ich mich dünne, bis sich der Rauch verzogen hat.»

Maître Briand war am Ende seines Berichts.

«Zwei Tage vor Silvester pochte es nachts an die Tür. Es hatte geschneit, und die beiden standen da wie Schneemänner, in ihre Mäntel gemummt, müde und verfroren. Sie hatten absichtlich bis kurz vor Torschluß gewartet und waren unerkannt in die Stadt gelangt, Seigneur de Bricqueville nächtigte in unserem Haus und verschwand bei Tagesanbruch. Nun schlage ich folgendes vor: Ich warte ab, bis Seigneur de Rais in Nantes ankommt und – wie ich glauben muß – mein Sohn mit ihm zurückkehrt. Da er nicht erscheint, frage ich beim Seigneur im Stadtpalais nach, und nun gibt es zwei Möglichkeiten. Entweder man teilt mir mit, Perrinet sei im Dienst Gilles de Rais' auf irgendeine Weise zu Tode gekommen, oder sie sagen, er sei zurück nach Machecoul gegangen, weil er es sich anders überlegt habe. Es wird dann wieder Wochen dauern, bis ich herausfinde, daß er dort nicht angekommen ist. So oder so: Ob sie ihn nun ‹sterben› oder ‹verschwinden› lassen, ich werde Euch sofort Meldung machen und von Gilles de Rais nähere Aufschlüsse verlangen. Wichtig ist, daß er an seinen Tod glaubt und keine Nachforschungen anstellt. Da Bricqueville und seine Begleiter verschwunden bleiben, wird der Marschall mißtrauisch sein.»

«Er wird es nicht, wenn Ihr behauptet, Bricqueville selber habe Euch Perrinets Tod im Dienst des Seigneur mitgeteilt – oder noch besser: Euer Sohn ist auf dem Weg hierher von Landstreichern überfallen und erschlagen worden und mit ihm die beiden Bewaffneten. Bricqueville bleibt verschwunden – aus welchen Gründen auch immer.»

Maître Briand dachte lange nach, dann nickte er langsam einige Male.

«Ein Juristenhirn findet doch immer einen besseren Weg. Es müßte schon mit dem Teufel zugehen, wenn unser Plan nicht funktionierte. Ich bin einverstanden, Magister Petit. Daß Perrinet lebt, wissen jetzt nur fünf Personen: Ihr, meine Frau, mein Sohn Etienne, ich und der Seigneur de Bricqueville. Die beiden Bewaffneten rechne ich nicht dazu, die werden sich hier kaum noch blicken lassen.»

René nickte seine Zustimmung.

«Da bin ich ganz Eurer Meinung. Wo steckt übrigens der Junge jetzt?»

«In Sicherheit. Mehr möchte ich vorerst nicht sagen, aber jetzt melde ich Euch ganz offiziell: Ich habe gestern erfahren, daß mein Sohn Perrinet unter nicht geklärten Umständen im Dienste des Seigneur de Rais zu Tode gekommen ist. Gleich anschließend werde ich den Pfarrer unseres Viertels davon unterrichten. Gott wird mir hoffentlich diese Lüge verzeihen.»

«Nur eine Notlüge», meinte Magister Petit.

«Und sie rettet das Leben meines Sohnes», fügte der Maître hinzu.

22

Pater Robert Lesné empfand es als Sünde vor Gott, den längst überführten Kanzler, Teufelsanbeter, Häretiker und Sodomisten Gilles de Rais noch immer frei herumlaufen zu lassen. Freilich, er mußte sich die Argumente von Père Blouyn, seinem Vorgesetzten, widerwillig zu eigen machen, aber es bereitete ihm Tag für Tag Seelenqualen, nichts unternehmen zu können.

Als Jean Blouyn im Dominikanerkloster erschien, um mit seinen Ordensbrüdern Weihnachten zu feiern, hatte Pater Robert sich etwas ausgedacht.

«Ehrwürdiger Vater, wenn ich Euch damals richtig verstanden habe, so wird der Fall Gilles de Rais nach dessen Rückkehr sofort wiederaufgenommen.»

«So ist es, mein Sohn.»

«Heißt es da nicht Zeit verschwenden, inzwischen nichts – gar nichts zu tun? Von unserem Gewährsmann wissen wir, daß François Prelati in Machecoul zurückgeblieben ist, um weiterhin seine sündhaften Experimente zu machen, jedoch ...»

«Halt, Pater Robert! Ihr vergeßt, Prelati ist unser Mann und spielt seine Rolle auf unseren Wunsch weiter. Wir sollten ihn weder ängstigen noch verunsichern.»

«So habe ich es auch nicht gemeint. Aber wir könnten die Abwesenheit des Seigneur nützen, um von Prelati alle Einzelheiten zu erfahren. Beim Prozeß sparen wir uns dann Zeit und Mühe.»

«Ich weiß Euren Eifer durchaus zu schätzen, Pater Robert. Euer Vorschlag ist nicht von der Hand zu weisen, und für Prelati wird es ein Zeichen sein, daß wir ihn nicht aus den Augen lassen. Macht Euch schnell auf den Weg, denn Seigneur Gilles ist launenhaft und kann plötzlich wieder zurückkehren.»

Pater Robert strahlte. Er kniete nieder und küßte dem Inquisitor die Hand. Père Blouyn segnete ihn und sagte:

«Geh mit Gott, mein Sohn.»

Francesco Prelati war nicht so dumm, in Abwesenheit von Seigneur Gilles alle fünf gerade sein zu lassen und sich einen guten Tag zu machen. Er wußte, daß viele Augen ihn beobachteten und daß man später dem Herrn genau Bericht erstatten würde. So ging er täglich für einige Stunden in sein Labor und machte dort harmlose, aber sehr lautstarke und intensiv riechende Experimente. Solange es krachte und stank, konnte ihm niemand Untätigkeit vorwerfen.

Als dann Pater Robert auftauchte, empfand der zu Tode gelangweilte Schwarzkünstler fast so etwas wie Erleichterung. Prelati fühlte sich im Dienst der Inquisition halbwegs sicher, doch er wußte, was ihm blühte, sollte beim Seigneur auch nur der geringste Verdacht aufkeimen.

Pater Robert trat als harmloser Abgesandter des Bischofs auf, der alle Priester und Pfarreien in der Diözese zu besuchen und zu inspizieren hatte.

Der Burghauptmann murrte zwar, meinte, damit wäre der Seigneur gewiß nicht einverstanden, aber Prelati beruhigte ihn. Er kenne Pater Robert und nehme die Verantwortung auf sich.

Die beiden Priester zogen sich in ein Turmzimmer zurück, das gelegentlich astronomischen Beobachtungen diente und jeden möglichen Lauscher ausschloß, weil die hölzerne Stiege so laut knarrte. Die beiden jungen Männer hatten zwar den gleichen Beruf gewählt, doch was sie daraus machten, unterschied sie grundsätzlich.

Das begann schon beim Äußeren. Prelati, feingliedrig, von eher zierlicher Gestalt, mit weichen dunkelbraunen Haaren und braunen, klugen, immer etwas skeptisch, aber auch fröhlich dreinblickenden Augen, gab sich lebhaft, charmant, unverbindlich. Pater Robert, bei dem das keltische Blut überwog, wirkte dagegen ungeschlacht und schwerfällig. In seinen blauen Augen fand sich kein Funken Humor, dafür Festigkeit, ja sogar leichter Starrsinn. Er konnte sie demütig niederschlagen, wenn er von Gott oder seinen Ordensoberen sprach, die nach seinem Verständnis unmittelbar aufeinander folgten. Die bleiche Haut mit den Sommersprossen, das kurze, borstige, rotblonde Haar und die abstehenden Ohren machten ihn nicht gerade zu einer gewinnenden Erscheinung. Er war durchdrungen von seinem Priestertum, es erfüllte seine Seele, sein Herz, seinen Kopf und seine Glieder – Robert Lesné war Priester mit Leib und Seele. Er hätte sich eher kreuzigen, verbrennen oder schinden lassen, ehe er es verleugnete.

Das Priestertum des Francesco Prelati war dagegen nur ein dünner Firnis, bereits dabei abzublättern. Er hatte schon jahrelang keine Messe mehr gelesen, blätterte häufiger in anderen Büchern als in seinem *breviarium*. Seine wahre Natur war die eines Gauklers. Er betrieb alles nur mit der linken Hand. Glaubte er überhaupt an Gott und den Teufel? Freilich, freilich, aber das waren für ihn ferne, fast unwirkliche Gestalten. Nicht jedoch glaubte er daran, daß es ihm je gelingen könnte, Satan durch magische Riten in sichtbarer Gestalt erscheinen zu lassen, und das bekräftigte er in dem jetzigen Gespräch noch einmal. Pater Robert musterte ihn streng.

«Prelati, soll das etwa heißen, daß Ihr nicht an die Existenz des Teufels glaubt? Das wäre nämlich nicht weniger ketzerisch, als Gott zu leugnen.»

«Bei allen Heiligen!» Prelatis Stimme wurde ganz dunkel vor gerechter Empörung. «Natürlich ist Satan existent! Ich will damit nur sagen, daß es mir offenbar nicht gelingt, ihn herbeizuzitieren.»

«Aber dem Seigneur gegenüber habt Ihr behauptet, ein Dämon namens Aliboron oder Barron sei Euch erschienen.»

Prelati lächelte entschuldigend.

«Ich stand unter Erfolgszwang. Wer sich einen gutbezahlten Schwarzkünstler hält, will auch Ergebnisse sehen.»

«Dabei müßt Ihr in Eurer Aussage vor dem Gericht bleiben.»

Prelati schaute etwas verwirrt drein.

«Wobei?»

«Daß Ihr mehrmals Dämonen gesehen habt, vor allen Dingen bei der Beschwörung mit dem Kindesopfer.»

«Ich soll also ...»

«Nein – Ihr müßt! Ein Urteil gegen Gilles de Rais als blutrünstigen Teufelsbeschwörer stünde auf schwachen Füßen, hätte Satan sich nicht auf irgendeine Weise gezeigt.»

«Ich verstehe.»

«Das hoffe ich. Ihr wollt ja schließlich später wieder freikommen. Jetzt möchte ich mir einmal die Bücher ansehen, nach denen Ihr das Beschwörungsritual gestaltet habt.»

Prelati nickte und stand auf.

«Gehen wir hinüber in die Bibliothek.»

Als sie vor den Regalen standen, wunderte Pater Robert sich über die zahlreichen Lücken.

Prelati zuckte die Schultern.

«Alles verkauft, so nach und nach. Die schönsten Stundenbücher, illuminierte Bibeln, kostbare Werke über Botanik, Astronomie und Heilkunde. Die magischen Bücher bilden nur noch den Restbestand einer der wertvollsten Bibliotheken, die es hierzulande je gab.»

Prelati wies auf die Werke des Magiers Arnold von Villanova und auf die *Ars magna* des Raimundus Lullus.

«Diese Autoren haben sich mehr allgemein geäußert, aber Jacobus de Theramo geht schon ins Detail, wenn man sein Buch *Belial* genau liest. Das da», Prelati nahm ein Buch von dem mit Papieren überladenen Tisch, «habe ich selber aus Italien mitgebracht. Der Verfasser hat seinen Namen wohlweislich verschwiegen. Es heißt *Sanctum Regnum* und gibt genaue Anweisungen. Ihr werdet es ja kennen ...»

«Nicht so genau wie Ihr, fürchte ich.»

«Nun, ich habe mir Auszüge von den wichtigsten Stellen gemacht, auch für den Seigneur, sollte er selber einmal ... Also, darf ich es vorlesen?»

Pater Robert beugte sich vor.

«Ja, tut das, ich bitte Euch.»

Prelati trat mit einem Pergament ans Fenster.

«Wenn du mit der Hölle einen Pakt schließen willst, so mußt du erst wissen, wen du rufen willst. Es ist nicht unbedingt notwendig, den Teufel persönlich zu bemühen, wenn ein geringerer Fürst der Hölle unsere Wünsche erfüllen kann. Zwei Tage vor der Beschwörung mußt

du mit einem neuen Messer von einem wilden Haselstrauch einen Zweig abschneiden; das Messer darf vorher nicht benutzt worden sein. Der Zweig darf nie Früchte getragen haben und muß genau in dem Augenblick, in dem die Sonne über den Horizont steigt, abgeschnitten werden. Danach nimm einen Blutstein und zwei geweihte Wachskerzen und geh damit an einen einsamen Ort, wo die Beschwörung ungestört vor sich gehen kann. Alte, zerfallene Burgen sind dazu sehr geeignet, weil Geister alte Gebäude lieben; ein abgelegenes Zimmer in deinem Hause ist aber ebenso gut für deinen Zweck. Zeichne mit dem Blutstein ein Dreieck auf den Boden und stelle die Kerzen an die Seiten des Dreiecks. Schreibe an die Grundlinie die heiligen Buchstaben IHS und mache rechts und links davon je ein Kreuz. Dann stelle dich in das Dreieck mit der Haselgerte und den Papieren, auf denen die Beschwörung und deine Wünsche stehen, und rufe den Geist mit Zuversicht und Festigkeit.»

Prelati ließ das Blatt sinken.

«Die Anrufung kann sich nun an einen ganz bestimmten Dämon, aber auch an Satan selber richten und soll die bestimmten Wünsche enthalten, auf die es dem Beschwörer ankommt. Den Schluß bildet der Euch gewiß wohlbekannte ‹Schlüssel Salomonis›. Das Weitere gebe ich in Stichworten wieder. Nun erscheint also der Gerufene und spricht:

«Hier bin ich, was willst du, warum störst du meine Ruhe? Gib Antwort!»

Der Zauberer: «Ich wünsche einen Vertrag mit dir zu schließen zu dem Zwecke, daß du mir so schnell wie möglich große Reichtümer schenkst; anderenfalls werde ich dich quälen mit den mächtigen Worten des Schlüssels.»

Aliboron antwortet in formelhaft zeremonieller Sprache nach den Regeln der Diplomatie: «Ich kann deinem Befehl nicht gehorchen, wenn du mir nicht Leib und Seele übergibst, in zwanzig Jahren, mit der Erlaubnis, daß ich zu dieser Zeit mit dir tun kann, was immer ich will.»

Dies ist der entscheidende Punkt. Der Magier muß auf der Hut sein und darf sich nicht irgendwie binden lassen. Er muß versuchen, Aliboron willfährig zu machen, ohne ihm etwas zu versprechen. Aber solche Kniffe helfen wenig. Denn die Hölle gibt nichts ohne entsprechende Belohnung. Auf folgende Weise sollte man die gefährliche Klippe umschiffen: Man werfe seinen Pakt aus dem Kreise hinaus. Der Text muß auf neuem Pergament aufgesetzt und mit deinem Blut unterzeichnet sein. Er muß lauten: «Ich verspreche dem großen Aliboron, ihn nach zwanzig Jahren für alle Schätze, die er mir gegeben hat, zu belohnen.»

Dieses trügerische Dokument wird Aliboron zunächst nicht annehmen. Der Zauberer muß aber fest bleiben; indem er die große Anrufung und die den Teufel zerschmetternden Worte des Schlüssels vorliest, zwingt er Aliboron abermals zu erscheinen.

«Warum quälst du mich noch mehr? Wenn du mich in Frieden läßt, werde ich dir einen Schatz geben, nicht weit von hier. Meine Bedingung ist nur, daß du mir an jedem ersten Montag jedes Monats ein Stück Geld weihst und daß du einmal jede Woche zwischen zehn Uhr abends und zwei Uhr morgens nach mir rufst. Nimm deinen Pakt, ich habe ihn unterzeichnet. Und wenn du dein Versprechen nicht hältst, so gehörst du in zwanzig Jahren mir.»

Der Zauberer antwortet folgendermaßen: «Ich stimme deinem Vorschlag zu, unter der Bedingung, daß du mir jetzt den Schatz zeigst, den du mir versprochen hast; denn ich will ihn sofort haben.» Aliboron: «Folge mir und nimm den Schatz, den ich dir zeigen werde.»

Nun tritt der Zauberer aus dem magischen Kreise an dem bestimmten Punkte heraus und folgt dem bösen Geist zu dem Schatze, den er mit der Zauberrute berührt. Er legt auch den Vertrag auf den Schatz und kehrt, nachdem er soviel Geld genommen hat, wie er tragen kann, rückwärts schreitend zu dem magischen Kreis zurück. Dann entläßt er den Geist mit den Worten: «O großer Aliboron, ich bin mit dir zufrieden. Ich werde dich jetzt entlassen, gehe in Frieden, du darfst gehen, wohin du willst, aber ohne allen Lärm und Gestank.»

Prelati legte das Blatt auf den Tisch zurück und setzte sich.

«Wollt Ihr noch etwas wissen, Pater Robert?»

«Was hättet Ihr getan, wäre Satan einmal tatsächlich erschienen?»

«Ich weiß es nicht. Damit habe ich aber nie gerechnet, weil der Seigneur wie auch sein Vetter Sillé sich immer davor scheuten, den letzten Schritt zu tun. Niemals wurde etwas mit Blut unterzeichnet, und diese Herren haben durch Mitnahme von Kreuzen, Heiligenbildern und Reliquien stets Vorsorge getroffen, daß Satan ihnen nichts anhaben konnte.»

«Das ändert aber nichts daran, daß hier tatsächlich mehrmals und zum Teil unter Verwendung von Leichenteilen der Teufel beschworen wurde.»

«Natürlich nicht, Pater Robert», sagte Prelati verbindlich lächelnd.

Später fragte der Pater ihn nach Blanchet und dessen Rolle am Hof des Seigneur. Prelati hatte die Absprache des gegenseitigen «Weißwaschens» nicht vergessen. Er zog ein bedauerndes Gesicht.

«Dem Armen hat man schlimm mitgespielt. Schon seit Monaten hatte er sich bei mir im vertrauten Gespräch – von Priester zu Priester, Ihr versteht – beklagt, daß ihn das schändliche Treiben am Hof des Seigneur mehr und mehr in Gewissensnöte stürze. Da der Marschall nicht geneigt schien, ihn gehen zu lassen, machte Père Blanchet sich auf eigene Faust davon. Nun, die Leute des Seigneur stöberten ihn bald wieder auf, und nun sitzt er im Gefängnis der Burg von Saint-Etienne. Sobald Gilles de Rais zurück ist, wird er ihn nachdrücklich auffordern, hierher zurückzukehren, und ich denke, er wird es tun, weil er nicht in einem lichtlosen Kerker verfaulen will.»

«Könnte man ihm auf irgendeine Weise helfen?»

Prelati schüttelte den Kopf.

«Nicht hier im Pays de Rais. Die Leute halten aus Angst zum Herrn, und jeder Versuch, Blanchet zu befreien, müßte scheitern.»

Während die beiden Priester ihre Gespräche führten, traf der Marschall de Rais in Nantes ein. Das sprach sich schnell herum, und Maître Briand sagte zu Maître Aubin, Perrinets früherem Lehrherrn:

«Endlich – endlich! Ich brenne darauf, von diesem Menschen die Wahrheit zu erfahren. Ich bin mehr und mehr zu der Überzeugung gelangt, daß Bricqueville gelogen hat. Vielleicht halten sie den Jungen irgendwo verborgen, um ihn für üble Zwecke zu mißbrauchen. Bei dem schlechten Ruf des Seigneur de Rais läßt sich nichts anderes denken.»

Maître Aubin heuchelte Verständnis und Trauer, aber er war die ganze Sache längst leid. Hatte er nicht schon seine Werkstatt und auch seine Tochter ins Gerede gebracht, weil der Bursche sich leichten Herzens bereit fand, diesem übel beleumdeten Baron zu dienen? Freilich, der Seigneur war ein guter Kunde, zahlte prompt und ließ immer in Nantes arbeiten. Daß die Zunft nachgegeben und Perrinets auswärts gefertigte Gesellenarbeit anerkannt hatte, empfand der Maître als ärgerlich und als Mißachtung der alten Bräuche. Ein Gesellenstück mußte unter den Augen des Meisters gefertigt werden! Doch er würde sich nichts vergeben, ehe die Wahrheit ans Licht kam. Und so munterte er den Zunftbruder auf.

«Gerade Marguerite würde sich freuen, wenn es so wäre. Sie glaubt auch nicht an die Nachricht dieses höchst verdächtigen Seigneur de Bricqueville.»

Maître Briand seufzte.

«Ihr gebt mir wieder etwas Hoffnung.»

Am gleichen Tag sandte er einen Boten in das Viertel Sainte Marie, wo La Suze, das Stadtpalais des Marschalls stand, und forderte eine Unterredung. Statt einer Antwort erschien Seigneur de Sillé mit geheuchelter Trauermiene.

«Seigneur de Rais ist leider so beschäftigt, wird auch morgen schon weiterreisen. Wir haben von dem Unglück gehört und möchten Euch ...»

«Unglück!» unterbrach ihn Maître Briand. «Man hat auf der vielbegangenen Straße von Vannes nach Nantes noch nie etwas von Landstreichern gehört. Ich möchte die Wahrheit wissen!»

Sillé tat erstaunt.

«Das möchten wir auch! Bricqueville hat sich bei uns bis jetzt nicht sehen lassen, das heißt, Ihr wißt mehr als wir, da Ihr mit ihm gesprochen habt.»

«Der Überfall geschah angeblich auf halbem Wege, das müßte also zwischen Missilac und Pontchâteau gewesen sein. Ich bin dabei, es nachprüfen zu lassen. Da es nach Bricquevilles Bericht dabei drei Tote gegeben hat, müßte der Fall dort längst bekannt sein. Läßt sich nichts in Erfahrung bringen, werde ich gegen Seigneur Gilles de Rais Klage einreichen. Es ist ja nicht das erste Mal, daß Kinder und junge Leute bei ihm spurlos verschwunden sind.»

Sillé winkte ab.

«Dumme Gerüchte! Marktweiberklatsch!»

Briand ging nicht darauf ein.

«Sollte Bricqueville an Eurem Hof auftauchen, möchte ich Klarheit, versteht Ihr!»

«Aber ja, Maître Briand, darauf habt Ihr ein Anrecht. Die Sache wird sich bald aufklären, hoffe ich.»

Im Palais La Suze erstattete Sillé Bericht. Gilles de Rais schien erleichtert.

«Bricqueville hat den Burschen ohne Zweifel zur Hölle geschickt, auch wenn ich an die Landstreichergeschichte nicht glaube.»

«Warum aber ist er zu Maître Briand gegangen und nicht zu uns?» fragte Sillé.

«Weil er sich damit reinwaschen will, indem er die Tat auf eine Räuberbande schiebt.»

«Und die beiden anderen?»

«Waren Zeugen, und so hat er sie gleich miterledigt.»

Sillé schüttelte zweifelnd den Kopf.

«Bricqueville? So schlau war der doch nie.»

Gilles' dunkle, unstete Augen blickten haarscharf an Sillé vorbei, als fixierten sie eine hinter ihm stehende Person.

«Das ist einer deiner Fehler, Sillé. Immer hältst du andere für dümmer, als sie sind. So etwas kann gefährlich werden.»

Sillé hörte die Mahnung, doch er nahm sie nicht auf.

«Was immer geschieht, es wird an Bricqueville hängenbleiben.»

Gilles lächelte kalt.

«Natürlich – an wem sonst?»

Der Totgesagte und von fast allen Totgeglaubte lebte in einem Ort, den er früher als Strafe oder Verbannung angesehen hätte. In seiner jetzigen Lage aber empfand er das Gegenteil. Zum ersten Mal seit vielen Monaten atmete er freier, fühlte sich unbeschwert und geborgen.

Als es in jener Nacht darum ging, aus ihm einen verschollenen Toten zu machen, entwarf Maître Briand einen Plan, um seinen zweitgeborenen Sohn zu retten. Wie viele wohlhabende Händler und Handwerker der beim bevorstehenden Ende des langen Krieges zwischen Frankreich und England wieder aufblühenden Stadt Nantes hatte auch Julien Briand zugegriffen, als es Landgüter im Süden der Bretagne billig zu kaufen gab. Viele der kleinen und großen Adelsfamilien waren im Laufe des Krieges verarmt, weil ihre Pächter davonliefen und so die Felder, Äcker, Wein- und Obstgärten brachlagen.

Nantes hatte in den letzten Jahrzehnten unter den Kriegsfolgen weniger zu leiden gehabt, weil hier die Herzöge residierten und es sowohl Johann IV. wie auch seinem Sohn Johann V. durch geschicktes Taktieren und Lavieren gelang, im Strudel des hin- und herwogenden Krieges ihre Residenzstadt vor größerem Unglück zu bewahren. So konnte man, ohne ihnen einen Vorwurf zu machen, die Handwerker und Händler dieser Stadt als die eigentlichen Gewinner dieses über hundertjährigen Krieges ansehen, und so mancher Besitzwechsel hatte zu ihren Gunsten stattgefunden.

Schon kurz nach der Geburt seines ersten Sohnes Etienne hatte Maître Briand das westlich von Nantes gelegene Landgut La Bâte für einen Pappenstiel erworben. So nach und nach kaufte er benachbarte Äcker und Weinberge dazu, bis er schließlich gezwungen war, die Bewirtschaftung einem Verwalter anzuvertrauen. Dafür fand sich Marcel de Brosse, Sproß einer seit langem verarmten Adelsfamilie. Er hatte Frau und Kinder in den Kriegswirren verloren und versuchte als bereits Fünfzigjähriger einen neuen Anfang. Mit dem Rest seines Vermögens kaufte er sich zu einem Fünftel bei Maître Briand ein, für ein weiteres Fünftel übernahm er die Verwaltung des mit der Zeit recht ansehnlich gewordenen Besitztumes. In ihm brannte der Wunsch, sein Geschlecht fortzusetzen, und so heiratete er vor zwei Jahren die zwanzigjährige Yvette, eine im Krieg verwaiste entfernte Verwandte.

Dorthin machte sich Perrinet im Morgengrauen auf den Weg, aber das war nicht mehr der hübsche blonde Junge, den alle kannten, sondern ein dürftig gekleideter Armeleutesohn mit einem von der Sonne verbrannten Gesicht und kurzgeschorenen schwarzbraunen

Haaren, der nach Knechtsart seine grünen Augen vor jedermann niederschlug. Ein Fläschchen mit Walnußschalensaft steckte zuunterst in seinem schäbigen Beutel, damit er von Zeit zu Zeit seine falsche Haar- und Gesichtsfarbe erneuern konnte.

Maître Briand hatte seinem Sohn eingeschärft:

«Auf La Bâte weiß nur unser Verwalter über dich Bescheid. Du wirst dort als Pferdeknecht arbeiten und mußt, so schwer es dir auch fallen mag, als solcher auftreten. Gehorche aufs Wort, rede nur, wenn du gefragt wirst, und vermeide es, irgendwie aufzufallen. Es wird dir nicht schaden, ein paar Monate den Knecht zu spielen – länger wird es wohl kaum dauern.»

Perrinet grinste, weil ihm dabei etwas einfiel.

«Herr Vater, ich bin doch auch für Maître Aubin und seine Familie ein Toter?»

Julien Briand runzelte die Stirn.

«Natürlich! Je weniger davon wissen, desto besser.»

«Dann könnte ja Marguerite inzwischen einen anderen heiraten?» fragte er hoffnungsvoll.

«Das würde dir wohl gefallen, nicht wahr?»

«Das war nur so eine Frage...»

«Sie ist deine Verlobte und muß ein halbes Jahr trauern. Bis dahin bist du hoffentlich zurück, und dann wird sofort geheiratet. Das Mädchen ist jetzt fast sechzehn, es ist also höchste Zeit!»

Doch daran dachte Perrinet nicht mehr, als er auf La Bâte ankam. Das war für ihn eine Bühne, auf der er für einige Zeit die Rolle des Pferdeknechtes zu spielen hatte – geschoren, geschminkt und verkleidet. Da sein Leben von seinem guten Spiel abhing, gab Perrinet Briand sich alle Mühe.

Pierrot, der neue Name glich seinem alten, hatte aber die zusätzliche Bedeutung eines Hanswursts, der von allen herumgestoßen, von keinem ernstgenommen wird. Er nahm die Rolle gerne auf sich, denn alles schien ihm besser, als weiterhin am Hof des Seigneur de Rais unter ständiger Todesangst leben zu müssen.

Marcel de Brosse, glücklich, seinem Teilhaber einen Gefallen tun zu können, wußte zwar nicht, wozu dieses Possenspiel diente, aber er stellte verschiedene Vermutungen an. Maître Briand hatte ihm nur kurz mitgeteilt, daß sein Sohn Perrinet gezwungen sei, für einige Monate den Unsichtbaren zu spielen, und daß er ihn später über die genaueren Zusammenhänge aufklären werde. Inzwischen aber bitte er ihn um Stillschweigen jedermann gegenüber, um Perrinets Leben nicht zu gefährden. Die erste spontane Vermutung des Verwalters bezog sich auf eine *affaire d'amour*. Möglicherweise hatte der Achtzehnjährige eine Ehefrau verführt, war dabei ertappt worden, hatte aber entwischen können. Vielleicht handelte es sich um die Tochter eines Patriziers oder Adeligen, die mit einem anderen verlobt war. Da setzten sich dann empörte Ehemänner, Väter oder Verlobte auf Perrinets Fährte, und das war gewiß kein Spaß. Da wußte er selber nur zu gut Bescheid, denn Yvette hatte ihm schon etliche Male Hörner aufgesetzt, aber er hatte dafür gesorgt, daß die Ehebrecher einen entsprechenden Denkzettel erhielten. Yvette allerdings hatte er nicht bestraft, das konnte er nicht. Vielleicht war es falsch, doch er brachte es einfach nicht fertig.

Als Perrinet Briand auf dem Gutshof La Bâte erschien, sagte er, sein Name sei Pierrot und er habe gehört, daß man hier einen Pferdeknecht suche. Doch davon wußte niemand etwas.

«Fragt nur den gnädigen Herrn. Ihm bin ich empfohlen worden.»

Marcel de Brosse sagte, ja, ja, er wisse davon und ging hinaus auf den Hof.

«Du bist also Pierrot? Kannst morgen hier anfangen, Nicolas wird dich einweisen.»

Nicolas, der Großknecht, blickte finster drein, aber das tat er immer, und es entsprach nicht seiner jeweiligen Gemütslage. Nach der Arbeit war er ein durchaus umgänglicher Mensch, der gern scherzte und den Mägden schöne Augen machte. Zwei Kinder von ihm liefen schon auf dem Gut herum, und der Verwalter hatte ihm klargemacht, daß er eine von den Müttern heiraten müsse, oder er sei gezwungen, ihn davonzujagen. Nicolas bat um Bedenkzeit, was seine Miene noch mehr verfinsterte, denn er konnte sich einfach nicht entscheiden.

«Dein Vorgänger ist davongelaufen», informierte Nicolas den Neuen knapp, «aber ich meine, Paul hätte die Arbeit leicht mit übernehmen können.»

Paul war, wie sich herausstellte, nicht ganz richtig im Kopf und tat jede Arbeit, die man ihm auftrug, auch wenn sie von Morgengrauen bis Mitternacht dauerte. Eigentlich war er nur für die Sauberkeit der Ställe zuständig, aber bei den vielen Pferden und Rindern hatte ein Mann genug zu tun, um mit dem Ausmisten, Reinigen und den Instandsetzungsarbeiten vollauf beschäftigt zu sein. Mit ihm verstand Perrinet sich sofort, denn Paul, den alle nur Blödian riefen, war jedem dankbar, der ihn nicht verlachte, nicht auf ihm herumhackte. Doch wie auch immer, der arme Paul bildete das letzte Glied in der Hierarchie des Gesindes, während Nicolas als Großknecht an der Spitze stand. Mit Stallknechten hatte er in der Regel kaum Umgang, aber bei Perrinet – weil ihn jemand dem Verwalter persönlich empfohlen hatte – machte er eine Ausnahme und klärte ihn über Verschiedenes auf.

«Jetzt hör mir einmal gut zu, Pierrot. Regel Nummer eins: Seigneur de Brosse kümmert sich nicht um Einzelheiten unserer Arbeit, und wenn er etwas anzuordnen hat, sagt er es mir, und ich gebe es an euch weiter. Regel Nummer zwei: Wenn du etwas willst oder irgendwelche Probleme hast – was ich nicht hoffe –, dann sage es mir und keinem anderen. Wenn ich Zeit für dich habe, werde ich mich damit befassen. Regel Nummer drei: Gehe Madame aus dem Weg, und sollte es nicht möglich sein, dann starre sie nicht an, sondern verdrück dich, so schnell du kannst. Es gab hier einen, der hat diese Regel nicht beachtet und mußte dafür seine Eier opfern.»

Perrinet riß die Augen auf.

«Was – wie war das?»

Nicolas lachte kurz auf.

«Das fährt dir in die Glieder, was? Ich kann es dir noch genauer sagen: Der Bader von St. Père hat ihm auf gerichtliche Anordnung hin seinen Sack abgeschnitten, fein säuberlich mit einem Rasiermesser. Ob er viel davon spürte, weiß ich nicht, weil er zuvor fünfzig Peitschenhiebe aufgezählt bekam. Nicht öffentlich, o nein, es geschah hier auf dem Gutshof in aller Stille, wenn wir mal vom Geschrei und Gewinsel des Betroffenen absehen wollen.»

«Aber was hat er denn getan?»

«Ich hab's dir doch vorhin schon gesagt, er hat Madame zu lange angeguckt.»

Das klang nun schon sehr mürrisch, und mehr war auch nicht zu sagen.

Bei nächster Gelegenheit fragte er Paul nach den näheren Umständen dieser Bestrafung. Der aber schüttelte nur seinen blöden Kopf und stammelte:

«Nicht gut reden – nicht gut reden.»

Was geht's mich an, dachte Perrinet. Und dann kam die Zeit, da fand er kaum noch Gelegenheit, irgendwelchen Gedanken nachzuhängen, weil die Arbeit ihm keine Zeit dazu ließ. Die Pferde waren nämlich der Stolz des Seigneur de Brosse, und so mußten ihre Felle glänzen wie poliertes Silber, das Zaumzeug mußte sauber und immer intakt sein, ihr Futter pünktlich zur Stelle, und wenn eines nicht fraß oder trank oder sich sonstwie seltsam verhielt, mußte er sofort Nicolas Bescheid geben.

Ihm war es recht, ihm war alles recht, solange er hier in Sicherheit leben und arbeiten durfte.

Madame Yvette sah er nur ganz selten und wenn, dann ging er ihr aus dem Weg. Manchmal aber war das nicht möglich, etwa wenn sie persönlich im Stall erschien, um sich ihr Lieblingspferd satteln zu lassen. Meist gab Nicolas ihm dazu den Auftrag und führte es ihr dann zu, aber der war auch nicht immer zur Stelle.

«Ein neues Gesicht?» fragte Yvette de Brosse, als sie Perrinet zum ersten Mal sah.

«Ja, Madame, ich habe erst vor zwei Wochen hier angefangen.»

«Der Seigneur hat nichts davon erwähnt.»

«Ist ja auch nicht so wichtig», sagte Perrinet und starrte zu Boden.

«Wie heißt du?»

«Pierrot, Madame.»

Ihre Stimme klang warm und freundlich, aber er mußte immer an die Regel Nummer drei denken – und an die Folgen ihrer Nichtbeachtung.

«Sieh mich ruhig an, Pierrot, ich beiße nicht.»

Er hob seinen Kopf.

«Schau, schau, der Bursche hat ja grüne Augen! Bist du schon immer Pferdeknecht gewesen?»

Nun, da Perrinet Madame de Brosse genauer betrachten konnte, war er überrascht. Er hatte sich eine reife Dame um die Vierzig vorgestellt, dem Alter ihres Gemahls entsprechend. Nun aber stand ein zartgliedriges Mädchen vor ihm, angetan mit einem enganliegenden, graublauen Reitkleid, die hochgesteckten Haare unter einer blauen, silberbestickten Kappe verborgen. Auf den ersten Blick erinnerte sie ihn an Marguerite. Alles an ihr war ein wenig farblos – die Haare, von denen er nur einen schmalen Streifen sah, von fahlem Blond, das Gesicht unscheinbar und blaß, der Körper eher knabenhaft, die Brust fast flach. Aber halt, eines unterschied sie von Marguerite, nämlich die Augen. Sie waren von einem derart leuchtenden und intensiven Grau, daß Perrinets Blick wie gebannt an ihnen hängen blieb. Und in diesem leuchtenden Grau schwammen kleine goldene Punkte.

«Bist du stumm geworden, ich habe dich etwas gefragt? Was starrst du mich so an?»

«Ihr seid – ich dachte – seid Ihr wirklich die Frau von Seigneur de Brosse, nicht seine Tochter?»

Sie lachte, und das klang wie rieselndes Silber, hart und hell.

«Ich könnte seine Tochter sein, gewiß, aber ich bin Madame de Brosse. Nun frage ich dich zum zweiten Mal...»

«Madame, soll ich das Pferd auf den Hof führen?»

Laut kam die Stimme des Großknechtes von der Tür her, deren Öffnung Nicolas mit seiner vierschrötigen Gestalt ausfüllte und damit dem Stall das Licht nahm. Yvette schnippte ungeduldig mit den Fingern.

«Verschwinde, Nicolas, ich habe mit Pierrot etwas zu bereden.»

Zögernd löste sich die massige Silhouette, und ein Strahl des trüben Winterlichts ließ die beiden Menschen wieder sichtbar werden.

Perrinet hatte den Blick wieder gesenkt, er hatte seine Rolle gut gelernt.

Yvette ließ die unterbrochene Frage fallen und befahl:

«Führe mein Pferd hinaus, Pierrot, und halte mir den Steigbügel!»

Er tat es, und dann schaute sie von oben herunter auf seinen Kopf und sagte leise:

«Du färbst dir die Haare, Pierrot. Ihre Wurzeln zeigen schon wieder etwas Blond. Mußt sie gleich nachfärben.»

Perrinet verneigte sich stumm und trat zurück.

«Wir sprechen uns noch!» hörte er sie im Davonreiten sagen, und plötzlich mußte er an den armen Kerl denken, dem der Bader die Eier abgeschnitten hatte – ihretwegen? Aber warum? Instinktiv faßte er sich zwischen die Schenkel und bedeckte schützend sein Geschlecht.

Dann kam Nicolas quer über den Hof auf ihn zu.

«Komm, Pierrot, gehen wir in den Stall, ich habe mit dir zu reden.»

Paul kam gerade mit zwei Eimern dahergewankt, doch Nicolas scheuchte ihn weg. Perrinet folgte ihm ins Dunkel des Stalles, und Nicolas schloß sorgfältig die Tür. Das Licht aus den schmalen Fensterschlitzen reichte gerade hin, um die Konturen der Pferde in ihren Boxen erkennen zu lassen.

Plötzlich fühlte Perrinet sich an der Schulter gepackt, in eine Ecke gezerrt, wo die Strohbündel lagen, und dort brutal niedergestoßen.

«Leg dich auf den Bauch!»

«Aber was soll das – was willst du?»

«Du hast Regel Nummer drei vergessen, und da Worte offenbar nicht genügen, werde ich es dir jetzt einbleuen.»

Nicolas riß eine Reitpeitsche von der Wand, hielt Perrinet am Genick fest und zog ihm die Hosen herunter.

Zu Hause und bei seinem Lehrherrn hatte es auch manchmal Prügel gesetzt, aber was er hier erlebte, war neu für ihn. Die Peitsche schnitt in sein Fleisch, als sollte er lebendig seziert werden. Er brüllte und bäumte sich auf, strampelte mit den Beinen, krallte sich mit einer Hand in Nicolas' Arm, um ihn am Schlagen zu hindern, doch der bärenstarke Großknecht ließ sich davon nicht stören und machte ein gutes Dutzend voll. Ruhig hängte er die Peitsche zurück an die Wand und sagte:

«Davon kannst du noch mehr haben und wirst es auch kriegen, wenn du Regel Nummer drei wieder vergessen solltest.»

Perrinet lag da, sein Hintern brannte wie Feuer, er fühlte sich hilflos, gedemütigt und ungerecht behandelt.

«Aber – aber was hätte ich tun sollen, wenn – wenn Madame hereinkommt, nach ihrem Pferd verlangt?»

«Davonlaufen hättest du sollen und mich holen.»

Nicolas ging hinaus und ließ die Tür weit offen. Perrinet betastete mit zitternden Fingern sein Gesäß, fühlte die dick aufgeschwollenen Striemen und etwas Feuchtes – Blut. Da flammte der Haß in ihm auf. Dafür wirst du mir büßen, Nicolas, denn als Sohn des Maître Briand, des Mitbesitzers von La Bâte, bin ich dein Herr. Auch wenn du es noch nicht weißt, Nicolas, du hast dich heute am Sohn deines Herrn vergriffen.

Später, als er wieder nüchterner denken konnte, mahnte er sich zur Vorsicht. Seine Identität preiszugeben, bedeutete Lebensgefahr, solange Gilles de Rais frei herumlief. Ihm blieb nur ein Weg offen, er mußte sich bei Seigneur de Brosse beklagen, heimlich und in aller Stille, damit dieser Nicolas in seine Schranken wies. Aber wie? Wenn der Seigneur sich zeigte, dann niemals allein, immer war ein Diener, ein Reitknecht, ein Jagdgehilfe, war irgendwer an seiner Seite.

Sei geduldig und warte ab, redete er sich gut zu. Er tat seine Arbeit, so gut er konnte, und wenn er Madame Yvettes Gestalt nur von ferne sah, ergriff er die Flucht.

Nicolas sah es mit Genugtuung und lobte ihn.

«Ich sehe, du hast Regel Nummer drei jetzt begriffen. Befolge sie nur weiter so eifrig, dann sind beide in Sicherheit – dein Hintern und deine Eier.»

Perrinet senkte den Kopf und biß die Zähne zusammen. Sag nichts! Sag nichts! Schweige still! Es geht um dein Leben!

Zufrieden ging Nicolas weiter, leise vor sich hinpfeifend.

Madame de Brosse hatte nicht nur Perrinets gefärbte Haare entdeckt, ihr war genausowenig entgangen, daß er ihr seit dieser Unterredung auswich, als hätte sie die Blattern. Da steckte etwas anderes dahinter.

Ein Roßknecht durfte schmutzig sein, schielen, humpeln, den Grind oder die Krätze haben, seine Hosen konnten löchrig sein, sein Hemd verlaust, seine Haare verfilzt –, aber er färbte sie nicht. Yvette de Brosse war felsenfest davon überzeugt, daß kein Roßknecht in Frankreich, ja, auf der ganzen Welt seine Haare färbte. Und wenn er es tat, dann verbarg er etwas unter der Maske des Roßknechts.

«Du hast mir nichts von dem neuen Knecht gesagt», eröffnete sie eines Abends das Gespräch mit ihrem Gatten.

«Ist das so wichtig?» fragte der Verwalter etwas unbehaglich.

«Wichtig? Nein, vielleicht nicht, aber mir ist an ihm etwas aufgefallen.»

Marcel de Brosse schluckte.

«So? Was denn?»

«Er färbt seine Haare.»

«Aber ich bitte dich, meine Liebe! Welcher Pferdeknecht färbt schon seine Haare? Nein, nein, da hast du dich getäuscht.»

Der Verwalter kannte Perrinet von gelegentlichen Besuchen in Nantes und wußte, daß Yvette richtig gesehen hatte. Aber was sollte er tun? Ich bitte Euch um Stillschweigen gegenüber jedermann, so stand es im Brief von Maître Briand. Aber bezog sich das auch auf Yvette, seine angetraute Gemahlin? Sie ist doch schließlich nicht jedermann.

Er schreckte auf.

«Hast du etwas gesagt, meine Liebe?»

«Ja, das habe ich! Bist du auf einmal taub? Hole ihn her und überzeuge dich selbst.»

«Aber Yvette, das geht doch nicht. Wie würde das aussehen, wenn ich den Burschen ins Herrenhaus hole, das keiner vom niederen Gesinde je betreten hat. Warum auch? Da würde sich Nicolas ganze Geschichten zusammenreimen.»

«Nicolas – Nicolas! Was geht mich dieser Rüpel an?» rief sie erbost, und der Verwalter fürchtete schon, man könnte ihre helle laute Stimme bis in die Küche hören. Doch sie hatte gesiegt.

«Ich will nicht mit dir streiten, Yvette. Du sollst die Wahrheit hören, aber erst wenn du aufs Kreuz schwörst, niemals ein Sterbenswörtchen davon verlauten zu lassen.»

Nun gab auch sie nach und legte folgsam drei Schwurfinger auf das alte bronzene Kreuz mit dem in Email dargestellten Erlöser.

«Gut», sagte Marcel de Brosse, «ich werde es kurz machen. Pierrot heißt in Wirklichkeit Perrinet Briand und ist der zweite Sohn unseres Mitbesitzers. Warum er sich maskieren und hier verbergen muß, hat Maître Briand mir nicht mitgeteilt. Das geht uns auch nichts an. Er ist angeblich in großer Gefahr, die aber nach einigen Monaten vorüber sein soll. Mehr weiß ich nicht, und – ehrlich gesagt –, mehr will ich auch nicht wissen.»

«In Wirklichkeit ist er blond, nicht wahr?»

«Ja, er ist blond und hat eine helle Haut. Beides färbt er jetzt dunkel.»

«Hätte er es nicht so nachlässig getan, dann wäre es mir nicht aufgefallen.»

«Gut, meine Liebe, vergessen wir das jetzt. Maître Briand zu Gefallen soll er hier Roßknecht bleiben, bis die Sache aufgeklärt und bereinigt ist.»

«An mir soll es nicht fehlen, ich bin eine Edelfrau und keine schwatzhafte Köchin, merkt Euch das, Seigneur de Brosse!»

Yvette hielt Wort, doch sie ließ Perrinet nicht aus den Augen. Eines Tages konnte sie gerade noch sehen, wie Nicolas bei ihrem Erscheinen Perrinet einen Stoß versetzte und dieser wie ein Gehetzter davonlief. Sie winkte den Großknecht herbei, ahnte zugleich, warum Pierrot oder besser Perrinet ihr so furchtsam auswich. Sie fragte ihn geradeheraus.

«Warum hast du Pierrot bei meinem Erscheinen davongejagt?»

«Aber Madame, so ist es wirklich nicht! Mir ist gerade ein Auftrag für ihn eingefallen und da habe ich...»

«Du lügst! Ich bemerkte das nicht zum erstenmal. Pierrot darf nicht in meine Nähe – warum?»

Der arme Nicolas begann zu schwitzen, er fühlte sich wie ein Tier im zu engen Käfig. Er wand sich, hob hilflos seine riesigen Hände, fand keine Worte.

«Gut», sagte Yvette versöhnlich, «du bist nur ein Knecht und willst deinen Herrn nicht bloßstellen. Dann sage ich es dir. Du hast den Auftrag, keine jungen Männer in meine Nähe zu lassen, weil der Seigneur fürchtet, es könne sich wiederholen, was – was...»

Nicolas lächelte erleichtert.

«Freue dich nicht zu früh! Ich bin allemal schlauer als du. Wenn du Pierrot weiterhin so schlecht behandelst, lasse ich dich vom Hof jagen wie einen räudigen Hund, und niemand, hörst du, niemand kann mich daran hindern!»

Nicolas duckte sich und schlich davon. Er wußte, sie hatte die Wahrheit gesagt, weil der Seigneur ihr hörig war, mochte sie ihm noch so viele Hörner aufsetzen. Aber was sollte er tun? Seit seinem siebten Lebensjahr arbeitete er hier auf dem Gutshof, und gut zwei Jahrzehnte mußten vergehen, bis er seine heutige Stellung erreicht hatte. Besitzer, Knechte und Mägde hatten gewechselt, aber er war geblieben, zäh sein Lebensziel verfolgend, nach dem Verwalter der Erste zu werden. Nun, da er es geschafft hatte, kam dieser Rotzjunge daher und machte Schwierigkeiten, die er, Nicolas, einfach nicht durchschauen konnte. War an dem etwas Besonderes? Er hatte ihn geprügelt, wie er es auch mit anderen tat, die aufmuckten oder sich vor der Arbeit drückten, und nun durfte er ihn nicht mehr anrühren. Andererseits hatte er noch das Wort des Verwalters im Ohr, der ihm einschärfte: «Nicolas, was da geschehen ist, darf es kein zweites Mal geben. Schau, daß du die jungen Männer außerhalb beschäftigst, auf den Feldern und beim Viehhüten. Wo es nicht anders geht, laß sie nicht aus den Augen und suche zu verhindern, daß einer ihr über den Weg läuft. Dafür lasse ich dir noch etwas Zeit mit deiner Heirat. Eine muß es sein, da führt kein Weg vorbei, aber du kannst es dir in Ruhe überlegen.»

Daran dachte er jetzt kaum noch, weil das andere wichtiger war. Kam es überhaupt darauf an, welche Marie er heiratete? Sie hießen nämlich beide Marie und unterschieden sich auch sonst nicht besonders. Um sie auseinanderzuhalten, nannte man die eine, weil sie später auf den Hof gekommen war, die «neue Marie» und die andere die «alte Marie». Die alte war nur einiges schlauer als die neue, und so stellte sich für Nicolas die Frage, was besser sei für seine Zukunft: eine kluge Frau, die ihm zur Seite stand, denn vier Augen sehen mehr als zwei, oder eine gutmütig-dumme, die es nicht merkte oder einfach hinnahm, wenn er so nebenbei gelegentlich in anderen Revieren wilderte. Von der alten Marie hatte er eine Tochter, von der neuen einen Sohn. Er seufzte. Es war nicht einfach, wahrhaftig nicht, aber als noch schwieriger empfand er in diesen Tages das Problem mit Pierrot. Behandelte er ihn weiterhin so grob, dann jage sie ihn davon, drohte Madame. So gab es für Nicolas nur einen Weg: Er mußte mit Seigneur de Brosse selber reden. Er schob es auf den Abend, weil er da ohnehin am Tisch des Verwalters speiste und so gleich das Dringendste besprechen konnte. Aber dann kam es doch anders, und nicht Nicolas ging hinüber ins Herrenhaus, sondern der Verwalter bemühte sich zu ihm.

Tief in Gedanken hatte Nicolas das Pferd von Madame gegen Nachmittag in den Stall zurückgeführt, als ihm auffiel, daß die schwarze Stute an der Flanke blutete. Hatte Madame, dieses Biest, wieder im Zorn ihre Sporen gebraucht?

«Hol einen Topf Wasser», rief er Pierrot zu, und als er versuchte, die verschmutzte und verkrustete Wunde zu säubern, stieß er den Topf um. Das erschöpfte und gereizte Pferd erschrak, schlug mächtig aus und traf Nicolas am Knie. Er fiel vom Hocker, schrie auf vor Schmerz und wußte gleich, daß der Schlag etwas an seinem Bein zertrümmert hatte. Pierrot und Paul trugen den laut Stöhnenden in seine Kammer und holten den Verwalter. O Gott, dachte Marcel de Brosse, das sieht ja böse aus. Doch das dachte er nur und sagte tröstend:

«Nur ruhig, Nicolas, das kriegen wir schon wieder hin.»

Das Knie schwoll schnell auf seinen doppelten Umfang, fühlte sich so heiß an wie ein Backofen und verfärbte sich blaurot. Man holte den Schafhirten vom Feld, denn er als einziger auf La Bâte verstand etwas von Heilkunde, kannte und sammelte die dafür geeigneten Kräuter.

Der Hirte kam und warf einen kurzen Blick auf das verfärbte und geschwollene Knie.

«Da hilft nur eines: *mille-pertuis*.»

Damit meinte der Kräuterkundige das Johanniskraut, hier als «Tausendloch» bezeichnet, denn das Volk glaubte, Satan habe persönlich die vielen Löcher in die gelben Blüten gestochen, weil ihn die starke Heilkraft der Pflanze so ärgerte.

«Zuerst aber», ordnete der Hirte an, «muß die Schwellung zurückgehen. Das beste wären vorerst Umschläge mit eiskaltem Quellwasser, alle halbe Stunde zu wechseln. Dem Wasser ist Kamilleabsud zuzusetzen. Morgen früh komme ich her und bringe das Johanniskrautöl.»

Ja, der Schafhirte genoß seine Autorität, die ihm nur zufiel, wenn seine Heilkünste gefragt waren, denn sonst galten die Hirten nicht viel.

So kam es, daß Perrinet nun fast täglich mit Madame Yvette sprach, wenn er ihr Pferd auf den Hof oder zurück in den Stall führte. Der

Verwalter nahm keinen Anstoß daran, denn Perrinet, der jetzt achtzehn war, wirkte mit seinem runden fröhlichen Gesicht wie ein Fünfzehnjähriger, und de Brosse sah ihn quasi als Verwandten an, weil er ihn schon seit seiner Kindheit kannte.

Yvette dachte da freilich anders, und so kam es, daß die beiden immer längere und immer vertrautere Gespräche führten, wobei es Perrinet zunehmend schwerer fiel, ihre neugierigen Fragen nur kurz und ausweichend zu beantworten. Daß sie ihn zu ihrem nächsten Liebhaber auserkoren hatte, merkte er zu Anfang allerdings nicht. Doch nun sah er, daß sie Marguerite ganz und gar nicht glich, denn sie wirkte alles andere als farblos.

Auf den fahlblonden Haaren lag ein aparter silberner Schimmer, das etwas blasse Gesicht strahlte einen herben Liebreiz aus, und wenn sie nicht ihr enges Reitkleid trug, dann lugten ihre festen, apfelgroßen Brüste recht deutlich aus dem tiefen Ausschnitt heraus, den sie bei fast allen ihren Kleidern bevorzugte. Dazu kamen ihre Augen, die wie Rauchtopase leuchteten und denen nichts entging, wenn ihr Interesse einmal geweckt war. So hatte Yvette längst entdeckt, daß sich unter Perrinets schmucklosem und lumpenartigen Arbeitsgewand ein gutgewachsener Körper abzeichnete, und wenn sie daran dachte, wie sehr das unter der Färbung verborgene blonde Haar zu den grünen Augen paßte, dann küßte sie schon in Gedanken seinen frischen vollen Mund.

Als Seigneur de Brosse in Geschäften einen Gutsnachbarn besuchte, ritten die beiden zusammen aus.

«Wenn Nicolas das wüßte, träfe ihn der Schlag», gab Perrinet zu bedenken.

«Der hätte ihn längst treffen sollen», erwiderte Yvette, und ihre grauen Augen blitzten gefährlich.

Sie ritten auf einsamen Wegen über die winterlich kahlen Felder und die von der Nebelfeuchte gesättigten, naß glänzenden Wiesen. Yvette deutete nach Westen.

«Da vorne ist eine verlassene Schäferhütte.» Sie klopfte auf ihre Satteltasche. «Ich habe für Proviant gesorgt! Wir werden dort drüben absteigen und ein zweites Frühstück zu uns nehmen.»

Perrinet hatte nichts dagegen, auch wenn ihm diese Zweisamkeit etwas unbehaglich war. Er fühlte ein dumpfes Ziehen zwischen seinen Schenkeln und hielt die Zeit für gekommen, Madame Yvette nach dem Burschen zu fragen, der Regel Nummer drei verletzt und den man dafür so hart bestraft hatte. Vielleicht war es ungehörig, aber er wollte nicht länger mit dem Gefühl herumlaufen, daß irgendwo ein Barbier saß, sein Messer wetzte und darauf wartete, Perrinet Briand zu kastrieren wie einen Eber.

In der engen feuchten Schäferhütte gab es eine kleine Bank, auf die sie ihre Satteldecken breiteten, um dann in ziemlicher Tuchfühlung die von Yvette mitgebrachten Köstlichkeiten zu verzehren. Endlich bekam er wieder etwas Gescheites in den Magen, denn die Gesindekost fiel zwar reichlich aus, war aber nicht nach seinem, an Gilles' Hof verwöhnten Geschmack.

Sie aßen schweigend, lächelten sich von Zeit zu Zeit an, bis Yvette die kleine Zinnflasche aufschraubte und Wein in den Becher goß.

«Stört es dich, wenn wir aus einem Becher trinken?»

«Nein, keineswegs, warum auch?»

«Wird ja nicht das erste Mal sein, daß du mit einer Frau aus einem Gefäß trinkst?»

Das klang fragend, und so antwortete Perrinet:

«Die Sache war für uns damals etwas schwierig, wir konnten uns nur selten treffen und dann ...»

«... hattet ihr etwas anderes zu tun, nicht wahr?»

Er wurde rot und ärgerte sich darüber. Sie bemerkte es gleich.

«Kein Grund, sich zu schämen. Da wir nun endlich in Ruhe und ohne Angst vor Störenfrieden reden können, möchte ich offen zu dir sein. Ich weiß, wer du bist und warum du dir Haare und Gesicht färbst. Aber ich weiß nicht, warum du dich hier verbergen mußt. Willst du es mir sagen?»

Perrinet war auf diese Eröffnung gefaßt, da er kaum annehmen konnte, Seigneur de Brosse habe seine Frau über ihn im unklaren gelassen.

«Es wäre besser für mich und uns alle, erst darüber zu reden, wenn der Fall abgeschlossen ist. Dabei geht es nicht nur um mich, das dürft Ihr mir glauben. Ich bin nur einer von vielen Betroffenen und gelte als tot. Solltet Ihr in Nantes im Viertel um die Rue de la Bâclerie nach

Perrinet, dem Sohn des Täschnermeisters Jean Briand, fragen, so wird Euch jedermann antworten, der ist um die Weihnachtszeit gestorben, erschlagen von Straßenräubern auf dem Weg von Vannes nach Nantes. Und eines kann ich Euch versichern, Madame Yvette: Wäre ich in Nantes geblieben, dann hätten die, denen ein lebender Perrinet gefährlich ist, längst dafür gesorgt, das nachzuholen, was nun gerüchteweise den Straßenräubern zugeschrieben wird.»

«Die es gar nicht gab?»

«Nein.»

«Weiter willst du nichts darüber sagen?»

«Nein – auch um Euch und Euren Gemahl keiner Gefahr auszusetzen. Aber drehen wir den Spieß doch einmal um, wenn Ihr es gestattet, und laßt mich eine Frage stellen.»

Ihre leuchtenden Augen schauten ihn neugierig an.

«Nur zu!» ermunterte sie ihn.

«Gleich am ersten Tag meines Hierseins hat Nicolas mir eine Regel eingeschärft, nämlich nach Möglichkeit jeden Kontakt mit Euch zu vermeiden. Zur Abschreckung schilderte er mir den Fall eines Mannes, der sich nicht daran gehalten hatte und dem – und dem zur Strafe etwas abgeschnitten wurde.»

Yvette lächelte, als dächte sie dabei an einen heiteren Vorgang.

«Ja, etwas sehr Wichtiges. Ich will nicht sagen, daß er die Strafe verdient hat, aber seine Vorsicht ließ mit der Zeit nach, und dann hat man uns eben erwischt.»

«Uns?»

«Ach – das wußtest du nicht? Ist der gute Nicolas doch diskreter gewesen, als ich dachte. Uns, denn wir lagen zusammen im Heu, und was man dem Burschen später abgeschnitten hat, war damals noch sehr lebendig.»

«Er war Euer Liebhaber?»

Yvette nickte.

«Und weißt du, warum? Weil er tat, was mein lieber Gemahl nicht mehr kann oder will, nämlich eine Frau – seine Frau! – auf die von der Natur vorgesehene Art zu befriedigen. Du siehst, ich spreche ganz offen zu dir, während du mir noch immer etwas verschweigst.»

«Ich habe Euch den Grund genannt. Und was hat Euer – dieser Mensch auf dem Hof getan?»

«Er war Stallknecht wie du.»

«Ihr liebt Euren Gemahl wohl nicht sehr?»

«Liebe? Ach, Perrinet, woher sollte sie kommen? Mein Vormund hat mich an Marcel de Brosse verschachert, wie eine Zuchtstute. Eine Siebzehnjährige an einen fast Fünfzigjährigen. Er ist kein schlechter Mensch, o nein! Er schlägt mich nicht, schenkt mir nach seinen Verhältnissen Kleider und Schmuck, sperrt mich nicht ein. So gesehen, geht es mir wahrscheinlich besser als den meisten Frauen in meiner Lage. Aber er meidet mein Bett, und ich habe keine Lust, meine jungen Jahre als Nonne zu vertrödeln.»

«Und warum – also, ist der Seigneur de Brosse mehr den Knaben zugeneigt?»

«Wie der berüchtigte Gilles de Rais?»

Sie lachte silberhell und schüttelte den Kopf.

Perrinet war zusammengezuckt, als dieser Name fiel, doch sie hatte es nicht bemerkt.

«Nein, Perrinet, das ist es nicht. Ich habe ihn von Anfang an spüren lassen, daß ich ihn nicht mag, weil ich mich verkauft fühlte wie ein Stück Vieh. Als er dann einmal sagte: ‹Madame, wir sollten doch Nachkommen zeugen›, da riß ich mir die Kleider vom Leib, legte mich aufs Bett, spreizte die Schenkel und sagte: ‹Nun, Monsieur, dann zeugt doch welche!› Das machte den Guten impotent, zumindest was mich betrifft. Vielleicht nützt er bei seinen Aufenthalten in Nantes das Hurenhaus für die besseren Herren – ich weiß es nicht, und es interessiert mich nicht.»

«Daß Euer Liebhaber so hart gestraft wurde, scheint Euch wenig zu berühren», sagte Perrinet vorwurfsvoll.

Sie zuckte die Schultern.

«Er hatte es von Anfang an auf mich abgesehen gehabt – der Roßknecht auf die Herrin! Von Geburt her mußte er etwas Besseres gewesen sein, er war groß, sah aus wie ein Edelmann. Der Krieg hat so viele Familien entwurzelt, entrechtet, ausgelöscht und verändert. Ihm half das nichts, vom Gericht wurde er wie ein Höriger behandelt – ausgepeitscht, kastriert, davongejagt. Er tat mir nicht besonders leid, weil er mich gleich beim ersten Mal so siegessicher angesehen hat, als wolle er sagen: Dich kriege ich auch noch ins Heu!»

«Das ist ihm ja auch gelungen...»

«Ja, und ich habe es nicht bereut. Nur stört es mich, wenn diese Schwanzträger auftreten, als gehöre ihnen die Welt, als seien wir Frauen nur Beiwerk.»

Perrinet blickte verlegen zu Boden.

«Solche – solche schmutzigen Wörter passen nicht zu Euch, Madame.»

«Und wo glaubst du, wo ich sie herhabe?»

Er blickte sie fragend an.

«Aus dem Kloster! Schau nicht so entsetzt, ich spreche die Wahrheit. Mein Vormund schob mich als Sechsjährige in ein anrüchiges Kloster ab, weil man es da mit der Mitgift nicht so genau nahm. Und ich sage dir eines, und mir soll die Zunge abfaulen, wenn es die Unwahrheit ist: Sprache und Sitte waren dort derart verwildert, daß jedes Hurenhaus sich dafür geschämt hätte. Als ich mit zwölf zum ersten Mal meine *règle* bekam, erschien wenig später die Äbtissin und sagte, sie habe einen Kavalier in petto, dem eine Entjungferung fünfzig *écus d'or* wert sei, und wenn es in einem Kloster mit einer Novizin geschehe, dann geile ihn das besonders auf. Ich war ja dort schon einiges gewöhnt, aber dieses Ansinnen ließ mich stumm werden vor Entsetzen. Ich könne es mir in Ruhe überlegen, sagte die Äbtissin und gab mir einen ermunternden Klaps auf den Hintern. Im übrigen brauchte ich es hernach nur zu beichten, und die Sünde sei getilgt, als hätte ich sie nie begangen. Als Beichtvater gab es im Kloster einen alten stocktauben Augustinermönch, der sein *absolvo te* herausbrabbelte, noch ehe man mit dem Sündenbekenntnis fertig war. Ich war, glaube ich, sechzehn, als das Kloster auf päpstliche Verfügung hin geschlossen wurde und zwar – jetzt spitze deine Ohren, Perrinet! – weil das *bordel* in der nahe gelegenen Stadt sich beim Magistrat wegen Geschäftsschädigung beklagte. Was im Hurenhaus bezahlt werden mußte, gab es im Kloster, vor allem bei den nicht mehr so jugendfrischen Nonnen, umsonst. Später habe ich gehört, daß ein Käufer den ganzen Besitz für einen Pappenstiel erwarb und ein Landgut daraus machte. Er riß einen Teil des Gebäudekomplexes ab und fand dabei in einem vermauerten Kellergewölbe an die dreißig Skelette neugeborener Kinder. So sieht die Welt aus, Perrinet, und darum hält sich mein Mitleid für den geilen Bock, den sie strafweise kastrierten, in Grenzen.»

Perrinet war von diesem Bericht und von der Art, wie sie ihn erzählte, abgestoßen und angereizt zugleich. Ihm, dem Handwerkersohn mit einer wohlbehüteten Jugend, mußte diese Welt fremd erscheinen, denn letztlich war auch das Leben am Hof des Seigneur de Rais ein abgeschlossenes, behütetes gewesen, trotz der zuletzt drohenden Gefahren.

Sie verließen den Schäferkarren und banden ihre Pferde los.

«Aber nach diesen schrecklichen Erlebnissen muß Euch doch die Ehe mit Seigneur de Brosse wie ein Paradies erschienen sein.»

Sie sah ihn an mit Augen, hart wie Granit.

«Ein Paradies? Daß ich nicht lache! Aber ich halte dir zugute, daß sich ein grüner Bursche wie du schwer vorstellen kann, wie es ist, wenn eine junge Frau im Ehebett einen Tattergreis umarmen muß – mit schlaffen Muskeln, Krampfadern, fauligem Atem aus einem fast zahnlosen Mund. Da fühlt sie sich verraten und verkauft und sehnt sich manchmal nach dem Hurenhaus, weil da auch junge Männer erscheinen. Mein Vormund ist kürzlich gestorben, und ihm wünsche ich einen Ort in der tiefsten Hölle, wo er dafür büßen muß.»

«Aber Madame, vielen jungen Mädchen geht es doch so wie Euch. Ihre Eltern arrangieren die Ehe, und man muß sich fügen. Auch ich bin schon als Vierzehnjähriger mit einer Zwölfjährigen verlobt worden, und es graust mir vor dieser Ehe. Aber sie ist die Tochter meines Lehrherrn, und nach seinem Tode übernehme ich die Werkstatt.»

Sie tätschelte ihr Pferd am Hals und richtete sich die Steigbügel.

«Das ist etwas anderes! Deine Verlobte ist jung, und ihr werdet euch aneinander gewöhnen. Durch diese Ehe kannst du später Meister werden, und das ist heutzutage mehr als ein kleiner Landedelmann, dem seine Schulden die Haare vom Kopf fressen. Aber was habe ich dagegen eingetauscht? Einen alten impotenten Mann, der mich bewachen läßt, als sei ich sein Besitz. Ein Trost freilich bleibt: Er wird vor mir sterben, und dann bin ich frei – frei – frei! Ich werde meinen Anteil am Gut verkaufen und mir mit dieser Mitgift einen

Ehemann anlachen, den ich mag. Er kann ruhig älter sein, auch gegen einen Witwer habe ich nichts, aber ich muß diesen Menschen mögen, verstehst du?»

Plötzlich tat ihm die junge Frau leid. Sie hatte so viel Häßliches erlebt und wollte doch auch nur ihr Quentchen Glück wie alle Menschen.

«Ich verstehe Euch, Madame, und wünsche Euch bessere Zeiten, so wie ich sie mir wünsche.»

Sie lachte, packte seinen Kopf und küßte ihn fest auf den Mund. Dann schwang sie sich aufs Pferd und rief:

«Verlaß dich drauf, Perrinet, sie werden für uns kommen, die besseren Zeiten!»

23

Während des Aufenthalts in Nantes hatte der Seigneur seinem Vetter Sillé zu verstehen gegeben, daß es an der Zeit sei, für Nachschub zu sorgen. Er sollte bei der Meffraye anfragen, vielleicht habe die etwas auf Lager. Sillé grauste vor diesem Auftrag; wie er sich diesmal überhaupt nicht wohl fühlte in Nantes. Die Menschen wichen vor Gilles de Rais und seinem Gefolge zurück, als käme der Feind, um die Stadt auszuplündern. Sie riefen ihre Kinder von den Straßen, zerrten sie hastig in die Häuser.

Sillé, mißtrauisch und vorsichtig wie stets, erschien mit fünf Bewaffneten vor dem Haus der Perrine Martin, die alle nur La Meffraye nannten. Er hatte den Einbruch der Dämmerung abgewartet, um nicht allzuviel Aufsehen zu erregen, mußte aber auch jetzt erleben, daß man ihm aus irgendwelchen Winkeln Drohungen zurief oder unüberhörbar die Fensterläden zuschlug. Er wünschte sich weit weg von hier, aber Gilles war in einer derart üblen Laune, daß selbst er es nicht wagte, seinen Befehl in Frage zu stellen.

Er pochte mit dem Knauf seines Schwertes an die Tür, so laut, daß man es durch die halbe Stadt hörte. Durch die Ritzen der Fensterläden schimmerte ein Lichtstreifen, sie mußte also zu Hause sein. Er klopfte nochmals und rief:

«Perrine Martin, öffnet die Tür! Ich bin's, Sillé, im Auftrage von Seigneur de Rais!»

Endlich regte sich etwas, ein Schlüssel wurde herumgedreht, ein Riegel geräuschvoll zurückgeschoben.

«Kommt herein!»

Kaum war er im Haus, begann sie zu geifern.

«Seid Ihr verrückt! Hier mit fünf Mann zu erscheinen, wo ich mich kaum noch aus dem Haus traue! Ich bin hier sehr, sehr schlecht angeschrieben, daß Ihr's nur wißt!»

Sillé grinste.

«Und ich dachte, man betrachtet Euch als Wohltäterin, die armen Kindern Brot und Arbeit verschafft. Der Pfarrer müßte Euch doch von der Kanzel loben.»

«*Merde du diable!* Euch gehen sie auch noch an den Kragen, wartet's nur ab. Ich bin jedenfalls dabei, mich davonzumachen, und werde schon Ostern woanders feiern.»

Sillé schüttelte mit gespieltem Bedauern den Kopf.

«Das wird meinem Vetter Gilles aber leid tun, Madame. Wo er doch so an Euch hängt! Er verehrt Euch wie seine Großmutter...»

«Spart Euch das Geschwafel und kommt zur Sache.»

«Wir reisen in den nächsten Tagen nach Machecoul, und der Seigneur hätte gerne einen kleinen hübschen Pagen mitgenommen. Die groben Bauernkinder entsprechen so gar nicht seinem Geschmack.»

Die Meffraye kniff ihre kleinen schwarzen Augen zusammen und schüttelte den Kopf, daß ihre verfilzten Haarzotteln flogen.

«Nein, Seigneur, da seid Ihr hier am falschen Platz. Ich habe sozusagen ausgedient und ziehe mich aufs Altenteil zurück. Mir wird das Geschäft zu gefährlich, und auch Ihr werdet bemerkt haben, wie wenig man Euch in der Stadt liebt. Hier im Viertel verweigert man mir bereits die Bedienung. Bäcker und Metzger weisen mir die Tür, und ich muß mir das Nötigste von Lohndienern besorgen lassen. In die Kirche traue ich mich längst nicht mehr, seit mir beim letzten Mal einige Frauen zugerufen haben: ‹Wann werfen sie dich endlich in den *cachot*, du alte Hexe!›»

«Nun gut, dann erweist unserem Herrn nur noch diesen Dienst, und ich sorge dafür, daß die Prämie verdreifacht wird. Das letzte Mal habt Ihr drei *écus* bekommen, diesmal werden es neun sein.»

«Ihr irrt Euch!» rief sie mit schriller Stimme. «Beim letzten Mal habe ich fünf Goldstücke verlangt und auch bekommen – der erhöhten Gefahr wegen. Es müßten also diesmal fünfzehn sein.»

«Zehn!»

Sie schüttelte nur störrisch den Kopf. Sillé zog seine Börse und warf fünf *écus* so heftig auf den Tisch, daß zwei davon klirrend auf den Boden sprangen. Einer rollte leise sirrend über den Boden und verschwand in einer finsteren Ecke.

La Meffraye lief der Münze laut keifend nach, um sie nach einigem Suchen aufzustöbern.

«Den Rest kriegt Ihr bei der Lieferung.»

«Das kann aber eine Weile dauern, ich muß sehr vorsichtig sein.»

«Das ist Eure Sache, aber laßt den Seigneur nicht zu lange warten.»

Sillé ging hinaus und warf die Tür hinter sich zu.

«Maudit salaud!» rief sie ihm hinterher, aber nicht so laut, daß er es hätte hören können.

Sie war schon drauf und dran gewesen, den gefährlichen Auftrag abzulehnen, als ihr einfiel, daß am Dreikönigstag vor den Toren der Stadt ein Lumpenmarkt stattfand, auf dem arme Bauern, herumziehende Händler, aber auch Diebsgesindel kleine Geschäfte machen durften, ohne die in der Stadt erhobenen Marktzölle bezahlen zu müssen. Da ging es kunterbunt zu, aber anständige Bürger ließen sich dort nicht sehen, und so konnte La Meffraye damit rechnen, nicht erkannt zu werden, wenn sie auf Kinderjagd ging. Schwierig war es dann nur, den oder die Jungen in die Stadt zu schleusen und im Palais La Suze abzuliefern. Aber am Ende der Mühen leuchteten weitere zehn Goldstücke, und ihr zitterten die Finger, wenn sie daran dachte. Freilich, der Lederbeutel unter dem Stein hinter dem Bett war im Laufe der Jahre so prall geworden, daß weitere *écus* vielleicht keinen Platz mehr fanden, aber das machte ihr die geringsten Sorgen.

Am Dreikönigstag schlich sich die Alte schon vor Sonnenaufgang aus dem Haus. Über Nacht hatte es geschneit, und es war lausig kalt geworden. La Meffraye zog den grauen Wollmantel enger um sich und senkte den Kopf, so daß ihr Gesicht unter dem weiten Zipfel des Kopftuches verschwand. Geduckt lief sie an den Hausmauern entlang zum nahe gelegenen Stadttor. Dort preßte sie sich ans Wächterhäuschen und wartete auf das Morgenläuten von St. Denis. Sie fror jämmerlich und verfluchte ihren Entschluß. Wegen der paar *écus* so etwas zu riskieren! Aber es waren eben nicht nur ein paar, sondern, türmte man sie aufeinander, eine kleine goldene Säule. Sie kicherte leise. Ein goldenes Säulchen, als weitere Stütze für mein Häuschen...

Sie hatte vor kurzem ihrer Stiefschwester nach Chauvigny geschrieben und ihre Pläne dargelegt. Da war von einer Erbschaft die Rede, von der Sehnsucht, ihren Lebensabend in der Nähe von Verwandten zu verbringen, und auch davon, daß es sich in einem Provinzstädtchen billiger leben ließ als in der Herzogsresidenz Nantes, wo der Landadel seine Stadthäuser besaß und die Preise verdarb.

Endlich! Es ächzte, rasselte und kreischte, als die Stadtwache umständlich Schlösser, Riegel und Sperrbalken öffnete. Sie huschte hinaus, ein grauer flüchtiger Schatten, und wären nicht die Fußspuren im Schnee gewesen, hätte man die Erscheinung für ein Gespenst halten können. Die Feuer der Landfahrer, Bauern und fliegenden Händler loderten schon hell, und steifgefrorene Hände machten sich an Töpfen und Pfannen zu schaffen, um etwas Warmes in den Magen zu bekommen. Es roch nach verbrannter Milch, frischen Brotfladen und kochendem Grützebrei. Manche der Gesichter verschwanden, wenn sie sich über die dampfenden Kessel beugten, um zu kosten oder etwas herauszuschöpfen.

Es trieben sich auch Kinder zwischen den Erwachsenen herum, aber wo es schien, daß sie dazugehörten, hielt die Alte sich gar nicht auf. Im Osten begann der schwarzgraue Himmel sich heller zu färben, und es setzte ein leichter Schneefall ein. Über den Feuern leuchteten die Schneekristalle zauberisch auf, um dann als leise zischende Wassertropfen zu verdampfen.

Ah – dort! Perrine Martin trug den Namen eines Raubvogels und besaß die dazu passenden scharfen Augen. Da hinten balgten sich einige Kinder, warfen Schneebälle und taten so, als sei das Leben ein Spaß. Schon diese freche Unbekümmertheit ließ La Meffraye die Galle hochsteigen. Dieses nichtsnutzige Pack tobte hier herum, während andere nicht wußten, wo sie das Nötigste zum Leben hernehmen sollten. Bei einem solchen Ärger vergaß sie ihren dicken Geldsack völlig und litt unter eingebildeter Armut.

Sie trat näher. Ein Junge wurde auf sie aufmerksam, und sofort setzte sie ihr falsches Großmutterlächeln auf. Nein, der war zu häßlich, aber sie fragte ihn mit besorgter Stimme:

«Habt ihr schon was in den Magen gekriegt? Bei dieser Kälte friert einem ja die Seele aus dem Leib.»

«Nein, Madame, wir warten ab, bis der Markt beginnt, dann betteln wir uns etwas zusammen.»

«Woher kommt ihr?»

Der Junge lachte, frech und sorglos.

«Von nirgendwoher und wir ziehen nirgendwohin. Mal da – mal dort. Wo es uns gutgeht, bleiben wir länger.»

«Und eure Eltern?»

Ein größeres Mädchen und ein etwa dreijähriger Junge hatten sich dazugesellt. «Eltern haben wir keine, drum bleiben wir alle schön zusammen», sagte es.

«Das ist recht. Du da, komm mal her!» Sie winkte das Mädchen herbei und gab ihm zwei Silbergroschen. «Lauf zum Bäcker gleich hinter dem Stadttor und kauf dafür frische Wecken. Es wird für alle reichen. Auf den Kleinen passen schon die anderen auf.»

Das Mädchen lachte und verschwand wie der Blitz. Die anderen traten näher. Ein gutes Dutzend, Mädchen und Jungen – zwei, drei im richtigen Alter. Ja, der würde passen. Sie musterte ihn unauffällig. Acht bis zehn Jahre alt, kräftig, blond, mit wachen blauen Augen – verdreckt, zerlumpt, aber das ließe sich ändern.

«Jetzt hört einmal her. Ich arbeite als Hausbesorgerin in einem großen Palast drüben in der Stadt im Viertel Sainte Marie. Der Besitzer mag Kinder sehr und bewirtet so eine hungrige Horde wie euch von Zeit zu Zeit. Da könnt ihr essen und trinken, was und soviel ihr wollt. Du da!» Sie winkte den etwa Achtjährigen herbei. «Wie heißt du?»

«Gerard.»

«Mir scheint, du bist recht gut zu Fuß. Du läufst voraus, und ich komme nach.»

«Aber zuerst esse ich mein Brot.»

«Natürlich, Gerard – schau, da kommt sie ja schon.»

Sie verschlangen die Wecken, daß es nur so krachte, und La Meffraye sah ihnen wohlgefällig zu.

«Gerard wird bald wieder zurück sein und euch sagen, ob und wann es meinem Herrn recht ist, euch zu bewirten. Also – wir sehen uns dann später.»

Zufriedene Kindergesichter schauten der lieben alten Frau nach, die mit Gerard auf das Stadttor zuging.

«Lauf schon voraus und warte in der Kirche Saint Denis. Die Straße vom Tor führt geradewegs dorthin. Ich komme gleich nach.»

Sie wollte auf keinen Fall gesehen werden, wie sie zusammen mit dem Jungen die Stadt betrat.

In St. Denis war die Frühmesse schon bei der Danksagung angelangt. Gerard stand hinter einer Säule beim Eingang und rieb sich frierend die Hände. La Meffraye legte ihm sacht ihre Hand auf die Schulter und spürte, wie er zusammenzuckte.

«Nicht erschrecken!» flüsterte sie beruhigend.

Sie beschrieb ihm den Weg ins nahe gelegene Stadtviertel Sainte Marie und zum Palais La Suze, das schräg vis-à-vis einer Apotheke lag, die einen goldenen Stern als Ladenschild trug.

«Dort sagst du, Perrine Martin hat dich geschickt, und sie käme in einer Stunde nach. Aber laß dich unterwegs nicht ausfragen! Die Leute sind mißgünstig, weißt du, und daß mein Herr von Zeit zu Zeit Bettelkinder freihält, sehen manche nicht gerne.»

Gerard nickte begeistert und zog los. La Meffraye tauchte ihre gichtigen Finger ins Weihwasser und bekreuzigte sich dreimal. Vielleicht macht der Junge sein Glück, murmelte sie vor sich hin, setzte aber in Gedanken dazu: Was geht's mich an, was die mit ihm machen. Wenn ich nur die restlichen zehn Goldstücke kriege.

Gilles de Rais, inzwischen nach Machecoul zurückgekehrt, mußte feststellen, daß die vom Herzog bezahlte Restsumme schon fast aufgebraucht war. Er begann herumzutoben, zerschmetterte Gläser, warf Leuchter an die Wand, stieß Poitou, der ihn beruhigen wollte, eine Treppe hinunter und ohrfeigte Henriet. Seinem Schwarzkünstler François Prelati warf er Unfähigkeit vor, nannte ihn einen Scharlatan, Erzbetrüger und falschen Pfaffen. Sillé, der ihn vielleicht hätte beruhigen können, war noch immer nicht aus Nantes zurück, und Bricqueville blieb nach wie vor verschwunden.

Er fühlte sich von allen verraten, verkauft und betrogen. Als man den in St. Etienne festgesetzten Kaplan Blanchet wieder nach Machecoul brachte, überschüttete ihn der Seigneur mit Spott.

«Sieh da, sieh da! Mein alter vertrauter Freund findet endlich zu mir zurück! Ich hoffe, es ist Euch inzwischen gut ergangen? Wir haben Euren geistlichen Beistand so sehr entbehrt...»

Seine Stimme troff vor Hohn, und Blanchet duckte sich unter dieser Geißel des Spottes. Sein glattes Gesicht verriet keine Empfindung, doch die schmalen gierigen Augen huschten herum, als suchten sie nach einem Ausweg.

Der Seigneur ließ ihn noch tagelang spüren, wie er von «Verrätern» dachte, doch dann erschien Gerard, dem sie im Stadtpalais gesagt hatten, der Seigneur habe leider plötzlich verreisen müssen, aber er könne ihn treffen und erhalte Geld für seine Bettlergenossen zum Ausgleich für die versprochene Mahlzeit. Die liebe alte Frau war erschienen und redete ihm gut zu. Sie werde den anderen Bescheid sagen, und die konnten ein paar Tage auf ihn warten.

«Du bist dann der Held des Tages, Gerard, wenn du mit dem Beutel voll Silbergroschen zurückkommst.»

Die Verlockung war zu groß, und so brachten sie ihn nach Machecoul. Wie seine vielen Vorgänger wurde auch Gerard gewaschen, neu eingekleidet und durfte an der Abendtafel teilnehmen.

Der Seigneur betrachtete ihn mit lüsternen Augen und beruhigte sich dabei zusehends. Alles atmete auf, und Gerard konnte nicht ahnen, welche Hoffnung an diesem Abend auf ihm ruhte. Er war das Opferlamm, das sie dem Herrn darbrachten, um seinen Zorn zu besänftigen. Am Ende der Mahlzeit ließ Gilles den Vorleser kommen.

«Da wir heute einen jungen Gast bei Tisch haben, der vermutlich mit dem Rosenroman oder den Liedern unserer Troubadoure nichts anfangen kann, soll der *lecteur* uns heute ein schönes Märchen vortragen. Vielleicht etwas Gruseliges, danach soll man ja besonders gut schlafen – was meinst du, Gerard?»

Der Junge saß mit großen Augen da, starrte auf die ihm ungewohnte Pracht, war noch immer wie betäubt und verängstigt und wünschte sich zu seinen Gefährten zurück. Hoffentlich hatte die alte

Frau den anderen Bescheid gesagt. Wenn die ohne ihn weiterzogen... Bei diesem Gedanken wurde ihm ganz heiß.

«Nun, Gerard?»

«Mir ist alles recht, Seigneur.»

«Gut, dann lies etwas vom Teufel, der ja in jedem dritten Märchen erscheint. Euch ist es doch auch recht, daß unser alter, leider unzuverlässiger Freund darin vorkommt, Sieur Prelati?»

Gilles stand am Beginn einer schweren Trunkenheit, und Prelati hoffte, sie nicht bis ans Ende miterleben zu müssen. So sagte er schnell:

«Aber gerne, Seigneur! Die Teufel im Märchen haben wir nicht zu fürchten...»

Der Vorleser wartete, bis Ruhe eingetreten war, rückte den Kerzenleuchter näher an das vor ihm liegende Buch und begann mit lauter, wohlklingender Stimme:

«Dieses Märchen heißt *Kergerac oder der Pakt mit dem Teufel.*

Früher lebte im Osten der Bretagne, in der Gegend um Brest ein sehr reicher Mann, der aber ein verschwenderisches Leben führte und schließlich mehr Schulden als Geld besaß. So ging er seine Papiere durch, um herauszufinden, wer ihm etwas schuldete, und stieß dabei auf einen Mann namens Kergerac, dessen Grund ihm, dem Reichen, gehörte, der jedoch keinerlei Abgaben dafür bezahlte. So rief er den Bauern zu sich und als dieser vor dem Schloßtor erschien, sah er links ein Bildnis des Teufels und rechts eines von Jesus Christus. Der Bauer zog vor dem Teufel den Hut und verneigte sich tief, weil er dachte, dieser kann mir am ehesten helfen, unseren Herrn Jesus aber grüßte er nur flüchtig.

Der reiche Mann eröffnete ihm barsch, er habe binnen einer Woche seine Schuld zu begleichen oder er werde von Haus und Hof gejagt. Betrübt ging der Bauer hinaus und grüßte diesmal nur das Bildnis des Teufels.

Auf dem Weg nach Hause begegnete ihm ein gutgekleideter Mann hoch zu Roß, der ihn höflich grüßte. Der Bauer grüßte zurück und wollte weitergehen, doch der Fremde sagte:

‹Bleibe noch! Ich weiß, woher du kommst und welche Sorgen du dir machst. Weil du nun so höflich zu mir warst, will ich dir helfen.›

‹Wer seid Ihr?› fragte der Bauer verwundert.

‹Der, vor dem du dich am Tor so tief verneigt hast.›

Der Bauer erschrak und stotterte:

‹Ach so – aber ich – ich fürchte, Ihr werdet etwas von mir verlangen, was ich Euch nicht geben kann.›

‹Keine Angst, lieber Freund, es wird gerecht zugehen – denke an deine arme Familie.›

‹Was verlangt Ihr?›

‹Eines deiner Kinder!›

‹Nein – niemals! Wenn Ihr Euch aber mit mir begnügen wollt...›

‹Gut, dann nenne mir deine Bedingungen.›

Der Bauer straffte sich. Jetzt würde der Teufel etwas zu hören bekommen!

‹Ich möchte dreißig Jahre lang jeden Morgen in einem Kästchen neben meinem Bett tausend Goldstücke vorfinden!›

‹Einverstanden.›

Der Teufel verschwand, und der Bauer ging weiter.

Wenig später begegnete er einem zweiten Reiter, der auf einem weißen Pferd saß und dem Bild Christi auf der Schloßmauer sehr ähnelte. Als der dem Bauern sofort seine Hilfe anbot, sagte dieser stolz, er brauche sie nicht mehr, er sei reichlich mit allem Nötigen versorgt.

Zu Hause angekommen, tat er sehr geheimnisvoll, beruhigte seine tiefbesorgte Gemahlin und sagte, sie solle nur den nächsten Morgen abwarten.

Kaum war der Bauer erwacht, griff er schon nach dem Holzkästchen neben dem Bett, und der Teufel hatte tatsächlich sein Wort gehalten – es lagen tausend Goldstücke drin.»

An dieser Stelle unterbrach Seigneur de Rais den Vorleser und rief:

«Nun, Prelati, warum geht da bei uns nichts voran? Was soll ich noch tun, um jeden Tag tausend Goldstücke neben meinem Bett zu finden? Ich habe hier keine verfügbaren Kinder, um den Teufel zu bestechen, aber vielleicht ist er mit Gerard zufrieden? Nun, mein Junge, du würdest dich doch für unser aller Wohl opfern?»

Gerard verstand den Zusammenhang nicht und blickte den Seigneur verwirrt und ängstlich an. Der wandte sich an den Vorleser.

«Warum geschieht so etwas immer nur im Märchen? Wir haben genug gehört, lies uns jetzt etwas Amüsanteres vor – oder nein, verschwinde! Ich habe genug von deinen Lügenmärchen. Komm Henriet, wir bringen den kleinen Gerard zu Bett. Der schaut schon recht müde drein und will sicher längst schlafen.»

Die Gespräche verstummten, weil alle wußten, daß wieder ein Opfer zur Schlachtbank geführt wurde. Nur das Opfer ahnte nichts davon, bis Gerard merkte, daß es keine Schlafkammer war, in die sie ihn führten, sondern ein Kellergewölbe, wo von der Decke Stricke baumelten. Der kräftige Henriet hielt ihn fest, während Poitou seine Hände auf den Rücken fesselte. Der Seigneur musterte ihn mit seinen großen dunklen Augen, hinter denen es wie Höllenfeuer flackerte. Er lächelte fast zärtlich und sagte:

«Ist nur ein Spiel, Gerard, nachher bringen wir dich zu Bett – eine Art Einweihung, verstehst du?»

Als sie ihn dann an einem Strick hochzogen und der Seigneur langsam und mit einer düsteren Feierlichkeit seinen *braquemart* aus der Scheide zog, wußte der Junge, daß es kein Spiel mehr war.

Die nächsten Tage vergingen mit hektischer Betriebsamkeit. Alle Trägheit und Unentschlossenheit schien jetzt vom Seigneur abgefallen zu sein. Anstatt wütend herumzubrüllen, erteilte er jetzt sinnvolle Befehle. Er ließ Bewaffnete zusammenziehen, Ochsenkarren und Maultiere wurden mit Proviant und Kriegsgerät beladen, und kaum zeigte sich draußen das erste zarte Frühlingsgrün, brach die bewaffnete Horde auf.

Sillé, längst aus Nantes zurück, schüttelte den Kopf. Es paßte ihm nicht, was hier geschah – und was mit dieser kleinen Armee beabsichtigt wurde. Gilles de Rais hatte nämlich den berüchtigten Marodeur und Straßenräuber Jean de Siquenville in seinen Dienst genommen. Der nannte sich Capitaine und tat seit einigen Jahren nichts anderes, als Dörfer, Märkte, Klöster und kleinere Festungen zu überfallen und auszuplündern. Viele seiner Leute kamen dabei um, und so stattete ihn Gilles großzügig mit Menschen, Waffen und Proviant aus, damit er seine Raubzüge – nun im Auftrag des Marschalls von Frankreich – verstärkt und erfolgreich fortsetzen konnte.

«Dir gefällt das nicht, Sillé, ich weiß, aber da unsere bisherigen Geldquellen versiegt sind und auch Prelati nur Schall und Rauch produziert, müssen wir uns eben auf diese Weise über Wasser halten.

Sillé schwieg und dachte nach. Warum habe ich es nicht längst so gemacht wie Bricqueville? Auf und davon! Lieber woanders als ehrlicher Pferdeknecht arbeiten, als hier Tag um Tag Kopf und Kragen zu riskieren. In Nantes hatte er sich schon fast wie ein Vogelfreier gefühlt, ein Verfemter, den jeder straflos jagen und zur Strecke bringen darf. Und er hatte Gerüchte vernommen, die ihm gar nicht gefielen. So sprach man davon, Kanzler Malestroit würde im Frühjahr nach Nantes kommen, um dann gegen Gilles Anklage zu erheben. Er hatte seine Befürchtungen dem Seigneur sofort mitgeteilt, doch der tat es ab wie eine Lappalie.

«Dummes Gerede! Sollte Malestroit tatsächlich seine Büttel hierherschicken, dann verschwinde ich nach Tiffauges, und er hat das Nachsehen. Auf französischem Hoheitsgebiet bin ich sicher, weil ich nicht glaube, daß König Karl seinen Marschall festnehmen wird wie einen Straßendieb.»

Der du inzwischen tatsächlich bist, dachte Sillé.

Er hatte einen großen Fehler begangen, als er einen beträchtlichen Teil seines zusammengerafften Geldes an den Seigneur verlieh, der ihm versprach, nach Vannes würde er das Doppelte davon zurückerhalten. Daran glaubte er natürlich, weil er wußte, welche gewaltigen Summen der Herzog noch zu begleichen hatte. Und jetzt? Die teure Unterbringung des Hofstaates in Vannes, die Begleichung sämtlicher in Nantes aufgelaufenen Schulden und einiges mehr hatten den Geldberg abschmelzen lassen bis auf ein unansehnliches Häuflein.

«Du kriegst dein Geld, Sillé, hast es immer gekriegt!»

Damit wurde er jetzt abgespeist. Nun blieb nichts anderes mehr übrig, als einen Räuberhauptmann auf Beutezug zu schicken, dem Wort eines Vaganten und Halsabschneiders zu vertrauen.

Pech gehabt, Seigneur de Sillé! Hättest eben schlauer sein müssen, wie es Bricqueville offenbar war – der verachtete und als Tölpel gescholtene Bricqueville! Wenn sie ihn zusammen mit Gilles verhafteten, standen die Chancen schlecht. Setzte er sich jedoch jetzt ab und suchte außerhalb der Bretagne Dienst, dann sah die Sache weit besser aus. In der südlichen Normandie besaß sein Name einen guten Klang, auch wenn jetzt die Engländer den gesamten Familienbesitz beschlagnahmt hatten. Warum sich nicht auf die Seite der Engländer schlagen – oder besser noch der Burgunder? Mit dem erklecklichen Rest seines Geldes ließ sich da leicht ein neuer Anfang machen.

Sillés immer wieder verdrängter Plan begann Gestalt anzunehmen. Da fiel ihm plötzlich dieser Mortain ein, der in Vannes Olivier de Percy hatte sprechen wollen, wozu es dann leider nicht mehr gekommen war. Die Frau hatte sich als Schwester des Jungen bezeichnet. Dieser Mortain, davon war am Herzoghof die Rede gewesen, hatte einen kleinen Besitz in der Normandie halten können, war aber auch in der Bretagne begütert.

Ich könnte mich dort als Freund Oliviers einführen, als ritterlicher Lehrer des kleinen Pagen, den alle liebten und der an einem plötzlichen Fieber verstorben war. Vielleicht hatte die junge Frau ihren Tattergreis von Ehemann längst satt? Der Gedanke daran belebte und erwärmte ihn. Was hatte er zu verlieren? Hier alles, sogar das Leben, während es dort die Möglichkeit einer neuen und besseren Zukunft gab.

Bin ich weniger schlau als Bricqueville, weniger entschlossen? Diese grimmige Frage stellte er sich selber und beantwortete sie, obwohl er nichts von Bricquevilles Schicksal wußte: Ich werde es besser machen!

Zunächst aber trat ein Ereignis ein, das alles andere klein, unwichtig und entbehrlich erscheinen ließ:

Jeanne d'Arc war wiedererstanden! Sie zog durch Frankreich, vielerorts empfangen und umjubelt wie eine Heilige. Die Engländer hätten, so verkündete sie, damals eine überführte Hexe an ihrer Stelle verbrannt und sie später gegen ein hohes Lösegeld heimlich freigelassen, nachdem sie hatte beschwören müssen, nichts davon zu verraten. Um eine neue Identität anzunehmen, habe sie den lothringischen Adeligen Robert des Armoises geheiratet, aber nun, da Paris befreit sei, wolle sie, ehemals die Jungfrau genannt, in ihrer wahren Gestalt an den Freudenfeiern teilnehmen.

So viel war bekannt und auch, daß Johannas beide Brüder, Jean und Pierre, sie sofort und ohne Zögern als ihre leibhaftige Schwester in die Arme geschlossen hatten. Das war nun schon eine Weile her, aber als sie im Triumph durch Frankreich zog, gab es kaum noch eine wichtige Standesperson – unter denen, die sie früher gekannt und gesehen hatten –, die ihr die Anerkennung verweigerten. Gerade Menschen, die mit ihr engen Kontakt gehabt und sie auf den Feldzügen begleitet hatten, wie der Graf von Dunois, erkannten sie vorbehaltlos an.

Und nun war sie Gast der Stadt Orléans – Johanna, die Jungfrau, die Retterin Frankreichs, die Heilige. Man feierte sie dort wie eine Königin, überschüttete sie mit Geschenken und bot ihr Gastrecht auf Lebenszeit.

Gilles sandte sofort einen Eilboten nach Orléans und lud Johanna nach Machecoul.

«Dort soll alles Euer sein, mein Besitz, mein Herz, meine Kraft, mein Leben – Euer Schwarzer Ritter», so endete sein Brief. Ein Bote brachte wenige Tage später die Antwort. Sie freue sich, ihren Schwarzen Ritter wiederzusehen, und nehme die Einladung gerne an, doch es sei ihr aus politischen Rücksichten lieber, das Treffen finde auf französischem Boden statt. Das kam seinen Absichten genau entgegen; er wollte sowieso eine Zeitlang aus der Bretagne verschwinden, schon um dem Vetter Sillé zu zeigen, daß er seine Warnung ernst nahm.

Gilles schwenkte den Brief und rief fröhlich:

«Auf nach Tiffauges! Wir wollen Johanna dort empfangen wie eine Fürstin!»

Von jetzt an würde er sein Leben von Grund auf ändern, das nahm er sich fest vor. Keine Pagen mehr, keine Beschwörungen, und sein letzter verschwenderischer Akt sollte ihr Empfang auf Tiffauges werden. Dann vielleicht die Pilgerreise nach Rom oder Jerusalem und ein neues fleckenloses und sündenfreies Leben. Danach mußte die Kirche fertig gebaut, die Stiftung vollendet werden. Gilles fühlte, wie es seine alte sündige Haut abwarf und darunter ein neuer Mensch erschien.

Mit nur wenigen Begleitern ritt der Seigneur nach Tiffauges voraus, und auf dieser Reise tauchte er wieder hinab in die Vergangenheit, und der letzte Akt des Dramas ging vor seinem inneren Auge über die Bühne. Aber nun war es gar kein Drama mehr, Johanna lebte. Sie lebte!

24

Johanna wurde am 23. Mai 1430 in Compiègne um die erste Abendstunde von den Burgundern gefangengenommen, als sie versuchte, mit ihren Leuten die Oisebrücke zu erstürmen. Fast auf den Tag ein Jahr später wurde sie in Rouen auf den Marktplatz geführt und auf einem hohen Stoß von Holz- und Reisigbündeln als rückfällige Ketzerin lebendig verbrannt.

Gilles de Rais erfuhr von ihrer Gefangennahme während eines kleinen Feldzugs, den sein Verwandter Georges de la Trémoille gegen die Herzogin von Anjou führte. Das war einer jener sinnlosen Kleinkriege, die in ganz Frankreich störrische Vasallen mit ihren Lehensherren führten. Sie endeten selten mit einer Niederlage, sondern fast immer mit einem Kompromiß, kosteten aber vielen kleinen Leuten das Leben, die als Söldner im Kampf fielen oder als Bauern, Händler und Taglöhner quasi so nebenher in die Mühlen der Großen gerieten und dabei zugrunde gingen.

Auf Anordnung seines Großvaters Jean de Craon nahm Gilles Partei, führte als Hauptmann einen Trupp Soldaten, eroberte ein paar Burgen und Dörfer, verlor sie wieder, eroberte dafür andere. Er nahm an den Friedensverhandlungen teil, die auf Champtocé stattfanden, hatte aber wenig zu sagen, weil dort sein Großvater und La Trémoille das große Wort führten. Während dieser Zeit verkauften die Burgunder ihre kostbare Gefangene an die Engländer, für einen Judaslohn von zehntausend *écus d'or*. Gilles stahl sich davon und ritt im Eiltempo mit nur wenigen Begleitern nach Norden, gekleidet in ein geistliches Gewand, aber nicht verkleidet, denn Seigneur Gilles hatte sich – wie viele seiner Standesgenossen – erst kürzlich in Poitiers mit großem Pomp als Canonicus von St. Hilaire installieren lassen. Er reiste unter dem Namen Gilles de Laval, den er, wie auch sein Vater, als Sproß dieser weitverzweigten Familie tragen durfte, wenn er ihn auch selten benutzte.

Die erste öffentliche Gerichtssitzung fand am Aschermittwoch, dem 21. Februar 1431, in der Schloßkapelle von Rouen statt und begann gegen acht Uhr morgens. Johanna war unter anderem wegen Aberglaubens, Häresie und Gotteslästerung angeklagt.

Nur wenigen Besuchern war der Zutritt gestattet, und es hatte den Canonicus Gilles de Laval etliche Goldstücke gekostet, als neutraler geistlicher Beobachter zugelassen zu werden.

Was hatte ihn hierhergetrieben? Neugier? Mitleid? Empörung? Am ehesten wohl der Zorn über die Frechheit der Engländer und der ihnen verpflichteten Bischöfe, allen voran dieser verräterische und ehrgeizige Pierre Couchon, dessen Name schon seine Einstellung verriet (cochon = Schwein). Feist und anmaßend thronte er auf seinem erhöhten Sessel unter einem damastenen Baldachin und führte sich auf wie der Herrgott persönlich. Dieser Erzverräter war noch dazu in Reims, der alten französischen Krönungsstadt, geboren, diente aber hündisch und ergeben Heinrich VI., dem neunjährigen König von England, der in diesen Tagen in der Festung von Rouen weilte und nur ein paar Schritte entfernt mit seinen Pagen im Burghof Bogenschießen übte.

Nun ertönte Couchons herrische und zugleich salbungsvolle Stimme:

«Ihr sollt schwören, die Wahrheit zu sagen auf Fragen, die den katholischen Glauben angehen, und anderes, was Ihr wißt.»

Johanna stand vor ihren Richtern, die Füße mit Ketten gefesselt, in Männerkleidern, aufrecht, trotzig, mit etwas längeren Haaren, als Gilles sie in Erinnerung hatte. Sie war blaß und wirkte abgemagert, doch an ihr war keine Spur von Demut, Unsicherheit oder gar Furcht. Sie reckte sich und antwortete:

«Ich schwöre, die Wahrheit zu sagen auf Fragen nach meiner Herkunft und nach allem, was ich tat, seit ich nach Frankreich kam. Was aber meine göttlichen Offenbarungen betrifft, so habe ich darüber nie gesprochen, noch sie irgend jemand außer König Karl anvertraut. Und wollt Ihr mir den Kopf abschlagen, so werde ich nicht davon reden können, denn meine Stimmen haben es mir untersagt.»

Mit wachsender Empörung verfolgte Gilles de Rais die Gerichtssitzungen der nächsten Tage und Wochen. Das Gericht, vor allem sein Vorsitzender, Bischof Couchon, versuchte mit allen Mitteln, die Jungfrau in Widersprüche zu verwickeln, ihr Lügen, Verdrehungen und Verstöße gegen den Glauben nachzuweisen. So ging es bis Anfang März, dann fanden die sogenannten Sonderverhöre im Gefängnis statt, bei denen kein Unbeteiligter Zutritt hatte.

Während dieser Zeit horchte Gilles sich in der Stadt um, ging auf den Markt, in Schenken und Läden, wobei er versuchte, die Stimmung der Menschen auszuforschen. Der Prozeß war das Tagesgespräch. Überwiegend hielt man Johanna für eine Hexe, der es nur mit Hilfe des Teufels gelungen sei, ihren Gegner immer wieder zu besiegen. Es war zu spüren, daß die meisten Bürger zu den Engländern hielten, nicht weil sie ihre Eroberer besonders liebten, sondern weil die Stadt seit zwanzig Jahren einen wohlbehüteten Frieden genießen durfte. Seit ihrer Besetzung im Jahre 1419 hatten die Engländer diesen Hauptstützpunkt auf französischem Boden gehegt und gepflegt, und Rouen war dabei prächtig gediehen.

Hier war keine Hilfe zu erwarten, hier hätte es einer Armee bedurft, um Johanna zu befreien. Oder war der ganze Prozeß eine Farce, um der Welt zu beweisen, daß die sonst unbesiegbaren Briten nur einige Schlachten verloren hatten, weil eine Hexe und mit ihr der Teufel im Spiel war? Wer aber maßte sich an, Satan mit irdischen Waffen zu schlagen? Nun aber saß die Hexe gefangen, ihr konnte man mit geistlichen Mitteln begegnen, und am Ende stand ihre Vernichtung. Warum aber schwieg König Karl? Hatte er nicht ihr seine Krönung in Reims und ein fast vollständig befreites Frankreich zu verdanken? Warum kam von ihm kein Lösegeldangebot? Warum überließ er sie ihren und seinen Feinden, ohne den geringsten Versuch, sie zu retten? Für Gilles war das, als hätten die Briten diesen Krieg am Ende doch gewonnen.

Was konnte er tun? Geld allein genügte nicht. Wen hätte er bestechen, wo den Hebel ansetzen sollen, wenn ein ganzes Königreich Johannas Vernichtung anstrebte? Jeder Engländer wünschte ihr den

Tod, begonnen beim Kindkönig Heinrich, der nachplapperte, was seine Räte ihm vorsagten, bis hinab zum einfachen Soldaten, den es wurmte, daß sein Heer die entscheidenden Schlachten gegen ein Weib verloren hatte. Gut, das war einzusehen, warum aber stand Frankreich nicht wie ein Mann auf und setzte sich für seine Retterin ein? Nicht aus Mitleid – nein, aus Stolz!

Gilles de Rais sah nur einen Weg, er mußte über seinen Vetter La Trémoille das Ohr des Königs erreichen. Mitte März sollten in Nantes die Schlußverhandlungen wegen des Friedens zwischen Anjou und Bretagne stattfinden, woran Georges de la Trémoille als Vertreter des französischen Königs teilnahm. Doch Gilles' Hoffnung wurde sofort zunichte, als er sah, wie sehr es Trémoille daran gelegen war, daß Johanna bald aus dieser Welt verschwand. Aber er sagte es nicht direkt, sondern stellte es als politische Notwendigkeit hin.

«Jetzt laßt Euch einmal nicht nur von Gefühlen leiten, sondern gebraucht Euren Verstand! Johanna hat eine Rolle – meinetwegen sogar eine wichtige – gespielt, als Frankreich, als unser König in Not war. Woher ihre Stimmen kamen, ob von Gott, vom Teufel oder aus ihrer Phantasie, das ist unerheblich. Sie war von ihrer Sache überzeugt, hat andere begeistert, und diese Kraft reichte hin, ein paar entscheidende Schlachten zu gewinnen. Dann ging's bergab, Ihr wißt es ja, und am Hof versuchten Leute wie Dunois und d'Alençon über das Bauernmädchen Einfluß auf den König zu gewinnen. Keinen guten Einfluß, kann ich Euch sagen, weil jeder dieser Herren auf seine eigene Tasche schielte. Graf Dunois ist ein Bastard von Orléans, eng mit dem König verwandt, Gefährte seiner Kindheit. Vergeßt nicht, daß die beiden sich überworfen hatten und der König ihn vor einigen Jahren in die Provence verbannte. Jetzt ist er wieder obenauf, und das hat er nicht zuletzt dieser Hexe zu verdanken. Mit d'Alençon steht es ganz ähnlich. Auch er braucht die Unterstützung des Königs, um seine alten Lösegeldschulden an die Engländer bezahlen zu können. Diese Leute liegen dem König in den Ohren, liegen ihm auf der Tasche. Jetzt, da ihre Fürsprecherin nicht mehr da ist, versuchen sie, Karl zu bewegen, Johanna freizukaufen. Aber da Seine Majestät eher auf mich als auf sie hört, konnte ich das bis jetzt verhindern und werde es weiterhin tun – in meinem und nicht zuletzt auch in Eurem Interesse.»

Gilles sprang auf.

«Was heißt das – auch in meinem Interesse?»

«Ist das so schwer zu verstehen? Euer Großvater hat sich in dem ganzen Hin und Her der letzten Jahre immer eindeutig auf die Seite der französischen Krone gestellt, die ihn wiederum bei seinen, nun, halblegalen, manchmal auch gesetzeswidrigen Aktionen unterstützte oder zumindest wegschaute. *Une main lave l'autre!* Und wer profitiert am Ende davon? Ihr, Gilles de Rais, denn Craon ist alt und wird Euch eines nicht mehr fernen Tages ein Vermögen hinterlassen, um das Euch schon jetzt halb Frankreich beneidet. Das sähe heute anders aus, hätten Dunois, d'Alençon und deren Parteigänger ihren Einfluß am Hof verstärken können. Ich weiß, das sind Eure alten Kampfgenossen unter Johannas Fahne, aber Gilles, diese Zeit ist vorbei – endgültig und unwiederbringlich! Johanna hat ihre politische Aufgabe erfüllt, ihre weiteren Umtriebe hätten nur Unruhe gestiftet. Vergeßt das lothringische Bauernmädchen! Oder habt Ihr Euch in sie verliebt? Eine Schönheit ist sie nun wahrhaftig nicht.»

La Trémoille lachte rauh und sah seinen Vetter beifallheischend an. Aufgrund seines Standes, seiner Erziehung und der alten feudalen Traditionen wußte Gilles, daß La Trémoille recht hatte. Gefühle durften keine Rolle spielen, wenn es um Macht, Einfluß und das Familienvermögen ging. Aber vergessen – Johanna vergessen, nein, das konnte er nicht. Wenn er ihre kräftige mittelgroße Gestalt vor sich sah, wie sie mit stolz erhobenem Haupt und ihren furchtlosen graugrünen Augen den Männern voranritt, wie sie aufmunternd und fröhlich lachte, wenn sie zauderten, wie sie das neunmalkluge, abwägende Gerede der Hauptleute mit einfachen, treffenden Bemerkungen zunichte machte, dann wurden ihm die Augen feucht, und sein Herz schlug schneller. Dagegen war nichts zu machen, diese Zuneigung erfaßte ihn, wenn er nur an sie dachte, mit einer solchen Gewalt, daß auch ein stundenlanges Zureden seines Vetters nichts daran geändert hätte.

Kaum waren die Verhandlungen in Champtocé beendet, übergab Gilles seinem Bruder René das Kommando, warf sein geistliches

Gewand über und ritt auf dem Weg nach Rouen zwei Pferde zuschanden. Er konnte nichts mehr für Johanna tun, aber er mußte sie noch einmal sehen. Am 25. März langte er dort an, und zwei Tage später wurden die öffentlichen Verhandlungen wiederaufgenommen. Johanna hatte, wie sich herausstellte, es weiterhin abgelehnt, Frauenkleider zu tragen, und so bestrafte man sie mit dem Verbot, die heilige Messe zu besuchen. Couchon hatte mit seinen Richtern siebzig Anklagepunkte zusammengestellt, zu denen sich Johanna jetzt äußern mußte. Aber diese Punkte enthielten nichts Neues, waren nur eine Wiederholung von Gerüchten, Legenden, falschen Behauptungen und phantastischen Geschichten. Gilles saß nur stumm da und schüttelte dauernd seinen Kopf. Wenn er Couchons Stimme hörte, wie sie diese Verdrehungen herunterleierte, mußte er sich beherrschen, um dem Kerl nicht an die Gurgel zu fahren.

«Die Angeklagte hat viele Zaubereien und abergläubische Handlungen vorbereitet und durchgeführt. Sie ist vergöttlicht worden und hat es zugelassen, daß man sie verehrte und anbetete. Sie hat Dämonen und böse Geister beschworen, sie um Rat gefragt und hat häufig Umgang mit ihnen gehabt.»

Jetzt konnte Gilles sich nicht mehr beherrschen und sprang auf.

«Was heißt das: Umgang gehabt? Wollt Ihr damit behaupten, Johanna habe mit dem Teufel fleischlich verkehrt? Johanna, die Jungfrau! Wer so etwas denkt...»

«Wer seid Ihr, was wollt Ihr? Euer geistliches Gewand schützt Euch nicht vor Strafen, wenn Ihr weiterhin unbefugt dazwischenredet! Ich verurteile Euch wegen Störung einer Gerichtsverhandlung zu drei *écus d'or*, zahlbar sofort. Noch ein Zwischenruf, und der Zutritt wird Euch künftig untersagt.»

Schon stand der Gerichtsdiener da und streckte die Hand hin. Gilles zahlte und blickte dabei auf Johanna, die ihn ansah und leise lächelte. Ihre Lippen formten unhörbar drei Worte, die Gilles sofort verstand. Mein Schwarzer Ritter. Noch immer blickten sie furchtlos, die graugrünen Augen, doch Johannas ganze Erscheinung verriet, daß sie müde geworden war und verstanden hatte, daß nichts und niemand sie retten wollte oder konnte – nur Gott. Aber Gott schwieg.

Über Couchons feistes Gesicht flog ein hämisches Lächeln.

«Wir wollen dennoch den Zwischenruf, quasi als Volkes Stimme, aufgreifen und die Angeklagte fragen, ob sie mit ihren Dämonen fleischlichen Umgang hatte. Also – Johanna, hat der Teufel sich Euch jemals als *incubus* genähert und Euch beigewohnt?»

Johanna antwortete sofort mit leiser Stimme:

«Ich bin Jungfrau und verstehe davon nichts, habe auch nie im Leben einen Teufel gesehen.»

Einer der Beisitzer streckte ein Buch in die Höhe und sagte:

«Hier steht, daß Satan die Macht hat, mit Jungfrauen zu schlafen, ohne sie zu deflorieren.»

Couchon nickte zufrieden.

«Was sagt Ihr dazu, Johanna?»

«Davon weiß und verstehe ich nichts.»

Da gab es der Bischof auf und ging wieder zu den Anklagepunkten zurück.

Was in den darauffolgenden Wochen geschah, erfuhr Gilles erst später. Da Johanna nicht umzustimmen und ihr kein Schuldbekenntnis zu entlocken war, führte man sie in die Folterkammer, zeigte ihr die schrecklichen Instrumente, erklärte ihre Anwendung. Sie blieb standhaft und sagte, selbst wenn es gelänge, ihr ein Geständnis abzupressen, so würde sie es hinterher widerrufen. Doch die Mehrheit der Richter riet von einem solchen Verfahren ab, «um die Wirkung eines so bewunderungswürdig geführten Prozesses nicht zu zerstören».

Dafür ließen sich die erzschlauen geistlichen Richter etwas anderes einfallen. So wurde am Sonntag, dem 20. Mai, in der ganzen Stadt verkündet, daß am darauffolgenden Donnerstag der Hexe und Ketzerin Johanna aus Domremy im Herzogtum Lothringen Gelegenheit gegeben sei, ihre Taten öffentlich zu gestehen und sich mit der Kirche auszusöhnen.

Damit dieser Glaubensakt von vielen verfolgt werden konnte, inszenierte man ihn außerhalb der Stadtmauern, und um ihm eine düstere Feierlichkeit zu verleihen, wählten die Richter den Friedhof hinter dem Kloster St. Ouen. Dort waren ein hochgetürmter Scheiterhaufen und zwei Tribünen errichtet worden – eine größere für Couchon und seine Richter, eine kleinere für Johanna und ihre Bewacher. Der Weg von ihrem Kerker in der Festung bis zum Friedhof führte durch ein Viertel im Norden der Stadt und war von englischen Soldaten derart abgeriegelt, daß keine Maus hinein oder heraus hätte können.

Um das Kloster St. Ouen sah es inzwischen aus wie in einem Heerlager. Auch hier hatten bewaffnete Truppen das Gebiet umstellt, doch in einem so weiten Kreis, daß – selbst wenn die ganze Stadt käme – jeder ausreichend Platz fand.

Was der Frühling dort an grünen Wiesen, blühenden Büschen und Sträuchern hingezaubert hatte, war im Nu zertrampelt. Die Menschen kletterten auf Bäume, hockten wie Spatzen auf der Friedhofsmauer, scheuten auch die Gräber nicht, traten einander auf die Füße, fluchten, lachten, und wer Geld hatte, versorgte sich bei den hin- und herhastenden Wein-, Brot- und Wurstverkäufern mit Proviant.

Gilles de Rais saß auf einem Feldhocker neben der Klosterpforte, geschützt von zwei bewaffneten Dienern, die jeden wegstießen, der ihrem Herrn zu nahe kam.

Als Johanna erschien, begann die Menge zu schreien, zu kreischen, zu johlen und zu pfeifen. Ruhe trat erst ein, als Magister Erard, ein Domherr und berühmter Prediger, seine Rede begann.

«Oh, Haus Frankreich! Noch nie hast du ein solches Ungeheuer gekannt! Aber nun bist du entehrt, weil du dieser Frau, dieser Zauberin, Ketzerin und Hexe Glauben schenktest. Dein König ist ein Ketzer!»

Da aber erhob Johanna sofort ihre Hand und rief:

«Ich schwöre bei meinem Leben, er ist der edelste unter allen Christen, der den Glauben liebt und die Kirche verteidigt.»

«Und sich jetzt feige seinen Pflichten entzieht!» rief Gilles empört, doch kaum einer hörte ihn, nur ein in der Nähe Stehender tippte grinsend mit dem Finger gegen seine Stirn.

Magister Erard setzte seine Philippika gegen die Jungfrau fort, immer wieder von Zurufen unterbrochen.

«Ja – gib's ihr!»

«Diese Hexe muß brennen!»

«Eine Schande für Frankreich!»

«Karl ist so verrückt wie sein Vater...»

«...und so verdorben wie seine Mutter!»

Das fand großen Beifall, denn Karl VI., mit dem Beinamen «der Wahnsinnige», war in geistiger Umnachtung gestorben, während seine Gemahlin Isabeau wegen ihrer Liebhaber, ihrer Verschwendungssucht und den daraus resultierenden drückenden Steuern im ganzen Land verhaßt war. Am Ende seiner geschliffenen, haßerfüllten und die Gemüter aufstachelnden Rede wies Erard mit ausgestrecktem Arm auf Johanna und forderte sie in scharfen Worten auf, ihre Untaten zu bekennen «und Euch unserer heiligen Mutter, der Kirche, zu unterwerfen».

Johanna hob ihren Kopf mit ihrer Gilles so vertrauten Geste. Weithin war ihre helle Stimme zu vernehmen.

«Ich berufe mich auf Gott und auf unseren Heiligen Vater, den Papst!»

Couchon winkte ab.

«Der Papst ist zu weit weg. Wir sind deine Richter!»

Magister Erard streckte Johanna die Abschwörungsurkunde entgegen, doch sie zögerte.

«Tu es gleich, sonst stirbst du im Feuer!» zischte er ihr zu und winkte dem Henkerskarren.

Johanna blickte zum Scheiterhaufen hinüber, während auf der Richtertribüne und in der Menge eine sich steigernde Unruhe entstand. Die anwesenden Engländer glaubten sich betrogen, sahen sich ihrer Beute beraubt und protestierten, alles stieß, drängte, rief durcheinander, bis man Johannas laute Stimme rufen hörte:

«Ich unterwerfe mich!»

Sie unterzeichnete die Urkunde, doch Gilles glaubte zu sehen, daß jemand ihre widerstrebende Hand führte. Eine der Bedingungen ihres Widerrufes war, daß sie künftig Frauenkleider tragen müsse, dafür aber in ein kirchliches Gefängnis gebracht werde.

Danach verlas Couchon das für einen Widerruf vorgesehene mildere Urteil: Lebenslange Einkerkerung.

Gilles atmete auf. Er war froh und enttäuscht zugleich. Froh, weil sie am Leben blieb und so die Möglichkeit bestand, sie eines Tages zu befreien. Enttäuscht, weil sie ihren Stolz hatte brechen lassen, weil sie sich den Forderungen der Richter beugte. Und letztlich auch, weil eine lebende Johanna allmählich ihren Glanz und ihre Bedeutung verlieren würde – eine Frau wie jede andere, am Ende vielleicht noch gefährlich, sollte der wankelmütige König Karl wieder auf sie hören und erneut ihrem Rat folgen. Gilles wollte eine Heilige in Erinnerung behalten, die siegreiche und strahlende Jungfrau, und nicht ständig daran erinnert werden, daß da im Kerker eine immer älter werdende, gebrochene Frau saß. Wie gesagt – er war froh und enttäuscht zugleich, letzteres vielleicht ein wenig mehr.

Und ähnliche, ja fast die gleichen Gefühle bewegten ihn jetzt auf dem Ritt nach Tiffauges. Ein wenig schauderte ihm vor dieser Begegnung. Die einst so stolze Jungfrau in ihrer funkelnden Rüstung, das Christusbanner in der Hand – zuversichtlich, aufrecht, heiter, mutig und voll Tatendrang. Und jetzt? Brave Gemahlin eines lothringischen Ritters, fast zehn Jahre älter... Was war da noch geblieben? War dieser traurige Rest es wert, in Augenschein genommen zu werden – von ihrem Schwarzen Ritter? Den es nicht mehr gab. Schwarzer Ritter – guter Ritter, damals vor Orléans, in Beaugency, Patay und Troyes. Schwarzer Ritter – böser Ritter, jetzt in Champtocé, Nantes, Machecoul, Tiffauges und Vannes.

Nur wenige hatten damals in Rouen die Taktik des Gerichtes durchschaut. Die englische Krone wollte Rache, wünschte Johannas Tod, und Pierre Couchon, jetzt nur Bischof des Städtchens Beauvais, wollte Bischof von Rouen werden. So einfach war das, aber bis es dahin kam, mußte Johanna sich von einer reuigen in eine rückfällige Ketzerin verwandeln.

Gegen Couchons Versprechen brachte man sie in das englische Gefängnis zurück, zog ihr ein sackartiges Frauengewand über, ließ aber ihre gewohnten Männerkleider absichtlich in einer Ecke der Zelle zurück. Zu ihrer Bewachung wählte Couchon die rohesten und brutalsten Soldaten, die sie ständig beschimpften und ihr nachts die Frauenkleider wegnahmen. Am Morgen mußte sie – schon aus Angst vor einer Vergewaltigung – wieder die alten Männerkleider anlegen.

So war Johanna nun das, war ihre Richter erwartet und gewollt hatten – eine rückfällige Ketzerin. Eine Woche gaben sie ihr noch zu leben, sie brauchten die Zeit für ihre Vorbereitungen. Dann, am 30. Mai, einem festlichen, sonnigen, strahlenden Frühlingstag holten sie Johanna aus ihrer Zelle und setzten sie auf den Henkerskarren, den achtzig Bewaffnete zum Alten Markt von Rouen begleiteten. Ihr zur Seite stand ein junger Mönch, dem sie gebeichtet und der ihr die Kommunion gereicht hatte. Sie wirkte ruhig und gefaßt, aber der Blick ihrer graugrünen Augen schien die geifernde, kreischende Menge nicht wahrzunehmen, schaute in eine Welt jenseits des Irdischen – das Reich, aus dem ihre Stimmen kamen, wo die Macht ihrer Richter endete, wo der eine, oberste Richter sie erwartete und das letzte endgültige Urteil über seine treue Dienerin sprechen würde.

Auf dem Marktplatz war eine Tribüne errichtet und ihr gegenüber der hochaufgetürmte Scheiterhaufen, aus dem der hölzerne Pfahl ragte wie ein toter Baum, kettenbehängt, sein Opfer erwartend. Den weiten quadratischen Platz säumten die schönen gepflegten Fachwerkhäuser der wohlhabenden Bürger, und es gab kein Fenster, aus dem nicht Köpfe schauten, dichtgedrängt und in steter Bewegung. Manche riefen sich etwas zu, lachten, einige verschwanden ins Innere, vielleicht um zu Ehren des Festtages ein Glas Wein zu leeren. So nämlich sah es die Kirche, so verstanden es die Menschen: Die Hinrichtung einer Hexe, eines Ketzers, Zauberers oder Irrlehrers war eine festliche Angelegenheit zur höheren Ehre Gottes, der durch seinen Sohn verkünden ließ: Wer nicht in mir bleibt, der wird weggeworfen wie eine verdorrte Rebe, die man sammelt und ins Feuer wirft, und sie muß brennen.

Gilles stand neben der Richtertribüne, starrte hinüber zu der reglosen Gestalt am Fuße des Scheiterhaufens und verfluchte den elenden Mönch, der eine lange salbungsvolle Predigt hielt. Danach verkündete Bischof Couchon das endgültige Urteil und übergab Johanna an das weltliche Gericht. Warum? Weil die Kirche kein Blut vergießen durfte und deshalb das Urteil nur fällte, aber nicht vollzog.

Johanna begann laut zu weinen, versuchte weinend zu beten, und dieser Anblick war so herzzerreißend, daß ein Teil der Zuschauer und einige Richter den Platz verließen, manche unter heftigem Protest gegen das Schandurteil.

Gilles drängte sich näher heran, achtete nicht auf das Fluchen der Beiseitegestoßenen, gelangte bis an die doppelte Sperrkette der Bewaffneten. Johanna bat die Umstehenden, ihr zu vergeben, und sagte, sie vergebe auch ihnen, was sie ihr angetan hätten.

«Vergib auch mir!» rief Gilles und hörte seine Stimme wie die eines Fremden. Dann setzten die Büttel ihr die hohe Papiermütze auf, wo in großen Buchstaben untereinander geschrieben stand: Ketzerin – Rückfällige – Abtrünnige – Götzendienerin.

Langsam stieg sie die aus Reisigbündeln geformte Treppe hinauf, oben wartete schon der Henker und band sie mit Eisenketten an den Pfahl. Sie bewegte den Mund, und einer der am Fuß des Scheiterhaufens stehenden Wachsoldaten band zwei Holzstücke zu einem Kreuz zusammen und reichte es ihr hinauf. Sie küßte das Kreuz und drückte es an die Brust, während die Büttel mit brennenden Fackeln den Holzstoß an allen vier Seiten ansteckten. Die Flammen schossen empor wie feurige Blumen, angefacht vom Frühlingswind, und man hörte ihre Stimme laut «Jesus, Jesus!» rufen. Dann hüllte der Rauch ihre Gestalt ein, als sende der Himmel eine Wolke herab, um ihre befreite Seele emporzutragen.

«Und das soll alles nicht wahr gewesen sein?» fragte der Seigneur den neben ihm reitenden Kaplan Blanchet.

Sillé mußte in Machecoul bleiben, um die weitere Entwicklung zu beobachten, außerdem hielt Gilles diesen Vetter für wenig geeignet, Johanna als Freund und Verwandter vorgestellt zu werden. Sillé hatte es geahnt und gefragt: «Du schämst dich meiner?» Worauf Gilles, was durchaus der Wahrheit entsprach, antwortete:

«Nein, ich brauche dich hier, weil du der einzige bist, dem ich trauen kann. Sollte der Herzog seine Leute schicken, dann sag ihnen, ich sei nach Champtocé gegangen. Die falsche Spur wird sie für einige Zeit beschäftigen.»

So mußte Blanchet mit auf die Reise, weil sich ein Priester im Gefolge gut machte; außerdem traute Gilles dem Kaplan nicht mehr, seit er sich damals davongemacht hatte.

Blanchet verstand die Frage nicht.

«Was soll nicht wahr gewesen sein, Seigneur?»

«Die Jungfrau hat vor meinen und den Augen Tausender von Zuschauern den Holzstoß bestiegen, hat gebetet, ein Kreuz an sich gedrückt, und ich habe sie gesehen, bis Flammen und Rauch sie einhüllten. Wie hätte man sie da austauschen können?»

«Vielleicht hat eine andere...»

«Blanchet! Ich habe sie gesehen, aus einer Entfernung von zehn bis zwölf Ellen. Da kann man sich nicht täuschen.»

«Seigneur, die Kirche wird immer Mittel und Wege finden, das Volk zu täuschen.»

«Das sagt gerade Ihr, ein Priester?»

Blanchet nickte.

«Glaubt mir, ich weiß, was ich sage. Bei dieser Gelegenheit fällt mir etwas ein. Johannas Schicksal gleicht dem von Jesus im Koran.»

«Das verstehe ich nicht.»

«Während meines Studiums unterrichtete uns ein Alttestamentler, der zwölf Jahre in Jerusalem als Kaplan an der Grabeskirche gewirkt hatte. Er sprach perfekt Arabisch und liebte es, Stellen aus dem Koran zu zitieren. Einmal hat er uns gesagt, daß Mohammed, der Jesus als Propheten achtete und verehrte, nicht an seine tatsächliche Kreuzigung glauben konnte, und so heißt es im Koran, sie hätten einen anderen, Jesus Ähnlichen ans Kreuz geschlagen.»

«So ein Unsinn! Aber im Falle der Jungfrau wäre es die einzige Möglichkeit gewesen.»

«Falls die wiedererstandene Johanna echt ist... Wir werden sehen.»

Mehrmals verzögerte sich Johannas Ankunft, aber dann, zwei Tage vor Christi Himmelfahrt, traf sie in Tiffauges ein – eine Kriegerin hoch zu Roß, doch weder in Rüstung noch in Männerkleidern, sondern gewandet wie eine Frau. Ihr Gefolge bestand aus etwa zwei Dutzend Personen: Bewaffnete, ein Geistlicher, ein Schreiber und einige zweifelhafte Gestalten, die sich unter irgendeinem Vorwand der wiedererstandenen Johanna angeschlossen hatten. Die Schabraken der meisten Pferde trugen das Allianzwappen von Jeanne d'Arc und Robert des Armoises.

Gilles half ihr vom Pferd.

Sie ist es! Ja, sie ist es! Ihre Gestalt, ihr Gesicht, die graugrünen Augen, die dunklen Haare, die helle fröhliche Stimme, das anmutige Gesicht mit der frechen Stupsnase, das energische Auftreten. Freilich, sie war fast um ein Jahrzehnt älter geworden, mußte um die Achtundzwanzig sein, aber alles paßte – oder doch fast alles.

So paßte es nicht zu ihr, daß sie ihn so fest und herzlich umarmte – sie, die bei aller Herzlichkeit immer auf körperlichen Abstand bedacht gewesen war. Vielleicht hatte die Zeit ihr Wesen verändert, sie war verheiratet und hatte die jungfräuliche Scheu vor den Männern abgelegt.

«Mein Schwarzer Ritter!»

«Johanna – ich kann es noch gar nicht glauben! Ihr lebt, seid gesund und wie ich höre dabei, Frankreich von neuem zu erobern.»

Ein keckes fröhliches Lachen flog über ihr Gesicht.

«So ist es, Seigneur Gilles. Die alten Gefährten, meine Brüder, die Stadtväter von Orléans und viele ihrer Bürger haben mich wiedererkannt, und auch Ihr – wie ich sehe – hegt keinen Zweifel.»

Das war keine Frage, sondern eine mit Bestimmtheit geäußerte Feststellung.

«Nein, Johanna, nein, wie könnte ich an Euch zweifeln.»

Wäre da noch ein Rest von Unsicherheit gewesen, so verflog er, als sie über die alten Zeiten sprachen. Sie erinnerte ihn an Einzelheiten, die er vergessen hatte, wußte Namen und Ereignisse in die richtige Beziehung zu bringen und hatte auch für ihr Überleben eine schlüssige Erklärung.

Bis zuletzt hatten ihre Richter sie im Glauben gelassen, sie müsse den Tod erleiden. Sie hatte sich damit abgefunden und betete unablässig zu Gott, er möge ihr auf ihrem letzten Gang Mut und Kraft verleihen. Ehe der Henker sie abholte, betrat Couchon allein ihren Kerker. Sein Blick war haßerfüllt, als er sagte:

«Ihr müßt ja sehr einflußreiche Freunde haben. Ist es Euch nicht aufgefallen, daß Ihr – obwohl von der Kirche verurteilt – unüblicherweise in englischer Gefangenschaft bleiben mußtet? Es war Euch nicht recht, ich weiß, aber säßet Ihr jetzt in einem geistlichen Gefängnis, so hätte Euch niemand retten können.»

«Ich – ich soll gerettet werden?»

«So ist es verfügt worden – gegen meinen Willen, das dürft Ihr glauben. Wie es auch gegen meinen Willen geschieht, daß es Euch gestattet wurde zu beichten und zu kommunizieren. Rückfällige Ketzer sind davon immer ausgeschlossen. Nun denn – besteigt den Scheiterhaufen, aber seid guten Mutes, es wird Euch nichts geschehen.»

Zuerst, so erzählte sie, hielt sie das für eine letzte Tücke des feisten, haßerfüllten Prälaten, doch als sie auf dem Holzstoß stand, umgeben von zwei Geistlichen, begleitet von einigen Bewaffneten, zog der Henker blitzschnell eine Gestalt aus den locker geschichteten Reisigbündeln hervor und stieß Johanna in eine Öffnung neben dem Pfahl. Sie rutschte durch einen Schacht an kratzenden Reisigbündeln entlang hinab, unten zog ein Mann sie heraus, warf ihr einen Soldatenmantel über und stieß sie in einen kleinen gedeckten Karren, der von drei Reihen Bewaffneter verborgen dastand. In diesem Augenblick achtete ohnehin niemand darauf, was sich zu Füßen des Holzstoßes abspielte, alle Augen waren auf die Gestalt oben gerichtet, die jetzt hinter Rauch und Flammen verschwand.

«Mögt Ihr es nun glauben oder nicht, dies alles lief so schnell ab, daß Ihr kaum ein Vaterunser hättet zu Ende beten können. Nun, ich war dann weiterhin eine Gefangene und zwar, wie ich bald erfuhr, die des Herzogs Philipp von Burgund.»

Das klang logisch und einleuchtend. Philipp von Burgund hatte während der letzten Jahre stets geschickt zwischen Franzosen und Engländern hin- und herlaviert. Mit Johanna hielt er ein Faustpfand in Händen, das nicht hoch genug einzuschätzen war. Die von einem geistlichen Gericht überführte rückfällige Hexe, Ketzerin und Teufelsdirne hatte vor zwei Jahren diesen Karl von Frankreich zur Krönung geführt, ein König also von Teufels, nicht von Gottes Gnaden.

«Fünf Jahre hielt Herzog Philipp mich in seinem abgelegenen Schloß Montrottier versteckt und benutzte mich – so vermute ich – als Druckmittel bei seinen Verhandlungen mit König Karl. Im September vierzehnhundertfünfunddreißig kam der auch Euch wohlbekannte Vertrag von Arras zustande, und dann war ich nicht mehr wichtig. Geht, wohin Ihr wollt, ließ Philipp mir sagen, aber übt

Zurückhaltung, sonst könnte es sein, daß Ihr doch noch auf einem Scheiterhaufen endet. Ja, Seigneur Gilles, zunächst hielt ich mich daran, wurde aber von allen gedrängt, mich zu erkennen zu geben, und nun hat mich der König nach Paris befohlen. Er will mich sehen, vielleicht sucht er meinen Rat.»

Gilles dachte an seinen Vetter La Trémoille und an dessen Einstellung zu Johannas Verurteilung. Inzwischen hatte König Karl seinen einstmaligen Günstling vom Hof verbannt, und dieser hatte jeden Einfluß und den größten Teil seines Vermögens verloren. Auf ihn brauchte er also keine Rücksicht mehr zu nehmen.

«Sagt mir, was ich für Euch tun kann, und ich tue es. Wollt Ihr ein Kommando? Ich vertraue Euch meine Truppen an; wir könnten Le Mans erobern, das die Engländer noch immer besetzt halten.»

Ihre graugrünen Augen sahen ihn dankbar an.

«Euer Vertrauen ehrt mich, mein Schwarzer Ritter, aber ehe ich nicht mit dem König gesprochen habe, möchte ich Zurückhaltung üben. Ihr dürft nicht vergessen, woran mich andere schon schmerzlich erinnert haben: Ich bin nach wie vor eine rechtmäßig von einem Kirchengericht verurteilte rückfällige Ketzerin und Hexe. Die Inquisition kann mich jederzeit festnehmen und ohne neue Verhandlung das alte Urteil vollziehen lassen. Freunde haben mir zu meiner Sicherheit geraten, jenseits des Rheins die Entwicklung abzuwarten, und ich ging nach Köln. Zwei Tage später erhielt ich die Vorladung des Inquisitors Heinrich Kalteysen, wurde unter Bewachung dorthin gebracht und kam nur davon, weil ich sagte, ich stünde unter dem persönlichen Schutz des Königs von Frankreich. Das war letztlich auch der Grund, daß ich Euch nicht in der Bretagne treffen wollte, denn ehe ich nicht rehabilitiert bin, möchte ich französischen Boden nicht mehr verlassen.»

Auch das klang wieder sehr einleuchtend, und so ließ Gilles seinen Gast bald wieder ziehen. Am Tag der Abreise nahmen sie gemeinsam ein Frühstück ein, und da kam es ihm plötzlich in den Sinn, zu fragen:

«Erinnert Ihr Euch noch an den Tag der ersten öffentlichen Verhandlung?»

Sie nickte lächelnd.

«Aber ja! Es war der einundzwanzigste Februar, ein bitterkalter Tag, in der Schloßkapelle von Rouen.»

«Gab es viele Zuschauer?»

Ihr Blick wurde mißtrauisch.

«Warum wollt Ihr das wissen?»

Er lachte, zuckte die Schultern.

«Nur so. Als ich von dem Prozeß erfuhr, wollte ich sofort nach Rouen reisen, aber mein Großvater verbot es mir.»

«Seid froh darum, es hätte Euch nur traurig gemacht.»

Aber Johanna, wollte er sagen, ich war doch dort, du hast mich angeblickt, und deine Lippen formten die Worte: mein Schwarzer Ritter. Doch er sagte nichts und verabschiedete sich eine Stunde später mit einer innigen Umarmung.

Hat sie auch halb Frankreich getäuscht, dachte Gilles, den König wird sie nicht täuschen können.

Und so war es. Karl VII. empfing Jeanne des Armoises in Paris und fragte sie nach dem Geheimnis, das ihm die Jungfrau unter vier Augen anvertraut hatte. Da brach die Schwindlerin zusammen und bat den König auf Knien um Vergebung. Die wurde ihr gnädig gewährt, aber sie mußte sich zu ihrem Gatten auf Schloß Jaulny zurückziehen, und man hat nie wieder von ihr gehört.

25

Kanzler Jean de Malestroit kehrte im Frühjahr 1440 für einige Wochen in die frühere Residenzstadt zurück. Er freute sich, Magister Petit wiederzusehen, weil er in ihm seinen Schützling sah und einen Menschen, der ihn niemals enttäuscht oder hintergangen hatte.

René Petit erwartete sein Erscheinen voll Ungeduld, weil er schon daran zu zweifeln begann, ob die Untersuchungen gegen Gilles de Rais jemals wiederaufgenommen würden. Er traute es den hohen Herren durchaus zu, daß sie sich in Vannes stillschweigend geeinigt hatten und er nun die Anweisung erhielt, diesen Fall als erledigt zu betrachten. Wie immer, wenn ihn etwas bewegte oder beschäftigte, sprach er sich mit Isabelle darüber aus.

«Denen geht es im Grunde nicht um Gerechtigkeit, sondern um Geld.»

Isabelle, deren Schwangerschaft jetzt schon sichtbar war, meinte lakonisch: «Geld regiert die Welt.»

«Ein dummer, abgedroschener Spruch!» ereiferte er sich.

«Aber es ist die Wahrheit, Liebster. Am fehlenden Geld hätte unsere Heirat scheitern können. Seigneur Gilles beschwört den Teufel und riskiert sein Leben, nur um zu Geld zu kommen. Aber Malestroit läßt dich nicht im Stich. Er mag habgierig sein, listenreich und skrupellos, aber er verschwendet nicht jahrelang Geld und Zeit an einen Fall, den er dann aufgibt. Und vergiß eines nicht: Auch die Inquisition ist damit befaßt! Man kann ihr vieles nachsagen und anlasten, aber nicht, daß sie käuflich wäre.»

René trat lächelnd zurück und betrachtete kopfschüttelnd seine Frau.

«Wer dich so reden hört, wird nicht glauben wollen, daß du noch vor einem Jahr am Waschtrog standest und kaum eine Ahnung hattest vom Leben und Treiben der höheren Stände.»

Isabelle war längst darüber hinaus, durch solche Anspielungen in Zorn zu geraten.

«Ich bin eben ein kluges Mädchen, und das zahlt sich aus: Frau eines Magisters und Untersuchungsrichters, Herrin einer großen Wohnung mit Köchin und Magd. Schreiben und Lesen kann ich inzwischen auch, und dein Vater hält mich für eine der gelehrtesten Frauen Frankreichs, würdig, einer Christine de Pisan die Hand zu reichen. Vielleicht greife ich eines Tages zur Feder, wie sie.»

René lachte. «Zuerst einmal wirst du zur Windel greifen müssen und lernst besser schon jetzt ein paar Dutzend Märchen auswendig, damit unserem Jungen nichts abgeht.»

«Ein Junge – wieso? Ich wünsche mir ein Mädchen und spüre schon, daß es eines wird.» Sie tätschelte liebevoll ihren Bauch.

«Wenn sie so schön wird wie du, ist mir auch eine Tochter recht.»

Ein paar Tage später empfing Kanzler Malestroit Magister Petit mit unverstellter Herzlichkeit. Er faßte René an beiden Schultern.

«Wenn es um ein Gespräch mit Euch geht, wird die Pflicht zur Freude. Ihr werdet schon gedacht haben: Nun läßt mich der Alte vollends im Stich, und ich kann schauen, was aus dem Fall wird.»

René lächelte verlegen.

«Nun ja, es ist jetzt Mitte Mai, und ich gebe zu, daß ich manchmal solche Gedanken hegte, sie mir aber sofort wieder ausredete.»

Sie setzten sich. Der Kanzler nahm seine Kappe ab und strich mehrmals über den kahlen Schädel. Als René diese vertraute Bewegung sah, fühlte er etwas wie Rührung und dachte belustigt: Der alte Knabe verdient es zwar nicht, aber manchmal liebe ich ihn fast.

Malestroit hob den Finger und machte ein ernstes Gesicht.

«Eines gleich vorweg, ehe wir ins Detail gehen. Der Herzog, der Inquisitor, ich und gewiß auch Ihr halten es für angebracht, ja notwendig, den Marschall de Rais innerhalb der nächsten vier bis sechs Monate festzunehmen.»

Der Magister öffnete schon den Mund, doch Malestroit faßte ihn am Arm.

«Nein, sagt jetzt nichts. Ihr wolltet gewiß fragen, warum wir dies nicht schon morgen tun, und ich werde es gleich erklären. Zunächst einmal muß ich wissen, wie es mit unseren wichtigsten Zeugen steht – Prelati, Blanchet, Bricqueville, Sillé, die beiden Diener, dann unser Perrinet Briand, La Meffraye und wer sonst noch in Frage kommt. Ihr werdet verstehen, daß ich mich in Vannes nicht damit befassen konnte.»

René Petit nickte.

«Das kann ich mir denken! Also der Reihe nach: Bricqueville ist seit Weihnachten verschwunden, hat sich wohl vorher abgesetzt. Sillé ist mit dem Marschall – so unsere letzte Information – in Tiffauges, mit ihm Poitou, Henriet und Kaplan Blanchet, den er mit Gewalt wieder zu sich geholt hat. Prelati mußte in Machecoul bleiben, La Meffraye ist hier in Nantes, aber ich habe gehört, daß sie ihr Haus zum Verkauf ausschreibt.»

«Ein Zeichen, daß auch sie Lunte gerochen hat und dabei ist, uns zu entwischen.»

«Ich lasse sie ständig überwachen.»

«Und unser Goldjunge, der hübsche und sangeslustige Perrinet Briand? Liefert er weiterhin Nachrichten?»

«Perrinet ist tot.»

Malestroits graue kluge Augen verschatteten sich.

«Tot? Hat der Marschall ihn...?»

«Nein, nein, Monseigneur, unser kluger Junge hat Bricqueville, der ihn auf dem Weg hierher umbringen sollte, den Plan ausgeredet, aber offiziell ist er tot, um ihn nicht weiter zu gefährden. Sein Vater hat ihn irgendwo versteckt, doch steht er zur Verfügung, sobald Gilles de Rais hinter Schloß und Riegel ist.»

Malestroit entspannte sich und lächelte erleichtert.

«Da habt Ihr mir einen bösen Schrecken eingejagt. Bei juristischen Ermittlungen soll man zwar persönliche Gefühle hintanstellen, aber daß dieser Bursche seine Bereitwilligkeit, uns zu helfen, auch noch mit dem Leben hätte bezahlen müssen, das gab mir doch einen Stich ins Herz. Was diese Perrine Martin, also La Meffraye betrifft, so schlage ich vor, sie in aller Stille festzunehmen. Entwischen darf sie uns auf keinen Fall!»

«Sie entwischt uns nicht. Bevor ihr Haus nicht verkauft ist, wird sie nicht außer Landes gehen. Erst dann, so meine ich, sollten wir zuschlagen, denn es ist nicht auszuschließen, daß der Marschall von ihrer Verhaftung erfährt. Er wird dann in Tiffauges bleiben und den für ihn so gefährlichen Boden der Bretagne nie wieder betreten.»

«Damit, liebster Magister, seid Ihr beim Kern unseres Themas. Natürlich haben das der Herzog und ich auch befürchtet und schon Vorsorge getroffen. König Karl kennt den ganzen Fall, und ehe ihm sein Marschall noch mehr Schande bereitet, will er ihn schnell vor Gericht sehen. Da Tiffauges auf französischem Gebiet liegt, wird Arthur de Richemont, des Königs Generalleutnant, die Verhaftung in eigener Person dort vornehmen, aber – und das ist der Sinn dieser Sache – jedermann wird erkennen, daß es mit Wissen und Willen unseres Herzogs geschieht, denn Seigneur de Richemont ist schließlich sein Bruder. Alle betroffenen Verwandten sind informiert und mit dieser Verfahrensweise einverstanden.»

«Und wenn der Marschall doch nach Machecoul ausweicht, in der Annahme, sein vermeintlicher Freund und Gönner, Herzog Johann, werde ihn schützen?»

«Dann werden Leute des Herzogs ihn dort festnehmen. Er kann gehen, wohin er will, wir werden ihn fassen. Auch René von Anjou ist informiert, für den Fall, daß Seigneur de Rais nach Champtocé fliehen wird. Zwar gehört es ihm nicht mehr, aber wenn es ums Leben geht, greifen die Menschen nach jedem Strohhalm.»

«Und was tun wir als nächstes, Monseigneur?»

«Wir entwerfen gemeinsam die Anklageschrift. Ein Marschall von Frankreich ist eben nicht so leicht zu kriegen wie etwa der eines Verbrechens überführte Bürger. Dem schickt der Magistrat die Miliz ins Haus, man hält ihm die Anklage unter seine Nase und führt ihn ab. Ich scheue mich nicht, es offen auszusprechen, Magister Petit, und bin darin mit dem Herzog einer Meinung: Wir sähen die meisten Vorrechte des Adels lieber heute abgeschafft als morgen. Wer, wie Seine Hoheit, ein Land führen und regieren muß, sieht sich immer wieder gebremst und gehindert durch diese uralten Rechte, von denen die meisten heutzutage ihren Sinn verloren haben. Seigneur Gilles' Festnahme wird jedenfalls ein warnendes Beispiel für diese Herren sein und ihnen zeigen, daß es auch für sie ein Gesetz gibt.»

Ja, die Schlinge zog sich allmählich um den Hals des Marschalls von Frankreich zusammen. Seit er wußte, daß Johanna nicht wiedererstanden und Jeanne des Armoises eine Betrügerin war, schlug er alle guten Vorsätze in den Wind. Er fühlte sich auf französischem Boden sicher und begann sich für länger einzurichten. François Prelati mußte herkommen und hier seine Experimente fortsetzen. In einer Scheune errichtete man ihm ein alchimistisches Labor, und wieder duckte sich das Gesinde angstvoll, wenn es von dorther krachte, qualmte und stank.

Und wieder verschwanden Kinder, kleine und große, aus Tiffauges und den umliegenden Dörfern. Es kam zu Anfragen besorgter Eltern und Verwandten, und wieder überboten sich Poitou, Henriet und Sillé in Lügen und Vertröstungen, wobei sie auf einen reichen Schatz von Erfahrungen zurückgreifen konnten.

Natürlich – Jean sei hier eingetroffen, doch der Seigneur habe ihn nach Machecoul geschickt. Der kleine Etienne? Der sei leider so unvorsichtig gewesen, ein Taubennest auszunehmen, und dabei vom Baum gestürzt. Ja, man habe ihn würdig neben der Schloßkapelle begraben. Georges? Der Seigneur habe sofort seine begabte Stimme erkannt, und nun werde der Junge in Machecoul zum Sänger ausgebildet. René? Aber der sei doch mit einer Botschaft nach Pouzauges unterwegs, zu Madame de Rais. Warum er nicht längst zurück sei? Man habe Nachricht, Madame wolle den geschickten Burschen behalten und zum Pagen ausbilden.

So wucherten Lügen und Ausreden, während in den tiefen jahrhundertealten Gewölben von Tiffauges die Schreie verhallten und an versteckten Stellen sich kleine Grabhügel türmten.

Prelati mußte seine Beschwörungen wiederaufnehmen. Blut und Herzen frischgeschlachteter Kinder standen ihm reichlich zur Verfügung. Er sandte durch einen Spitzel verzweifelte Hilferufe nach Nantes, doch ihm wurde gesagt, solange der Seigneur in Tiffauges sei, könne man hier nicht tätig werden.

Gilles' Truppen, seine Lieferanten, die Händler und Handwerker, alles drängte auf Bezahlung. Da der Teufel immer noch kein Geld lieferte, mußte es anderweitig beschafft werden. Und so holte Gilles aus zu einem Streich, den er früher auch bei seinen wüstesten Unternehmungen nicht gewagt hätte und der, so mutmaßte Kaplan Blanchet und hoffte es zugleich, vielleicht sein letzter sein könnte. Zu Prelati sagte er in einem vertraulichen Gespräch:

«Da wir leider hier wohl die einzigen sind, die ungeduldig und mit Inbrunst seinen Sturz erwarten, sehen wir diese Entwicklung vielleicht mit anderen Augen. Wenn Gilles bisher alles tat, um bei seinen Aktionen nicht erwischt zu werden, so scheint er jetzt eher das Gegenteil anzustreben.»

Prelati blickte den Kaplan ungläubig an.

«Ihr meint, er legt es darauf an, erwischt zu werden?»

«Vielleicht nicht direkt, denn da könnte er gleich nach Nantes gehen und sich selber anklagen – nein, das ist ein Umsichschlagen ohne Rücksicht auf Verluste an Menschen, Geld und Ansehen. Er weiß, daß es so nicht weitergehen kann, daß irgendwer dieses wüste Leben beenden muß. Selber kann er es nicht, also provoziert er andere, es zu tun.»

Prelati schüttelte den Kopf.

«Ich kann's einfach nicht glauben!»

«Da ich ihn schon sehr lange kenne, traue ich es ihm zu. Ich kenne sein Horoskop; die Sonne steht darin zwischen den Zeichen Skorpion und Schütze. Beides ist in ihm: Er hat im Zeichen der Sonne gelebt, zog feurige Bahnen und hinterließ die Aschenspur seiner Opfer, doch am Ende siegt der Skorpion, der sich, wenn er selber vom Feuer eingeschlossen ist, den Giftstachel in den eigenen Leib stößt.»

«Auch ich kenne sein Horoskop, aber das ist, gelinde gesagt, eine sehr freie Auslegung.»

«Ich bin kein Astrologe, aber die Tatsachen sprechen für sich.»

Was waren nun diese Tatsachen, worum ging es? Um wieder zu Geld zu kommen, hatte Seigneur Gilles seine letzte größere Besitzung im Pays de Rais verkauft, das ertragreiche St. Etienne, in dessen Burg Kaplan Blanchet noch vor kurzem gefangen saß. Geoffroy Le Ferron, der Schatzmeister der Bretagne, hatte es für gutes Geld erworben und dort eine Garnison eingerichtet, die sein Bruder Jean, ein Geistlicher, befehligte. Schon wenig später bemerkte der Seigneur zu seinem Vetter Sillé:

«Ich hätte St. Etienne nicht verkaufen dürfen! Es reut mich mehr als alles andere. Dieser Besitz liegt so günstig auf dem Weg nach Nantes und unmittelbar an der Grenze zum Poitou. Wer dort sitzt, geht ein paar Schritte und ist in Frankreich. Eher hätte ich Machecoul verkaufen sollen.»

Sillé zuckte die Schultern. «Jetzt ist's geschehen, wir können es nicht mehr rückgängig machen.»

Gilles' Blicke hielten ihn kurz fest, irrten dann ab, als suchten sie etwas Bestimmtes. Er stand auf, ging zum Westfenster und deutete hinaus.

«Genau in dieser Richtung liegt es, mein St. Etienne. Ein scharfer Tagesritt und wir sind dort.»

«Und was sollen wir dort?»

Der Seigneur blieb stehen, seine Augen funkelten.

«Wir holen es uns zurück, und du kommst mit!»

«Ich halte das nicht für klug. Schließlich hast du dein Geld bekommen, und es gibt keinen Grund ...»

Gilles schlug mit der Faust auf den Tisch.

«So! Es gibt keinen Grund, sagst du? Und was hat Le Ferron als erstes gemacht, als er die Burg besetzte? Er hat unsere Leute davongejagt, und wer nicht gleich ging, auf den hat er seine Hunde hetzen lassen! Ist das eine Art, mit Menschen umzugehen?»

O Gott, dachte Sillé, jetzt beginnt er zu moralisieren, ausgerechnet er! Noch ehe er antworten konnte, redete Gilles weiter:

«Du suchst jetzt von unseren Leuten die frechsten und gemeinsten aus, die richtigen Draufgänger, denen es nichts ausmacht, einen Pfaffen zu erschlagen. Fünfzig bis sechzig Mann werden genügen. Sie erhalten doppelten Sold, und wenn bei Le Ferron etwas zu holen ist, werden sie beteiligt. Sag ihnen das!»

Sillé gehorchte, weil es ohnehin in seinen Plan paßte, sich bei nächster Gelegenheit abzusetzen. Er wollte zurück in die Normandie, wo er geboren war und wo noch Glieder seiner Familie lebten. Lieber im Sold der Briten ein paar Franzosen erschlagen, als weiterhin für einen Lustmörder und Teufelsbeschwörer Kinder zu jagen.

Nicht sein Gewissen hatte Sillé bewogen, dieses Leben hier zu beenden, sondern einzig seine Sorge um die eigene Haut.

«Und welchen Sold erhalte ich?»

Er stellte sie lächelnd, diese Frage, aber Gilles kannte seine Habgier und wollte nicht lange diskutieren.

«Den dreifachen Hauptmannsold.»

«Das läßt sich hören.»

Sie beschlossen, die Burg während des Pfingstfestes anzugreifen, weil anzunehmen war, daß man an einem hohen Feiertag nicht mit einem Überfall rechnete.

Am Samstag, dem 14. Mai 1440, brachen sie im Morgengrauen auf, machten große Bogen um die Ortschaften und nächtigten in einem Wäldchen bei La Benate, das Gilles schon vor Jahren an den Herzog verkauft hatte.

Am Morgen des Pfingstsonntags besetzten sie die Burg von St. Etienne, wo sie kaum auf Widerstand trafen, da die meisten in der Kirche dem Hochamt beiwohnten.

Gilles grinste und schlug Sillé auf die Schulter.

«Das ist ja prächtig! Dann haben wir die ganze Bande beieinander und sparen uns viel Mühe.»

Sie ritten vor die Kirche und stiegen dort ab. Gilles nahm den schweren *guisarme*, die zweischneidige Kampfaxt, und stürmte voran.

Der Priester am Altar intonierte gerade das *ite missa est*, als die bewaffnete Garde eindrang. Gilles rief mit lauter Stimme:

«Jean Le Ferron, gib dich gefangen! Du Hurenbock hast meine Leute geschlagen und erpreßt. Komm heraus aus der Kirche, sonst schlage ich dich tot!»

Le Ferron, eher zum Priester als zum Soldaten geboren, lief zitternd hinaus, wo ihn Gilles' Leute sofort in Fesseln legten. Seine Begleiter waren schnell entwaffnet und wurden einfach davongejagt.

Le Ferron wurde auf die Festung gebracht und mußte dort ein Dokument unterschreiben, in dem er St. Etienne mit Dorf und Burg «freiwillig» an Seigneur Gilles de Rais «zurückerstattete». Kaum hatte der Unglückliche die Feder weggelegt, schleppten sie ihn hinab in den Kerker, wozu der Seigneur spöttisch bemerkte:

«Das ist schon fast ein geweihter Raum, weil hier dauernd Pfaffen gefangensitzen», wobei er auf Blanchet anspielte. Als Sillé mit ihm allein war, schlug er vor:

«Wir sollten uns einige Wochen hier aufhalten, um die Bauern an ihre alten Herren zu gewöhnen. Aber Spaß beiseite: Der Schatzmeister wird seinen Besitz zurückerhalten wollen und sammelt vielleicht schon Truppen.»

Der Seigneur dachte nach.

«Du könntest recht haben. Noch besser wäre es, sich selber davon zu überzeugen. Reite nach Nantes und höre dich dort um. Seit Malestroit wieder in der Stadt ist, habe ich ein ungutes Gefühl.»

Sillé verbarg seine Genugtuung über diesen Vorschlag, der genau in seine Pläne paßte. Er zog ein mürrisches Gesicht, murmelte etwas von dauernd in der Gegend herumreiten müssen und packte dann eilig seine sieben Sachen.

Seigneur de Sillé schied ohne Bedauern von seinem Vetter, an dessen Hof er nun zwanzig Jahre gelebt hatte – als armer Verwandter, als Spiel- und Bettgefährte, als Kinderjäger und böser Geist, wenn es darum ging, üble Pläne auszuhecken. Er hatte sich geduckt, aber Gilles merkte nicht, daß er Sillé in vielem gehorchte, daß er glaubte, nach seinen eigenen Wünschen zu handeln und dabei in Wirklichkeit ihm entgegenkam, der zur rechten Zeit das rechte Wort hatte fallen lassen.

Das war kein lustiges Leben mehr, dachte Sillé, während sein schnelles Pferd gen Norden galoppierte. Auf den bloßen Leib gebunden, trug er die schwere Geldkatze mit Hunderten von *écus d'or*, die er sich in den zwanzig Jahren erbettelt, erschlichen, ertrotzt und durch den Tod zahlreicher Kinder erkauft hatte. Doch er fühlte weder Schuld noch Bedauern. Er hat mich bezahlt, ich habe ihm gedient und seine Befehle befolgt. Wenn nicht ich, so hätte es ein anderer getan. Die Rechtfertigung aller Bösewichter, die sie ruhig schlafen läßt und ihnen erlaubt, zu denken: Ich habe recht getan!

Sillé hatte nicht die Absicht, nach Nantes zu reiten, sondern umging die Stadt in einem weiten Bogen nach Osten. Bei Ancenis überquerte er die Loire und erreichte nach drei Tagesreisen die Stadt Laval, einen wichtigen Knotenpunkt, wo die Straßen nach Rennes, in die Normandie, nach Le Mans und Angers sich kreuzten und so die Windrose umfaßten.

Zwei Tage später bezog er eine Herberge in dem Städtchen Domfront, das auf einem schmalen Felsenkamm klebte wie ein Adlernest. Dann und wann war er englischen Truppen begegnet, doch niemand hatte ihn, den betont schlicht Gekleideten, bis jetzt nach dem Woher und Wohin gefragt. Solange Gilles de Sillé im Dienst seines Vetters stand, brauchte er über Broterwerb, Unterkunft und dergleichen profane Dinge nicht nachzudenken. Immer war der Tisch reichlich gedeckt, immer gab es irgendwo ein Dach über dem Kopf.

Du bist zwar, sagte er sich jetzt, einer drohenden Gefahr entgangen, aber du hast auch deine schützenden Mauern verlassen und dich auf freies Terrain begeben. Nun heißt es, als Fünfunddreißigjähriger ein neues Leben zu beginnen, aber es sollte nach Möglichkeit nicht schlechter sein als das alte.

Er hätte zwar von seinem zusammengerafften Geld eine Weile gut leben können, aber was dann? Sich jetzt einen neuen Herrn suchen war viel leichter als mit vierzig oder fünfzig. Sollte er als Hauptmann in den Dienst der Engländer treten? Er hatte genug Geld, sich den Rang zu kaufen, und ein Eid auf Seine britische Majestät war schnell geleistet und notfalls noch schneller gebrochen. Aber Sillé fand keinen Geschmack mehr am soldatischen Leben, das er in allen seinen Formen kennengelernt hatte. Er brauchte ein warmes sicheres Nest. Eine Witwe heiraten? Warum nicht. Zwar hatte er für Frauen nicht viel übrig, aber – anders als sein Vetter – war er nicht abgeneigt, dann und wann zu einer ins Bett zu kriechen.

Er begann sich umzuhören, klopfte die Gegend um Domfront ab, zog immer weitere Kreise und landete schließlich in dem Städtchen Mortain, wo er übernachtete. Hatte er vor seiner Flucht nicht erwogen, dieses seltsame Ehepaar Mortain in der Normandie aufzusuchen? Aber es war nicht gesagt, daß sie in der Stadt lebten, die ihren Namen trug. So galt es, sich erst einmal umzuhören.

Da heute Markttag war, füllte sich die Schenke seiner Herberge gegen Abend bis zum Platzen. Die Stimmen schwirrten durcheinander, der Wein floß in durstige Kehlen, und der Wirt hatte mit Frau und zwei Töchtern genug zu tun, allen Wünschen nachzukommen.

Da hörte Sillé an seinem Tisch ein Gespräch mit an, das ihn aufhorchen ließ.

«Er hat sein ganzes Leben wie ein Mönch verbracht, wen wundert's, daß es keine Nachkommen gibt.»

«Er hätte ja seiner jungen Frau welche machen können.»

«Die beiden führten eine Josephsehe, das wußte doch jeder hier.»

«Und jetzt fällt sein schöner Besitz an die Kirche, als hätte die nicht schon genug zusammengerafft.»

«Sprich leiser! Vielleicht sitzt hier ein Spitzel der Inquisition.»

Das war mehr so spaßhaft dahingesagt, und der etwa Dreißigjährige blickte Sillé dabei verschmitzt an. Der setzte sein falsches biederes Lächeln auf.

«Mich braucht ihr nicht anzusehen, ich bin ein einfacher Soldat – zur Zeit ohne Sold und Truppe. Wißt Ihr mir keinen Rat?»

Der andere, ein dicker älterer Mann, der zufrieden und wohlhabend wirkte, lachte und schlug vor:

«Kümmert Euch doch um die Witwe des Seigneur de Mortain. Die ist vielleicht sogar noch Jungfrau.»

Es war, als hätte die Vorsehung ihn hierher geführt und als strecke *la fortune* wieder zaghaft die Hand nach ihm aus. Ergreife sie! Er könnte für Madame eine rührende Geschichte erfinden, wie der Junge ihren Namen flüsterte, ehe er starb...

Sillé, sagte er sich, nütze die Gelegenheit, dir einen sauberen Leumund zu verschaffen! Vielleicht zerren sie dich doch einmal vor das herzogliche Gericht, und dann sieht es schlecht aus.

In Sillés Kopf formte sich schnell ein Plan, bei dessen Ausführung er nur gewinnen konnte. Ein wenig verrückt war er schon, dieser Plan, aber wild und verrückt war auch die Zeit mit Gilles de Rais gewesen.

Sillé begann sich umzuhören. Ja, die Familie Mortain, deren Namen die Stadt schon seit Jahrhunderten trug, war hier altansässig und früher sehr reich gewesen. Der hundertjährige Krieg hatte den Reichtum zerstört, die Familie nach und nach ausgelöscht. Geblieben war dann nur noch dieser Frömmler Georges de Mortain, der sich schon in ein Kloster zurückziehen wollte, als Claire de Percy, eine entfernte Verwandte, auftauchte. Zur großen Überraschung all derer, die ihn kannten, heiratete er das Mädchen, als wolle er den Stamm seiner Familie noch einmal zum Blühen bringen. Aber daraus wurde nichts, und als er vor einigen Wochen starb, hinterließ er eine kinderlose Witwe. Testamentarisch hatte er verfügt, daß sein normannischer Besitz an die Kirche fiel, das Gut in der Bretagne war zum Witwensitz für Claire de Mortain bestimmt. Sie war nun gerade dabei, sich für den Umzug zu rüsten, und wollte nur noch die notarielle Übergabe an die Kirche abwarten.

Gilles de Sillé machte sich auf den Weg. Er hatte sich vorher neu ausstaffiert, trug ein dezent geschnittenes, weinrotes Wams, dazu dunkelbraune Hosen und einen weiten Mantel aus schwarzem Wollstoff. Einfach und seriös wollte er auftreten, um ihr Vertrauen zu gewinnen. Dafür hätte er sich allerdings auch ein neues Gesicht anschaffen müssen, denn sein altes trug den Stempel des jahrelangen Dienstes bei Gilles de Rais. Der immer argwöhnische und mißtrauische Blick seiner schmutzig-gelben Augen, das dünne fahlblonde Haar über einer stets leicht gerunzelten Stirn, dazu der schmale verkniffene Mund mit den farblosen Lippen waren nicht geeignet, spontane Sympathie für Gilles de Sillé zu erwecken. Er aber sah sich in einem anderen Licht, nämlich als klugen, erfahrenen und Vertrauen einflößenden Mann.

Claire de Mortain hatte ihre Abreise auf den kommenden Montag festgesetzt, das waren noch vier Tage. Die kirchliche Kommission hatte sich für morgen angesagt und würde wohl zwei Tage brauchen, um alle Fragen der Übernahme zu klären.

Das Gut in der Bretagne lag einige Meilen südlich von Vannes. Sobald sie dort als Erbin und Eigentümerin eingetragen war, galt sie als Vasallin des Herzogs der Bretagne, und dann wollte sie tun, was ihr seit Vannes auf der Seele brannte, nämlich den Tod ihres Bruders Olivier restlos aufklären. Sie hatte das Schreiben an den Gerichtshof schon vorbereitet, und darin verlangte sie die Befragung von drei Zeugen: Gilles de Rais, Gilles de Sillé und Perrinet Briand, der die beiden Erstgenannten des Mordes bezichtigt hatte. Log er oder log Sillé, als er sagte, Olivier sei an einem Fieber gestorben?

Georges de Mortain, ihr Gemahl, hatte bald jedes Interesse an dem Fall verloren. Vielleicht war es ihm ganz recht so, denn er hatte längst sein Versprechen bereut, Olivier de Percy das Gut in der Bretagne zu vermachen, während Claire hier in der Normandie bleiben sollte. Er hielt sein Seelenheil für gefährdet, weil er diesen Besitz der Kirche bereits mündlich versprochen hatte, und sein Seelenheil ging ihm über alles. Der ganze Friede war dahin, wenn plötzlich ein Totgeglaubter aus dem Schatten der Vergangenheit auftauchte und Ansprüche anmeldete. Nun aber war er endgültig tot, und man sollte sich nicht gegen Gottes Willen auflehnen. Das gab er Claire zu verstehen und stellte sich künftig taub, wenn sie auf Olivier und seine vermeintlichen Mörder zu sprechen kam.

Nun, da Georges de Mortain verstorben war in Christo, konnte Claire nach ihrem Ermessen handeln, und sie würde es tun, sobald sie den Boden der Bretagne betreten hatte.

Als der Diener meldete, ein Seigneur de Sillé wolle sie sprechen, glaubte sie zunächst an einen Irrtum.

«Du hast dich sicher verhört, es wird ein Seigneur de Sillery sein, diese Familie hatte hier früher Besitz. Wie dem auch sei, sage ihm, ich werde ihn empfangen.»

Sie rief ihre Zofe, ließ sich die Haare hochstecken und die schwarze Witwenhaube aufsetzen. Dann drehte sie die Sanduhr um und wartete eine halbe Stunde, bis sie gemessenen Schrittes das Empfangszimmer betrat. Sillé sprang sofort auf, zog schwungvoll den Hut und verneigte sich.

«Mein tiefempfundenes Beileid, Madame de Mortain.»

Sie verneigte sich wortlos und musterte den Besucher genau. Auch wenn sie sonst kaum etwas im Gedächtnis behalten hatte, diese schmutzig-gelben Augen vergaß man nicht.

«Ich glaube, wir – wir kennen uns, Seigneur de Sillé?»

«Aber natürlich, Madame! Ich hatte damals in Vannes die traurige Aufgabe, Euch den Tod Eures Bruders mitzuteilen. Da stand ich noch im Dienst des Marschalls de Rais.»

«Jetzt nicht mehr?»

«Nein, Madame, ich bin – nun, man könnte es eine Flucht nennen.»

«Eine Flucht?»

«Ja, vor der Rache des Marschalls. Ich habe ihm seine Untaten vorgehalten und ihm gesagt, ich könne es mit meinem Gewissen nicht länger vereinbaren, ihm zu dienen.»

«Setzt Euch, Seigneur, und erzählt weiter.»

«Störe ich Euch nicht? Der Schmerz um Euren Gatten...»

«Nein, Seigneur, ich habe mich in den Willen Gottes gefügt. Also?»

«Ach, es gäbe so viel zu erzählen, aber ich will es kurz machen. Wie stolz waren wir alle, seine Freunde und Verwandten, als Gilles aus dem Feldzug zurückkehrte mit dem Titel eines Marschalls von Frankreich. War es die neue Würde, die ihm den Sinn verdarb, oder die Tatsache, daß auch der im Licht stehende Kriegsheld eines Tages wieder zurück muß in das Dunkel eines wenig beachteten privaten Lebens – jedenfalls wurde mein Vetter damit nicht fertig. Er begann zu prassen und zu verschwenden, trat auf wie ein regierender Fürst mit eigener Truppe, einem gewaltigen Hofstaat, erbaute eine eigene Kirche, schuf sich dazu den Knabenchor – Ihr habt ihn ja in Vannes gehört –, stattete seine Burgen aus wie fürstliche Residenzen, sammelte kostbare Bücher und Handschriften, ohne – unter uns gesagt – jemals einen Blick hineinzuwerfen. Statt dessen ritt er ruhelos zwischen seinen Besitzungen hin und her, begann – leider muß es gesagt werden –, Knaben zu mißbrauchen, ließ sie töten und opferte sie manchmal finsteren Dämonen, die ein Teufelsbeschwörer herbeirief. Ich war sein nächster Verwandter, Madame, und habe ihn wieder und wieder ermahnt, dieses schändliche Leben zu beenden, umzukehren und auf einer Pilgerreise die schweren Sünden abzubüßen. Vergeblich! So blieb mir am Ende nur noch die Flucht, um nicht eines Tages als sein Spießgeselle dazustehen. Ich ging, wie Ihr seht, in den Süden der Normandie, weil meine Familie von hier stammt, in der vagen Hoffnung, irgendwo noch auf entfernte Verwandte zu treffen, aber bis jetzt...»

Er zuckte hilflos die Schultern und setzte eine schmerzlich-entsagungsvolle Miene auf.

«Und dann habt Ihr mich gefunden?»

«Zufällig!» rief er, «ganz zufällig mußte ich in Mortain nächtigen. Der Name dieser Stadt rief die Erinnerung an Vannes wach, an Euch und Euren Gatten, an Euren Bruder. Warum lebte Olivier nicht hier bei Euch?»

Sie beobachtete ihn genau und war überzeugt, daß er ihr ein

Gemisch aus Lügen und Wahrheit auftischte. Aber sie ließ sich nichts anmerken, blickte ihn neugierig und aufmerksam an, nickte manchmal, hing an seinen Lippen, als verkünde er unerschütterliche Wahrheiten. Sie seufzte.

«Der Krieg, Seigneur, hat meine Familie zerstört und auseinandergerissen. Olivier hielt sich für den einzigen Überlebenden, und bei mir war es nicht anders. Schließlich heiratete ich Georges de Mortain, einen weitläufigen Verwandten. Nun bin ich Witwe und werde mein Erbteil in der Bretagne übernehmen. Hier wird ein Pächter der Kirche einziehen, so wie es mein frommer Gemahl wollte. Was ist übrigens aus Perrinet Briand geworden, dem Chorführer in der Kapelle Eures Vetters?»

Sillé war auf diese Frage nicht gefaßt, er zwinkerte mit seinen gelben Augen, strich über sein Wams und sagte mit von Trauer gefärbter Stimme:

«Der Junge lebt leider auch nicht mehr. Mit der Messe in der Schloßkapelle von Vannes endete sein Dienst bei Gilles, und er wollte zu seinen Eltern nach Nantes reisen. Unterwegs überfiel ihn und seine beiden Begleiter eine berüchtigte Räuberbande. Sie kamen alle drei dabei um.»

Sillé senkte den Kopf, um seine Trauer zu zeigen. Claire fragte auf gut Glück:

«Olivier und Perrinet waren wohl sehr befreundet?»

«Schon möglich, aber um so etwas kümmerte ich mich nicht.»

«Schon seltsam», meinte Claire versonnen, «zuerst stirbt Olivier an einer rätselhaften Krankheit, wenig später kommt sein Freund bei einem Überfall um.»

«Der unerforschliche Wille Gottes ...»

«Gewiß», sagte Claire, «wir stehen alle in Gottes Hand.»

Dieser Sillé war in die ganze Affaire irgendwie verstrickt, und da sie nicht an Zufälle glaubte, sondern an eine höhere Fügung, mußte sein Auftauchen einen gottgewollten Grund haben. Als Perrinet Briand damals Gilles de Rais und dessen Vetter Sillé des Mordes an Olivier bezichtigte, hatte sie zu ihrem Gemahl gesagt, ein junger Mensch tue so etwas nicht aus Übermut. Sie war geneigt, eher diesem sympathischen jungen Mann zu glauben als Sillé, dem die Verschlagenheit aus den Augen sah. Und nun war auch dieser Perrinet tot. Da muß es doch einen Zusammenhang geben...

Um Sillé abzulenken, fragte Claire:

«Und was sind Eure Pläne, Seigneur?»

«Ich bin dabei, mir einen neuen Dienst zu suchen. Vielleicht lasse ich mich von den Briten anwerben. Ist ja im Grunde einerlei, für wen man das Schwert zieht. Jedenfalls sollen sie besser bezahlen als die Franzosen oder die Burgunder.»

Sillé wußte nicht, daß er mit diesem fast gleichgültig hingeworfenen Satz über sein Schicksal entschied. Diese Bemerkung rief wie eine Zauberformel die Schreckensbilder herbei, die Claire de Percy fast jede Nacht heimsuchten, die ihre Erinnerung an das Elternhaus trübten und vergifteten, die manchmal einen so wilden Zorn, einen Durst nach Rache in ihr entfachten, daß sie sich erbrechen mußte. Auch jetzt fiel die Übelkeit sie an wie ein tollwütiger Hund. Sie murmelte:

«Entschuldigt mich für einen Augenblick, Seigneur», und ging schnell hinaus.

Die blutigen Schatten ihrer Eltern tanzten vor ihren Augen, sie sah den älteren Bruder, der sich so mutig wehrte und doch von den Briten unter Gelächter in Stücke gehackt worden war.

Rache, so war ihr gesagt worden, ist Sache der Männer. Irgendein männliches Familienmitglied ist immer da, um Gattin, Mutter, Schwester, Tochter, Nichte, Base zu rächen. Da fiel der christliche Firnis ab, da waren sie wieder die «Nordmänner» aus dem frostigen Skandinavien, die in ihrem «Meeresdrachen» aufbrachen, um mit ihrem Häuptling Rollo besseres Land zu suchen. Unter ihnen galt das Gesetz «Leben um Leben», und alle hielten sich daran. Erschlägst du meinen Bruder, so erschlage ich dich oder deinen Bruder oder deinen Sohn oder deinen Vater. Sie schleppte sich in ihre Schlafkammer und fiel aufs Bett. Die Zofe steckte ihren Kopf herein.

«Madame? Fehlt Euch etwas?»

«Ja», sagte Claire mühsam, «mir fehlt ein Glas Wein.»

Damit spülte sie die Übelkeit hinunter und konnte wieder klare Gedanken fassen. Sie, Claire de Mortain, geborene de Percy, war nun allein auf sich gestellt. Es gab keinen Mann mehr in ihrer Familie, der

Olivier hätte rächen können. Auch Normanninnen griffen zum Schwert, wenn die Not es forderte – so lehrte es die Geschichte. Auf dem Hof gab es jetzt nur noch die Zofe, eine junge taubstumme Magd, und Jérôme, den Großknecht. Alle anderen waren im Testament bedacht worden und fortgegangen. Die Zofe und die Magd würden mit ihr in die Bretagne gehen, Jérôme ihr bei der Übergabe des Gutes beistehen. Er hatte sich einen Pachthof gesichert und wollte zusammen mit seiner Herrin in vier Tagen den Hof verlassen. Sie waren immer sehr gut miteinander ausgekommen, und Claire hatte in so manchem Streit vermitteln können, der zwischen dem frömmlerisch-geizigen Gutsherrn und seinem Großknecht ausbrach.

«Hole Jérôme!» befahl sie der Zofe.

Der Großknecht war das Urbild eines unverfälschten Normannen: hochgewachsen, Schultern wie ein Schrank und Arme mit Muskeln, die hervorstanden wie Eichenwurzeln aus dem Waldboden. An Jérôme, einem klugen und bedächtigen Mann, war nichts Jähes, Aufbrausendes oder Unüberlegtes. Auf ihn war Verlaß in allen Lebenslagen. Für seine Herrschaft, die ihn und seine Familie ernährte, erhielt und beschützte, wäre er durchs Feuer gegangen, denn er wußte, was es bedeutete, in diesen wirren Zeiten ein Dach über dem Kopf und genügend Brot auf dem Tisch zu haben.

Claire winkte die Zofe hinaus.

«Jérôme, wir haben ein Problem. Droben im Empfangszimmer sitzt ein Besucher, der uns seit langem Geld schuldet und diese Schuld nun auf die Kirche übertragen will. Ob die geistlichen Herren da mitmachen, weiß ich nicht, aber ich möchte verhindern, daß er uns entwischt, ehe die Kommission morgen oder übermorgen hier eintrifft.»

Nie war ihr das Lügen so leichtgefallen. Jérôme verstand und fragte:

«Das Verlies?»

Claire nickte. «Daran hatte ich gedacht.»

Das Gut war früher eine Art Festung gewesen, mit Wehrtürmen, Zugbrücke und tiefen, in den Felsen gehauenen Gewölben. Eines davon, eine alte Zisterne, war erhalten geblieben, und man sprach davon, daß es nicht nur dem Wasservorrat, sondern auch als sicherer Kerker gedient hatte. Der lichtlose ovale Raum war nur über eine kleine Öffnung von oben zu erreichen. Wer einmal dort unten war, kam aus eigener Kraft nicht mehr heraus, weil die nach innen gewölbten Wände sich jedem Fluchtversuch widersetzten. Der einzige Weg in die Freiheit war eine heruntergelassene Strickleiter.

«Ich werde ihm sagen, Georges hat ein Waffenlager hinterlassen, mit dem weder ich noch die zukünftigen Besitzer etwas anfangen können. Du läßt dich mit ihm in das Gewölbe hinab, gibst ihm eines über den Kopf, und da lassen wir ihn dann, bis die neuen Besitzer eintreffen. Die Kirche ist noch mit jedem fertig geworden.»

Jérôme grinste. «Wenn's weiter nichts ist...»

Tue ich Unrecht? ging es ihr durch den Kopf, aber sie schob die Frage beiseite. Olivier soll Ruhe finden in seinem Grab, und das konnte er nicht, solange sein Mörder lebte. Daran hatte man von jeher geglaubt, und auch Claire hing an diesem Glauben, der älter war als die christliche Lehre.

Als sie ins Empfangszimmer zurückging, war ihr nichts anzusehen.

«Verzeiht, Seigneur, aber es gibt noch so viele Dinge zu tun, wenn man den Wohnort wechselt. Ich weiß nicht, ob ich Euch mit einem Problem behelligen darf...»

«Aber ja, Madame! Verfügt über mich!»

«Mein verstorbener Gatte hat von seinem Vater her ein kleines Waffenlager übernommen, aber nie genützt. Er war ein friedlicher und frommer Mann, trug nicht einmal ein Schwert...»

«Ein Waffenlager?»

«Ja, Seigneur. Schwerter, Hellebarden, Armbrüste, Streitäxte... Die Sachen wurden stets gepflegt, aber wir hatten – Gott sei Dank muß ich sagen – dafür niemals eine Verwendung. Wollt Ihr Euch das Lager anschauen? Ihr als Edelmann und Soldat werdet am ehesten wissen, was man damit anfangen könnte.»

Sie gingen hinaus, stiegen in das Gewölbe hinab, und da wartete an der Tür schon Jérôme mit zwei Fackeln.

«Mein Großknecht weist Euch den Weg.»

Eine schmale steinerne Wendeltreppe führte in einen weiten niedrigen Raum, der direkt aus dem Felsen gehauen war. Claire deutete auf drei runde Steinplatten.

«Das waren die Zisternen für Notzeiten und Belagerungen. Zwei davon sind zugeschüttet, in der dritten lagern die Waffen.»

Jérôme hob mühelos die Steinplatte ab, ließ eine Strickleiter hinunter und stieg voran.

«Wenn ich rufe, dann kommt mir bitte nach, Seigneur.»

Der zeitlebens so mißtrauische Sillé war jetzt völlig arglos und voll Eifer, Madame einen Dienst zu erweisen. Er legte sein Wehrgehänge ab und kletterte die Strickleiter hinab, die der Großknecht unten festhielt und straffte. Noch ehe er die letzte Sprosse erreicht hatte, traf ihn Jérômes Faust an der Schläfe, und sein Körper erschlaffte. Der Knecht fing ihn auf und warf ihn auf ein verrottetes Strohlager. Von oben beugte sich Claire herab und leuchtete mit der Fackel.

«Schnell! Schnell herauf, Jérôme!»

Gilles de Sillé lag noch in tiefer Bewußtlosigkeit, als oben die Steinplatte über die Öffnung geschoben wurde und die Schritte verklangen.

26

La Meffraye war mit sich und der Welt zufrieden. Was sollte jetzt noch dazwischenkommen? Ihr Reisegepäck lag bereit, und zwei Käufer für das Haus hatten sich schon gemeldet. Doch keiner wollte die geforderten sechshundertfünfzig *écus d'or* bezahlen, was doch nicht zuviel verlangt war, da ja die Möbel im Haus blieben. Der eine bot fünfhundert, der andere fünfzig Goldstücke mehr. Für heute hatte sich noch ein Interessent angekündigt, der ihr sagen ließ, sie solle diesen Vormittag das Haus nicht verlassen, denn er komme von auswärts und könne nicht genau sagen, wann er eintreffe.

So saß sie da und wartete. Das Geld hatte sie im Versteck gelassen, wollte es erst hervorholen, wenn ihr Reisewagen vor der Tür stand. Sie hörte Pferdegetrappel, stand auf und ging zum Fenster. Die *milice de la ville*. Beruhigt trat sie zurück, freute sich, daß es wieder einem dieser Gauner an den Kragen ging. Das Geräusch verstummte, es pochte an ihre Tür, hart und fordernd. Vielleicht war es der auswärtige Interessent, der sich von der Stadtmiliz ihr Haus zeigen ließ. Sie schob den Riegel zurück.

«Seid Ihr Perrine Martin?»

«Ja, aber was...»

Der Bewaffnete streckte ihr ein Schriftstück hin.

«Hier steht alles drin! Könnt Ihr lesen?»

«Nein, aber...»

«Gut, dann sage ich Euch, was hier steht. Ihr seid angeklagt der mehrfachen Kindsentführung und verdächtigt, dem Seigneur Gilles de Rais verbrecherische Handlangerdienste geleistet zu haben. Ich muß Euch festnehmen und zur Vernehmung führen.»

Ihr erster Gedanke war: ein Glück, daß mein Geld versteckt ist! Das wird mir keiner nehmen können – komme, was da mag.

Vor dem Haus hatten sich schon die lieben Nachbarn versammelt und hielten, als sie herauskam, nicht mit ihrer Meinung zurück.

An diesem Junimorgen hatte sich der Himmel bedeckt, ein feiner Sprühregen fiel herab und verwandelte den Straßenstaub langsam in Schlamm.

«Jetzt kriegst du endlich den Lohn für deine Sünden, verfluchte Hexe!»

«Du wirst kein Kind mehr zugrunde richten, Meffraye – jetzt geht es dir an den Kragen!»

«Wenn sie dir in der Folterkammer alle Knochen brechen, kommt schon die Wahrheit zutage!»

Mit gefesselten Händen mußte sie hinter der Miliz herlaufen, glitt einigemale im Schlamm aus und wurde sogleich von brutalen Händen wieder hochgerissen. Im Stadtgefängnis stieß man sie in ein finsteres Verlies, einen engen käfigartigen Raum, wo sie kaum stehen und nur gekrümmt liegen konnte. «Es wird sich alles aufklären...», wimmerte sie immer wieder, «ich bin doch unschuldig!»

«Das wird sich bald herausstellen!» sagte der Anführer der Miliz, und schon fiel die schwere Tür ins Schloß.

Magister Petit dachte nicht daran, die Alte sofort zu vernehmen. Sie sollte zuerst für einige Tage – vielleicht auch Wochen – im Kerker schmoren, sollte sehen, daß ihr keiner heraushalf, daß sie nicht mehr auf die Protektion des Marschalls bauen konnte, daß sie elend und verlassen war.

Dann kam die Meldung von Gilles' neuer Schandtat in St. Etienne. Malestroit schickte einen Söldner zum Herzog nach Vannes und ließ Magister Petit kommen.

«Das ist sozusagen der Punkt hinter unserer Anklageschrift. Bis hierher und nicht weiter! Dieses Monster ist eine Gefahr für die Menschheit und scheut vor nichts zurück. Sein Sündenregister ist voll, und wir werden die ersten entscheidenden Schritte tun.»

Hätten sie längst tun müssen, dachte Petit, doch er schwieg und blickte Malestroit aufmerksam an. Der sagte ungeduldig:

«Sofort La Meffraye verhaften, sonst entwischt uns diese wichtige Zeugin noch. Dann herzogliche Truppen nach St. Etienne schicken und die Herausgabe des Priesters Jean Le Ferron fordern. Zugleich sollten wir den Anklagebrief veröffentlichen und in Stadt und Land verkünden lassen.»

Magister Petit hob lächelnd beide Hände.

«Ihr nehmt mir die Worte aus dem Mund, Monseigneur. Ersteres ist gestern bereits geschehen, und wie Ihr wißt, stehen die Truppen zum Abmarsch bereit. Wir sollten diesem Herrn keine Gelegenheit mehr geben, zu planen oder abzuwarten.»

Malestroit setzte ein gespielt finsteres Gesicht auf.

«Eigentlich bin ich hier überflüssig! Laßt Euch doch gleich vom Herzog zum Kanzler ernennen, dann kann ich mein Leben als frommer Bischof beschließen.»

Petit ging auf den Ton ein und rief verzweifelt:

«Um Gottes willen! Was könnte ich, der kleine Magister Petit, allein gegen den großmächtigen Marschall de Rais ausrichten?»

«Das könnt Ihr sehr wohl», sagte Malestroit ernst, «nämlich mit Hilfe des Gesetzes. Aber der Fall ist tatsächlich so ernst und wichtig, daß wir gemeinsam vorgehen müssen. Ich werde in Nantes bleiben, bis zu dem Tag, da sie Gilles de Rais hinaus auf den Richtplatz führen.»

Ich bin mir nicht sicher, ob es dazu kommt, dachte Petit, bedankte sich beim Kanzler und ging an die Arbeit.

Der, dem diese Aktivitäten galten, wußte zwar nicht, auf welche Weise man gegen ihn vorgehen würde, aber er spürte bald, daß er mit dem Überfall auf St. Etienne den Topf zum Überkochen gebracht hatte. Was ihn zunächst am schwersten traf: Sein Vetter Gilles de Sillé blieb verschwunden. Er hätte längst zurück sein oder zumindest einen Boten senden müssen. Gilles schickte einen Vertrauten nach Nantes und erfuhr bald, daß Sillé dort gar nicht aufgetaucht war. Ein weiteres schlechtes Zeichen: La Meffraye war verhaftet worden. Der Seigneur lachte grimmig:

«Nicht schade um die alte Vettel! Sie wird kreischen und zetern und uns alle beschuldigen, aber glauben wird ihr keiner.»

Kaplan Blanchet zog es vor, sich dazu nicht zu äußern. Er saß wie auf

Kohlen und erwartete täglich seine Festnahme – zusammen mit Seigneur de Rais und seinen Helfern. Bricqueville und Sillé hatten sich rechtzeitig aus dem Staub gemacht, und so würden die Schergen sich an Poitou, Henriet, Prelati und ihm schadlos halten. Freilich, Prelati stand heimlich im Dienst des Herzogs, und sie würden sich gegenseitig bestätigen, schuldlose Zeugen all dieser Schandtaten gewesen zu sein, unter Todesdrohung gezwungen, dem Feudalherrn gewisse Dienste zu leisten. Zudem stand er, Kaplan Blanchet, quasi wie ein Märtyrer da, denn er hatte im Gefängnis geschmachtet, hier in St. Etienne hatte er im finsteren Kerker warten müssen, bis der Marschall aus Vannes zurück war, und dafür gab es eine Reihe von Zeugen. Daß der «finstere Kerker» ein bequemes sonniges Turmzimmer gewesen war, brauchte ja keiner zu wissen.

Zwei Tage später kam ein Bote aus Nantes, atemlos fiel er von seinem halbtoten Pferd.

«Ich – ich bin – die – die Nacht durchgeritten – die Truppen – sind unterwegs – in einigen Stunden...»

Gilles handelte schnell. Jean Le Ferron, die kostbare Geisel, wurde aus dem Kerker geholt und auf ein schnelles Pferd gesetzt.

«Auf nach Tiffauges! Dort sind wir in Sicherheit!»

Als die herzoglichen Truppen drei Stunden später Burg und Ortschaft von St. Etienne umstellten, waren die Vögel ausgeflogen.

Malestroit rieb sich die Hände.

«Jetzt ist er da, wo wir ihn haben wollten – auf französischem Boden. Petit, sendet eine Eilbotschaft an Arthur de Richemont, den *connétable* von Frankreich, er könne jetzt seine Truppen nach Tiffauges senden, Le Ferron befreien und Gilles de Rais verhaften.»

Magister Petit schüttelte den Kopf.

«Ich kann's einfach nicht glauben! Endlich – endlich ist es soweit. Dafür mußten nun so viele Kinder sterben...»

«Jetzt fangt nicht an zu greinen, René! Ein Marschall von Frankreich läßt sich eben nicht fangen und hängen wie ein Landstreicher. Seid froh, daß es überhaupt soweit gekommen ist.»

Der Magister schwieg, weil er wußte, daß der Kanzler recht hatte. Zu Hause aber machte er seinem Zorn Luft.

«Wo steckt denn eigentlich das Gewissen bei diesen Herren? Im Hintern? In der rechten Zehe? Oder tragen sie es in einem Beutel mit sich herum und können es bei Bedarf abstellen?»

Isabelle saß in ihrem hochlehnigen Lieblingssessel, die Hände ruhten auf dem hochschwangeren Leib, als müsse sie ihn halten und schützen. Wenn andere Frauen in diesem Zustand launisch, genäschig, zänkisch, ja manchmal unausstehlich wurden, so war es bei ihr das genaue Gegenteil. Jetzt, mit Beginn des achten Monats der Schwangerschaft, zeigte Isabelle sich träge, friedlich, geduldig und verständnisvoll. Zufrieden lief sie im Haus herum, hatte ein Auge auf Köchin und Magd, sorgte dafür, daß René in gewissen Abständen seine Lieblingsspeisen auf den Tisch bekam und daß er sich, was den Haushalt betraf, um nichts kümmern oder sorgen mußte.

«Beruhige dich, René. Du fragst, wo das Gewissen dieser hohen Herren steckt? Vermutlich in ihrer Geldbörse – wo sonst? Jetzt, da die Güter des Marschalls verteilt sind, da alles verbrieft und gesiegelt ist, darf er vor Gericht. Ob es überhaupt dazu kommt? Noch haben sie ihn nicht.»

«Einen hohen Herrn könne man nicht fangen und hängen wie einen Landstreicher, wurde ich von Kanzler Malestroit belehrt. Da genügt auch nicht ein Trupp Miliz unter einem Hauptmann, da muß es höchstselbst der *connétable* von Frankreich sein.»

Sie schaute ihn fragend an.

«Was ist das – ein *connétable*?»

«Ein alter Titel, der sich vom Lateinischen *comes stabuli*, das heißt Stallmeister, herleitet. Später erhielten diese Stallmeister auch den Oberbefehl über das Heer, und heute beinhaltet dieses Amt eine große Machtfülle und einen Rang, der Arthur de Richemont sogar über die königlichen Prinzen stellt. Wenn sie ihn haben, diesen Seigneur de Rais, dann werden sie ihm goldene Fesseln anlegen und, falls er verurteilt wird, mit einem silbernen Schwert enthaupten.»

«Mit so etwas spottet man nicht, René. Außerdem hast du gesagt, daß er als Ketzer und Teufelsbeschwörer verbrannt wird.»

René konnte es nicht lassen und setzte noch eines drauf.

«Dann werden sie Weihrauch ins Feuer streuen, damit seine schwarze Seele unter Wohlgerüchen zur Hölle fährt.»

«Wenn du weiterhin so lästerlich redest, gibt es zur Strafe heute kein Abendessen.»

René lächelte tückisch und ging auf sie zu.

«Dann werde ich mir meine Mahlzeit anderswo holen...»

Er kniete neben ihrem Sessel nieder, öffnete ihre Bluse und nahm behutsam eine der schon schweren Brüste heraus.

«René...»

«Ich nehme ja niemandem was weg. Wenn das Kind da ist, trete ich selbstverständlich zurück.» Er begann zärtlich an der Brustwarze zu saugen – schmeckte, schluckte. «Ein bißchen wäßrig...»

Er tätschelte ihre Schenkel und begann handgreiflich zu werden. Sanft schob sie ihn weg.

«Jetzt nicht mehr, René, du mußt Geduld haben. Außerdem machst du dir deinen Sohn zum Feind, wenn du dich in der Straße tummelst, durch die er bald ins Leben treten wird.»

«Wer hat dir denn solchen Unsinn erzählt?»

«Das weiß man eben... Vorhin habe ich an unseren Perrinet gedacht. Für ihn wird das Versteckspiel bald ein Ende haben. Du könntest ihm doch schon jetzt eine Nachricht zukommen lassen.»

René erhob sich und rief mit gespielter Munterkeit:

«Eine prachtvolle Idee! Ich hole sofort Papier, Feder und Tinte, und du schreibst ihm einen ausführlichen Brief.»

«Ich?»

«Natürlich, du kennst ihn ja länger als ich, bist seine älteste Freundin.»

«Eine Schwangere soll sich nicht anstrengen, das raubt ihr viel von den Kräften, die sie später so dringend braucht.»

«Ammengefasel!»

«Die haben jedenfalls mehr Wissen von Schwangerschaft und Geburt als jeder Mann.»

«Soll ich das Papier nun holen oder nicht?»

Sie lächelte träge.

«Hole es, Liebster, und wir schreiben den Brief gemeinsam.»

Isabelle konnte einfache Texte jetzt flüssig lesen, aber mit dem Schreiben tat sie sich noch immer schwer, und ihre Buchstaben sahen aus, als taumelten sie wie betrunken über das Papier.

René Petit informierte Perrinet kurz über die Lage und machte ihm Hoffnung auf eine Rückkehr in spätestens zwei Monaten. Isabelle setzte eine Nachschrift darunter: «Wenn du wiederkommst, habe ich ein Kind. Alles Liebe von Isabelle.»

René lächelte, als er es las, doch er sagte nichts, siegelte das Schreiben und steckte es ein. Das konnte später der herzogliche Bote besorgen, wenn er in die Gegend von St. Père kam, der dem Gut La Bâte nächstgelegenen Ortschaft.

«Der Arme wird sich freuen, in seiner Einsamkeit von uns zu hören.»

Als Perrinet Briand fünf Tage später das Schreiben in Händen hielt, freute er sich weder über seine nahende «Befreiung», noch fühlte er sich einsam.

Für Marcel de Brosse, den Gutsverwalter und Teilhaber an La Bâte, war eine Reise nach Nantes unumgänglich geworden. Es gab so viel zu erledigen, und er hätte es längst getan, wenn Nicolas, der Großknecht, schon wieder gesund gewesen wäre. Doch die Heilung des zerschmetterten Beines zog sich hin, und der heilkundige Schafhirte sagte kopfschüttelnd:

«Das wird leider steif bleiben, Nicolas. Aber daran wirst du dich gewöhnen, es laufen ja viele Männer mit steifen Beinen herum.»

Für Nicolas war das ein schwacher Trost, aber er mußte sich dreinfinden – um so mehr als der Gutsverwalter ihm versprach, daß er in seiner alten Stellung auf dem Hof bleiben dürfe.

Yvette weigerte sich, ihren Gatten nach Nantes zu begleiten.

«Wer soll denn das Gesinde beaufsichtigen, wenn Nicolas im Bett liegt?»

«Dann muß es eben ein anderer tun.»

«Nein, Marcel, das ist nicht üblich. Ich bin deine Frau und habe das Recht, dich in deiner Abwesenheit zu vertreten.»

Zähneknirschend gab Seigneur de Brosse nach und beschloß, in Nantes nur das Allernotwendigste zu erledigen. In seiner Unwissenheit machte er den Bock zum Gärtner und bat Perrinet unter vier Augen, darauf zu achten, daß Madame nicht unziemlich belästigt werde.

«Du verstehst, was ich meine?»

«Gewiß, Seigneur de Brosse, Ihr könnt Euch auf mich verlassen.»

Das war nicht nur so hingesagt, Perrinet meinte es in diesem Augenblick ernst. Auch Madame Yvette scherzte nicht, als sie – kaum waren die Hufschläge ihres davonreitenden Gemahls verklungen – in den Stall kam und Perrinet herbeiwinkte.

«Der Alte ist fort – zum Glück! Worauf warten wir? Die Tür zum Gutshaus muß verschlossen bleiben, weil unser alter Pförtner sich nicht bestechen läßt. Aber es gibt ein Hintertürchen, das zu Küche und Keller führt. Eine Stunde nach Sonnenuntergang wartet dort meine Zofe und führt dich zu mir.»

Sie lachte, und die goldenen Punkte tanzten in ihren leuchtendgrauen Augen. «Bist du stumm geworden? Freust du dich nicht?»

«Und wenn es aufkommt?»

«Ah – der Herr fürchtet um seine Eier? Nur keine Angst, dir wird man sie nicht nehmen. Außerdem hat mein Gemahl keinen Grund, es an die große Glocke zu hängen, weil ich dann auch laut sage, warum ich ihn betrüge. Gefalle ich dir nicht?»

Perrinet fühlte sich außerstande, diese Frage ehrlich zu beantworten. Sie mißfiel ihm nicht, keineswegs, aber sie hatte etwas an sich, das ihn abstieß. Sie erinnerte ihn an die *dame la péché* am Tor des Domes zu Nantes. Diese Steinfigur der Frau Sünde war von vorne lieblich und verlockend anzusehen, doch ihr offener Rücken war ein Gewimmel aus Maden und Schlangen. Freilich, Yvettes Rücken war makellos und zeichnete sich in lieblicher Schlankheit auf dem enganliegenden Kleid ab.

Du nimmst ja dem Alten nichts weg, sagte eine Stimme, Jugend zieht es zu Jugend, und so ist es nur billig und recht, daß ihr zueinander findet – quasi als Lohn, da ihr beide so viel habt erdulden müssen.

Er lächelte sie an, fühlte, wie das Blut in seine Lenden schoß, seine Achseln feucht, sein Kopf heiß wurde. Da hörte er ihre helle Stimme.

«Dir muß man heute jedes Wort einzeln aus dem Mund ziehen. Also gefalle ich dir oder nicht? Grinse nicht vor dich hin, sondern antworte!»

«Du gefällst mir schon, aber dein – dein Angebot hat mich etwas durcheinandergebracht.»

«Wir haben keine Zeit, um monatelang zu balzen und zu turteln. Der Alte wird in spätestens vier Tagen zurück sein, da gilt es, die Zeit zu nützen.»

«Ich werde da sein – eine Stunde nach Sonnenuntergang.»

Sie schlug ihm spielerisch mit der Reitpeitsche auf die Schultern. «Das war nun der Ritterschlag. Also, *mon chevalier*, ich erwarte heute nacht Euren Besuch.»

Perrinet atmete tief durch und ließ sich ins Stroh fallen. Was vergab er sich schon? René hatte ja geschrieben, daß es nicht mehr lange dauern könne, und dann – adieu Yvette! Dabei fiel ihm gar nicht auf, daß er diese Liebschaft in Gedanken schon beendete, noch ehe er sie begonnen hatte.

Wäre dies nicht eine Gelegenheit, sich an Nicolas für die Prügel zu rächen? Noch immer packte ihn maßloser Zorn, wenn er an die beschämende Szene im Stall dachte, als er verhauen wurde wie ein kleiner Junge.

Nachmittags besuchte Perrinet den Großknecht in seiner Kammer. Nicolas lag auf dem Bett, die Fenster standen wegen der Julihitze weit offen. Fliegen umsummten den Verletzten, der nur matt und schweißfeucht dalag und sich ihrer kaum erwehrte. Sein verletztes Bein hatte er auf zwei Roßhaarkissen hochgelagert. Das Knie war mit feuchten Leinenstreifen dick umwickelt. Nicolas stöhnte leise, als Perrinet hereinkam.

«Ich bin's – Perrinet!» Im selben Augenblick fuhr ihm heiß durch den Kopf, daß er seinen wahren Namen preisgegeben hatte.

«Wer?» brummte es zurück.

«Pierrot, der Roßknecht. Wie geht's denn heute?»

«Der Fuß ist noch dran, das siehst du ja!» raunzte es vom Bett her.

«Wann wirst du aufstehen können?»

«Frag den Hirten, unseren Wunderheiler. Eigentlich hätte ich schon vorgestern springen sollen wie ein Fohlen, wäre seine Voraussage eingetroffen. Aber dann heißt es wieder Geduld, Nicolas, Geduld – Rom ist auch nicht an einem Tag erbaut worden. Wenn ich das schon höre! Was willst du eigentlich?»

Perrinet schob seine Rachegedanken beiseite. Warum sollte er

Yvette und sich selber gefährden? Im Gegenteil, er mußte alles tun, um die Wahrheit zu verschleiern.

«Ich wollte nur sagen, daß ich heute nacht nicht da bin, komme aber vor Sonnenaufgang zurück.»

Nicolas hob mühsam den Kopf und versuchte, streng dreinzuschauen.

«So, so, und wo gedenkt der Herr die Nacht zu verbringen?»

Perrinet grinste einfältig.

«Na ja, da gibt es die Tochter von diesem Kuhhirten in La Baconvière, du weißt schon ...»

Nicolas ließ sich erleichtert zurücksinken.

«Die schwülen Nächte – das junge Blut ...», murmelte er.

«Was hast du gesagt, Nicolas?»

«Hau ab – und viel Vergnügen!» stieß er mürrisch hervor und drehte sich zur Wand.

Mitte Juli läßt die Sonne sich Zeit, ehe sie in ihr feuriges Bett sinkt, und für Perrinet dehnte sich die Wartestunde endlos hin. Andererseits aber hätte er die Zeit am liebsten angehalten, weil ihn vor dieser Begegnung schauderte. Sein Kopf wollte nicht, was sein Körper herbeisehnte. Dem blöden Paul sagte er das gleiche wie Nicolas, und da jeder wußte, daß dieser in seiner Einfalt immer die Wahrheit sprach, gab es zwei Zeugen für seine nächtliche Abwesenheit. Endlich – endlich war es soweit. Er schlich um das Gutshaus und drückte sich nahe an die Mauer, weil der Vollmond wie eine helle Laterne am sternenklaren Himmel hing und jedes Steinchen am Boden einen deutlichen Schatten warf.

Perrinet war in Hochstimmung. Seine Rolle in diesem aufregenden Spiel stand fest. Dem bösen Ritter ging es an den Kragen, und er, der gute Ritter, war auf dem Weg zu seiner Herzensdame. Am liebsten hätte er ihr ein Ständchen gebracht, wie die alten Troubadoure, aber in diesem Fall galt es, lautlos zu sein wie ein Geist, sich anzuschleichen wie eine Katze.

Die Tür gab nach, geräuschlos mit frisch geölten Angeln. Drinnen war es stockfinster. Die Zofe faßte seine Hand und machte ihn flüsternd auf Hindernisse aufmerksam. Die Herrschaften wohnten in der *bel étage*, da ging es jetzt aufwärts, dann durch einen Gang und –

«Wir sind da!» wisperte sie und führte seine Hand zur Türklinke. Auch hier quietschte nichts, nur ein leises metallisches Klicken – auf! und nochmals ein Klicken – zu!

Yvette stand nackt im vollen Mondlicht und streckte ihm ihre Arme entgegen.

Es war wie Magie. Seine Kleider fielen wie von selber zu Boden. Voll Ungeduld stieß sie ihn aufs Bett.

«Schnell, schnell, Perrinet, mach's sofort, bitte!»

Mit einem harten Griff packte sie sein Glied, führte es ins Ziel und begann zu keuchen und zu stöhnen, noch ehe er sich bewegt hatte.

«Los – los – los!» feuerte sie ihn an, «darauf warte ich schon seit Tagen – los, schneller, fester!»

Ihr Unterleib wölbte sich ihm entgegen, ihre feuchte geschmeidige Vagina umklammerte ihn süß, fest und fordernd. Es dauerte nicht lange, und er entlud sich so heftig, daß Yvettes Schoß überquoll und sie sich in klebriger Feuchtigkeit wälzten wie junge Hunde im Schlamm. Sie lachte, stand auf, brachte ein Tuch, rieb sich und ihn damit ab.

«Hast du das alles für mich aufgespart?» flüsterte sie ihm ins Ohr.

«Etwas ist schon noch übrig.»

«Das hoffe ich sehr!» sagte sie und kroch ins Bett zurück. Eine Weile lagen sie stumm nebeneinander, ihre schweißfeuchten Körper kühlten kaum ab in der schwülen Julinacht. Das Mondlicht umschmeichelte Yvettes schlanke Gestalt, ließ die blonden Haare feenhaft aufleuchten.

Der gleiche Gedanke, im selben Augenblick, ließ ihre Hände zusammenstoßen, die dabei waren, ihre Körper neu zu erkunden, neue Lust zu entfachen. Yvette lachte leise, und es klang hart und hell wie rieselndes Silber. Wie ein leichtes kleines Tier huschten ihre Finger über sein Geschlecht, umfaßten seine Hoden mit sanftem Druck, als greife sie nach einer prallen, aber verletzlichen Frucht.

Perrinet dachte an Isabelle und ihr eher täppisches Liebesspiel, wenn sie sich in ihrem Nest am Fluß balgten wie Kätzchen. Dann, als er es nicht erwartet hatte, war sie es, die ihn einfing, in sich hineinsog, hineinpreßte. Sobald er eine Bewegung versuchte, drückte sie ihn nieder, legte sich schließlich mit ihrem Körper auf den seinen.

«Jetzt sind wir eins. Wer ist du? Wer ist ich? Du bist ich und ich bin du.»

Dann lockerte sie den Druck, gab ihm Raum zur Bewegung, folgte seinem Rhythmus, schnell und schneller, keuchte, stöhnte, umklammerte seine Hüften, riß mit ihren langen Nägeln seine Haut auf, und sein Blut mischte sich zuletzt mit Samen und Schweiß zu einem *élixir d'amour*. Danach fielen beide in Schlaf, Perrinet mit einer Hand auf ihrer Brust, Yvette mit ihrer auf seinem Geschlecht, als wolle sie es vor fremdem Angriff beschützen.

Im Osten kündigte ein sanfter grüner Schein den neuen Tag an, da und dort probte ein Vogel noch im Halbschlaf sein Morgenlied. Perrinet erwachte, schaute zum Fenster und richtete sich auf. Das weckte auch Yvette, die ihn am Arm faßte.

«Noch eine Stunde, *mon amour*, bis es hell wird. Wir haben noch Zeit...»

Er ließ sich zurücksinken und küßte sie auf den Mund. Yvette tippte leicht gegen seinen schlaffen Penis.

«Das da ist aber noch nicht erwacht.»

«Das da braucht Erholung», meinte Perrinet.

Er begann schneller zu atmen, spürte das Erwachen seiner Lust, die Yvette mit sanften Bissen noch anstachelte.

«Na siehst du, jetzt habe ich euch beide wach gekriegt, also nützen wir die Zeit!»

Ein schnelles heftiges Liebesspiel ließ das vielgeplagte Bett knarren und quietschen, bis das Keuchen und Stöhnen der Liebenden es übertönte. Dann krähte der Hahn, und Perrinet sprang aus dem Bett.

«Höchste Zeit! Paul ist vermutlich längst wach!»

«Also geh schon! Vielleicht reiten wir heute gemeinsam aus – wir werden sehen.»

Perrinet schlüpfte in sein Hemd.

«Du hast mich ja heute nacht schon zugeritten nach Strich und Faden.»

«Du mich auch!»

Sie huschte zur Tür und weckte die Zofe. Drei Minuten später stieß Perrinet mit Paul zusammen, der gerade ins Freie trat. Der Bursche grinste über sein ganzes Gesicht.

«War's schön, Pierrot?»

Der nickte und murmelte: «Muß mich jetzt waschen.»

Von da an belegte Yvette ihn mit Beschlag und wurde immer unvorsichtiger. Ihr Gemahl blieb länger weg als vorgesehen, und so glaubte sie, das Schicksal begünstige die Liebenden. Sie erlöste Perrinet aus seiner Stalltätigkeit und machte ihn zu ihrem ständigen Begleiter. Nachts war er ohnehin bei ihr, und tagsüber ritt sie mit ihm aus. Sie besuchten ringsum die da und dort stattfindenden Märkte in St. Père, St. Michel, Chauvé, Frossay oder Paimboef, nur um Pornic machten sie einen Bogen. Auf ihre Fragen sagte Perrinet nur: «Das erkläre ich dir später.»

Anfangs liebte Yvette es, unterwegs an einsamen Heuschobern anzuhalten, um die nächtlichen Spiele auch tagsüber fortzusetzen, aber das wurde Perrinet zuviel, und er sagte ihr es auch, als sie am Rande eines abgeernteten Feldes in einer Darre auf einem Bündel Stroh saßen.

«Eines haben sie euch in dem Lotterkloster wohl nicht beigebracht, nämlich daß es für uns Schwanzträger gewisse Grenzen gibt, die ich nun bei mir selber feststelle. Nach einer Liebesnacht mit dir muß ich untertags Kräfte sammeln, um die nächste bestehen zu können. Entweder treiben wir uns also in den Heuschobern herum und nützen die Nacht zum Schlaf, oder wir halten es wie bisher und bleiben tagsüber keusch.»

Ihr silberhelles Lachen flog hinaus in den sonnendurchglühten Tag.

«Gut, gut, so lerne ich auch noch etwas dazu. Aber wir könnten uns ein kühles Bad gönnen, was meinst du?»

Sie ritten zu dem nahe gelegenen Moortümpel, aber da planschten einige nackte Bauernbuben herum. Yvette störte das nicht.

«He – Kinder, ist für uns auch noch Platz? Wir haben zuviel Sonne abgekriegt und müssen uns abkühlen.»

Die Buben standen wie gelähmt, aus ihren mageren abgearbeiteten Körpern stachen die Knochen hervor. Es war vermutlich das erste Mal, daß gutgekleidete Erwachsene hoch zu Roß in ihr Badevergnügen einbrachen. Ihre Erstarrung löste sich, sie packten ihre paar Lumpen und stoben davon wie gejagte Hasen.

«Das habe ich nicht gewollt...»

Perrinet half ihr vom Pferd.

«Sie sind scheu und verschreckt, ich habe das früher oft erlebt. Wenn man sie gut behandelte, tauten sie nach einigen Tagen auf, aber dann...»

«Was dann?»

«Nichts von Belang. Komm, jetzt tauchen wir unter!»

Sie warfen die Kleider von sich, wateten langsam in das braune trübe Wasser.

«Kannst du schwimmen?» fragte er sie.

Sie schüttelte den Kopf, daß die offenen blonden Haare flogen.

«Hab's nie gelernt, und du?»

«Natürlich! Ich bin an der Loire aufgewachsen, und wir haben schon als Sechsjährige gewettet, wer sich am weitesten hinauswagte. Einer meiner Freunde ist dabei ertrunken.»

«Hier ist es kaum tiefer als eine Elle, da kann niemand ertrinken.»

Perrinet ging voran und verlor plötzlich den Boden unter den Füßen. Schwimmend hielt er sich über Wasser, aber Yvette erkannte die Gefahr nicht und war plötzlich verschwunden. Perrinet schwamm zu der Stelle, wo er sie eben noch gesehen hatte, aber da war nichts, und so tastete er aufgeregt in dem trüben Wasser mit Armen und Beinen herum. Sein Fuß stieß an etwas Weiches! Er tauchte, faßte ihre Schulter, glitt ab und geriet an ihr Haar, das er fest um seine Hand wickelte. So zog er sie ans Ufer, bettete ihren blassen schlanken Körper ins sonnentrockene Gras. Sie öffnete die Augen, begann zu husten und zu würgen. Er packte sie an den Füßen und riß ihren Körper so hoch, daß sie kopfüber in der Luft schwebte. Sie erbrach einen trüben Strahl des Wassers, rang nach Luft, zappelte und rief:

«Laß mich endlich los, Perrinet!»

Behutsam ließ er ihren Körper zu Boden sinken, und gleich richtete sie sich auf, schüttelte die nassen Haare, daß es weithin spritzte.

«Du – das war gar nicht so schlimm. Zuerst schlägt man um sich, glaubt zu ersticken, aber dann läßt man das Wasser in sich hineinströmen, fühlt eine köstliche Müdigkeit, läßt sich sinken, gibt sich auf...»

«Das klingt ja fast, als wärest du lieber drunten geblieben.»

Mit einer koketten Bewegung strich sie die feuchten Strähnen zurück. Die grauen Augen strahlten ihn an, und er sah die goldenen Punkte tanzen.

«Aber nein, Liebster, jetzt im Sonnenlicht, zusammen mit dir – nackt, wer will da schon sterben. Zeig mir, daß ich noch lebe, los – zeig's mir!»

Er umfing ihren nassen kühlen Körper, der sich im dürren Gras wand wie eine bleiche Schlange. Ungestüm drang er in sie ein. Leben, dachte er, ja leben, es gibt doch nichts Schöneres, als leben und Leben zu geben.

Danach ruhten sie sich noch zwei Stunden im Schatten einer jungen Linde aus.

Als sie gegen Abend nach La Bâte zurückkamen, stand Nicolas am Fenster seiner Kammer und blickte finster auf sie herab.

«Nicolas!» rief Yvette erstaunt, «kannst du wieder gehen?»

«Nein, Madame, aber stehen kann ich und werde von hier aus meine Leute überwachen.»

Das war nun eine Gelegenheit, die Prügel wenigstens mit Worten heimzuzahlen.

«Aber Nicolas, es ist bisher auch ohne dich gegangen. Leg dich ruhig wieder hin.»

Das Gesicht des Großknechts zerfiel, als habe ihn ein Schlag getroffen. Er rang nach Luft, und dann war plötzlich die Fensteröffnung leer. Yvette lächelte.

«Das wird er dir nie verzeihen. Sieh nach, was mit ihm los ist.»

Nicolas lag quer über dem Bett und stöhnte leise. Perrinet mühte sich ab, den schweren Körper aufzurichten, ihn geradezubetten und wollte schon Hilfe holen, als der Großknecht gellend aufschrie.

«Mein Bein – oh – ah – gib doch acht!»

Das verletzte Bein war durch Perrinets Bemühungen verdreht worden, und das hatte Nicolas aus seiner Ohnmacht erweckt. Endlich lag er gerade, von seinem bleichen eckigen Gesicht troff der Schweiß, in der Kammer stank es nach Urin und Erbrochenem. Perrinet wandte sich angeekelt ab.

«Ich schicke eine Magd zum Saubermachen.»

Nicolas hob schlaff eine Hand und keuchte mühsam:

«Die Regel – die Regel Nummer drei – vergiß sie nicht...»

Perrinet lachte frech.

«Deine Regeln sind allesamt außer Kraft gesetzt. Von jetzt an gilt nur noch eines: Was Madame Yvette sagt, bestimmt und anordnet, wird getan – zumindest bis der Seigneur zurück ist. Verstanden?»

Nicolas antwortete nicht, drehte den Kopf zur Wand.

Am siebten Tag seiner Abwesenheit traf Marcel de Brosse gegen Abend auf La Bâte ein. Es war ein Tag voll Gewitter, Wind und Regengüssen gewesen, die Luft frischte etwas auf, und nach einer langen Reihe brutheißer Sonnentage war dies allen sehr willkommen.

Yvettes Laune sank beträchtlich, denn ihr machte die Hitze nichts aus, und sie hatte fest damit gerechnet, den Tag in dem nur wenige Reitstunden entfernten Pornic zu verbringen. Sie liebte das Meer und konnte stundenlang dem Wechsel von Ebbe und Flut zusehen oder beobachten, wie Möwen um die Beute stritten, mochte es auch, wenn Perrinet zu den Felsen hinausschwamm und mit beiden Händen voller Muscheln zurückkam, die sie dann gemeinsam knackten und aus der Schale schlürften. Dreimal waren sie bis jetzt an der Küste gewesen, aber Perrinet hatte sich immer gesträubt, Pornic zu betreten, sagte, es sei nicht gut, wenn er in Sichtweite der Burg käme.

«Kennt dich dort jemand?»

Er nickte.

«Ich war vorigen Sommer längere Zeit auf Pornic. Darüber möchte ich jetzt nicht reden...»

Yvette war nicht besonders neugierig, was Perrinets Vergangenheit betraf, sie interessierte vor allem sein Körper, seine Verfügbarkeit.

Mit dem Ausritt war es wegen der Rückkehr ihres Mannes also nichts geworden, und so scheuchte Yvette die Mägde herum, warf einen Tonkrug aus dem Fenster, als sie zwei Fliegen im Wasser fand und war überhaupt unleidlich. Perrinet verschanzte sich hinter seiner Arbeit, besserte schadhaftes Pferdegeschirr aus, während der Wind in die schilfgedeckten Dächer fuhr und daran zerrte, als wolle er sie losreißen. Dann wieder schlugen Regenböen gegen die Fensterläden, und es klang, als schütte jemand Wasser dagegen – Eimer um Eimer.

Perrinet war froh, daß er heute seine Ruhe hatte, denn Yvette fürchtete Blitz und Donner und hätte sich während eines Gewitters niemals ins Freie gewagt.

An diesem Abend also kam Marcel de Brosse zurück, triefnaß und erschöpft. Perrinet lief in den jetzt leichten Sprühregen hinaus und half ihm vom Pferd.

«Ah – Perrinet! Für dich habe ich ein ganzes Bündel Neuigkeiten. Komm in zwei Stunden hinüber ins Haus, dann essen wir zu abend, und ich erzähle dir alles.»

Perrinet hatte sich inzwischen auf den Märkten standesgemäße Kleider besorgt, seine Rolle als Roßknecht hielt er für beendet. Um nicht zu sehr aufzufallen, hatte er sein Haar weiterhin gefärbt, doch auch damit wollte er jetzt Schluß machen. So erschien er zu angegebener Zeit im Herrenhaus, frisch gewaschen und bürgerlich gekleidet. Der Verwalter achtete nicht darauf, er hatte in ihm ja nie den Pferdeknecht gesehen. Yvette lächelte still vor sich hin, als Perrinet sie mit einer tiefen Verbeugung begrüßte. Er schaute in die leuchtendgrauen Augen und stellte plötzlich fest, daß er diese Frau nicht liebte. Bei Isabelle war das anders gewesen, aber an Yvette reizte und lockte ihn nur das, was ihr Körper ihm an Lust verschaffte. Ein reizvolles Stück Weiberfleisch namens Yvette – weiter nichts. Sie zu verlassen, würde ihm nicht das geringste ausmachen, und wenn er Sehnsucht empfand, dann nicht nach der ganzen Yvette mit Leib und Seele, Haut und Haar, sondern er würde den lustvollen Nächten nachtrauern. Wenn er später mit Marguerite verheiratet wäre, würde er ihr ein guter Lehrmeister sein. Isabelle durfte er nicht lieben, bei Yvette konnte er es nicht, aber Marguerite hatte Anspruch darauf, weil sie seine Gemahlin vor Gott sein würde. Vielleicht aber auch nicht...

Derart krauses Zeug ging ihm durch den Kopf, während die Magd das Essen auftrug und Yvette mit ihrem Gatten leichthin plauderte. Die Neuigkeiten, so hatte der Verwalter gesagt, wolle er nach der Mahlzeit servieren, in aller Ausführlichkeit und bei einem Krug Wein. Perrinet hatte geglaubt, daß Yvette dabeisein werde, doch sie sagte, sie wolle die Herren bei ihrer Unterhaltung nicht stören und sich lieber zur Ruhe begeben. Für Perrinet war das ein weiterer Beweis dafür, daß er sie mit seiner Vergangenheit als Mensch nicht weiter interessierte. Sie will nur einen prallen Schwanz im Bett, aber es schert sie einen Dreck, wie es mir früher ging und was ich künftig zu erwarten habe. Um so besser, Yvette, dann fällt uns später die Trennung leichter.

«Also, deinen Eltern geht es gut. Dein Bruder konnte längere Zeit nicht arbeiten, weil ihm beim Lederschneiden das Messer tief in die Hand fuhr und danach ein schweres Wundfieber einsetzte. Jetzt ist er über den Berg. Dein Vater hat vor kurzem Maître Aubin und seine Tochter über dein wahres Schicksal aufgeklärt. Marguerite hat vor Freude geweint! Sie ist übrigens ein hübsches Mädchen geworden. Nun aber zum Wichtigsten. Den Seigneur de Rais haben sie zwar noch nicht festgenommen, aber seine Lage ist hoffnungslos. Auch Gilles de Sillé hat sich inzwischen davongemacht, und mit ihm der größte Teil der Garde. Rund dreißig Mann sind de Rais geblieben, und selbst die kann er kaum noch bezahlen. La Meffraye ist da, wo sie längst hingehört hätte, nämlich im Stadtgefängnis von Nantes. Trotzdem meint dein Vater, du solltest warten, bis auch Gilles in Gewahrsam ist. Sicher ist sicher. Noch etwas. Zwar geht's dich nicht direkt an, aber als Sohn von Maître Briand solltest du es wissen: Ich mußte deinem Vater offenlegen, daß ich den Anteil, der ihm an den Gutserträgen zukommt, im letzten Jahr nicht erwirtschaften konnte. Die Obsternte war schlecht, ein Teil des Getreides ist ersoffen, weil es den Sommer über zuviel geregnet hat, zwei Drittel der Hühner sind an der Pest gestorben. Heuer war's besser – in fast jeder Beziehung. Das mußt du wissen, damit du siehst, daß ein Gutsbetrieb seine Tücken hat. Der Spruch vom goldenen Boden des Handwerks hat schon seine Berechtigung, das kannst du mir glauben.»

Der Verwalter wirkte erleichtert, als hätte ihn diese «Beichte» von einer Gewissensnot befreit.

Nun wäre es an mir, die Wahrheit zu gestehen, dachte Perrinet, aber da lasse ich lieber Yvette den Vortritt. Seigneur de Brosse hob sein Glas.

«Auf bessere Zeiten, Perrinet! Für dich kommen sie gewiß, das ist abzusehen. Für das Gut gewiß auch, aber für mich persönlich ...» Er wiegte seinen Kopf zweifelnd hin und her. Da Perrinet nichts sagte, sprach er weiter. «Ich mag Yvette und schätze sie, aber unser Problem ist: Sie ist jung, und ich bin alt. Das beste wären natürlich Kinder – aber ...»

Er trank sein Glas langsam leer. Perrinet versuchte ihn zu trösten.

«Eure Gattin spricht von Euch immer mit höchstem Respekt; sie hätte sich vielleicht einen jüngeren Mann gewünscht – aus mancherlei Gründen ...»

Der Verwalter horchte auf.

«Hat sie mit dir darüber gesprochen?»

«Nein, Seigneur, gewiß nicht. Für Madame Yvette bin ich ein grüner Junge, fast noch ein Kind. Aber ich mache mir so meine Gedanken, da Ihr für mich fast so etwas wie ein Onkel seid.»

Seigneur de Brosse seufzte und schenkte die Gläser voll.

«Ein heikles Thema, Perrinet. Wäre ich nur zehn oder fünfzehn Jahre jünger, so bräuchte ich mir keine Sorgen zu machen. Aber so – nun, Schluß damit! Was dich betrifft, so brauchst du künftig nicht mehr den Roßknecht zu spielen, ich werde Nicolas Bescheid sagen. Wie geht's ihm denn jetzt? Ich wollte ihn heute nicht mehr stören.»

«Er fühlt sich unglücklich, weil er nicht arbeiten kann und sein Bein vermutlich steif bleiben wird. Manchmal steht er schon auf, humpelt ein bißchen herum, kann aber kaum auftreten. Es ist ein Jammer!»

Der Seigneur faßte ihn am Arm.

«Vertrete doch du ihn, solange er bettlägrig ist. Ich sage dem Gesinde Bescheid, wenn sie auch vorerst nicht wissen sollen, wer du wirklich bist. Einverstanden?»

«Aber ich verstehe doch nichts von Landarbeit, Ackerbau und Viehzucht! Wie könnte ich da ...»

«Du sollst ja nur ein Auge auf die Leute haben. Hole dir bei Nicolas Rat, das wird ihn ablenken, und er kommt sich nicht so nutzlos vor.»

«Also gut, Seigneur, wenn Ihr es so wollt.»

Der Seigneur schien noch etwas sagen zu wollen, doch er zögerte, trank statt dessen, stellte umständlich sein Glas zurück, stand auf und ging ans Fenster. Ohne sich umzudrehen, sagte er:

«Da ist noch etwas. Hat Yvette während meiner Abwesenheit – ich meine, wie hat sie sich verhalten?»

Perrinet stellte sich dumm.

«Ich verstehe nicht ... Mich behandelte sie immer gut, manchmal ist sie ausgeritten, einigemale mußte ich sie zu den Märkten begleiten ...»

Marcel de Brosse drehte sich abrupt um.

«Du warst dabei! Da bin ich sehr erleichtert. Du wirst ja schon gehört haben, was damals geschehen ist, und ich bin in ständiger Angst, daß es sich wiederholt. Aber mit dir als Begleiter, das beruhigt mich doch ...»

Perrinet schämte sich. Um nicht weiter lügen zu müssen, schützte er Müdigkeit vor und bat, sich zurückziehen zu dürfen.

«Du schläfst von nun an natürlich im Haus. Morgen wird die Magd dir ein Zimmer richten.»

Auch das noch, dachte Perrinet. Das ist, als serviere er mir seine Frau auf dem Tablett. Sie wird die Gelegenheit fraglos nützen, und ich werde ihr Nacht für Nacht ausgeliefert sein. Daß ihm dies gar nicht so zuwider war, mochte er sich kaum eingestehen.

Dann fiel ihm ein, daß der Verwalter von Marguerite als einem inzwischen hübschen Mädchen gesprochen hatte. Irgendwie freute ihn das, und plötzlich dachte er nicht mehr mit gar so viel Abscheu und Bangen an die ihm vorbestimmte Ehe. Nicht, daß er sich darauf gefreut hätte, aber neugierig war er nun doch.

27

Am 29. Juli des Jahres 1440 ließ Jean de Malestroit an allen Kirchentüren der Stadt ein Schreiben anheften, das die Priester am Sonntag darauf von den Kanzeln verlesen mußten und das die Herolde in den Städten und Ortschaften des Landes verkündeten.

Wir, Jean, Bischof von Nantes durch die Güte Gottes und die Gnade des Heiligen Stuhles, erteilen den Segen Unseres Herrn allen, die diesen Brief sehen werden, und bitten darum, ihm Glauben zu schenken.

Wir geben hiermit bekannt, daß Uns beim Besuch der Gemeinde Sainte-Marie zu Nantes, in welcher Seigneur Gilles de Rais oft in seinem Haus La Suze residiert, wiederholt Gerüchte, Klagen und Erklärungen guter und anständiger Personen zu Ohren gekommen sind, nämlich von –

Dann folgte eine lange Aufzählung von betroffenen Eltern und Verwandten, jeweils mit Nennung der Pfarrei des Viertels, in dem sie wohnten.

Dann fuhr das Schreiben fort:

Wir haben diese Personen, wie es unserem Amt zukommt, sorgfältig überprüfen lassen und aus ihren Zeugenaussagen erfahren, daß der Edelmann Seigneur Gilles de Rais, Ritter und Herr zahlreicher Ortschaften – unserer Gerichtsbarkeit unterstehend –, mit einigen seiner Komplizen auf verabscheuungswürdige Weise mehrere unschuldige Knaben erwürgt, getötet und massakriert hat. Mit diesen Kindern trieb er widernatürliche Unzucht, opferte sie bei greulichen Dämonenbeschwörungen, schloß Pakte mit dem Satan und verübte andere ungeheure Verbrechen innerhalb der Grenzen Unserer Gerichtsbarkeit. Durch die Untersuchungen Unserer Kommissare und Sachwalter haben wir erfahren, daß besagter Gilles de Rais die erwähnten Verbrechen und andere Ausschweifungen sowohl in Unserer Diözese, wie in vielen anderen Ortschaften begangen und verübt hat.

Aufgrund dieser Delikte hat sich Gilles de Rais im ganzen Land in Verruf gebracht. Daß keiner der besagten Punkte einem Zweifel unterliegt, bestätigen Wir mit Unserem Siegel.

Der Brief war außerdem von Magister Petit und Pater Lesné unterzeichnet.

Gilles de Rais saß in seiner festen Burg Tiffauges auf dem Gebiet der Krone von Frankreich und wartete ab. Wenige Wochen nach seinem Überfall auf St. Etienne hatte Herzog Johann ihm einen Strafbefehl zugestellt, der auf 50 000 *écus d'or* lautete. Seit Sillé und Bricqueville geflohen waren, mußten Blanchet und Prelati sich seine Klagen und Monologe anhören. Einen Rat verlangte er nicht, von niemandem. Er ging hinüber zu Prelati in die Alchimistenküche und schwenkte das herzogliche Schreiben.

«Da, Prelati, seht Euch das Schreiben einmal an. Fünfzigtausend Goldstücke ist dem Herzog mein Überfall wert.» Er lachte dröhnend, der Blick seiner dunklen Augen wanderte über die Töpfe und Pfannen, Kolben und Mörser. «Teuer und nutzlos, nicht wahr? Aber darauf kommt es jetzt nicht mehr an. Da Ihr bisher als Dämonenbeschwörer jämmerlich versagt habt, möchte ich Euch ein Zauberkunststück vorführen. Legt bei dem Feuer etwas Holz nach und bewegt den Blasebalg!»

Prelati tat es, während Gilles das herzogliche Schreiben zu einer handlichen Röhre drehte.

«Da, schaut her: Jetzt ist es so hohl wie die Köpfe seiner Verfasser.» Er ging zum Feuer und legte es in die Glut. «Jetzt dreht Euch um, Prelati, damit der Zauber in Ruhe wirken kann.» Dann zerrte er ihn zum Fenster. «Dort drüben im Turm sitzt der Pfaffe Jean Le Ferron, und ich versichere Euch, daß es umgekehrt sein wird: Nicht ich zahle die fünfzigtausend, sondern der Schatzmeister der Bretagne wird sie mir geben, damit ich seinen Bruder freilasse. Jetzt dürft Ihr Euch wieder umdrehen!»

Gilles beugte sich über das Feuer und winkte Prelati herbei. «Nun? Wo ist das Schreiben des Herzogs geblieben? Ich habe es weggezaubert – spurlos! Wer will mir nachweisen, daß es den Brief jemals gegeben hat? Wer?»

«Es wird Abschriften geben...», wandte Prelati ein.

«Davon weiß ich nichts, was schert mich der Papierkram in den Amtsstuben Seiner Hoheit? Einen Dreck, Prelati, einen Dreck!»

Später kamen Gilles de Rais Zweifel, und er sprach mit Kaplan Blanchet, der jedesmal zusammenzuckte, wenn Gilles ihn rufen ließ.

Wenn dieser Alptraum doch bald enden würde! Warum ging denn keiner hin und stach den Unhold nieder? Der Teufel wartet auf dich, Gilles de Rais, voll Ungeduld! Du gehörst ihm ja längst, nun erfülle du den Teil deines Vertrags.

Offenbar hatte der Seigneur einen schwarzen Tag.

«Ach – Blanchet, ich habe alles in meinem Leben falsch gemacht – alles – alles! Ich kann meine Sündenlast kaum noch tragen, fühle sie schwerer werden, immer schwerer. Jetzt habe ich mich entschlossen, fest entschlossen, die Pilgerfahrt ins Heilige Land zu unternehmen. Und Ihr werdet mich begleiten, Kaplan Blanchet! Als mein Seelsorger, mein Beichtvater, mein geistlicher Berater. Auch Ihr habt gewiß gesündigt und werdet Euch nach Buße sehnen. In Jerusalem laden wir unsere Schuld ab, Blanchet, am Grab Christi, unseres Erlösers. Hätte ich Flügel, so würde ich nicht zögern, noch heute dorthin aufzubrechen. Aber es gibt so viel zu bedenken! Ehe wir die Pilgerfahrt unternehmen, muß ich hier reinen Tisch machen.»

«Der Herzog ist doch Euer Freund, Seigneur. Wenn Ihr Euch mit ihm einigt, regelt sich alles andere von selber.»

Gilles' unstete Augen blieben an Blanchet hängen.

«Der Herzog – mein Freund?»

«Aber gewiß doch, Seigneur! Ihr habt viel für ihn getan, jetzt ist die Reihe an ihm. Sendet einen Eilkurier nach Vannes und bittet um ein Treffen. Gewährt Seine Hoheit es Euch, wird niemand wagen, Euch nachzustellen, ehe der Herzog entschieden hat.»

Jerusalem war vergessen, neue Hoffnung glomm auf.

«Blanchet, Ihr seid ein guter Freund und ein guter Ratgeber. Ich werde tun, was Ihr sagt, ja, ich glaube sogar, ich kann gar nicht anders, als mich an meinen Lehnsherrn zu wenden. Er ist verpflichtet, mich zu schützen!»

«So ist es, Seigneur, und er wird es gewiß tun.»

Aber dann wurde Gilles wieder unsicher. Wenn es dem Herzog gefiel, war dies die beste Gelegenheit, ihm eine Falle zu stellen. Alle Welt war ihm feindlich gesinnt, überall lauerten Gefahren. Er ließ Prelati kommen.

«Ihr müßt unseren Dämon befragen, ob ich gefahrlos auf die Reise gehen kann. Tut alles, um Maître Barron herbeizurufen.»

Prelati mühte sich, der Dämon erschien und sagte: Ja, man solle die Reise antreten.

«Gut», sagte Gilles, «aber Ihr kommt mit.»

Prelati, der schon gehofft hatte, hier in Ruhe Gilles' Verhaftung, mit der er fest rechnete, abwarten zu können, knirschte mit den Zähnen.

«Wie Ihr wollt, Seigneur.»

Gilles' Garde war inzwischen auf knapp zwanzig Mann zusammengeschmolzen. Er wählte ein Dutzend der jüngsten und kräftigsten aus, die anderen ließ er zurück, um die Burgbesatzung zu verstärken. Dem Hauptmann schärfte er ein:

«Gebt den Gefangenen an niemand heraus, wer es auch sei! An dieser Geisel hängt unser Leben! Wenn Soldaten anrücken, nehmt Le Ferron und flieht in die Wälder. Und habt ein Auge auf Kaplan Blanchet. Ich möchte nicht, daß er ein zweites Mal verschwindet.»

Einige Mann des kleinen Trupps ritten nach Nantes, wo der Bote im Stadthaus wartete. Ja, der Herzog habe einem Treffen zugestimmt, aber nicht in Vannes, sondern im Städtchen Josselin, in seinem Sommerpalast.

Gilles vermied die Stadt, weil dort sein Todfeind Malestroit nur darauf wartete, ihn festzunehmen. In fliegender Hast ging es weiter.

Der Herzog, in heiterer Sommerlaune, empfing ihn sehr huldvoll.

«Mein lieber Marschall, Ihr hättet Euch doch nicht hierher bemühen müssen! Manches regelt sich mit der Zeit einfach von selbst.»

«Aber die fünfzigtausend *écus d'or*...»

«Nehmt das nicht so ernst. Es war sehr unklug von Euch, St. Etienne zu überfallen und einen Geistlichen gefangenzunehmen. Ich mußte ein Exempel statuieren, versteht Ihr? Sonst heißt es, ich behandle meine Vasallen ungleich, und das macht böses Blut. Laßt Jean Le Ferron frei, vergeßt das Bußgeld und seid meiner unwandelbaren Freundschaft versichert.»

Gilles atmete auf. Auf den Herzog war Verlaß! Der ließ sich seine Freundschaft nicht so leicht abkaufen wie die anderen. Seine gute Laune kehrte wieder zurück. Trotzdem beschloß er, auf der Hut zu sein. Vielleicht hatte Malestroit längst den Befehl zur Festnahme in der Tasche, während der Herzog ihm schöntat.

Auf der Rückreise umging der Seigneur Vannes, die zweite Residenzstadt des Herzogs. Sie nächtigten in einer Herberge vor den Mauern, zwei Mann seiner Garde mußten abwechselnd draußen Wache halten.

Auch um Nantes machten sie einen großen Bogen, nahmen den Weg über Couffé, Ancenis und St. Sebastien. In Clisson erwarteten ihn zwei seiner Männer, und ihre Nachricht ließ die Welt um Gilles finster werden.

Vor drei Tagen hatte Arthur de Richemont, der *connétable* von Frankreich, mit seinen Truppen Tiffauges besetzt und Jean le Ferron, die kostbare Geisel, befreit.

«Betretet um Gottes willen keinen französischen Boden, Seigneur. Man wird Euch sofort festnehmen!»

So blieb als einzige Zuflucht nur noch Machecoul. Dort fand Gilles all jene, denen es gelungen war, beim Anrücken des *connétable* die Flucht zu ergreifen.

Hier sind wir sicher! redete er sich und den anderen ein, doch daran glaubte keiner mehr.

Prelati gab Blanchet mit den Augen einen Wink, und sie trafen sich draußen im Hof.

«Euch hätte ich für klüger gehalten, Blanchet. Warum seid Ihr nicht zu Richemonts Truppen übergelaufen?»

«Das war mir zu gefährlich! Woher weiß ich, ob Richemont mich nicht kurzerhand hätte aufknüpfen lassen? Ich ziehe es vor, mich von den herzoglichen Truppen gefangennehmen zu lassen. Malestroit weiß, wer Ihr seid, und Ihr wißt, wer ich bin.»

Prelati lachte.

«Ich sehe schon, Ihr geht kein Risiko mehr ein. Vielleicht habt Ihr recht. Wie lange wird es hier noch dauern?»

«Nicht mehr lange, hoffe ich. Richemont wird inzwischen nach Nantes gegangen sein, um mit Malestroit das Weitere zu besprechen. Die Truppen des Herzogs könnten schon morgen hier sein, aber wie ich den Kanzler einschätze, wird er nichts überstürzen.»

Blanchet hatte recht. Malestroit ließ sich Zeit. Er wollte nicht den zweiten Schritt vor dem ersten tun und hatte angeordnet, La Meffraye gründlich zu vernehmen, um das umfassende Geständnis einer Hauptbeteiligten in der Hand zu haben.

«Ich möchte, daß Ihr bei den Verhören zugegen seid, Magister Petit. Ihr seid mit dem Fall vertraut wie kein anderer, habt die Namen der Opfer und ihrer Angehörigen im Kopf. Aber handelt klug! Nehmt der Alten nicht jede Hoffnung, laßt ihr einen Spielraum, so daß sie glauben muß, wenn sie uns über alles restlos aufklärt, gibt es eine Belohnung. Die kann – unter uns gesagt – bestenfalls darin bestehen, daß sie gehängt wird und nicht verbrannt. Aber davon darf nicht die Rede sein, hört Ihr! Menschen wie sie werden dann verstockt und schweigen bis in den Tod.»

René wußte das alles selber, aber Malestroit liebte es, seinen jungen Sekretär wie einen Schüler zu behandeln.

«Besten Dank für die Ratschläge, Monseigneur. Ich werde mich genau an Eure Anweisungen halten.»

Als er am Abend Isabelle davon erzählte, erwachte sie aus ihrer Trägheit. Die hohe Schwangerschaft hatte sie in eine üppige Gans verwandelt, die vom Nest – ihrem Lieblingssessel – zum Futtertrog watschelte und in Ruhe ihre Zeit abwartete. Nun aber wurde sie munter, und ihre schrägen dunklen Augen blitzten kämpferisch.

«Ah – das habt ihr euch aber fein ausgedacht! Nun muß wieder eine Frau als erste ran, während die Herren weiterhin ihre schändlichen Spiele treiben – morden, überfallen, vergewaltigen und Kinder schänden. Wann endlich legt ihr dieses Scheusal samt seinen Helfern in Ketten? Sie sind euch doch längst bekannt: Sillé, Bricqueville, Prelati, Poitou, Henriet und wie sie noch heißen mögen. Denen würde ich ...»

«Isabelle, zu zeterst wie ein Marktweib! Ich habe dir doch erzählt, daß wir abwarten mußten, bis alle Fakten auf dem Tisch lagen. Daß sich Sillé und Bricqueville längst davongemacht haben, müßtest du eigentlich wissen.»

«Um so schlimmer! Die Haupttäter laßt ihr entkommen, und die arme Perrine Martin, eine kleine Kupplerin und Zuträgerin, darf jetzt die Suppe auslöffeln.»

Dem Magister verschlug es für einen Augenblick die Sprache, und Isabelle setzte gleich noch eines drauf.

«Siehst du, jetzt fällt dir nichts mehr ein, weil ich recht habe, hundertmal recht!»

«Denk an unser Kind, Isabelle! Man sagt, die Kleinen kriegen es im Mutterleib mit, wenn sich die Eltern streiten.»

«Aber streiten wir denn? Ich wollte dir nur klarmachen, daß eine Frau anders über solche Dinge denkt.»

«Gut, ich nehme es zur Kenntnis und werde darüber nachdenken. Aber ich glaube, du schätzt die Rolle der Meffraye falsch ein. Immerhin hat sie Dutzende von ahnungslosen Kindern ans Messer geliefert, diese alte Hexe! Sie hat geschickt die liebe Großmutter gespielt und sich, wie wir wissen, jeden Fang gut bezahlen lassen.»

Isabelle war in ihre Trägheit zurückgesunken.

«Ob unser Kind schon da ist, wenn diese Bande vor Gericht steht?»

«Wir haben es um Weihnachten herum gezeugt, es müßte also in den letzten Septembertagen dieses enge Gefängnis da verlassen.»

Er streichelte Isabelles Bauch.

«Während die anderen es betreten.»

«Was?»

«Das Gefängnis natürlich.»

Perrine Martin, La Meffraye genannt, saß oder besser kauerte nun schon fast sechs Wochen in ihrem engen Kerker. In den ersten Tagen ihrer Gefangenschaft hatte sie dauernd gezetert, gekeift, mit den Ketten gerasselt und stundenlang gegen die Tür getreten. Am Ende hätte sie es schon als Sieg empfunden, wenn der Wärter gekommen wäre, sie niedergebrüllt oder geschlagen hätte. Aber es geschah nichts, man tat, als sei sie nicht vorhanden. Zweimal am Tag wurde ihr ein Stück Brot und ein Wasserkrug hingeschoben, manchmal gab es dazu einen wurmigen Apfel oder eine matschige Birne. Etwa nach einer Woche hatte sie es aufgegeben zu randalieren, zog sich in ihre Gedankenwelt zurück, überlegte genau, was man ihr vorwerfen und wie sie sich herausreden könnte. Ihre Hauptsorge galt dem versteckten Schatz, der ihr aber auch Zuflucht und Trost bedeutete. Sie wußte, daß man das Haus ohne ihre Zustimmung weder verkaufen noch vermieten konnte, was damit nach dem Urteilsspruch geschah, daran mochte sie jetzt nicht denken.

Mußte es überhaupt zu einem Urteil kommen? Vielleicht konnte sie die Richter davon überzeugen, daß sie nichts weiter getan hatte, als für die große Hofhaltung des Seigneur de Rais Dienstboten anzuwerben. Dann würde man sie fragen, ob dies auch auf die Sechs- bis Neunjährigen zutreffe? Daß Kinder ab zehn als Pagen und Diener angelernt wurden, war allgemein üblich, aber Sechsjährige? Meine Herren, würde sie darauf antworten, das waren Ausnahmen, und es handelte sich dabei um arme Waisen, die einen Unterschlupf suchten. Die Herren im Stadthaus La Suze haben mir immer versichert, daß für die Kleinen bestens gesorgt werde; was sollte man denn von dem Seigneur de Rais auch anderes erwarten.

Darauf hörte sie die Stimme des Richters fragen, ob ihr nicht Zweifel am Wohlergehen der Kinder gekommen seien, nachdem bekannt wurde, daß keines von ihnen zurückkam oder aufzufinden war. Aber hohe Herren, würde sie darauf antworten, wie soll eine arme Witwe es wagen, sich in die Angelegenheiten von Edelleuten zu mischen? Hätte sie einen Marschall von Frankreich zur Rede stellen sollen? Im übrigen habe sie auf den Wunsch von Eltern und Verwandten nach diesem oder jenem Kind geforscht, die Herren Sillé, Bricqueville und andere befragt, sei aber immer grob zurückgewiesen worden. So etwa mußte es sich abspielen, und kein Richter dieser Welt konnte ihr daraus einen Strick drehen.

Das redete sich La Meffraye ein, und wenn sie dann an ihren Schatz dachte, keimte etwas Hoffnung in ihr auf. Manchmal betete sie auch, und als einmal ein Priester erschien und fragte, ob sie beichten wolle, sagte sie, seit ihrer letzten Beichte habe sie keine Gelegenheit gehabt, zu sündigen.

Eines Morgens nahm man ihr plötzlich die Fesseln ab und stellte einen großen Wasserkrug neben sie, legte einen Kamm dazu.

«Wasch dir Gesicht und Hände, richte deine Haare, damit du nicht schon beim Verhör anrückst wie eine Hexe!»

Sie wurde in ein kleines freundliches Zimmer geführt, durfte auf einem Hocker Platz nehmen. Hinter einem Tisch saß ein freundlich aussehender junger Mann, seine Hand lag auf einem Stapel Papier.

«Ihr seid Perrine Martin, wohnhaft in Nantes, Pfarrei St. Vincent?»

«Jawohl, Monseigneur.»

«Ich bin kein Geistlicher, mein Name ist Magister René Petit, stellvertretender Untersuchungsrichter von Nantes. Dies, Madame Martin, ist noch kein offizielles Verhör, sondern nur ein Vorgespräch, von dem aber schon viel abhängt. Darum rate ich Euch, bei der Wahrheit zu bleiben, die –», er klopfte auf den Papierstapel, «uns im großen und ganzen schon bekannt ist. Wir möchten sie nur von Euch bestätigt haben.»

Wie La Meffraye so hatte auch der Magister sich eine Strategie zurechtgelegt, die von der Fiktion ausging, daß alle Täter bereits verhaftet und vernommen worden seien.

«Ich habe keinen Grund, Euch zu belügen, Herr Magister.»

«Um so besser, da Seigneur de Rais, Gilles de Sillé, Bricqueville, Prelati, Blanchet, Poutou und Henriet bereits festgenommen und vorläufig in Machecoul eingekerkert sind. Sie werden innerhalb der nächsten Wochen hierher ins Stadtgefängnis überstellt. Ich will Euch nur so viel sagen, Perrine Martin, daß Euer Name bei den Vernehmungen sehr häufig gefallen ist.»

Sie wurde unsicher, und ihre Strategie geriet durcheinander, weil sie nicht damit gerechnet hatte, daß Gilles de Rais so bald festsitzen würde. Und Sillé. Und Bricqueville.

«Aber Magister, welche Rolle soll ich beim Treiben der großen

Herren gespielt haben? Eine arme Witwe, die mit Gottes gnädiger Hilfe ihr kärgliches Dasein fristet...»

«Warum wolltet Ihr im Juni Euer Haus verkaufen? Wurde Euch in Nantes der Boden zu heiß?»

Sie senkte den Kopf, und der Magister blickte angeekelt auf die grauen verfilzten Haarsträhnen.

«Ich wollte mich für meine alten Tage in ein Kloster einkaufen, um dort mein Leben in frommer Andacht zu beschließen.»

René Petit, der vom Klosterleben nichts hielt, beeindruckte das wenig.

«Angenommen, dies entspricht der Wahrheit, womit hättet Ihr es bezahlt?»

Sie hob wieder den Kopf.

«Natürlich mit dem Erlös aus dem Verkauf des Hauses, Magister. Ich besitze sonst kein Vermögen.»

Gut pariert, dachte René.

«Das wurde aber von Seigneur de Sillé ganz anders dargestellt. Seiner Aussage nach müßt Ihr im Laufe der Zeit viel Geld erhalten haben, das er Euch, Bricqueville, häufig auch Poitou und Henriet auf Anordnung Gilles de Rais' auszahlen mußte.»

«Gewiß, das waren die Auslagen, die ich hatte. Die künftigen Pagen wurden von mir neu eingekleidet und mit Reiseproviant versehen. Einige Male habe ich für die Reise Esel oder Maultiere gekauft. Dafür erhielt ich von den Herren das Geld. Was übrigblieb, habe ich für mein mehr als bescheidenes Leben gebraucht.»

René nickte.

«Nun zum Schicksal der Kinder.» Er holte ein Blatt aus dem Stapel und las zehn Namen daraus vor. «Es sind natürlich weit mehr, aber diese zehn sollen uns vorerst zum Exempel dienen. Wie Ihr wohl wißt, handelt es sich dabei um Buben zwischen sechs und vierzehn Jahren. Sie alle wurden durch Euch als sogenannte Pagen für die Hofhaltung des Seigneur de Rais angeworben. Nicht einer davon ist je wiederaufgetaucht, während die Eltern dieser zehn Kinder mehrmals bei Euch Auskunft über deren Schicksal forderten. Ihr habt nicht oder nur ausweichend geantwortet.»

La Meffraye hob in einer hilflosen Geste ihre gichtigen Finger.

«Was hätte ich tun sollen? Ich habe mich wirklich abgemüht, etwas herauszufinden, erhielt aber von den Herren keine oder nur unbestimmte Antworten –, und die habe ich weitergegeben.»

René schüttelte seinen Kopf.

«Die Aussagen dieser Herren lauten aber anders.»

Wieder suchte er ein Blatt heraus und tat, als lese er Geständnisse vor, die er nun schnell erfinden mußte.

«Hier –», er deutete mit dem Finger auf eine Stelle, «hier steht: Seigneur de Sillé und Seigneur de Bricqueville bestätigen übereinstimmend, daß Perrine Martin, vulgo La Meffraye, in den meisten Fällen genau über das Schicksal der Kinder Bescheid wußte, nämlich daß Marschall de Rais diese für gottlose Experimente oder zur persönlichen Lust umbrachte oder umbringen ließ. Was sagt Ihr dazu?»

«Lüge! Gemeine Lüge! Frei erfunden! Wie kann man Kinder zur Lust umbringen? Und von dem anderen verstehe ich auch nichts!»

«Die gottlosen Experimente? Damit sind Teufels- und Dämonenbeschwörungen gemeint, die man, um sie wirksamer zu gestalten, mit dem Opfern von kleinen Kindern verbindet. Davon habt Ihr nichts gewußt?»

«Aber Herr Magister! Ihr werdet doch nicht glauben, daß die hohen Herren eine arme unwissende Frau in ihre Geheimnisse einweihten?»

«Vielleicht nicht in die Einzelheiten, aber Ihr habt gewußt, daß die Kinder zu Tode kamen.»

«Nein, Herr Magister.»

René wußte, daß sie log, aber ohne das Geständnis des Mitwissens war eine Mittäterschaft schwer nachzuweisen.

«Ich gebe Euch eine Woche zur gründlichen Überlegung, aber Ihr sollt wissen, daß die übereinstimmende Zeugenschaft von vier Befragten Beweis genug ist, um Euch an den Galgen zu bringen. Euer eigenes Geständnis könnte die Richter vielleicht milder stimmen. Erfolgt es nicht, werdet Ihr, wie es üblich und Rechtens ist, nach allen Regeln der Kunst peinlich befragt werden.»

Keine guten Aussichten, dachte Perrine Martin, als der Wärter sie wieder in Ketten schloß. Sie war nicht so dumm zu glauben, daß ein Geständnis die Richter milder stimmen könnte. Es würde sie den

Kopf kosten, nicht mehr und nicht weniger. Aber sie wußte auch, daß sie lediglich aufgrund von Zeugenaussagen nicht verurteilt werden konnte. Das Gesetz verlangte ihr eigenes Geständnis. Davon hing es ab.

Ich werde auch die Folter überleben, redete sie sich ein, wenn ich mir vor Augen halte, daß ein Haufen Gold auf mich wartet. Denke an das Gold, Perrine, ganz fest, und der Schmerz wird erträglich sein. Vielleicht ließen die Richter oder die Folterknechte sich bestechen? Ein paar Goldstücke konnte sie dafür schon opfern.

So redete La Meffraye sich gut zu, um nicht die Hoffnung zu verlieren. Daß Gilles de Rais mit seinen Helfern festgenommen worden sei, bezweifelte sie allerdings nicht.

In Machecoul blieb es ruhig, man hatte sich eingeigelt und lebte weiter wie bisher. Prelati mußte seine Versuche und Beschwörungen weiter betreiben, sogar der Kirchenchor wurde angewiesen, für das am 15. September stattfindende «Fest der sieben Schmerzen Mariä» zu proben.

Zwei Tage zuvor erschien ein Bote des Kanzlers Jean de Malestroit mit einem an Seigneur de Rais gerichteten Schreiben. Er wurde aufgefordert, vor dem Gericht in Nantes zu erscheinen, um sich zu rechtfertigen. Die Anklage lautete auf Ermordung von Kindern, auf widernatürliche Unzucht, auf Teufelsbeschwörung, auf Ketzerei und Gotteslästerung.

«Ich frage Euch im Namen des Herzogs und seines Kanzlers: Werdet Ihr vor dem Gerichtshof in Nantes erscheinen?»

Gilles de Rais lachte, daß dem Boten das Blut in den Adern gefror.

«Sag deinem Herrn, ein Marschall von Frankreich läßt sich nicht da- oder dorthin bestellen wie ein kleiner Vasall. Wenn ich mich demnächst wieder aus eigenem Entschluß in Nantes aufhalte, werde ich Seigneur de Malestroit vielleicht empfangen. Nun verschwinde, ehe dich meine Leute an den Dachgiebel hängen!»

Der Bote war so klug, nicht lange zu zögern, und gab seinem Pferd die Sporen.

Malestroit nickte, als er die Antwort hörte.

«Das genügt. Wir werden diesen Herrn nicht, wie geplant, durch den *connétable* verhaften lassen, sondern wie einen gemeinen Verbrecher durch Soldaten des Herzogs, angeführt von einem Hauptmann.»

«Er wird sich weigern», gab Magister Petit zu bedenken.

«Wieviel Leute sind ihm noch geblieben?»

«Etwa ein Dutzend, keinesfalls mehr.»

«Dann werde ich einen Capitaine mit dreißig Mann hinschicken. Gilles wird sich ergeben, er ist kein Kämpfer mehr, sondern nur noch ein von seinen Lastern versklavtes Scheusal.»

Malestroit behielt recht. Noch ehe der Marschall Gilles de Rais nach Machecoul hinüberreiten konnte, um dort seinen Chor die Messe singen zu hören, erschien der herzogliche Trupp vor den Toren der Burg.

Man war gerade dabei, den Turmwächter anzurufen, da erschien Gilles de Rais an der Pforte. Der Hauptmann kannte den Seigneur von früheren Besuchen in der Herzogsburg und erschrak. Er hatte den Marschall von Frankreich als schlanken großen Mann in Erinnerung, aufrecht, herrisch, den schwarzen Vollbart sorgsam gestutzt, aber was er hier erblickte, war nur noch ein Zerrbild. Aufgedunsen, gebeugt, das krankhaft bleiche Gesicht verquollen, schlurfte dieser Mensch heran und gab das Zeichen, die Brücke herabzulassen.

Der Hauptmann stieg vom Pferd und ging zur Pforte, zwei seiner Männer kamen auf ihren Pferden langsam nach.

«Ein Glas Wein, Capitaine?»

«Nein, Seigneur, ich soll Euch ohne Verzögerung nach Nantes geleiten – Euch und die hier aufgeführten Personen.»

Er zog ein gefaltetes Blatt heraus, verlas die Hauptanklagepunkte und nannte die Namen.

«Die Edelmänner Gilles de Sillé und Roger de Bricqueville, die Priester François Prelati und Eustache Blanchet sowie die Pagen Henriet Griart und Etienne Corrilaut, vulgo Poitou.»

Gilles nickte.

«Der Diener wird sie verständigen. Die Herren Sillé und Bricqueville haben sich allerdings Eurem Zugriff bereits entzogen.»

Der Marschall wirkte plötzlich heiter und gelöst. Ein leises Lächeln wich nicht von seinen Lippen, die immer unsteten Augen blickten ruhig und gefaßt.

«Ich bin froh, daß Ihr gekommen seid, Capitaine. Dieses Leben hier», er machte eine Geste des Ekels, «hat ein Ende finden müssen. Wärt Ihr nicht erschienen, so hätte ich meinen lange gehegten Plan verwirklicht, eine Pilgerreise nach Jerusalem zu unternehmen. Aber so...»

«Heißt das, Ihr bekennt Euch schuldig, Seigneur?»

«Im Sinne der Anklage? Nein, Capitaine, das ist alles Unsinn. Nun, es wird sich schon aufklären, nicht wahr?»

Dann waren sie alle im Hof versammelt, und Gilles bemerkte, daß Henriet einen Verband um den Hals trug. Er fragte ihn, doch der Hauptmann kam seiner Antwort zuvor.

«Euer Page war dabei, sich die Gurgel durchzuschneiden. Meine Leute mußten ihm das Messer aus der Hand winden.»

Der Seigneur schüttelte tadelnd den Kopf.

«Henriet, Henriet! Glaubst du, ich ließe dich und die anderen jetzt im Stich? So wie wir jetzt gemeinsam aufbrechen, werden wir bald gemeinsam zurückkehren. Es ist Sünde, Hand an sich zu legen!»

Während der Trupp mit seinen Gefangenen nach Norden zog, ertönte aus der noch immer nicht fertiggebauten Stiftskirche zu den «Unschuldig ermordeten Kindern» der Choral zum Fest der sieben Schmerzen Mariä: *Deus in cuius passione*...

28

Gilles de Sillé wußte nicht, wie lange er schon in dem finsteren Gewölbe saß. War es ein Tag und eine Nacht oder schon ein weiterer Tag? Sein maßloser Zorn, sich so von einer Frau übertölpeln zu lassen, war einer sich steigernden Angst gewichen. Was hatte er ihr denn getan? Wollte sie ihn erpressen? Oder wußte sie etwas über das tatsächliche Schicksal ihres Bruders? Nein, das war undenkbar. Die Wahrheit hätte sie nur von ihm selber oder von Gilles erfahren können. Nicht einmal Henriet oder Poitou waren damals beteiligt gewesen.

In dieses Gewölbe fiel nicht der kleinste Lichtstrahl, er mußte sich herumtasten wie ein Blinder, doch hier gab es nichts zu ertasten – der Raum schien völlig leer. Nur das verrottete Strohlager ließ ahnen, welchen Zwecken es zuletzt gedient hatte. Es gab nicht den Schatten einer Möglichkeit, hier herauszukommen. Solange er über seine verzweifelte Lage nachgrübelte, fühlte er weder Hunger noch Durst, doch im Laufe der Zeit machte sich beides mehr und mehr bemerkbar. Einmal hatte er in seiner Verzweiflung laut zu schreien begonnen.

«Laßt mich raus! Ich will hier raus! Ich habe doch nichts getan!»

Er schrie, bis er heiser war und auf dem Steinboden zusammensank. Dabei spürte er die pralle Geldkatze an seinem Leib und schöpfte neue Hoffnung. Natürlich! Er würde für seine Freilassung bezahlen!

«Ich habe Geld!» brüllte er hinauf, «ich kann mich freikaufen!»

Doch nichts rührte sich. Der Durst war jetzt so stark geworden, daß es nicht länger möglich war, ihn zu vergessen. Er war da, wenn

Sillé, sich an der Wand entlangtastend, herumlief, war da, wenn er brüllte, schluchzte – und geisterte sogar als sengender Alptraum durch seine kurzen Perioden unruhigen Schlafes.

Er döste gerade vor sich hin, als plötzlich ein Lichtstrahl von oben hereinfiel. Zuerst war Sillé geblendet und hielt schützend eine Hand vor seine Augen, doch dann sah er oben in der kreisrunden Öffnung eine Fackel schweben und entbrannte sofort in heißer Liebe zu ihr. Diese Fackel brachte Licht, Rettung, Nahrung, Wasser – endlich, endlich!

«Seigneur de Sillé?» hörte er eine weibliche Stimme fragen, aber der riesige ovale Raum wirkte schallverzerrend und verwandelte die Frauenstimme in ein dämonenhaftes Poltern. Doch er hatte verstanden.

«Ja, hier bin ich! Warum läßt man mich hier verdursten? Ich will sofort raus! Ich habe nichts verbrochen!»

Nun sprach die Stimme leiser und war besser zu verstehen. Sillé erkannte sie – es war Madame de Mortain.

«Ihr werdet zu trinken bekommen, aber vorher müßt Ihr mir einige Fragen beantworten.»

«Gerne, Madame! So wird sich schnell alles aufklären.»

«Aber ich will die Wahrheit hören!»

«Warum sollte ich Euch belügen?»

«Wir werden sehen. Wie lange lebte mein Bruder Olivier am Hof des Seigneur de Rais?»

«Wie lange – nun, laßt mich nachdenken. Ich glaube, er kam im Sommer zu uns nach Machecoul, zusammen mit einer Horde von Bettelkindern. Seigneur Gilles liebte es, sich jedesmal ein paar hübsche Knaben auszusuchen und sie an seinen Tisch zu laden. Sie wurden dann gewaschen und gekleidet, durften nach Herzenslust essen und trinken ...»

«Und dann?»

«Einen Teil nahm er als Pagen auf, die anderen zogen weiter.»

«Gut, mein Bruder jedenfalls blieb, und als ich ihn zufällig beim Bankett des Herzogs in Vannes entdeckte, konnten wir nur ein paar Worte wechseln. Alle späteren Versuche meines Gemahls, ihn länger sehen und sprechen zu können, habt Ihr vereitelt. Warum?»

«Aber Madame, daran waren nur die Umstände schuld! In wenigen Tagen mußte ein schwieriger Meßgesang geprobt werden – Ihr habt ja selber daran teilgenommen.»

«Gewiß, mein Gemahl und ich hörten dabei zu. Wo aber war mein Bruder?»

«Das habe ich damals Euch und Eurem Gatten erklärt. Er war überraschend erkrankt und starb in derselben Nacht.»

«Wann genau?»

«Es ging schon auf den Morgen zu.»

Sillé war kaum noch zu verstehen, weil nur ein Krächzen aus seiner vertrockneten Kehle kam.

«Wasser, Madame – bitte!»

Die Fackel verschwand. Es dauerte unendlich lange, bis das Licht von neuem erschien und ein verbeulter Wassereimer herabsank, gefährlich schwankend, wobei jedesmal ein Teil seines Inhalts herausschwappte. Kaum stand der Eimer am Boden, griff Sillé nach dem Seil. Doch das Seil war eine Schnur und fiel sofort herab. Von oben kam ein Lachen.

«So schmächtig Ihr auch seid, Sillé, diese Schnur würde nicht einmal ein Kind tragen. Also erfrischt Euch und sprecht weiter.»

Sillé hob den Eimer und trank in langen hastigen Zügen etwa die Hälfte davon aus.

«Danke», rief er spontan, «Gott möge es Euch danken!»

«Es geschah nicht aus Mitleid, Seigneur, sondern um Eure Stimme geschmeidig zu erhalten. Ihr sagt also, mein Bruder starb am Weihnachtstag gegen morgen? Wart Ihr zugegen?»

«Ja, gewiß, das habe ich Euch doch damals gesagt.»

«Wie kommt es dann, daß uns schon um Mitternacht sein Tod mitgeteilt wurde, wenn er doch erst gegen morgen starb?»

«Aber Madame, das muß ein Irrtum gewesen sein. Wer hätte davon wissen können – ich meine, wer hat es Euch gesagt?»

«Perrinet Briand, der Chorführer, hat nach der Messe meinem Gemahl ins Ohr geflüstert, daß Ihr zusammen mit Seigneur de Rais meinen Bruder ermordet habt.»

«Nein! Nein, Madame! Das sind Lügen, Lügen, Lügen!»

«Warum hätte Perrinet lügen sollen? Man beschuldigt doch nicht den eigenen Herrn einer so verwerflichen Tat ohne schwerwiegenden Grund.»

Jetzt strenge deinen Kopf an, Sillé, um ihn aus der Schlinge zu ziehen, dachte er und fühlte, wie ihm kämpferische Kraft zuwuchs.

«Das kann ich leicht erklären, Madame. Schon seit längerem gab es zwischen Perrinet und dem Seigneur Unstimmigkeiten. Der Bursche war bockig, erheischte eine höhere Bezahlung, drohte damit, den Chor im Stich zu lassen. Ihr könnt Euch denken, wieviel Seigneur Gilles daran gelegen war, den Chorgesang in der Schloßkapelle aufzuführen, und so hat er Perrinet wohl Zusagen gemacht, die ihn später reuten. Nach der Messe ließ er ihm durch mich mitteilen, daß er fristlos entlassen sei und außer einem angemessenen Reisegeld nichts mehr zu erwarten habe. Seine Enttäuschung muß so groß gewesen sein, daß er Gilles de Rais als Mörder hinstellte.»

«Und Euch, Sillé – vergeßt das nicht! Auch Euch hat er des Mordes bezichtigt.»

«Aus Rache!»

«Rache – wofür?»

«Weil ich ihm die Hiobsbotschaft überbringen mußte.»

«Aber woher sollte Perrinet von Oliviers Tod wissen? In dieser Zeit war er ja angeblich noch am Leben, und – das habt Ihr damals selbst gesagt – es bestand durchaus Hoffnung auf Genesung. Perrinet hätte Euch nur des Mordes bezichtigen können, wenn ihm Oliviers Tod damals schon bekannt gewesen wäre.»

Diese Worte regneten mit erbarmungsloser Logik auf Sillé herab, der nicht mehr wußte, was er sagen sollte.

«Ein einziges großes Mißverständnis!» rief er verzweifelt, «wäre Perrinet noch am Leben ...»

«Eine einzige große Lüge!» kam es von oben.

«Nein, Madame, bitte hört mich an!»

«Ich will die Wahrheit wissen, Sillé, und gebe Euch Zeit, meinen Wunsch zu bedenken.»

Die Fackel verschwand. Sillé vernahm ein Geräusch, als hätte sie die Steinplatte zurückgeschoben. Aber das machte keinen Unterschied, selbst wenn der Einstieg offen blieb, war er für ihn nicht zu erreichen. Langsam ließ er sich auf das dürre Stroh niedersinken und lehnte seinen Rücken gegen die kalte Wand. Sie hatte versprochen wiederzukommen, aber welche Art von Wahrheit erwartete sie?

Nur eine – eine einzige Strategie konnte ihn retten. Er mußte alles auf Gilles de Rais schieben und sich selber als erpreßten Mittäter hinstellen. Er trank einen kleinen Schluck Wasser und spann eine Geschichte aus, die er im Geist immer wieder korrigierte. Schließlich schien sie ihm hieb- und stichfest, und er prägte sich Wort für Wort sorgfältig ein.

Wieder kroch die Zeit im Dunkel dahin, ohne eine Spur zu hinterlassen, ohne den geringsten Anhaltspunkt zu geben. Wie auch? Woran hätte der Wechsel von Tag auf Nacht sich zeigen sollen? Nicht einmal Temperaturunterschiede gab es hier; in der eiförmigen Zisterne war es weder warm noch kalt. Ein neutraler Ort, ein Unort schlechthin und alles andere als für einen längeren Aufenthalt geeignet. In einem machte sich die verrinnende Zeit doch bemerkbar: Das Wasser war ausgetrunken, und Gillés' Durst stieg von Stunde zu Stunde. Dazwischen kamen schlimme Attacken von Heißhunger, der in seinen Eingeweiden wütete wie ein Landsknecht. Ja, Sillé gewann zunehmend den Eindruck, als führe sein Magen Krieg gegen den Hunger. Er wand und krümmte sich, als versuche er, sich vor dem Eindringling zu verschließen, und manchmal schien es tatsächlich so, als trüge der Magen den Sieg davon. Der Hunger zog sich zurück, machte einem tauben, eher angenehmen Gefühl Platz, das aber schnell verschwand, wenn der andere Widersacher sein Haupt erhob – der Durst.

Warum läßt sie mich so lange warten? Sillé fragte es laut, und seine krächzende Stimme hallte im Raum wider, erzeugte unzählige, schnell aufeinanderfolgende Echos, die klangen, als vibriere die Stimme noch eine Weile nach. In den immer kürzeren Pausen, die Hunger und Durst ihm gönnten, spulte er in seinem Kopf die erfundene Geschichte ab, doch es fiel ihm schwerer und schwerer, sich zu konzentrieren. Lücken taten sich auf, Verwechslungen und Widersprüche entstanden. Dabei sollte seine Geschichte doch so einfach klingen, um Madame de Mortain geneigt zu machen, sie im großen und ganzen für wahr zu halten. Wenn sie ihn bei neuen Lügen ertappte, dann würde die Fackel dort oben wieder verschwinden, und er sänke ins Dunkel zurück, wo ihn seine beiden Feinde hämisch grinsend erwarteten. Und wenn er die Wahrheit sagte? Ganz einfach die Wahrheit? Nicht selten war er es gewesen, der den Kindern einen Strick um den Hals gelegt und dann langsam in die Höhe gezogen hatte, aber den Todesstreich behielt stets Gilles sich vor, denn der diente seiner Lust. Wenn sie dann dalagen, noch zuckend, mit aufgeschlitztem Leib, dann – nein, wenn er ihr davon erzählte, konnte er nicht mehr auf Gnade hoffen.

Die Wahrheit? Gut. Euer Bruder, Madame, wurde einen Tag vor dem Weihnachtsfest unter einem Vorwand in den Keller geschleppt, gefesselt und von Marschall de Rais umgebracht. Ich half dabei mit, und Euer Bruder ergriff mein eigenes Schwert und verletzte mich dabei am Arm. Er ist tapfer gestorben, dieser Olivier de Percy, wie ein normannischer Ritter, im Kampf und keineswegs vor Angst zitternd.

Jetzt hatte er die Wahrheit erzählt. «Madame», rief er hinauf, «so war es und nichts anders. Habt Ihr mich gehört?» Doch es blieb finster, und Sillé sank zurück in seine Delirien aus Hunger, Durst und Verzweiflung. Der Hunger besaß keine Gewalt mehr über ihn, sein Magen, so glaubte er zu fühlen, hatte sich zusammengezogen wie ein leerer Beutel. Sillé biß sich in die linke Hand, tief und fest, bis seine Zähne auf den Knochen trafen. Gierig saugte er das Feuchte ein, sog wie ein Verzweifelter, schluckte sein warmes klebriges Blut, das nicht hinreichte, den Durst zu löschen, ihn eher noch anfachte.

Irgendwann riß ihn dann die Stimme von oben aus seinem qualvollen Dahindämmern. Er hörte seinen Namen rufen, konnte aber nicht darauf antworten. Dann kam der Eimer mit Wasser, Sillé war so kraftlos, daß er ihn nicht fassen konnte, sondern umstieß. Er warf sich über die Lache und versuchte, es aufzulecken, aber das Wasser versickerte schnell in dem porösen Gestein. Ein neuer Eimer senkte sich herab, und diesmal wartete Sillé, bis er am Boden stand, kniete sich hin und hob ihn sorgsam hoch wie einen kostbaren Schatz, setzte ihn an seine Lippen und trank, bis ihm die Luft ausging.

«Könnt Ihr jetzt sprechen, Seigneur de Sillé?»

«Ja, Madame.»

«Lauter!»

«Ja, Madame, ich glaube, es geht.»

«Habt Ihr meinen Bruder getötet?»

«Nein, Madame. Das hat Gilles selber besorgt. Euer Bruder fiel im Kampf, mit dem Schwert in der Hand.»

«Das verstehe ich nicht. Warum kämpfte Seigneur de Rais mit seinem Pagen? War es ein Streit?»

Da blitzte es in Sillés Kopf auf: Das war der rettende Gedanke.

«Es war kein Streit, Madame, es war eine Art Wette. Olivier behauptete, er könne dem Seigneur im Schwertkampf für die Länge von zwei Vaterunsern standhalten. Dabei verletzte ihn Gilles unabsichtlich so schwer, daß er kurz darauf starb. Als dann Perrinet wegen der Messe nach Olivier fragte, muß er mich wohl mißverstanden haben.»

«Warum habt Ihr bei unserem letzten Gespräch davon nichts erwähnt?»

«Ihr habt mir keine Zeit dazu gelassen, Madame.»

«Warum dann die Geschichte von einer fiebrigen Krankheit?»

«Das hat Gilles so befohlen, weil er die wahre Ursache von Oliviers Tod vertuschen wollte.»

Hatte dieser üble Bursche jetzt die Wahrheit gesagt? Sie wollte keinen Unschuldigen in den Tod treiben, mochte ihr Rachedurst noch so heftig sein, mochte sie diesen Menschen noch so sehr verachten. Sein Vorhaben, vielleicht in den Dienst der Briten zu treten, hatte in ihr die schreckliche Erinnerung geweckt, die schon etwas verblaßten Bilder wiedererstehen lassen. Der tote Vater, die geschändete Mutter, der in Stücke gehauene Bruder, die erwürgte Schwester tanzten Tag und Nacht einen grausigen Reigen um sie herum, schrien nach Rache, ließen ihr keine Ruhe.

Aber war es gerecht, diesen Menschen für die Greuel der Briten verantwortlich zu machen? Wenn er büßen mußte, dann für Olivier – und keinen anderen.

«Woher weiß ich, daß Ihr diesmal die Wahrheit sagt? Es könnte ja auch ganz anders gewesen sein. Habt Ihr mir nicht selber vor ein paar Tagen erklärt, Gilles de Rais sei ein Knabenschänder und Teufelsbeschwörer? Vielleicht starb auch Olivier auf solch schreckliche Weise.»

Jetzt fand Sillé den richtigen Ton.

«Mein Fehler war es, Gilles de Rais zu dienen, und nun muß ich für ihn büßen. Ich versichere Euch, daß Olivier im Kampf fiel. Er lebte fast ein halbes Jahr als Page am Hof, war ein glänzender Sänger und wurde deshalb vom Seigneur hochgeschätzt. Als er von seiner Herkunft erfuhr, sah der Marschall in ihm den Edelknaben, den Standesgenossen. Er fiel im ritterlichen Zweikampf, und das ist die Wahrheit.»

«Also gut, Seigneur de Sillé, ich komme bald wieder.»

Na also! Zwar hatte er nicht die volle Wahrheit gesagt, aber doch eine, die ihr plausibel erscheinen mochte. Die Erinnerung an den im Kampf gefallenen Bruder ist allemal schöner als an einen Hingemetzelten, dessen Tod allein dazu gedient hatte, die Lust eines Knabenschänders zu stillen. Sillé nahm sorgsam fünf lange herrliche Schlucke von dem Wasser und fühlte, wie er wieder zum Leben erwachte. Dabei fiel ihm auch ein, daß Claire de Mortain das Gut in den nächsten Tagen an die Kirche übergeben wollte. Aber diese Tage waren doch längst vergangen! Hatte sie gelogen und von Anfang an geplant, ihn zu vernichten?

Was Sillé nicht wissen konnte war ein Umstand, der mit ihr oder ihm nichts zu tun hatte. Die kirchliche Kommission war pünktlich erschienen, aber dann hatte es ein Unwetter gegeben, dem ein heftiger tagelanger Regen folgte. Der Fuhrunternehmer aus Mortain hatte dringend geraten, die Reise zu verschieben, denn es sei die Kunde von unpassierbaren Wegen, fortgerissenen Brücken und von überfluteten Flußtälern. Jérôme, ihr früherer Großknecht, war bereits fortgezogen, aber die Kirchenverwaltung hatte drei Bewaffnete zu ihrem Schutz dagelassen. Die wußten nichts von dem Gefangenen, aber ihrer Zofe blieb es nicht verborgen. Als sie ihrer Herrin am Morgen das Haar richtete, fragte sie:

«Wie lange wollt Ihr unseren Gast noch behalten, Madame?»

«Das geht dich nichts an! Vielleicht übernimmt ihn die Kirche, vielleicht kommt er bald frei. Vergiß ihn – hörst du!»

Der Regen hatte nachgelassen, und am Nachmittag erschien der Fuhrmann auf einem schlammbespritzten Maultier.

«In spätestens einer Woche geht es los. Zwar wird die Reise dann immer noch beschwerlich sein, aber wenn die Augustsonne scheint, wird im Nu alles trocknen.»

«Noch sehe ich sie nicht.»

Der Mann lachte über sein zerfurchtes, von vielen Wettern gegerbtes Gesicht.

«Sie wird kommen, Madame, so wie der Tag auf die Nacht folgt. Es sind übrigens schon viele Leute nach Nantes unterwegs, um ja nicht zu spät zu kommen.»

«Zu spät?»

«Ihr wißt nicht, was alle Welt weiß? Gilles de Rais ist verhaftet und muß sich vor Gericht verantworten. Als ich vor einigen Wochen in der Bretagne war, hing an allen Kirchentüren die Anklageschrift, und Herolde haben es im ganzen Land verkündet. Er soll den Teufel beschworen und Kinder ermordet haben.»

«Nun, einen schlechten Ruf hatte er schon damals in Vannes beim Hoftag. Hat man auch seine Helfer erwischt?»

«Nicht alle, nach zwei der Schlimmsten wird noch gefahndet. Auf sie ist ein hohes Kopfgeld ausgesetzt. Ich wollte, ich könnte es mir verdienen.»

«Wißt Ihr die Namen?»

«Die könnte ich im Schlaf hersagen. Roger de Bricqueville und Gilles de Sillé. Aber die sind längst über alle Berge, und selbst wenn man sie fände, so würden diese Herren sich nur gegenseitig herauslügen.»

Als der Mann gegangen war, ließ Claire den Caporal kommen, denn selbst wo nur drei Männer Waffen tragen, muß es einen geben, der die Befehle erteilt.

«Caporal, Ihr und Eure Männer können sich ein goldenes Zubrot verdienen, wenn ihr für mich eine Extraarbeit leistet.»

«Gerne, Madame. Was ist zu tun?»

«Mir ist eingefallen, daß es da unten noch diese alten, baufälligen und längst nutzlosen Gewölbe gibt. Sollte den neuen Pächtern dabei etwas zustoßen, würden sie mich zur Verantwortung ziehen. Ich möchte, daß der Eingang mit festen Steinen vermauert wird. Besorgt Euch das Nötige in Mortain, Steine liegen ja genug herum.»

Claire nahm das von Sillé vor dem Abstieg in das angebliche Waffenlager abgelegte Wehrgehänge und mußte daran denken, daß dieses Schwert vielleicht vom Blut ihres Bruders benetzt gewesen war. Sie stieg hinab ins Felsengewölbe und beugte sich über die Öffnung.

«Gott zum Gruße, Madame!» schallte es recht zuversichtlich herauf.

«Zieht Euren Kopf ein, Sillé, ich werfe etwas hinab.»

Klirrend fiel das Schwert auf den Steinboden.

«Euer Schwert, Sillé! Ihr habt ein schändliches und beflecktes Leben geführt, vielleicht gelingt es Euch, wenigstens ehrenvoll zu sterben.»

Die Fackel verschwand. Und das war der letzte Lichtstrahl, den Gilles de Sillé in seinem Leben sah.

Malestroit und Magister Petit hatten sich geirrt, wenn sie glaubten, eine längere harte Einkerkerung würde La Meffraye gefügiger und mitteilsamer machen. Hätte man sie gleich nach ihrer Festnahme überrumpelt und unter schweren Druck gesetzt, wäre ihr keine Zeit zum Nachdenken geblieben, und sie hätte dann – vielleicht – geplaudert. So aber legte sie sich Strategien zurecht, ihr Geist klammerte sich an das zusammengeraffte Vermögen, an den prallen Beutel unter dem Fußboden hinter dem Bett, und das war für sie eine magische Quelle des Trostes in ihrer schlimmen Lage.

Und diese Lage war tatsächlich schlimm. Man hatte sie in die engste und düsterste Zelle des alten Stadtgefängnisses gesteckt, einen Raum, den sich die Inquisition sonst für Hexen und verstockte Ketzer vorbehielt. Doch sie war eine wichtige Zeugin, auch für die Inquisition, denn ein Teil der von ihr angelockten Kinder hatte Gilles de Rais für seine teuflischen Zwecke mißbraucht.

Seit Magister Petit sie vor einer Woche kurz vernommen hatte, hegte La Meffraye die unsinnige Hoffnung, ihre Aussage habe ihn überzeugt und sie werde – ohne eine zweite Vernehmung – freigelassen, um dann beim späteren Prozeß nur noch als Zeugin auftreten zu müssen. Zwar hatte Magister Petit von peinlicher Vernehmung gesprochen, aber das hielt Perrine Martin nur für eine Drohung, gedacht zur Einschüchterung weniger Schlauer.

So wartete sie ab, saß auf einem Bündel schwärzlich angefaulten

Strohes, die Füße mit einer Eisenklammer gefesselt, beide Hände in Ketten, die durch Ringe an der Wand liefen. Diese schwere Fesselung geschah weniger der Sicherheit wegen, als um die Gefangene zu demütigen und zu zermürben. Das Kerkerloch war so niedrig, daß sie, wäre es ihr gelungen aufzustehen, sich gleich den Kopf an der feuchten, mit einer weißen Kalkschicht überzogenen Decke angestoßen hätte.

Nun holte man Perrine Martin eines Morgens in den ersten Septembertagen heraus, und sie hoffte, wieder in das kleine helle Zimmer zu dem jungen freundlichen Magister geführt zu werden. War tatsächlich nur eine Woche vergangen, oder waren es zwei – vielleicht mehr?

Doch man führte sie nicht in das kleine freundliche Zimmer, sondern durch einen engen finsteren Gang und dann steile Stufen hinab in die tief unter der Erde gelegene Folterkammer, aus der auch die lautesten Schreie nicht nach draußen drangen.

Sie erschrak. Zwar saß der junge freundliche Magister wieder am Tisch, doch was ihn umgab, jagte ihr einen grausigen Schreck ein. Gerätschaften, deren Sinn nur zu erahnen war, füllten den Raum, an dessen Stirnwand in einem Eisenkessel ein Holzkohlenfeuer rötlich glimmte.

Der Magister blickte auf.

«Nun, Perrine Martin, habt Ihr es Euch gut überlegt? Was Ihr hier seht, dient der Wahrheitsfindung, aber es muß nicht angewandt werden. Ein freies und offenes Geständnis würde den Folterknecht für diesen Tag arbeitslos machen.»

Der Magister wies mit dem Kinn die Richtung, und da stand er in der Ecke neben dem Feuerkessel, mit nacktem Oberkörper, die behaarten und muskulösen Arme lässig verschränkt – ein lebendiges Werkzeug, das auf ein Wort des Magisters sofort zur Tat schreiten würde. Alle schienen sich erwartungsvoll anzublicken: der Magister, sein Schreiber, der Folterknecht – ja sogar die Daumenschrauben, die spanischen Stiefel, die Streckbank an der Wand, der Seilzug an der Decke, die ordentlich nebeneinanderhängenden Zangen, Peitschen, Ruten und Stöcke schienen etwas von ihr zu fordern.

Der Magister sprach es aus.

«Euer Geständnis wollen wir, Perrine Martin, Euer Geständnis, sonst nichts.»

Und wenn ich alles zugebe, ging es ihr durch den Kopf. Wenn ich sage, daß ich schon bald nicht mehr im Zweifel war, wozu diese Kinder dienten, weil Sillé und Bricqueville ganz offen darüber sprachen, weil ich selber ihre Schreie hörte, wenn ich – was früher oft geschah – auf einer der Burgen nächtigte. Was dann? Dann wird der Magister sich artig bedanken und mich ins Kerkerloch zurückbringen lassen. Und von dort führt der Weg geradewegs auf den Scheiterhaufen, oder, wenn ich Glück habe, an den Galgen.

«Hat es Euch die Sprache verschlagen?»

«Verzeiht, Herr Magister, aber ich habe nur nachgedacht, ob mir etwas Neues einfällt.»

«Und?»

«Soll ich lügen? Die Wahrheit habt Ihr schon bei der ersten Vernehmung gehört.»

«Wie Ihr wollt. Michel wird Euch jetzt die Instrumente erläutern.»

Der vom Feuer glutrot angehauchte Muskelberg kam in Bewegung. Er nahm bedächtig eine Fackel aus der Halterung und führte La Meffraye mit freundlicher Sachlichkeit von Gerät zu Gerät, erklärte die *poucettes*, die *brodequins*, die von der Decke baumelnden *grillons*, die Prügelinstrumente an der Wand und all die anderen, fein erdachten Gerätschaften, die – wie der Magister so schön sagte – der Wahrheitsfindung dienten.

La Meffraye hörte zwar die Stimme des Büttels, nahm aber die Worte nicht auf. Sie mußte das gar nicht wissen, was hatte das mit ihr zu tun? Als sie wieder vor Magister Petit stand, sah er sie fragend an.

«Nun?»

«Ich habe alles gesagt.»

Magister René seufzte. Er liebte diese peinlichen Befragungen nicht, hielt sie meist für überflüssig, besonders aber in diesem Fall. War La Meffraye nicht hinreichend durch die Aussagen der Eltern, der Nachbarn oder die des kleinen Maurice überführt? Prelati konnte gegen sie zeugen und Perrinet Briand auch. Aber das Gesetz war unerbittlich und verlangte das Geständnis des Angeklagten. So war es nun einmal, und wenn René jetzt dem Büttel einen Wink gab, folgte er nicht seinen Wünschen – nur dem Gesetz.

Die gichtgeschwollenen Daumen paßten kaum in die Daumenschrauben, die Michel sofort zudrehte – Perrine stieß einen gellenden Schrei aus, warf den Oberkörper zurück und zeterte los:

«Was wollt ihr Teufel von mir? Ich habe nichts getan, weiß nichts ...»

Michel zog die Schrauben weiter an, und aus den gequetschten Daumen quoll schwärzlichrot das Blut. Wieder ein hoher gellender Schrei, der in ein leises Wimmern überging.

«Es ist genug», sagte Magister Petit und wandte sich an die Delinquentin.

«Nun, Perrine Martin, habt Ihr es Euch überlegt?»

Es kam keine Antwort. Sie saß zusammengesunken auf dem Hokker und wimmerte leise vor sich hin. Dann legte man ihr die Beinschrauben an, die *brodequins*.

Viel Geschrei, viel Gezeter, Flüche und Verwünschungen, aber kein Geständnis. Am Ende wurde sie ohnmächtig, und René ließ sie ins Gefängnis zurückschaffen. Als man Perrine auf das Stroh warf, kam sie zu sich. Der Wärter grinste.

«Das war erst der Anfang, du alte Hexe. Morgen geht's weiter mit Streckbett, Feuerprobe und viel Prügel. Kannst dich schon drauf freuen!»

Diese Worte drangen durch den Schmerznebel, und sie nahm ihren Sinn auf. Fast hätte sie heute schon gestanden, morgen würde sie es sicher tun. Sie blickte auf ihre blaurot verschwollenen Daumen, bewegte ächzend die blutverkrusteten Beine.

Sie würde ihr Geld nicht wiedersehen, das wußte sie nun. Mitnehmen konnte sie es auch nicht. Da flog ein Lächeln über ihr von den Schmerzen verwüstetes Gesicht, denn es war ihr eingefallen, wie sie es dennoch für sich verwenden konnte. Als dann der Arzt kam, schmuddelig und versoffen, und ihr mit zitternden Händen Salbe auf Daumen und Beine strich, wie das Gesetz es verlangte, bat sie ihn flüsternd, einen Priester zu rufen. Sie fühle ihren Tod nahen und müsse dringend beichten.

Der Gefängnispriester, ein hagerer, seinem Orden treu ergebener Benediktinermönch, kam gegen Abend.

«Ich möchte beichten, Hochwürden. Vielleicht überstehe ich diese Nacht nicht oder sterbe morgen auf der Folter...»

Der Mönch verstand kaum ihr heiseres Flüstern und rückte auf einem niedrigen Schemel nahe an sie heran. Um nicht an die Decke zu stoßen, mußte er sich zusammenkrümmen wie ein Buckliger. Er legte die Stola um und wandte ihr sein Ohr zu.

«In Demut und Reue bekenne ich meine Sünden. Ich habe heute nicht die Wahrheit gesagt, Hochwürden, werde es aber morgen tun. Zuvor will ich vor Gott mein Gewissen reinigen.»

Da strömte es dann heraus, und es fielen die Namen der Opfer – Pierre, Clement, Robin, Charles, Jeannot, und sie bekannte ihr Wissen um den schrecklichen Tod der Kinder, gab alles preis.

«Ich bereue es, Hochwürden, ich bereue diese Taten von ganzem Herzen.»

Daß ihre Reue eher dem verlorenen Geld und einer schönen Zukunft galt, die nun ausgelöscht war, kam ihr nicht zu Bewußtsein. Der Priester sprach sie los und trug ihr keine Buße auf, denn die Fortsetzung der Folterung am kommenden Morgen sei Strafe genug. Er wollte sich erheben, doch sie hielt ihn zurück.

«Noch etwas, Hochwürden, was Euch und Euer Kloster betrifft.»

Der Mönch blickte erstaunt auf die reuige Sünderin.

«Wie – wie ist das zu verstehen?»

«Ich habe Geld», flüsterte sie, «viel Geld! Sündengeld, das in weltlichen Händen nur Unglück bringt, das ich auf den Altar Gottes legen will. Ihr glaubt mir nicht? Ich werde Euch genau sagen, wo Ihr es findet.»

Sie schilderte ihm das Versteck und fuhr fort:

«Das soll nun Gott gehören, das heißt Eurem Orden, Eurem Kloster. Dafür erbitte ich mir eine Ewige Messe, alljährlich an meinem Todestag gelesen. Eine zweite Ewige Messe stifte ich zum Andenken an die gemordeten Kinder. Das Geld wird reichen, Hochwürden, und wenn Ihr eine neue Monstranz für Eure Klosterkirche fertigen laßt, wird immer noch genug übrig sein.»

«Wie komme ich in Euer Haus?»

«Ich war dabei, es zu verkaufen, jetzt schenke ich es den Benediktinern. Wenn es Eurem Orden gehört, könnt Ihr dort in Ruhe das Geld hervorholen. Und noch eines: Sollte ich in den nächsten Stunden oder Tagen eine weitere Sünde begehen, so möchte ich, daß Eure Absolution sie ebenfalls tilgt.»

«Nun, meine Tochter, ich glaube – ich glaube, das geht nicht. Das kanonische Recht...»

«Hochwürden, ich lebe nicht mehr lange und werde vielleicht keine Gelegenheit mehr haben, Euch zu rufen.»

Der Benediktiner dachte an das Haus und das Geld.

«Also gut – ausnahmsweise und weil Ihr in einer Notlage seid. Ich werde gleich wegen des Hauses etwas aufsetzen.»

Er verschwand und kam nach etwa einer halben Stunde wieder mit einem Schriftstück in der Hand und dem Hauptmann der Gefängniswache an der Seite.

«Ich, Perrine Martin, wohnhaft in der Pfarrei St. Vincent zu Nantes, derzeit im Stadtgefängnis, vermache und übergebe mein Haus an der Stadtmauer dem Orden der Benediktiner in der Diözese von Nantes.»

Perrine Martin drückte ihren blutigen Daumen darunter, der Hauptmann unterzeichnete ungelenk mit seinem Namen. Perrine bat den Mönch um ein kurzes Gespräch, und der Hauptmann verschwand.

«Eine letzte Bitte noch.»

Sie deutete auf den Rosenkranz mit den kirschgroßen Ebenholzperlen, den der Mönch als Gürtel trug.

«Laßt mir den Rosenkranz da, Hochwürden, nur für diese Nacht. Es wäre mir ein großer Trost...»

Der Mönch nickte und knüpfte ihn auf. Als er sein Mönchsgelübde ablegte, hatte sein Vater ihm diesen Rosenkranz geschenkt. Die Perlen des guten dauerhaften Stückes waren auf eine unzerreißbare Seidenschnur gefädelt. Der Mönch legte ihr den Rosenkranz in den Schoß und segnete die arme Sünderin.

Als er gegangen war, konnte La Meffraye trotz ihrer Schmerzen ein hämisches Kichern nicht unterdrücken. Nun waren sie doch hereingelegt worden, die hohen Herren – allesamt! Sie würde weder den Galgen zieren, noch ihr Geld dem Herzog und seinen Häschern überlassen.

Mühsam knüpfte sie eine Schlinge und legte sich den Rosenkranz um den Hals. Sie ächzte und stöhnte, als sie sich unter Schmerzen auf ihren zerquetschten Beinen aufrichtete. Die Wärter hatten sie diesmal nicht gefesselt, da sie sich ohnehin kaum noch bewegen konnte. Das andere Ende der Perlenschnur legte sie über den Haken an der Wand, der den Ring für die Fesseln trug.

Meine Sünden sind vergeben, auch die künftigen, dachte sie. So ist mein Geld doch noch für etwas gut gewesen, baut mir eine goldene Straße ins Himmelreich. Dann ließ sie ihren zerschundenen Körper fallen, und der Gedanke, sie alle zuletzt noch überlistet zu haben, begleitete sie in den Tod.

Als der Wärter sie am Morgen zur weiteren Vernehmung abholen wollte, grinste ihm ihr blau angelaufenes Gesicht mit herausquellender Zunge entgegen. Der Mann erschrak. Wem anders als ihm würde man ihren Selbstmord anlasten? Er löste die Schlinge und ließ ihren schweren, schon steif gewordenen Körper zu Boden gleiten. Den Rosenkranz wickelte er um ihre Hände, als sei sie während des Betens verstorben.

René Petit atmete auf. Es hatte ihm davor gegraut, die Alte weiter zu quälen, weil er sich von ihrem Geständnis wenig versprochen hatte.

Ihr Beichtvater kümmerte sich um eine christliche Bestattung, die in aller Stille stattfand. Das Geld hatte man gefunden, und Perrine Martins wurde alljährlich bei einer Seelenmesse in der Klosterkirche gedacht.

29

Malestroit sorgte dafür, daß Gilles' Helfer nach ihrer Festnahme keine Gelegenheit mehr erhielten, sich abzusprechen. Prelati, Blanchet, Henriet und Poitou – jeder bekam eine Zelle für sich im alten düsteren Stadtgefängnis, wo sich vor wenigen Tagen La Meffraye erhängt hatte.

Seigneur Gilles de Rais wurde in die Tour Neuve gebracht, gleich neben dem herzoglichen Palast. Dort bewohnte er einen großen lichten Raum in der ersten Etage, und als er herrisch nach seinen Leibdienern verlangte, bemühte Jean de Malestroit sich in eigener Person und stieg langsam die steile Wendeltreppe hinauf. Er wollte diese Gelegenheit zu einem inoffiziellen Vorgespräch nutzen.

Das ist eben der Unterschied, dachte der Kanzler, als er den Raum betrat – die einen, die kleinen Mitläufer, die Willigen, weil hochbezahlten Helfer, allesamt abhängig vom Feudalherrn, sperrt man in winzige Zellen, und ihm, dem Scheusal, dem Haupttäter, dem Wüstling und Verbrecher, gesteht man ohne weiteres eine bequeme Wohnung zu, eine Art ehrenvollen Hausarrest. Es ist schon ein Vorteil, wenn man in eine goldene Wiege gelegt wird...

«Es tut mir leid, Seigneur, aber Henriet Griart und Etienne Corrilaut sind der Mittäterschaft angeklagt und im Stadtgefängnis inhaftiert. Ich lasse Euch, wenn Ihr wollt, einen Lohndiener besorgen.»

Der Seigneur nickte sein Einverständnis. Seine große, etwas füllige Gestalt beherrschte den Raum wie eine Statue, er schien äußerlich gefaßt, und die sonst so unsteten dunklen Augen blickten jetzt ruhig und voll Hochmut auf den Kanzler.

«Monseigneur, was hat Euch veranlaßt, diesen unsinnigen Anklagebrief im ganzen Land verbreiten und verlesen zu lassen? Ich soll Dämonen beschworen, soll Knaben erwürgt haben? Das sind verleumderische Erfindungen, Monseigneur! Meine Freunde, meine Diener – alle, die mich kennen, werden bestätigen, daß nichts davon wahr ist. Wahr ist nur, daß ich von all jenen begeifert werde, die mir meinen Besitz, meine Titel neiden. Ich bin Marschall von Frankreich und Generalstatthalter der Bretagne! Weiß der Herzog von meiner Festnahme – weiß es der König?»

Malestroit ließ sich nicht aus der Ruhe bringen.

«Darf ich mich setzen?»

Gilles wies auf einen Stuhl, blieb selber aber stehen.

«Seine Majestät wie auch Seine Hoheit wissen nicht nur davon, es geschah mit deren ausdrücklicher Billigung. Seigneur de Rais, wir sind keine Freunde, aber darf ich sprechen wie ein Freund?»

«Wenn Ihr es wünscht.»

«Drüben in meiner Amtsstube liegt Eure Akte, Seigneur, und sie wiegt mittlerweile über drei Pfund. Sie enthält rund einhundertundvierzig Namen von Kindern jeden Alters, die aus der Obhut ihrer Eltern, Verwandten, Vormünder oder Lehrherrn verschwunden sind, entführt oder mit falschen Versprechungen weggelockt. Diese einhundertvierzig Fälle können wir belegen mit Namen und Daten, und fast immer sind auch Eure Helfer bekannt: Sillé, Bricqueville, La Meffraye oder Eure beiden Pagen Henriet und Poitou. Die Aussagen der Betroffenen liegen vor. Deren verzweifelte Nachfragen haben Eure Helfer entweder nicht oder mit Ausflüchten beantwortet, und die Spuren der Kinder führen ohne Ausnahme zu einer Eurer Besitzungen oder hängen mit Euren Aufenthalten in Nantes und Vannes zusammen. Mein Mund sträubt sich auszusprechen, was Ihr mit den Kindern gemacht habt, aber auch dafür gibt es Zeugen. Vor Gericht werdet Ihr Gelegenheit haben, Eure Praktiken zu schildern. In Eurer Lage sehe ich nur zwei Möglichkeiten: Entweder Ihr fahrt als verstockter Sünder zur Hölle oder Ihr sterbt reuevoll und mit Gott versöhnt. Sterben müßt Ihr, Seigneur de Rais, denn Eure Schandtaten stinken zum Himmel, und alle Welt erwartet Eure Bestrafung.»

Gilles ging zum vergitterten Fenster und blickte lange hinaus. Die große Ulme im Schloßhof bewegte leise ihre Blätter, über den Himmel zogen schneeweiße Wolken auf blauer Bahn – ein Bild unschuldiger Reinheit. Gilles fühlte eine Sehnsucht in sich aufsteigen, an dieser himmlischen Unschuld teilhaben zu dürfen. Aber noch stand er auf Erden, mit beiden Beinen tief im Sumpf seiner ungeheuren Schuld, und es gelang ihm nicht, sich davon zu lösen, die Erde hielt ihn fest, der Sumpf umklammerte ihn zäh mit tausend Fäden. Er wandte seinen Blick ab und drehte sich um.

«So also spricht ein Freund?»

«Ich bin nicht Euer Feind, Seigneur. Übrigens haben zwei Eurer Helfer bereits umfassende Geständnisse abgelegt.»

«Ihre Namen?»

Malestroit lächelte.

«Ich bin zwar nicht Euer Feind, aber auch nicht Euer Komplize. Ihr werdet sie früh genug erfahren.»

«Laßt mich allein!»

Der Samen ist gelegt, dachte Malestroit, er wird aufgehen und zu wuchern beginnen. Einer solchen Schuld kann kein Mensch standhalten, es sei denn, der Teufel gewähre ihm seine Unterstützung.

Was die «Geständnisse» betraf, so waren es die Priester Blanchet und Prelati gewesen, die alles gesagt hatten, was sie wußten, und sich dabei – Malestroit spürte es deutlich – gegenseitig die besten Zeugnisse ausstellten. Magister Petit hatte Prelati kurz vernommen und dem Kanzler davon berichtet. Eustache Blanchet, so stellte Prelati es hin, sei stets ein gewissenhafter Priester gewesen, der mit Sorge und Abscheu das Treiben am Hof Gilles de Rais' beobachtet habe.

«Immer wieder versuchte er, den Seigneur zu beeinflussen, sein Leben zu ändern. Als er sah, daß sein Bemühen vergeblich war, verließ er den Hof und zog sich auf sein abgelegenes Dorf zurück, um dort in Demut als Kaplan zu wirken. Der Seigneur ließ ihn aufspüren, festnehmen und in St. Etienne einkerkern. Dafür gibt es Dutzende von Zeugen.»

«Ihr stellt ja diesen Kaplan Blanchet fast als Märtyrer hin», sagte René Petit mit leisem Lächeln.

Prelati, der sich in Eifer geredet hatte, bot das erhabene Bild eines erzürnten Erzengels, es fehlte ihm nur noch das Schwert in der Hand. Seine schwarzen Augen blitzten, sein hübsches schmales Gesicht war rosig angehaucht, und das schwarze Priestergewand kleidete ihn ausgezeichnet. Seit seiner Festnahme zog er vor, es wieder zu tragen.

Als Magister René dann Eustache Blanchet vernahm, hörte er zwar eine andere Melodie, doch es war das gleiche Lied.

«Ich muß dazu etwas weiter ausholen, Magister. Als ich Prelati aus der Toskana holte, tat ich es mit dem guten Gewissen, dem Seigneur – so lautete ja sein Auftrag – einen fähigen Alchimisten zu verschaffen, der versuchen sollte, die *prima materia* oder, wie das Volk es nennt, den Stein der Weisen zu finden, um durch dessen Hilfe unedle Materie in edle zu verwandeln.»

«Kurz gesagt, um Gold zu machen.»

Blanchet winkte ab.

«Unter anderem – ja. Aber die Vorstellungen des Seigneur begannen sich zu wandeln, und anstatt mit Materie zu experimentieren, verlangte er von Prelati die Beschwörung von Dämonen, das heißt, er bezog das Jenseitige ins Diesseitige mit ein, und was der Himmel offenbar nicht zuließ, sollte nun die Hölle bewirken.»

«Prelati war ein freier Mann – warum ging er nicht einfach weg?»

In Blanchets glattes hartes Gesicht kam Bewegung.

«Aber das wollte er ja! Wir machten schon Pläne, wie wir es gemeinsam tun könnten, da tauchte Pater Robert als Jakobspilger auf und veranlaßte Prelati auszuharren – um der Gerechtigkeit willen. Mein Versuch, den Plan allein zu verwirklichen, endete, wie Ihr wißt, im Kerker von St. Etienne.»

«Ja, das ist eine Tatsache, und sie spricht für Euch. Gegen Euren Freund aber spricht, daß er bei seinen Beschwörungen die Körper ermordeter Kinder verwendet hat, noch ehe Pater Robert ihn aufsuchte. Dafür ist er angeklagt und wird sich verantworten müssen. Angeklagt seid zunächst auch Ihr. Sollte sich während des Prozesses Eure Unschuld erweisen, so seid Ihr auf die Rolle des Zeugen beschränkt, und man wird Euch freilassen. Wir werden sehen.»

«Gott wird es nicht zulassen, daß ein Unschuldiger ...»

«Gott läßt so manches zu», sagte der Magister und ging schnell hinaus.

Später, als die offiziellen Vernehmungen vorgenommen wurden, fungierten die beiden Kommissare Pater Robert Lesné und Magister René Petit nur noch als Beisitzer. Sie durften allenfalls die Protokolle als Zeugen mit unterschreiben, während der Inquisitor Jean Blouyn und Kanzler Malestroit den Vorsitz führten und der Untersuchungsrichter Jean de Touscheronde Seigneur Gilles in eigener Person befragte und verhörte.

René nahm es mit Humor, doch er konnte eine spöttische Bemerkung nicht unterdrücken, als er zusammen mit Pater Robert die Tour Neuve verließ.

«Wie sie ihn pflegen und hätscheln, ihren kostbaren Fang. Nun, sie haben auch allen Grund, ihm dankbar zu sein.»

Pater Robert blieb stehen und schaute den Magister mit seinen sanften blauen Augen verständnislos an. Seine abstehenden Ohren glühten noch vor Genugtuung, weil sich dieser Häretiker und Teufelsdiener endlich vor der Inquisition verantworten mußte.

«Wie darf ich das verstehen?»

René, schon dabei zu sagen, er habe nur laut gedacht, hielt es dann doch für richtiger, diesen sanft-fanatischen Gottesdiener über gewisse Realitäten aufzuklären.

«Ich will, wie unser Herr Jesus Christus, mit einem Gleichnis antworten. Da gibt es in einer Familie eine prall mit Goldstücken gefüllte Börse, und jeder bedient sich daraus. Nach einiger Zeit ist die Börse leer und vom vielen Zugreifen arg ramponiert. Doch sie hatte einen großen Schatz enthalten, und so zögert man, sie ins Feuer zu werfen. Man fühlt so etwas wie Dankbarkeit, versteht Ihr?»

«Ich ahne es, Magister, aber die Gleichnisse unseres Erlösers scheinen mir doch treffender und verständlicher.»

Sie gingen weiter, und René murmelte vor sich hin:

«Freilich, wer könnte sich mit Ihm messen?» Dann lauter: «Gestanden hat unser Delinquent bis jetzt noch nicht. Er leugnet alles rundweg ab.»

«Aber Magister, das ist doch verständlich. Sein Fleisch ist schwach, er fürchtet den Tod und will ihn hinauszögern. Wir von der Inquisition kennen das und haben die geeigneten Mittel dafür.»

«Folter?»

«Unter anderem, aber auch geistlichen Zuspruch, denn es gilt, eine Seele zu retten.»

Jetzt war es René, der stehenblieb.

«Ihr glaubt allen Ernstes, man unterwirft einen Marschall von Frankreich der Tortur?»

«Nicht wegen seiner weltlichen Verbrechen, die hätte er vermutlich mit einer Geldstrafe sühnen können. Aber seine Dämonenbeschwörungen, die teuflischen Riten, dann der Überfall auf die Kirche von St. Etienne: Da gibt es kein Pardon, eine solche verdorrte Rebe muß, um mit Johannes zu sprechen, ins Feuer geworfen werden.»

«Und seine Seele?»

«Die kann er retten, dazu reichen wir ihm in christlicher Liebe die Hand.»

Ob er sie ergreifen wird? dachte René und verabschiedete sich schnell. Seine Gedanken waren schon vorausgeeilt zu Isabelle, die nun jeden Tag ihre Niederkunft erwartete. Er hatte die *sage femme* dazu überreden wollen, von nun an Tag und Nacht bei Isabelle zu bleiben, aber das rüde Weibsbild hatte nur gelacht und gesagt, wenn es soweit sei, habe er immer noch Zeit, sie holen zu lassen, sie wohne ja gleich um die Ecke.

Als ihm die *concierge* beruhigend zuwinkte, wußte er gleich, daß bis jetzt nichts Schlimmes geschehen war. Erwartete er denn Schlimmes? Es ging ihm wie den meisten jungen Vätern, deren Frauen ihr erstes Kind erwarteten. Die Geburt war ein natürlicher, gottgewollter Vorgang, aber warum mußte er mit so großen Schmerzen, mit Blut, mit Stöhnen und Schreien verbunden sein? Hätte es keinen anderen Weg gegeben, Menschen ans Licht der Welt zu bringen?

René rannte die Stufen hinauf und fand Isabelle in friedvoller geduldiger Erwartung.

«Nein, Liebster, das Kleine läßt uns noch warten, aber ich fühl's genau, es pocht schon leise ans Tor.»

«Soll ich nicht doch lieber schon die Hebamme holen?»

«Aber René, die kann doch in einer Viertelstunde hier sein.»

«Dann könnte es zu spät sein ...»

Sie lächelte nachsichtig.

«Zu spät für was?»

«Für alles! Für dich – für das Kind...»

«Jetzt beruhige dich doch und erzähle mir lieber, wie's war. Hat er gestanden?»

«Nein, aber am achtundzwanzigsten September wird Seigneur Gilles zehn ausgesuchten Klägern gegenübergestellt, das sind Frauen und Männer, die ihre Kinder und Enkel verloren haben. Wir haben diese zehn Fälle ausgewählt, weil durch Zeugen einwandfrei zu belegen ist, wer die Kinder weglockte oder entführte und wohin sie kamen.» Er schlug sich an die Stirn. «O Gott, nun hätte ich fast vergessen, daß einer unserer wichtigsten Zeugen noch fehlt – Perrinet Briand!»

René schrieb ein paar Zeilen an Maître Briand, er könne nun seinen Sohn gefahrlos nach Nantes zurückholen, müsse es sogar, weil der Bursche als Zeuge gebraucht werde. Diese Nachricht hatte Maître Briand schon sehnlich erwartet, und er beschloß, seinen Sohn selber in La Bâte abzuholen.

«Der Junge wird sich freuen», bemerkte er zu seiner Frau. Die nickte.

«Er schon, aber ob Maître Aubin sich freuen wird? Zuerst lügen wir ihm den Tod Perrinets vor, und er macht sich schon auf die Suche nach einem neuen Bräutigam für Marguerite – und dann, nach der Verhaftung von Seigneur de Rais, teilen wir ihm mit, daß sein Geselle und künftiger Schwiegersohn doch am Leben ist. Wir sollten uns bei ihm entschuldigen, finde ich.»

Maître Briand brauste auf.

«Entschuldigen? Wofür? Daß wir getreulich den Geboten unseres Landesherrn gefolgt sind? Daß Perrinet für die Aufklärung des Falles monatelang seinen Kopf riskiert hat? Da gibt es nichts zu entschuldigen. Aubin sollte vielmehr stolz sein, daß seine reizlose Tochter einen solchen Helden zum Mann kriegt.»

Da mußte Madame Briand lächeln.

«Jetzt übertreibst du aber, Jeannot! Marguerite hat sich ganz schön ausgewachsen, und ich würde sie keinesfalls mehr reizlos nennen. Und unser Perrinet ist kein Held, sondern hat einfach getan, was die Obrigkeit forderte. Daß er sich gut gehalten hat, bestreite ich nicht. Er ist mein Sohn, und ich habe nichts anderes von ihm erwartet.»

Maître Briand, gerührt, daß seine Frau ihn nach langer Zeit wieder Jeannot genannt hatte, tätschelte liebevoll ihren fülligen Arm.

«Ist ja gut, Marie, aber stolz darf ich doch sein – oder?»

«Dankbar solltest du sein, daß er mit Gottes und seiner Heiligen Hilfe lebendig und gesund diesem Scheusal entkommen ist. Wenn sie ihn zum Galgen führen, werde ich die erste sein, die am Richtplatz wartet!»

«So grausam und rachsüchtig?»

«Er war dabei, meinen Jungen zu töten!»

Maître Briand schwieg, um den Mutterzorn nicht noch weiter anzufachen, aber er beschloß, seiner Pfarrei eine Stiftung zu machen.

Der, um den es ging, Perrinet Briand, dachte in diesen Tagen weder an seine Eltern noch an Gilles de Rais. Er befand sich in einer ganz seltsamen Lage – in einer Situation, die dem des Kaninchens vor der Schlange glich. Alles in ihm schrie: Mach dich davon, laufe weg, so schnell du kannst, und schlage Haken, daß sie dich nicht erwischt. Aber er blieb, hielt täglich den väterlich-freundschaftlichen Blick von Marcel de Brosse aus – er blieb und tat so, als sei alles in Ordnung.

Sein Äußeres hatte sich verändert, seit er Gesicht und Haar nicht mehr färbte und bürgerliche Kleider trug. Seit Marcel de Brosse zurück war, ging Perrinet einer Begegnung mit Yvette aus dem Weg, was gar nicht so einfach war, da sie ja jetzt im gleichen Haus wohnten. Nachts schloß er seine Tür ab, doch wenn er dann allein im Bett lag und an die Nächte mit Yvette dachte, wurde es ihm so heiß, als habe ihn ein Sommerfieber angefallen. Dann dachte er an ihr Lieblingsspiel, wenn sie über ihm kniete und er ihre *chatte* fangen mußte...

Auch heute konnte er nicht einschlafen, warf die leichte Decke ab, wälzte sich auf den Bauch, aber es ging nicht, weil sein eisenharter Penis ihn daran hinderte. Sollte er sich, wie die Nächte zuvor, selbst Erleichterung schaffen, um endlich Schlaf zu finden? Nein, heute nicht, denn er wollte ja wach bleiben, wollte an sie denken. Denken? Er wollte sie haben! Hier im Bett, in seinen Armen sollte sie liegen und nicht neben dem alten Verwalter, der nichts zu bieten hatte, außer Geld, und auch damit – er hatte es ja nach seiner Rückkehr angedeutet – schien es nicht zum besten zu stehen. Doch dann schämte der gutmütige Perrinet sich seiner Gedanken, sprach ein Gebet und schlief endlich ein.

Am Morgen war es am leichtesten, ihr aus dem Weg zu gehen, weil sie gerne lange im Bett blieb. Perrinet aber stand schon kurz nach Sonnenaufgang in der Küche, trank einen Becher Milch und tauchte ein Stück hartes Brot hinein, von dem er abbiß, sobald es aufweichte. Die Küchenmagd Marie – eine von den beiden, die ein Kind von Nicolas hatten – schaute ihn dabei verliebt an. Obwohl sie noch jung war, nannte man sie die «alte Marie», weil kurz nach ihr eine zweite Marie auf dem Gut die Arbeit aufgenommen hatte, und das war die «neue Marie». Von der «alten» hatte Nicolas eine Tochter, die «neue» gebar ihm einen Sohn.

Die «alte Marie» aber war die schlauere, und so schaute sie Perrinet schmachtend an, während er hastig sein Frühstück verschlang.

«Nur langsam, junger Herr, langsam! Niemand nimmt Euch das Brot weg, und auch Milch ist genug da.»

«Ich habe draußen zu tun, außerdem will ich nach Nicolas schauen.»

«Ah – das trifft sich gut! Da könntet Ihr Ninette mitnehmen, damit ihr Vater sie nicht ganz vergißt. Schließlich hat er sie gemacht...»

So nahm Perrinet die dreijährige Ninette bei der Hand, die gleich munter zu plaudern begann und ihm etwas von einem *poussin* erzählte, der seine Mutter verloren hatte und immer piepste und piepste und piepste...

Perrinet hörte kaum hin, ihm gingen wirre Gedanken durch den Kopf. Er wollte fort von hier und wollte es wieder nicht, er mied Yvette wie die Pest und hätte viel darum gegeben, sie wieder für sich zu haben.

Er seufzte, klopfte an Nicolas' Tür und trat ein, ehe eine Antwort erfolgte. Doch der Großknecht war nicht allein. Auf seinem Bett saß die «neue Marie», und er war gerade dabei, ihr das Mieder aufzuknöpfen. Sie kreischte und sprang auf.

«Kannst du nicht anklopfen!» brüllte Nicolas und lief rot an.

«Ich habe geklopft...»

Nicolas ließ sich zurücksinken.

«Hinaus mit euch beiden!»

Damit waren die beiden weiblichen Wesen gemeint, und Marie, die gutmütig Dumme, nahm gehorsam das Kind ihrer Nebenbuhlerin an der Hand und führte es hinaus.

«Du solltest dich entscheiden, Nicolas. An deiner Stelle würde ich die ‹alte Marie› heiraten, auch wenn sie nur eine Tochter hat. Mit ihr könntest du es weiterbringen als mit der da.»

Er wies auf die Tür.

«Was geht's dich an? Bist ja schon so etwas wie mein Nachfolger geworden und hast dich ganz schön für die Prügel gerächt. Am besten wäre, ich ginge nach Nantes ins Siechenhaus.»

«Red keinen Blödsinn, Nicolas! Die Prügel habe ich dir verziehen, und wenn du wieder gehen kannst, wirst du deine Arbeit tun wie bisher. Ich erwarte jeden Tag die Nachricht meines Vaters, und dann werde ich verschwinden, und alles wird sein wie bisher.»

«Nichts wird sein wie bisher!» sagte Nicolas weinerlich, denn er tat sich selber leid, weil er ein Krüppel war, weil er heiraten mußte und weil er um seine Stellung fürchtete.

«Jetzt reiß dich zusammen! Flennst herum wie ein altes Weib! Da warst du mir ja noch lieber, als du mir den Hintern versohlt hast.»

Nicolas mußte lachen.

«Aber genützt hat es nichts – oder? Sie hat dich bald darauf in ihr Bett gelockt – stimmt's?»

Perrinet stand auf.

«Das geht jetzt dich nichts an. Darf ich den *postillon d'amour* spielen und der ‹alten Marie› deinen Antrag überbringen?»

Nicolas nickte entschlossen.

«Ja – tu's! Und ich werde aufstehen, die Zähne zusammenbeißen und mit dem verdammten Bein über den Hof humpeln und es daran gewöhnen, daß ich sein Herr bin. Bisher hat es mit mir Schindluder getrieben, jetzt drehe ich den Spieß einmal um.»

«Bravo Nicolas, so gefällst du mir schon besser!»

Als Perrinet ins Herrenhaus zurückging, lief er Yvette in die Arme.

«Guten Morgen, Madame!» begrüßte er sie gutgelaunt.

Yvettes schöne grauen Augen leuchteten auf.

«Ah – endlich einmal gute Stimmung. Ich sollte sie nützen...»

«Ist Euer Mann schon auf, Madame?»

«Was kümmert's mich? Er kann tun, was er will. Laß heute nacht deine Tür offen, wir haben etwas zu besprechen.»

Den letzten Satz hatte sie nur geflüstert, aber ihre Worte fuhren ihm ins Herz wie ein Pfeil. Kein kriegerischer, tödlicher, sondern einer des kleinen rundlichen Römergottes, der Flügel trug wie ein Engel, aber auch einen Bogen. Der Lehrer hatte ihnen einmal von den heidnischen Göttern erzählt und dabei diesen Amor erwähnt, dessen Pfeile ins Herz treffen, um dort Liebe oder Liebeslust zu entfachen.

Er nickte nur und ging wortlos an ihr vorbei. Seinen Auftrag an die Küchen-Marie vergaß er, lebte nur noch auf die kommende Nacht hin und fürchtete plötzlich den Boten aus Nantes, den er so sehr herbeigesehnt hatte. Er schüttelte den Kopf über sich selber. So sehr fürchte ich ihn nun auch wieder nicht, dachte er. Alles, was diese Yvette angeht, hat zwei Seiten. Ich will sie und will sie nicht, und jetzt will ich sie wieder.

Beim Abendessen schaute ihn der Verwalter ganz seltsam an, mit einer Mischung aus Wehmut und Zorn, auch redete er heute kaum. Perrinet wollte ihn schon darauf ansprechen, als sich Yvette, wie meist, schon zurückgezogen hatte. Aber Marcel de Brosse verließ die Tafel ohne ein Wort.

«Was ist los mit dem Herrn?» fragte er die Magd, als sie den Tisch abräumte. Sie zuckte nur die Schultern und meinte:

«Vielleicht gab es wieder Krach mit Madame?»

Perrinet machte einen Spaziergang ums Haus. Die Glut des Sommers war gebrochen, und die schwülen Nächte hatten sich in angenehm kühle verwandelt, aber davon spürte er nichts. Er glühte von innen heraus und hatte das Gefühl, als könne er ein Faß Wasser, stiege er hinein, zum Sieden bringen.

Der junge zunehmende Mond hing am schwarzsamtenen Himmel wie ein zierlicher maurischer Krummdolch und zerschnitt mit dünner Silberklinge die vorbeijagenden Wolkenbündel.

Perrinet blickte hinauf. Er mußte an seine erste Zeit in Machecoul denken, als er noch zu den Lieblingen des Marschalls zählte. Da war er zufällig dabeigewesen, als einer der herumziehenden Händler dem Seigneur zwei arabische Dolche anbot und behauptete, die gebogenen Klingen seien so scharf, daß sie eine Flaumfeder durchschnitten, die ihnen auf einem Bach entgegentrieb. Der Seigneur lachte und Perrinet lachte mit. Dann sagte er: «Ihr Händler verlaßt euch immer darauf, daß man eure Wundergeschichten einfach hinnimmt und sie nicht nachprüft. Perrinet, nimm diesen Dolch und hol dir beim Gänsepferch eine Flaumfeder. Dann gehst du hinunter zum Bach und läßt die Feder gegen die Klinge treiben. Wird sie durchtrennt, dann kaufe ich beide Dolche. Wenn nicht, dann ...» Der Marschall blickte den Händler finster an und machte mit dem Zeigefinger die Geste des Halsdurchschneidens. Der Händler lachte unsicher und sagte: «Ihr müßt die Dolche nicht kaufen, Seigneur ...», aber Perrinet war schon unterwegs. Natürlich mißriet die Probe, aber er schnitt sich beim Hantieren tief in den Daumen. Der Marschall lachte nur, laut und schauerlich, warf ein paar Goldstücke hin und sagte: «Das ist für den Blutzoll, Perrinet.» Den Händler warf er samt seinen Dolchen hinaus.

Drüben vom Stall kamen jetzt die gewohnten Geräusche: leises Kettenklirren, Strohgeraschel und das gedämpfte Schnauben der Pferde.

Es wäre ja ganz einfach, dachte er, ich bräuchte heute nur im Stall zu schlafen und könnte mich noch vor Morgengrauen auf den Weg nach Nantes machen. Was riskiere ich schon? Der Marschall wird längst verhaftet sein; vielleicht ist der Bote schon unterwegs. Noch während er dies dachte, wußte er, daß er es nicht tun würde. Die da drüben war wie eine Spinne, und er hing an einem ihrer dünnen unzerreißbaren Fäden.

Langsam ging er zurück, betrat seine Kammer, legte die Kleider ab und setzte sich aufs Bett. Er schaute zur Tür, und sie öffnete sich, als besäße sein Blick Zauberkraft.

«Ich habe dich kommen hören», flüsterte Yvette, schloß sorgfältig ab und ging zum Bett. Im schummrigen Licht der kleinen Öllampe erschien sie ihm schön – wunderschön, aber auch bedrohlich. Ihre grauen Augen funkelten kalt, das fahlblonde Haar hing herab wie eine Peitsche aus Silberschnüren. Blitzschnell schlüpfte sie aus ihren Kleidern und setzte sich auf Perrinets Schoß. Sie lächelte ihn an, stumm und abwartend, und nun tanzten die goldenen Punkte in ihren Augen, ihr Haar duftete nach Zimt und ihr weiblicher Geruch umschmeichelte ihn – erregend, vertraut, die Sinne betörend.

Das war Yvette und kein bedrohliches Gespenst. Er flüsterte ihr ins Ohr, wie sehr er sie entbehrt habe, wie sehr er sie liebe und daß er sich nicht von ihr trennen könne, was immer auch geschehen werde. Und zugleich haßte er sich für diese Worte, weil sie nur jetzt richtig waren, aber sonst immer falsch, und sein Zorn entlud sich in einer Vergewaltigung, die er ihr antat. Sie ließ den rüden Akt stumm über sich ergehen, und dann tat es ihm leid, und er bat sie schluchzend um Verzeihung.

«Ich verstehe dich», flüsterte sie, «ich verstehe dich ja.»

Sie streichelte und kitzelte ihn, und da wurde er wieder fröhlich, und sie spielten ihr altes Spiel von *prendre la chatte*, bis sie auf dem Gipfel der Lust verschmolzen, als hätte, wie es bisweilen geschah, ein Blitz zwei Nägel aneinandergeschmiedet. Dann schliefen sie ein, und Perrinet erwachte, weil er ihre Stimme hörte.

«Perry – Perry! Es wird bald Tag, und wir wollten doch etwas besprechen.»

Perrinet gähnte.

«Du wolltest es...»

«Aber dich geht es genauso an. Ich hab's ihm gestern gesagt.»

Er richtete sich halb auf, blinzelte verschlafen.

«Was – was hast du wem gesagt?»

«Marcel natürlich, meinem Mann. Er weiß jetzt, daß ich deine Geliebte bin.»

«Um Gottes willen! Bist du verrückt geworden? Was wird jetzt mit uns?»

«Nichts wird! Marcel hat es geschluckt und mich gebeten, es nicht zu oft und nicht zu auffällig zu tun. Bis zu deiner Abreise könne es sich ja nur noch um Tage handeln, und dann sei der Spuk für immer vorbei. Aus seiner Sicht mag das stimmen, aber eines weiß er nicht: Ich bin schwanger von dir, Perrinet Briand.»

«Schwanger?»

«Ja, du hast mir ein Kind gemacht, vermutlich gleich beim ersten oder zweiten Mal.»

«Er wird sich freuen und es für sein eigenes halten.»

Sie lachte spöttisch.

«Vom Heiligen Geist gezeugt?»

«Aber Marcel wird doch irgendwann in letzter Zeit...»

Sie ging nicht darauf ein.

«Möchtest du, daß dein Kind von ihm erzogen wird? Dein eigenes Kind von einem Fremden, der sein Großvater sein könnte? Willst du das? Stört es dich nicht?»

«Aber Yvette, was sollen wir tun? Dem Gesetz nach ist es sein Kind, weil es innerhalb eurer Ehe geboren wurde. Er wird dir ewig dankbar sein und dich auf Händen tragen.»

«Du verdammter Schuft! Eine Memme bist du und ein Feigling! Ich hätte mich mit dir gar nicht einlassen sollen! Ist das alles, was du zu sagen hast?»

«Jetzt beruhige dich doch! Was können wir in unserer Lage schon tun?»

«Das werde ich dir sagen. Du hast vorhin davon gesprochen, daß es sein Kind ist, weil es innerhalb unserer Ehe geboren wird. Gut, aber das läßt sich ändern. Diese Jahreszeit ist günstig für Pilzgerichte, und wie man weiß, kommt es dabei immer wieder zu Unfällen, besonders wenn man den *Agaricus silvaticus* mit dem *Agaricus phalloides* verwechselt, also den Waldchampignon mit dem Knollenblätterpilz. Sie sind sich sehr sehr ähnlich, schmecken beide ausgezeichnet, sind aber nicht gleich bekömmlich. Ich habe in einem Kräuterbuch darüber nachgelesen. So könnte es denn sein, daß nach einer angemessenen Trauerzeit unser Kind doch noch in der richtigen Ehe zur Welt kommt.»

Perrinet ließ sich zurücksinken. Das hatte er nur geträumt, und nun würde er aufwachen und die schlafende Yvette neben sich finden. Doch dann rüttelte sie ihn am Arm – nein, es war kein Traum.

«Also, was meinst du?»

«Du willst tatsächlich deinen – deinen Mann umbringen?»

«Wir werden es tun – gemeinsam!»

«Einen Mord begehen? Nein, Yvette, das kannst du nicht von mir verlangen.»

«Es wird wie ein Unfall aussehen, eine böse Verwechslung. Jahr für Jahr sterben Dutzende von Menschen an vergifteten Pilzen. Bei den meisten ist es Versehen, Unachtsamkeit, Unkenntnis, aber manchmal...»

«Nein!»

Sie schmiegte sich schmeichelnd an seinen Körper und flüsterte in sein Ohr:

«Liebster, denke doch auch an deine Zukunft. Du mußt die fade und reizlose Marguerite heiraten, wirst zeitlebens Leder schneiden, Leder vernähen, Leder punzieren, Leder verkleben – Leder, Leder, Leder! Hier wärst du ein freier Gutsherr, legst den Anteil deines Vaters zu meinem Erbe, und alles gehört uns! Du hast doch gesehen, wie schön es sich hier lebt, und wenn die Stadt uns lockt, dann gehen wir für ein paar Wochen nach Nantes. Unsere Kinder wachsen hier in der freien Natur auf und nicht in den stickigen, finsteren und übelriechenden Winkeln eines Stadtviertels mit engen, verdreckten und lichtlosen Gassen. Gott hat uns als Liebende zusammengeführt, und wir müssen dafür sorgen, daß es so bleibt.»

«Laß Gott aus dem Spiel!» sagte Perrinet und fühlte den aufsteigenden Zorn.

«Ich kann es auch alleine tun.»

«Das ist deine Sache, aber glaube ja nicht, daß ich dich dann heirate. Meine Braut heißt Marguerite Aubin und ist, wie mein Vater schreibt, längst nicht mehr so reizlos. Selbst wenn ich wollte, könnte ich die Verlobung nicht rückgängig machen, weil sie vor einem Notar geschah, mit einem Domherrn als Zeugen. Sie würden mich ins Stadthaus sperren und warten, bis ich zur Vernunft gekommen bin.»

«Darauf warte ich auch», sagte Yvette ungerührt. Sie stieg aus dem Bett und kleidete sich an.

Sie verschwand und ließ einen Perrinet zurück, der sein Gesicht in das verschwitzte Kissen preßte und sich tausendmal verfluchte, weil er auf diesen Weibsteufel hereingefallen war.

Aber diesmal zeigte sich ihm das Schicksal gnädig, weil zwei Tage später Maître Briand auf La Bâte erschien, um seinen Sohn abzuholen.

An der Abendtafel erstattete er Bericht.

«Es ist, als ginge ein Aufatmen durch das Land, seit der Marschall die Tour Neuve bewohnt. Die Eltern lassen ihre Kinder wieder draußen spielen, die Kleinen müssen die Gegend um La Suze nicht mehr meiden, weil kein Sillé oder Bricqueville, keine La Meffraye dort auf Opfer lauern. Perrine Martin ist zwar auf der Folter gestorben, aber die zwei Pagen des Marschalls haben alles gestanden, auch Prelati soll rückhaltlos ausgesagt haben. In diesen Tagen wird der Marschall ihnen gegenübergestellt, und sollte er dann weiterhin leugnen, wird man ihn auf die Folter spannen.»

Maître Briand wandte sich an seinen Sohn.

«Auch du wirst aussagen müssen, Perrinet, vielleicht Auge in Auge mit Seigneur de Rais.»

«Davor fürchte ich mich nicht», sagte er fest. Ihm erschien nun jeder Zustand besser, als weiterhin im selben Haus mit Yvette de Brosse zu leben.

Jeder dieser vier Menschen spielte seine Rolle mehr oder weniger aufrichtig. Marcel de Brosse war erleichtert, und er zeigte es auch, plauderte frei, locker und war zu Scherzen aufgelegt. Yvette tat, als ginge sie das alles nichts an, spielte die sorgende Hausfrau, schalt die Magd und lobte die Köchin. Maître Briand war völlig ahnungslos und in bester Stimmung, weil endlich Ordnung in das Leben seines jüngeren Sohnes kam. Perrinet mied Yvettes Blick, er wollte sich völlig von ihr lösen, spürte aber, daß dies so leicht nicht ging.

Maître Briand neckte ihn:

«Hast dich hier wohl schon so richtig eingewöhnt wie ein Sohn des Hauses – was? In Nantes beginnt wieder der Ernst des Lebens! Daß aus diesem grünen Jungen bald ein Ehemann werden soll, kann ich mir kaum vorstellen. Bist überhaupt schon bei einem Mädchen gelegen?» Gleich erschrak er über seine kühnen Worte in Gegenwart einer Frau. «Oh, verzeiht, Madame, aber irgendwie ist Perrinet ja unser aller Sohn...»

«Ich bin da nicht empfindlich, lieber Maître. Nun Perrinet, willst du die Frage deines Vaters nicht beantworten?»

Marcel de Brosse starrte verlegen in seinen Teller, aber Perrinet ließ sich nicht beirren.

«Ich weiß, um was es geht», sagte er steif.

Da lachte sein Vater und meinte:

«Deine Marguerite wird es auch bald wissen, und ich hoffe, du setzt den Stamm der Briand fort. Kannst ja später deine Zieheltern wieder besuchen und mir dabei einen Dienst tun, wenn es etwas zu bereden gibt.»

«Du bist hier immer willkommen, Perrinet, ich hoffe, das weißt du», sagte Yvette und lächelte wie ein Engel.

«Danke, Madame – ja, das weiß ich. Dann kann ich Euch gleich meine Gemahlin vorstellen.»

Sie lachte, und es klang wie rieselndes Silber, hart und hell.

«Eine gute Idee, wir würden uns freuen, nicht wahr, Marcel?»

«Gewiß, gewiß.»

Am übernächsten Morgen ritt Perrinet mit seinem Vater nach Nantes zurück. Er blickte kein einziges Mal um, doch das Herz tat ihm so weh, als stecke ein Pfeil darin.

30

Am 28. September 1440 sollte Seigneur Gilles de Rais zehn ausgewählten Klägern gegenübergestellt werden, deren Kinder, Enkel und Neffen er mißbraucht und getötet hatte. Sie warteten im Erdgeschoß der Tour Neuve, einem großen runden Saal, wo in früheren Zeiten die Soldaten der Burgbesatzung gewohnt hatten. Die Kläger standen eng beieinander, erzählten sich ihre traurigen Geschichten, einige weinten, andere machten ihrer Trauer und ihrem Zorn mit lauten Worten Luft.

Gilles de Rais stand im oberen Saal am Fenster und hörte von unten die erregten Stimmen. Père Jean Blouyn, der Inquisitor, erschien an der Tür, ernst und hager.

«Ihr solltet jetzt kommen, Seigneur. Die Leute werden ungeduldig...»

Gilles fuhr herum, sein bleiches Gesicht rötete sich.

«Ah – der Pöbel wird ungeduldig! Was habt Ihr diesen Leuten bezahlt, daß sie ihre Bälger verstecken und gegen mich falsche Anschuldigungen vorbringen? Auch ich verliere bei dieser Komödie allmählich die Geduld. Ja – eine Komödie, Monseigneur! Man braucht Kläger, man braucht Zeugen und holt sie flugs herbei, weil Schauspieler für Geld in jede Rolle schlüpfen. Das Heulen und Winseln von da unten klingt so falsch wie ein *écu* aus Blei. Schickt diese Komödianten weg und laßt mich in Ruhe!»

Der Inquisitor blieb ruhig. Seine lange Erfahrung hatte ihn gelehrt, daß am Ende jeder dieser Sünder bekennt und daß es nur eine Frage der Zeit und der Methoden ist.

«Wie Ihr wollt, Seigneur. In einer Woche wird die Verhandlung mit der Verlesung der Anklagepunkte eröffnet. Ihr habt also genügend Zeit, Euer Gewissen zu erforschen und zu überlegen, ob es nicht Gott wohlgefälliger ist, demütig Eure Schuld zu bekennen.»

Magister René wartete unten bei den Klägern auf das Erscheinen des Beschuldigten, doch dann erschien der Inquisitor, machte eine Bewegung der Resignation und sagte mit leiser Stimme:

«Liebe Leute, geht jetzt nach Hause. Wir bedanken uns für euer Erscheinen und seid versichert, daß eure Aussagen nicht dadurch ihren Wert verlieren, daß der Angeklagte sich weigert, vor euch zu treten. Er kann, so scheint es, den Menschen nicht in die Augen sehen, deren Kinder er geschändet und ermordet hat.»

Still und mit gebeugten Köpfen gingen die zehn hinaus.

«Sagt Ihr dem Kanzler Bescheid?» fragte der Inquisitor.

René nickte und wollte etwas fragen, als ein halbwüchsiger Junge auf ihn zurannte, es war der Sohn des Nachbarn.

«Magister! Magister! Euer Kind ist da! Kommt schnell!»

René Petit stand starr wie eine Granitsäule, bis ihn Père Blouyn auf die Schulter klopfte.

«Ihr seid Vater, René, ich gratuliere! Nun bewegt Euch schon, Mutter und Kind warten!»

René lief los, der Junge voraus.

«Was ist es?» rief er im Laufen.

«Ein Kind!» schrie der Junge zurück.

Nun, es war eine Tochter, winzig und wohlgeraten, mit ein wenig schwarzem Haarflaum auf dem sonst recht kahlen Köpfchen.

Er küßte Isabelle, er küßte das Kind. Isabelle, die noch vor einer Stunde vor Schmerzen geschrien und sich unter den letzten Wehen aufgebäumt hatte, mit schweißverklebten Haaren und vor Anstrengung verzerrtem Gesicht, lag nun zufrieden lächelnd da.

So schlimm wird's nicht gewesen sein, dachte René, wenn sie schon wieder lächelt und recht wach und munter aussieht.

«Wenig Haare hat sie, unsere Tochter . . .»

Die Hebamme saß am Fenster und blickte bei diesen törichten Worten verzweifelt zum Himmel.

«Die kommen schon noch», sagte Isabelle und streichelte das kahle Köpfchen.

«Aber sie hat meine Augen», setzte René seine Betrachtungen fort.

Da drehte sich die Hebamme um.

«Jedes Neugeborene hat bläuliche Augen. In einer Woche können sie schon so dunkel sein wie die von Madame.»

«Nun ja...», murmelte René und setzte sich an den Rand des Bettes.

«Hast du schon einen Namen für sie?»

«Wenn du einverstanden bist, möchte ich sie nach ihren Großmüttern benennen – Anne-Marie.»

«Da wird sich meine Mutter freuen.»

«Und meine auch – da oben im Himmel.»

«Gewiß!» sagte René, der es sich angewöhnt hatte, seine religiösen Ansichten auch Isabelle gegenüber zu verschweigen. Er besuchte die Messe, ging an Ostern zur Beichte und nahm die Kommunion. Er sah das als einen schönen alten Brauch und machte sich darüber keine großen Gedanken. Manchmal fragte er sich, ob jemals eine Zeit kommen würde, wo niemand mehr gezwungen war, sich zu verstellen und offen sagen konnte, wie er wirklich über diese Dinge dachte. Vielleicht in fünfhundert Jahren, vielleicht erst in tausend – wahrscheinlich nie. Man muß sich arrangieren, dachte er. Malestroit ist auch nicht aus frommer Neigung Bischof geworden, sondern weil er hoffte, es im geistlichen Gewand weiter zu bringen. Da war dann René stolz auf sich, daß er es verschmäht hatte, diesen Weg zu gehen.

Nachmittags arbeitete er zusammen mit Pater Robert und zwei Schreibern an der Abfassung der Anklageschrift, die neunundvierzig Artikel umfaßte, wobei es bei den ersten vierzehn nur um Rechts- und Verfahrensfragen ging. Von Punkt fünfzehn an wurde aufgelistet – zum Teil chronologisch –, welche Verbrechen geistlicher und weltlicher Natur Seigneur de Rais im Laufe seines Lebens begangen hatte.

Obwohl René Petit Gilles' Leben so gut kannte wie kaum ein anderer, brach ihm bei dieser Aufzählung der Schweiß aus. Hinter jedem dieser Kindernamen verbarg sich ein furchtbares Schicksal, geprägt von Angst, Hoffnung, Qual und Tod.

Jean de Malestroit überprüfte von Zeit zu Zeit die Arbeit der beiden Kommissare und ihrer Helfer. Einmal sagte er zu René:

«Habt Ihr Euren Augenzeugen schon befragt?»

«Wen meint Ihr damit, Monseigneur?»

«Perrinet Briand – wen sonst? Er als einziger hat durch den Türspalt gesehen, wie Seigneur Gilles den abgeschnittenen Kopf eines Jungen in der Hand hielt. Sillé und Bricqueville sind verschwunden, die Meffraye ist tot, Blanchet und Prelati haben zwar – so sagen sie – davon gewußt, aber nie etwas gesehen. Poitou und Henriet sind Augenzeugen, aber sie sind auch Täter, Komplizen, Helfer. Als einziger unbeteiligter Augenzeuge bleibt also nur der junge Briand.»

«Dem Ihr eine Prämie versprochen habt...»

Malestroit lächelte versonnen.

«Habe ich das?»

«Ich war Zeuge.»

«Habe ich eine Summe genannt?»

«Nein, Monseigneur.»

«Haltet ihr zehn *écus d'or* für ausreichend?»

«Wie hoch setzt Ihr ein Leben an, Monseigneur? Der Junge hat monatelang seinen Kopf riskiert, und wahrscheinlich ist es eher seiner Schlauheit als Bricquevilles Einsicht zu verdanken, daß er mit dem Leben davongekommen ist. Er ist nicht nur unser wichtigster Zeuge, ihm haben wir auch das Wissen von den vierzig Kinderskeletten zu verdanken.»

«Also sagen wir zwanzig.»

«Gut, ich werde Perrinet heute abend aufsuchen und ihm das Geld gleich mitbringen.»

Malestroit drohte ihm mit dem Finger.

«Ihr seid ein richtiger Erpresser, Magister! Aber Ihr habt recht: Der Kerl hat so viel durchmachen müssen, daß es tausend Goldstücke nicht aufwiegen.»

René Petit freute sich auf diesen Besuch. Er mochte den Jungen, aus dem während der schlimmen Ereignisse ein Mann geworden war, und er war dem Schicksal dankbar, daß Perrinets Name nicht auf der Liste der Opfer stand.

Tagelang hatte sich das Wetter unschlüssig verhalten mit Wind, etwas Regen, aber auch die Sonne hatte sich dann und wann kurz gezeigt. Den heutigen Tag jedoch hatte sie ganz für sich reserviert und der Stadt einen falschen Sommer vorgegaukelt.

René ging die Schloßgasse nach Westen und stand schon wenig später vor der Werkstatt des Maître Aubin, gleich hinter der Place du Puits-Salé, die ihren Namen von einem – inzwischen zugeschütteten – Brunnen mit salzig schmeckendem Wasser hatte.

Perrinet, der den Besucher schon durchs Fenster hatte kommen sehen, öffnete die Tür.

«Kommt herein, Magister! Ich habe gerade die Werkstatt aufgeräumt und wollte zu meinen Eltern gehen.»

«Ihr wohnt nicht hier?»

«Nein, erst wenn Marguerite und ich heiraten. Ihr dürft mich aber ruhig weiter duzen ...»

«Nun ja – ich habe gedacht: jetzt wo er Geselle ist und großjährig ...»

Sie betraten die Werkstatt, wo Maître Aubin gerade seinen Arbeitsschurz ablegte.

«Das ist Magister Petit», stellte Perrinet ihn vor, und der Maître streckte die Hand hin, ohne zu lächeln.

«Ich kenne Euren Namen, Magister, und möchte mich für die Stadt und für meine Zunft bedanken. Ihr habt schließlich wesentlich dazu beigetragen, uns von diesem üblen Gesellen ...»

«Halt, Maître, halt! Was ich tat, war meine Amtspflicht, aber was Perrinet leistete, ist weit höher zu veranschlagen.»

René beschloß, die Übergabe der Prämie ein wenig festlich zu gestalten.

«Maître Aubin, holt bitte Eure Frau und Eure Tochter, denn mein Besuch ist amtlicher Art.»

Noch ehe der Maître antworten konnte, war Perrinet durch die Tür verschwunden und kam gleich darauf wieder, Madame Aubin und Marguerite vor sich herschiebend.

Der Magister räusperte sich und tat sehr dienstlich.

«Maître Aubin, Madame und Demoiselle Marguerite – ich mache euch zu Zeugen der feierlichen Übergabe einer Prämie von zwanzig *écus d'or* an Perrinet Briand, Sattlergeselle und Sohn des Maître Jean Briand, für seine gefährliche, aufopfernde Tätigkeit im Auftrage Seiner Hoheit des Herzogs und von Monseigneur de Malestroit, Kanzler und Bischof. Er hat einen wesentlichen Beitrag dazu geleistet, daß einer der scheußlichsten Übeltäter gegen Gott und die Menschen überführt und festgenommen werden konnte.»

René umarmte den verlegen dastehenden Perrinet, küßte ihn auf beide Wangen und überreichte die Börse mit den Goldstücken.

Madame Aubin war so gerührt, daß sie weinte, während der Maître finster dreinblickte, um nicht zeigen zu müssen, wie sehr ihn die Ehrung seines künftigen Schwiegersohnes freute. Marguerite, rundlicher, weiblicher und auch hübscher geworden, sagte schnippisch:

«Das Geld können wir zur Hochzeit gut brauchen, aber hier zählt mehr, ob Perrinet einen guten Sattel machen kann, als...»

«Marguerite!»

Das kam drohend von Madame, während der Maître endlich lächelte, weil sein Handwerkerstolz der Tochter recht gab. Sie tranken ein Glas Wein miteinander, und dann begleitete der Magister den Gesellen nach Hause. Sie gingen durch die Rue de la Juiverie und bogen bei der Kirche Sainte Croix in die Rue de la Baclerie ein.

«Ihr seid Vater geworden, habe ich gehört.»

«Spricht sich das so schnell herum?»

Perrinet lachte.

«Ihr kennt ja unseren alten Spruch: Wenn morgens ein Spatz dem Herzog auf den Hut scheißt, weiß es mittags die ganze Stadt. Ihr seid eine bekannte Persönlichkeit, Magister, und es gibt keine Frau in Nantes, die Isabelle nicht beneiden würde.»

«Aber sie zerreißen sich auch die Mäuler, nicht wahr? Manche dieser Damen wird sagen: Wo gestern noch ihre Mutter froh war, unsere Kleider waschen zu dürfen, müssen wir heute einen Knicks vor der Frau Magister machen.»

«Ich habe es noch niemand sagen hören, aber wenn, dann spricht nur der Neid daraus. Kümmert Euch nicht drum!»

René schlug ihm auf die Schulter.

«Tue ich auch nicht. Wir brauchen dich morgen früh für die Anklageschrift. Kannst du um die dritte Tagesstunde ins Amt kommen?»

Perrinet grinste.

«Wenn mein Maître es erlaubt...»

Am 13. Oktober erschienen im oberen Saal der Tour Neuve der Kanzler Jean de Malestroit, der Inquisitor Jean Blouyn mit ihren Kommissaren Magister Petit und Pater Robert, zwei Stadträte und zwei Zunftmeister und zuletzt noch, gestützt von zwei Sekretären, der alte Untersuchungsrichter Jean de Touscheronde.

Gilles de Rais saß mit unbewegtem Gesicht auf einer eigens gefertigten, bequem gepolsterten Anklagebank. Mit unbewegtem Gesicht lauschte er der stundenlangen Verlesung und zuckte mit keiner Wimper, als von den hundertvierzig namentlich bekannten Opfern die Rede war.

Mittags legte man eine Pause ein, und am Nachmittag sollte der Kanzler ihn zu den einzelnen Anklagepunkten verhören. Als Malestroit die erste Frage gestellt hatte, erhob sich Gilles de Rais, seine Hände zitterten, sein Gesicht zuckte, sein ganzer Körper bebte.

«Ich werde weder diese Frage noch eine andere hier beantworten. Dieses Tribunal aus Pfaffen und Schreiberlingen erkenne ich nicht als Gericht an.» Seine Stimme wurde lauter und lauter. «Ein Generalleutnant der Bretagne kann sich nur vor dem Landesherrn, ein Marschall von Frankreich nur vor dem König verantworten! Hier aber sehe ich nur Pfaffen und gekaufte Juristen – besser und deutlicher gesagt: einen Haufen Simonisten, Ablaßjäger und Hurenböcke! Lieber gehe ich mit einem Strick um den Hals hinaus und bitte den Henker, mich zum Galgen zu führen, als mich vor einem solchen Gericht zu verantworten.»

Malestroit war rot angelaufen, wollte zornig antworten, doch Père Blouyn faßte ihn am Arm und flüsterte etwas in sein Ohr. Der Kanzler nickte und sagte mit ruhiger Stimme:

«Seigneur de Rais, dieses Gericht hier tagt mit Billigung Seiner Hoheit des Herzogs und Seiner Majestät, des Königs von Frankreich. Im übrigen haben wir uns entschlossen, über Euch die Exkommunikation auszusprechen.»

«Dagegen erhebe ich Einspruch!»

«Der wird verworfen!»

Ohne weiter auf Gilles' Proteste zu achten, verließ die Gerichtsversammlung den Raum. Malestroit ließ die anderen vorausgehen und sagte, ehe er die Tür hinter sich schloß:

«Wir gewähren Euch eine weitere Woche des Nachdenkens, Seigneur de Rais. Wir haben Zeit, aber vergeßt nicht, daß es auch noch die Methode der peinlichen Befragung gibt.»

Die Tür fiel zu, der Wächter schob den eisernen Riegel vor.

Wieder eine Woche! Gilles empfand diese Zeit nicht als beruhigenden Aufschub, sondern als neue endlose Seelenqual.

In dieser Nacht hatte er einen Traum.

Er ritt ruhelos über ein herbstlich düsteres Land, allein, ohne Diener, ohne Begleitung. Er hatte das Gefühl, entkommen zu sein; denn alle Welt war ihm feindlich gesinnt, keine seiner Burgen nahm ihn auf, überall lauerten Verräter.

Da tauchte aus nebliger Ferne ein Schloß auf, mit zierlichen Erkern und Türmen, ein schmucker Herrensitz von makelloser Schönheit. Er zügelte sein Pferd, ritt langsam näher. Als dulde das Traumschloß keine herbstliche Düsternis, wich der Nebel zurück, der aus weißem Marmor erbaute Palast lag in ein helles Licht getaucht. Ringsum sah Gilles mit Blumen übersäte Wiesen, gesäumt von Büschen und Bäumen, die frühlingshaft grünten und blühten. Ein quadratischer Wassergraben umgab das Schloß, zu dessen Eingang eine breite Zugbrücke führte, die nicht hochgezogen war, sondern – wie auch das weit offene Portal – zum Eintreten lud.

Gilles zögerte, obwohl von dem Palast keine Bedrohung ausging, sondern eine Aura von Ruhe und Geborgenheit. Eine solche Zuflucht verdiene ich nicht, redete er sich ein, in diesem Schloß leben nur reine und gute Menschen, mein Eintritt würde es entweihen. Da hörte er Fanfarenklänge, jubelnd und jauchzend wie beim Auftritt eines großen Herrschers, und tatsächlich erschien am Portal eine Gestalt, undeutlich, weil sie im Schatten der hohen Schloßmauern stand. Dann trat sie ins Licht, in schimmernder Silberrüstung, breitete die Arme aus und rief mit heller Stimme:

«Gilles – mein Schwarzer Ritter!»

Obwohl sie weit entfernt, am anderen Ende der Zugbrücke stand, sah Gilles ihr Gesicht so deutlich, als sei sie ihm ganz nahe – Johanna, die Jungfrau. Ihre graugrünen Augen leuchteten, ihr dunkles Haar schimmerte, ihr Antlitz strahlte wie das eines Lichtengels.

«Du lebst?» rief er fragend, und freudig kam es zurück:

«Ich lebe, Gilles, und warte auf dich.»

«Auf mich?»

«Ja – auf dich!»

Aber ich bin doch nicht würdig, um dort drüben neben dich zu treten, wollte er sagen, aber seine Stimme gehorchte ihm nicht, und so sprang er vom Pferd und lief zur Zugbrücke. Da verschwand ihre Gestalt, und aus dem Portal liefen kleine bunte Gestalten, zierliche Pagen in blauen, roten, gelben und grünen Wämsern, so wie er gerne seine Jungen zu kleiden pflegte, ehe...

Gilles wich zurück. Die kleinen Gestalten machten sich emsig daran, die Zugbrücke zu zerlegen, lautlos und geschäftig, und das abgelöste Holz türmte sich vor ihm auf. Höher und höher wuchs der Stapel, und als er zurückwich, hörte er nochmals ihre Stimme, sah ihr Gesicht im Fenster des Wehrturms über dem Portal.

«Komm!» rief sie, «komm herüber!»

«Aber wie?»

Sie deutete auf den Holzstapel.

«Du mußt da hinaufklettern...»

Gilles de Rais erwachte von einem namenlosen Schrecken, der ihn ergriff. Sein Herz schlug wie rasend, sein Körper bedeckte sich mit kaltem Schweiß. Er hatte verstanden. Er fügte sich.

Am Morgen schickte Gilles de Rais den Diener zu Jean de Malestroit und bat um seinen Besuch. Der Kanzler ließ sofort den Magister holen.

«Petit, ich brauche Euch als Zeugen. Entweder Gilles hat seinen Sinn gewandelt, oder er plant einen Ausbruch. Wir sollten seine Bewachung verstärken.»

«Ich habe kein gutes Gefühl...», meinte René, doch Malestroit winkte ab.

«Dieser Herr entgeht uns nicht. Er weiß, daß er verloren hat.»

Sie postierten fünf Bewaffnete rund um die Tour Neuve und stiegen die Treppe hinauf. Gilles sah müde und bleich aus, doch er empfing die Herren mit einem Lächeln, und – das war höchst ungewöhnlich – sein Blick wich ihnen nicht aus.

«Kann ich mit Euch allein sprechen, Monseigneur?»

«Nein, Marschall, da Ihr mich habt rufen lassen, schreibt das Gesetz einen Zeugen vor.»

«Also gut. Ich bin jetzt bereit, auszusagen und meine Schuld zu bekennen. Beruft das Gericht so schnell wie möglich ein, ich will nicht mehr warten.»

«Wir auch nicht, Seigneur.»

Im Schloßhof blieb Malestroit stehen und schüttelte den Kopf.

«Ich kann mir das nicht erklären. Gestern nannte er uns noch Ablaßjäger und Hurenböcke – heute ist er zahm wie ein Lämmchen.»

Magister René hob die Schultern.

«Auch ich weiß keine Erklärung, bin aber glücklich, daß dieser Fall zu Ende geht. Ich werde gleich die Zeugen und Beisitzer zusammentrommeln.»

Am 15. Oktober erschien Gilles de Rais vor Gericht und ergriff als erster das Wort.

«Ich stehe zu meinem gestrigen Versprechen, stelle aber eine Bedingung: Meine Exkommunikation muß sofort aufgehoben werden.»

Malestroit sah Père Blouyn an, und der nickte.

«Ist gewährt.»

Dann bat er in bewegten Worten die Richter um Vergebung für seine Beleidigungen und Anwürfe – um der Liebe Gottes willen. Auch das wurde gewährt. Nun wurden die wichtigsten Anklagepunkte neu verlesen, und der Marschall gestand alles ein, wirkte zerknirscht und schien sich seiner tiefen Schuld bewußt.

Beim Artikel XXI stutzte er und hob die Hand.

«Nein! Ich habe niemals einen Pakt mit dem Teufel geschlossen!» Auch beim Artikel dreiundzwanzig meldete er Protest an.

«Ich soll meinen Glauben in die Beschwörung von Dämonen gesetzt haben? Nein und nochmals nein!»

«Prelati hat anders ausgesagt.»

«Dann hat er gelogen.»

«Auch Eure Diener Henriet und Poitou bestätigen es, waren selber dabei zugegen.»

«Dann lügen auch sie! Ich habe mit Prelati nur Alchimie betrieben, und zwar mit dem Zweck – das gebe ich zu –, Gold zu machen. Ist Alchimie neuerdings eine Sünde? Alle Welt betreibt sie!»

Der Kanzler erhob sich und sagte:

«Monseigneur Blouyn – auf ein Wort.»

Sie gingen hinaus. Malestroit schlug vor:

«Mag er die Beschwörung auch leugnen, allein die hundertfache Sodomie und die Morde reichen für ein Todesurteil.»

Père Blouyn straffte sich.

«Böse Taten, aber weltliche Sünden. Auf den Teufel anstatt auf Gott vertrauen ist schlimmer, es gibt nichts Schändlicheres. Wenn er nicht zugibt, was seine Kumpane längst gestanden und mehrfach bestätigt haben, muß er auf die Folter.»

Malestroit tippte sich an die Stirn.

«Ich hab's! Er ist ein Edelmann und möchte durch das Schwert sterben. Gesteht er die Teufelsbeschwörung, so blüht ihm der Scheiterhaufen.»

«Darauf kann die Inquisition keine Rücksicht nehmen. Wollt Ihr ihn dabei unterstützen – aus Solidarität?»

Malestroit lächelte fein.

«Ihr spielt auf meine adlige Abstammung an? Nein, Père Blouyn, da irrt Ihr Euch. Für mich zählen nur drei Dinge: Das Gesetz Gottes, das der Menschen und der Wille meines Herzogs. Keines davon steht der Heiligen Inquisition im Wege.»

Der Inquisitor nickte.

«Dann ist es ja gut.»

Dem Angeklagten wurde eröffnet, daß er am Nachmittag seinen Helfern gegenübergestellt werde und zu ihren Aussagen Stellung nehmen könne.

So marschierten sie dann auf, traten der Reihe nach durch die Tür im oberen Saal der Tour Neuve: François Prelati, Eustache Blanchet, Henriet Griart und Etienne Corrilaut, genannt Poitou.

Prelati, der vollendete Schauspieler, erschien im geistlichen Gewand, spielte den zutiefst Zerknirschten und antwortete mit leiser, schmerzlich bebender Stimme. Kaplan Blanchet hielt sich bedeckt, gab knappe ausweichende Antworten und verwies immer wieder auf seine Flucht und die Einkerkerung. Poitou und Henriet schauten ihren Herrn an wie geprügelte Hunde, doch sie standen zu ihren Aussagen.

Gilles de Rais aber schwieg, saß da mit verschränkten Armen, blickte jedem seiner früheren Genossen kurz in die Augen und richtete dann seinen Blick auf das Kruzifix an der Wand.

Als die Zeugen gegangen waren, sagte der Kanzler:

«Seigneur, Ihr habt diese freiwilligen Aussagen vernommen. Wollt Ihr weiterhin schweigen?»

Gilles senkte den Kopf – und schwieg.

«Wie Ihr wollt! Dann ordne ich für übermorgen die peinliche Befragung an.»

Doch dazu kam es nicht, weil der Marschall schon am nächsten Tag seine Richter wissen ließ, er werde nun ein letztes umfassendes Geständnis ablegen.

«Ich würde ihn dennoch foltern lassen», meinte der Inquisitor Blouyn. Malestroit wiegte unschlüssig seinen kahlen Schädel.

«Aber wenn er alles zugibt – jeden Punkt der Anklage?»

«Warten wir's ab.»

Wieder waren sie alle versammelt: Der Untersuchungsrichter de Touscheronde, der Gerichtspräsident l'Hôpital, Malestroit und Blouyn, die beiden Kommissare, einige Stadträte und Notare.

Gilles de Rais erhob sich.

«Meine Herren, ich werde Eure Geduld heute ein letztes Mal in Anspruch nehmen. Sollte mein heutiges Geständnis nur eine einzige Frage offenlassen, so mag man mich danach peinlich verhören. Ich habe in meinem Leben so viel Böses getan, daß ich tausendmal den Tod verdiene, und was ich vorgestern noch geleugnet habe, gestehe ich heute ein: Ich habe mehr als ein dutzendmal den Teufel beschworen, dazu auch Kinder ermorden lassen, um sie den Dämonen zu opfern. Mein schlimmes Leben begann, als mein Großvater Jean de Craon starb und ich frei über ein gewaltiges Vermögen verfügen konnte.»

Gilles wußte, daß er nicht die ganze Wahrheit sprach, aber was Johannas Leben und Tod ihm bedeutete, ging die Richter nichts an. Er redete lang, er redete offen, aber seine Stimme wurde ganz leise, als er schilderte, wie die Kinder bei ihm zu Tode kamen.

«Lauter, Seigneur, die Schreiber müssen jedes Wort genau hören.»

Einige Männer begannen zu schluchzen, einer lief hinaus, weil er sich übergeben mußte. Jean Blouyn aber, der Inquisitor, stand auf und verhüllte das Kreuz an der Wand mit einem schwarzen Tuch.

Am Ende wurde Prelati vorgeführt, und er bestätigte Wort für Wort Gilles' Aussagen über die Dämonenbeschwörungen.

Noch ehe man ihn zurückhalten konnte, lief Gilles auf Prelati zu, umarmte ihn heftig und rief weinend:

«Mein Freund, wir werden uns in einer besseren Welt wiedersehen!»

Dann wurde dem Marschall Gilles de Rais sein Urteil verkündet wegen «heimtückischer ketzerischer Abtrünnigkeit, Dämonenbeschwörung, Mordes in hundertvierzig Fällen verbunden mit widernatürlicher Unzucht». Der letzte Satz lautete: «Ihr werdet aus der Kirche ausgestoßen und dem weltlichen Gericht übergeben.»

Sofort fiel Gilles auf die Knie und bat unter Tränen um Wiederaufnahme in die heilige Kirche. Das wurde ihm gewährt; er legte darauf seine letzte Beichte ab und empfing das Abendmahl.

31

An diesem windigen und kühlen Tag, es war der 25. Oktober des Jahres 1440, herrschte im Haus des Maître Briand ziemlicher Streit.

Perrinets Bruder Etienne, die Eltern, Maître Aubin mit Frau und Tochter – alle standen um ihn herum, redeten auf ihn ein. Doch er blieb dabei:

«Ich gehe nicht hin! Wer diesen Menschen so wie ich erlebt hat, ist froh, ihn nie mehr sehen zu müssen.»

Maître Briand, sein Vater, hob verzweifelt beide Hände.

«Aber gerade du hast doch so mutig und selbstlos an seinem Sturz mitgewirkt! Es muß dir doch eine Genugtuung sein, ihn auf dem Scheiterhaufen sterben zu sehen. Außerdem wird er zuerst erhängt und dann verbrannt – für diesen Unhold eine milde Strafe.»

«Ob mild oder nicht – ich will ihn nicht sehen, genausowenig wie Henriet und Poitou, die mir so manchen Gefallen erwiesen haben und jetzt an den Galgen müssen. Versteht ihr denn nicht, der Anblick dieser Menschen rührt in mir wieder auf, was ich versucht habe zu vergessen!»

«Dein Freund René Petit wird auch dort sein und dich sehr vermissen», meinte Marguerite.

«Der muß von Amts wegen hin, es ist seine Pflicht.»

«Vielleicht zusammen mit seiner Gemahlin, der früheren Wäscherin», bemerkte die Frau Mama und lächelte anzüglich.

«Dann befehle ich es dir einfach!» rief Maître Briand empört, worauf Perrinet ruhig antwortete:

«Ich bin erwachsen, Herr Papa.»

Doch seine Antwort ging unter, weil es draußen laut klopfte. Es waren zwei Berittene von der herzoglichen Garde, die Perrinet mitteilten, daß Seine Gnaden Jean de Malestroit für ihn und seine Familie einen Tribünenplatz an der Hinrichtungsstelle bereit halte. Zuvor aber werde sich der verurteilte Seigneur Gilles de Rais auf der Place Bouffay beim Volk für seine Untaten entschuldigen.

Perrinet seufzte und erhob sich, begleitet von den schadenfrohen Blicken seiner Sippe.

Die Place de Bouffay, an deren einer Ecke das Gerichtsgebäude mit dem Stadtgefängnis stand, war wohl in der langen Geschichte von Nantes nie so überfüllt gewesen. Die Menschen balgten sich um jeden noch so kleinen Platz, wo man stehen, sitzen, kauern oder sich festklammern konnte, wie einige Gassenjungen am Gesims des Hôtel de Bouffay. In den Fenstern der umliegenden Häuser steckten so viele Gesichter wie Rosinen im berühmten Kuchen des Bäckers Robertin im Viertel Sainte Croix.

Ja, das war ein Tag, wie die Stadt noch keinen gesehen hatte! Als die Glocken der Kathedrale zu läuten begannen und Gilles de Rais aus dem Hôtel du Bouffay ins Freie trat, erstarb das Raunen der Menge; die fliegenden Verkäufer von Brot, Wurst und Getränken blieben stehen und schluckten ihre Marktrufe hinunter, und quengelnde Kinder beruhigten sich, als ihre Eltern sie auf den Arm nahmen. Auch von denen, deren Kinder er geschändet und getötet hatte, waren einige gekommen, rachelüstern und begierig, den Unhold, wie sie hofften, langsam und schmerzvoll sterben zu sehen, nachdem er voll Todesangst zur Hinrichtung gekommen war. Wer dies hoffte, wurde enttäuscht.

Gilles stieg auf eine umgestürzte Tonne, um besser gesehen und gehört zu werden. Er hatte sich den schwarzen Bart abnehmen lassen, was bei allen, die ihn kannten, Befremden erweckte. War dies tatsächlich Seigneur Gilles de Rais, der große Feudalherr, der Ketzer und Kinderschänder? Diese Frage beantwortete er selber.

«Hier stehe ich vor euch, Bürger von Nantes, und bekenne meine schwere Schuld. Bisher nannte man mich den Seigneur de Rais, Marschall von Frankreich, jetzt bin ich nur noch ein armer Sünder, erdrückt von Schuld, gepeinigt von Reue und fast gelähmt vor Angst.

O nein – es ist nicht die Angst vor dem Tod, sondern die Sorge, vor Gott keine Verzeihung zu erlangen, weil ihr, denen ich die Kinder gestohlen habe, mir nicht vergeben könnt. Was ich getan habe, ist so schlimm, daß nur Gott in seiner unendlichen Liebe mich reuigen Sünder in die Arme nimmt. Keiner von euch – denn wer ist wie Gott? – wird dazu die Kraft aufbringen, aber ich wünsche es mir so sehr!»

Er fiel auf die Knie, und zwei Bewacher mußten ihn halten, daß er nicht vom Faß stürzte. Er schluchzte so laut, daß nicht wenige der Zuschauer Mitleid mit dem Gepeinigten empfanden, der nun sein tränenüberströmtes Gesicht erhob und rief:

«Vergebt mir, liebe Leute, um Christi willen – vergebt mir!»

«Wir vergeben dir!» rief es da und dort aus der Menge, und dann schwollen die Rufe an. «Wenn Gott ihm vergibt, tun wir es auch!»

Perrinet, der mit seiner Familie unter den Arkaden der Geschäftshäuser stand, die den Platz im Norden begrenzten, wandte sich angewidert ab. Er, der diesen Menschen besser kannte als jene, die nun geneigt waren, das *monstre* zu bemitleiden, mochte an die Reue dieses Menschen nicht glauben. Daß er ihm nach dem Leben getrachtet hatte, konnte der gutmütige Perrinet ihm verzeihen, nicht aber den Tod von Olivier de Percy, seinem besten Freund.

Magister René Petit, der unter den Honoratioren vor dem Hôtel du Bouffay stand, sah den Verurteilten nur von hinten, und es befiel ihn der unsinnige Wunsch, auch die jetzt so gerührte Menge möge ihn ganz kurz nur aus dieser Perspektive betrachten. Da stand oder kniete er auf seiner Tonne, fuchtelte mit den Armen, und das sah aus, als stünde über ihm ein Marionettenspieler, der seine Figur nach Belieben herumzappeln ließ.

Da stehst du nun oben, Gilles de Rais, und versuchst aus deiner verzweifelten Lage das Beste zu machen. Und was ist das Beste? Du wirfst dich einer Schimäre in die Arme, die du Gott nennst und die dein beflecktes Leben nun blütenrein waschen soll, gerührt von deiner Reue, die nur Ausdruck deiner Angst ist. Du hast dir in deinem Leben den Teufel so oft herbeigewünscht, doch nach dem Tod willst du nichts mehr mit ihm zu tun haben. Der Hölle Beistand mag dem Lebenden nützen, die Seele jedoch strebt himmelwärts. Aber, Gilles, ich sage dir, es gibt kein Leben nach dem Tod! Es gibt nur eines davor, und das hast du vertan, um deine Gier nach Besitz, nach Titel, nach Völlerei und mörderischer Unzucht zu befriedigen. Schade, daß es keine Hölle gibt – für dich müßte man sie erfinden.

Die Marionette auf der Tonne war zusammengesunken, als habe ihr Spielmeister sie fallen lassen. Man half dem Seigneur herunter, fesselte seine Hände, und alle an diesem Theater Beteiligten formierten sich zu einer Prozession. Inzwischen waren Poitou und Henriet dazugetreten, doch niemand achtete auf die beiden Pagen, die totenbleich, aber gefaßt mit ihrem Herrn den letzten Weg antreten mußten.

Den Hinrichtungsplatz hatte man auf das Feld von Biesse verlegt, eine große Wiese auf dem jenseitigen Loireufer, von wo man die Mauern und Türme des Herzogspalastes gut sehen konnte. Dort waren zwei Galgen und zwei Scheiterhaufen errichtet – je einer für den Herrn, die anderen für Poitou und Henriet.

Gilles hatte das Gericht gebeten, als erster hingerichtet zu werden, damit seine Diener nicht glauben sollten, man würde ihn nach ihrem Tod im letzten Augenblick begnadigen.

Gilles de Rais tat seinen letzten Gang im Zustand der Euphorie. Das grausige Spiel war zu Ende – dem Himmel sei Dank! Er wußte, daß es für ihn nun einen Ausweg gab, sein blutbeflecktes Leben zu beenden – nur einen, und den hatte er mit Gottes und Johannas Hilfe gewählt und dabei dem Teufel ein Schnippchen geschlagen. Das freute ihn am meisten. Da saßen sie nun unten im Höllenfeuer, die Dämonen Barron, Aliboron, Asmodi, Astaroth, Belemoth und wie immer sie sich nennen mochten und heulten mit ihrem Herrn, dem Fliegengott, dem Luzifer, dem ewigen Widersacher, um die Wette.

Lächelnd umarmte Gilles seine beiden Pagen am Fuße des Galgens.

«Nur Mut, Freunde, in wenigen Augenblicken sehen wir uns wieder – vor Gottes Angesicht!»

Es war nicht die Galgenleiter, die er jetzt hurtig bestieg, sondern die Sturmleiter vor Les Tourelles, auf Johannas Spuren. Als der Pfeil sie traf, fiel sie in seine Arme, und ihre graugrünen Augen blickten ihn flehend an.

Nun hilf jetzt du mir, Johanna, hilf mir hinüber in Gottes Reich, an dessen Seite du stehst. Bitte für mich, Sainte Jeanne…

Jean de Malestroit, der an der Richtstätte nochmals das Urteil verlesen hatte, blickte auf und schaute in ein bleiches, aber zufriedenes, ja glückliches Gesicht. Er, der kaum jemals ein schlechtes Gewissen fühlte, hatte doch Ansätze von Reue empfunden, wenn er daran dachte, wie wohlfeil der Herzog und er dem Seigneur de Rais die vielen Besitztümer abgeluchst hatten, bevor sie endlich den Stab über ihn brachen. Nun aber beneidete er ihn fast ein wenig. Der Marschall von Frankreich schien nichts dabei zu finden, den Galgen zu besteigen – ja, es bereitete ihm offensichtlich sogar Vergnügen.

Die beiden Pagen bemühten sich, es ihrem Herrn gleichzutun, aber der sonst so fröhliche Poitou brach in Weinen aus und mußte die Leiter hinaufgeschoben und -gehoben werden. Der schweigsame Henriet blickte finster und entschlossen drein, als gelte es, eine schwere Arbeit zu verrichten, und es war ja auch alles andere als leicht, der im Wind baumelnden Schlinge entgegenzusteigen. Die Zuschauer sparten nicht mit ermunternden Zurufen, während sie bei Gilles' letztem Gang ehrfürchtig geschwiegen hatten.

So blieben die Standesunterschiede bis zuletzt gewahrt: Gilles de Rais, Marschall von Frankreich hing allein an einem Galgen, seine beiden Diener mußten sich einen teilen. Auf dem Scheiterhaufen wurde es noch deutlicher: Poitous und Henriets Leichen verbrannten gemeinsam zu Asche, Gilles' Körper jedoch wurde kurz darauf aus den Flammen gezogen, von vier Nonnen gewaschen und tags darauf in der Kirche Notre-Dame-du Carmel bestattet. Die Asche der Diener kippten zwei Büttel unter Witz und Gelächter in die Loire.

Epilog

Nach dem Prozeß zog Jean de Malestroit endgültig auf sein schönes Schloß nach Vannes.

Magister Petit aber spürte zunehmend, daß er in Nantes berufliche Schiffahrt auf einem toten Gewässer betrieb. Wegen jeder Kleinigkeit mußte er in Vannes nachfragen, das war umständlich, kostete viel Zeit und wirkte sich hemmend aus. Nachdem Isabelle ihm zwei Jahre nach Marie-Anne einen Sohn geboren hatte, beschlossen sie, nach Tours zu den Eltern zu ziehen. Dieser Wunsch ging fast noch stärker von Isabelle aus, weil gewisse Kreise in der Stadt sich mit ihrer Herkunft nicht abfinden wollten. Sie wurde überempfindlich, hörte aus jedem Gezischel Hohn oder Kritik über die ehemalige Wäscherin heraus.

Als der Herzog für das kommende Jahr die Ernennung eines Untersuchungsrichters für Nantes ankündigte und René weiterhin nur Stellvertreter sein durfte, hielt auch er die Zeit für gekommen, die Zelte abzubrechen und im Juni nach Tours überzusiedeln. Sein einziger wirklicher Freund in der Stadt war Perrinet Briand, der nun schon über ein Jahr mit Marguerite Aubin verheiratet und vor kurzem Vater eines Sohnes geworden war. Den künftigen Notar und den künftigen Sattlermeister verbanden nicht nur die gemeinsamen Erinnerungen, sondern sie schätzten sich auch persönlich. René mochte den klugen gutmütigen jungen Mann wegen seiner frischen fröhlichen Art und seiner Fähigkeit, sich in allen Situationen zurechtzufinden. Perrinet bewunderte am Magister die Konsequenz, mit der er zu Isabelle gestanden und sie – was keineswegs üblich war – geheiratet hatte, schätzte auch sein Wissen und seinen freien unabhängigen Geist. Ihre Frauen hatten daran nicht teil: Isabelle hütete sich, Marguerite einzuladen, weil sie wußte, daß sie nur eine verlogene Absage bekäme, und die Sattlerstochter hielt es mit ihrer Standeswürde für unvereinbar, mit einer früheren Wäscherin zu verkehren.

Den beiden Männern war das durchaus recht, sie genügten sich selber und trafen sich von Zeit zu Zeit in den Ratsstuben, wo herzogliche Beamte und Stadträte verkehrten und wo die Zunftmeister ihre eigenen Räume hatten. Ihre letzte Begegnung lag nun schon weiter zurück, weil René in diesem Sommer häufig zwischen Nantes und Vannes unterwegs war, während Perrinets Berufs- und Familienpflichten sein Leben ausfüllten.

Im Ratskeller hätte ein Handwerkergeselle kaum Zutritt gehabt, doch der Sohn eines Maître Briand und der Schwiegersohn von Maître Aubin gehörte eben zu den Ausnahmen.

Mai und Oktober sind in der Bretagne die regenreichsten Monate, und so hatten Isabelle und René beschlossen, in der ersten Juniwoche nach Tours zu reisen.

Am Tag des heiligen Augustinus trafen sich René Petit und Perrinet Briand in den Weinkellern der Ratsstube. In diesen letzten Maitagen hielt der Sommer seinen Einzug, und wenn die Menschen noch vor einer Woche sich wegen des heftigen Regens in den Arkaden herumgedrückt hatten, so taten sie es jetzt auf der Suche nach kühlem Schatten.

René hatte sich für die letzten Wochen vor seiner Abreise beurlauben lassen, das heißt, er war einfach nicht mehr zum Dienst erschienen, da sein übereifriger Nachfolger schon jetzt in alles die Nase steckte und eine Menge überflüssiger Fragen stellte. Da hatte er ihn vor einigen Tagen in seine Amtsstube gebeten.

«Da Ihr offenbar Eure Arbeitswut nicht mehr zügeln könnt, Herr Kollege, möchte ich dabei nicht im Wege stehen und räume meinen Platz. Die laufenden Fälle liegen hier, und mein Sekretär, der nun der Eure ist, wird Euch einweisen.»

Dann war René hinausspaziert und hatte sich lange nicht mehr so wohl gefühlt. Seine gute Laune hielt bis zu diesem Tag an.

«Ach, Perrinet, wenn du nicht wärst, würde mir der Abschied von dieser Stadt noch leichter fallen. Jedesmal wenn ich an La Suze vorbeigehe, überläuft mich ein kalter Schauer.»

Perrinet nickte.

«Mir geht's genauso, und einmal glaubte ich schon, Seigneur de Sillé herauskommen zu sehen. Von ihm hat man nie wieder etwas gehört – oder?»

«Nein. Entweder er wagt keine Rückkehr, oder jemand hat diese Ratte erschlagen. Er gehört zu den Menschen, die keiner vermißt. Bricqueville hingegen...», Perrinet riß die Augen auf.

«Ja, was ist mit ihm?»

«Dieser Mensch ist so dumm wie frech. Ob du davon gehört hast, weiß ich nicht, jedenfalls hat Marie, das einzige Kind von Gilles de Rais, im Vorjahr den Admiral Prégent de Coetivy geheiratet – das heißt, ihr Onkel René de la Suze hat die kaum Dreizehnjährige mit einem Mann, der ihr Großvater sein könnte, verkuppelt. Nichts Neues bei diesen Herren, aber Coetivy besaß die Frechheit, den berüchtigten Kumpan seines hingerichteten Schwiegervaters aufzunehmen und ihn als eine Art Hauptmann zu beschäftigen – freilich nicht in der Bretagne, sondern auf seinem Besitz im Anjou. Ich tat, was mein Gewissen gebot, und richtete an Herzog René eine Bitte um Auslieferung Bricquevilles wegen Mittäterschaft des Mordes in zahlreichen Fällen. Als Antwort übersandte die herzogliche Kanzlei mir die Kopie eines Begnadigungsschreibens des französischen Königs.»

Perrinet schlug auf den Tisch.

«Das gibt's doch nicht. Aber ich will diesem Menschen nichts Böses wünschen, weil ich seiner Feigheit und Geldgier das Leben verdanke.»

René lachte.

«Hauptsächlich aber wohl deiner eigenen Schlauheit. Eines würde mich noch interessieren, weil wir nie ausführlich darüber gesprochen haben: Wo hat dein Vater dich eigentlich versteckt, als er in Nantes deinen Tod bekannt gab?»

Perrinet wich aus:

«Das ist nicht so wichtig...»

«Na, jetzt rede schon!»

«Mein Vater ist Teilhaber des Gutes La Bâte in der Nähe von St. Père. Dort lebte ich unter falschem Namen bis zu Gilles' Festnahme.»

René stutzte. Bei dem Namen La Bâte klingelte eine Warnglocke in seinem Juristenkopf.

«La Bâte – La Bâte – das kenne ich doch – ja, jetzt hab ich's! Da gab es im September vorigen Jahres den Prozeß um die Ermordung des Gutsbesitzers Marcel de Brosse – weißt du davon?»

«Wie auch nicht, er war der Teilhaber meines Vaters.»

«Und seine Frau soll ihn umgebracht haben – ja, Yvette de Brosse war des Mordes an ihrem Gatten angeklagt.»

«Und wurde freigesprochen.»

«Richtig, weil ein Mann beschwor, sie habe die Nacht von Marcels Tod bei ihm verbracht.»

Perrinet nickte und lächelte gequält.

«Und dieser Mann war der Sohn eines benachbarten Gutsbesitzers – ich weiß das alles, warum rührst du den Fall auf?»

«Weil ich nicht an die Unschuld Yvettes glaubte, aber die Richter fielen auf ihre schlaue Verteidigung herein. Warum, so fragte sie, hätte sie den Vater ihres Kindes töten sollen? Um den anderen zu heiraten? Das sei nur eine Stunde der Schwäche gewesen, außerdem kenne sie diesen Menschen erst seit kurzem. Der bestätigte alles, sagte, er sei fest verlobt und werde demnächst heiraten, was mehrere Zeugen bestätigten. So reichte es nur zu einer saftigen Geldbuße wegen Ehebruchs. Hast du die Dame gekannt?»

Perrinet wollte an die Zeit mit Yvette nicht mehr erinnert werden und sagte:

«Nur flüchtig, denn ich spielte damals die Rolle eines Pferdeknechts.»

René lachte spöttisch.

«Wird dir nicht geschadet haben – oder? Du warst in deinem Leben ja tatsächlich gezwungen, mehrere Rollen zu spielen: Chorführer, Spion der Justiz, Isabelles Liebhaber, Pferdeknecht – ja, sogar einen Toten hast du spielen müssen …»

Perrinet knallte seinen Becher auf den Tisch, daß der Wein überschwappte.

«Jetzt reicht's aber!» rief er zornig. «Spricht so ein Freund? Du tust ja gerade, als hätte es mir Spaß gemacht, mich dauernd zu verstellen, manchmal sogar unter Lebensgefahr.»

René tätschelte seinen Arm.

«Beruhige dich, mein Lieber, es war nicht böse gemeint. Vielleicht spricht aus mir der Neid, weil ich die ganze Zeit über in einer Amtsstube sitzen und staubige Akten wälzen mußte.»

Der gutmütige Perrinet war schnell versöhnt.

«Was ist eigentlich aus den Herren Blanchet und Prelati geworden? Die waren doch auch an Gilles' Verbrechen beteiligt.»

«Eustache Blanchet kam frei, stand am Ende sogar als Märtyrer da, weil Gilles ihn ein paar Wochen einsperrte. Prelati wurde zu lebenslanger Haft verurteilt, aber – jetzt kann ich es dir ja sagen – die dauerte nur wenige Monate, weil wir ihn umgedreht hatten.»

«Umgedreht? Was heißt das?»

«Er war unser Spitzel und Zuträger.»

«Wie ich?»

«Ja, aber du tatest es freiwillig, während er seiner Strafe entgehen wollte. Auch bei der Justiz muß man Kompromisse machen. Wir dachten, er verschwände nach seiner Freilassung zurück in seine Heimat, aber was erwartete ihn da schon? Er hängte sein Pfaffengewand an den Nagel und spielte seine liebste Rolle – die eines Tausendkünstlers. Er wurde sogar von dem klugen Herzog René empfangen und hat ihm vorgegaukelt, es sei doch möglich, Gold zu machen, habe man nur die richtigen Rezepte. Nun, daraus ist nichts geworden, aber Herzog René hat ihn zum Hauptmann von La Roche-sur-Yonne ernannt – mehr weiß ich auch nicht.»

«Wo bleibt da die Gerechtigkeit? Oder hältst du es für gerecht, wenn so üble Burschen wie Bricqueville und Prelati frei herumlaufen? Waren sie besser als Poitou und Henriet?»

René zuckte die Schultern.

«Gewiß nicht besser, aber schlauer, frecher ...»

Perrinet schüttelte störrisch den Kopf.

«Damit kann ich mich nicht abfinden. Schließlich habe ich mein Leben riskiert, um auch diese beiden der gerechten Strafe zuzuführen.»

«Wir leben in einer unvollkommenen Welt, mein Freund – finde dich damit ab.»

Nachwort

Die Personen dieses Romans haben – bis auf wenige Ausnahmen – tatsächlich gelebt und die hier geschilderten Schicksale erlitten. In diesem Fall muß ich sagen: Leider hat es diesen Gilles de Rais gegeben, und die fast vollständig erhaltenen Prozeßakten nennen die Zahl von hundertvierzig bestialisch hingemordeten Kindern. Aber in Wahrheit dürften es weit mehr gewesen sein, weil niemand nach den vielen Bettelkindern fragte, die in Gilles' Schlössern verschwanden.

Trotz unserer gar nicht zimperlichen Zeit, die in Horror- und Gruselfilmen die abstoßendsten Szenen zeigt, konnte ich mich nicht entschließen, eine von Gilles' grausigen Lustmordszenen bis in die letzte Konsequenz zu schildern. Da ich sie aber nicht unterschlagen will, zitiere ich aus dem vollständig erhaltenen Geständnis des Pagen Henriet Griart, übernommen aus dem Buch von Georgess Bataille:

«... daß er es gern sah, wenn die Kinder geköpft wurden, nachdem er mit ihnen auf dem Bauch Verkehr gehabt hatte, wobei er ihre Beine zwischen den seinen hatte, und zuweilen war er auf dem Bauch besagter Kinder, wenn man ihren Kopf vom Leib trennte; ein andermal schnitt er hinten in ihren Hals, damit sie langsam verbluteten, was ihm großes Vergnügen bereitete; und während sie dahinsiechten, kam es vor, daß er mit ihnen verkehrte, bis sie tot waren, manchmal auch, nachdem sie gestorben, aber noch warm waren; und es war ein kurzer Degen vorhanden, um ihnen den Kopf abzuschneiden; und wenn diese Kinder nicht so schön waren, wie er es sich vorstellte,

schnitt er selbst ihnen den Kopf ab; und hatte darauf zuweilen Verkehr mit ihnen.»
(...)
«Item, sagte und gestand er, daß besagter Sire de Rais die Kinder am Schreien hinderte, wenn er mit ihnen Verkehr haben wollte, indem er ihnen einen Strick um den Hals legte und sie etwa drei Fuß über dem Fußboden in einer Ecke des Zimmers aufhängte, und ehe sie starben, holte er sie herunter oder ließ sie herunterholen und verlangte von ihnen, daß sie kein Wort sagen dürften, und er erhitzte sein Glied in seiner Hand und ließ danach seiner Natur über ihrem Bauch freien Lauf: danach schnitt er ihnen die Kehle durch, indem er den Kopf vom Rumpf trennte und zuweilen, nachdem sie tot waren, fragte er, welche der Kinder den schönsten Kopf hatten.»

Etienne Corrilant, genannt Poitou, machte eine ganz ähnliche Aussage – freiwillig und ohne Anwendung der Folter.

Dieser spektakuläre Kriminalprozeß im mittelalterlichen Frankreich und sein Ende mit Geständnis, Reue und öffentlicher Entschuldigung war so einmalig, weil es sich beim Täter um einen sagenhaft reichen Feudalherrn handelte, der an der Seite der Jungfrau von Orléans zu Ruhm und Ansehen gelangt war. Bischof Jean de Malestroit ließ, vielleicht auf Anregung des Herzogs oder der Inquisition, wie der Gilles-Biograph Ph. Reliquet schreibt:

«...von den Verhörprotokollen und Urteilssprüchen dieses exemplarischen Prozesses zahlreiche Abschriften anfertigen, die sich zur Einschüchterung der Sünder, zur Erbauung der Massen und zum Ruhm der Geistlichkeit weidlich ausschlachten ließen.»

Wer, vielleicht durch mein Buch angeregt, die Stätten dieser grausigen Geschichte aufsuchen will und in der Umgebung von Nantes die Burgruinen Champtocé, Machecoul, Tiffauges und Pouzauges besichtigt, wird dort immer wieder hören oder lesen: *Château de Barbe-bleue*, also «Blaubarts Schloß».

Nun hat aber der sagenhafte Ritter Blaubart mit unserem Gilles nicht das geringste zu tun. Man hat im Pays de Rais (oder Retz) den legendären Gattinnenmörder der Person des Gilles übergestülpt, weil ein hundertfacher Kinderschlächter einfach nicht tragbar war und man sich seiner schämte. Da man heutzutage aber die historische Wahrheit nicht völlig unterschlagen will, ist in Anschlägen, Prospekten und Reiseführern quasi zwischen den Zeilen angedeutet, daß es sich bei den Opfern um Kinder und nicht um Frauen handelte.

Bleibt noch als letztes zu klären, ob unter den hundertvierzig Kindern auch Mädchen waren, denn manchmal taucht in den Akten die Formulierung «Knaben und Mädchen» auf. Da Gilles ganz eindeutig als sadistisch veranlagter Päderast handelte, kann es nur sein, daß er unter den Bettelkindern manchmal Geschwisterpaare aufgriff und die Mädchen als Zeuginnen töten ließ. Einige glauben auch an einen Irrtum, da in vielen der Aussagen nur von «Kindern» die Rede ist, und so hat man vielleicht einige Mädchen, die in dieser wüsten Zeit aus anderen Gründen verschwanden, Gilles' Schuldenkonto angelastet.

Während dieses Buch entstand, wurde wieder einmal der Versuch gemacht (im Herbst 1992), in einem «Rehabilitationsprozeß» Gilles' Unschuld zu beweisen.

Der französische Schriftsteller Gilbert Prouteau hat zudem in einem Buch den Marschall Gilles de Rais als unschuldiges Opfer von Intrigen des Herzogs der Bretagne und seines Kanzlers Malestroit hingestellt.

Dies ist nicht der erste Versuch und wird auch nicht der letzte sein, aus welchen Gründen auch immer einen sadistischen Massenmörder reinzuwaschen. Auch bei den römischen Kaisern Caligula und Nero wurde dies schon unternommen, aber hier wie dort ist die Beweislage so eindeutig, daß man diese Bemühungen nur als lächerlich und überflüssig bezeichnen kann.

1902 hat sich bereits Salomon Reinach darangemacht, Gilles de Rais als Opfer einer gezielten Vernichtungskampagne hinzustellen, ohne allerdings die Akten des weltlichen Prozesses, die damals noch nicht publiziert waren, zur Verfügung zu haben. Er stützte sich nur auf die Unterlagen des geistlichen Verfahrens, und da läßt sich Gilles leicht als Opfer der Inquisition hinstellen.

Heute aber stehen sämtliche Gerichtsakten zur Verfügung, in denen Dutzende von Namen der Kinder sowie ihrer Eltern und Verwandten genannt werden, dazu Einzelheiten über ihr Verschwinden. Es gibt nicht den geringsten Hinweis darauf, daß Gilles oder seine Pagen Henriet und Poitou gefoltert wurden. Die Beweislage war so eindeutig, daß es sinnlos gewesen wäre zu leugnen.

Freilich steht außer Zweifel, daß der Herzog der Bretagne und sein Kanzler Malestroit die Sachlage ausnutzten, um sich möglichst viel von Gilles' Besitz anzueignen, aber da war letztlich nicht er der Betrogene, sondern seine Erben.

Wir haben gesehen, daß aus Gilles, dem homosexuellen sadistischen Massenmörder ein «Ritter Blaubart» wurde, der «nur» seine sieben Frauen umgebracht hat. Eine Reihe von bretonischen Legenden hat den Fall aufgegriffen und so den Herrn der Schlösser Machecoul, Tiffauges, Champtocé und anderer mit dem düster-romantischen Licht eines Gattenmörders umgeben. Eine dieser Legenden – Georges Bataille zitiert sie in seiner Gilles-Biographie – möchte ich an den Schluß dieses Nachworts stellen.

«Müde vom Krieg gegen die Engländer hatte sich Messire Gilles de Laval in sein Schloß Rais zwischen Elven und Questembert zurückgezogen. All seine Zeit verfloß in Schwelgerei, Festen und Vergnügungen. Eines Abends kam auf dem Wege nach Morlaix ein Ritter, der Compte Odon de Tréméac, Herr von Krevent und anderen Orten, am Schloß vorbei; neben ihm ritt ein schönes junges Mädchen, seine Verlobte Blanche de L'Herminière. Gilles de Rais lud die beiden zur Rast ein und leerte mit ihnen ein Glas Würzwein. Dabei zeigte Gilles de Rais sich so unwiderstehlich und liebenswert, daß der Abend kam, ohne daß man an Aufbruch dachte. Plötzlich bemächtigten sich auf ein Zeichen des Burgherrn hin Bogenschützen des Compte Odon de Tréméac und warfen ihn in einen tiefen Keller; dann sprach Gilles zu dem jungen Mädchen, daß er sie heiraten wolle. Blanche vergoß Ströme von Tränen, derweilen man die Kapelle von tausend Kerzen erhellte, die Glocke fröhlich läutete und

alles zur Hochzeit vorbereitet wurde. Blanche wurde zum Altar geführt; sie war bleich wie eine schöne Lilie und zitterte am ganzen Körper. Köstlich gekleidet und mit seinem Bart von schönstem Rot stellte Monseigneur de Laval sich neben sie: ‹Rasch, Messire Kaplan, verheiratet uns.› ‹Ich will den Herrn nicht zum Gemahl!› schrie Blanche de L'Herminière. – ‹Ich aber will, daß man uns traut!› – ‹Tut es nicht, Herr Priester›, wiederholte das Mädchen schluchzend. – ‹Gehorcht, ich befehle es Euch!› Als nun Blanche zu fliehen versuchte, nahm Gilles de Rais sie fest in die Arme. ‹Ich werde dir›, sagte er, ‹den schönsten Schmuck geben.› – ‹Lassen Sie mich!› – ‹Ich gebe dir meine Schlösser, meine Wälder, meine Felder, meine Wiesen!› – ‹Lassen Sie mich!› – ‹Mein Leib und meine Seele sei dein!› – ‹Ich nehme an! Ich nehme an! Hörst du es wohl, Gilles de Rais? Ich nehme an, und von Stund an gehörst du mir.› – Blanche hatte sich augenblicks in einen azurblauen Teufel verwandelt, der nun neben dem Baron stand. – ‹Verflucht!› schrie dieser. – ‹Gilles de Laval›, sagte der Dämon mit finsterem Gelächter, ‹Gott ist deiner Missetaten überdrüssig; du gehörst jetzt der Hölle, und von diesem Tag an wirst du ihre Livree tragen.› Gleichzeitig machte er ein Zeichen, und Gilles de Lavals Bart, der rot war, nahm eine tiefschwarze Färbung an. Das war nicht alles; der Dämon fuhr fort: ‹In Zukunft bist du nicht mehr Gilles de Laval; du wirst Blaubart sein, der schrecklichste der Menschen, ein Schreckbild für die kleinen Kinder. Dein Name wird in alle Ewigkeit verflucht und deine Asche nach deinem Tode in alle vier Winde gestreut werden, während deine garstige Seele in die Schlünde der Hölle hinabsteigen muß.› Gilles schrie, daß er bereue. Der Teufel zählte ihm seine vielen Opfer vor, die sieben Frauen, deren Leichname in den Grüften des Schlosses lagen. Er fügte hinzu: ‹Sire Odon de Tréméac, den ich in Gestalt von Blanche de L'Herminière begleitete, reitet in diesem Augenblick auf der Straße von Elven in Begleitung aller Edelmänner aus Redon.› – ‹Und was wollen sie tun?› – ‹Den Tod derer rächen, die du getötet hast.› – ‹Also bin ich verloren.› – ‹Noch nicht, denn deine Stunde hat noch nicht geschlagen.› – ‹Wer wird die Edelleute aufhalten?› – ‹Ich, der ich deine Hilfe brauche, mein werter Ritter.› – ‹Du willst das tun?› – ‹Ja, ich werde das tun, denn lebendig wirst du mir tausend-

mal besser dienen als tot. Und jetzt auf Wiedersehen, Gilles de Rais; und denke immer daran, daß du mir mit Leib und Seele gehörst.› Er hielt sein Wort, indem er das Einschreiten der Edelmänner aus Redon verhinderte; aber von diesem Augenblick an war Gilles nur noch unter dem Namen des Mannes mit dem blauen Bart bekannt.»

Zeittafel

1399 Heinrich IV. aus dem Hause Lancaster besteigt den englischen Thron.

1400 Aufkommen des Humanismus in Deutschland.

1401 Die Mongolen zerstören Damaskus.

1403 Heinrich IV. von England besiegt zusammen mit der Kirche die revoltierenden Barone; blutige Verfolgung der Anhänger des Reformators Wicliff.

1404 Gilles de Rais wird auf Schloß Champtocé (Anjou) geboren.

1410 Sigismund, der Sohn Karls IV., wird römisch-deutscher Kaiser.

1412 Die Jungfrau von Orléans (Jeanne d'Arc) wird in Domremy geboren.
Bruneleschi entdeckt die Zentralperspektive.

1415 Heinrich V. von England nimmt den «Hundertjährigen Krieg» wieder auf; der größte Teil Frankreichs mit der Hauptstadt Paris wird besetzt.
Beginn des Reformkonzils in Konstanz.
Johann Hus wird als Ketzer verbrannt.

1419 Philipp der Gute, Herzog von Burgund, erwirbt Brabant, Hennegau, Holland, die Picardie und Luxemburg. Sein Hof wird Mittelpunkt einer Spätblüte der Ritterkultur.

1420 Heinrich V. von England heiratet die Tochter Karls VI. von Frankreich und erhält so Anspruch auf Regentschaft und Thronfolge in Frankreich.

1421 Geburt des englischen Kronprinzen, der später als König Heinrich VI. Ansprüche auf den französischen Thron geltend macht.

1422 Karl VII. wird König von Frankreich.

1426 Hubert und Jan van Eyck begründen die neuzeitliche niederländische Ölmalerei.

1429 Johanna von Orléans entsetzt die Stadt Orléans und erreicht die Krönung Karls VII. in Reims zum König von ganz Frankreich; der «Hundertjährige Krieg» nimmt eine entscheidende Wendung zugunsten Frankreichs.

1431 Johanna von Orléans gerät in englische Gefangenschaft und wird am 30. 5. in Rouen verbrannt.
Beginn des Reformkonzils in Basel.

1433 Karl der Kühne wird Herzog von Burgund.
Cosimo de Medici steigt zum Herrscher von Florenz auf.

1436 Karl VII. von Frankreich nimmt Paris ein.
Bruneleschi baut die achtseitige Kuppel des Doms von Florenz.

1440 Friedrich III., Herzog von Kärnten und Steiermark, wird römisch-deutscher Kaiser.

1440 Rogier van der Weyden malt das Schlüsselbild «Der hl. Lukas malt die Madonna».
Am 26. 10. wird Gilles de Rais in Nantes hingerichtet.

1445 Gutenberg druckt zum erstenmal mit beweglichen, gegossenen Metallbuchstaben.

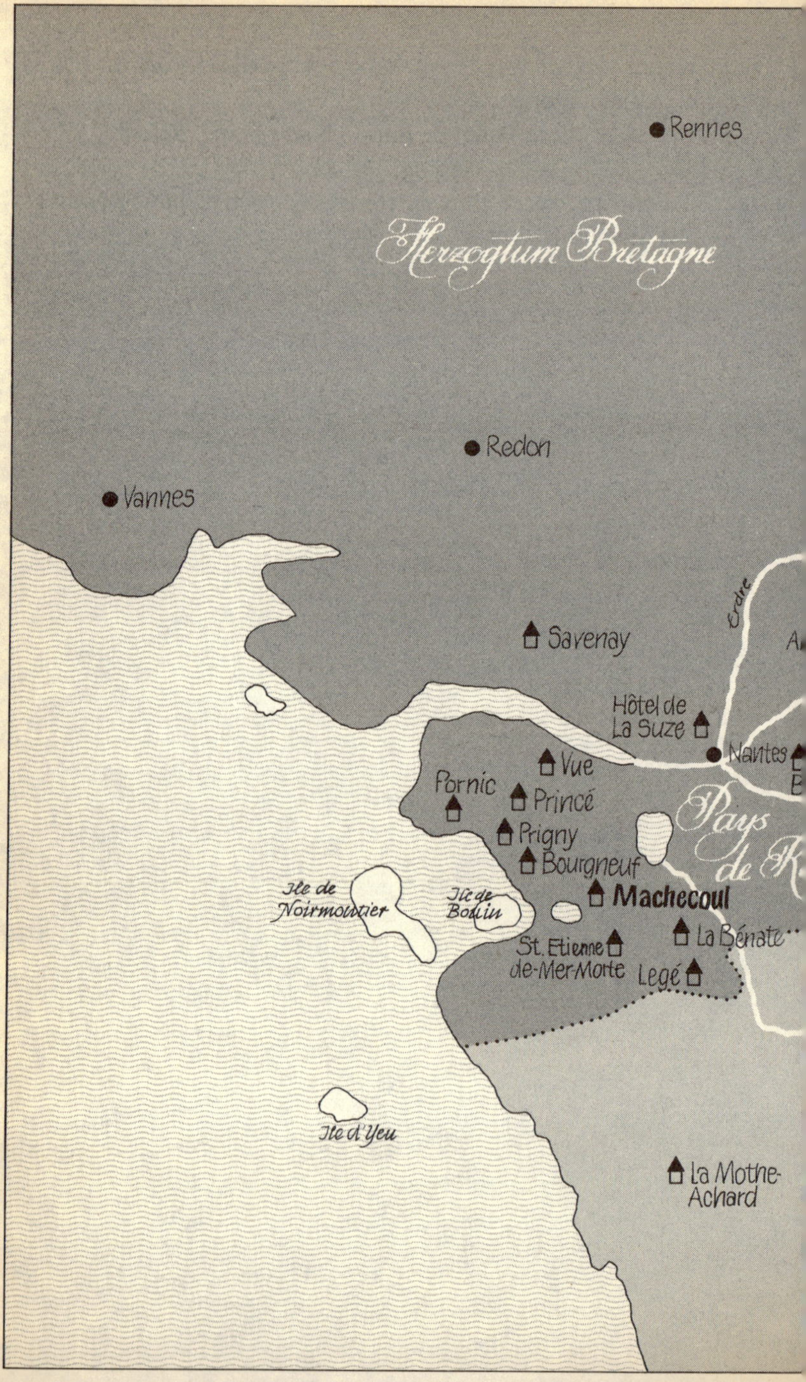
Rennes
Herzogtum Bretagne
Redon
Vannes
Erdre
Savenay
Hôtel de La Suze
Nantes
Vue
Pornic
Princé
Prigny
Bourgneuf
Pays de
Machecoul
Ile de Noirmoutier
Ile de Bouin
La Bénate
St. Etienne de-Mer-Morte
Legé
Ile d'Yeu
La Mothe-Achard

Grafschaft Maine
Le Mans
Mayenne
Laval
Sarthe
Herzogtum Anjou
La Flèche
Loir
Craon
Grez
Fontaine-Milon
Angers
Ingrandes
Champtocé
Blaison
Loire
Layon
Saumur
Chemillé
Chinon
Vienne
Cholet
Tiffauges
Thouars
Sèvre
Vicomté Thouars
Pouzauges
Parthenay
Poitiers